KB178623

나폴리 4부작 제3권

STORIA DI CHI FUGGE
E DI CHI RESTA
by Elena Ferrante

This Korean edition is published by arrangement with Edizioni e/o
through Clementina Liuzzi Literary Agency, Italy.

떠나간 자와 머무른 자

엘레나 페란테 지음
김지우 옮김

한길사

등장인물

체룰로 집안 구두수선공네 가족

- 페르난도 체룰로 릴라의 아버지. 구두수선공이자 제화공. 릴라에게 초등학교 이상의 교육을 허락하지 않았다.
- 눈치아 체룰로 릴라의 어머니. 릴라를 사랑하지만 릴라를 돕기 위해 남편에게 대항할 만한 권위가 없다.
- 라파엘라 체룰로 '리나' 또는 '릴라'라고 불린다. 1944년 8월생이다. 66세에 나폴리에서 흔적도 없이 사라진다. 학교 다닐 때 뛰어난 우등생이었고 10세 때 『푸른 요정』이라는 소설을 쓴다. 초등학교 졸업 후 중학교에 진학하지 않고 아버지의 일을 배운다.

  어린 나이에 스테파노 카라치와 결혼해 신시가지에 개업한 카라치 가의 두 번째 식료품점과 마르티리 광장에 있는 구둣가게를 연이어 성공적으로 운영한다. 이스키아 섬에서 보낸 휴가 기간에 니노 사라토레와 사랑에 빠져 그를 위해 남편 스테파노를 떠난다. 하지만 니노와의 동거는 실패로 끝나고 릴라와 니노 사이에서 아들 젠나로가 태어난다. 스테파노가 아다를 임신시켰다는 사실을 알고 스테파노와 완전히 결별한다. 엔초와 함께 산 조반니아 테두초로 거처를 옮긴 릴라는 브루노 소카보의 햄 공장에서 일하게 된다.
- 리노 체룰로 릴라의 오빠. 아버지처럼 구두수선공이자 제화공이다. 스테파노와 릴라가 결혼하여 스테파노의 재력 덕분에 체룰로 구두공장을 만든다. 스테파노의 동생 피누차와 결혼해 디노라는 애칭으로 불리는 아들 페르디난도를 얻는다. 리노는 릴라의 아들과 동명이인이다.
- 릴라와 리노의 형제들

그레코 집안 시청 수위네 가족

- 엘레나 그레코 '레누차' 또는 '레누'라고 불린다. 1944년 8월생이다. 우리가 읽고 있는 이 소설의 작가다. 엘레나는 유년 시절의 친구이자 자신만이 '릴라'라는 애칭으로 불러온 리나 체룰로가 사라졌다는 사실을 알고 이 이야기를 써내려가기 시작한다. 엘레나는 초등학교를 졸업한 이후로도 공부를 계속하며 뛰어난 성적을 거둔다. 고등학교 시절 특

유의 명석함과 갈리아니 선생님의 보호 덕분에 성령의 역할에 대해 종교학 선생님과 벌인 언쟁에서 무사히 빠져나온다. 그 후 어린 시절부터 남몰래 연모하던 니노의 권유와 릴라의 도움으로 이 경험을 기사화한다. 엘레나는 그 글이 니노와 관련 있는 잡지에 게재될 것을 기대하지만 끝내 기사는 실리지 않는다. 엘레나는 뛰어난 성적으로 결국 피사 노르말레 대학까지 졸업하게 되고 그곳에서 피에트로를 만나 약혼한다. 고향 동네에서의 삶과 이스키아 섬에서 겪은 사춘기 시절 경험을 각색한 이야기를 소설로 출판한다.

- 페페, 잔니, 엘리사 엘레나의 동생들.
- 아버지 시청 수위.
- 어머니 가정주부. 절뚝거리는 어머니의 걸음걸이는 엘레나의 트라우마다.

카라치 집안 돈 아킬레 가족

- 돈 아킬레 카라치 동화 속에 나오는 괴물 같은 사람. 암시장 상인이자 고리대금업자로 살해됐다.
- 마리아 카라치 돈 아킬레의 아내이자 스테파노, 피누차, 알폰소의 어머니. 가족 소유의 식료품점에서 일한다.
- 스테파노 카라치 살해된 돈 아킬레의 아들이자 릴라의 남편. 아버지가 축적한 재산을 관리하며 수익성 좋은 두 식료품점과 솔라라 형제와 함께 운영하는 마르티리 광장의 구둣가게 덕분에 상인으로서 크게 성공한다. 탈 많은 결혼 생활에 지쳐 아다와 관계를 맺는다. 아다가 임신하자 릴라는 산 조반니 아 테두초로 떠나고 스테파노는 아다와 살림을 합친다.
- 피누차 카라치 돈 아킬레의 딸. 식료품점에서 일하다가 솔라라 형제의 구둣가게를 맡게 된다. 릴라의 오빠 리노와 결혼해 디노라고 불리는 아들 페르디난도를 낳는다.
- 알폰소 카라치 돈 아킬레의 아들. 고등학교 시절 엘레나의 짝이었다. 마리사 사라토레와 사귄다. 나중에 마르티리 광장 구둣가게의 운영을 맡는다.

펠루소 집안 목수네 가족

- 알프레도 펠루소 목수. 공산당원으로 돈 아킬레의 살해자로 지목되어 유죄 선고를 받고 복역하다 교도소에서 죽는다.
- 주세피나 펠루소 알프레도의 아내. 담배 제조 공장에서 일했다. 복역 중인 남편과

아이들에게 헌신적이다. 남편이 교도소에서 숨을 거두자 자살한다.

- 파스콸레 펠루소 알프레도와 주세피나의 장남. 벽돌공이자 열혈 공산당원이기도 하다. 동네 청년 가운데 가장 먼저 릴라의 아름다움을 감지하고 고백한다. 솔라라 형제를 증오한다. 한때 아다와 사귀었다.
- 카르멜라 펠루소 사람들에게 자신을 카르멘이라고 불러달라고 한다. 파스콸레의 여동생으로 잡화점에서 일하다 릴라의 도움으로 스테파노의 새 식료품점에서 일하게 된다. 오랫동안 엔초와 사귀었지만 군복무를 마친 엔초에게 이유도 제대로 듣지 못하고 버림받는다. 그 후 큰길가에 있는 주유소 사장과 약혼한다.
- 파스콸레와 카르멜라의 동생들

카푸초 집안 미친 과부 가족

- 멜리나 카푸초 릴라 어머니의 친척으로 미망인이다. 구시가지에서 건물 계단 청소를 한다. 니노 사라토레의 아버지 도나토 사라토레의 정부였다. 사라토레 집안은 이들의 불륜 때문에 동네를 떠나게 되고 멜리나는 이 일로 거의 이성을 잃을 지경에 이른다.
- 멜리나의 남편 야채시장에서 짐을 나르던 인부. 사망 시 정황이 불명확하다.
- 아다 카푸초 멜리나의 딸. 어렸을 때부터 어머니를 도와 계단 청소를 한다. 릴라 덕분에 구시가지에 있는 스테파노의 식료품점에 점원으로 취직한다. 파스콸레와 오랫동안 사귀지만 스테파노의 정부가 된다. 스테파노의 아이를 임신한 뒤 스테파노의 집으로 들어간다. 둘 사이에서 딸 마리아가 태어난다.
- 안토니오 카푸초 아다의 오빠. 자동차 정비공이다. 과거 엘레나의 남자친구로 니노를 몹시 질투했다. 군복무 때문에 동네를 떠나야 할까봐 걱정하지만 정작 엘레나가 자기를 돕기 위해 솔라라 형제를 찾아가자 심한 모욕감을 느끼고 관계를 정리한다. 군복무를 하는 동안 신경 쇠약증에 걸려 의무 기간도 마치지 못하고 조기 귀가 조치를 받는다. 고향에 돌아온 후 가난 때문에 어쩔 수 없이 미켈레 밑에서 일한다. 미켈레는 알 수 없는 임무를 주고 그를 오랜 기간 독일에 보낸다.
- 아다와 안토니오의 동생들

사라토레 집안 시인이자 철도원네 가족

- 도나토 사라토레 철도원이자 시인이며 신문기자. 굉장한 바람둥이로 멜리나와 불

륜 관계였다. 엘레나가 이스키아 섬으로 휴가 갔을 때 사라토레 가족과 같은 숙소에 머물게 되는데 도나토의 성추행으로 엘레나가 급히 섬을 떠나야 할 지경에 이른다. 하지만 이듬해 여름 엘레나는 니노와 릴라의 관계 때문에 상처를 입고 그와 관계를 맺는다. 치욕스러운 기억을 잊기 위해 엘레나는 자기 경험을 책으로 쓰고 출판까지 한다.

- 리디아 사라토레 도나토의 아내.
- 니노 사라토레 도나토와 리디아의 다섯 아이들 중 장남으로 아버지를 증오한다. 우등생이며 릴라와 오랫동안 밀회를 즐기다가 릴라가 임신하자 짧은 기간 동거한다.
- 마리사 사라토레 니노의 여동생. 알폰소의 여자친구다.
- 피노, 클렐리아, 치로 니노의 동생들.

스칸노 집안 야채장수네 가족

- 니콜라 스칸노 야채장수. 폐렴으로 사망했다.
- 아순타 스칸노 니콜라의 아내. 암으로 사망했다.
- 엔초 스칸노 니콜라와 아순타의 아들. 아버지처럼 야채장수다. 릴라는 어린 시절부터 엔초에게 호감을 보인다. 카르멘과 오랫동안 사귀지만 군복무를 마친 후 이유를 제대로 설명해주지 않고 카르멘과 헤어진다. 군대에서 공부를 시작해 독학으로 기술학교 졸업장을 따낸다. 릴라가 스테파노와 완전히 결별하기로 결정하자 릴라와 그녀의 아들 젠나로를 책임지기로 하고 산 조반니 아 테두초로 데리고 온다.
- 엔초의 동생들

솔라라 집안 주점 겸 제과점을 소유하고 있는 가족

- 실비오 솔라라 주점 겸 제과점 주인. 왕정복구주의자이자 파시스트다. 동네의 불법거래에 연루된 나폴리 지역의 마피아 일당 카모라의 일원이기도 하다. 처음에 체룰로 구두공장의 설립을 방해했다.
- 마누엘라 솔라라 실비오의 아내. 고리대금업자로 마누엘라의 붉은 장부는 동네 사람들에게 공포의 대상이다.
- 마르첼로 솔라라 실비오와 마누엘라의 장남. 허풍쟁이에 오만방자하지만 릴라를 제외한 동네 소녀들의 동경의 대상이다. 마르첼로는 릴라에게 반하지만 거부당한다.

- 미켈레 솔라라　실비오와 마누엘라의 차남. 마르첼로보다 몇 살 어리지만 형보다 더 냉혹하고 영리하며 폭력적이다. 형과 함께 동네 소녀들의 동경의 대상이다. 제빵사의 딸 질리올라와 사귀지만 오랫동안 릴라에게 병적인 집착을 키워나간다.

스파뉴올로 집안　제빵사네 가족

- 스파뉴올로　솔라라 가게에서 일하는 제빵사.
- 로사 스파뉴올로　제빵사의 아내.
- 질리올라 스파뉴올로　제빵사의 딸이자 미켈레의 여자친구.
- 질리올라의 동생들

아이로타 집안

- 구이도 아이로타　그리스문학 교수.
- 아델레 아이로타　아이로타 교수의 아내.
- 마리아로사 아이로타　아이로타 집안의 장녀. 밀라노의 대학에서 예술사를 가르친다.
- 피에트로 아이로타　엘레나의 대학 동문이자 약혼자. 학계에서 장래가 촉망되는 젊은이다.

선생님들

- 페라로　초등학교 선생님이자 도서관 사서. 릴라와 엘레나가 어렸을 때부터 독서에 관한 아이들의 근면 성실함을 칭찬했다.
- 올리비에로　초등학교 선생님. 릴라와 엘레나의 재능을 처음으로 알아봤다. 릴라가 10세 때 『푸른 요정』이라는 첫 소설을 썼을 때 이야기에 매혹된 엘레나가 릴라의 글을 올리비에로 선생님에게 보여주지만 선생님은 릴라의 부모님이 릴라의 중학교 진학을 허락하지 않은 사실에 화가 나서 글에 대해 한마디도 언급하지 않는다. 그뿐만 아니라 이후 릴라를 보살피지 않고 엘레나를 성공의 길로 이끄는 데에만 신경 쓴다. 긴 투병 생활 끝에 엘레나가 대학을 졸업한 지 얼마 지나지 않아 숨을 거둔다.
- 제라체　고등학교 저학년 시절 엘레나의 선생님.

- **갈리아니** 고등학교 고학년 시절 엘레나의 선생님. 교양이 풍부한 교사로 공산당원이다. 엘레나의 똑똑함에 단숨에 매료된다. 엘레나에게 책을 빌려주기도 하고 엘레나가 종교학 선생님과 마찰을 일으켰을 때도 보호해준다. 자기 아이들이 여는 파티에 엘레나를 초대하기도 한다. 둘의 관계는 니노가 릴라와 사랑에 빠져 자신의 딸 나디아와 헤어지면서 서먹해진다.

그 밖의 등장인물

- **지노** 약국집 아들. 엘레나의 첫 남자친구.
- **넬라 인카르도** 이스키아 섬 바라노에 사는 올리비에로 선생님의 사촌. 휴가 기간에 사라토레 집안사람들에게 방을 임대한다. 방학 동안 엘레나를 초대해 바닷가에서 여름을 보낼 수 있도록 해주었다.
- **아르만도** 의과 대학 학생. 갈리아니 선생님의 아들.
- **나디아** 학생. 갈리아니 선생님의 딸. 니노와 사귀다 이스키아 섬에서 릴라와 사랑에 빠진 니노에게 버림받는다.
- **브루노 소카보** 니노 사라토레의 친구이자 나폴리 근교에 위치한 산 조반니 아 테두초의 부유한 기업가 아들. 가족이 경영하는 햄 공장에 릴라를 채용한다.
- **프랑코 마리** 학생. 대학 생활 초 엘레나의 남자친구였다.

중년기

떠나간 자와 머무른 자

1

내가 마지막으로 릴라를 만난 것은 5년 전 2005년 겨울이었다. 그날 우리는 비교적 이른 아침에 만나 큰길을 따라 산책했다. 벌써 몇 년 전부터 둘이 함께 있는 것이 예전처럼 편하지 않았다.

그때도 나만 혼자서 일방적으로 떠들었던 것으로 기억한다. 내가 이야기를 하는 동안 릴라는 노래를 흥얼거리거나 자신을 본체만체 지나가는 사람들에게 인사를 건넸다. 이따금 감탄사를 내뱉으며 내 말을 끊곤 했는데 그마저도 내 이야기의 맥락과는 별 상관없는 반응이었다.

그동안 좋지 않은 일이 너무 많았다. 끔찍한 일도 있었다. 서로에게 속내를 털어놓으면 예전의 믿음과 친밀감을 되찾을 수 있었겠지만 당시 내게는 그럴 기력조차 없었고 릴라는 기력은 충분한 것 같았지만 그럴 마음이 없는 것 같았다. 아니 그럴 필요가 없다고 생각하는 것 같았다.

그런데도 나는 여전히 릴라를 매우 아꼈다. 나폴리에 들를 때마다 되도록 릴라와 만나려고 했다. 하지만 솔직히 말하면 나는 릴라가 조금 두렵기도 했다.

그즈음 릴라는 많이 변해 있었다. 우리 둘 다 나이 든 태가 났지만 세월이 갈수록 몸무게가 느는 체질인 나와는 달리 릴라는 여전히 뼈밖에 없었다. 직접 자른 짧은 머리는 새하얀 백발이었다. 멋을 내고 싶어서가 아니라 외모에 전혀 신경 쓰지 않아 하얗게 센 머리를 내버려둔 것이었다.

고생한 흔적이 역력한 얼굴은 갈수록 아버지 페르난도 아저씨를 닮아갔다. 릴라는 날카로운 쇳소리를 내며 신경질적으로 웃어댔다. 말소리도 너무 컸다. 대화를 나누는 동안 잠시도 손을 가만히 두지 못했다. 그 동작이 얼마나 거칠고 단호한지 주변에 있는 건물이며 길, 지나가는 행인, 심지어 옆에 있는 나까지 두 동강이라도 낼 기세였다.

초등학교 건물에 거의 도착했을 때 처음 보는 청년이 숨을 가쁘게 몰아쉬며 달려와 우리를 추월해 지나갔다. 청년은 릴라에게 성당 옆 화단에서 여자 시체가 발견되었다고 외쳤다. 우리는 급히 성당 옆 공원 쪽으로 발걸음을 옮겼다. 릴라는 나를 이끌고 호기심에 모여든 구경꾼 사이를 우악스럽게 비집고 들어갔다.

화단에는 한 여자가 모로 누운 채 쓰러져 있었다. 엄청나게 살이 찐 데다 유행이 한참 지난 짙은 녹색 방수복을 입고 있었다. 나와는 달리 릴라는 한눈에 여자를 알아보았다. 그녀는 다름 아닌 어린 시절 소꿉동무이자 미켈레 솔라라의 전 부인 질리올라 스파뉴올로였다.

나는 지난 몇십 년 동안 질리올라를 본 적이 없었다. 그새 아름다웠던 얼굴은 완전히 망가졌고 발목은 엄청나게 굵어져 있었다. 젊은 시절 갈색이었던 머리도 타는 듯한 붉은색으로 변해 있었다. 여전히 소녀처럼 길게 기른 머리는 숱이 빠져 듬성듬성했고 흙먼지가 이는 땅바닥에 아무렇게나 흩어져 있었다. 한쪽 발에는 낡아빠진 굽 낮은 구두가 신겨져 있었고 다른 쪽은 구두는 온데간데없고 살찐 다리에 꽉 끼어 보이는 회색 울 스타킹 바람이었다. 그마저도 엄지발가락에 구멍이 나 있었다.

벗겨진 구두 한 짝은 질리올라가 쓰러져 있는 곳에서 1미터쯤 떨어진 곳에 내동댕이쳐져 있었다. 고통과 두려움에 몸부림치다 벗겨져 거기까지 날아간 것 같았다. 나는 그 광경에 울음을 터뜨렸고 릴라는 그런 나를 짜증스레 바라보았다.

우리는 사건 현장에서 얼마 떨어지지 않은 곳에 있는 벤치에 앉아 질리올라의 시신이 수습되기를 기다렸다. 질리올라에게 무슨 일이 있었는지 그녀의 사인이 무엇인지는 아직 알 수 없었다. 잠시 후 우리는 릴라의 집으로 돌아갔다. 당시 릴라는 예전에 자기 부모님이 살던 작은 아파트에서 아들 리노와 함께 살고 있었다.

릴라와 나는 우리의 옛 동무 이야기를 나누었다. 릴라는 질리올라와 그녀가 살아온 인생을 좋지 않게 평했다. 그녀가 가식적인 데다 냉혹했다고 했다. 이번에는 내가 릴라의 말에 집중할 수 없었다. 흙 위에 쓰러져 있던 질리올라의 옆얼굴이 계속 떠올랐다. 머리숱이 듬성듬성 빠진 긴 머리와 두피에 생긴 허연 얼룩이 뇌리에서 떠나지 않았다. 어린 시절 내가 아는 이들 가운데서 이미 세상을 떠난 사람이 꽤 많았다. 병에 걸려 죽은 사람도 있고 사포로 문지르는 것 같은 고통을 정신적으로 감당하지 못해 죽은 사람도 있고 살해당한 사람도 있었다.

릴라와 나는 한동안 무기력하게 부엌에 앉아 있었다. 아무도 식탁을 정리할 생각은 하지 못했다. 그러다 우리는 함께 다시 집을 나섰다.

화창한 겨울 한낮의 햇볕 아래 주변의 모든 것이 평온해 보였다.

우리와는 달리 고향 동네는 변한 것이 하나도 없었다. 나지막한 잿빛 건물들은 여전히 무너지지 않고 버티고 있었고 어린 시절 뛰놀던 뜰과 큰길과 어두운 터널 입구도 그대로였다. 동네에 만연했던 폭력도 여전했다.

주변 풍경은 많이 변했다. 드넓었던 저수지의 녹지는 사라졌고 오래된 통조림 공장 건물도 없어졌다. 그 자리에 유리로 된 고층 건물들이 빛나고 있었다. 한때나마 그 건물들이 예전에는 아무도 실현될 것이라 믿지 않았던 눈부신 미래의 상징이었을 때가 있었다.

세월이 흐르는 동안 나는 이 모든 변화를 기록해 두었다. 때로는 호기심에, 대개는 별 생각 없이 계속 기록했다. 소녀 시절 나는 고향 동네 너머 나폴리 시내에는 멋진 것이 많을 거라고 상상하곤 했다. 몇십 년 전에는 중앙역의 고층 건물도 신선한 충격이었다. 그때는 위풍당당한 중앙역 옆에서 한 층씩 올라가던 건물의 골조가 한없이 높게만 느껴졌다. 가리발디 광장을 지나갈 때마다 건물을 바라보며 얼마나 감탄을 했던가.

"저 높은 건물 좀 봐!"

나는 부자 동네 가장자리에 있는 해변으로 가던 길에 릴라, 카르멘, 파스콸레, 아다, 안토니오에게 말하곤 했다. 그때 나는 고층 건물 꼭대기에는 천사들이 살고 있으며 저 높은 곳에서 천사들이 도시의 전경을 즐기고 있을 것이라고 생각했다. 나도 그 꼭대기까지 기어 올라가고 싶었다.

중앙역 옆 고층 건물은 멀리 떨어져 있는 고향 동네에서도 건물이 올라가는 모습을 매일매일 볼 수 있는 '우리들의' 건물이었다. 하지만 건물 공사는 결국 중단되고 말았다. 이제 피사에서 나폴리로 돌아올 때마다 역사 옆 고층 건물을 바라볼 때면 그 건물은 나폴리의 발전을 상징하는 것이 아니라 이 도시가 가진 비효율적인 면모를 보여주는 또 하나의 증거처럼 보였다.

그제야 나는 고향 동네와 나폴리가 별반 다르지 않다는 사실을 깨달았다. 빈곤은 한쪽에서 다른 한쪽으로 끊임없이 흘러들었다. 고향에 돌아올 때마다 나는 나폴리가 계절의 변화마저 감당할 수 없을 정도로 취약한 곳이라는 걸 깨달았다. 나폴리는 더위에도 추위에도 약했으며 특히 폭풍에 약했다.

나폴리에서는 연이어 사고가 일어났다. 가리발디 광장의 기차역이 물에 잠기는가 하면 박물관 앞의 아케이드가 무너져 내리기도 했다. 산사태가 나서 도시 전체가 정전이 된 일도 있었다. 온갖 위험이 도사리고 있는 음침한 길과 통제할 수 없는 혼잡한 교통, 엉망진창인 포장도로와 여기저기 파인 거대한 물웅덩이에 대한 기억이 아직도 생생하다.

하수구가 넘치는 바람에 더러운 물이 하수구 밖으로 튀거나 넘쳐서 흘러내렸다. 부실한 신축 건물이 빽빽하게 들어선 언덕에서 폐수와 오물과 박테리아가 뒤섞인 물이 용암처럼 바다로 흘러가거나 땅속으로 스며들어 지하 세계를 침식했다.

사람들은 위정자들의 무관심과 부패와 탄압으로 죽어가면서도 선거철이 되면 자신들의 인생을 비참하게 만드는 정치인들을 열광적으로 지지했다. 내가 태어나고 자란 곳인데도 나는 나폴리에 갈 때마다 기차에서 내리면 언제나 조심스럽게 움직였다. 나도 당신들과 같이 이곳 사람이니 해치지 말아달라는 의미로 언제나 사투리를 쓰려고 애썼다.

특히 대학을 졸업하고 단숨에 써내려간 소설이 예기치 않게 불과 몇 달 새에 책으로 출판되었을 무렵 내가 태어나고 자란 곳의 상황은 전보다 악화되었다. 그때 나는 피사나 밀라노에 있을 때 오히려 마음이 편했다. 가끔 행복하기까지 했다.

고향으로 돌아올 때면 매번 예기치 못한 일이 벌어져 다시는 그곳을 떠나지 못하게 될까봐 두려웠다. 내가 이룬 모든 것을 빼앗길까봐 두려웠다. 곧 있으면 남편이 될 피에트로에게 돌아가지 못하게 될까봐 두려웠다. 깨끗한 출판사 사무실에 다시는 돌아가지 못할까봐 두려웠다. 시어머니가 될 아델레 부인의 섬세한 취향을 향유하지 못하게 될까봐 두려웠다. 피에트로의 어머니는 내가 가지지 못한 이상적인 어머니였다. 그전부터 나는 나폴리가 너무 혼잡하다고 느꼈다. 그때부터 가리발디 광장에서 포르첼라, 두케스카, 라비나이오, 레티필로에 이르는 구역은 항상 사람들로 붐비고 소란스러웠다. 그런데 60년대 말에는 사람이 더 많아진 것 같았고 그 바람에 모두들 통제할 수 없을 정도로 조급해지고 더 공격적으로 변한 것 같았다.

어느 날 아침 나는 몇 년 전에 근무했던 서점이 있는 메초칸노네가까지 걸어갔다. 호기심 때문이기도 했고 그토록 힘들게 일하던 곳을 다시 보고 싶어서이기도 했다. 하지만 가장 큰 이유는 한 번도 들어가 보지 못한 나폴리 대학을 직접 보고 싶어서였다. 나는 나폴리 대학을 내가 피사에서 다녔던 노르말레 대학과 비교해보고 싶었다. 내심 갈리아니 선생님의 아이들인 아르만도나 나디아와 마주치기를 바라는 마음도 있었다. 남매에게 나의 성공을 자랑하고 싶었다.

하지만 대학가와 주변 거리의 전경은 나를 불안하게 했다. 거리는 나폴리와 나폴리 인근 지역을 포함한 이탈리아 남부 출신 학생들로 혼잡했다. 시끄럽게 떠들어대는 학생들은 옷차림이 말쑥했고 하나같이 자신감에 가득 차 보였다. 이들에 비해 행동거지가 불량하고 비굴해 보이는 학생들도 있었다. 이들은 건물 입구 주변과 강당 안에 모여 있었다. 학과별 교무처 앞에는 학생들이 길게 줄을 서 있기도 했는데 그 와중에 여기저기서 다툼이 벌어지고 있었다.

내 근처에 있던 학생 서너 명도 갑자기 치고받고 싸우기 시작했다. 눈빛만 마주쳤을 뿐인데 욕설을 퍼붓고 주먹다짐을 벌이기 시작했다. 나조차도 알아듣기 힘든 심한 사투리로 피를 갈망하는 수컷의 분노를 서로에게 마음껏 쏟아부었다. 합리적인 이성이 지배하는 안전한 곳일 줄 알았던 장소에서 예상치 못한 위험을 감지한 나는 서둘러 자리를 떠났다.

상황은 매년 악화되었다. 적어도 나는 그렇게 느꼈다. 장마철이 되자 도시는 또다시 망가지기 시작했다. 한번은 건물 한쪽이 통째로 무너져 내린 적도 있었다. 오래된 의자의 벌레 먹은 팔걸이에 몸을 기대자 팔걸이가 그 무게를 견디지 못하고 갑자기 쪼개져버린 것처럼. 그로 인해 수많은 사상자가 속출했으며 한바탕 소란이 일어났다. 사람들은 고함을 지르고 주먹다짐을 하고 폭죽을 던져댔다.

도시가 오장육부에 품고 있는 분노를 표출하지 못해 안에서부터 썩어 들어가는 것 같았다. 분노가 독으로 가득 찬 고름으로 터져 나오는 것 같았다. 고름은 남녀노소를 가리지 않고 이 도시를 방문하는 모든 타지인과 나토군이 파견한 미군, 다양한 국적의 관광객뿐 아니라 심지어는 나폴리 토박이들에 대한 적의로 가득 차 있었다. 시내건 외곽 지역이건 언덕바지건 베수비오 화산 지대건 혼란과 위험은 도시 전역에 만연했다. 대체 그런 곳에서 어떻게 살 수 있겠는가.

릴라를 찾아 산 조반니 아 테두초에 갔던 때가 생각났다. 산 조반니 아 테두초에 도착하기까지의 여정은 너무나 힘들었다. 릴라가 일하던 공장도 끔찍했다. 릴라도 좋아 보이지 않았다. 어린 아들을 돌보는 릴라. 초라한 건물에서 엔초와 함께 살면서도 그와 잠자리를 함께하지 않는 릴라. 릴라는 내게 엔초가 컴퓨터 공부를 하고 있으며 자신이 엔초의 공부를 도와주고 있다고 했다. 산 조반니 아 테두초에서의 삶을 지워버리려고, 햄이며 공장의 악취며 당시 자신이 처한 상황을 잊으려고 내게 자신이 무슨 전문가라도 되는 것처럼 '밀라노 국립 인공두뇌학 연구센터'니 '소련 컴퓨터 사회학 연구센터' 등을 운운하던 릴라의 목소리가 생각났다. 릴라는 조만간 나폴리에도 그런 연구소가 생길 것이라는 사실을 내게 믿게 하려고 했다.

나는 밀라노나 러시아 연방이면 몰라도 나폴리에서는 있을 수 없는 일이라고 생각했다. 릴라의 통제할 수 없는 머리가 지어낸 말도 안 되는 상상에 자신에게 순정을 바치고 있는 가여운 엔초까지 끌어들이고 있는 것이라고 생각했다. 차라리 떠나라고 말하고 싶었다. 지금까지 살아온 삶에서 멀리, 영원히 도망가라고. 모든 것을 이룰 수 있고 모든 것이 잘 돌아가는 그런 곳에 자리를 잡으라고 말하고 싶었다.

나는 실제로 그렇게 했다. 하지만 그로부터 수십 년이 지난 후에야 비로소 나는 그때 내 생각이 틀렸다는 사실을 깨달았다. 현실은 길이가 길어질수록 고리가 커지는 사슬과 같다는 것을 깨달았다. 고향 동네는 나폴리와, 나폴리는 이탈리아와, 이탈리아는 유럽과, 유럽은 전 세계와 연결되어 있었다.

이제야 나는 생각한다. 병든 것은 우리 고향 동네가 아니라, 나폴리가 아니라 지구 전체다. 유일한 우주 또는 무수히 많은 우주가 모두 병든 것이다. 중요한 것은 다른 사람뿐만 아니라 자기 자신에게조차 사물의 본질을 숨길 줄 아는 능력이다.

2005년 겨울 오후 나는 릴라와 그런 이야기를 나누었다. 과거에

했던 잘못된 판단을 바로잡고 싶은 마음에 나는 말 한마디 한마디에 힘을 실었다. 나는 릴라가 나폴리를 한 번도 벗어난 적이 없었는데도 어린 시절부터 이미 이 모든 이치를 다 이해하고 있었다는 사실을 릴라에게 인정해주고 싶었다. 하지만 말을 마치자마자 부끄럽게 느껴졌다. 내 말에서 노인네 특유의 고약한 염세주의가 느껴졌다. 릴라가 싫어하는 말투였다. 실제로 릴라는 늙어버린 치아를 드러내며 미소를 지어보였다. 미소라기보다는 신경질적인 찡그림에 가까운 표정이었다.

"네가 무슨 만물박사야? 세상 이치를 다 깨달은 성인군자라도 된 거야? 대체 무슨 생각을 하고 있는 거야? 우리 이야기를 글로 쓰고 싶은 거야? 내 이야기를 쓰고 싶은 거야?"

릴라가 물었다.

"아니야."

"솔직히 말해봐."

"쓰고 싶어도 너무 복잡한걸."

"하지만 쓸 생각은 해본 거지? 아직도 생각 중이잖아."

"그런 생각도 조금 있어."

"나를 좀 내버려둬, 레누. 우리 모두를 내버려두라고. 우리는 모두 사라질 사람들이야. 우리는 네 글의 소재가 될 만한 가치가 없어. 질리올라도 그렇고 나도 그렇고 모두 마찬가지야."

"그렇지 않아."

내 말에 릴라는 불만 가득한 표정을 지었다. 입을 반쯤 벌린 채 눈동자가 거의 보이지 않을 정도로 눈을 가늘게 뜨고 나를 예리하게 바라보았다.

"그렇다면 좋아."

릴라가 말했다.

"정 쓰고 싶으면 질리올라나 다른 사람들 이야기는 써도 좋아. 하지만 감히 내 이야기를 쓸 생각은 하지 마. 약속해."

"고향 사람들 이야기는 쓰지 않을 거야. 너도 마찬가지고."

"지켜볼 테니 조심해."

"그래?"

"네 컴퓨터를 뒤져볼 거야. 파일을 읽고 지워버릴 거야."

"말도 안 돼!"

"내가 못 할 것 같아?"

"네게 그럴 능력이 있다는 것은 알지. 하지만 나도 내 컴퓨터 정도는 보호할 줄 안다고."

릴라는 특유의 못된 웃음을 지어보였다.

"그래도 나는 못 당할걸?"

2

그날 이후 나는 한 번도 그 말을 잊은 적이 없다.

"그래도 나는 못 당할걸?"

그 말은 릴라가 내게 남긴 마지막 말이 되었으니까. 이 글을 쓰기 시작한 지도 벌써 몇 주가 지났다. 그동안 호흡을 잘 유지해온 것 같다. 쓴 글을 다시 읽어볼 새도 없이 쉬지 않고 달려왔다. 잠시 커피를 홀짝거리며 이사벨라 공주 다리* 기둥에 거세게 부딪쳐 오는 포 강의 물결을 바라보며 상상에 잠겨 본다.

* 이탈리아 토리노에 있는 다리.

만약 릴라가 아직 살아 있다면 릴라는 분명 참지 못하고 내 컴퓨터를 뒤져볼 것이다. 내 글을 읽고 나면 나이 들어 더 고약해진 성질머리를 이기지 못해 자신의 말을 듣지 않은 나에게 화를 낼 것이다. 사라지려고 했던 욕망을 잠시나마 잊고 중간에 끼어들어서 내용을 수정하고 덧붙이려 할 것이다.

나는 커피 잔을 물로 헹군 다음 책상 앞에 다시 앉아 40년이 넘는 세월을 거슬러 올라가 추위가 물러가지 않은 봄날의 어느 저녁 밀라노에 있는 서점에서 일어난 일부터 다시 써내려가기 시작했다.

그때 두꺼운 안경을 쓴 남자는 모두가 듣는 앞에서 나와 내 책에 대해 비아냥댔고 나는 그의 공격에 벌벌 떨면서 혼란스러운 대답을 쏟아냈다. 그러던 중 갑자기 니노 사라토레가 자리에서 일어났다. 아무렇게나 자란 새까만 수염 때문에 얼굴을 거의 알아볼 수 없었다. 니노는 나를 공격한 남자에게 심하게 반격했다. 그때부터 나는 마음속으로 온 힘을 다해 니노의 이름을 외쳤다. 그를 마지막으로 본 것이 언제였던가. 아마도 4~5년은 족히 지났을 것이다. 너무 긴장해서 몸이 얼음장 같았는데 니노를 보는 순간 얼굴이 확 달아올랐다.

나를 공격했던 남자는 니노의 말이 끝나자마자 절제된 몸짓으로 발언권을 요청했다. 니노의 말에 기분이 상했음이 분명했다. 하지만 정작 나는 심하게 동요한 나머지 그 이유를 알아채지 못했다. 물론 니노가 개입하면서 문학적인 주제가 정치적인 주제로 옮겨갔다는 것은 알아챘다. 그것도 자칫 불손하게 보일 정도로 공격적인 방식으로 말이다.

그 순간 나는 그런 사실에 크게 신경 쓰지 않았다. 그보다는 수준 높은 청중 앞에서 그의 비판에 제대로 맞서지 못한 나의 무능력함을 용서할 수 없었다. 평소에는 그런 상황에 꽤나 잘 대처해왔는데 말이다.

나는 고등학교 시절 상대적으로 열악했던 유년기의 불리한 교육 환경을 갈리아니 선생님을 따라함으로써 극복하려 했다. 선생님의 말투와 선생님이 사용하는 어휘를 내 것으로 만들었다. 피사에서는 갈리아니 선생님을 따라하는 것만으로는 부족했다. 그곳에서 나는 더 수준 높은 사람들을 상대해야 했다. 그곳에서는 프랑코나 피에트로 같은 뛰어난 학생들은 물론 노르말레 대학의 저명한 교수진들이 복잡한 방식으로 자신을 표현했다. 이들은 치밀하게 계산된 기교를 바탕으로 글을 썼다. 사고방식이 명료하고 분별력이 뛰어났다. 갈리아니 선생님에게는 없는 재능이었다.

이번에도 나는 그들처럼 되기 위해 노력했고 결과는 대부분 성공적이었다. 나는 드디어 어울리지 않는 곳에 있는 것 같은 이질감과 혼란스러운 감정 그리고 토론할 때 나를 엄습하던 불안감을 완전히 극복할 수 있을 정도로 언어를 정복하게 되었다. 이제 나는 고민에 고민을 거듭해 가장 적합한 어휘를 선택하고 좀더 포괄적이고 신중하게 논리를 전개할 수 있게 되었다. 논거를 확실하게 제시해 빈틈없고 깔끔한 형식을 갖춤으로써 내게 반박하려는 상대방의 의지를 무력화시킬 만큼 뛰어난 글을 쓰거나 능숙하게 말할 수 있게 되었다.

하지만 그날 저녁에는 일이 생각대로 풀리지 않았다. 우선 나는 아델레 부인을 비롯해 섬세한 독서 취향을 가진 것처럼 보이는 부인의 친구들과 두꺼운 안경을 쓴 남자의 존재에 주눅이 들었다. 의욕만 앞선 나폴리 변두리 출신 시골 처녀로 되돌아간 것 같았다. 나는 남부 억양조차 완전히 지워내지 못한 수위의 딸 주제에 지금 이곳에서 교양 있는 젊은 여류 작가 역할을 연기하게 된 사실에 대해 스스로도 놀라워하고 있는 시골 처녀에 지나지 않았다.

그렇게 자신감을 잃고 확신이 없는 이야기를 두서없이 늘어놓고 있는데 설상가상으로 니노까지 나타난 것이다. 니노의 등장에 나는 그나마 남아 있던 자제력마저 완전히 상실했다. 니노는 내 편을 들어주었지만 오히려 그 때문에 내가 갑자기 모든 능력을 잃었다는 생각이 확고해졌다.

니노와 나는 별반 다를 것이 없는 환경에서 자라났다. 둘 다 이런 식으로 말하는 법을 익히기 위해 힘겹게 노력했다. 그런데도 니노는 상대방을 공격할 때 자연스럽게 고급 어휘를 구사했을 뿐 아니라 필요한 순간에는 뻔뻔할 정도로 태연하게 일부러 세련된 언어의 질서를 무너뜨리기도 했다. 그렇게 함으로써 상대방의 지나치게 딱딱한 교수 같은 말투를 되레 우스꽝스럽게 만들었다. 나는 그 남자가 다시 발언권을 요구하는 것을 보고 생각했다.

'화가 많이 난 것 같아. 이미 내 책에 대해 좋지 않게 말했는데 이번에는 그런 내 책을 두둔한 니노에게 모욕을 주기 위해서라도 아까보다 더 심한 말을 하겠지.'

하지만 그가 화를 낸 이유는 다른 데 있는 것 같았다. 그는 나에 대해서도 내 책에 대해서도 언급하지 않았다. 니노가 무심히, 하지만 몇 번이나 반복했던 몇 가지 표현에만 집중했다. 예를 들어 '봉건주의적인 오만함'이라든지 '반권위주의 문학' 같은 표현들이었다. 그제야 나는 그 남자가 화를 낸 이유는 니노가 그날 토론의 방향을 정치 쪽으로 바꿔버렸기 때문이라는 것을 깨달았다. 그는 니노가 사용한 용어를 탐탁지 않게 여겼고 그런 의견을 분명히 나타냈다. 그는 저음의 굵은 목소리를 갑자기 가성으로 바꿔 심하게 비아냥댔다.

"그러니까 요즘은 지식인의 자부심을 오만함이라고 정의 내린단 말이죠? 그러니까 문학도 반권위주의적이어야 한단 말이지요?"

그는 '권위'라는 용어로 복잡한 말장난을 하기 시작했다. 그는 근래에 밀라노 국립대학 학생들 사이에 특강이랍시고 자기들끼리 돌아가면서 헛소리를 지껄여대는 풍조가 있다고 했다. 권위는 그런 특강에서 주워들은 말도 안 되는 주장을 자기 의견의 근거로 제시하며 함부로 의견을 내세우는 무식한 젊은이들로부터 지성인을 보호해주는 유일한 방파제라고 했다. 그러니 이 정도의 권위가 남아 있는 것이 그나마 다행이라고 했다.

그는 오랫동안 이 문제를 붙들고 말을 이어나갔다. 그의 일장 연설의 대상은 청중이었다. 니노나 나에게 직접 말하는 법은 없었다. 마지막에는 내 옆에 앉아 있던 나이 지긋한 비평가에게 집중했고 그다음에는 대놓고 아델레 부인을 바라보았다. 아마 처음부터 그의 목표는 아델레 부인이었던 것 같았다.

"내가 못마땅하게 생각하는 것은 요즘 젊은이들이 아닙니다."

그가 자신의 발언을 요약했다.

"공부를 할 만큼 했는데도 자신의 이익을 위해 속 빈 최신 유행에 편승하려는 어른들이 문제인 거죠."

그쯤에서 남자는 드디어 말을 멈추고 낮지만 힘찬 말투로 주변 사람들에게 말하며 자리를 뜨려고 했다.

"실례합니다. 지나가겠습니다. 감사합니다."

그곳에 있던 사람들은 그에게 길을 내주기 위해 자리에서 일어났다. 그를 못마땅해 하면서도 태도만은 겸손했다. 나는 그제야 그 남자가 중요한 사람이라는 것을 알아챘다. 아델레 부인도 표정은 어두웠지만 목례를 하며 정중하게 말했다.

"감사합니다. 다음에 또 뵙지요."

그런 상황에서 니노가 그를 불러 세우자 모두들 놀랐다. 니노는 자기도 그가 누구인지 정도는 알고 있다는 듯 그 남자를 교수라 불렀다. 그런데도 니노의 말투는 은근히 강압적이고 장난스러웠다.

"어디에 가시나요, 교수님? 도망가지 마세요."

그러고는 긴 다리를 십분 활용하여 교수의 앞을 가로막고 그와 마주했다. 니노는 내게는 아직 어색하게 들리는 말투로 그에게 뭔가를 이야기했지만 내가 있는 곳에서는 잘 들리지 않았고 그나마 알아들은 몇 마디 말도 이해가 되지 않았다. 하지만 니노의 말은 뜨거운 햇볕 아래 달구어진 철사처럼 교수의 심기를 불편하게 만들었던 것 같다. 교수는 서두르는 기색 없이 미동도 하지 않고 니노의 말을 듣고 나더니 니노에게 비키라는 손짓을 해보이고는 출구로 향했다.

3

나는 정신이 혼미한 상태에서 자리에서 일어났다. 니노가 밀라노에, 더구나 나와 한 공간에 있다는 사실이 믿기지 않았다. 하지만 그것은 현실이었다. 니노는 미소를 지은 채 절제된 걸음으로 서두르지 않고 나를 향해 다가오고 있었다.

우리는 악수를 했다. 니노의 손은 뜨거운 데 비해 내 손은 얼음장같이 차가웠다. 우리는 오랜만에 만나 너무 반갑다고 서로에게 인사했다. 그날 밤 일정 중 제일 힘든 부분이 드디어 끝난 데다 니노가 정말로 내 앞에 있다는 사실에 불쾌감은 사그라졌지만 그렇다고 흥분이 가라앉지는 않았다.

나는 먼저 내 작품을 관대하게 호평해준 비평가에게 니노를 소개했다. 나는 그에게 니노가 고향 친구이며 함께 고등학교에 다녔다 고 말했다. 부분적으로는 자신도 니노가 뱉어낸 독설의 표적이 되었는데도 비평가는 니노를 친절하게 대했다. 그는 나를 비판했던 남자에게 맞선 니노를 칭찬하며 나폴리에 호감을 보였다. 우수한 학생을 격려하는 태도였다.

니노는 몇 년 전에 밀라노로 옮겨왔고 지금은 대학에서 경제지리학을 가르치고 있다고 했다. 학계에서 가장 비참한 계급인 강사로 재직하고 있다며 미소를 지었다. 니노는 상냥했다. 소년 시절의 뚱한 말투가 전혀 느껴지지 않았다. 고등학교 시절 내가 그에게 매료되었을 때보다 어깨에 힘을 뺀 느낌이었다. 빠르고 우아한 동작으로 말에 올라 창을 들고 목표를 향해 돌진하기 위해 불필요한 갑옷의 무게를 줄인 것 같았다. 나는 니노의 손에 결혼반지가 없는 것을 확인하고 안도의 한숨을 내쉬었다.

그러는 동안 아델레 부인의 친구들이 내 책에 서명을 받으려고 다가왔다. 처음 있는 일이라 흥분됐다. 나는 망설였다. 잠시라도 니노를 시야에서 놓치고 싶지 않았지만 한편으로는 조금 전의 어설픈 이미지를 지워버리고 싶었다. 나는 니노를 나이 든 비평가 선생에게 맡겨놓고 (비평가 선생의 이름은 타라타노였다) 예의 바르게 독자들을 대했다. 최대한 빨리 끝내고 싶었지만 갓 인쇄되어 잉크 냄새가 채 가시지 않은 책을 마주하니 볼펜으로 급하게 서명하다 책을 망가뜨리고 싶지 않았다. 그 책들은 나와 릴라가 동네 도서관에서 빌려 보던 냄새 고약한 낡은 책들과 달랐다.

나는 올리비에로 선생님에게 글을 배운 이래 가장 아름다운 글씨체를 뽐내며 책에 서명하고 헌사 문구를 공들여 적어주느라 기다리던 몇몇 부인의 참을성을 잃게 만들었다. 그러는 동안에도 나는 니노에게서 시선을 떼지 않았다. 심장이 세게 뛰었다. 나는 니노가 훌쩍 떠나버릴까봐 두려웠다.

하지만 니노는 떠나지 않았다. 곧이어 아델레 부인이 니노와 타라타노 교수 곁으로 다가가는 모습이 보였다. 니노는 부인을 침착하고 겸손한 태도로 대했다. 고등학교 시절 그가 갈리아니 선생님과 복도에서 이야기를 나누던 모습이 떠올랐다. 그때의 우수한 고등학생과 지금 내 앞에 나타난 청년의 모습이 자연스럽게 겹쳐졌다.

나는 이스키아 섬에서 나의 유부녀 친구와 사랑에 빠졌던 대학생, 사랑에 눈이 멀어 마르티리 광장의 구둣가게 화장실에 몸을 숨기던 청년, 한 번도 보지 못한 아들 젠나로의 아버지 니노의 모습을 격렬하게 떨쳐내 버렸다. 그 모습들은 모두에게 고통만 남긴 의미 없는 탈선이었다. 릴라가 니노의 인생에 끼어들어 그가 방황했던 것은 사실이지만 그것은 단지 일시적인 탈선이었다는 것이 그날 밤 분명해졌다.

너무나도 강렬한 경험이었기 때문에 비록 깊은 상처를 남겼을지언정 이미 지나간 일이었다. 니노가 제자리를 찾은 것을 보니 기뻤다.

나는 생각했다.

'릴라에게 니노를 만났다고 말해줘야겠어. 그가 잘 지내고 있다고 알려줘야겠어.'

'아니, 말하지 않겠어.'

나는 이내 마음을 바꿔먹었다.

서명을 마치고 나니 어느새 홀은 비어 있었다. 아델레 부인은 상냥한 태도로 내 손을 잡고 작품 설명을 훌륭하게 잘했다고 했다. 두꺼운 안경을 쓴 남자의 비판에 잘 대응했다고 칭찬해주었다. 부인은 그 남자의 발언을 형편없는 논평이라고 했다. 내가 계속 그날 저녁 그다지 좋은 모습을 보이지 못했다고 하자 (사실이 그랬다) 아델레 부인은 니노와 타라타노 교수에게 도움을 청했고 이들은 당연히 내게 온갖 찬사를 쏟아부었다. 니노는 진지한 표정으로 나를 바라보며 말했다.

"엘레나가 고등학교 시절 어떤 학생이었는지 상상도 못 하실 거예요. 정말 똑똑한 아이였어요. 교양 있고 용감한 데다 정말 예쁘기까지 했죠."

니노의 말에 내 얼굴이 확 달아올랐다. 니노는 나와 종교학 선생님이 충돌했던 사건을 적당히 과장을 섞어가며 재미있게 이야기했고 아델레 부인은 니노의 말에 귀를 기울이며 자주 웃음을 터뜨렸다.

"우리 가족은 엘레나에게 얼마나 재능이 많은지 바로 알아보았답니다."

아델레 부인은 이렇게 말하고는 멀지 않은 식당에 저녁을 예약해 두었다고 했다. 나는 긴장했다. 너무 피곤해서 배가 고프지 않다고 쭈뼛거리며 말했다. 호텔로 돌아가기 전에 오랜만에 다시 만난 니노와 잠시라도 산책하고 싶다는 뜻을 내비쳤다.

나는 내 행동이 예의에 어긋난다는 사실을 알고 있었다. 아델레 부인은 분명 나를 축하해주고 내 책에 대해 칭찬해준 타라타노 교수에게 감사를 표하기 위해 자리를 마련했을 테니까.

그래도 나는 니노와 함께 있고 싶은 마음을 참지 못했다. 아델레 부인은 잠시 나를 못마땅한 표정으로 바라보다 당연히 내 고향 친구도 함께 가주었으면 좋겠다고 했다. 그러고는 내게 깜짝 선물이 있다는 알 수 없는 말을 덧붙였다. 내 희생을 보상받을 것이라는 뉘앙

스였다.

'니노가 초대를 받아들일까?'

나는 불안한 눈빛으로 니노를 바라보았다. 니노는 우리를 방해하고 싶지 않다면서 시계를 보더니 부인의 초대를 받아들였다.

4

우리는 함께 서점을 나섰다. 아델레 부인은 눈치 빠르게 타라타노 교수와 앞서 걸어갔고 나와 니노는 그들의 뒤를 따랐다. 막상 둘이 있게 되자 나는 무슨 말을 해야 할지 알 수 없었다. 말실수를 할까봐 두려웠다.

먼저 침묵을 깬 쪽은 니노였다. 니노는 내 책을 다시 칭찬하다가 아이로타 집안을 칭찬하기 시작했다. 니노는 아이로타 집안을 이탈리아 명문가 중에서 가장 의식이 깨어 있는 집안이라고 했다. 마리아로사와 아는 사이라고도 했다.

"마리아로사는 항상 최전방에 있어. 2주 전에 그녀와 크게 한바탕 했지."

니노는 아델레 부인에게 내가 피에트로와 약혼했다는 사실을 들었다면서 내게 축하한다고 했다. 놀랍게도 피에트로가 쓴 바쿠스의 의식에 관한 책도 읽어봤다고 했다. 니노는 특히 피에트로의 아버지 구이도 아이로타 교수를 매우 훌륭한 분이라고 칭하면서 존경을 표했다.

내 약혼 사실을 니노가 알고 있는 것이 약간 짜증났다. 게다가 내 책에 대한 칭찬이 피에트로의 가족과 그의 책을 훨씬 더 집요하게 칭찬하기 위한 서론에 지나지 않았다는 사실도 불편하게 느껴졌다.

나는 니노의 말을 끊고 그가 어떻게 지내고 있는지 물었다. 하지만 니노는 자세한 이야기를 피했다. 그는 곧 그리 길지 않은 책을 한 권 출판할 예정이라고 했다. 의무적으로 쓴 지루하기 짝이 없는 책이라고 했다.

나는 포기하지 않고 처음에 밀라노에 적응하기가 힘들지 않았는지 물었다. 니노는 남부 출신 사람이 무일푼으로 밀라노로 상경한다는 게 쉽지는 않았다는 정도의 당연한 이야기를 했다. 그러다 불현듯 내게 물었다.

"너는 다시 나폴리에서 지내는 거야?"

"당분간은 그럴 거야."

"고향 동네에서?"

"응."

"나는 아버지와 연을 완전히 끊었어. 다른 식구들과도 만나지 않아."

"안됐네."

"이대로가 좋아. 리나 소식을 듣지 못하는 것은 안타깝지만."

순간 나는 내 생각이 틀렸다고 생각했다. 릴라가 니노의 삶에서 사라지지 않았고, 니노가 서점에 온 것도 나를 보기 위해서가 아니라 릴라의 소식을 묻기 위해서였다고 생각했다. 나는 이내 생각을 고쳐먹었다.

'정말로 릴라에 대해 알고 싶었다면 따로 알아볼 수 있었을 거야. 이렇게 시간이 많이 흘렀는데.'

나는 나도 모르게 발끈했다. 당장 다른 주제로 넘어가고 싶다는 의미로 단호하게 말을 잘랐다

"리나는 남편과 헤어졌어. 지금은 다른 사람이랑 살고 있어."

"아들을 낳았어 아니면 딸을 낳았어?"

"아들."

그는 불만스러운 표정을 지었다.

"리나는 용감해. 지나칠 정도로 말이야. 하지만 도무지 현실과 타협할 줄을 몰라. 그 누구도 받아들일 수 없는 사람이야. 자기 자신마저도 말이야. 그런 리나를 좋아하는 게 힘들었어."

"무슨 뜻이야?"

"리나는 헌신이 뭔지 몰라."

"너무 심한 거 아니야?"

"아니야. 리나는 정말 문제가 있어. 생각도 그렇고 모든 면에서. 심지어는 성관계도 그랬어."

성관계도 그랬다는 니노의 마지막 말에 나는 심한 충격을 받았다. 니노는 릴라와의 관계를 부정적으로 생각하는 건가. 그래서 나를 불편하게 하면서까지 릴라와의 성관계까지도 그 부정적인 감정에 포함되었다는 이야기를 지금 내게 한 것인가. 나는 앞서 걸어가고 있는 아델레 부인과 타라타노 교수의 어두운 윤곽을 잠시 바라보았다. 불편한 감정은 불안함으로 변했다.

나는 '성관계도'라는 니노의 말이 다음 대화를 이어나가기 위한 서두이고 니노는 이 부분에 대해서 더 깊게 이야기를 나누고 싶어 한다는 것을 깨달았다. 물론 몇 년 전에 스테파노도 나에게 릴라 문제를 이야기하면서 자신의 심정을 털어놓은 적이 있다. 하지만 그때만 해도 스테파노는 성적인 문제에 대해서는 한마디도 하지 않았다. 우리 동네 사람 중 그 누구도 사랑하는 여인에 대해 이야기하면서 성관계를 입에 담지는 않을 것이다.

예를 들면 파스콸레가 아다와의 성관계에 대해서 이야기한다거나 그보다 심하게 안토니오가 카르멘이나 질리올라에게 나와의 성관계에 대해서 이야기한다는 것은 생각조차 할 수 없는 일이었다.

남자들끼리는 추잡한 이야기를 할 수도 있다. 그들은 진정으로 사랑하지 않거나 사랑이 식어버린 여인들에 대해서는 그런 이야기를 했다. 그마저도 사내들끼리 하는 대화였다. 이성에게 대놓고 그런 이야기를 하지는 않았다.

하지만 예전과는 달라진 니노는 내게 내 친구와 했던 성관계에 대해 이야기하는 것을 너무나 자연스럽게 생각하고 있었다. 나는 민망한 마음에 움츠러들었다. 이 이야기도 릴라에게 절대 하지 말아야겠다고 생각했다. 나는 짐짓 천연덕스럽게 니노에게 말했다.

"다 지나간 일인데 괜히 마음 상하지 말자. 네 이야기나 좀 해봐. 지금 무슨 일을 하고 있어? 대학에서의 전망은 어때? 지금 어디에 살아? 혼자 있는 거야?"

내가 지나치게 호들갑을 떠는 바람에 니노는 내가 대화의 주제를 급히 다른 쪽으로 돌리려 한다는 것을 눈치챈 듯했다. 그가 비꼬는 듯한 미소를 지으며 내 질문에 대답하려는 순간 우리는 목적지에 도착해 함께 식당에 들어갔다.

5

레스토랑에서 아델레 부인은 앉을 자리를 정해주었다. 부인의 지시에 따라 나는 니노 옆에서 타라타노 교수와 마주보는 자리에 앉았고 부인은 타라타노 교수 옆에서 니노와 마주 앉았다.

식사를 주문한 후 대화의 주제는 두꺼운 안경을 쓴 남자에게로 옮겨갔다. 그제야 나는 그가 이탈리아문학 교수이자 기독교민주당원이며 『코리에레 델라 세라』지의 필진이라는 사실을 알게 되었다. 이번에는 아델레 부인도 타라타노 교수도 참지 않았다. 공식 행사가 끝나자 아델레 부인과 타라타노 교수는 남자에 대해서 온갖 악담을 쏟아냈다.

그에게 맞서 그를 짓밟아버린 니노에게 찬사를 보냈다. 특히 서점을 떠나려는 남자에게 니노가 했던 말을 떠올리며 즐거워했다. 나는 듣지 못했던 니노의 말을 아델레 부인과 타라타노 교수는 들었던 것 같았다. 아델레 부인과 타라타노 교수가 정확히 무슨 말을 했는지 니노에게 다시 들려달라고 하자 니노는 몸을 사리며 잘 기억이 나지 않는다고 하다가 결국에는 상황을 설명했다. 상황에 맞추어 약간 각색했을 수도 있지만 그때 니노는 이렇게 말했다고 했다.

"당신은 당신 말의 권위를 지키기 위해서라면 민주주의를 희생시킬 수도 있겠군요."

나만 빼놓고 셋은 열띤 토론을 벌였다. 그들은 비밀작전, 그리스 문제, 그리스 감옥에서 자행되는 고문, 베트남 문제, 예상치 않게 이탈리아뿐만 아니라 유럽과 전 세계를 휩쓸고 있는 학생운동 등에 대해서 이야기를 나누었다. 피에트로의 아버지 아이로타 교수가 『폰테』지에 기고한 글에 대한 이야기도 나왔다. 니노는 대학의 연구 및 교육 시스템에 대한 아이로타 교수의 의견에 전적으로 공감한다고 했다.

"딸아이에게 당신이 제 아버지의 글을 좋아한다는 말을 해줘야겠어요."

아델레 부인이 말했다.

"마리아로사는 형편없는 글이라고 말했거든요."

"마리아로사는 이룰 수 없는 일에만 열정을 보이지요."

"맞아요. 정말 그래요."

나는 내 예비 시아버지의 글에 대해서는 아는 바가 없었다. 나는 불편한 마음에 아무 말도 하지 않고 그들의 말에 귀를 기울였다. 대학 시절에는 시험과 졸업논문을 준비하느라 바빴고 책을 쓴 다음에는 급하게 출판 준비를 하는 데 거의 모든 시간을 바쳐야 했다. 그러다보니 시사문제에 대해서는 피상적으로 알고 있을 뿐이었고 당시 학생운동이나 집회, 공권력과의 충돌, 부상자와 연행자들, 유혈사태에 대해서는 거의 들은 바가 없었다.

대학을 졸업한 후부터는 혼란스러운 상황에 대한 정보를 얻을 수 있는 유일한 수단은 피에트로의 투덜거림뿐이었다. 피에트로는 현 상태를 말 그대로 '피사 학생들의 뻘짓'이라고 정의 내렸다. 자연히 나는 주변에서 일어나는 일에 대해 혼란스럽고 부분적인 정보밖에 몰랐다. 그에 비해 그날 저녁 내 일행들은 현재 일어나고 있는 일을 정확하게 파악하고 있었다. 특히 니노가 그랬다.

나는 니노 옆에 앉아 그의 이야기에 귀를 기울이면서 가끔씩 일부러 살짝 팔을 스쳤다. 천과 천이 스치는 것에 불과했지만 마음이 설렜다. 니노의 숫자 사랑은 여전했다. 니노는 이탈리아의 전체 대학생 수를 언급하며 너무 많다고 했다. 그는 대학건물의 최대 수용인원과 종신직 교수들의 실질 근무 시간에 대해서도 이야기했다. 그러면서 수많은 교수가 연구나 교육에 열중하지 않고 국회에 진출하거나 이사회에 참석하거나 수익성 좋은 컨설팅 서비스를 제공하는 등 다른 직업을 병행한다고 했다.

아델레 부인과 타라타노 교수는 니노의 말에 동조하며 가끔 특정 인물의 이름을 거론하면서 니노의 이야기에 끼어들었다. 하나같이 처음 듣는 이름이었다.

나는 대화에서 완전히 소외되었다. 그 자리가 내 책의 출판을 기념하기 위해 마련된 자리라는 것을 모두 잊어버린 것 같았다. 시어머니는 깜짝 선물의 존재마저 까맣게 잊어버린 것 같았다. 내가 잠시 실례하겠다고 속삭이자 아델레 부인은 무심히 고개를 끄덕였고 니노는 열정적으로 대화를 이어나갔다. 타라타노 교수만이 내가 지루해한다는 사실을 알아채고 작은 목소리로 재촉했다.

"어서 돌아와요. 당신 의견도 듣고 싶어요."

"제겐 의견이 없는 걸요."

나는 반쯤 미소를 지으며 말했다. 그러자 교수는 미소로 응답하며 말했다.

"작가라면 어떤 주제에 대해서든 자기 의견을 만들어낼 수 있어야죠."

"제가 작가가 아닌가보죠."

"그럴 리가요. 당신은 틀림없는 작가예요."

나는 화장실에 들어갔다. 니노가 입을 열 때마다 내가 한참 뒤떨어져 있는 것처럼 느껴졌다. 예전부터 그랬다. 공부를 해야겠다고 생각했다. 어쩌면 이토록 세상 돌아가는 일에 신경 쓰지 않았을까. 물론 마음만 먹으면 아는 척하거나 관심이 있는 척 말할 수는 있다. 하지만 언제까지 그런 식으로 아는 척만 할 수는 없다.

지금까지 나는 정작 중요한 것은 거의 배우지 못했다. 쓸모없는 것에만 치중했다. 프랑코와 관계를 정리한 후로는 그의 영향을 받아 생겼던 세상일에 대한 약간의 호기심마저 잃었다. 피에트로와의 약혼은 상황을 더 악화시켰다.

피에트로가 관심이 없는 일에는 나도 흥미를 느끼지 못하게 됐으니까. 피에트로는 그의 아버지나 누나, 어머니와 너무 달랐다. 무엇보다 니노와는 정반대였다. 피에트로 생각대로 했다면 나는 소설도 쓰지 않았을 것이다. 피에트로는 내가 소설을 쓴 사실을 학자라면 지켜야 할 학풍을 해친 것으로 여기고 마지못해 받아들였다.

물론 내가 과장해서 생각하는 것일 수도 있다. 모든 것이 그저 내 문제일지도 모른다. 한 번에 한 가지 일에만 집중하고 다른 것은 전혀 돌아보지 못하는 나의 한계 때문인지도 모른다. 하지만 이제는 변할 것이다. 이 지겨운 저녁식사가 끝나면 나는 니노를 이끌고 밤새 산책을 할 것이다. 니노에게 무슨 책을 읽고 어떤 영화를 보고 어떤 음악을 들어야 하는지 물을 것이다. 나는 니노의 팔짱을 끼고 춥다고 속삭일 것이다.

머릿속이 혼란스러웠다. 도무지 감정이 정리되지 않았다. 불안감을 숨기려고 애써보았다. 한 가지 생각만이 머릿속에 맴돌았다.

'이번이 마지막 기회일지도 몰라. 내일 밀라노를 떠나면 다시는 니노를 보지 못할지도 몰라.'

나는 화난 표정으로 거울에 비친 내 모습을 바라보았다. 피곤해 보이는 얼굴이었다. 턱에 작은 뾰루지가 잔뜩 난 데다 생리 전이라 퍼런 다크서클이 눈 밑으로 짙게 내려와 있었다. 나는 키가 작고 못생겼으며 가슴도 너무 크다. 애당초 니노는 나를 좋아하지 않았다는 사실을 눈치챘어야 했다. 내가 아니라 릴라를 선택한 데에는 그럴 만한 이유가 있었다는 것을 눈치챘어야 했다. 하지만 그들이 사랑한 결과는 무엇인가.

'릴라는 문제가 있어. 성관계도 그랬어.'

니노는 그렇게 말했다. 그때 괜히 말을 돌렸다는 생각이 들었다. 호기심을 보이며 니노의 이야기를 들어봐야 했다. 다시 그 이야기가 나오면 편견을 버리고 그에게 물어봐야겠다고 생각했다.

'여자가 성관계에 문제가 있다는 것은 무슨 뜻이야?'

나는 웃으면서 이렇게 말할 것이다.

'혹시 나도 실수할까봐 물어보는 거야. 문제가 있으면 바로잡아야 하니까. 필요한 순간이 올 수도 있잖아. 물론 그것이 바로잡을 수 있는 건지는 모르겠지만.'

순간 마론티 해변에서 그의 아버지와 있었던 역겨운 일이 떠올랐다. 피사에 있을 때 프랑코의 작은 침대에서 그와 사랑을 나누던 기억도 났다. 그때도 뭔가 실수를 했던 것은 아닐까. 프랑코는 내 실수를 알아채고도 눈치껏 내게 말을 안 한 게 아닐까. 만약 그날 밤 내가 니노와 사랑을 나눈다면, 그러다 내가 더 많은 실수를 한다면 니노는 나에게도 릴라처럼 문제가 있다고 생각할까. 그리고 뒤돌아 '밀라노 국립대학'의 여자친구들이나 마리아로사에게 내 흉을 보지는 않을까.

나는 니노가 사용한 표현이 얼마나 불쾌한 것인지 다시 한 번 깨달았다. 그 순간 니노를 책망했어야 했다. 그 잘못된 성관계에서 그가 이제 와서 부정적으로 말하는 경험에서 한 생명이, 어린 젠나로가 태어났다고 말했어야 했다. 젠나로가 아주 똑똑하다는 말도 했어야 했다. 그러니 그런 식으로 말하는 것은 옳지 않다고, 누구에게는 문제가 있고 누구에게는 없다는 식으로 사안을 축소하는 것은 옳지 않다고 말했어야 했다. 릴라가 너 때문에 신세를 망쳤다고 말했어야 했다.

'아델레 부인과 타라타노 교수에게서 벗어나 니노가 나를 숙소까지 데려다줄 때 다시 말해봐야겠어. 그때 이야기를 해야지.'

나는 결심을 굳혔다.

화장실에서 나와 자리로 돌아가니 내가 자리를 비운 동안 상황이 바뀌었다는 것을 깨달았다. 시어머니는 나를 보자마자 손을 흔들며 명랑하게 말했다. 볼이 발그스레했다.

"드디어 너를 위한 깜짝 선물이 도착했단다."

깜짝 선물은 다름 아닌 피에트로였다. 피에트로가 자기 어머니 옆에 앉아 있었다.

6

내 약혼자는 벌떡 일어나 나를 껴안았다. 나는 피에트로에게 한 번도 니노 이야기를 한 적이 없었다. 짧게나마 안토니오에 대해서는 언급한 적이 있었다. 프랑코와의 관계에 대해서도 이야기한 적이 있었다. 어차피 나와 프랑코의 관계는 피사 대학가에 파다하게 소문이 났었으니까.

하지만 니노의 이름은 한 번도 언급한 적이 없었다. 내겐 너무 아픈 과거였다. 말하기 민망할 정도로 아픈 순간들이 있었다. 게다가 니노 이야기를 한다는 것은 내가 평생 한 사람만을 사랑해왔고 니노를 사랑한 것만큼 그 누구도 사랑하지 못할 것이라고 고백하는 것이나 마찬가지였다.

니노와의 과거를 제대로 이야기하려면 릴라와 이스키아 섬에서 일어난 일에 대해 이야기해야 했다. 소설에 묘사한 나이 든 남자와의 성관계가 마론티 해변에서 겪은 실제 경험을 바탕으로 했다는 사실을 고백해야 할지도 모른다. 어린 시절 절망에 빠진 계집아이의 철없는 선택이었으며 돌이켜보면 혐오스러울 따름이라는 사실을 이야기해야 할지도 모른다.

하지만 이것은 내 개인사이기에 아무에게도 이야기하지 않았다.

피에트로가 니노와 얽힌 내 과거사를 알았다면 그날 저녁 내가 왜 그렇게 못마땅한 표정으로 자신을 맞았는지 금세 이해했을 것이다.

피에트로는 다시 자기 어머니와 니노 사이에 있는 식탁 상석으로 돌아갔다. 스테이크 한 접시를 게걸스레 먹어치우고 와인을 마시면서 불안한 눈빛으로 나를 바라보았다. 내가 기분이 좋지 않다는 사실을 눈치챈 것이다. 사실 피에트로가 죄책감을 느끼는 것은 당연했다. 늦게 도착하는 바람에 나에게 아주 중요한 행사에 함께하지 못했으니까. 피에트로는 내가 자신의 무심함을 그가 나를 사랑하지 않는다는 의미로 받아들인 것이라고 생각하고 있을지도 몰랐다. 실제로 그는 결정적인 순간에 내게 힘이 되지 못하고 생면부지 이방인 사이에 나를 내버려두지 않았나.

하지만 내 우울한 표정과 침묵의 원인이 실은 그가 나를 끝까지 내버려두지 않고 중간에 모습을 나타냈기 때문이라고 말할 수는 없는 노릇이었다. 그가 불쑥 나타나 나와 니노 사이에 끼어들었기 때문이라고 말할 수는 없었다.

설상가상 니노도 나를 기운 빠지게 하기는 마찬가지였다. 니노는 바로 내 옆에 있었지만 내게는 한마디도 건네지 않았다. 피에트로가 등장하자 오히려 기뻐하는 것 같았다. 니노는 피에트로의 잔에 와인을 채워주고 자신의 담배를 권하더니 불까지 붙여주었다. 그러고는 둘 다 입술 사이로 연기를 내뿜으며 피사에서 밀라노까지의 긴 여행과 운전하는 즐거움에 대해 이야기하기 시작했다.

둘은 너무나 달라서 인상적이었다. 니노는 깡마른 몸매에 키가 껑충했고 목소리 톤이 높고 다정했다. 이에 비해 피에트로는 체격이 다부졌고 넓은 이마는 헝클어진 머리에 덮여 있어 우스꽝스러웠다. 넓은 뺨에는 면도하다 난 상처가 있었고 목소리는 언제나 나지막

했다.

둘은 이 만남을 즐기는 것 같았다. 내성적인 피에트로에게는 드문 일이었다. 니노는 피에트로의 연구에 진심으로 관심을 보이며 그에게 말했다.

"어디선가 우유와 꿀을 와인과 모든 형태의 주류와 비교하는 당신 글을 읽었어요."

니노는 피에트로에게 그의 연구에 대해 설명해달라고 했다. 보통 자신의 연구 주제에 말문을 열지 않는 내 약혼자는 니노의 요청에 짐짓 못 이기는 척 유쾌한 태도로 니노의 말을 바로잡아주며 기분 좋게 이야기를 시작했다. 피에트로가 니노와 한참 친해지려는데 아델레 부인이 끼어들었다.

"이제 수다는 그만."

아델레 부인은 피에트로에게 말했다.

"엘레나에게 깜짝 선물을 줘야지."

나는 얼떨떨해서 부인을 바라보았다. 선물이 또 있다고? 피에트로가 몇 시간 동안 한 번도 쉬지 않고 차를 몰고 와 나를 위해 마련된 저녁식사에 참석한 것 말고 다른 선물이 있단 말인가?

피에트로가 무슨 말을 할지 궁금했다. 그는 내가 익히 알고 있는 뚱한 표정을 짓고 있었다. 공개적으로 스스로를 추켜세워야 할 때 짓는 표정이었다. 피에트로는 내게 자신이 피렌체 대학의 종신교수가 되었다고 속삭이듯 말했다. 젊은 나이에 피렌체 대학의 정교수로 임명된 것이다.

피에트로다웠다. 그 어려운 일을 마법처럼 해낸 것이다. 피에트로는 절대로 자신의 실력을 자랑하는 법이 없었기에 나는 그가 학자로서 얼마나 명망이 높은지 알지 못했다. 그는 자기가 얼마나 치열하게 노력하는지 전혀 내색하지 않았다.

피에트로는 대수롭지 않은 일을 어머니 때문에 억지로 이야기하는 것처럼 경멸스럽게 말했다. 하지만 결코 대수롭지 않은 일이 아니었다. 젊은 나이에 엄청난 명성을 얻게 되는 일이었다. 평생 안정적인 생활을 보장받는 것을 의미했다. 피사를 떠난다는 뜻이기도 했다.

왠지 모르지만 피에트로는 몇 달 전부터 피사의 정치적·문화적 분위기를 힘겨워하고 있었다. 무엇보다도 올가을이나 아무리 늦어도 내년 초 안에 우리가 결혼할 것이고 내가 나폴리를 떠나게 될 것이라는 의미였다. 아무도 이 마지막 사실을 직접적으로 언급하지는 않았지만 모두들 우리 둘을 함께 축하해주었다.

니노도 우리를 축하해주었다. 그리고 바로 시계를 보더니 대학에 몸담는 것에 대해 두어 마디 쓴소리를 하고는 안타깝지만 그만 가봐야겠다면서 자리에서 일어났다.

우리는 모두 함께 자리에서 일어났다. 나는 무엇을 해야 할지 몰랐다. 애타게 니노의 시선을 찾았지만 소용없었다. 가슴속 고통이 커져만 갔다. 그걸로 끝이었다. 나는 영영 기회를 잃은 것이다. 내 은밀한 욕망은 빛을 보기도 전에 좌절되었다. 식당을 나서면서 나는 니노가 내게 전화번호나 주소를 알려주기를 바랐다. 하지만 그는 나와 악수하고 잘 지내라는 인사만 했다. 그때부터 니노는 일부러 나를 피하는 것 같았다. 작별인사를 하면서 나는 그에게 살짝 미소를 지으며 펜으로 허공에 글씨 쓰는 시늉을 했다. '내 주소는 아니까 편지라도 보내줘. 부탁이야'라는 애원이 담긴 동작이었다. 하지만 내 동작이 끝나기도 전에 니노는 이미 내게서 고개를 돌렸다.

7

나는 아델레 부인과 타라타노 교수에게 나와 내 책을 위해 애써줘서 감사하다고 했다. 둘 다 오랫동안 진심으로 니노를 칭찬했다. 마치 내가 니노를 이토록 똑똑하고 호감 가는 청년으로 만들었다고 생각하는 것 같았다.

피에트로는 아무 말도 하지 않았다. 어머니가 빨리 집에 돌아오라고 당부하자 짜증스럽게 고개를 끄덕여 보일 뿐이었다. 그날은 두 사람 모두 마리아로사 집에 머물 예정이었다.

"굳이 데려다주지 않아도 돼. 어머니랑 가봐."

내가 재빨리 말했지만 일행 중 그 누구도 내 말을 진심으로 받아들이지 않았다. 사실 나는 기분이 너무 우울했다. 정말로 혼자 있고 싶었다.

숙소로 돌아가는 내내 나는 피에트로에게 고약하게 굴었다. 나는 피에트로에게 피렌체가 싫다고 소리 질렀다. 물론 사실이 아니었다. 더 이상 글을 쓰고 싶은 마음이 없고 가르치는 일을 하고 싶다고 했다. 거짓말이었다. 피곤해서 졸려 죽겠다고 소리쳤다. 이 또한 사실이 아니었다. 나는 여기에서 멈추지 않았다. 피에트로가 갑자기 우리 부모님께 인사드리러 오겠다고 하자 나는 소리를 질렀다.

"미쳤어? 우리 부모님을 내버려둬! 당신은 우리 부모님과 어울리지 않아. 우리 부모님도 마찬가지고."

상황이 이 지경에 이르자 피에트로는 놀란 목소리로 물었다.

"나랑 결혼하기 싫어진 거야?"

나는 하마터면 결혼하고 싶지 않다고 말할 뻔했지만 겨우 참았다. 그 말 역시 진심이 아니라는 것을 알고 있었기 때문이다.

"미안해. 기분이 좋지 않아서 그래. 당연히 당신과 결혼하고 싶지."

나는 힘없이 말하고는 그의 손을 잡고 깍지를 꼈다. 피에트로는 똑똑한 데다 놀랍도록 교양 있고 착한 사람이었다. 나 역시 그를 아꼈기에 그를 아프게 하고 싶지는 않았다. 하지만 피에트로의 손을 잡고 그와 결혼하고 싶다고 말하면서도 만약 그날 밤 그가 식당에 나타나지 않았다면 나는 니노를 유혹했을 것이라는 사실을 확실히 깨달았다.

스스로도 인정하기 힘든 사실이었다. 물론 피에트로에게 못할 짓이었다. 그는 그런 취급을 당할 만한 사람이 아니었다. 그렇지만 나는 아무런 후회 없이 기꺼이 니노와 관계를 가졌을 것이다. 어떻게 해서든 그를 내게로 이끌었을 것이다. 초등학교부터 고등학교에 이르는 그 오랜 세월과 이스키아 섬과 마르티리 광장의 구둣가게에 얽힌 수많은 추억과 함께.

릴라에 대한 니노의 말이 맘에 들지 않았고 그것 때문에 힘들었지만 니노와 사랑을 나눴을 것이다. 니노의 몸을 취하고 피에트로에게는 끝까지 아무 말도 하지 않았을 것이다. 언제가 될지는 모르겠지만 아마 릴라에게는 이야기했을 것이다. 다 늙은 노인이 되고 난 후에. 릴라에게도 나에게도 모든 것이 부질없다고 느껴지는 때가 오면 나는 그날 저녁의 일을 릴라에게 털어놓을 것이다. 타이밍은 모든 일에 가장 결정적인 요인이다. 만약 그날 밤 내가 니노와 사랑을 나누었더라도 그와의 관계는 하룻밤으로 끝났을 것이며, 니노는 다음 날 아침 바로 나를 떠났을 것이다.

어린 시절부터 니노를 알아왔지만 내게 그는 꿈같은 존재였다. 그를 내 곁에 영원히 붙잡아 놓는 것은 불가능했다. 그는 유년 시절에 내가 간절히 원했던 대상이었기에 나에게 그는 구체성이 결여된 추상적인 존재였다. 따라서 그와의 미래는 생각할 수도 없었다.

피에트로는 달랐다. 그는 현재의 인물이었다. 새로운 세계의 경계를 나타내는 커다란 바위였다. 그곳은 합리적인 이성의 세계이자 아이로타 집안에서 내려오는 규율의 지배를 받는 영토였다. 그곳에서는 모든 것에 의미가 부여되었다. 위대한 이상과 명문가에 대한 숭배와 원리원칙이 중요시되는 세계였다.

아이로타 집안의 영토에서 의례적인 것은 아무것도 없었다. 예컨대 결혼도 반종교적인 투쟁의 일환이었다. 피에트로의 부모님은 종교 의식을 생략하고 혼인신고만 했다. 피에트로는 광범위한 종교 지식을 지녔지만 부모님의 선례를 따를 생각이었다. 오히려 종교를 잘 알고 있기 때문에 성당에서 결혼할 생각이 없는 것일 수도 있다. 아무튼 피에트로는 성당에서 결혼을 하느니 나와 결혼하는 것을 포기하는 편을 택할 것이다. 세례에 대한 태도도 이와 별반 다르지 않았다. 피에트로는 세례를 받지 않았다. 마리아로사도 마찬가지였다. 그러니 앞으로 우리 사이에 태어날 아이들도 세례를 받지 않게 할 작정이었다.

피에트로는 매사에 그런 식이었다. 종교 대신 집안에서 내려오는 상위 규율에 따라 행동했기에 언제나 자신의 판단이 옳고 정의롭다고 확신하고 있었다.

성에 관해서는 신중한 편이었던 것 같았다. 나와 프랑코의 연애사를 알고 있었기에 적어도 내가 처녀가 아니라는 사실을 알고 있었을 것이다. 하지만 피에트로는 한 번도 내 앞에서 그때 그 일을 언급하지 않았다. 나를 비난하거나 내게 가혹한 말을 하거나 비웃은 적이 없었다. 나를 만나기 전에 다른 여자친구를 사귀었던 것 같지도 않았다. 그렇다고 창녀를 찾을 사람은 아니었다. 피에트로가 다른 사내들과 여자에 대해 시시덕거리는 것은 상상도 할 수 없었다. 평생 단 1분도 그렇게 허비하지 않았을 것이라고 나는 확신한다.

그는 음란한 이야기를 싫어했다. 수다를 떠는 것도, 소리를 지르는 것도, 파티를 하는 것도 싫어했다. 시간 낭비 자체를 싫어했다. 부유한 환경에서 성장했지만 식구들이 못마땅하게 생각하는데도 풍요함 가운데 금욕주의를 지향했다. 그는 책임감이 특별히 강한 사람이었다. 그는 무슨 일이 있어도 나에 대한 의무를 다할 사람이었다. 절대 나를 배신할 사람이 아니었다.

그렇기 때문에 나는 그를 잃고 싶지 않았다. 물론 나는 아무리 교육을 받아도 타고난 거친 성품을 고칠 수 없다는 것을 알고 있었다. 그런 내 본성이 피에트로의 엄격한 성격과는 너무 다르다는 사실도 알고 있었다. 모든 것에 대한 기준이 명확한 피에트로의 세계를 내가 얼마나 감당할 수 있을지 알 수 없었다. 하지만 어쩔 수 없지 않은가. 피에트로와 함께라면 기회주의자인 나의 아버지와 우악스러운 어머니에게서 벗어날 수 있었다. 나는 니노에 대한 생각을 애써 떨쳐버렸다. 피에트로의 팔짱을 끼고 속삭였다.

"그래. 우리 빨리 결혼해. 집에서 떠나고 싶어. 운전면허도 따고 여행도 가고 싶어. 전화와 텔레비전도 가지고 싶어. 나는 평생 아무것도 가져본 적이 없어."

피에트로는 기분이 좋아져 웃으며 나의 두서없는 요구사항에 다 좋다고 했다. 숙소에 거의 다 왔을 때 피에트로가 걸음을 멈추고 쉰 목소리로 속삭였다.

"자고 가도 돼?"

피에트로의 말에 나는 그날 밤 마지막으로 한 번 더 깜짝 놀랐다.

나는 믿을 수 없다는 듯이 그를 바라보았다. 그동안 나는 수차례에 걸쳐 그와 사랑을 나누고 싶다는 마음을 내비쳐 왔다. 그럴 때마다 뒤로 빼는 것은 피에트로였다. 하지만 그날 밤만은 피에트로와 관계를 가지고 싶지 않았다. 첫 독자 토론을 엉망으로 마치고 니노까지 만난 마당에 밀라노 호텔에서 피에트로와 관계를 가지고 싶지는 않았다.

"오랫동안 기다려왔는데 조금만 더 기다리자."

내가 말했다. 나는 어두운 길모퉁이에서 그에게 키스했다. 그러고는 호텔 문턱에 서서 가리발디 가를 따라 멀어져 가는 그의 모습을 바라보았다. 피에트로는 가끔씩 뒤를 돌아 수줍게 내게 손을 흔들어 보였다. 부스스한 머리에 평발 때문에 어설픈 걸음으로 멀어져 가는 그의 모습에 마음이 애틋해졌다.

8

그날 이후 삶은 한순간도 나를 내버려두지 않았다. 눈 깜짝할 사이에 몇 개월이 흘렀다. 좋은 일이건 나쁜 일이건 아무 일 없이 지나가는 날이 단 하루도 없었다.

나는 니노 생각에 잠겨 나폴리로 돌아왔다. 아무 일도 일어나지 않았지만 우리의 만남을 잊을 수 없었다. 때때로 릴라에게 달려가고 싶은 생각이 들곤 했다. 그녀가 퇴근하기를 기다렸다가 상처받지 않을 내용만이라도 이야기해주고 싶은 충동에 사로잡혔다. 그렇지만 이내 릴라가 니노 이름만 들어도 가슴 아파할 것이라고 생각해 그만두기로 했다.

릴라는 릴라의 길에, 니노는 니노의 길에 들어섰고 나는 나대로 급히 해결해야 할 일이 많았다. 예컨대 밀라노에서 돌아온 날 저녁 나는 부모님에게 조만간 피에트로가 인사를 드리러 올 예정이라고 했다. 올해 안에 결혼해서 피렌체에서 신혼생활을 시작할 것이라고 했다.

내 말에 부모님은 기뻐하지도 만족스러워하지도 않았다. 나는 부모님이 내가 제멋대로 집에 드나들면서 가족들의 생활에 전혀 신경 쓰지 않고 날이 갈수록 남이 되어가고 있는 상황에 완전히 익숙해진 것이라고 생각했다. 그렇기에 아버지가 조금이나마 당황한 기색을 내비쳤을 뿐 두 분의 태도가 전반적으로 무덤덤했는데도 나는 그런 반응이 당연하다고 생각했다. 아버지는 원래 준비되지 않은 상황에 맞닥뜨릴 때마다 불안해했다.

"그 대학교수 양반이 꼭 우리 집으로 찾아와야겠니?"

아버지가 짜증스레 물었다.

"여기가 아니면 대체 어디로 온단 말이에요?"

어머니가 버럭 화를 냈다.

"여기에 오지 않는다면 어떻게 당신에게 레누를 달라고 할 수 있겠어요?"

언제나 그렇듯이 어머니는 아버지보다 상황판단이 빠르고 구체적이었다. 무심할 정도로 단호했다. 하지만 일단 아버지의 입을 다물게 한 후 아버지가 잠자리에 들고 동생들이 식당에서 잘 준비를 하러 자리를 뜨자 나는 내 생각이 틀렸다는 사실을 깨달았다. 어머니는 낮지만 날카로운 목소리로 나를 공격하기 시작했다. 어머니는 눈에 핏줄이 선 채로 씩씩거리며 말했다.

"넌 정말 우리를 하찮게 여기는구나. 뭐든지 마지막 순간에야 알려주지. 가방 끈이 길고 책을 출판하고 이제 교수와 결혼까지 하게 됐다고 대단한 사람이라도 된 줄 아나본데 네가 내 몸에서 만들어졌다는 것을 잊지 마라. 내 뱃속에서 나왔다는 사실을 잊지 마. 네가 나보다 뛰어나다고 생각하진 말란 말이다, 이 아가씨야. 네가 아무리 똑똑해도 너를 낳아준 나보다 똑똑할 수는 없어. 나도 기회만 있었다면 너만큼은 성공했을 거란 말이야. 알겠니?"

어머니의 분노는 최고조에 달했다. 급기야 내가 나만 생각하고 집을 떠났기 때문에 동생들이 학교에서 좋은 성적을 받지 못하게 됐다며 나를 탓했다. 그러더니 내게 돈을 요구했다. 아니 돈을 내놓으라고 강요했다. 어쩔 수 없이 내 약혼자를 집에서 맞이해야 할 판이니 집을 정돈하고 동생 엘리사에게 입힐 만한 옷을 사야겠다고 요구했다.

나는 동생들의 지지부진한 학교 성적 이야기는 무시해버렸다. 대신 돈을 군말 없이 내놓았다. 그 돈이 집수리 비용으로 쓰이지 않을 거라는 걸 알면서도. 어머니는 이런저런 핑계를 대며 끊임없이 나에게 돈을 요구했다. 직접적으로 말한 적은 한 번도 없었지만 어머니는 내가 번 돈을 어머니에게 몽땅 갖다 바치지 않고 우체국에 계좌를 열어 따로 관리한다는 사실을 받아들이지 못했다. 어머니는 예전에 내가 문구점집 딸들을 해변에 데려다주거나 메초칸노네의 서점에서 일하던 때처럼 번 돈을 모두 자신에게 가져다주기를 원했다.

나는 어머니가 내 돈이 자기 것인 양 행동함으로써 어머니의 딸인 나도 실은 자신에게 속한다는 사실을 내게 이해시키고 싶어 하는 것일 수도 있다고 생각했다. 결혼한 후에도 나는 여전히 자신의 소유물이라는 걸 말하고 싶은 것일지도 모른다고 생각했다.

나는 침착하게 어머니에게 타협하는 대가로 집에 전화를 놓고 할부로 텔레비전을 사주겠다고 했다. 어머니는 믿기지 않는다는 눈초리로 나를 바라보더니 방금 전까지 내게 쏟아부었던 말과는 상반되게 감탄하며 말했다.

"우리 집에 전화와 텔레비전을?"

"그래요."

"그 돈을 다 네가 내겠다는 거냐?"

"네."

"결혼한 다음에도 계속?"

"그렇다니까요."

"그 교수양반이 우리가 무일푼이라는 것은 알고 있니? 네게 예물을 해줄 수도 피로연을 열어줄 수도 없다는 사실을 알고 있냐는 말이다."

"알아요. 어차피 피로연 따위는 열지도 않을 거예요."

어머니는 다시 기분이 상해 눈에 핏발이 섰다.

"피로연을 하지 않는다니? 네 신랑에게 돈을 내라고 해!"

"아뇨. 아예 하지 않을 생각이에요."

어머니는 다시 길길이 날뛰기 시작했다. 온갖 악담을 퍼부으면서 나를 자극했다. 내가 참지 못하고 말대꾸하기를 바라는 것 같았다. 그래야 자신이 더 마음껏 화를 낼 수 있을 거라고 생각하는 것 같았다.

"리나의 결혼식을 기억하니? 그때 그 피로연을 기억해?"

"네."

"너는 그 아이보다 훨씬 성공했는데 아무것도 하지 않겠다는 말이냐?"

"그래요."

어머니와 나는 한동안 티격태격했다. 그런 식으로 어머니의 분노를 찔끔찔끔 감내하느니 차라리 화를 더 돋워 한 번에 끝내야겠다는 생각이 불현듯 들었다.

"어머니!"

내가 말했다.

"우리는 피로연만 안 할 생각이 아니에요. 아예 성당에서 결혼식을 올릴 생각이 없어요. 시청에서 혼인신고만 할 거예요."

그 순간, 강한 바람에 집 안의 모든 문과 창문이 활짝 열린 것 같았다. 신앙심이 그리 깊지도 않으면서 어머니는 순간 자제력을 잃고 내게 악을 쓰기 시작했다. 내 쪽으로 몸을 쑥 내밀고 얼굴이 시뻘게져서는 끔찍한 욕설을 퍼붓기 시작했다.

어머니는 내게 사제가 인정하지 않은 결혼은 진정한 결혼이 아니라고 외쳤다. 하나님 앞에서 결혼하지 않으면 피에트로의 부인이 아니라 그의 창녀가 되는 것이라고 소리를 질렀다. 그러고는 다리가 불편한데도 아버지와 동생들을 깨우러 빛의 속도로 뛰쳐나갔다.

어머니는 가족들에게 항상 우려하던 바가 현실이 된 것을 알리려고 했다. 너무 공부를 많이 하더니 내 뇌에 문제가 생겼다고 했다. 누릴 수 있는 행운은 다 누렸으면서 기껏해야 창녀 취급을 받게 됐다고 했다. 하나님을 믿지 않는 딸 때문에 창피해서 집 밖으로 한 발짝도 나갈 수 없게 됐다고 했다.

잠이 덜 깬 채 팬티 차림으로 뛰쳐 나온 아버지와 동생들은 나 때문에 또 무슨 성가신 일이 일어난 건지 사태를 파악하려고 애쓰면서 우선 어머니를 진정시키려 했지만 소용없었다. 어머니는 당장 나를 집에서 내쫓겠다고 고래고래 고함을 쳤다. 어머니는 자기도 릴라나 아다 같은 후처의 어머니가 되는 치욕을 당하기 전에 나를 쫓아내겠다고 했다. 어머니는 나를 실제로 때리지는 않았지만 소리를 지르면서 허공에 주먹질을 해댔다. 자기 앞에 서 있는 나는 그림자일 뿐이라고 생각하는 듯 자신이 만들어낸 상상 속의 나를 붙잡고 거칠게 주먹을 날렸다.

어머니는 좀처럼 흥분을 가라앉히지 못했다. 한참이 지나서야 엘리사 덕분에 겨우 상황이 나아졌다. 엘리사는 내게 조심스레 물었다.

"언니가 시청에서 결혼하고 싶어 하는 거야 아니면 언니 약혼자가 그렇게 하고 싶어 하는 거야?"

나는 가족 모두에게 상황을 설명하려는 마음으로 엘리사에게 대답했다. 이미 오래전부터 내게 신앙은 별로 중요하지 않았고 시청에서 결혼하든 제단 앞에서 결혼하든 내게는 별 차이가 없다고 했다. 이런 나와는 달리 피에트로는 꼭 시청에서 결혼하고 싶어 한다고 했다. 피에트로가 폭넓은 종교 지식을 갖고 있다는 말도 했다. 종교란 고결한 것이지만 국가제도와 섞이는 순간 부패한다는 것이 그의 생각이라고 설명했다. 그러니 성당에서 결혼할 바에는 아예 나와 결혼하지 않을 수도 있다고 했다.

그러자 그때까지 어머니 편에 서서 어머니가 퍼붓는 욕설과 불평을 메아리처럼 반복만 하고 있던 아버지가 내게 물었다.

"너랑 결혼하지 않을 거라고?"

"그래요."

"그럼 어떻게 하겠다는 거냐. 너와 헤어지기라도 한대?"

"결혼하지 않고 피렌체에서 함께 살게 되겠죠."

이 말은 어머니에게는 최악의 소식이었다. 어머니는 통제력을 완전히 잃고 정말 그런 일이 일어난다면 기필코 칼로 내 목을 그어버리겠다고 했다. 아버지는 신경질적으로 머리를 헝클어뜨리면서 어머니에게 말했다.

"조용히 좀 해봐. 화 좀 그만 돋우고 생각을 해보자고. 사제 앞에서 결혼식을 올리고 피로연을 호화롭게 하고도 파탄날 수 있다는 사실은 우리도 잘 알잖아."

아버지도 릴라를 염두에 두고 한 말이 분명했다. 릴라 일은 여전히 우리 동네 최대의 스캔들이었다. 그제야 어머니는 상황을 이해했다. 그렇다. 사제가 행복한 결혼을 보증해줄 수는 없다. 우리가 살아가고 있는 이 끔찍한 세상에서 보증이 될 만한 것은 아무것도 없다.

어머니는 고함을 멈추고 아버지에게 결정권을 넘겼다. 아버지가 내 고집대로 하게 내버려둔다 해도 어쩔 수 없다고 생각한 것 같았다. 그렇지만 어머니는 절뚝이는 걸음으로 쉬지 않고 왔다 갔다 하며 고개를 절레절레 내저었다. 내 예비 신랑에 대한 악담을 끊임없이 퍼부었다.

"직업이 뭐라고 했지? 교수? 공산당? 공산당이자 교수라고? 교수는 무슨 얼어죽을 놈의 교수란 말이냐?"

어머니는 버럭 고함을 질렀다.

"그래, 교수가 되어 그딴 생각이나 한단 말이야? 못 배운 놈들이나 할 법한 생각을?"

"그렇지 않아."

아버지가 반박했다.

"형편없는 놈이 아니야. 아는 게 많으니 사제들이 하는 더러운 짓을 우리보다 더 잘 아는 거라고. 그러니까 시청에서 혼인신고만 하겠다는 거야. 물론 당신 말이 옳아. 빨갱이들이나 시청에서 결혼을 하지. 이렇게 결혼식을 올리면 우리 딸은 결혼한 것 같지도 않을 거야. 그래도 나는 그 대학교수 양반을 믿어보고 싶어. 레누를 좋아한다잖아. 그렇게 좋아하는데 설마 우리 레누를 창녀 취급 하겠냐고. 나는 그 친구에게 믿음이 가. 아직 만나보지는 못했지만 말이야. 중요한 사람이라잖아. 이 동네 처녀들은 그런 사람과 결혼하려고 안달이라고. 하지만 정 그를 믿지 못하겠다면 시청이라도 믿어보자고. 내가 일하는 곳이잖아. 내가 장담하는데 시청에서 올리는 결혼은 성당에서 올리는 결혼식과 똑같아. 아니, 그보다 더 중요하다고."

그렇게 몇 시간이 흘렀다. 동생들은 졸음을 참지 못하고 잠자리에 들었지만 나는 혼자 남아 부모님을 안심시키려고 애썼다. 시청에서 올리는 결혼은 피에트로의 세계에 들어가기 위해 거쳐야 할 중요한 과정이자 증표였다. 나는 부모님이 이러한 사실을 받아들이도록 노력했다. 게다가 성당에서 결혼하지 않는다고 생각하자 적어도 이번만큼은 내가 릴라보다 대담해진 것처럼 느껴졌다. 무엇보다도 니노를 다시 만나게 되면 은연중에 이런 말을 하고 싶었다.

'종교학 선생님과 벌인 언쟁이 어떤 결과를 가져오게 되었는지 좀 봐. 모든 선택에는 기원이 있는 법이야. 살면서 일어난 많은 일은 한쪽 구석에 쌓여만 있는 듯싶다가도 때가 오면 의미를 가지게 되는 법이야.'

물론 이렇게까지 말하는 것은 현실에 대한 과장일 것이다. 내가 고집을 부린 진짜 이유는 더 단순했으니까. 이미 오래전부터 기력을 잃은 유년 시절의 신은 노쇠한 병자처럼 구석으로 밀려났고 나는 결혼 생활을 시작하는 데 신적 존재의 필요성을 전혀 느끼지 못했다. 중요한 것은 결혼함으로써 나폴리를 완전히 벗어날 수 있다는 사실뿐이었다.

9

하룻밤 만에 내가 성당에서 결혼하지 않을 것이라는 사실에 대한 식구들의 경악감이 사라질 수는 없었지만 분위기는 조금씩 가라앉았다. 다음 날 어머니는 커피 포트든 우유가 가득 든 잔이든 설탕 그릇이든 방금 구워낸 빵 덩어리든 손에 잡히는 것은 뭐든 내 얼굴에 집어던지고 싶은 욕망을 참느라 힘들어 보였다. 그렇지만 내게 소리를 지르지는 않았다. 나는 나대로 어머니를 무시하고 아침 일찍 집을 나와 전화를 설치하기 위한 절차를 밟았다. 전화 설치 관련 업무를 서둘러 끝마친 다음 나는 알바 항 쪽으로 가서 서점을 돌았다.

최대한 단기간에 밀라노에서와 같은 상황에 처했을 때 수줍어하지 않고 내 의견을 당당하게 말할 수 있을 만큼 실력을 쌓기로 마음먹었다. 나는 손이 가는 대로 잡지며 책을 구입했다. 돈도 꽤 많이 썼다.

니노의 말이 머릿속을 떠나지 않아 나는 한참을 망설이다 결국 『성적 취향에 대한 세 가지 수필』이라는 책을 집어 들었다. 당시 나는 프로이트의 이론조차 거의 모르던 상태였다. 그나마 아는 내용도 불쾌하게만 느껴졌다. 여기에 성에 관한 얇은 책도 두어 권 추가했다.

나는 예전에 교과 과목을 공부할 때 사용하던 방식을 따를 생각이었다. 시험 공부를 하고 논문 준비를 하고 갈리아니 선생님이 준 신문을 읽고 몇 년 전 프랑코가 내게 준 마르크시즘 관련 서적을 읽었을 때처럼 할 생각이었다. 그러니까 나는 내가 살아가고 있는 시대를 '학습'하고 싶었다. 그 당시 내가 동시대에 일어나고 있는 일에 대해서 어느 정도의 지식을 가지고 있었는지 판단을 내리기는 어렵다. 파스콸레나 니노와 토론을 하기도 했고 쿠바와 남아메리카 대륙에서 일어나고 있는 일에도 조금 관심을 기울이기도 했다. 고향 동네의 치유 불가능한 빈곤을 직접 경험하고 릴라의 쓰라린 패배도 목격했다. 내 동생들은 나처럼 학업에 집착하고 학업을 위해 기꺼이 모든 것을 희생하지 않았다는 이유로 학교에서 거부당했다.

나는 프랑코와 사회문제를 놓고 많은 이야기를 나누었고 때때로 마리아로사와 의견을 나누기도 했다. 대화의 내용은 한줄기 연기처럼 희미해졌지만 그들의 주장은 대략 이러했다.

'세상은 본질적으로 불공평하기 짝이 없는 곳이며 그렇기 때문에 변화가 필요하다. 그렇지만 미 제국주의와 스탈린식 관료주의가 평화적으로 공존할 수 있다는 주장이나 이탈리아를 위시한 유럽 노동당들의 개혁 정책은 결국 프롤레타리아 계급을 종속적인 유보 상태로 머무르게 할 뿐이다. 이러한 유보적 태도는 혁명의 불길에 찬물을 쏟아붓는 격이다. 그러므로 만약 세계가 교착 상태에 빠지고 사회민주주의가 승리를 거두면 결과적으로 수세기 후에는 자본주의가 승리하게 될 것이고 노동계급은 강제적 소비주의의 먹이가 될 것이다.'

이러한 경험은 일종의 자극제 역할을 했고 언제부턴가 나도 영향을 받아 가끔은 이런 생각을 하다가 감정이 벅차오르기도 했다. 하지만 조금 억지로라도 세계정세에 대한 최신 정보를 알아보기로 마음먹게 된 것은 뭐든지 잘 해내려는 나의 욕심 때문이었다. 나는 예전부터 뭐든지 배우면 된다고 생각해왔다. 정치에 대한 열정도 예외일 수는 없었다.

나는 계산하면서 서점 책장에 꽂힌 내 책을 흘끔 바라보다 황급히 다른 쪽으로 시선을 돌렸다. 갓 출판된 다른 소설들과 나란히 진열장에 꽂힌 내 책을 볼 때면 자부심과 두려움이 뒤섞인 감정을 느꼈다. 짧은 기쁨 뒤에 불안감이 찾아왔다. 물론 그 이야기가 탄생한 것은 순전히 우연이었다.

아무런 부담 없이 20일 만에 써내려간 그 글은 우울함을 다스리기 위한 진통제였다. 나는 고전문학을 열심히 공부해왔기 때문에 위대한 문학이 무엇인지 잘 알고 있었다. 그렇기 때문에 그 글을 쓰면서도 내가 가치 있는 일을 하고 있다고는 생각하지 않았다.

하지만 나도 모르게 내 감정에 형태를 부여하고자 하는 노력에 집중했다. 이 책은 바로 그런 노력의 결과물이었고 그 안에는 내가 있었다. 책장에 꽂혀 다른 사람들의 시선에 노출되어 있는 나 자신을 보니 심장이 거세게 뛰었다. 비단 내 책뿐만 아니라 소설에는 나를 흥분시키는 무엇인가가 있었다. 소설에는 날것 그대로 요동치는 심장이 있었다. 아주 먼 옛날 릴라가 내게 함께 이야기를 지어보자고 했을 때도 그런 터질 것 같은 감정을 느꼈었다. 그런데 내가 정말로 그런 일을 하게 된 것이다.

나는 정말 이 일을 원했던가. 나는 글쓰기를 원했던 것인가. 우연에 의한 결과물이 아니라 지금까지 써온 글보다 더 좋은 글을 쓰고 싶은 건가. 과거와 현재의 이야기에 대해 연구하고 그것들이 어떻게 소설로 작용하는지 이해하고 세상에 관한 모든 일을 배우려는 이유도 결국에는 나 말고는 그 누구도 만들어낼 수 없는 인물을 만들어내기 위해서가 아닐까. 릴라에게 같은 기회가 주어졌더라도 나보다 더 잘 해낼 수 없게 말이다.

나는 서점에서 나와 카부르 광장에 자리를 잡았다. 화창한 날이었다. 아케이드 보강 공사가 한창이었는데도 포리아 가는 이상할 정도로 깨끗하고 안정되어 보였다.

나는 평소처럼 공부할 자세를 갖췄다. 나는 최근에 구입한 작은 공책을 꺼내들었다. 진짜 작가들처럼 행동하고 싶었다. 생각을 정리하고 관찰하고 유용한 정보를 적기로 했다. 나는 『우니타』지를 처음부터 끝까지 읽으면서 잘 모르는 내용은 따로 적어두었다.

『폰테』지에서 피에트로 아버지의 글을 발견했다. 호기심에 훑어보았지만 니노가 말했던 것처럼 중요하게 느껴지지는 않았다. 오히려 두 가지 이유 때문에 불편했다. 우선 피에트로의 아버지 구이도 아이로타 교수는 서점에서 내 작품을 비판했던 두꺼운 안경을 쓴 남자보다도 더 딱딱하게 교수풍 어휘를 사용했다. 두 번째로 거슬린 부분은 여학생들을 묘사하는 부분이었다. 그는 여학생들을 '새로운 형태의 군중'이라고 묘사했다.

"여러 가지 정황상 그다지 부유해 보이지 않는 여학생들은 소박한 옷차림에 평균 수준의 교육을 받은 아가씨들이었다. 이들은 엄청난 양의 학업의 대가로 자신들의 미래가 집안일에만 국한되지 않기를 바라고 있다."

의도한 것인지 무의식적으로 쓴 글인지 잘 모르겠지만 이 부분이 나를 암시하는 것처럼 느껴졌다. 나는 이 생각도 공책에 적어두었다.

'아이로타 집안사람들에게 나는 어떠한 존재인가. 그들의 관대함을 증명하기 위한 왕관의 보석 같은 존재?'

나는 기분이 썩 좋지 않은 상태로, 아니 약간 짜증이 난 채 『코리에레 델라 세라』지를 뒤적이기 시작했다.

날씨가 따스했던 그날 기억은 내게 후각으로 각인되었다. 정말 그랬는지 확실치 않지만 인쇄한 종이와 튀긴 피자가 뒤섞인 냄새가 났었던 것 같다. 한 장 한 장 넘겨나가며 기사 제목을 읽다가 순간 숨이

멎는 듯했다. 내 사진이 글자가 빽빽하게 인쇄된 4열 칼럼 기사 한 가운데 박혀 있었다. 배경으로 고향 동네의 전경과 터널 입구가 보였다.

기사 제목은 「야심만만한 소녀의 화끈한 기억: 엘레나 그레코의 데뷔작」이었다.

두꺼운 안경을 쓴 남자가 쓴 글이었다.

10

글을 읽는 내내 식은땀이 줄줄 흘렀다. 기절하기 일보 직전이었다. 그는 최근 10년간 공장, 사무실, 대학, 출판계, 영화계를 아우르는 노동, 사회, 문화 분야가 버릇없고 올바른 가치관이 정립되지 않은 젊은 세대에 의해 망가져버렸다고 강조하면서 내 책을 이러한 현상에 대한 적합한 예로 삼았다. 이따금씩 내가 몹쓸 젊은 세대의 총체적 상징이라는 사실을 증명하기 위해 내 글을 인용하기도 했다. 마지막에 그는 나를 "졸렬하기 짝이 없는 저급하고 자극적인 내용 뒤로 자신의 부족한 재능을 숨기는 데 급급한 철딱서니 없는 여자아이"로 규정했다.

나는 울음을 터뜨렸다. 책이 출간되고 나서 읽은 비평 중에 가장 가혹한 글이었다. 게다가 판매부수가 적은 일간지가 아니라 이탈리아에서 가장 많이 읽히는 신문이었다. 가장 참기 힘들었던 것은 그토록 모욕적인 글 가운데 실린 웃고 있는 내 사진이었다. 나는 『코리에레 델라 세라』지를 내던져버리고 집까지 걸어갔다. 어머니가 그 서평을 읽고 내게 고함을 지를까봐 두려웠다. 그 기사를 사진첩에 오려두고는 내가 어머니의 기분을 상하게 할 때마다 눈앞에 들이밀

것 같았다.

집에 도착하니 식탁에는 내 식사만 준비되어 있었다. 아버지는 근무 중이었고 어머니는 이웃집에 뭔가를 부탁하러 가서 집에 없었다. 동생들은 이미 식사를 마친 상태였다. 나는 파스타와 감자를 접시에 쏟아붓고 내 책을 뒤적이기 시작했다. 나는 절망적으로 생각했다.

'정말 가치 없는 책인가봐. 그저 아델레 부인의 부탁을 들어주기 위해서 출판을 해줬던 거야. 어쩌면 이토록 밋밋하고 뻔한 글을 쓴 걸까? 엉성하기 짝이 없는 데다 필요 없는 쉼표는 얼마나 또 많은지. 이제 다시는 글을 쓰지 않을 테야.'

음식에도 책에도 구역질이 나 우울해 있는데 엘리사가 집에 들어와 내게 종이를 한 장 내밀었다. 로사 스파뉴올로 아주머니가 준 종이였다. 아주머니는 친절하게도 내게 급한 용무가 있을 때 자기 집 전화로 연락할 수 있게 해주었던 것이다. 종이에는 나를 찾는 전화가 세 통 있었다고 쓰여 있었다. 출판사 홍보부의 지나 메도티, 아델레 부인 그리고 피에트로에게서 온 전화였다.

로사 아주머니가 힘겹게 써내려간 세 사람의 이름을 보는 순간 방금 전까지만 해도 설마 했던 생각이 현실임을 깨달았다. 두꺼운 안경을 쓴 남자의 악평은 빠르게 퍼져나가 저녁 무렵에는 모르는 사람이 없게 될 것이었다. 벌써 피에트로와 그의 가족 그리고 출판사 경영진 모두 그 글을 읽었을 것이다. 아마 니노도 그 글을 읽었을지 모른다. 피사 대학의 교수님들도 읽었을 것이다. 분명 갈리아니 선생님과 선생님의 아이들도 글에 관심을 가졌을 것이다. 릴라도 읽었을 수 있다. 내가 또다시 울음을 터뜨리자 엘리사가 놀라서 물었다.

"무슨 일이야, 언니?"

"몸이 좋지 않아."

"캐머마일 차라도 끓여줄까?"

"그래."

하지만 미처 그럴 틈도 없었다. 문을 두드리는 소리에 나가보니 로사 아주머니가 서 있었다. 아주머니는 밝은 목소리로 내 약혼자가 다시 전화를 했다면서 끊지 않고 기다리고 있다고 했다. 아주머니는 계단을 뛰어오느라 가쁜 숨을 몰아쉬며 말했다.

"목소리가 정말 좋더구나. 멋진 북부 억양이야."

나는 귀찮게 해서 죄송하다고 몇 번이나 말하면서 전화를 받으러 달려갔다. 피에트로는 나를 위로하려 했다. 절대로 마음 상해하지 말라는 자기 어머니의 말도 전했다. 중요한 것은 사람들이 책에 대해 이야기하고 있다는 사실이라고 했다. 어린 시절부터 나를 순하디 순한 아이로 알고 있는 로사 아주머니가 당황할 정도로 나는 피에트로에게 사납게 악을 썼다.

"그렇게 악평을 하는데 책에 대해서 이야기하는 게 무슨 소용이 있어?"

피에트로는 내게 다시 진정하라고 한 뒤 덧붙였다.

"내일은 『우니타』지에 서평이 나올 거야."

"차라리 모두 내게 신경을 꺼주었으면 좋겠어."

나는 차갑게 쏘아붙이고 전화를 끊었다.

그날 밤 나는 한숨도 자지 못했다. 아침이 되자 참지 못하고 『우니타』지를 사러 갔다. 초등학교 건물 바로 앞에 있는 신문 가판대에 서서 황급히 신문을 넘겼다.

이번에도 내 사진이 있었다. 『코리에레 델라 세라』지에 실렸던 사진이었는데 이번에는 글 가운데가 아니라 기사 위쪽 제목 옆에 있었다.

기사 제목은 「젊은 반항아들과 반동적 기성세대: 엘레나 그레코의 책에 대하여」였다. 한 번도 들어보지 못한 사람이 쓴 기사였지만 글솜씨가 매우 뛰어난 사람임이 분명했다. 그의 글은 연고처럼 내 상처를 치유해주었다. 내 글을 전폭적으로 지지하면서 두꺼운 안경을 쓴 남자를 비판했다.

나는 한결 가벼워진 마음으로 집에 돌아왔다. 기분이 좋기까지 했다. 다시 내 책을 훑어보니 이번에는 전체적으로 조화가 잘 되고 꽤나 잘 쓴 것처럼 느껴졌다. 어머니는 그런 내게 퉁명스레 말했다.

"복권이라도 당첨된 게냐?"

나는 아무 말 없이 식탁에 신문을 올려놓았다.

늦은 오후에 로사 아주머니가 다시 모습을 나타냈다. 누가 또 나를 찾는다고 했다. 내가 민망해하며 죄송하다고 하자 나처럼 뛰어난 아이에게 도움이 될 수 있어서 얼마나 기쁜지 모른다며 나를 칭찬해주었다. 계단을 오르면서 아주머니는 한숨을 내쉬더니 질리올라는 운이 나빴다고 했다. 아버지가 열세 살밖에 되지 않은 질리올라를 제과점에 데려가 일을 시켰다면서 그나마 미켈레와 약혼이라도 해서 다행이라고 했다. 그렇지 않으면 평생 뼈 빠지게 일만 해야 했을 것이라고 했다.

로사 아주머니는 현관문을 열고 복도를 따라 벽에 달린 전화기 앞으로 나를 안내해주었다. 내가 편히 통화를 할 수 있도록 전화기 앞에 의자까지 준비해놓았다. 공부를 많이 한 사람에게 보이는 존중의 표시였다. 영악한 아이들은 공부를 고생하지 않기 위해 사용하는 속임수로 생각했다. 이런 아주머니에게 어떻게 사실은 내가 여섯 살 이후로 글자와 숫자의 노예처럼 살아왔다는 사실을 설명할 수 있을까. 내 기분은 글자와 숫자의 조합에 따라 시시각각 달라지며 성취감은 드물게나 느낄 수 있고 그 감정마저 한없이 불안정해서 기껏해야 한 시간, 반나절, 하룻밤이 지나면 사라져버린다는 것을 어떻게 표현해야 할까.

"기사는 읽어보았니?"

전화를 받자 아델레 부인이 물었다.

"네."

"만족하니?"

"그럼요."

"좋은 소식이 또 있단다. 책이 잘 팔리고 있어. 이런 식이면 재판을 찍을 것 같아."

"무슨 뜻인가요?"

"우리를 곤란하게 할 마음이었던 『코리에레 델라 세라』지의 그 작자가 오히려 우리를 도왔다는 뜻이지. 잘 지내렴, 얘야. 성공을 만끽하려무나."

11

실제로 책은 잘 팔렸다. 나는 곧 이를 실감할 수 있었다. 가장 명확한 증거는 날이 갈수록 잦아지는 출판사 직원 지나와의 통화였다. 지나는 신문에 서평이 올라올 때마다 내게 소식을 전하고 서점에서 열리는 독서 토론회나 내가 참석해야 할 다른 문학 모임에 대해 알려주곤 했다. 전화를 끊기 전에 지나는 언제나 내게 상냥하게 인사했다.

"그레코 선생님, 책이 날개 달린 듯 판매되고 있어요, 축하드려요."

지나의 말에 나는 감사하다고 했지만 기쁘지는 않았다. 모든 신문

서평이 피상적으로 느껴졌다. 『우니타』지에 실렸던 열광적인 글이나 『코리에레 델라 세라』지에 실렸던 비판적인 글 중 하나를 차용하는 데 그쳤다. 지나는 매번 부정적인 평가도 책 판매에는 도움이 된다고 말해주었지만 그런데도 악평을 읽을 때마다 나는 마음이 아팠다. 좋지 않은 평을 읽고 난 후에는 호평이 나와 기분이 나아지기를 불안에 떨며 기다렸다.

그러다 언제부턴가 악평을 숨기는 것도 그만두었다. 내용에 상관없이 나에 대한 글이 나오면 무조건 어머니에게 가져다주었다. 어머니는 짐짓 근엄한 표정으로 소리 내어 글을 읽어보려 했지만 보통 네다섯 줄 이상을 넘기지 못했다. 글에서 꼬투리를 잡아 시비를 걸거나 지루함을 참지 못하고 기사를 사진첩에 넣어두기만 했다. 어머니는 기사 수집에 광적으로 집착했다.

어머니는 사진첩을 내 기사로 채우는 것을 목표로 삼았고 내가 기사를 주지 않으면 툴툴거렸다. 사진첩이 빈칸으로 남을까봐 두려웠던 것이다.

내 마음을 가장 아프게 한 서평은 『로마』지에 실린 글이었다. 『코리에레 델라 세라』지의 악평을 현란한 문체로 한 구절 한 구절 베껴 쓴 글이었는데 결론 부분에서 한 가지 개념만은 확실하게 각인시켰다. 즉 요즘 여성들은 도가 지나치며 이는 엘레나 그레코의 음란한 소설만 읽어도 알 수 있다는 것이었다. 결국 내 소설은 천박한 『슬픔이여 안녕』의 값싼 아류작에 지나지 않는다는 것이었다.

내가 상처를 받은 것은 글 내용 때문이 아니었다. 글쓴이의 이름 때문이었다. 그 기사의 필자는 바로 니노의 아버지 도나토 사라토레였다. 문득 어린 시절 도나토 사라토레가 시인이라는 사실을 알고 내가 얼마나 감탄했었는지 생각났다. 그가 신문에도 기고한다는 사실을 알고 나는 그에게 어마어마한 후광을 부여했었다.

도나토 사라토레는 대체 왜 그런 글을 쓴 걸까. 여주인공을 함정에 빠뜨린 추잡한 가장의 모습에서 자신의 모습을 읽어내고 내게 복수하려 했던 것일까. 그에게 전화를 걸어 사투리로 험한 욕설을 퍼붓고 싶었다.

그렇게 하지 않은 것은 오직 니노 때문이었다. 그때 나는 중요한 사실을 깨달았다. 니노와 내가 비슷한 경험을 공유했다는 것이다. 나는 언제나 어머니와 거리를 유지하기 위해 애썼고 니노는 자기 아버지와 관계를 끊어버렸다. 이러한 공통점은 내게 위안이 되었고 끓어올랐던 분노도 점차 누그러졌다.

하지만 내가 간과했던 사실이 있었다. 『로마』지가 동네에서 가장 널리 읽히는 신문이라는 사실이었다. 그날 저녁부터 나는 이로 인한 결과를 직접 실감할 수 있었다. 먼저 약국집 아들 지노가 내가 약국 앞을 지나갈 때 가게 문밖으로 얼굴을 내밀었다. 지노는 역도운동을 열심히 해 과다한 근육질 몸매의 청년으로 변해 있었다. 대학을 졸업하지도 않았는데 벌써 하얀 의사 가운을 입고 있었다. 그는 신문을 흔들어 보이며 내 이름을 불렀다. 얼마 전에 네오 파시스트 정당인 이탈리아 사회운동당에서 보잘것없지만 한자리를 꿰차서인지 은근히 무게를 잡으며 내게 말했다.

"너에 대해서 무슨 말을 하는지 읽었어?"

"워낙 이런저런 글이 많아서 말이야."

나는 지노에게 괜한 만족감을 주고 싶지 않아서 이렇게 말한 뒤 손을 살짝 흔들어 보이고 자리를 떴다. 지노는 당황하며 뭔가를 중얼거리더니 악의를 숨김없이 드러내며 또박또박 말했다.

"네 책을 읽어봐야겠어. 꽤나 흥미롭다고 하더라고."

이 일은 시작일 뿐이었다. 다음 날 길을 가는데 미켈레가 내게 다가오더니 커피를 사주겠다고 고집부렸다. 우리는 함께 그의 가게로 갔다. 질리올라는 말 한마디 없이 주문을 받았다. 딱 봐도 내가 찾아와서 짜증이 난 것 같았다. 미켈레에게도 화가 난 것 같았다. 미켈레가 공격을 시작했다.

"레누, 지노가 네가 미성년자는 읽을 수 없는 책을 썼다는 내용의 기사를 보여주었어. 세상에, 다른 사람도 아닌 네가 그런 책을 쓸 줄 누가 알았겠어? 피사에서 이런 걸 배운 거야? 원래 대학에서 그런 것을 가르쳐주는 거야? 정말 믿을 수 없다니까. 내 생각에는 너랑 리나는 몰래 계약이라도 한 것 같아. 리나는 못된 짓을 하고 너는 그것을 글로 옮기는 거지. 사실대로 말해봐."

나는 얼굴이 새빨개져서 커피가 나오기도 전에 질리올라에게 인사를 하고 자리를 떴다. 미켈레는 재미있어 죽겠다는 듯이 등 뒤에 대고 외쳤다.

"기분 상한 거야? 이리 돌아와. 농담이었어."

곧 카르멘도 만나게 되었다. 올리브유 가격이 저렴하다는 이유로 어머니가 나를 억지로 스테파노의 두 번째 식료품점에 보냈기 때문이었다. 오후였는데도 손님이 하나도 없었다. 카르멘은 내게 찬사를 쏟아부었다.

"너 정말 예뻐졌다."

카르멘이 속삭였다.

"너 같은 친구가 있다는 게 얼마나 자랑스러운지 몰라. 내 삶의 유일한 행운이야."

카르멘은 자기도 도나토 사라토레가 쓴 기사를 읽었다고 했다. 일부러 읽은 게 아니라 물품공급업자가 『로마』지를 가게에 놔두고 가는 바람에 우연히 읽게 되었다고 했다. 카르멘은 도나토 사라토레의 글이 사악하다고 했다. 나는 카르멘이 진심으로 분개하고 있다고 느꼈다. 그에 비해 오빠 파스콸레가 보여준 『우니타』지의 내용은 아주 좋았고 사진도 마음에 들었다고 했다.

"넌 정말 아름다워. 뭐든지 잘해."

카르멘이 말했다. 카르멘은 어머니에게서 내가 곧 대학교수와 결혼하고 피렌체의 고급 저택에서 살게 될 것이라는 소식을 들었다고 했다. 자기도 큰길가의 주유소 사장과 곧 결혼할 예정이지만 모아놓은 돈이 없어서 언제가 될지는 모른다고 했다.

뒤이어 카르멘은 바로 아다에 대한 불평을 쏟아내기 시작했다. 아다가 릴라를 몰아내고 스테파노 옆자리를 차지한 다음부터 상황이 더 안 좋아졌다고 했다. 아다는 두 가게를 오가며 상전 노릇을 하는데 자기를 못마땅하게 여긴다고 했다. 자기가 물건을 훔친다고 의심하면서 걸핏하면 이래라저래라 명령을 내리고 감시하려 한다고 했다. 카르멘은 더 이상은 견디기 힘들어 가게를 그만두고 예비 신랑의 주유소 일을 돕고 싶다고 했다.

나는 카르멘의 이야기를 유심히 들었다. 안토니오와 결혼해서 주유소 운영을 꿈꿨던 시절이 기억났다. 농담삼아 카르멘에게 그 이야기를 했지만 카르멘은 표정이 어두워지며 중얼거렸다.

"그래. 퍽도 그렇게 됐겠다. 네가 주유소에서 일하다니 말도 안 되는 소리. 이 지긋지긋한 가난에서 벗어난 걸 행운으로 생각해."

카르멘은 갑자기 알 수 없는 말을 했다.

"이곳에서는 부당한 일이 너무나 많이 일어나고 있어, 레누. 너무 심해. 어떻게 해서든 끝을 내야 해. 더 이상은 참을 수가 없어."

카르멘은 서랍에서 내 책을 꺼냈다. 표지가 구겨지고 지저분했다.

처음으로 나는 고향 사람이 내 책을 들고 있는 것을 보았다. 때가 타고 종이가 울퉁불퉁하게 일어난 앞부분과 새것처럼 상태가 깨끗하고 빳빳한 뒷부분의 대비가 인상적이었다.

"저녁에 조금씩 읽고 있어."

카르멘이 말했다.

"아니면 손님이 없을 때도. 하지만 아직 32페이지까지밖에 못 읽었어. 시간이 없거든. 뭐든 다 내가 해야 해. 스테파노와 아다는 새벽 6시부터 저녁 9시까지 나를 여기에 가두어 놓고 일만 시켜."

카르멘은 갑자기 엉큼한 표정으로 내게 물었다.

"그 과감한 내용이 나오려면 아직 멀었어? 얼마나 더 읽어야 하는 거야?"

'과감한 내용이라.'

잠시 후 길에서 아다도 만났다. 아다는 스테파노와 낳은 딸 마리아를 안고 있었다. 카르멘에게 들은 말 때문에 아다를 상냥하게 대하기가 힘들었다. 그래도 나는 아이를 칭찬했고 아다에게는 옷과 귀걸이가 예쁘다는 말을 해주었다.

정작 아다의 태도는 차가웠다. 안토니오 소식을 전하면서 오빠와 편지를 주고받고 있다고 했다. 아다는 안토니오가 독일에서 결혼해 아이를 낳았다는 소문은 사실이 아니라고 했다. 아다는 내가 안토니오의 머릿속을 헤집어놓고 마음을 짓밟아버려서 이제 그는 아무도 사랑할 수 없게 되었다고 했다.

아다는 내 책을 공격하기 시작했다. 자기는 아직 읽지 않았지만 집에 둘 만한 책이 아니라는 말을 들었다고 했다. 아다는 내게 화를 내다시피 말했다.

"마리아가 커서 그 책을 읽으면 어떡해? 미안하지만 나는 네 책을 사지 않을 생각이야."

아다가 한마디 덧붙이기는 했다.

"아무튼 돈벌이는 된다니 다행이야. 축하해."

12

비슷한 일을 연이어 겪게 되자 나는 책이 잘 팔리는 이유가 내 글에 대해서 적대적인 신문이든 호의적인 신문이든 전부 내 책에 외설적인 내용이 있다는 사실을 강조했기 때문이라는 의심을 하게 되었다. 그러다 니노가 릴라와의 성관계를 언급한 것도 결국 내가 그런 글을 썼기 때문에 성적인 이야기도 거리낌 없이 할 수 있을 것이라고 생각했기 때문이 아닌가 하는 생각이 들었다. 그런 생각을 하다 보니 릴라가 보고 싶었다.

릴라도 카르멘처럼 내 책을 구했을까. 퇴근 후 엔초가 홀로 방에 있는 동안 피로에 지친 릴라가 다른 방에서 아이를 옆에 두고 열심히 내 책을 읽는 장면을 상상해 보았다. 집중할 때 언제나 그렇듯이 입술을 살짝 벌리고 이마를 찌푸린 채 독서에 전념하겠지.

릴라는 내 책을 어떻게 평가할까. 릴라도 '과감한 장면'에만 집중할까. 아직 책을 읽지 못했을 수도 있다. 책을 살 돈도 없을 것이다. 내가 한 권 선물했어야 했다.

처음에는 정말로 그렇게 할 생각이었다. 하지만 나는 곧 포기했다. 여전히 그 누구보다 릴라를 아꼈지만 선뜻 릴라를 찾아갈 마음이 들지 않았다. 우선 시간이 없었다. 서둘러 배우고 공부해야 할 것이 너무 많았다. 게다가 릴라와의 마지막 만남에서 우리는 유년 시절과 완전히 이별하지 않았던가. 그때 릴라는 코트 위에 흉한 앞치마를 걸치고 공장 뜰에서 『푸른 요정』을 불에 태워버렸다. 그 만남으로 우리는 이제 각기 다른 길에 들어섰다는 것을 깨달았다. 지금 릴라를 만나면 릴라는 아마도 내게 이렇게 말할 것이다.

"내가 지금 어떻게 살고 있는지 알고 있잖니? 네 책을 읽을 시간이 어디 있어."

나는 그냥 내 갈 길을 가기로 했다.

그러는 동안에도 이유야 어찌 됐든 책은 정말로 잘 팔렸다. 한번은 아델레 부인이 전화를 해서 부인 특유의 애정 어린 놀림조로 말했다.

"이런 식이면 부자가 되어서 불쌍한 피에트로를 어떻게 떼어내야 할지 고민이겠구나."

아델라 부인은 다른 사람도 아닌 자신의 남편이 나와 이야기를 하고 싶어 한다며 그를 바꿔주었다.

나는 가슴이 두근거렸다. 나는 그동안 아이로타 교수와 이야기를 나눈 적이 별로 없었을 뿐 아니라 이야기를 나눈다 해도 너무 어색했다. 하지만 피에트로의 아버지는 아주 상냥했다. 그는 내 성공을 축하해주고 나를 비난하는 이들이 가지고 있는 순결의 기준에 대해서 비아냥댔다. 이탈리아는 아주 오랫동안 중세 시대에 머물렀는데 내가 국가의 현대화에 기여했다며 치켜세워 주었다. 아이로타 교수는 한참 동안 말을 했지만 소설에 대해서는 자세히 언급하지 않는 것으로 미루어 보아 책은 읽지 않은 것 같았다. 그는 바쁜 사람이었으니까. 그래도 그런 그가 내게 동조와 존중을 표하려 했다는 사실에 기분이 좋아졌다.

마리아로사도 이에 못지않게 나를 다정하게 대해주었고 칭찬을 아끼지 않았다. 처음에는 내 책에 대해 자세히 말할 것 같았는데 갑자기 흥분해서 주제를 바꿨다. 마리아로사는 나를 밀라노에 있는 대학으로 초청하고 싶어 했다. 이른바 '멈출 수 없는 역사의 흐름'에 나도 함께 참여하기를 바랐다.

"내일 당장이라도 출발하도록 해."

마리아로사가 재촉했다.

"프랑스에서 무슨 일이 일어나고 있는지 알고 있지?"

물론 나는 잘 알고 있었다. 나는 어머니가 주방에 둔 기름때가 잔뜩 낀 낡은 파란색 작은 라디오를 끼고 살았으니까.

"그럼. 정말 멋진 일이야."

내가 말했다.

"낭트에서 있었던 일도 라틴 구역의 바리케이드도 말이야."

마리아로사는 나보다 많은 것을 알고 있었고 더 깊이 관여하고 있는 것처럼 보였다.

마리아로사는 다른 동료들과 함께 파리에 갈 계획이라면서 자기와 함께 차를 타고 가자고 했다. 순간 정말로 그렇게 하고 싶었다. 나는 알겠다고, 생각해보겠다고 했다.

'밀라노에 가서 프랑스로 출발해 학생운동이 한창인 파리로 가는 거야. 야만적인 경찰과 맞서 근래 들어 가장 격렬하고 용암처럼 뜨거운 열기 한가운데 내 몸을 던지는 거야. 수년 전 프랑코와 떠났던 것처럼 이탈리아를 떠나는 거야.'

마리아로사와 함께 떠나면 얼마나 멋질까. 그녀는 내가 알고 있는 여성 중에 유일하게 생각이 열리고 현대적인 여성이었다. 세계현황을 잘 알았으며 남자들 못지않게 정치적인 어휘를 능숙하게 사용했다.

마리아로사는 내게 감탄의 대상이었다. 그 혼란의 시기에 마리아로사처럼 눈에 띄는 여성은 아무도 없었다. 당시 영웅은 루디 두치케*나 다니엘 콩 방디** 같은 사람들이었다. 이들은 위험을 무릅쓰고 폭력에 맞섰다. 하지만 남자들만 나오는 전쟁 영화의 주인공 같은 이들에게 감정을 이입하기는 힘들었다. 이들은 동경의 대상일 뿐이었다. 우리는 그저 그들의 사상을 습득하고 그들의 운명에 가슴 아파할 수밖에 없었다.

문득 마리아로사의 동료 중에 니노도 있을 수 있다는 생각이 들었다. 서로 아는 사이니 그럴 수도 있을 것이다. 니노와 함께 모험을 할 수 있다면 얼마나 좋을까. 그와 함께 위험에 맞설 수 있다면 얼마나 좋을까.

어느새 날이 저물었다. 이제 부엌은 조용했다. 부모님은 잠들고 남동생들은 아직도 길거리를 배회하고 있었다. 엘리사는 욕실에서 몸을 씻고 있었다. 나는 다음 날 아침에 떠나기로 마음먹었다.

13

떠나기는 했지만 파리에 가지는 못했다. 그 격변의 해에 선거가 끝난 후 지나는 책 홍보를 이유로 나를 여기저기 내보내기 시작했다. 처음에 간 곳은 피렌체였다. 아이로타 집안의 친구의 친구인 여교수가 주선한 강연이었다.

당시 학생운동이 한창이던 대학가에서 유행하는, 학생들이 주도적으로 준비하는 특강이었다. 나는 서른 명 남짓한 학생들 앞에서

* 독일사회주의학생동맹(SDS)을 이끈 학생운동 지도자.

** 1968년 파리학생운동 주동자.

강의를 하게 되었다. 강의실에 들어서는 순간 그곳에 앉아 있는 많은 여학생의 모습이 내 예비 시아버지 아이로타 교수가 『폰테』지에 묘사한 모습과 정확히 일치하는 것을 보고 충격을 받았다. 아니, 그보다 못한 학생도 많았다. 볼품없는 옷차림에 화장도 엉망이었다. 말하는 것이 두서없었고 쉽게 흥분했다. 시험과 교수들에 대한 불만이 많았다.

나는 나를 초청한 여교수의 권유로 학생운동, 특히 프랑스 학생운동에 대해 이야기를 시작했다. 다분히 의식적으로 열성을 담아 말했다. 나는 요새 공부한 내용을 한껏 과시하면서 만족감을 느꼈다.

나 스스로 생각해도 자못 자신감 넘치고 명확하게 말한 것 같았다. 특히 여학생들이 나에게 감탄하는 눈치였다. 그들은 내가 말하는 방식과 박학다식함, 복잡한 시사문제를 일관성 있는 관점으로 정리하는 능숙함에 감탄했다.

하지만 얼마 지나지 않아 나는 내가 책에 대한 언급을 무의식적으로 꺼리고 있다는 사실을 깨달았다. 책에 대해 말하는 것이 불편했다. 학생들이 동네 사람들과 같은 반응을 보일까봐 불안했던 것이다. 그보다는 『콰데르니 피아첸티니』나 『먼슬리 리뷰』 같은 잡지에 실린 글을 내 나름대로 정리해서 이야기하는 게 마음이 편했다.

하지만 나를 초청한 진짜 이유는 내 책에 대한 이야기를 듣기 위해서였고 실제로 몇몇은 벌써 책에 관한 질문을 하기 시작했다. 처음에 학생들은 주로 태어난 환경을 극복하기 위한 여주인공의 처절한 노력에 대해서 질문했다. 강의가 끝나갈 무렵 큰 키에 깡마른 몸매였던 것으로 기억되는 한 여학생이 그렇게 세련된 이야기에 왜 굳이 외설적인 내용을 넣을 생각을 했는지 물었다. 질문을 하면서 쑥스러운지 신경질적으로 웃는 바람에 말을 제대로 잇지 못했다.

나는 민망했다. 얼굴이 빨개졌던 것 같기도 하다. 사회학적인 이유를 두서없이 늘어놓다가 마지막에 가서야 인간의 경험은 어떤 것이라도 솔직하게 다룰 필요가 있다는 말을 했다. 특히 차마 이야기할 수 없고 우리 자신에게조차 말할 수 없는 일일수록 그렇다고 강조했다. 학생들은 이 마지막 대답에 만족해했고 덕분에 나는 다시 존경받게 되었다. 나를 초청한 여교수도 내 의견을 칭찬하면서 자기도 이 부분에 대해 깊이 생각을 해보고 내게 편지를 쓰겠다고 했다.

내 이야기에 여교수가 공감을 하자 떠올린 지 얼마 되지 않은 그 개념은 내 머릿속에 완전히 자리 잡았다. 그 후로 나는 마치 노래의 후렴구처럼 그 말을 수도 없이 반복했다. 나는 공적인 장소에서 이야기할 때마다 그 개념을 자주 언급했다. 때에 따라서 재미있게, 극적으로, 간결하게 또는 공들여 구상한 화려한 표현으로 구체화시켰다.

어느 날 밤 토리노의 한 서점에서 열린 행사에 꽤 많은 사람이 참석했는데 나는 특별히 더 여유가 있었다. 나는 갈수록 청중을 대하는 데 자신감이 생겼다. 이제는 누군가가 호의적이거나 공격적으로 해변에서 일어난 성관계 장면에 대해 묻는 것을 자연스럽게 받아들였다. 내 준비된 대답은 반응이 꽤 좋은 편이었다. 나는 날이 갈수록 똑같은 대답이라도 듣기 좋게, 세련되게 표현할 수 있게 되었다.

토리노에서 열린 행사에는 출판사의 부탁으로 아델레 부인의 나이 든 친구 타라타노 교수가 나와 동행했다. 타라타노 교수는 자기가 가장 먼저 내 소설이 가진 가능성을 알아본 것이 자랑스럽다며 얼마 전 밀라노에서 했던 것처럼 열광적으로 나를 청중에게 소개했다. 행사가 끝난 후 타라타노 교수는 짧은 시간 동안 놀랍게 성장했다고 나를 칭찬했다. 그러더니 언제나처럼 쾌활한 말투로 내게 물었다.

"왜 사람들이 소설에 나오는 에로틱한 부분을 외설적이라고 단정 짓도록 놔두는 거지요? 왜 스스로 대중을 상대로 그 장면을 그렇게 설명하는 거죠?"

타라타노 교수는 그러면 안 되는 이유를 설명해주었다. 그는 해변의 장면이 내 책의 전부는 아니라고 했다. 그보다 훨씬 더 흥미롭고 아름다운 장면들이 있다고 했다. 여기저기서 그 장면을 두고 과감하다고 하는 것은 무엇보다도 그것을 젊은 여성이 썼기 때문이며 외설성은 좋은 문학 작품에 대치되는 것이 아니라고 했다. 소설의 진정한 묘미는 품위의 경계를 넘어서더라도 그것이 음란하게 보이지 않게 하는 데 있다고 했다.

나는 혼란스러웠다. 이 교양 있는 교수님은 지금 내게 내 책의 원죄는 경미한 것인데 그것을 매번 치명적인 것처럼 이야기하고 다니는 것은 잘못되었음을 교묘하게 말하고 있었다. 한마디로 내 해석이 과하다는 것이었다. 그동안 나는 대중과 같은 수준의 피상적이고 근시안적인 관점으로 내 작품을 바라본 것이었다. 나는 다짐했다.

'이젠 됐어. 이젠 그런 종속적인 태도를 버려야겠어. 독자들과 의견을 달리할 줄 알아야 해. 독자들 기준으로 수준을 낮춰선 안 돼.'

나는 다음번에 누군가 또 외설적인 장면에 관해 이야기를 꺼내면 지금보다 훨씬 더 강하게 대응하기로 마음먹었다.

출판사 홍보부가 예약해준 호텔 레스토랑에서 저녁식사를 하면서 나는 타라타노 교수의 이야기에 귀를 기울였다. 그의 이야기는 민망했지만 한편으로는 재미있기도 했다. 그는 내가 본질적으로는 정숙한 작가라면서 그 증거로 헨리 밀러를 예로 들었다. 그는 나를 사랑스런 아이라고 부르면서 1920년대와 30년대를 주름잡은 꽤 많은 여성작가가 성에 대한 지식이 풍부했고 이를 바탕으로 지금의 나로서는 상상할 수 없을 정도로 과감하게 성에 대한 글을 썼다고 했다. 나는 그 여성작가들의 이름을 모두 공책에 받아 적으면서 생각했다.

'이 사람은 말로는 나를 칭찬하면서도 실은 내 재능이 그리 뛰어나지 않다고 생각하는 거야. 저 사람의 눈에 나는 그저 별 자격도 없으면서 큰 성공을 거두게 된 어린아이일 뿐이야. 독자들이 가장 관심을 많이 가지는 장면조차도 별로 중요치 않다고 생각하고 있잖아. 그런 장면은 문학에 대한 지식이 전혀 없거나 많지 않은 사람들에게나 충격적이지 타라타노 교수 같은 사람들에게는 새로울 게 없는 거야.'

나는 술이 거나하게 취한 타라타노 교수가 조금 피곤하다고 말하며 자리에서 일어나는 것을 도왔다. 키는 작았지만 미식가답게 배가 꽤 나와 있었다. 새하얀 백발이 커다란 귀를 어지럽게 뒤덮고 있었다. 타라타노 교수는 시뻘건 얼굴에 코는 큰 편이었고 눈에는 생기가 넘쳤다. 지나치게 얇은 입술이 전체적인 균형을 무너뜨렸다. 담배를 하도 많이 피워서 손끝이 노랬다.

타라타노 교수는 엘리베이터에서 나를 껴안고 키스하려 했다. 그의 품에서 빠져나오려고 몸을 이리저리 빼냈지만 그에게서 벗어나기가 쉽지 않았다. 타라타노 교수는 좀처럼 포기하려 들지 않았다. 교수의 배가 내 몸에 닿는 느낌과 와인 향기 섞인 그의 숨결이 지워지지 않는다. 당시만 해도 그렇게 사회적으로 존경받고 나이 든 남자가 그런 부적절한 행동을 할 수 있다고는 상상조차 할 수 없었다. 게다가 그는 내 예비 시어머니의 친한 친구가 아닌가. 복도로 나서자 그는 황급히 내게 용서를 구했다. 와인을 많이 마신 탓이라고 하고는 서둘러 자기 방으로 들어가 버렸다.

14

다음 날 아침식사를 한 뒤 차를 타고 밀라노로 돌아가는 내내 타라타노 교수는 1945년부터 48년 사이에 일어난 일에 대해서 열정적으로 이야기했다. 그는 그 시절이야말로 자기 인생에서 가장 흥분되는 시기였다고 했다. 나는 타라타노 교수의 목소리에서 진심어린 서글픔을 느꼈다. 하지만 최근 되살아나고 있는 혁명적인 분위기로 이야기가 이어지자 서글픔은 완전히 사라졌다.

이때 타라타노 교수의 목소리는 진정 환희로 가득 찼다. 혁명의 기운이 젊은이와 기성세대에게 퍼져나가고 있다고 했다. 나는 타라타노 교수가 이야기하는 내내 동의한다는 뜻으로 고개를 끄덕였지만 다른 한편으로는 나의 현재가 실은 영광스러웠던 자신의 과거의 회귀에 지나지 않는다는 것을 믿게 하려는 그의 집착에 놀랐다.

그가 조금은 안쓰럽기도 했다. 두서없이 늘어놓는 그의 인생사를 들으면서 나는 재빨리 그의 나이를 가늠해 보았다. 그는 58세였다.

밀라노에 도착한 후 나는 출판사에서 멀지 않은 곳에 내려달라고 한 뒤 교수에게 작별인사를 했다. 잠을 제대로 자지 못해 정신이 멍했다. 길을 걸으며 지난밤의 불쾌감을 완전히 떨쳐내려고 했지만 여전히 찜찜했다. 정확히는 알 수 없지만 고향 동네에서나 느낄 수 있었던 추잡한 그 무엇인가와 비슷한 느낌이었다.

출판사 사람들은 모두 나를 반갑게 맞아주었다. 나는 이들의 태도에서 몇 개월 전 나에게 보여주었던 공손한 대우를 능가하는 일종의 집단적인 만족감 같은 것을 느꼈다. 내 재능을 바로 알아본 자신들의 혜안을 자랑스러워하는 것 같았다. 유일하게 나를 은근히 무시했던 전화 교환원까지 교환 박스에서 나와 나를 껴안았을 정도였다. 내 글을 꼼꼼하게 편집해주었던 편집장은 이날 처음으로 나를 점심 식사에 초대해주었다.

출판사에서 얼마 떨어지지 않은 반쯤 비어 있는 작은 레스토랑에서 편집장은 자리에 앉자마자 내 글은 대단히 매력적인 비밀을 숨기고 있다고 거듭 강조했다. 식사를 하는 동안 그는 첫 작품의 성공에 안주하지 말고 천천히 새 소설을 구상해보라고 했다. 그런 다음 그날 오후 3시에 예정되어 있는 밀라노 국립대학의 일정을 상기시켰다. 마리아로사와는 관련이 없었다. 출판사 측에서 자체적인 경로를 통해 준비한 것으로 학생들과 함께하는 행사였다.

"학교에 도착하면 누구를 찾아야 하나요?"

내가 묻자 근엄하기 그지없는 편집장이 자랑스럽게 대답했다.

"내 아들이 대학교 정문에서 당신을 기다리고 있을 거예요."

나는 출판사에 놓아둔 가방을 찾아들고 호텔로 갔다가 잠시 후 바로 대학으로 향했다. 참기 힘들 정도로 날씨가 무더웠다. 대학가에 도착하니 글씨가 빽빽한 대자보가 여기저기 붙어 있었다. 배경에는 붉은 깃발이며 민중항쟁 장면이 그려져 있었다. 행동 강령을 쓴 플래카드도 보였다. 그보다 더 인상적이었던 것은 왁자지껄 떠드는 소리와 웃음소리 그리고 긴장감이 감도는 대학가의 분위기였다. 나는 나와 관련 있는 내용의 안내문이나 나를 알아보는 사람을 찾아 주변을 배회했다. 갈색머리 청년이 정신없이 달려가다가 나와 세게 부딪혔던 기억이 난다. 그는 잠시 비틀거리다 다시 균형을 잡고 뒤따라오는 사람이 아무도 없는데 누군가에게 쫓기는 것처럼 도망쳤다.

숨막힐 듯 무거운 공기를 청명하게 뚫고 나오던 외로운 트럼펫 소리도 기억한다. 자그마한 금발머리 아가씨가 끝에 커다란 자물쇠가 채워진 사슬을 시끄럽게 끌면서 누구에겐가 "지금 곧 도착해!"라고 절박하게 외치던 것도 기억이 난다. 그날의 광경을 전부 기억하는 이유는 누군가가 나를 알아보고 다가올 때 그럴듯해 보이고 싶어서 공책을 꺼내 들고 이런저런 광경을 적어놓았기 때문이다.

하지만 30분이 지나도록 아무도 오지 않았다. 나는 혹시 내 이름이나 소설 제목을 찾을 수 있을까 하는 생각에 포스터며 플래카드를 자세히 살펴보았지만 소용없었다. 나는 신경이 약간 곤두서서 지나가는 학생들을 붙잡고 내가 참석할 행사에 대해 물어보지는 않기로 했다. 훨씬 중요한 내용이 적힌 포스터가 사방에 붙어 있는 환경에서 고작 내 책 이야기를 꺼내기가 부끄러웠기 때문이다.

두 가지 상반된 감정에 마음이 불편했다. 나는 한편으로는 아무런 거리낌 없이 규율을 무시하고 고래고래 고함을 치며 캠퍼스를 누비는 젊은 남녀에게 강한 동질감을 느꼈다. 하지만 다른 한편으로는 어린 시절부터 벗어나려 했던 무질서에 붙들려 그 난리 통 속에 휩싸일까봐 두려웠다. 그 사이에 학교 수위나 교수나 강사나 경찰 같은 거역할 수 없는 권력이 등장해 어린 시절부터 말 잘 듣는 착한 아이였던 내가 잘못을 저질렀다는 것을 눈치채고 벌을 줄 것 같았다.

나는 그만 그곳을 빠져나가야겠다고 생각했다. 나보다 조금 어린 학생들을 대상으로 매번 똑같은 쓸데없는 소리를 지껄여봤자 무슨 소용이 있단 말인가. 호텔로 돌아가 나름대로 성공을 거둔 작가로서 여유를 누리고 싶었다. 여행을 하고 레스토랑에서 식사를 하고 호텔에서 잠을 자는 그런 여유 말이다.

그때 마침 여학생 대여섯 명이 가방을 들고 분주히 내 앞을 지나가는 모습이 눈에 띄었고 나는 나도 모르게 그들을 뒤따랐다. 어디선가 들려오는 이야기 소리와 고함소리, 트럼펫 소리를 홀린 듯 따라갔다. 그렇게 한참을 걷다보니 사람들로 붐비는 강의실에 도착했다. 그곳에서는 때마침 분노에 찬 야유가 터져나왔다. 내가 뒤따라가던 여학생들이 그 강의실로 들어가기에 나도 조심스레 그들을 따라 들어갔다.

그곳에서는 사람들이 여러 패거리로 나뉘어 살벌한 언쟁을 벌이고 있었다. 강의실을 꽉 채운 사람들뿐 아니라 연단을 차지한 몇몇 무리 사이에도 논쟁이 한창이었다. 나는 언제든 자리를 떠날 수 있도록 문 가까이에 앉았다. 담배 연기와 뜨거운 숨결의 기운과 흥분한 사람들이 발산하는 강한 체취 때문에 벌써 그곳을 떠나고 싶었다.

나는 상황을 파악하려고 애썼다. 어떤 절차상의 문제를 두고 토론을 벌이는 것 같았다. 하지만 아무도 실질적인 합의에 도달할 수 있다고 생각하는 것 같지는 않았다. 고함을 치는 사람, 침묵을 지키는 사람, 조롱하는 사람, 웃고 있는 사람, 전쟁터의 교신병처럼 재빨리 여기저기를 오가는 사람, 주변 상황에 무관심한 사람, 그 와중에 공부를 하고 있는 사람 등 강의실에 모인 사람들의 태도는 모두 제각각이었다. 나는 그곳 어딘가에 마리아로사가 있기를 바랐다. 그러는 사이 어느새 소란과 냄새에 익숙해졌다.

사람이 정말 많았는데 대부분 남자였다. 잘생긴 청년, 못생긴 청년, 옷을 잘 차려입은 청년, 꾀죄죄한 모습의 청년, 폭력적인 청년, 겁에 질린 청년, 이 모든 상황을 즐기는 듯한 청년 등 가지각색이었다. 나는 시선을 돌려 여학생들을 자세히 관찰하기 시작했다. 혼자인 여자는 나밖에 없는 것 같았다. 나를 강의실까지 이끌었던 여학생들만 해도 언제나 무리지어 몰려다녔다. 사람들로 꽉 찬 강의실에서 전단지를 배포하는 지금 이 순간까지도 자기들끼리 꼭 붙어 다녔다. 소리를 칠 때도 웃을 때도 함께였다. 일행과 조금이라도 떨어지면 행여나 잃어버릴까봐 서로의 모습을 시야에서 놓치지 않았다. 오래전부터 알고 지낸 친구 사이일 수도 있고 그날 우연히 서로 알게 된 사이일 수도 있을 것이다. 일행의 암묵적인 동조 하에 혼란스러운 그곳에 있기로 결정한 것 같았다. 무질서한 분위기에 도취되기는 했지만 서로 헤어지지 않는 것이 그곳에 있는 전제 조건인 것 같았다. 이곳에 도착하기 전 한 명이라도 떠나겠다고 하면 모두 함께 움직이기로 여기보다는 안전한 곳에서 미리 약속을 하고 온 것 같았다.

혼자서 또는 많아봤자 둘씩 짝을 지어 사내 가운데 섞여 있는 여자들도 있었다. 이들은 남자들과의 친밀감을 도발적으로 과시하면서 생기발랄한 태도로 이들 가운데 거리를 두지 않고 섞여 있었다. 내 눈에는 이 여자들이야말로 가장 행복하고 적극적이고 자신만만해 보였다.

나는 이질감을 느꼈다. 아무것도 소리 높여 요구할 자격도 없으면서 허락받지 않은 영역을 침범한 것처럼 느껴졌다. 강의실의 열기와 냄새는 지난날 저수지에서 서로의 몸을 껴안을 때 안토니오의 몸이 내뿜던 열기와 그의 숨결에서 나던 냄새를 떠오르게 했다.

그 시절 나는 비참하기 짝이 없었다. 우수한 성적을 내야 한다는 강박관념에 사로잡혀 있었다. 영화관에 간 적도 거의 없었으며 음반 한 장 사본 적이 없었다. 음악을 들었으면 정말 좋아했을 텐데 말이다. 가수를 좋아해본 적도 콘서트에 가본 적도 유명가수의 서명을 모은 적도 없었다. 술에 취한 적도 없었고 몇 번 되지 않은 성관계는 남의 눈을 피해 불안과 두려움에 떨며 경험했다.

사내들 사이에 섞여 있는 저 여자들은 개인차는 있겠지만 모두 나보다는 좋은 환경에서 자랐을 것이다. 지금처럼 변하는 것이 나보다는 수월했을 것이다. 이들은 이런 격양된 분위기와 장소에 있는 것도 탈선이라고 생각하지 않을 것이다. 응당 해야 할 시급한 일이라고 생각할 것이다.

나는 이제 돈을 벌기 시작했고 앞으로도 꽤 많이 벌 수 있을 것이다. 그러니 지난날에 놓친 것을 어느 정도 만회할 수 있을 것이다. 아니다. 그러기에는 이미 늦었을지도 모른다.

나는 어떤 면에서는 지나치게 교육을 많이 받았고 어떤 면에서는 너무 무지했다. 나 자신을 통제하는 데 너무 익숙해져 있었다. 다른 이들의 사상과 사건을 머릿속에 꾸역꾸역 집어넣느라 열정 없는 인생을 사는 데 너무 익숙해져 있었다. 게다가 결혼과 안정적인 삶이 너무 빨리 시작될 예정이었다. 한마디로 나는 그곳에서 이미 몰락해버린 기존의 질서 체계 속에 너무 깊이 자리 잡게 된 것이었다.

생각이 여기까지 미치자 나는 두려워졌다. 어서 이 자리를 떠나야겠다고 생각했다. 이들의 행동 하나 말 한마디가 지금까지 내가 쌓아온 노력에 대한 모독이었다. 하지만 마음과는 달리 나는 사람들로 꽉 찬 강의실 안으로 더 깊숙이 들어갔다.

강의실에 들어가자마자 가장 먼저 눈에 띈 것은 한 젊은 여성이었다. 상당한 미인이었다. 이목구비는 섬세했고 칠흑같이 새까만 머리가 어깨까지 내려와 있었다. 딱 봐도 나보다 어려 보였다. 나는 그녀에게서 시선을 떼기가 힘들었다. 그녀는 금방이라도 싸울 듯한 태세의 청년들 가운데 서 있었고 그녀의 등 뒤에는 서른 살 정도로 보이는 갈색머리의 남자가 시가를 피우면서 마치 경호원처럼 딱 붙어서 있었다. 미모 말고도 그녀가 그토록 눈에 띈 또 다른 이유는 그녀가 태어난 지 몇 달 되지 않아 보이는 갓난아이를 품에 안고 있었기 때문이었다.

그녀는 아기에게 젖을 물린 채 눈앞에서 벌어지는 언쟁에 주의를 기울이다 가끔은 자기도 뭔가를 외치기도 했다. 아기는 너무 작아서 아이가 입은 파란색 옷이 얼룩처럼 보였다. 가녀린 다리와 불그스름한 작은 발이 달린 파란색 얼룩. 아기가 젖에서 입을 떼도 여인은 가슴을 가릴 생각을 하지 않았다. 하얀 셔츠의 단추를 채우지 않고 부푼 가슴을 드러낸 채 그대로 있었다. 눈살을 찌푸리고 입을 반쯤 벌리고 있다가 아기가 젖을 빨지 않는다는 것을 깨닫고 그제야 기계적으로 아기 입에 젖을 물렸다.

나는 그 젊은 여성의 모습에 동요했다. 담배 연기가 자욱한 소란스러운 강의실과는 어울리지 않는 모성을 상징하는 것처럼 보였다. 나보다 어리고 세련되어 보였는데 벌써 한 아이의 양육을 책임지고 있었다. 하지만 육아에 힘쓰는 얌전한 젊은 어머니의 이미지를 거부하려고 애쓰는 것 같았다. 그녀는 고함을 치기도 하고 격렬하게 손동작도 하고 발언권을 요구하기도 하고 분노한 나머지 웃음을 터뜨리기도 하고 누군가를 향해 멸시하듯 손가락질도 했다.

그러는 동안 아기는 그런 어머니의 몸의 일부분인 양 꼭 붙어 있었다. 아기는 어머니의 젖가슴을 찾다가 놓치기를 반복했다. 어머니와 아기는 함께 위험에 노출된 듯 불안한 이미지를 만들어냈다. 유리 위에 그린 그림처럼 당장에라도 깨질 것만 같았다. 여자가 아기를 떨어뜨릴 것 같았다. 아니면 누군가 팔꿈치로 아기 머리를 치거나 격렬하게 움직이다 아기와 부딪힐 것 같았다.

갑자기 그녀 옆에 마리아로사가 나타났다. 드디어 마리아로사를 만나게 되어 나는 기뻤다. 마리아로사는 활발하고 생기 넘치고 상냥했다. 아기 엄마와 잘 아는 사이인 것 같았다. 나는 마리아로사를 향해 손을 흔들었지만 그녀는 나를 보지 못했다. 마리아로사는 아기 엄마의 귀에 대고 뭔가를 짧게 속삭인 후 모습을 감추었다가 잠시 후 강단 주변에 모인 사람들 사이에서 다시 모습을 나타냈다. 그러는 동안 옆문을 통해 한 무리의 사람이 들어왔다. 강당에 있던 사람들은 이들의 등장에 조금씩 잠잠해졌다.

마리아로사는 누군가를 향해 손짓을 하더니 상대방이 여기에 응답하자 마이크를 잡았다. 마리아로사가 몇 마디 하자 사람들로 꽉 찬 강의실이 조용해졌다. 그 순간 나는 밀라노와 그 시절 대학가에 흐르던 긴장감과 흥분된 감정으로 머릿속에 드리워졌던 그늘이 일시적으로나마 사라진 것 같은 느낌을 받았다. 그 무렵 나는 내가 처음 정치에 관심을 가지기 시작했던 시절을 자주 생각하곤 했었다. 마리아로사는 그녀 옆으로 다가온 청년에게 마이크를 넘겨주었다. 나는 그를 한눈에 알아보았다. 그는 피사에 있을 때 내 남자친구였던 프랑코 마리였다.

15

프랑코는 예전 모습 그대로였다. 그의 목소리는 여전히 따뜻하고 호소력이 있었다. 예전처럼 일반적 진술을 논리적인 단계를 통해 일상적인 현상으로 풀어내어 의미를 설명하는 능력이 뛰어났다. 지금 글을 쓰는 이 순간 프랑코의 외모는 잘 기억나지 않는다. 깨끗하게 면도한 창백한 얼굴과 짧은 머리 정도만 기억날 뿐이다. 그때까지만 해도 부부인 양 내가 온몸으로 꼭 껴안았던 사람은 프랑코가 유일했었는데도 나는 그의 모습이 잘 기억나지 않는다.

연설이 끝난 후 나는 프랑코에게 다가갔다. 나를 보자 그의 눈이 놀라움에 반짝였다. 프랑코는 나를 껴안았다. 하지만 이야기를 나누기는 힘들었다. 어떤 이는 그의 팔을 잡아끌고 어떤 이는 고집스레 프랑코를 향해 손가락질하며 공격적인 어투로 말을 걸었다. 그가 끔찍한 죄를 저지른 범죄자라도 된 것 같았다. 나는 강단 옆에 모인 사람들 곁에 쭈뼛거리며 머물렀다. 소란 통에 또다시 마리아로사를 시야에서 놓치고 말았다. 하지만 이번에는 그녀가 먼저 나를 알아보고 내 팔을 잡아당겼다.

"여기서 뭐하는 거야?"

마리아로사가 반갑게 물었다.

나는 다른 약속 때문에 왔다가 우연히 여기까지 오게 됐다는 말을 하고 싶지 않아서 프랑코를 가리키며 말했다.

"저 사람을 알고 있어."

"프랑코를?"

"그래."

마리아로사는 프랑코에 대해 열광적으로 말했다. 그러더니 내게 속삭였다.

"이번 일을 망친 사람들에게 꼭 대가를 치르게 하고 말 거야. 애써서 사람을 초청했는데 이 난리법석이 다 뭐래."

마리아로사는 그날 밤 프랑코가 자기 집에서 묵을 것이며 다음 날 토리노로 떠날 예정이라고 했다. 그녀는 나도 자기 집에서 자고 가라고 했다. 나는 호텔에서 묵지 못하는 것이 조금 아쉬웠지만 그렇게 하겠다고 했다.

집회는 오랫동안 진행되었다. 긴장감이 고조되는 순간이 중간 중간 있었고 분위기는 전반적으로 불안했다. 우리는 어둑해질 무렵

에야 학교를 나섰다. 마리아로사의 일행 중에는 프랑코 말고도 젊은 아기 엄마 실비아와 강의실에서 시가를 피우던 30대 남성도 있었다. 그는 후앙이라는 베네수엘라 출신의 화가였다. 우리는 다같이 마리아로사가 아는 식당에서 저녁을 먹었다.

프랑코와 이야기를 나누어보니 조금 전에 했던 내 생각이 틀렸다는 것을 깨달았다. 그는 예전의 프랑코가 아니었다. 자의인지 타의인지는 모르겠지만 프랑코는 가면을 쓰고 있었다. 그 가면은 프랑코의 얼굴에 완벽하게 딱 맞았지만 그의 얼굴에서 과거의 넉넉함을 지워버렸다. 지금의 프랑코는 예전보다 위축되고 절제된 느낌이었고 말을 가렸다. 언뜻 들으면 친밀하게 느껴지는 짧은 대화를 나누면서도 우리의 과거에 대해 전혀 언급하지 않았다. 내가 먼저 왜 내게 편지를 쓰지 않았느냐고 투정을 부리자 프랑코는 내 말을 잘랐다.

"어차피 그렇게 끝날 수밖에 없는 관계였어."

프랑코가 속삭였다.

대학에 대해서도 말을 흐리는 것을 보고 나는 그가 끝내 졸업을 하지 못했다는 사실을 눈치챘다.

"정말 해야 할 일은 따로 있거든."

프랑코가 말했다.

"그게 뭔데?"

내 질문에 프랑코는 마리아로사를 바라보았다. 내가 너무 사적인 방향으로 대화를 이끌어가자 불편해 하는 눈치였다.

"엘레나가 무엇을 해야 하냐고 물어보는데?"

마리아로사가 밝게 말했다.

"혁명이지."

그 말에 나는 비꼬듯 말했다.

"그럼 여가 시간에는 무엇을 하는데?"

내 말에 후앙이 자기 옆에 앉아 있는 실비아의 아기가 꽉 쥔 주먹을 부드럽게 흔들며 진지하게 끼어들었다.

"여가 시간에는 혁명할 준비를 해야지."

저녁식사를 마친 후 우리는 모두 마리아로사의 차에 탔다. 마리아로사는 산 암브로지오 구역에 있는 오래됐지만 넓은 아파트에서 살고 있었다. 나는 마리아로사의 아파트에 후앙의 화실도 같이 있다는 사실을 알게 되었다. 후앙은 나와 프랑코를 지저분한 스튜디오로 데려가 작품을 보여주었다. 그는 자신의 커다란 캔버스에 복잡한 도시 전경을 그려놓고서 그 위에 물감 튜브나 붓, 팔레트, 물통과 걸레 따위를 붙여 섬세한 그림을 일부러 망가뜨려 놓았다. 마리아로사는 그의 작품을 칭찬했지만 주로 프랑코와 이야기를 나누었다. 그녀는 프랑코의 의견에 특별히 마음을 쓰는 것처럼 보였다.

나는 이들을 흘끔흘끔 훔쳐보았지만 그들의 관계를 도무지 이해할 수 없었다. 분명 후앙은 그곳에 사는 것 같았다. 실비아도 마찬가지였다. 그녀는 아들 미르코와 함께 집 안을 편하게 돌아다니고 있었다. 처음에는 베네수엘라 화가와 젊은 아기 엄마가 커플이라고 생각했다. 둘이 함께 마리아로사의 아파트에 세 들어 살고 있다고 생각했다. 하지만 이내 생각을 바꿨다. 저녁 내내 후앙은 실비아에게 의례적인 예의만을 보일 뿐이었다. 오히려 마리아로사의 어깨를 자주 감싸 안았고 한 번은 그녀의 목에 입을 맞추기도 했다.

처음에는 후앙의 작품에 대해 이야기했다. 예전부터 프랑코는 부러울 정도로 시각 예술에 대한 식견이 뛰어났고 비평적 감각도 남달랐다. 우리는 즐겁게 프랑코의 의견에 귀를 기울였다. 그때까지 온순하던 미르코가 갑자기 우는 바람에 실비아만 프랑코의 말을 제대로 듣지 못했다.

실비아는 좀처럼 아기를 안정시키지 못했다. 나는 얼마간은 프랑코가 내 책에 대해서도 이야기해주기를 바랐다. 비록 가차 없을지라도 후앙의 작품에 대해 비평하는 것처럼 내 책에 대해서도 지적인 비평을 해줄 수 있을 것이라고 생각했다.

하지만 아무도 내 소설에 관한 이야기는 꺼내지 않았다. 예술과 사회에 대한 프랑코의 발언에 후앙이 발끈한 다음에는 대화의 방향이 이탈리아 문화의 퇴보와 선거 후 정치판에 대한 분석, 최근 연이은 사회민주주의의 패배, 학생운동과 경찰의 탄압, 이른바 '프랑스의 교훈'이라 불리는 현상 쪽으로 바뀌었다.

얼마 지나지 않아 두 사내의 대화는 언쟁으로 변했다. 실비아는 미르코가 무엇을 원하는지 도무지 알지 못해서 거실을 들락날락거리며 아기를 다 큰 어른처럼 혹독하게 다그쳤다. 그러면서 아기를 안고 복도에서 왔다 갔다 하거나 방에서 기저귀를 갈면서 큰 소리로 새로울 것 없는 반대의견을 제시했다.

마리아로사는 소르본 대학에는 파업에 참여하는 학생들을 위한 유아원이 있다고 말한 뒤 총파업으로 모든 것이 마비된 춥고 비가 추적추적 내리는 6월 초의 파리 이야기를 들려주었다. 물론 직접 경험한 것은 아니었다. 그녀는 안타깝게도 그때 파리로 떠나지 못했으며 대신 파리에 있는 친구가 편지로 그 상황을 알려주었다고 했다. 프랑코와 후앙은 둘 다 마리아로사의 말을 흘려들으며 자기들끼리 언쟁의 끈을 놓지 않았다. 갈수록 적대감을 노골적으로 드러냈으며 서로에 대한 반감이 커지고 있었다.

세 여자는 수소들의 힘겨루기가 끝나기를 나른하게 기다리는 어린 암소들처럼 상황을 마냥 관망했다. 나는 그런 상황이 불편했다.

나는 마리아로사가 다시 논쟁에 개입할 것이라 생각하고 기다렸다. 그녀와 함께 나도 대화에 다시 끼어들 요량이었다. 하지만 프랑코와 후앙은 도무지 그럴 틈을 주지 않았다. 그러는 동안 아기는 계속 소리를 질러댔고 그럴수록 실비아는 더 험하게 아기를 다그쳤다. 나는 생각했다.

'릴라는 실비아보다 더 어린 나이에 젠나로를 가졌었지.'

집회 때부터 나는 나도 모르게 실비아와 릴라를 연관 지어 생각하고 있다는 사실을 깨달았다. 릴라도 니노와 헤어지고 스테파노와도 결별한 후 혼자서 아이를 키우고 있기 때문일 수도 있고 두 여인의 아름다움 때문일 수도 있었다. 만약 릴라가 젠나로를 데리고 그 집회에 참석했다면 실비아보다 더 매력적이고 결연한 어머니 상을 보여주었을 것이다. 하지만 릴라는 이미 그런 역사의 흐름에서 제외되었다. 집회에서 내가 느꼈던 흐름은 언젠가는 산 조반니 아 테두초까지 도달할 것이다. 하지만 릴라는 이미 전락할 대로 전락해 그곳에 도착한 변화의 기류를 감지하지 못할 것이다. 안타까운 마음과 죄책감이 함께 들었다. 릴라를 데리고 나폴리를 떠났어야 했다. 릴라를 납치해서라도 함께 떠났어야 했다.

아니면 적어도 릴라의 존재를 내 속에 더 꼭꼭 눌러 담아놓았어야 했다. 그녀의 목소리를 내 목소리에 더 섞었어야 했다. 그 순간도 마찬가지였다. 나는 마음속에서 릴라의 목소리를 들었다. 릴라는 내게 이렇게 말하고 있었다.

'그렇게 꿀 먹은 벙어리처럼 입 다물고 앉아서 저 둘만 이야기하게 내버려두려면 차라리 아기 엄마나 도와줘. 어린 아기를 키우느라 얼마나 힘들겠어.'

시간과 공간과 아득한 감정이 뒤섞여 혼란스러웠다. 나는 벌떡 일어나 상냥하고 조심스럽게 실비아에게서 아기를 받아들었고 실비아는 기꺼이 내게 아기를 내어주었다.

16

정말 잘생긴 아기였다. 아기를 품에 안았던 순간을 나는 아직도 잊을 수 없다. 미르코는 단숨에 나를 사로잡았다. 손목과 다리에 분홍빛 주름이 잡혀 있었다. 얼마나 잘생겼던지. 눈매도 예쁘고 머리숱도 풍성했다. 발도 길고 섬세했고 좋은 냄새가 났다. 나는 나지막한 소리로 아기를 칭찬하며 집 안을 돌아다녔다. 사내들의 목소리가 희미하게 들렸고 그들이 지지하는 사상도, 그들의 대립도 희미해졌다. 완전히 새로운 경험이었다. 아기를 품에 안는 것이 즐거웠다. 통제할 수 없는 불꽃이 일듯 아기의 따스한 체온과 움직임이 느껴졌다. 내 품에 안긴 완벽한 자그마한 생명체를 지키기 위해 나의 모든 감각이 바짝 긴장한 것 같았다.

아기가 사랑스러웠고 책임감이 느껴졌다. 집 안 구석구석에 숨어 있는 사악한 그림자로부터 아기를 보호해주고 싶어졌다. 미르코는 내 감정을 느꼈는지 이내 안정을 되찾았다. 이 또한 나를 기쁘게 했다. 내가 아기를 편하게 해준 것 같아 뿌듯했다.

방에 돌아와 보니 실비아는 마리아로사의 무릎에 앉아 두 사내의 언쟁에 귀를 기울이고 있었다. 이따금 신경질적으로 외치며 토론에 끼어들기도 했다. 그러다 고개를 돌려 나를 바라보았을 때 내 얼굴에서 아기를 안고 느끼는 행복을 읽어낸 것 같았다. 실비아는 벌떡 일어서더니 쌀쌀맞게 고맙다고 하고는 아기를 빼앗아 침대에 눕히러 가버렸다.

나는 상실감이 느껴져 기분이 좋지 않았다. 아기의 따스한 체온이 사라지는 것을 느끼며 우울한 기분으로 다시 자리에 앉았다. 생각이 복잡했다. 다시 아기를 안고 싶었다. 아기가 다시 울음을 터뜨려 실비아가 내게 도움을 청하기를 바랐다.

'내가 왜 이러지? 아기를 낳고 싶은 걸까? 아기에게 젖을 물리고 자장가를 불러주는 엄마 노릇을 하고 싶은 걸까? 결혼과 동시에 임신까지 하고 싶은 건가? 이제 겨우 안전지대에 진입했다고 생각했는데 배에서 불쑥 나의 어머니 모습이 튀어나오면 어떻게 하지?'

17

나는 프랑스 학생운동을 통해 얻은 교훈이나 프랑코와 후앙의 날선 대립에 좀처럼 집중하지 못했다. 그렇다고 꿔다놓은 보릿자루마냥 앉아만 있고 싶지는 않았다. 파리에서 일어난 일에 대해 지금까지 읽고 생각해온 바를 이야기하고 싶었다. 하지만 하고 싶은 말은 불완전한 상태로 헝클어진 채 머릿속을 맴돌았다. 그토록 뛰어나고 사상이 자유로운 마리아로사가 한마디도 하지 않는 것도 이상했다. 마리아로사는 그저 프랑코의 말에 아름다운 미소로 동조할 뿐이었다. 후앙은 그런 마리아로사의 모습에 안절부절못했고 때때로 불안해하기까지 했다. 마리아로사가 아무 말도 하지 않는다면 나라도 말을 해야겠다고 생각했다.

'이렇게 가만히 있으려면 왜 호텔에 가지 않고 여기에 왔겠어.'

사실 나는 그 이유를 이미 알고 있었다. 과거의 내 모습을 기억하고 있을 프랑코에게 내가 어떻게 변했는지 보여주고 싶었다. 프랑코가 예전처럼 나를 어린아이 취급할 수 없다는 사실을 깨닫고 마리아로사 앞에서 새롭게 변한 나를 존중하는 모습을 보여주길 원했다.

아기가 조용해지고 실비아도 아기와 함께 사라진 다음 그들에게 더 이상 내 도움이 필요하지 않다는 사실이 확실해지자 나는 프랑코의 말에 귀를 기울이며 때를 기다렸다. 그러다 나는 내 전 남자친구의 의견에 반박할 기회를 찾았다. 나는 불쑥 프랑코의 의견에 반대 의견을 제시했다. 뚜렷한 확신이 있어서가 아니었다. 내 목표는 단지 프랑코의 의견에 반대하는 것이었다.

실제로 나는 그의 의견에 반박했다. 미리 생각해둔 표현을 거짓된 자신감으로 포장했다. 나는 되는대로 프랑스에서 진행되고 있는 계급투쟁의 성숙도에 의구심을 표했다. 현재로서는 학생-노동자 연합이 추상적으로 느껴진다고 했다. 자신 있는 척했지만 실은 두 사내 중 한 명이라도 내 말을 끊고 다시 자기들끼리 토론을 시작할까봐 두려웠다. 하지만 모두 내 말을 주의 깊게 들었다. 아기를 눕혀 놓고 까치발로 돌아온 실비아까지도 내 말에 귀를 기울였다. 프랑코도 후앙도 내가 말하는 동안 조급하게 내 말을 끊으려 하지 않았다. 심지어 후앙은 내가 민중이라는 단어를 두세 번 쓸 때마다 동의를 표했다. 프랑코는 이 모습이 거슬렸는지 내게 비꼬는 투로 물었다.

"그러니까 네 말은 현 상황이 '객관적으로는' 혁명적이지 않다는 거야?"

나는 프랑코의 그런 말투를 잘 알고 있었다. 나를 놀리는 척하면서 스스로를 방어하고 있는 것이었다. 우리는 격렬하게 논쟁을 벌였다. 내가 한마디를 던지면 프랑코가 즉시 응수했고 프랑코가 한마디 던지면 나도 즉각 그의 말을 되받아쳤다.

"'객관적'이라는 것이 무슨 뜻인데?"

"행동에 나서는 것이 필연적이라는 의미야."

“필연적이지 않다면 두 손 놓고 있어도 된다는 의미야?”

“아니. 혁명가의 의무는 언제나 최선을 다하는 거야.”

“프랑스에서 학생들은 불가능한 일을 했어. 교육 시스템은 기능을 상실했고 절대 바로잡을 수 없을 거야.”

“하지만 프랑스 학생들은 상황을 바꾸어놓았고 앞으로도 그럴 거라는 걸 인정하지 않을 수 없어.”

“맞아. 아무도 너나 다른 누구에게 공식적으로 현재 상황이 ‘객관적으로’ 혁명적이라는 사실을 인정하라고 한 적은 없어. 학생들은 행동에 나섰어. 그게 다라고.”

“그렇지 않아.”

“아냐. 그래.”

우리는 그런 식으로 한참 언쟁을 벌이다 동시에 입을 다물었다. 비정상적인 대화였다. 내용 때문이 아니라 열띤 어조와 격의 없는 태도 때문이었다.

마리아로사가 재미있다는 듯 우리를 바라보는 것이 느껴졌다. 그녀는 나와 프랑코의 대화를 듣고 우리 사이가 평범한 대학 동창 이상이었다는 것을 눈치챘다.

“이리 와서 나 좀 도와줘.”

마리아로사가 실비아와 후앙을 향해 말했다. 나와 프랑코를 위한 침대 시트를 찾기 위해 사다리가 필요하다고 했다. 둘은 마리아로사를 따라 나갔다. 후앙은 그녀의 귀에 무엇인가를 속삭였다.

프랑코는 잠시 바닥을 바라보았다. 미소를 참으려는 것처럼 입술을 꾹 다물더니 다정하게 말했다.

“너는 여전하구나. 프티부르주아 아가씨의 모습 그대로야.”

프랑코는 지난날 내가 그의 방에서 그와 함께 있는 것을 들킬까봐 두려워할 때마다 나를 '프티부르주아 아가씨'라고 부르며 놀리곤 했었다. 보는 눈이 없는 틈을 타 나는 그에게 사납게 쏘아붙였다.

"프티부르주아 도련님은 내가 아니라 너지. 태생도 그렇고 문화적인 기반이나 행동을 봐도 그렇잖아."

"네 기분을 상하게 할 생각은 없었어."

"기분 상하지 않았어."

"너 많이 변했구나. 예전보다 공격적으로 변했어."

"나는 변하지 않았어."

"식구들은 다 잘 지내?"

"응."

"네가 그렇게나 소중하게 생각했던 네 친구는?"

지금까지 나누던 대화와 전혀 상관없는 프랑코의 질문에 당황스러웠다.

'내가 예전에 프랑코에게 릴라 이야기를 한 적이 있었던가? 어떤 이야기를 했었지? 그렇다 해도 왜 지금 이 순간에 릴라 생각이 난 걸까? 어떤 대목에서 릴라를 생각하게 된 거지?'

"잘 지내."

내가 대답했다.

"지금은 무슨 일을 하는데?"

"나폴리 외곽에 있는 햄 공장에서 일하고 있어."

"가게 점주와 결혼하지 않았었나?"

"잘 풀리지 않았어."

"나폴리에 가면 꼭 소개시켜줘."

"그래."

"네 연락처나 주소도 알려주고."

"응."

프랑코는 어떤 말을 해야 내게 상처가 덜 될지 생각하는 것 같았다. 그는 나를 물끄러미 바라보다 물었다.

"네 친구는 네 책을 읽었어?"

"모르겠어. 너는?"

"당연히 읽었지."

"어땠어?"

"좋았어."

"좋았다니 어떤 점에서?"

"좋은 부분이 있었어."

"어떤 부분이었는데?"

"네가 여주인공에게 자신만의 방식으로 전혀 다른 사건들을 조합할 수 있는 능력을 부여하는 부분."

"그 외에는?"

"그것만으로도 충분하지 않아?"

"충분하지 않아. 책이 마음에 들지 않았나 보네."

"좋았다고 했잖아."

나는 프랑코를 잘 알고 있었다. 그는 나를 비참하게 하지 않으려 애쓰고 있었다. 그런 그의 태도가 오히려 나를 화나게 만들었다.

"논쟁의 대상이 된 책이야. 잘 팔리고 있고."

"잘 됐네. 그럼 됐잖아?"

"맞아. 하지만 네 마음에 들지는 않았잖아. 뭐가 문제인 거야?"

프랑코는 다시 한 번 입술을 꾹 다물었다가 이내 마음을 다잡았다.

"사실 별 특별한 내용이 없잖아, 엘레나. 유치한 사랑 이야기와 사회적 신분 상승에 대한 주인공의 집착 뒤에 정말로 해야 할 이야기를 놓치고 있어."

"그게 뭔데?"

"그만둬. 너무 늦었어. 이제 좀 쉬어야지."

가벼운 농담조의 말투였지만 실은 막중한 임무를 맡은 마당에 다른 일은 하찮다는 투였다. 예전의 프랑코와는 다른 새로운 면모였다.

"너는 나름대로 최선을 다했으니 된 거 아냐? 하지만 말이야, 객관적으로 지금은 소설이나 쓰고 있을 때가 아니야."

18

바로 그 순간 마리아로사가 후앙과 실비아와 함께 깨끗한 수건과 잠옷을 가지고 돌아왔다. 마리아로사는 분명 프랑코의 마지막 말을 들었을 테고 대화의 주제가 내 책이라는 것도 눈치챘을 것이다. 그런데도 그녀는 아무 말도 하지 않았다. 자기는 내 책을 좋아하며 시류와는 관계없이 소설은 언제나 쓸 수 있는 것이라고 한마디쯤 해줄 법도 한데 끝까지 아무 말도 하지 않았다.

나는 나에 대한 호감이나 애정과는 별개로 정치적인 열정이 넘치는 지적인 사람 간의 모임에서 내 소설은 보잘것없는 것으로 치부된다는 사실을 깨달았다. 책 판매에 중요한 역할을 한 과감한 부분도 이들에게는 내가 한 번도 읽어보지 못한 파격적인 소설의 저급한 아류작 내지는 프랑코가 가치절하해서 표현한 것처럼 '유치한 사랑 이야기' 정도로밖에 취급받지 못한다는 사실을 깨달았다.

마리아로사는 상냥하지만 건성으로 내게 욕실과 침실을 보여주었다. 나는 프랑코와 인사를 나누었다. 그는 다음 날 아침 일찍 떠날 예정이었다.

나는 그에게 손만 내밀었고 프랑코 역시 나를 포옹할 생각이 없어 보였다. 그는 마리아로사와 같은 방으로 사라졌다. 후앙의 어두운 표정과 실비아의 슬픈 시선에서 나는 손님과 집주인이 함께 잠자리에 들 것이라는 사실을 알 수 있었다.

나는 내게 배정된 방에 들어갔다. 담배 냄새가 찌든 방에는 제대로 정리되지 않은 작은 침대만 놓여 있었다. 침실용 탁자도 스탠드도 없었다. 천장에 희미한 전등이 달려 있었다. 바닥에는 신문이 쌓여 있었는데 그중에는 『메나보』 『누오보 임페뇨』 『마르카트레』 같은 잡지와 값비싼 예술 서적들이 쌓여 있었다. 어떤 책은 여러 번 본 듯 닳아 있었고 어떤 책은 한 번도 펼쳐보지 않은 새 책처럼 보였다. 침대 아래서 담배꽁초가 가득한 재떨이를 찾아냈다. 창문을 열고 재떨이를 창틀 위에 올려놓았다.

나는 옷을 벗었다. 마리아로사가 준 잠옷은 너무 길고 꽉 끼었다. 맨발로 어둠에 잠긴 복도를 따라 욕실로 갔다. 칫솔이 없었지만 괜찮았다. 어린 시절 아무도 내게 양치질하는 법을 가르쳐주지 않았다. 양치질은 피사에 가서야 익힌 습관이었다.

침대 속에서 나는 지난날 나를 사랑하고, 도와주고, 무엇이든 다 사주고 가르쳐주고, 파리에서 열리는 정치 모임에 나를 데려가고, 방학이면 베르실리아에 있는 부모님 댁으로 나를 데리고 다니던 부유하고 관대한 학창 시절의 프랑코를 떠올리며 그날 저녁의 그를 잊으려 애썼다. 하지만 쉽지 않았다. 사람들이 꽉 들어찬 강당에서 고함을 치고 아직도 머릿속을 맴도는 듯한 정치적 용어를 늘어놓으며 내 책의 가치를 절하하던 불만에 가득한 현재의 그의 모습이 지난날의 추억을 잠식했다.

나는 작가로서의 미래에 대해 헛된 꿈을 꾸고 있는 건가. 소설을 쓰는 것보다 더 중요한 일이 있다고 한 프랑코의 말이 옳은 건가. 대체 그는 나를 어떻게 생각하는 걸까. 프랑코는 지난날 우리의 사랑을 어떻게 기억하고 있는 걸까. 아니, 기억하고 있기나 한 걸까. 니노가 내게 릴라에 대해 불평했던 것처럼 프랑코도 마리아로사에게 내 흉을 보고 있지는 않을까.

나는 마음이 아프고 심란했다. 조금은 서글플망정 따뜻한 저녁 시간을 보낼 줄 알았는데 우울한 저녁이 되고 말았다. 어서 날이 밝아 나폴리로 돌아가고 싶었다. 일어나 불을 끄고 어둠 속에서 침대로 돌아갔다.

좀처럼 잠이 오지 않아 한참을 뒤척거렸다. 침대와 방에 타인의 체취가 배어 있었다. 집에서 특유의 체취가 나는 것은 우리 집도 마찬가지였다. 하지만 이곳에서 나는 냄새는 어딘가 혐오스러운 이방인의 흔적이었다. 나는 까무룩 잠이 들었다가 흠칫 놀라며 잠에서 깼다. 누군가가 방에 들어왔다.

"누구세요?"

나는 속삭였다. 후앙이었다. 그는 밑도 끝도 없이 내게 애원했다.

"여기서 같이 자도 될까?"

중대한 부탁이라도 하는 것 같은 말투였다. 위급한 상황에서 도움을 청하는 것 같았다. 그의 요구가 너무 어이 없어 정신을 차리고 상황을 이해하기 위해 그에게 되물었다.

"자다니?"

"응. 네 옆에서 자고 싶어. 귀찮게 하지 않을게. 그저 혼자 있고 싶지 않아서 그래."

"절대 안 돼."

"왜?"

나는 뭐라 대답을 해야 할지 몰라 말했다.

"난 약혼했어."

"그게 무슨 상관인데? 그냥 잠만 자자는 거야."

"부탁이니 그만 나가줘. 우린 잘 알지도 못하잖아."

"나는 후앙이야. 내 작품도 보여줬는데 무엇을 더 바라는 거야?"

후앙은 침대에 걸터앉았다. 어둠 속에서 후앙의 희미한 윤곽과 함께 시가 냄새가 섞인 그의 숨결이 느껴졌다.

"부탁이야."

내가 말했다.

"졸리단 말이야."

"넌 작가잖아. 사랑 이야기도 쓰고. 모든 경험은 네 상상력에 양분이 될 거야. 네 창작 활동에 도움이 될 거라고. 네 곁에 머물게 해줘. 나중에 소설 소재가 될 거야."

후앙은 손가락 끝으로 내 발을 가볍게 스쳤다. 나는 참지 못하고 벌떡 일어나 전등 스위치 쪽으로 달려가 불을 켰다. 후앙은 러닝셔츠에 팬티 차림으로 침대에 앉아 있었다.

"꺼져."

내가 씩씩거리며 말했다. 너무나 확고한 내 태도를 본 후앙은 천천히 몸을 일으켰다. 나는 자칫하면 고함을 치며 달려들어 온 힘을 다해 그와 싸울 태세를 갖췄다. 그는 혐오스러운 표정으로 내게 말했다.

"위선자 같으니라고."

그가 방을 나간 후 나는 문을 닫았지만 열쇠가 없었다. 정신적인 충격이 너무 컸다. 화도 나고 두렵기도 했다. 머릿속에 온갖 끔찍한 욕설이 사투리로 메아리쳤다. 나는 잠시 기다렸다가 침대에 다시 누웠다. 불은 켜놓은 상태였다. 대체 나는 사람들에게 어떤 인상을 주는 걸까. 사람들은 나를 어떻게 생각하는 걸까. 내 어떤 면을 보고 후앙은 자신의 요구가 정당하다고 생각한 걸까.

내 책 때문에 얻게 된 자유로운 여성이라는 명성 때문일까. 내가 했던 정치적인 발언 때문일까. 그 발언이 그저 나의 논리를 과시하기 위한 어법이나 내가 남자들만큼 뛰어나다는 것을 보여주기 위한 유희에서 끝나지 않고 나라는 사람을 전체적으로 정의내리는 기반이 되었기 때문일까. 그 때문에 내가 성적으로 개방되었다는 인상을 주게 된 것일까.

그 사내가 아무런 거리낌 없이 내 방에 들어온 것은 마리아로사가 조금도 거리끼지 않고 프랑코를 자신의 방으로 이끈 것과 같은 행동인가. 아니면 그날 대학 강의실에서 느껴지던 성적 흥분감에 감염되어 나도 모르게 그런 기운을 방출하게 된 것일까.

생각해보면 피에트로를 배신하고 니노와 사랑을 나누고 싶은 욕망을 느꼈던 것도 밀라노에서였다. 하지만 니노에 대한 열정은 오래전부터 가슴에 품고 있었던 감정이었다. 그렇기 때문에 그를 성적으로 갈망하고 피에트로를 배신할 생각까지 한 것이었다. 오히려 성관계 자체, 적나라한 오르가슴에 대한 욕구는 나를 흥분시키지 못했다. 나는 그런 욕구에 준비가 덜 된 상태였고 그런 욕구가 역겹게 느껴지기도 했다.

대체 왜 토리노에서는 타라타노 교수 그리고 이 집에서는 후앙이 내 몸에 손을 댄 것일까. 나는 대체 그들에게 어떻게 비춰졌고 그들은 내게 무엇을 보여주고 싶었던 것일까. 문득 도나토 사라토레와 일어났던 일이 생각났다. 소설의 소재가 된 이스키아 섬 해변에서 일어난 일이 아니라 그가 넬라 아주머니의 부엌에 모습을 나타냈을 때의 일이 생각났다.

그때 나는 막 잠자리에 든 참이었는데 그가 내게 입을 맞추고 내 몸을 만졌었다. 그런데 그 순간 내 의지와는 별개로 나는 물밀 듯이 몰려오는 쾌락을 느꼈다. 놀라고 겁에 질린 그 시절의 소녀와 엘리베이터에서 성추행을 당하고 지금 또 침실을 침범당한 여인과는 어떤 상관관계가 있을까. 아델레 부인의 친구인 저명한 타라타노 교수와 베네수엘라 출신 화가 후앙은 결국 철도원이자 형편없는 시인이자 변변치 않은 신문기자인 니노의 아버지와 별다를 것 없는 사람들인가.

19

나는 좀처럼 잠을 이루지 못했다. 긴장과 모순된 생각에 마음이 복잡한데 미르코까지 다시 울기 시작했다. 울음소리를 듣고 있으니 조금 전 아기를 품에 안았을 때 느꼈던 강렬한 감정이 되살아났다. 미르코가 울음을 그치지 않기에 나는 참지 못하고 침대에서 일어나 아기의 울음소리를 따라 불빛이 새어나오는 방 앞에 이르렀다.

문을 두드리자 실비아가 쌀쌀맞게 대답했다. 실비아의 방은 내 방보다 아늑한 느낌이었다. 오래된 옷장과 서랍장, 부부 침대가 있었다. 실비아가 인형 옷 같은 분홍색 잠옷을 입고 침대에 앉아 있었다. 다리를 꼰 채 기분 나쁜 표정을 짓고 있었다. 두 팔을 축 늘어뜨리고 손등을 침대 시트에 대고 있었다. 맨살이 드러난 허벅지 위에 엄마처럼 거의 벌거벗은 아기를 제단에 바치는 제물처럼 올려놓고 있었다. 아기는 새파랗게 질려서 검은 구멍 같은 입을 한껏 벌리고 자그마한 눈을 꼭 감고 팔다리를 바르르 떨고 있었다.

실비아는 처음에는 내게 적의를 보이다 이내 누그러졌다. 그녀는 자신이 형편없는 엄마라고 했다. 도무지 무엇부터 해야 할지 몰라 절망적이라고 했다. 실비아가 말했다.

"먹을 때를 빼고는 언제나 이런 식이야. 어디가 아픈가봐. 이러다 침대에서 죽어버릴지도 몰라."

그 순간 실비아는 커다랗게 뜬 눈과 불안감에 일그러진 입매 때문에 얼굴이 망가져 못생겨 보였다. 이렇게 보니 릴라와 하나도 닮아 보이지 않았다. 결국 실비아는 울음을 터뜨리고 말았다.

두 모자의 울음에 나는 마음이 애틋해졌다. 둘 다 차례로 꼭 껴안고 달래주고 싶었다. 나는 실비아에게 속삭였다.

"잠깐 안아봐도 될까?"

실비아는 흐느끼며 고개를 끄덕였다. 나는 실비아의 무릎에서 아기를 받아들고 가슴에 안았다. 그러자 다시 아기의 몸에서 나는 좋은 냄새와 칭얼대는 소리, 따스한 체온이 물밀듯 내 몸에 스며들었다. 마치 긴 이별 뒤에 아기의 생명력이 기뻐하며 다시 내 품으로 뛰어 들어오는 것 같았다. 나는 즉석에서 떠올린 문법에 맞지 않는 기도문 같은 것을 읊으며 방 안을 오갔다. 아기를 향한 의미 없는 사랑 고백이었다.

미르코는 놀랍게도 안정을 되찾고 잠이 들었다. 나는 아기를 조심스레 엄마 옆에 뉘였지만 아기에게서 떠나고 싶지 않았다. 내 방에 돌아가기가 두려웠다. 후앙이 방에 돌아와 있을 것 같아 실비아의 방에서 나가고 싶지 않았다.

실비아는 성의 없이 내게 고맙다고 했다. 그런 다음 차갑게 내 장점을 늘어놓기 시작했다.

“넌 똑똑한 데다 모르는 게 없네. 어떻게 해야 존중받을 수 있는지도 알고. 너야말로 정말 엄마 같아. 네 아이들은 정말 행운이겠다.”

나는 그렇지 않다면서 그만 가보겠다고 했다. 실비아는 그제야 내가 가버릴까봐 불안해져 내 손을 잡고 함께 있어달라고 부탁했다.

“아이가 네 말을 잘 듣는 것 같아. 미르코를 위해 곁에 있어줘. 네가 있으면 미르코도 푹 잘 수 있을 거야.”

나는 기꺼이 그러겠다고 했다. 우리는 미르코를 가운데 두고 침대에 누운 다음 스탠드 불을 껐다. 하지만 잠은 자지 않고 서로의 이야기를 하기 시작했다.

어둠 속에서 실비아는 적대적인 태도를 누그러뜨렸다. 그녀는 임신 사실을 처음 알았을 때는 너무나 끔찍했다고 했다. 한동안 아이 아버지뿐만 아니라 스스로에게조차 임신 사실을 숨겼다고 했다. 스스로도 임신 사실을 믿으려 하지 않았다. 한 번 앓고 나면 나을 수 있는 병이라고 생각했다.

그러는 동안 몸이 먼저 반응했고 변하기 시작했다. 결국 실비아는 부모님께 임신 사실을 털어놓아야 했다. 실비아 부모님은 몬차 출신의 부유한 전문직 종사자들이었다. 한바탕 난리를 치른 후 실비아는 결국 집을 떠났다. 그러고 나서도 실비아는 그저 기적이 일어나기를 바라는 마음으로 수개월을 허비한 것과 유산할 생각을 하지 못한 것이 육체적인 두려움 때문이라는 사실을 인정하는 대신, 자신을 임신시킨 사람을 사랑하기 때문에 자신도 아이를 원한다고 주장하기 시작했다. 그 남자는 실비아에게 이렇게 말했다고 했다.

“당신이 아이를 원한다면 나도 좋아. 당신을 사랑하니까.”

그도 그녀도 서로를 사랑했다. 그때까지만 해도 둘은 서로에게 진지했다. 하지만 몇 달 후, 출산을 하기도 전에 둘은 서로를 사랑하지 않게 되었다. 실비아는 고통스러워하면서도 그 말을 몇 번이나 반복했다.

"우리 사이에는 아무것도 남지 않았어. 오직 증오만이 남았을 뿐이야."

그렇게 실비아는 홀몸이 되었다. 그녀가 지금까지 버틸 수 있었던 것은 마리아로사 덕분이었다. 실비아는 마리아로사에 대한 칭찬을 아끼지 않았다. 실비아는 마리아로사가 진정으로 학생들 편에 선 훌륭한 교수이자 그 무엇으로도 대체할 수 없는 동지라고 열광적으로 칭찬했다.

나는 아이로타 집안사람들 모두 존경스럽다고 했다. 아들 피에트로와 약혼한 사이로 가을에 결혼할 예정이라고 했다. 실비아가 충동적으로 쏘아붙였다.

"결혼은 끔찍한 일이야. 가족도 마찬가지고. 고리타분하기 짝이 없어."

실비아는 갑자기 우울한 목소리로 말했다.

"미르코의 아빠도 대학에서 일하고 있어."

"그래?"

"내가 그 사람의 강의를 들으면서 관계가 시작된 거야. 정말 자신감 넘치고 실력 있는 사람이었거든. 똑똑하고 아주 잘생겼어. 갖출 것은 다 갖춘 사람이었지. 투쟁이 시작되기 전부터 그는 학생들에게 우리 스스로 교수들을 재교육해야 한다고 했어. 짐승 취급 받지 말라면서 말이야."

"아이한테 조금이라도 신경을 써주기는 해?"

실비아는 어둠 속에서 웃음을 터뜨렸다. 그녀는 씁쓸히 말했다.

"사내란 사랑에 빠져 정신이 나가 있을 때와 네 몸에 들어와 있을 때를 빼고는 항상 겉에서 맴돌기만 하는 거야. 그렇기 때문에 일단 사랑이 식으면 그를 원했다는 기억만으로도 불쾌해지지. 물론 한때 그는 나를 좋아했고 나도 그를 좋아했지만 그것뿐이야. 나는 하루에도 좋아하는 사람이 몇 명이나 생기는걸. 너는 그렇지 않아? 하지만 그 감정도 잠시일 뿐 결국에는 사라지고 말지. 남는 것은 아이뿐이야. 내 몸의 일부거든. 애 아빠는 타인이었으니 타인으로 되돌아간 거고. 그의 이름조차 예전처럼 느껴지지 않아. 예전에는 아침에 일어나자마자 니노라는 이름을 생각하고 생각했어. 마법의 주문처럼 말이야. 그런데 지금은 그 이름을 부르면 기분이 우울해져."

나는 잠시 아무 말도 하지 않다가 속삭였다.

"미르코 아빠 이름이 니노야?"

"응. 대학가에서는 꽤 유명해. 모르는 사람이 없어."

"성이 어떻게 되는데?"

"사라토레."

20

다음 날 아침 일찍 나는 아이를 가슴에 품고 잠이 든 실비아를 남겨둔 채 방을 나섰다. 후앙의 모습은 볼 수 없었다. 새벽 일찍 일어나 프랑코를 역까지 바래다준 뒤 집에 막 돌아온 마리아로사에게만 작별인사를 할 수 있었다. 졸리고 어딘가 불편해보였다. 마리아로사가 내게 물었다.

"잠은 잘 잤어?"

"실비아랑 오래 이야기를 했어."

"니노 이야기도 나왔어?"
"응."
"둘이 친구 사이라는 거 알아."
"니노가 이야기해줬어?"
"응. 네 흉을 조금 봤지."
"미르코가 정말 니노의 아이야?"
"그래."
마리아로사는 하품을 참고 미소를 지어보였다.
"니노는 매력적이야. 여자들은 그를 가지지 못해 안달이지. 여기저기에서 그를 유혹해. 다행히 요즘은 시대가 좋아져서 원하면 누구와도 관계를 가질 수 있지. 게다가 니노는 함께 있는 사람을 기쁘게 하고 움직이는 힘이 있으니까 인기가 더 많은 거고."
마리아로사는 학생운동에 니노 같은 사람이 꼭 필요하며 그런 사람을 잘 돌볼 필요가 있다고 했다. 잘 성장시키고 올바른 길로 이끌어야 한다고 했다. 마리아로사는 그렇게 능력이 뛰어난 사람들에게는 기본적으로 소시민적 민주주의자나 전문 기업인, 맹목적인 현대화 신봉자의 본능이 숨어 있기 때문에 그들을 잘 이끌어야 한다고 했다. 우리는 함께 보낸 시간이 부족했음을 아쉬워하며 다음 기회를 기약했다. 나는 호텔에서 가방을 찾아 나폴리로 향했다.
기차에 오르고 나서야 나폴리를 향한 긴 여행 동안 니노가 두 아이의 아버지가 되었다는 사실을 실감했다. 실비아와 릴라, 미르코와 젠나로 위로 긴 잿빛 그림자가 드리워졌다. 이스키아 섬에서 앓았던 열병과 포리오에서 나누었던 하룻밤의 사랑, 마르티리 광장에서 벌인 밀회와 릴라의 임신이 모두 희미한 기억 속으로 사라져갔다.
나폴리를 떠난 다음 니노는 실비아를 비롯해 수없이 많은 여자를 대상으로 자신의 매력을 기계적으로 발산한 것이었다. 그 사실은 내게 모욕감을 주었다. 릴라가 내 머릿속 한구석에 자리 잡은 것처럼 그녀의 감정이 느껴지는 것 같았다. 릴라가 이 사실을 알게 되면 어떤 기분일지 상상하니 씁쓸했다. 마치 내가 직접 니노에게 배신당한 것처럼 화가 났다.

니노는 결국 릴라와 나를 모두 배신했다. 둘 다 그에게 굴욕당했고 그를 향한 사랑을 되돌려 받지 못했다. 니노는 재능은 뛰어났지만 결국은 경솔하고 깊이가 없는 사람이었다. 그는 땀과 체액을 흘리고 다니는 동물에 지나지 않았다. 그는 여성의 뱃속에 잉태되어 영양을 섭취하고 형태를 갖춰가는 살아 있는 생명체를 부주의한 쾌락의 잔여물처럼 남겨두고 다녔다.

나는 몇 년 전 니노가 나를 찾아 동네까지 왔던 때를 생각했다. 우리가 뜰에서 대화를 나눌 때 창문에서 니노를 본 멜리나는 그를 그의 아버지와 혼동했었다. 도나토 사라토레의 옛 정부는 그때까지만 해도 내 눈에는 보이지 않던 부자간의 유사성을 감지했던 것이다. 하지만 이제는 모든 것이 명확해졌다. 멜리나가 옳고 내가 틀렸다. 니노는 자기 아버지처럼 되기 싫어서 도망친 것이 아니었다. 니노는 원래 자기 아버지와 똑같은 사람이었다. 이를 인정하고 싶지 않았을 뿐이다.

그런데도 나는 니노를 미워할 수 없었다. 찜통 같은 기차에 앉아 나는 서점에서 니노와 재회했을 때를 돌이켜 보았다. 또한 니노의 모습을 최근 일어난 모든 일과 내가 듣고 말한 문장과 단어에 비춰 보았다. 그동안 추잡하지만 매력적인 성에 대한 욕망에 사로잡혀 어떤 행동을 하고 대화를 하고 책을 읽을 때도 나는 그 욕망을 떨쳐낼 수 없었다. 장벽은 무너지고 관습의 족쇄가 풀리고 있었다.

니노는 그런 시대를 마음껏 즐기며 시대적 변화에 적극적으로 참여하고 있었다. 특유의 강한 체취를 풍기며 밀라노 대학의 소란스러운 집회에 참여하고 있었다. 마리아로사가 사는 아파트의 무질서와도 어울렸다. 나는 마리아로사와 니노가 분명 연인 사이였을 것이라고 생각했다.

니노는 자신의 지성과 욕망과 매력을 이용해 혼란스러운 세상에서도 언제나 호기심을 감추지 않고 자신 있게 행동했다. 어쩌면 니노를 그의 아버지와 같은 추잡한 욕망의 화신처럼 취급하는 것은 옳지 않은 일인지도 모른다. 그는 도나토 사라토레와는 다른 문화권에 속할 수도 있다. 실비아와 마리아로사도 이러한 사실을 강조하지 않았는가.

그녀들은 여자들이 모두 니노를 원한다고 했다. 그가 여자들을 취하는 것은 여자들이 원하기 때문이지 그가 강요해서가 아니었다. 그러니 니노는 죄를 짓는 것이 아니었다. 욕망의 권리를 행사하는 것뿐이었다. 니노가 내게 릴라는 성적으로도 문제가 있다고 말했을 때 그는 아마도 가식의 시대는 끝났으며 쾌락에 책임감을 결부시키는 것은 잘못되었다는 말을 하고 싶었던 것일 수도 있다. 니노의 본성이 자기 아버지와 닮았더라도 여자에 대한 그의 열정은 자기 아버지의 것과는 달랐다.

니노가 얼마나 많은 여자의 사랑을 받고 얼마나 많은 여자를 사랑했는지 생각하다 보니 나폴리에 도착할 무렵에는 놀랍고도 실망스럽게 인생을 즐길 줄 아는 사람이 인생을 즐기는 게 뭐가 나쁘겠냐는 결론에 도달하게 되었다. 그리고 집으로 돌아가는 길에 모든 여자가 니노를 원하고 니노는 니노대로 모든 여자와 관계를 가지는 마당에 어린 시절부터 그를 원했던 나야말로 누구보다도 더 그를 원하고 있다는 사실을 깨달았다. 그렇기 때문에 무슨 수를 써서라도 다시는 그를 만나지 않아야겠다고 생각했다.

릴라에 대해서는 어떻게 행동해야 할지 판단이 서지 않았다. 잠자코 있어야 할까 아니면 릴라에게 모든 것을 말해줘야 할까. 나는 언젠가 다시 릴라를 만나면 그때 결정해야겠다고 생각했다.

21

일단 집에 도착한 다음부터는 그 일을 다시 생각하고 싶지 않았다. 그럴 시간도 없었다. 피에트로는 다음 주에 부모님께 인사를 드리러 오겠다고 내게 전화했다. 피할 수 없는 불행이었다. 나는 급히 피에트로가 묵을 만한 호텔을 찾고 집 안 구석구석을 윤이 나게 닦고 식구들의 불안함을 가라앉혔다. 하지만 식구들을 진정시키려는 내 노력은 수포로 돌아갔고 상황은 오히려 악화되었다.

동네에는 내 책과 끊임없이 혼자 여행을 하는 나에 대해 좋지 않은 소문이 퍼지고 있었다. 어머니는 내가 곧 결혼을 앞두고 있다는 사실을 내세워 나를 방어하려 했다. 어머니는 내가 신앙을 저버렸다는 사실이 밝혀져 상황이 더 복잡해지는 것을 막기 위해 나폴리가 아닌 제노바에서 식을 올릴 것이라고 했다. 그러나 결과적으로 나에 대한 소문은 더 무성해졌고 이러한 상황은 어머니의 분노심에 불을 지폈다.

어느 날 저녁 어머니는 나를 가혹하게 몰아붙였다. 사람들이 내 책을 읽고 충격을 받아 뒤에서 험담을 한다고 했다. 어머니는 나를 창녀라고 부른 정육점집 아들들을 내 남동생들이 흠씬 두들겨 팼어야 했다고 고함을 질렀다. 엘리사에게 네 언니처럼 더러운 짓거리를 해보라고 요구한 엘리사와 같은 반 사내아이의 면상도 박살을 내야 했다고 악을 썼다.

"대체 무슨 글을 쓴 거냐?"

어머니가 내게 외쳤다.

"별 내용 아니에요. 어머니."

"네가 돌아다니면서 하는 더러운 짓을 글로 쓴 거니?"

"더러운 짓이라니요. 제대로 읽어나 보고 말씀하세요."

"네 그 엉터리 글을 읽으면서 허비할 시간이 없다."

"그러면 나를 좀 내버려둬요."

"네 아버지가 사람들이 너에 대해 무슨 말을 하는지 알게 되면 널 당장 집에서 쫓아낼 게야."

"그럴 필요 없어요. 내 발로 나갈 테니까요."

이미 저녁이 다 되었지만 어머니에게 나중에 후회할 말을 하지 않기 위해 나는 산책을 하러 밖으로 나왔다. 골목길과 정원, 큰길가를 걷는 동안 사람들이 나를 물끄러미 바라보고 있는 것 같았다. 그들은 내가 더 이상 속하지 않는 세계에 사는 악랄한 유령들일 뿐이었다.

한참을 가다 퇴근하는 질리올라와 마주쳤다. 우리는 같은 건물에 살고 있었기에 함께 길을 걸었다. 나는 질리올라의 입에서 언제 불편한 말이 튀어나올지 몰라 두려웠다. 하지만 의외로 질리올라는 내게 수줍게 말을 걸어왔다. 사납다 못해 가혹한 평소의 태도와는 달랐다.

"네 책을 읽어봤어. 좋더라. 그런 장면을 글로 표현하다니 정말 용감하다고 생각해."

나는 순간 정색했다.

"그런 장면이라니?"

"해변에서 네가 한 그 일 말이야."

"내가 직접 한 일이 아니야. 소설의 등장인물이 한 일이지."

"그래. 하지만 묘사가 너무 뛰어났어. 현실과 똑같은 불결한 느낌이 있어. 그런 느낌은 여자들만 알 수 있는 비밀이잖아."

질리올라는 갑자기 내 팔을 자기 쪽으로 잡아당기더니 걸음을 멈추고 속삭였다.

"리나를 만나게 되면 그 애에게 전해줘. 그 애가 옳았다고 말이야. 이제는 인정할 수 있어. 남편과 부모님과 오빠와 마르첼로와 미켈레를 비롯한 그 거지 같은 인간들을 버린 것은 잘한 일이었다고. 나도 이곳에서 도망쳐야 했었는데. 똑똑한 너희 둘이 했던 것처럼 말이야. 하지만 나는 애초에 멍청하게 태어나서 어쩔 수가 없었어."

우리는 별다른 이야기는 하지 않았다. 나는 집으로 들어왔고 질리올라는 자기 집으로 올라갔다. 하지만 그날 질리올라가 내게 해준 말은 내 머릿속에 깊이 각인되었다. 릴라의 추락과 내 신분 상승을 제멋대로 동급으로 생각한다는 것이 충격적이었다. 질리올라는 자기의 상황에 비해서는 나나 릴라의 상황이 훨씬 낫다고 생각하는 것 같았다. 하지만 가장 인상 깊었던 것은 내 이야기 속 불결함에서 자신이 직접 경험한 불결한 느낌을 읽어냈다는 사실이다. 처음 접하는 관점이라 어떻게 판단해야 할지 알 수 없었다. 그러는 동안 피에트로가 나폴리에 도착했고 덕분에 나도 얼마간 그 일을 잊게 되었다.

22

나는 역으로 피에트로를 마중 나가서 그를 피렌체 가에 있는 호텔까지 바래다주었다. 아버지 추천으로 내가 피에트로의 숙소로 최종 낙점한 곳이었다. 피에트로는 우리 식구들보다 더 불안한 것 같았다. 언제나처럼 헝클어진 옷차림에 피로에 지친 얼굴이 더위에 벌겋게 달아올라 있었다.

피에트로는 거대한 여행 가방을 끌고 기차에서 내렸다. 어머니께 드릴 꽃다발을 사자고 했다. 평소와는 달리 크고 비싸 보이는 꽃다발이 완성되고 나서야 그는 비로소 만족감을 표시했다. 호텔에 도착한 후 그는 나를 꽃다발과 함께 호텔 로비에 내버려둔 채 방으로 올라갔다. 바로 내려오겠다고 하고선 30분이 지난 다음에야 파란색 양복에 하얀 셔츠, 파란색 넥타이와 반짝반짝 광이 나는 구두를 신고 내 앞에 나타났다. 내가 그의 모습에 웃음을 터뜨리자 그는 나에게 안 어울리냐고 물었다. 나는 아주 잘 어울린다는 말로 그를 안심시켰다.

길을 걸을 때 사내들이 우리 모습을 흘끔거리면서 낄낄대며 비웃고 있다는 것을 느꼈다. 그들의 시선은 내가 혼자 다닐 때보다 훨씬 더 끈질겼다. 마치 내 동반자가 존중받을 만한 사람이 아니라는 것을 강조하려는 것 같았다. 굳이 자기가 직접 들겠다며 내게서 빼앗은 커다란 꽃다발을 손에 든 피에트로의 모습은 흠잡을 데 없이 훌륭했지만 그는 나의 고향에 어울리는 존재가 아니었다. 피에트로는 꽃다발을 들지 않은 팔을 내 어깨에 두르고 있었다. 그러나 실상은 내가 그를 보호해야 할 것만 같았다.

집에 도착하자 엘리사가 문을 열었다. 뒤이어 아버지와 남동생들이 도착했다. 모두 잔치에 가는 것처럼 옷을 잘 차려입고 과하다 싶을 정도로 피에트로를 공손히 대했다. 어머니는 맨 마지막으로 등장했다. 화장실에서 물 내리는 소리를 뒤로하고 어머니의 절뚝거리는 발소리가 들려왔다. 머리에 웨이브를 넣고 입술과 뺨에 살짝 색조 화장까지 한 모습을 보니 문득 어머니도 젊었을 때는 예쁜 소녀였을 거라는 생각이 들었다.

어머니는 조금 거만한 태도로 꽃다발을 받아들었다. 우리는 모두 식탁으로 자리를 옮겼다. 그날은 특별히 아침저녁으로 나타났다 사라지는 침대를 흔적도 남기지 않고 치워버렸다. 모든 것이 깨끗했다. 식탁 차림새도 공을 들인 태가 났다. 며칠 동안 음식을 준비한 어머니와 엘리사 덕분에 아무리 먹어도 저녁식사는 끝날 기미가 보이지 않았다.

나를 가장 놀라게 한 것은 피에트로였다. 그는 갑자기 성격이 활발해져 아버지에게 시청 일에 대해 이것저것 묻기 시작했다. 어찌나 맞장구를 잘 쳐주는지 아버지는 어느 순간부터 서툴게나마 표준어를 쓰려던 의지를 내팽개치고 피에트로에게 시청 공무원들에 대한 재미있는 이야기를 사투리로 들려주기 시작했다. 내 약혼자는 이야기를 거의 이해하지 못하는데도 아버지의 말을 즐겁게 들어주었다.

피에트로는 음식도 엄청나게 먹어치웠다. 나는 그가 그렇게 많은 음식을 먹는 것을 한 번도 본 적이 없었다. 요리마다 어머니와 여동생을 칭찬할 뿐 아니라 당장이라도 오븐 앞에서 직접 요리를 할 것처럼 어떤 재료가 들어갔는지 물었다. 달걀 프라이도 제대로 못하는 주제에 말이다. 특히 감자 파이에 어찌나 열광했던지 어머니는 피에트로의 접시에 커다란 파이 조각을 두 개째 덜어주면서 비록 심드렁한 말투일망정 떠나기 전에 다시 한 번 파이를 만들어주겠다고 약속했다. 그러자 곧 분위기가 화기애애해졌다. 페페와 잔니까지 친구들과 한 약속을 취소하고 함께 머물렀다.

저녁식사가 끝난 후 드디어 올 것이 왔다. 피에트로는 사뭇 진지한 얼굴로 아버지에게 따님을 달라고 했다. 떨리는 목소리로 그렇게 말했다. 피에트로의 말에 엘리사의 눈에는 눈물이 맺혔고 남동생들은 재미있어 했다. 아버지는 수줍어하면서 피에트로같이 훌륭하고 뛰어난 교수가 그런 부탁을 하는 것이 영광이라고 웅얼거림으로써 예비 사위에 대한 호감을 나타냈다. 이렇게 그날 저녁 행사가 마무리되려는 순간 어머니가 끼어들었다. 어머니는 퉁명스럽게 말했다.

"우리는 자네와 우리 레누가 성당에서 식을 올리지 않는 것에 동의할 수 없다네. 사제 없이 치르는 결혼식은 결혼식이라 할 수 없어."

순간 침묵이 흘렀다. 이 이야기를 어머니가 꺼내기로 부모님 사이에 미리 암묵적인 합의가 되어 있었던 것 같았다. 하지만 아버지는 참지 못하고 피에트로를 향해 비록 어머니가 '우리'라고 말하기는 했지만 자기는 타협할 의향이 있다는 의미의 미소를 지었다. 피에트로는 아버지의 미소에 응답은 했지만 이번만큼은 어머니가 결정권자라는 것을 알아채고 어머니에게 집중했다. 내가 우리 집의 적대적인 분위기에 대해 이미 알려주었기 때문에 마음의 준비는 하고 있었다.

피에트로는 다정한 말투로 평소처럼 쉽고 명확하게 이야기를 풀어나갔다. 피에트로는 우리 부모님의 상황은 이해하지만 자신의 처지도 이해를 해주셨으면 좋겠다고 했다. 그는 신적인 존재에 믿음을 가지고 있는 모든 사람을 진심으로 존중하지만 자기는 그런 믿음을 가질 마음이 없다고 했다.

신앙인이 아니라고 해서 그 무엇도 믿지 않는다는 뜻은 아니라고도 했다. 그에게는 자신만의 신념이 있고 나에 대한 사랑은 절대적이라고 했다. 우리의 사랑을 확고하게 해줄 것은 제단도, 사제도, 시청의 공무원도 아닌 바로 나에 대한 그의 사랑이라고 했다. 덧붙여 종교적인 예식을 거부하는 것은 그에게는 신념의 문제라고 했다. 만약 자신이 신념이 없는 사람이라면 내가 자신을 사랑하지 않거나 지금처럼 자기를 사랑해주지 않을 거라고 했다. 마지막으로 그는 나의 어머니 역시 자신의 존재의 기반이 되는 중요한 원칙을 함부로 위반하는 사람에게 당신의 소중한 딸을 맡기고 싶지는 않을 것이라는 말로 이야기를 끝맺었다.

피에트로가 말하는 동안 아버지는 크게 고개를 끄덕였다. 남동생들은 입을 쩍 벌린 채 피에트로의 말에 귀를 기울였고 엘리사는 또 다시 감동했다. 어머니는 그래도 꿈쩍하지 않았다. 어머니는 잠시 결혼반지를 만지작거리다가 피에트로를 똑바로 바라보았다. 종교에 대한 그의 말에 동조하거나 반대하는 대신 쌀쌀맞기 그지없는 태도로 나에 대한 칭찬을 마음껏 늘어놓기 시작했다.

어머니는 내가 어린 시절부터 비범한 아이였다고 했다. 동네의 어떤 여자아이도 해내지 못한 일을 해냈다고 했다. 언제나 어머니와 가족 모두의 자랑거리였으며 한 번도 자신을 실망시킨 적이 없다고도 했다. 내 손으로 행복할 권리를 쟁취했으니 그 누구도 나를 아프게 할 수 없다고 했다. 누구든 나에게 상처를 주면 자기가 천배는 더 아프게 되갚아줄 것이라고 했다.

나는 민망해하며 어머니의 말을 듣고만 있었다. 어머니의 말이 진심인지 아니면 언제나 그렇듯이 피에트로의 직업이나 번지르르한 말 따위가 별로 중요하지 않다는 사실을 명확하게 하려는 의도인지 알 수 없었다. 이 결혼으로 이득을 보는 쪽은 그레코 집안이 아니라 피에트로라는 사실을 분명히 하고 싶었던 게 아닌가 싶었다.

나는 끝내 어머니의 진의를 파악하지 못했지만 나와는 달리 내 약혼자는 어머니의 말을 절대적으로 신봉했다. 어머니가 말하는 내내 연신 동의를 표했다. 드디어 어머니가 말을 끝내자 피에트로는 내가 얼마나 귀중한 사람인지 잘 알고 있고 나를 이렇게 잘 키워준 어머니에게 감사하다고 했다. 그러더니 재킷 주머니에서 푸른색 반지 케이스를 꺼내 수줍은 태도로 내게 내밀었다.

'이게 뭐지?'

나는 생각했다.

'이미 반지는 받았는데 또 주려는 건가?'

나는 반지 케이스를 열었다. 정말 반지가 있었다. 보통 반지가 아니었다. 로즈 골드에 다이아몬드로 둘러싼 자수정이 박힌 너무나 아름다운 반지였다. 피에트로가 속삭였다.

"우리 외할머니 반지야. 어머니의 어머님께서 주신 반지야. 우리 집 식구들은 모두 네가 이 반지를 받아주었으면 해."

반지는 그날의 예식이 끝났음을 의미했다. 모두 다시 술을 마시기 시작했다. 아버지는 다시 직장과 집에서 일어난 재미있는 이야기를 시작했고 잔니와 페페는 피에트로에게 어떤 축구팀을 응원하는지 물었다. 페페는 피에트로에게 팔씨름을 제안했다.

나는 엘리사와 함께 식탁을 정리했다. 부엌으로 가서 나는 어머니에게 피에트로에 대해 묻는 실수를 저질렀다.

"어때요?"

"반지 말이냐?"

"피에트로 말이에요."

"못생긴 데다 발도 비뚤어졌더구나."

"아버지도 젊은 시절에는 상태가 좋지는 않았잖아요."

"아버지에게 불만이 있니?"

"아니요."

"그렇다면 입 다물고 있으려무나. 너는 항상 식구들한테만 제멋대로 굴지."

"그렇지 않아요."

"아니라고? 그러면 왜 피에트로가 네게 명령하게 놔두는 거냐? 너는 신념도 없니? 존경받도록 행동하란 말이다."

그때 엘리사가 끼어들었다.

"엄마, 피에트로는 신사예요. 어머니는 진짜 신사가 어떤지도 모르시면서."

"그러는 너는 진짜 신사가 어떤지 안다는 말이냐? 어린 주제에 상황 파악 못 하면 뺨 맞을 줄 알아라. 너 피에트로의 머리를 봤니? 진짜 신사의 머리가 그 모양이란 말이냐?"

"진짜 신사는 외모도 남다른 거예요, 엄마. 진정한 신사는 태도에서 알 수 있는 거예요. 형부는 진짜 신사예요."

어머니가 때리는 시늉을 하자 엘리사는 까르르 웃으면서 나를 부엌 밖으로 이끌며 명랑하게 말했다.

"정말 잘됐어, 언니. 형부는 세련된 데다 언니를 정말 사랑하고 있어. 게다가 할머니가 물려주신 반지를 언니한테 줬잖아. 반지를 좀 보여줄래?"

식당에 돌아와 보니 집안 남정네들이 모두 내 약혼자와 팔씨름을 하려고 줄을 서 있었다. 적어도 힘으로는 대학교수에게 지지 않는다는 것을 보여주고 싶어 하는 것 같았다.

피에트로도 몸을 사리지 않았다. 재킷을 벗고 와이셔츠 소맷단을 접어 올리더니 식탁 앞에 앉았다. 피에트로는 페페에게 지고 잔니에게 지고 심지어는 아버지에게도 졌다.

그래도 최선을 다하는 모습은 인상적이었다. 피에트로는 얼굴이 시뻘게지고 이마의 핏줄은 터져나갈 듯 부풀어 오른 채 대체 왜 자신의 상대들은 일말의 수치심도 없이 경기 규칙을 어기는지 의아해했다. 그러면서도 그는 매일 역기를 드는 남동생 둘과 볼트 정도야 맨손으로 너끈히 풀 수 있는 아버지를 상대로 고집스레 버텼다. 나는 경기가 계속되는 내내 지지 않으려고 애쓰다 피에트로의 팔이 부러져버릴까봐 걱정되었다.

23

피에트로는 사흘 동안 나폴리에 머물렀다. 얼마 안 있어 아버지와 남동생들은 피에트로에게 정이 들었다. 특히 내 남동생들은 피에트로가 잘난 척하지도 않고 학교에서는 쓸모없는 취급을 받는 자신들에게 관심을 보이는 것에 기뻐했다. 이에 비해 어머니는 계속 냉정한 태도를 유지하다가 피에트로가 떠나기 하루 전날에야 부드러워졌다.

그날은 일요일이었다. 아버지가 피에트로에게 나폴리가 얼마나 아름다운지 보여주고 싶다고 하자 피에트로는 좋아하며 함께 밖에서 식사를 하자고 했다.

"레스토랑에서 식사를 하자는 말인가?"

어머니가 인상을 찌푸리며 물었다.

"네, 어머니. 축하해야죠."

"내가 요리를 하는 게 낫지 않겠나? 감자 파이를 만들어주기로 했잖아?"

"감사하지만 괜찮습니다. 어머님께서 일을 너무 많이 하셨어요."

외출 준비를 하는 동안 어머니는 나를 한쪽 구석으로 끌고 가 물었다.

"돈은 피에트로가 내는 거냐?"

"그럼요."

"확실해?"

"그렇다니까요, 어머니. 피에트로가 먼저 외식을 하자고 했잖아요."

우리는 모두 좋은 옷을 차려입고 아침 일찍 나폴리 시내로 출발했다. 그날 피에트로의 행동에 가장 놀란 사람은 나였다. 아버지는 제대로 가이드 역할을 하기로 마음먹고 피에트로에게 마스키오 안조이노 성과 왕궁, 왕들의 조각상과 오보 성과 카라치올로 가 그리고 바다를 보여주었다. 처음에 피에트로는 아버지의 설명을 주의 깊게 들었다.

하지만 어느 순간부터 난생처음으로 나폴리에 온 피에트로가 겸손한 태도로 우리 도시에 대해 이야기하기 시작했다. 피에트로 덕분에 우리는 나폴리를 재발견할 수 있었다. 멋진 경험이었다. 내 유년 시절과 사춘기 시절의 터전이었지만 나는 그때까지 한 번도 나폴리에 관심을 가져본 적이 없었다. 그렇기 때문에 피에트로가 도시에 대해 공부해서 얻은 지식을 바탕으로 감탄하면서 이야기하는 것이 신기했다.

피에트로는 나폴리의 역사와 문학, 민담, 전설, 비화, 역사적으로 유명한 건축물뿐만 아니라 무심히 방치된 건축물들에 대해서도 잘 알고 있었다. 나는 피에트로가 어떻게 그렇게 나폴리를 잘 알게 되었는지 이유를 생각해보았다. 워낙 박학다식한 사람이기도 했지만 무엇보다도 나폴리가 내 고향이기 때문에 몸에 밴 꼼꼼한 태도로 도시를 끝까지 파고들었기 때문일 것이라고 생각했다. 내 목소리와 행동을 비롯한 나라는 사람 전체가 나폴리의 영향을 받았기 때문에 더욱더 나의 도시에 대해 알고 싶어 했을 것이다.

당연히 아버지는 자기 자리에서 밀려났다고 느꼈고 남동생들은 지루해했다. 나는 이를 눈치채고 피에트로에게 그만하라는 신호를 보냈다. 피에트로는 얼굴을 붉히더니 바로 입을 다물었다. 그런데 언제나 예측할 수 없는 어머니가 무슨 변덕인지 피에트로의 팔에 매달리면서 말했다.

"계속해보게나. 아무도 내게 이런 이야기를 해준 적이 없어."

나폴리를 둘러본 다음 우리는 모두 산타 루치아에 있는 레스토랑으로 식사하러 갔다. 아버지 자신도 한 번도 가보지는 못했지만 훌륭한 곳이라고 했다.

"먹고 싶은 것을 시켜도 돼?"

엘리사가 내 귀에 속삭였다.

"그럼."

우리는 모두 기분 좋은 시간을 보냈다. 어머니는 포도주를 너무 많이 마신 나머지 민망한 발언을 했고 아버지와 남동생들은 피에트로와 농담을 주고받기 시작했다. 나는 내 예비 신랑에게서 시선을 떼지 않았다. 그에 대한 애정에 확신이 들었다. 자신의 가치를 잘 알고 있으면서 필요할 때는 자연스럽게 스스로를 내려놓을 줄도 아는 사람이었다.

나는 처음으로 그가 훌륭한 경청자라는 사실을 알게 되었다. 종교에 구속되지는 않았으면서 고해 신부처럼 포용력이 있는 그의 목소리도 마음에 들었다. 하루쯤 더 나폴리에 머무르게 해 릴라에게 소개해주면 좋겠다는 생각이 들었다.

'나랑 결혼할 사람이야. 이 사람과 함께 나폴리를 떠나려 해. 어떻게 생각해? 내가 잘 하는 걸까?'

진지하게 그런 생각을 하고 있는데 우리와 얼마 떨어져 있지 않은 테이블에서 피자를 시켜놓고 뭔가를 자축하고 있던 학생 대여섯 명이 갑자기 우리 쪽을 흘끔거리며 키득거리기 시작했다. 나는 그들이 피에트로의 짙은 눈썹과 우스꽝스럽게 이마 위로 흘러내린 부스스한 머리를 웃음거리로 삼고 있다는 사실을 즉각 알아챘다.

그러자 두 동생이 동시에 일어나 학생들 테이블로 다가가 평소처럼 포악스럽게 무리에게 공격을 가했다. 고함을 치며 서로에게 발길질을 하며 한바탕 난리가 났다. 어머니는 아들들 편을 들며 학생들을 향해 욕설을 퍼부었고 아버지와 피에트로는 싸움을 말리기 위해 뛰어갔다. 피에트로는 이 상황이 재미있었던 것 같다. 그는 싸움의 원인이 무엇인지 전혀 눈치채지 못했는지 레스토랑에서 나와 내게 장난스레 물었다.

"갑자기 일어나서 옆 테이블 사람들을 두들겨 패는 게 이 지역 관습인가봐?"

어쨌든 그 일로 피에트로와 내 남동생들은 오히려 더 가까워졌다. 셋 다 기분이 더 좋아진 것 같았다. 하지만 아버지는 틈이 나자마자 페페와 잔니를 한쪽에 몰아놓고 교수님 앞에서 버르장머리 없게 행동했다며 야단을 쳤다. 페페가 속삭이듯 변명하는 소리가 들렸다.

"하지만 아버지, 그 자식들이 피에트로를 조롱했단 말이에요."

나는 페페가 피에트로를 교수님이라고 부르지 않고 이름으로 부르는 것이 마음에 들었다. 페페는 피에트로를 식구로 받아들인 것이다. 가족의 일원이자 능력이 뛰어난 좋은 친구로 받아들인 것이다. 그렇기 때문에 이제부터는 비록 피에트로의 외모가 조금 특이하더라도 누가 자기 앞에서 피에트로를 조롱하는 것을 절대로 용납하지 않을 것이다.

그 사건으로 나는 피에트로를 릴라에게 소개하려던 생각을 접었다. 나는 릴라를 잘 알고 있었다. 그녀에게는 못된 구석이 있었다. 분명 피에트로를 우스꽝스럽다고 생각하고 식당에서 만난 학생들처럼 그를 조롱할 것이다.

저녁이 되자 긴 외출에 모두 지쳐 집에서 간단히 저녁을 먹고 내 예비 신랑을 호텔까지 바래다주기 위해 온 식구가 다시 집을 나섰다. 헤어지기 전에 어머니는 기분이 너무 좋아 갑작스레 피에트로의 두 뺨에 쪽 소리를 내며 입을 맞추었다. 하지만 정작 집으로 돌아가면서 모두들 피에트로를 칭찬할 때 어머니는 한마디도 하지 않았다. 침실에 들어가기 전에 어머니가 내게 쌀쌀맞게 말했다.

"넌 정말이지 행운아로구나. 저 불쌍한 청년은 네겐 분에 넘치는 사람이야."

24

내 책은 그해 여름 내내 꽤 많은 판매량을 기록했다. 덕분에 나는 계속해서 전국을 돌아다니면서 책에 대한 이야기를 할 수 있었다. 그러다보니 이제는 어느 정도 객관적인 관점에서 내 작품을 방어할 수 있게 되었다. 때에 따라서는 무례한 독자를 꼼짝달싹 못하게 만들기도 했다. 때때로 질리올라의 말을 떠올렸다. 나는 그녀의 말과 내가 한 말을 조합해 책에 대한 내 생각을 정리해보았다.

그러는 동안 피에트로는 9월 초에 피렌체로 이사했다. 우선은 기차역 근처에 있는 작은 호텔에 자리를 잡고 신혼집을 알아보기 시작했다. 그가 산타 마리아 델 카르미네 구역에 작은 아파트를 구했다기에 나는 집을 보러 달려갔다. 어두운 방 두 개가 있는 그 집의 상태는 최악이었다. 부엌은 너무 작고 욕실에는 창문이 없었다. 지은 지 얼마 되지 않은 릴라의 신혼집에서 공부할 때 릴라는 나에게 깨끗한 욕조에 몸을 쭉 펴고 따스하고 풍성한 거품욕을 하게 해주곤 했다. 그에 비해 피렌체에 구한 집의 욕조는 갈라져 색깔이 누랬고 높기는 커녕 앉아 있기도 힘들 정도로 작았다.

나는 애써 실망감을 감추고 괜찮다고 했다. 곧 학기가 시작될 예정이라 강의 준비를 해야 했기에 더 이상 피에트로가 집을 구하는 데 시간을 허비할 수도 없었기 때문이다. 그래도 고향집에 비하면 궁궐이었다.

피에트로가 임대 계약서에 서명하기 직전 시어머니가 찾아왔다. 아델레 부인은 나처럼 망설이지 않았다. 부인은 집을 보더니 한마디로 가축우리 같다며 우리처럼 대부분의 시간을 집 안에서 작업을 하면서 보내야 하는 사람들에게는 부적합하다고 했다.

시어머니는 아들 대신 해야 할 일을 했다. 대놓고 반대하는 피에트로를 무시하고 피렌체에 살고 있는 지인들에게 전화로 도움을 청했다. 모두 영향력 있는 유지들이었다. 곧 아델레 부인은 산 니콜로에 지인을 위한 특별 가격으로 햇볕이 잘 드는 방 다섯 개와 널찍한 주방과 상태가 좋은 욕실이 딸린 집을 찾아냈다.

시어머니는 이에 만족하지 않고 자기 부담으로 집을 수리하고 나를 도와 집을 꾸몄다. 시어머니는 다양한 의견을 제시하고 조언을 하며 나를 이끌어주었다. 하지만 나는 시어머니가 내 순종적인 태도나 취향을 그다지 신뢰하지 않는다는 사실을 느끼지 않을 수 없었다. 내가 좋다고 하면 정말로 자신의 의견에 동의하는지 확인하려

했고 싫다고 하면 내가 의견을 바꿀 때까지 달달 볶았다.

나는 거의 시어머니가 하자는 대로 했다. 실제로 내 의견이 다른 적이 많지도 않았다. 나는 긴장감 없이 시어머니 뒤를 쫓아다니며 시어머니의 행동을 배우려고 애썼다. 나는 시어머니의 말투에서 느껴지는 특유의 리듬감과 몸짓, 머리 모양, 언제나 아름다운 옷, 신발, 브로치, 목걸이와 귀걸이에 매료되었다.

시어머니는 시어머니대로 집중력이 뛰어난 학생 같은 내 태도를 좋아했다. 시어머니는 나에게 머리를 아주 짧게 자르게 하고 시어머니 덕분에 많이 할인받기는 했지만 그래도 값비싼 상점에서 자신의 기호에 맞는 옷을 사게 했다. 시어머니가 좋아하는 스타일이지만 이제 나이에 맞지 않아 신지 못한다면서 내 신발을 사주기도 했다. 게다가 자신의 친구가 운영하는 치과에 나를 데리고 갔다.

집에서 손봐야 할 부분을 계속해서 찾아내는 시어머니와 일에 파묻힌 피에트로 때문에 결혼식은 가을에서 다음 해 봄으로 연기했다. 덕분에 어머니는 내 돈을 강탈하기 위한 신경전을 연장할 수 있었다. 나는 내가 친정을 잊지 않았다는 것을 보여주면서 될 수 있으면 격한 충돌은 피하려고 했다.

친정집에 전화를 설치한 다음에는 복도와 부엌의 벽을 새로 칠하고 식당은 와인색 꽃무늬 벽지로 도배했다. 엘리사에게 새 코트를 사주었고 할부로 텔레비전도 구입했다. 그러다 문득 나를 위해서도 뭔가를 해야겠다고 마음먹고 운전 학원에 등록했다. 나는 쉽게 시험에 합격해 면허증을 따냈다. 이 소식에 어머니는 화를 냈다.

"돈을 길에 뿌리고 다니는 것이 그리도 좋더냐? 차도 없는데 면허증이 무슨 소용이란 말이냐?"

"그야 두고 볼 일이죠."

"차까지 사려는 거냐? 그래? 대체 얼마나 돈을 숨겨놓은 거냐?"

"어머니와는 상관없는 일이에요."

차는 피에트로에게 있었다. 나는 결혼한 후에 그의 차를 사용할 생각이었다. 피에트로가 상견례를 하기 위해 차를 몰고 나폴리에 왔을 때 그는 잠깐이지만 나에게 동네 구시가지와 신시가지를 돌면서 운전할 수 있게 해주었다.

나는 큰길을 따라 차를 몰았다. 초등학교와 도서관을 지나 릴라의 신혼집으로 이어지는 길을 올라가다 다시 뒤로 돌아와 정원 옆을 지나갔다. 그나마도 운전 연습이 그날 있었던 일 중에서 유일하게 즐거운 기억이었다.

그날 오후는 끔찍했고 저녁에는 영원히 끝나지 않을 것 같은 식사가 이어졌다. 나와 피에트로는 두 집안의 어색함을 없애려고 애를 썼다. 하지만 우리 가족은 전혀 다른 세계의 사람들이었다. 식사를 하면서도 종종 기나긴 침묵이 흘렀다. 아이로타 집안사람들이 내 어머니가 억지로 떠안긴 엄청난 양의 남은 음식을 가지고 떠나가자 순간 모든 것이 잘못된 것 같은 생각이 들었다. 나는 나의 가정에서, 피에트로는 자기 가정에서 태어나고 자라났다. 우리 몸속에는 서로 다른 조상들의 피가 흘렀다.

우리의 결혼은 어떻게 될까. 어떤 미래가 나를 기다리고 있을까. 공통점으로 차이점을 극복할 수 있을까. 나는 또 다른 책을 쓸 수 있을까. 대체 언제 무엇에 대한 글을 쓴단 말인가. 피에트로는 나를 지지해줄까. 시어머니 아델레와 시누이 마리아로사도 나를 지지해줄까.

어느 날 저녁 이런 생각으로 한참 머리가 복잡한데 길가에서 나를 부르는 소리가 들렸다. 나는 파스콸레의 목소리를 바로 알아듣고 창가로 달려갔다.

그는 혼자가 아니었다. 엔초와 함께였다. 나는 덜컥 겁이 났다. 엔초라면 산 조반니 아 테두초에서 릴라와 젠나로와 있어야 할 시간이 아닌가.

"내려와줄 수 있어?"

파스콸레가 외쳤다.

"무슨 일이야?"

"리나가 몸이 좋지 않아. 너를 만나고 싶대."

나는 알겠다고 하고 계단을 뛰어 내려갔다.

"이 시간에 어디 가는 거냐. 당장 돌아오지 못하겠니?"

어머니가 등 뒤로 외치는 소리가 들렸지만 개의치 않았다.

25

오랜만에 만났지만 릴라를 위해 나를 찾아온 만큼 파스콸레와 엔초는 거두절미하고 릴라 소식부터 들려주었다. 파스콸레는 체 게바라 스타일로 수염을 길렀다. 그래서인지 외모가 예전보다 나아보였다. 눈이 더 크고 강렬해 보였고 무성한 콧수염 덕분에 웃을 때도 상한 치아가 보이지 않았다.

파스콸레에 비해 엔초는 하나도 변하지 않았다. 여전히 조용하고 다부져 보였다. 파스콸레의 낡은 차에 오르고 나서야 둘이 함께 있는 것이 놀랍게 느껴졌다. 동네 사람 가운데 누구도 릴라나 엔초와 관계를 가지지 않으려 한다고 생각했었는데 그렇지 않았던 것이다. 파스콸레는 종종 릴라와 엔초의 집을 방문한다고 했다. 릴라가 나를 찾아 데려오라고 했기에 파스콸레가 엔초와 함께 나를 찾아온 것이라고 했다.

상황을 설명해준 것은 엔초였다. 그는 담담한 어조로 논리정연하게 이야기를 들려주었다. 그날 파스콸레는 산 조반니 아 테두초 근처에 있는 공사장에서 일을 마치고 릴라와 엔초의 집에서 함께 식사할 예정이었다고 했다. 그런데 보통 오후 4시 30분이면 공장에서 돌아오는 릴라가 엔초와 파스콸레가 저녁 7시에 도착했을 때까지 집에 돌아오지 않은 것이었다. 젠나로는 아직 이웃집에 있었고 집은 비어 있었다. 둘은 함께 요리를 했다. 엔초는 먼저 젠나로에게 음식을 먹였다.

릴라는 9시가 다 되어서야 집에 돌아왔다. 얼굴은 백지장처럼 창백했고 신경이 곤두서 있었다. 엔초와 파스콸레의 질문에도 대답하지 않고 겁에 질린 목소리로 손톱이 떨어지고 있다는 말만 반복했다. 하지만 사실이 아니었다. 엔초가 릴라의 손을 살펴보았는데 손톱은 멀쩡했다.

릴라는 화를 내며 젠나로를 데리고 방에 들어가 버렸다. 얼마 지나지 않아 릴라가 방에서 나와 급히 할 이야기가 있으니 내가 집에 있는지 보고 오라고 소리를 질렀다는 것이다.

나는 엔초에게 물었다.

"혹시 릴라와 다퉜어?"

"아니."

"몸이 좋지 않다니 직장에서 다친 걸까?"

"그런 것 같지는 않던데. 잘 모르겠어."

파스콸레가 내게 말했다.

"괜한 걱정부터 하지 말자. 리나는 분명 너를 보자마자 진정할걸? 네가 있어서 얼마나 다행인지 몰라. 이제 유명인사가 되어 바쁠 텐데 말이야."

내가 그렇지 않다고 하자 파스콸레는 오래전 『우니타』지에 실린 내 기사 이야기를 꺼냈다. 엔초도 고개를 끄덕였다. 엔초도 그 기사를 읽은 것이었다.

"리나도 읽었어."

엔초가 말했다.

"뭐라고 했어?"

"사진을 보고 아주 좋아했어."

파스콸레가 투덜거렸다.

"하지만 네가 아직 학생인 것처럼 묘사했더라. 대학을 졸업했다고 신문사 측에 편지를 써봐."

파스콸레는 이제는 『우니타』지도 학생들에게 지면을 너무 많이 할애하고 있다고 불평했다. 엔초도 파스콸레의 말에 동의를 표했다. 그들이 나누는 대화는 밀라노 사람들이 나누는 대화와 별반 다르지 않았다. 표현만 조금 더 거칠 뿐이었다.

특히 파스콸레가 어린 시절 친구이기는 하지만 『우니타』지에 사진까지 실린 사람에게 걸맞은 주제로 대화를 유도하며 나를 즐겁게 해주려고 애쓰는 것이 보였다. 물론 불안한 마음을 진정시키기 위해 그러기도 했을 것이다.

나는 그들의 대화에 귀를 기울였다. 둘의 관계가 다시 돈독해진 이유가 정치에 대한 열정 때문이라는 것을 알 수 있었다. 둘은 퇴근 후 함께 만나 공산당 집회나 또 다른 위원회 모임에 참여하는 것 같았다. 나는 그들의 이야기를 듣다가 예의상 대화에 끼어들었고 둘은 내 말에 대답을 해주었다. 그러면서도 머릿속에는 릴라 생각이 떠나지 않았다. 대체 릴라는 무슨 고민 때문에 그렇게 힘들어하는 것일까. 언제나 강했던 릴라인데.

산 조반니 아 테두초에 도착할 무렵 나는 그 둘이 나를 자랑스러워한다는 것을 알 수 있었다. 특히 파스콸레는 내 말을 한마디도 놓치지 않으려 했다. 자동차 룸미러로 자주 내 시선을 찾았다. 여느 때처럼 알은척하는 말투였지만 (그는 이제 지역 공산당 서기였다) 실은 내 정치적 견해를 들으면서 자신의 의견이 옳다는 사실을 인정받고 싶어 했다.

실제로 내가 자기 의견을 지지하고 있다는 확신을 가지자 내게 엔초를 비롯한 다른 동지들과 함께 당에서 힘겨운 투쟁을 벌이는 중이라고 했다. 이야기 도중에 파스콸레는 버럭 화를 냈다. 운전대를 손으로 내려치기도 했다. 당이 행동에 나서지 않고 그저 충실한 개처럼 알도 모로*의 휘파람 소리나 기다리고 있다고 했다.

"네 생각은 어때?"

그가 물었다.

"네 말이 맞아."

내가 말했다.

"너는 정말 똑똑하구나."

파스콸레는 지저분한 계단을 오르면서 진지한 목소리로 나를 칭찬했다.

"넌 항상 그랬어. 그렇지, 엔초?"

엔초는 고개를 끄덕였지만 한 칸 한 칸 계단을 오르는 동안 그도 나처럼 릴라를 몹시 걱정하고 있다는 것을 알 수 있었다. 엔초는 정치 이야기로 딴생각을 했다는 사실에 죄책감까지 느끼고 있는 것 같

* 이탈리아의 정치가.

았다.

엔초는 현관문을 열고 큰 소리로 우리가 도착했다고 말하면서 내게 윗부분에 불투명 유리가 달린 문을 손으로 가리켰다. 방 안에서는 전력이 낮은 희미한 불빛이 새어나오고 있었다. 나는 가볍게 문을 두드리고 방으로 들어갔다.

26

릴라는 옷을 입은 채 간이침대 위에 누워 있었고 젠나로는 엄마 옆에 잠들어 있었다.

"들어와."

릴라가 내게 말했다.

"와줄 줄 알았어. 내게 입을 맞춰줘."

나는 릴라의 두 뺨에 입을 맞추고 젠나로의 것으로 보이는 작은 침대에 걸쳐 앉았다. 릴라를 마지막으로 본 게 언제였던가. 그때보다 살이 빠지고 안색도 더 창백했다. 두 눈은 붉게 충혈된 상태였고 콧방울 주변 피부는 다 갈라진 데다 기다란 손은 온통 벤 상처로 망가져 있었다. 릴라는 숨쉴 틈도 없이 말을 이어나갔다. 아이를 깨우지 않기 위해 조용조용 이야기했다.

"신문에서 너를 봤어. 너 정말 예뻐졌다. 머리가 너무 아름다워. 네 소식은 다 들었어. 결혼을 한다는 것도. 그 사람은 교수라지. 잘했어. 피렌체로 살러 간다면서. 이 시간에 여기까지 오게 해서 미안해. 제대로 생각을 할 수가 없어. 머릿속이 흘러내리는 것 같아. 벽에서 벽지가 떨어져 나가는 것 같은 느낌이야. 네가 와줘서 정말 다행이야."

"대체 무슨 일이야?"

나는 릴라에게 물으며 손을 쓰다듬으려 했다. 내 질문과 몸짓만으로 릴라는 정신을 차렸다. 릴라는 눈을 크게 뜨더니 주먹을 쥐고 거칠게 손을 빼냈다.

"몸이 좋지 않아."

릴라가 말했다.

"잠시만 기다려줘. 놀라지 말고. 곧 진정될 거야."

릴라는 안정을 되찾았다. 릴라는 조용히 또박또박 말을 이었다.

"너를 여기까지 오게 한 것은 네가 내게 한 가지 약속을 해주어야 하기 때문이야. 믿을 수 있는 사람은 너뿐이야. 만약 내게 무슨 일이 일어나서 병원에 입원하거나 정신병원에 끌려가거나 사라져버리면 네가 젠나로를 맡아줘야 해. 네 곁에 두고 네 집에서 네가 키워줘야 해. 엔초는 착한 사람이야. 좋은 사람이고. 나는 엔초를 믿어. 하지만 아이에게 너처럼 많은 것을 해줄 수 없어."

"대체 무슨 말이야? 어디가 아픈 거야? 제대로 설명해주지 않으면 이해할 수 없잖아."

"먼저 약속해줘."

"좋아."

내 대답을 듣고 릴라가 또다시 흥분하는 바람에 덜컥 겁이 났다.

"아니야. 좋다고 말하는 정도로는 안 돼. 지금 여기서 아이를 돌봐주겠다고 약속해줘. 돈이 필요하면 니노를 찾아가. 도와달라고 해. 하지만 약속해줘. 아이는 네가 직접 키우겠다고 말이야."

나는 릴라를 의아한 눈초리로 바라보다가 그러겠다고 약속했다. 그날 나는 밤새 릴라의 이야기를 들었다.

27

아마도 이번이 릴라에 대해 자세히 쓸 수 있는 마지막 기회가 될 것이다. 그날 이후로 릴라는 내게서 멀어져갔고 그만큼 이야기를 쓰는 데 필요한 자료도 빈약해졌다. 그만큼 우리 둘의 삶이 전혀 다른 방향으로 전개되어 서로에게서 멀어졌기 때문이다. 내가 다른 도시에 살게 되어 서로 거의 만나지 못하는 동안 언제나 그랬듯이 릴라는 좀처럼 내게 자신의 소식을 전하지 않았다. 나는 나대로 릴라의 안부를 묻고 싶은 마음을 애써 참았다. 그렇지만 릴라의 그림자는 멀리서 나를 자극하기도 했고 우울하게 만들기도 했다. 자부심을 한층 고취시켰다가 어느 순간 위축시키기도 하면서 나를 도무지 가만 내버려두지 않았다.

이 글을 쓰고 있는 지금 이 순간에도 나는 그런 자극이 어느 때보다 절실하다. 지금 이 순간 릴라가 나와 함께하기를 원한다. 이 글을 쓰는 목적도 바로 그것이다. 나는 릴라가 내 글의 내용을 삭제하거나 덧붙이기를 원한다. 릴라가 마음 가는 대로 이야기에 그녀의 지식과 말과 생각을 덧붙여 우리 이야기를 완성하는 데 도움을 주기를 원한다. 파시스트가 된 지노와 마주쳤을 때의 이야기, 갈리아니 선생님의 딸 나디아를 만났을 때의 이야기, 오래전 자신이 환영받지 못한다고 느꼈던 비토리오 에마누엘레 가에 있는 갈리아니 선생님 댁을 다시 방문했을 때의 이야기, 자신의 성경험을 적나라하게 되돌아봤을 때의 이야기를 들려주기를 원한다. 그날 저녁 릴라의 긴 이야기를 들으면서 내가 느꼈던 민망함과 아픔, 내가 릴라에게 해준 얼마 되지 않는 몇 마디 말에 대해서는 나중에 생각해봐야겠다.

28

『푸른 요정』이 공장 마당의 모닥불에서 한 줌의 재가 되어 공기 속에 흩어지는 것을 확인한 후 릴라는 작업장으로 돌아갔다. 우리의 만남이 릴라에게 얼마나 큰 영향을 미쳤는지는 모르겠다. 분명한 것은 릴라는 며칠 동안 자신이 불행하다고 느꼈다는 것이다. 하지만 릴라는 그 이유를 알려 하지 않았다. 이유를 알아봤자 상처만 된다는 것을 지난날의 경험으로 배웠다. 그렇기 때문에 릴라는 자신의 불행이 일반적인 불쾌함이 되고 그러다 가벼운 우울함이 되고 그마저도 일상의 고달픔으로 희석될 때까지 기다렸다.

릴라는 날마다 젠나로를 돌보고 침대를 정리하고 집 안을 청소했다. 세 식구의 옷을 세탁하고 다렸다. 셋이 먹을 점심을 준비하고 온갖 당부와 함께 젠나로를 이웃집 여자에게 맡긴 뒤 공장으로 뛰어가야 했다. 공장에서 온갖 고된 일과 부당한 횡포를 참아내고 집에 돌아오면 잠깐이나마 젠나로를 돌보며 함께 있는 다른 아이들과도 시간을 보냈다. 그러고는 저녁식사를 준비했다. 엔초와 셋이 함께 식사를 하고 나서 젠나로를 재웠다.

그동안 엔초는 식탁을 정리하고 설거지를 했다. 젠나로가 잠들면 릴라는 부엌에 돌아와 엔초의 공부를 도왔다. 엔초가 공부를 중요하게 생각했기 때문에 릴라는 아무리 피곤해도 그와 함께 공부하는 것을 거절하지 않았다.

릴라는 엔초에게서 무엇을 본 걸까. 나는 릴라가 엔초에게 본 것이 그녀가 지난날 스테파노나 니노에게서 본 것과 별반 다를 것이 없다고 생각한다. 릴라는 엔초를 통해 모든 것을 바로잡기를 원했다. 스테파노의 경우에는 일단 돈이라는 보호막이 사라지자 실체 없고 위험한 인물이라는 것이 드러났었다. 니노의 경우에는 지성이라는 보호막이 사라지자 릴라에게 아픔만 남기고 시꺼먼 연기처럼 증발해버렸다. 지금 이 순간 엔초만큼은 릴라에게 예기치 못한 아픔을 줄 것 같지는 않았다.

이유는 알 수 없지만 릴라는 초등학교 시절부터 엔초를 존중했다. 그런 그가 이제 모든 행동 하나하나에 내적으로 단단하고, 모든 일에 의연하게 대처하고 릴라에게는 너무나 온순하면서 매사에 속이 꽉 찬 남성으로 성장한 것이다. 릴라는 이런 엔초가 스테파노나 니노처럼 갑자기 망가져버리는 것은 상상할 수가 없었다.

물론 둘은 관계를 맺지는 않았다. 릴라가 힘들어했기 때문이다. 밤이면 둘은 각자의 방에 들어가 문을 닫았다. 릴라는 벽 너머로 엔초가 움직이는 소리에 귀를 기울였다. 주변이 잠잠해져 집과 건물과 거리에서 나는 소리만 들릴 때까지 조용히 귀를 기울였다. 몹시 피곤했지만 릴라는 좀처럼 잠들지 못했다. 어둠 속에 누워 있다 보면 조심스러운 마음에 일부러 정의내리지 않은 허다한 불행의 이유가 뒤섞여 생각이 젠나로에게 집중되었다. 릴라는 생각에 잠겼다.

'이 아이는 커서 무엇이 될까?'

릴라는 생각했다.

'이제 리누초라고 부르지 말아야겠어. 내가 그렇게 부르니까 아이가 자꾸 다시 사투리를 쓰려고 하는 것 같아.'

릴라는 또 생각했다.

'젠나로와 함께 노는 아이들도 돌봐줘야겠어. 그 아이들과 놀면서 젠나로가 망가지면 안 되니까.'

릴라는 계속 생각했다.

'하지만 시간이 없는걸. 나부터 예전 같지 않아. 펜을 잡아본 지도

오래고 책 한 권 읽지 않은 지 오래인걸.'

가끔은 무거운 것이라도 올려놓은 것처럼 갑자기 가슴이 답답해졌다. 그러면 놀라서 한밤중인데도 불을 켜고 잠든 아들의 모습을 바라보았다. 니노의 흔적은 거의 보이지 않았다. 그보다는 오빠인 리노와 더 닮아보였다. 어릴 때는 엄마 뒤만 졸졸 쫓아다녔는데 지금은 엄마와 함께 있는 것을 지루해하고 소리를 질렀다. 나가서 놀려고만 하고 엄마에게 나쁜 말을 내뱉었다.

'나는 젠나로를 정말 사랑해.'

릴라가 생각했다.

'그런데 나는 젠나로를 있는 그대로 사랑하는 걸까?'

좋지 않은 질문이라고 생각했다. 젠나로를 관찰할수록 자신이 원하는 대로 자라고 있지 않다는 것을 깨달았다. 이웃집 부인은 젠나로가 매우 똑똑하다고 했지만 그렇지 않은 것 같았다.

릴라는 예전에 젠나로를 돌보는 데 집중했던 시간이 그리 도움이 되지 않았다는 것을 깨달았다. 지금 생각해보니 사람의 자질이 유아기에 결정된다는 말도 거짓말 같았다. 뭐든 꾸준히 해야 하는데 젠나로는 꾸준하지 않았다. 그것은 릴라도 마찬가지였다.

"머리가 너무 혼란스러워."

릴라는 중얼거렸다.

"내가 못나서 아이도 못나게 태어난 거야."

하지만 이내 그런 생각을 한 것 자체가 창피해서 잠든 아이에게 속삭였다.

"넌 정말 뛰어난 아이야. 벌써 읽을 줄도 알고 쓸 줄도 알고 덧셈과 뺄셈도 할 줄 알잖아. 엄마는 정말 바보인가봐. 도무지 만족할 줄도 모르고."

릴라는 젠나로의 이마에 입을 맞추고 불을 껐다.

하지만 여전히 잠이 오지 않았다. 귀가 시간이 늦어져 엔초가 릴라에게 함께 공부하자는 말 없이 바로 잠자리에 들 때면 더 그랬다. 그럴 때면 릴라는 엔초가 창녀와 자고 왔거나 애인이 생겼을 거라고 상상했다. 엔초가 일하는 공장의 여공일 수도 있었고 창설되자마자 그가 가입한 새로운 공산당 조직에서 만난 열성적인 여성 동지일 수도 있었다.

릴라는 생각했다.

'사내들은 다 똑같아. 적어도 내가 아는 사내들은 다 그랬지. 그들은 끊임없이 섹스를 해야 해. 그렇게 못하면 불행하다고 생각하지. 엔초도 다른 사내들과 다르지 않겠지. 안 그럴 이유가 없잖아. 게다가 그를 거부한 것은 나야. 그를 혼자 침대에 내버려두었으니 나는 엔초에게 아무것도 요구할 수 없어.'

릴라는 엔초가 다른 여자에게 반해서 자신을 쫓아낼까봐 두려웠다. 살 곳이 없어지는 것이 두려운 게 아니었다. 당장은 햄 공장에서 일하고 있었고 자신이 강하다고 느꼈다. 놀랍게도 예전에 스테파노와 결혼해 수중에 돈은 많았지만 그에게 종속되어 있을 때보다 더 강하다고 느꼈다. 그보다는 엔초의 상냥함을 잃을까봐 두려웠다. 자신의 모든 걱정에 대한 엔초의 관심과 그가 발산하는 평온한 기운을 잃게 될까봐 두려웠다. 릴라는 그런 엔초 덕분에 니노의 부재와 스테파노의 존재로부터 구원받을 수 있었다. 지금 이 순간 엔초는 릴라에게 위안을 주는 유일한 존재였다. 엔초는 여전히 릴라가 놀랍도록 뛰어나다고 생각했다.

"이게 무슨 뜻인 줄 알아?"

"아니."

"자세히 좀 들여다봐."

"독일어잖아, 엔초. 난 독일어는 몰라."

"하지만 너라면 잘 생각해보면 알 수 있을 거야."

엔초는 농담 반 진담 반으로 릴라에게 이렇게 말하곤 했다.

엔초는 고등학교 졸업장을 따기 위해 열심히 노력해 목표를 이루어낸 후에도 초등학교 5학년의 학력이 전부인 릴라가 자기보다 훨씬 똑똑하다고 생각했다. 엔초는 릴라에게 어떤 과목이든 빨리 배울 수 있는 천재적인 재능이 있다고 생각했다. 그렇기 때문에 어디선가 접하게 된 빈약한 정보를 바탕으로 컴퓨터 프로그래밍 언어에 인류의 미래가 있을 뿐 아니라 먼저 그 언어를 정복하는 새로운 엘리트층이야말로 미래 사회에서 크게 성공할 것이라고 확신한 엔초는 즉시 릴라에게 도움을 청했다.

"나를 좀 도와줘."

"난 지금 정말 피곤해."

"리나, 지금 우리의 삶은 형편없어. 변화가 필요해."

"나는 이대로도 괜찮아."

"젠나로가 하루 종일 잘 알지도 못하는 사람들과 있잖아."

"젠나로는 이제 다 컸어. 온실 안의 화초처럼 키울 수는 없어."

"네 손이 엉망이 된 것 좀 봐."

"내 손이니 내 마음대로 할 테야."

"나는 너와 젠나로를 위해서 돈을 벌고 싶은 거야."

"너는 네 걱정이나 해. 내 일은 내가 알아서 할 테니."

언제나처럼 퉁명스러운 릴라의 반응에도 아랑곳하지 않고 엔초는 한 달 간격으로 진행되는 일종의 통신 교육 과정에 등록했다. 정기적으로 시험을 봐서 취리히에 있는 국제 데이터 처리센터 본사에 결과를 보내면 답안지를 수정해서 다시 보내주는 식으로 진행되는 과정이었다. 그들의 형편으로는 꽤 부담스러운 비용이 들었다.

엔초는 그러는 동안 서서히 릴라를 공부에 동참하도록 유도했고 릴라는 릴라대로 엔초를 돕기 위해 애썼다. 이번에 릴라의 태도는 니노 때와는 전혀 달랐다. 그때는 자기가 모든 면에서 니노에게 도움을 줄 수 있다는 사실을 증명하려는 강박관념 때문에 오히려 그를 힘들게 했다. 이에 비해 엔초와 공부할 때 릴라는 평안했다. 애써 그를 압도하려 하지도 않았다. 저녁 공부는 엔초에게는 노고였지만 릴라에게는 안정제 같았다. 그랬기 때문에 엔초가 늦게 돌아와 릴라를 찾지 않을 때마다 릴라는 불안감에 잠 못 이루고 화장실 물소리에 귀를 기울인 것일지도 모른다. 엔초가 애인의 흔적을 몸에서 지워내고 있다고 상상하면서.

29

공장의 과다한 노동은 직장 내에서 성욕을 자극했다. 직원들은 퇴근 후 지칠 대로 지쳐서 이미 욕구를 상실한 채 자기 집에서 부인이나 남편과 섹스를 하기보다는 오전이나 오후에 공장에서 관계를 맺고 싶어 했다.

릴라는 공장에서 근무를 시작한 지 얼마 되지 않아 이러한 사실을 바로 눈치챘다. 사내들은 틈만 나면 여자들에게 손을 뻗쳤고 여자가 옆으로 지나가기만 해도 음탕한 제안을 했다. 그러면 여공들, 그중에서도 특히 나이 든 여자들은 사내들의 제안에 웃음을 터뜨리면서 거대한 가슴을 사내들에게 비벼대고는 곧 사랑에 빠졌다. 사랑은 힘겨운 노동과 작업의 무료함을 잊게 해주는 힘겨운 일상의 활력소였다. 그들은 사랑을 나눌 때만큼은 정말 살아 있음을 느꼈다.

릴라가 출근한 지 며칠 되지 않아 사내들은 릴라의 체취라도 맡고 싶은 것처럼 그녀와의 거리를 좁히려 했다. 릴라가 밀어내면 사내들은 낄낄거리면서 가사가 추잡한 노래를 흥얼거리며 멀어져 갔다.

어느 날 아침 릴라는 본때를 보여주기로 마음먹었다. 그래서 그녀 옆을 지나가면서 음탕한 말을 던지며 목 뒤에 입맞춤을 한 사내의 귀를 거의 뜯어내다시피 했다. 그는 에도라는 이름의 잘생긴 축에 속하는 40대 사내였다. 에도는 공장의 모든 여자를 은근하게 유혹했고 야한 농담을 곧잘 했다.

릴라는 한 손으로 손톱이 살점을 파고들도록 사내의 귀를 세게 움켜잡고 비틀며 온 힘을 다해 잡아당겼다. 에도가 릴라의 발차기를 막아보려고 애쓰면서 비명을 질렀지만 릴라는 끝내 손을 놓지 않았다. 그런 다음 릴라는 길길이 날뛰며 브루노의 사무실로 항의하러 갔다.

브루노가 취직을 시켜주기는 했지만 사실 그 후로 릴라는 그를 거의 보지 못했다. 몇 번인가 마주쳤을 때에도 릴라는 그에게 별 주의를 기울이지 않고 급히 지나쳤다. 그렇기 때문에 릴라는 그제야 비로소 브루노를 자세히 관찰할 수 있었다. 브루노는 릴라가 들어오자 책상 뒤에서 일어섰다. 여성을 맞이하는 신사다운 태도였다. 하지만 릴라는 브루노의 외모에 놀랐다. 얼굴은 부어 있었고 부유한 생활 때문인지 눈빛은 흐릿했다. 가슴이 답답해 보였다. 무엇보다도 마그마같이 시뻘건 얼굴이 인상적이었다. 가뜩이나 까만 머리와 늑대처럼 길고 뾰족하고 하얀 이빨 때문에 빨갛게 상기된 안색이 더 도드라져 보였다. 릴라는 생각했다.

'여기 이 사람이 과거 니노의 친구였던 법대생과 같은 사람인가?'

릴라는 이스키아 섬에서 보낸 시간과 현재의 햄 공장 사이에 연속성이 전혀 없다는 사실을 깨달았다. 과거와 현재 사이에는 빈 공간밖에 없었다. 릴라는 한 공간에서 다른 공간으로 뛰어 넘어오는 과정에서 브루노가 망가져버렸다고 생각했다. 최근에 그의 아버지가 병들어 회사에 대한 부담이 그의 어깨에 고스란히 지워졌기 때문일 수도 있었다. 공장에 빚이 있다는 소문도 들려왔다.

릴라가 브루노에게 자신이 화가 난 이유를 설명하자 브루노는 코웃음을 쳤다.

"이봐, 리나."

브루노가 책망하는 투로 말했다.

"난 네 부탁을 들어준 거야. 은혜를 말썽으로 갚으면 안 되지. 여기서는 모두 힘겹게 일하고 있어. 그렇게 잔뜩 곤두서 있지 좀 마. 가끔은 직원들의 긴장을 풀어주기도 해야 해. 그렇지 않으면 골치 아픈 일이 벌어진단 말이야."

"긴장을 풀려면 너희들끼리나 풀어."

브루노는 재미있다는 듯 릴라를 바라보았다.

"너도 장난을 즐기는 걸로 알고 있었는데."

"그거야 내가 그렇게 하고 싶을 때지."

릴라의 모진 말투에 브루노는 태도를 바꿨다. 그는 릴라를 쳐다보지 않고 자못 심각하게 말했다.

"너 정말 하나도 변하지 않았구나. 이스키아 섬에서 정말 아름다웠었는데."

그러더니 문을 가리키며 말했다.

"어서 가봐. 가서 일이나 해."

그날 이후 브루노는 릴라와 공장에서 마주칠 때마다 모든 사람이

보는 앞에서 그녀에게 호의어린 칭찬을 했다. 브루노가 친밀하게 굴자 모두들 릴라를 인정하는 분위기였다. 공장 사람들은 릴라가 젊은 사장의 총애를 받으니 내버려둬야 한다고 생각하게 되었고 이는 곧 사실로 드러났다. 어느 날 오후 점심시간이 끝나자마자 테레사라는 몸집이 큰 여자가 릴라를 가로막으면서 심술궂게 말했다.

"숙성고로 납시라신다."

그렇게 해서 릴라는 햄을 말리는 커다란 방으로 들어갔다. 누르스름한 전등 아래 온갖 종류의 햄이 천장에 잔뜩 매달려 있는 직사각형 공간이었다. 그곳에는 브루노가 릴라를 기다리고 있었다. 겉으로 보기에는 햄 상태를 검사하는 것 같았지만 사실은 수다를 떨고 싶었던 것이다.

브루노는 전문가 행세를 하면서 햄을 만지기도 하고 냄새를 맡기도 하며 방 안을 돌아다니면서 릴라의 시누이 피누차의 소식을 물었다. 그는 릴라를 쳐다보지도 않고 소금에 절인 돼지고기 상태를 점검하면서 이야기했고 릴라는 그런 브루노의 태도가 불쾌했다.

"피누차는 네 오빠에게 만족하지 못했어. 그래서 그해 여름에 나한테 푹 빠졌던 거야. 네가 니노에게 반했었던 것처럼 말이야."

브루노는 릴라를 지나쳐 등을 돌린 채 말했다.

"피누차 덕분에 임산부가 섹스를 좋아한다는 사실을 알게 됐지."

브루노는 릴라가 그의 말에 대답하거나 비웃거나 화낼 틈을 주지 않고 방 한가운데 멈춰 서서 말을 이었다. 브루노는 어렸을 때부터 공장에 오면 구역질이 났지만 숙성고만큼은 좋아했었다고 말했다. 이곳에서는 왠지 만족스럽고 충만한 기분이 들었다고 했다. 햄이 완성되고 제품의 모양새를 갖추는 곳이기 때문이었다고, 맛있는 냄새를 풍기며 시장에 출품할 준비를 끝마치는 곳이기 때문이었다고 했다.

"이 햄을 좀 봐. 한번 만져보라고."

브루노가 말했다.

"속이 꽉 찬 데다 단단하지. 냄새는 또 어떻고. 남녀가 서로 껴안고 몸을 탐할 때 나는 냄새 같아. 마음에 들어? 내가 소년 시절부터 얼마나 많은 여자를 이곳으로 데리고 왔는지 알면 놀라서 입이 떡 벌어질걸?"

브루노는 갑자기 릴라의 허리를 잡고 입술로 릴라의 긴 목을 훑었다. 동시에 재빨리 엉덩이를 꽉 움켜쥐었다. 손이 백 개는 되는 것 같았다. 거친 숨을 몰아쉬며 놀라운 속도로 앞치마를 헤집고 치마 밑으로 손을 집어넣었다. 쾌락을 위해서가 아니라 여인의 몸을 침범해야겠다는 집착에 사로잡힌 것 같았다.

릴라는 햄에서 나는 악취에서부터 브루노의 몸짓 하나하나에서 스테파노의 폭력을 떠올렸다. 순간 몸이 산산이 부서지는 것 같았다. 살해당할까봐 두려웠다. 그것도 잠시일 뿐 격렬한 분노가 릴라를 덮쳤다. 그녀는 브루노의 얼굴을 때리고 다리 사이를 발로 차면서 소리 질렀다.

"쓰레기 같은 자식! 아랫도리에 아무것도 없는 주제에. 이리 와! 네 물건을 꺼내 보라고, 내가 당장 잡아 뜯어줄 테니 말이야. 이 나쁜 자식아!"

브루노는 릴라를 놔주고 뒤로 물러섰다. 피가 흐르는 입술을 손으로 만졌다. 민망함을 감추기 위해 키득거리다 중얼거렸다.

"미안해. 나는 그래도 네가 내게 조금은 고마워할 줄 알았어."

그러자 릴라가 소리쳤다.

"여기서 잘리지 않으려면 네게 대가를 치러야 한다는 뜻이야? 그런 거야?"

브루노는 다시 웃으며 고개를 가로저었다.

"아니야. 네가 원치 않으면 그만이지. 미안하다고 했잖아. 뭘 더 해야겠어?"

하지만 릴라는 제정신이 아니었다. 그제야 브루노의 손길이 온몸에 느껴졌다. 릴라는 그 느낌이 한참 갈 거라는 걸 알고 있었다. 비누로 씻어낼 수 있는 것이 아니었다. 릴라는 문 쪽으로 물러나며 브루노에게 말했다.

"오늘은 이 정도로 끝났지만 네가 나를 해고하든 해고하지 않든 맹세코 내 몸에 손을 댄 순간을 저주하게 만들어줄 거야."

"내가 무슨 짓을 했다고 그래? 아무 짓도 하지 않았잖아. 이리 와. 안 그래도 골치 아픈 문제가 얼마나 많은데. 우리 화해하자."

릴라는 브루노의 속삭임을 뒤로하고 숙성고에서 나왔다.

릴라는 자기 자리로 돌아갔다. 릴라는 그때 수증기를 뿜어내는 거대한 수영장 같은 곳에서 일하고 있었다. 다른 이들의 작업을 보조해주는 역할로 바닥이 물에 젖지 않게 틈틈이 닦아야 했다. 아무리 해도 생색이 나지 않는 일이었다.

릴라에게 거의 귀를 잡아 뜯길 법했던 에도라는 사내가 릴라를 호기심 어린 눈초리로 바라보았다. 남자 여자 할 것 없이 일하던 이들 모두 릴라가 화를 내면서 숙성고에서 돌아오는 모습을 바라보았다.

릴라는 누구와도 눈을 마주치지 않았다. 릴라는 걸레를 집어 벽돌 바닥에 거칠게 내리친 다음 질척한 바닥을 닦으면서 위협적으로 크게 외쳤다.

"또 어떤 개새끼가 나를 건드리는지 두고 보자고."

이 말에 릴라의 동료들은 모두 일에 열중했다.

릴라는 며칠간 해고 통보를 기다렸지만 그런 일은 일어나지 않았다. 브루노와 우연히 마주칠 때도 그는 릴라를 향해 친절하게 미소를 지었고 릴라는 그런 브루노에게 차갑게 인사했다. 결국 아무 일도 일어나지 않았다. 브루노가 뭉뚝한 손으로 자기 몸에 손을 댄 기억에 소름이 돋고 화가 날 뿐이었다. 하지만 릴라가 안하무인의 거만한 태도를 버리지 않자 공장장들이 갑자기 그녀를 다시 괴롭히기 시작했다. 그들은 릴라의 업무를 계속 바꾸면서 추잡한 말을 내뱉았다. 릴라가 지쳐 쓰러질 때까지 일을 시켰다. 누군가에게 릴라를 그렇게 취급해도 된다는 허락을 받은 것이 분명했다.

릴라는 엔초에게 동료의 귀를 거의 잡아 뜯을 뻔했다는 이야기도 브루노의 추행도 매일같이 당하는 고약한 장난과 고생에 대해서도 말하지 않았다. 엔초가 햄 공장일이 어떤지 물으면 릴라는 비꼬듯이 그러는 너는 왜 네 직장 이야기는 하지 않느냐고 되물었다.

엔초가 아무 말도 하지 않으면 릴라는 그를 조금 놀리다가 함께 통신 교육 과정에서 보내준 문제를 풀기 시작했다. 둘이 현실에서 도피라도 하듯 교육 과정에 열중하는 이유는 다양했다. 가장 큰 이유는 둘의 미래에 의구심을 갖지 않기 위해서였다.

그들은 서로에게 어떤 존재인가. 엔초는 왜 릴라와 젠나로를 돌보고 있는 것인가. 릴라는 왜 그런 엔초를 받아들이는 것인가. 오래전부터 같은 집에 살면서 엔초는 왜 매일 밤 그녀가 자기 옆에 와주기를 하염없이 기다리고만 있는 것인가. 왜 침대에서 뒤척이다 물을 마신다는 핑계로 부엌에 가서 릴라가 아직 불을 끄지 않았는지 확인하기 위해 윗부분이 반투명 유리로 된 릴라의 방문을 향해 시선을 던지고 그녀의 움직임을 훔쳐보는 것인가.

그럴 때면 침묵 속에 긴장감이 감돌았다.

'문을 두드려 볼까.'

'방에 들어오게 해줄까.'

엔초와 릴라는 서로 고민했다. 결국 둘은 컴퓨터 교육 과정에 나오는 블록선도*를 운동기구라도 되는 것처럼 다루며 서로 경쟁하는 데 신경을 집중하기로 했다.

"문 여는 것을 도식화해보자."

릴라가 말했다.

"넥타이 매는 것을 도식화해보자."

엔초가 말했다.

"젠나로 신발 끈을 묶어주는 것을 도식화해보자."

릴라가 말했다.

"나폴리식으로 커피 끓이는 것을 도식화해보자."

엔초가 말했다.

둘은 아주 간단한 행동에서 복잡한 행동으로 서서히 연습 문제의 난이도를 높였다. 함께 머리를 짜내 일상의 모든 동작을 도식화했다. 취리히 통신 교육 과정에는 없는 내용이었다. 엔초가 그러자고 한 것이 아니었다. 늘 그랬듯이 마뜩잖게 시작했다가 시간이 지날수록 열정을 불태우는 릴라의 생각이었다. 이제 릴라는 밤이 되면 얼어붙을 듯 추운 집에서 비참한 현실을 오직 0과 1로만 구성된 세계로 전환하는 데 열중했다. 릴라는 현실에서는 존재하지 않는 관념적인 선형성을 추구했다. 그것은 모든 추상적 관념의 기원이 되는 절대적인 추상성이었다. 릴라는 0과 1이라는 숫자 외에는 그 어떤 진실도 허용치 않는 완벽한 선형적 세계 안에서 평온함을 찾으려 했다.

* block diagram.

어느 날 릴라는 엔초에게 말했다.

"오늘은 공장을 도식화해보자."

"공장의 모든 작업을?"

엔초가 미심쩍은 듯 릴라에게 물었다.

"그래."

엔초는 릴라를 물끄러미 바라보다 말했다.

"좋아. 그럼 네가 다니는 공장부터 시작해보자."

릴라는 화가 난 듯 인상을 찌푸리더니 잘 자라고 중얼거리고는 방으로 들어가 버렸다.

30

이미 아슬아슬하던 둘 사이의 균형은 파스콸레의 등장으로 또 다른 국면을 맞게 되었다. 그 무렵 파스콸레는 산 조반니 아 테두초 근처에 있는 공사장에서 일하고 있었는데 마침 지역 정당 모임 참석차 산 조반니 아 테두초에 왔다가 길에서 우연히 엔초와 마주치게 된 것이었다. 둘은 금방 예전의 신뢰를 회복했다.

둘은 정치 이야기를 하면서 서로의 불만에 공감했다. 처음에는 비교적 신중한 태도를 보인 엔초에 비해 파스콸레는 가장 신중해야 하는 동네 공산당위원회 서기관이라는 중요한 직책을 맡고 있으면서 수정주의 노선을 걷고 있는 당과 그러한 당의 태도를 눈감아주는 노동조합을 가차 없이 비판했다. 엔초와 파스콸레가 급속도로 우정을 회복하는 바람에 그날 저녁 집에 돌아온 릴라는 파스콸레를 보고 서둘러 그의 몫의 식사까지 준비해야 했다.

그날 저녁은 시작부터 좋지 않았다. 릴라는 자신이 관찰당하고 있다는 느낌을 받았다. 화가 치밀어 오르는 것을 억지로 참았다. 파스콸레는 도대체 무엇을 원하는 걸까. 릴라를 훔쳐보고 그녀가 어떻게 살고 있는지 온 동네에 소문이라도 내고 싶은 걸까. 대체 무슨 권리로 그 자리에 앉아 릴라를 판단한단 말인가.

파스콸레는 릴라에게 따스한 말 한마디 건네지 않았다. 릴라네 가족들이 어떻게 지내는지에 대해서도 일언반구가 없었다. 어머니와 오빠와 아버지에 대해 아무 말도 하지 않았다. 대신 공장에서 일하는 사내들처럼 점수를 매기는 듯한 시선으로 이따금씩 릴라를 훔쳐보다가 릴라가 알아채 서로 눈이 마주치면 시선을 피했다. 분명 릴라가 예전보다 못생겨졌다고 생각했을 것이다.

'어린 시절 어떻게 이런 여자에게 반할 수 있었지? 정말 바보 같았지 뭐야.'

릴라는 파스콸레가 분명 이렇게 생각하고 있을 거라고 생각했다. 릴라가 엄마로서도 자격미달이라고 생각하고 있을 것이다. 식료품점 사장인 카라치 집안에서 부유하게 자랄 수 있었던 아이를 이런 열악한 곳으로 데리고 오다니라고 말이다. 어느 순간 릴라는 참지 못하고 엔초에게 퉁명스레 말했다.

"네가 좀 치워줘. 그만 자러가야겠어."

그때 파스콸레는 약간 감정이 복받쳐 오른 듯 갑자기 연설조로 입을 열어 릴라를 놀라게 했다.

"리나, 가기 전에 내 말을 좀 들어봐. 세상에 너 같은 여자는 없어. 너는 온 힘을 다해 삶에 뛰어들었어. 모든 사람이 너처럼 강인했다면 이 세상은 오래전에 변했을 거야."

그렇게 어색함이 가시자 파스콸레는 릴라에게 가족들 소식을 전해주었다. 페르난도 아저씨가 다시 구두 수선을 시작했고 리노는 스테파노의 골칫덩이가 되었다고 했다. 리노가 시도 때도 없이 스테파노에게 돈을 구걸하고 다닌다는 것이었다. 눈치아 아주머니는 워낙 집 밖에 나오는 일이 드물어 파스콸레도 본 적이 거의 없다고 했다.

"어쨌든 넌 올바른 선택을 한 거야."

파스콸레가 강조했다.

"동네 사람 가운데 아무도 너처럼 카라치 집안과 솔라라 집안을 엿 먹인 사람은 없었어. 나는 네 편이야."

그날 저녁 이후 파스콸레의 방문이 잦아졌다. 그의 잦은 방문은 공부에 지장을 주었다. 파스콸레는 저녁식사 시간에 맞춰 따뜻한 피자 네 판을 들고 나타났다. 늘 그랬듯이 자본주의 사회와 반자본주의 사회에 통달한 사람처럼 말했다. 그러는 동안 셋은 예전처럼 가까워졌다.

파스콸레는 한마디로 애정 결핍이었다. 하나뿐인 동생 카르멘마저 약혼자가 있어서 오빠를 돌볼 시간이 별로 없는 것 같았다. 하지만 파스콸레는 분노에 찬 활동가가 되는 것으로 고독에 맞섰다. 릴라는 그의 이러한 태도가 마음에 들었고 호기심이 생겼다. 공사장 일만으로 녹초가 될 법한데 노조 활동에 열심인 데다 피처럼 붉은 페인트를 미국 영사관에 뿌리기도 하고 파시스트와의 싸움에는 언제나 최전방에 나섰다. 노동자와 학생들로 구성된 위원회에 출석해 학생들과 끊임없이 각을 세웠다. 게다가 당원 활동까지 했다. 비록 당에 비판적이었기 때문에 언제 지역 서기관 자리를 잃게 될지 알 수 없었지만 말이다. 엔초와 릴라와 함께할 때만큼은 파스콸레도 개인적인 억울함과 정치적 명분을 섞어가며 자유롭게 말했다.

"다른 사람도 아닌 나한테 당의 적이라고 하다니."

파스콸레는 불만을 터뜨렸다.

"다른 사람도 아닌 나한테 호들갑을 떤다며 진정하라고 하다니. 당을 망가뜨리는 것은 바로 그들이야. 당을 기존 체계의 일부로 전락시킨 것도 그들이고 반파시스트 세력을 민주주의의 파수꾼으로 전락시킨 것도 그들이야. 우리 동네 사회주의운동당의 지도자가 누군 줄 알아? 약국집 아들 지노야. 멍청하기 짝이 없는 미켈레 솔라라의 똘마니 말이야. 파시스트 놈들이 뻔히 온 동네를 돌아다니면서 활개치고 다니는데 내가 보고만 있어야겠어?"

파스콸레는 사뭇 감정이 복받치는 듯한 어조로 자기 아버지 이야기를 꺼냈다.

"우리 아버지는 당을 위해 몸을 바쳤어. 하지만 대체 무엇 때문에? 술에 물 탄 듯 물에 술 탄 듯 흐지부지된 반파시스트 투쟁을 위해서? 고작 상황을 지금처럼 엿같이 만들려고? 불쌍한 우리 아버지가 죄 없이 감옥에 갔을 때 당은 아무것도 해주지 않았어. 아버지야말로 당의 위대한 동지였는데도 말이야. 제2차 세계대전 당시 독일군에게서 나폴리를 해방시키기 위해 시민들이 앞장섰던 4일간의 투쟁과 사니타 다리 투쟁에도 참여하셨고 전쟁이 끝난 후에도 동네에서 가장 적극적으로 당원 활동을 하셨는데 말이야."

파스콸레는 자기 아버지가 돈 아킬레를 죽였을 리 없다며 분통을 터뜨렸다. 또 그의 어머니는 어떤 취급을 받았던가. 그녀의 이야기를 들어준 사람이 한 명이라도 있었던가. 파스콸레는 어머니 이야기를 하면서 젠나로를 무릎에 앉히고 아이에게 물었다.

"네 엄마가 얼마나 예쁜지 알아? 엄마가 좋아?"

릴라는 파스콸레의 이야기에 귀를 기울였다. 제일 먼저 자신의 매력을 알아본 이 청년의 구애를 받아들였어야 했다는 생각이 간혹 들었다. 그랬다면 스테파노의 재산을 노리지도 않았을 테고 니노 때문에 곤란에 처하지도 않았을 것이다. 교만의 죄를 저지르지 말고 분수를 지켰어야 했다고 생각했다. 어떻게 해서든 머릿속을 진정시켰어야 했다고 생각했다.

하지만 가끔 파스콸레의 장광설을 듣고 있다 보면 어린 시절의 기억에 사로잡혀 도무지 헤어 나올 수 없어서 힘들었다. 그 시절 잔혹했던 동네의 기억과 돈 아킬레 그리고 그의 살해사건이 생생하게 되살아났다.

어린 시절 릴라는 돈 아킬레의 살해 장면을 자주 이야기하고 다녔다. 상상력을 발휘해 얼마나 세밀히 묘사했던지, 아직까지도 직접 그 광경을 목격한 것 같은 착각에 빠지곤 했다. 생각은 꼬리에 꼬리를 물고 파스콸레 아버지가 체포되는 장면으로까지 이어졌다. 목수 아저씨는 고래고래 악을 써댔었다. 주세피나 아주머니와 카르멘도 마찬가지였다.

릴라는 그런 기억이 싫었다. 실제 기억과 허구가 뒤섞여 폭력이 난무하고 선혈이 낭자한 장면이 눈앞에 펼쳐졌다. 그럴 때면 고개를 내젓고 회한에 찬 파스콸레의 넋두리에서 벗어나 마음을 가라앉히기 위해 애써 파스콸레에게 가족과 함께 보낸 크리스마스나 부활절에 대한 이야기, 주세피나 아주머니가 해준 맛있는 음식에 대한 기억을 상기시켰다.

파스콸레는 릴라가 대화 주제를 바꾸려 할 때마다 눈치를 채고 릴라도 자기처럼 가족의 애정을 그리워한다고 생각했다. 그래서 어느 날 저녁 약속도 없이 들이닥쳐 들뜬 목소리로 외쳤다.

"내가 누구를 모셔왔는지 좀 봐."

파스콸레는 다름 아닌 눈치아 아주머니를 데리고 왔다.

두 모녀는 서로 껴안았다. 눈치아 아주머니는 한참을 울다가 천으로 만든 피노키오 인형을 젠나로에게 선물했다. 처음에 릴라는 어머니와 다시 만난 것을 기뻐했지만 눈치아 아주머니가 릴라의 선택을 책망하려는 기색을 보이자마자 이렇게 말했다.

"엄마, 아무 일도 없었던 것처럼 하시든가 아니면 이만 돌아가주세요."

눈치아 아주머니는 마음이 상해서 손자와 놀다가 누구보고 들으라는 듯 계속해서 젠나로한테 말했다.

"엄마가 하루 종일 일하러 가면 불쌍한 내 새끼는 누가 돌보아준담?"

파스콸레는 자기가 실수했다는 사실을 깨닫고 눈치아 아주머니에게 시간이 늦었으니 그만 가보자고 했다. 아주머니는 몸을 일으킨 후 릴라에게 위협과 애원을 섞어 말했다.

"너는 처음에는 우리를 부자로 만들어주더니 지금은 이렇게 망가뜨려 놓는구나. 네 오라비는 네가 우리를 버렸다며 다시는 너를 보지 않겠단다. 네 아버지는 너를 애초부터 없었던 사람 취급하고."

눈치아 아주머니가 한탄했다.

"리나, 부탁이다. 네 남편과 화해하라는 말은 하지 않을게. 어차피 불가능한 일이니 말이다. 하지만 솔라라 집안사람들에게라도 설명을 좀 해보렴. 너 때문에 그들은 우리의 모든 것을 앗아가 버렸단다. 리노도 네 아버지도 다시 하찮게 되어버렸어. 이제 체룰로 집안은 아무것도 아니야."

눈치아 아주머니의 말을 듣고 있던 릴라는 자기 어머니를 밖으로 밀어내다시피 하며 말했다.

"엄마, 다시는 오지 마세요."

릴라는 파스콸레에게도 다시는 찾아오지 말라고 악을 썼다.

31

릴라는 동시에 신경써야 할 문제가 너무나 많았다. 젠나로와 엔초에 대한 죄책감으로 괴로운 데다 공장에서는 고된 일과 잔업 그리고 브루노의 추잡한 짓에 시달렸다. 친정 식구들도 다시 부담을 주기 시작했으며 아무리 밀어내도 떨어지지 않으려는 파스콸레까지 있었다. 파스콸레는 릴라가 쌀쌀맞게 대해도 전혀 기분 나빠하지 않고 항상 활기찬 모습으로 불쑥 집에 들이닥쳐 릴라와 젠나로, 엔초를 여기저기 끌고 다녔다. 넷이 피자집에 가기도 하고 젠나로를 데리고 바람이나 쐬자며 아제롤라까지 드라이브를 가기도 했다.

파스콸레는 어떻게 해서든 릴라를 자기 일에 끌어들이려고 했다. 그는 우선 릴라를 노조에 가입시켰다. 릴라는 탐탁지는 않았지만 브루노의 기분을 상하게 하려고 노조에 가입했다. 파스콸레는 이런저런 팸플릿도 가져다주었다. 급여, 단체 계약, 지역별 물가연동 임금 책정 제도 같은 노동 문제에 대한 핵심 내용이 구체적으로 쓰여 있었다. 파스콸레는 정작 자기는 그런 자료를 한 페이지도 제대로 읽지 않으면서 릴라라면 머잖아 꼼꼼히 다 읽어볼 거라고 확신했다.

파스콸레에게 이끌려 리비에라 디 키아이아 거리에서 열리는 베트남 반전 시위에 간 적도 있었다. 집회 도중에 참석자들이 갑자기 우르르 도망치기 시작했다. 여기저기서 돌멩이가 날아드는 가운데 시위대를 자극하는 파시스트 일당 때문에 분위기는 더 험악해졌고 경찰은 경찰대로 군중을 향해 돌진했다. 파스콸레는 무턱대고 주먹을 휘둘러댔고 릴라가 욕설을 내뱉는 가운데 엔초는 그 난리 통으로 어린 젠나로를 데리고 온 것을 후회했다.

그 무렵 일어났던 이런저런 일 중에서 두 가지 사건이 릴라에게 중요한 영향을 미쳤다. 한번은 파스콸레가 당내에서 중요한 위치에 있는 여성 동지의 연설을 들으러 가자며 릴라를 졸랐다. 릴라도 궁금한 마음에 함께 연설을 들으러 가기로 했다. 하지만 여성 동지가 늦는 바람에 오랫동안 기다려야 했고 정작 행사가 시작되자 젠나로가 칭얼대기 시작해 아이를 데리고 회의장 안팎을 들락거리느라 릴라는 연설을 제대로 듣지 못했다. 연설은 대략 당과 노동계급에 대한 내용이었다.

제대로 듣지는 못했지만 릴라는 연사의 위엄을 느낄 수 있었다. 연사는 확실히 강당에 모인 노동자들이나 프티부르주아들과는 달랐다. 연사가 마음에 들었기에 엔초와 파스콸레를 비롯한 몇몇 사람이 강연 내용을 못마땅하게 생각한다는 것을 눈치챘어도 릴라는 그들이 부당하다고 생각했다. 이토록 유식한 사람이 소중한 시간을 할애해서 여기까지 온 것에 감사해야 한다고 생각했다.

갑자기 파스콸레가 무례하게 끼어들자 연설을 하던 대표자 동지는 인내심을 잃고 화를 냈다. 그녀는 화가 나서 째지는 목소리로 외쳤다.

"그만들 좀 해요. 그렇지 않으면 나가겠어요."

릴라는 연사의 반응이 마음에 들었다. 그녀의 편을 들어주고 싶었다. 하지만 언제나 그렇듯이 릴라의 감정은 복합적이었다. 그때 엔초가 파스콸레의 편을 들면서 외쳤다.

"동지! 당신은 우리 당원들이 없으면 아무것도 아니요. 그러니 우리가 그렇게 하라면 자리를 지켜야 할 거요. 우리가 내려가라고 할 때까지 거기서 꼼짝하지 마시오!"

릴라는 이 말을 듣고 생각이 바뀌었다. 릴라는 갑자기 '우리'라는 이름하에 고조되는 폭력적인 분위기에 동화되었다. 연설을 한 여자가 그런 취급을 받아 마땅하다고 생각했다. 릴라는 그날 저녁을 엉망으로 만든 젠나로에게 화가 난 채 집으로 돌아왔다.

파스콸레가 뭐라도 하지 않으면 안절부절못하는 그 성질 머리 때문에 참석하기로 한 당원과 학생들로 구성된 위원회 모임에서는 이보다 더 극적인 상황이 벌어졌다. 릴라가 그곳에 간 것은 파스콸레가 간절히 원했기 때문만은 아니었다. 모든 일에서 의미를 찾고 그것을 이해하지 않고는 못 견뎌 하는 파스콸레 특유의 가만히 있지 않으려는 성격을 긍정적으로 생각했기 때문이기도 했다.

모임 장소는 나폴리 트리부날리 가에 있는 오래된 건물이었다. 그들은 파스콸레의 차를 타고 집회에 갔다. 릴라는 일행과 함께 비록 낡았지만 장엄함이 느껴지는 계단을 올라갔다. 장소에 비해 참가 인원은 많지 않았다. 릴라는 학생과 노동자들의 모습이 확연히 다르다는 것을 깨달았다. 지도부와 평당원들도 마찬가지였다. 언변이 화려한 지도부와는 달리 평당원들은 떠듬떠듬 말을 늘어놓았다.

릴라는 왠지 모르게 불편했다. 학생들의 주장은 릴라에게 위선적으로 들렸다. 그들의 현학적인 표현과 주눅든 태도가 모순적으로 느껴졌다. 게다가 그들의 주장은 천편일률적이었다. 당신네 노동자들에게 배우기 위해 모임에 나왔다는 똑같은 말을 노래의 후렴구처럼 되풀이하고 있었지만 실제로는 그저 자본주의, 노동 착취, 사회민주주의 배신, 계급투쟁 방식 등에 대한 새로울 것 하나 없는 그들의 지식을 과시하고 있을 뿐이었다.

그뿐만이 아니었다. 릴라는 모임에 참석한 얼마 안 되는 여자들이 한마디 발언도 하지 않으면서 엔초와 파스콸레에게 노골적으로 추파를 던지고 있다는 사실을 깨달았다. 특히 상대적으로 더 사교적인 파스콸레에게 굉장히 호의적이었다. 파스콸레가 공산당원에다 지역의 당 지도부 일원인데도 무산계급 노동자로서 자신의 경험을 공유하고자 그날 밤 혁명을 위한 모임에 참석한 대단한 인물이라고 생각하는 듯했다.

자기들끼리 소모적인 언쟁만 벌이던 학생들은 파스콸레와 엔초가 이야기를 시작하자 연신 동의를 표했다. 엔초의 발언은 평소처럼 짧지만 의미심장했다. 반면에 파스콸레는 정치 활동을 활발하게 한 덕분에 인근 지역 공사장의 작업 환경이 많이 좋아졌다는 이야기를 사투리와 표준어를 적당히 섞어가며 청산유수로 늘어놓았다. 그러면서 이런 활동에 적극적으로 참여하지 않은 학생들을 은근히 비판했다.

파스콸레는 이야기를 끝마치기 전에 본인에게 사전 동의도 구하지 않고 릴라 이야기를 꺼냈다. 파스콸레는 사람들 앞에서 릴라의 이름을 밝히고 소규모 식품 제조 공장에서 일하는 노동자 동지라고 소개한 후 청중 앞에서 릴라에 대한 칭찬을 늘어놓았다.

릴라는 눈살을 찌푸리며 인상을 썼다. 자기를 희귀한 동물처럼 쳐다보는 사람들의 시선이 싫었다. 파스콸레의 말이 끝난 후 여자들 가운데 처음으로 발언권을 행사한 젊은 여자를 보자 마음이 더 불편해졌다. 첫째로 교과서를 읽는 것 같은 말투가 마음에 들지 않았고 둘째로 릴라를 체룰로 동지라 부르면서 계속 거론하는 것도 달갑지 않았다.

릴라가 마음이 불편했던 세 번째 이유는 그녀가 아는 사람이었기 때문이다. 그녀는 예전에 이스키아 섬으로 니노에게 연애편지를 보내오던 니노의 옛 여자친구이자 갈리아니 선생님의 딸 나디아였다.

릴라는 처음에 나디아가 자기를 알아봤을까봐 걱정했지만 나디아는 말하는 내내 거의 릴라만을 바라보면서도 릴라가 누군지 전혀 알아차리지 못한 것 같았다. 그럴 법도 했다. 그동안 나디아는 수많은 파티에 참석했을 텐데 그중에서 희미하게나마 기억 속에 남아 있는 사람이 얼마나 되겠는가. 하지만 릴라는 그런 부잣집에서 열린 파티에 초대받은 것이 그날이 처음이자 마지막이었다. 그러니 수년 전 갈리아니 선생님 댁에서 열렸던 파티는 릴라에게 인상적이었을 것이다.

릴라는 비토리오 에마누엘레 가에 있는 갈리아니 선생님 댁과 니노의 모습, 그날 파티에 참석했던 양갓집 자제들, 수많은 책과 그림, 그날의 아픈 경험과 비참한 감정을 똑똑히 기억하고 있었다. 릴라는 감정을 추스르기 힘들어 나디아의 발언이 끝나지 않았는데도 자리에서 일어나 젠나로를 데리고 나갔다. 마음속에 솟아오르는 못된 기운을 발산하지 못해 배가 아팠다.

그러나 얼마 지나지 않아 릴라는 자리로 돌아갔다. 자신이 나디아보다 못하지 않다는 것을 보여주기 위해 발언을 하기로 마음먹은 것이었다. 릴라가 돌아갔을 때는 마침 곱슬머리 청년이 이탈시데르 화학사의 도급 계약에 대해 상당한 전문 지식을 가지고 이야기하고 있었다.

릴라는 청년이 말을 끝마치기를 기다렸다가 의아한 눈초리로 자신을 바라보는 엔초를 무시하고 발언권을 요청했다. 젠나로가 품 안에서 잠시도 가만히 있지 못하는데도 릴라는 꽤나 오랫동안 표준어로 이야기를 이어나갔다. 처음에는 조용히 이야기하다 나중에는 목소리가 높아졌다. 주변이 조용한 데 비해 지나치다 싶을 정도로 소리를 높였다. 릴라는 비아냥거리는 말투로 자기는 노동계급이니 뭐니 하는 것은 잘 모른다고 했다. 자기는 지금 일하고 있는 공장의 노동자들밖에 모르며 이들에게서 배울 것은 빈곤함 빼고는 아무것도 없다고 했다. 그러고는 청중에게 물었다.

"하루 여덟 시간을 모르타델라 햄을 익히는 물속에서 허리까지 몸을 담그고 일하는 게 어떤 느낌인지 상상이 되나요? 동물 뼈에서 살점을 발라내느라 손이 상처투성이가 되는 느낌을 아나요? 한 시간에 고작 10리라를 더 받겠다고 영하 20도의 냉동고를 들락거리는 게 어떤 일인지 상상이 되나요? 그래요. 10리라 때문에 말이에요. 상상이 간다고요? 그렇다면 대체 이런 삶을 사는 사람들에게 뭘 배우겠다는 거죠?

우리 공장에서 일하는 여공들은 공장장이나 남자 동료들이 엉덩이를 주물럭대도 찍소리도 못해요. 사장이란 작자가 원하면 그를 따라 숙성고로 가야 하죠. 그의 아버지, 할아버지, 증조할아버지 대부터 그래왔겠죠. 그 자식은 여공의 몸을 덮치기 전에 숙성고에서 나는 햄 냄새가 얼마나 짜릿한지 모른다는 일장 연설까지 늘어놓죠.

게다가 남자든 여자든 언제든 몸을 수색당할 수도 있어요. 왜냐하면 공장 출구에는 탐지기가 있거든요. 이 앞을 지나갈 때 녹색 대신 적색 불이 들어오면 살라미나 모르타델라 햄을 훔쳐가고 있다는 뜻이에요. 이 기기는 사장의 첩자 노릇을 하는 수위가 조절하는데 이 첩자 놈은 햄을 훔쳐갈 만한 사람이 지나갈 때만 불을 켜는 게 아니에요. 수줍고 예쁘장한 아가씨들이나 골치 아픈 말썽꾼이 지나갈 때면 으레 적색 불을 켜지요.

이것이 내가 일하는 공장의 현실이에요. 노조는 이곳에 발을 디뎌본 적도 없고 공장에서 일하는 노동자들은 하나같이 위협에 시달리는 불쌍한 사람들이죠. 이들에게는 사장의 말이 법이에요. 사장은 돈을 준다는 명목하에 노동자들을 자기 소유물처럼 대하죠. 그들의 삶도 가족도 그들을 둘러싼 모든 것이 자기 것인 양 굴어요. 자기 말대로 하지 않으면 무참히 박살내버리겠다는 심보예요."

릴라가 말을 마치자 잠시 숨소리조차 들리지 않았다. 릴라의 뒤를 이어 발언한 사람들은 모두 릴라의 이야기에 감동받았다고 했다. 모임이 끝나자 나디아는 릴라에게 다가가 릴라를 껴안더니 칭찬을 늘어놓았다.

"당신은 정말 아름답고 훌륭해요. 발언도 너무 훌륭했어요."

나디아는 릴라에게 고마움을 표하면서 진지하게 말했다.

"당신은 우리가 해야 할 일이 아직도 많다는 사실을 깨우쳐주었어요."

나디아가 소리 높여 사뭇 엄숙한 태도로 말했음에도 릴라에게는 나디아가 지난날 니노와 함께 있던 기억 속의 모습보다 더 어리게 느껴졌다. 그때 나디아와 사라토레 집안의 장남은 무엇을 했을까. 춤추고 이야기하고 서로의 살을 맞대고 키스를 나눴을까.

릴라는 알 수 없었다. 당시 나디아는 한없이 사랑스러웠다. 한번 보면 쉽게 잊을 수 없는 외모였다. 하지만 지금 눈앞에 있는 그녀의 모습을 보니 예전보다 더 정결하고 섬약해 보였다. 타인의 고통을 감당하기 힘든 수준까지 고스란히 느끼고 있는 것처럼 보였다.

"다시 돌아올 거죠?"

"내겐 아이가 있어요."

"꼭 돌아와야 해요. 우리에게는 당신 같은 사람이 필요해요."

릴라는 불편한 기색을 내비치며 고개를 내저었다. 릴라는 다시 한번 아이가 있다면서 나디아에게 젠나로를 손으로 가리켜 보였다. 그러고는 젠나로에게 말했다.

"여기 아가씨에게 인사하렴. 벌써 글을 읽고 쓸 줄 안다고 말씀드려봐. 네가 얼마나 말을 잘하는지 좀 들려주렴."

젠나로가 릴라의 목 뒤로 고개를 돌려 얼굴을 숨겼고 나디아도 아이에게 미소를 지어보일 뿐 별다른 관심을 보이지 않자 릴라가 다시 한 번 말했다.

"나는 아이가 있는 데다 하루 여덟 시간 죽어라 일해요. 초과 근무는 말할 것도 없고요. 나 같은 사람은 저녁에 집에 돌아가면 잠자리밖에 안 보이는 법이에요."

릴라는 정신이 혼미한 상태로 자리를 떠났다. 너무 많은 사람 앞에서 자신을 드러낸 것 같았다. 물론 모두 선량한 사람들이지만 그들의 지식은 추상적이었다. 그들 중 누구도 릴라가 한 말을 진정으로 이해할 수 없었다.

'나는 선량한 사람들의 유복한 삶이 어떤 건지 알고 있지만 너는 진짜 가난이 어떤 건지 상상조차 못할걸?'

생각만 했을 뿐 릴라는 아무 말도 하지 않았다.

건물 밖으로 나가자 불편한 마음이 커졌다. 차를 타러 가는 길에 릴라는 파스콸레와 엔초가 뚱해 있는 것을 눈치챘다. 릴라의 발언에 마음이 상한 것이었다. 파스콸레는 다정하게 릴라의 팔을 잡았다. 그동안 지켜왔던 신체적인 거리를 처음으로 허물고 그녀에게 가까이 다가와 물었다.

"정말 그런 곳에서 일하고 있었던 거야?"

릴라는 파스콸레의 몸이 닿자 짜증이 나서 팔을 빼내고는 발끈했다.

"그러는 너는 어떻게 일하는데? 너희들은 어떻게 일하고 있는데?"

파스콸레도 엔초도 아무 말을 하지 못했다. 둘 다 힘겹게 일하고 있을 터였다. 적어도 엔초만큼은 릴라처럼 집안일을 감당하면서 직장에서 모멸감과 피로에 시달리는 여공들을 보아왔을 것이다. 그런데도 둘은 공장에서 릴라가 처한 상황 때문에 심란해하고 있었다. 릴라가 그런 환경에서 일한다는 사실을 받아들이기 힘들어했다.

'사내들에게는 뭐든 다 숨겨야 해. 차라리 몰랐으면 하는 거야. 자신이 소중하게 여기는 여인이 일하는 곳에서는 자기가 일하는 직장 사장의 횡포가 기적처럼 일어나지 않는다고 생각하고 싶은 거야. 그렇지 않으면 죽음을 무릅쓰고 여인을 지켜야 할 테니까. 그렇게 해야 한다고 어린 시절부터 배웠으니까.'

파스콸레와 엔초의 침묵에 릴라는 폭발했다.

"노동계급이고 뭐고 둘 다 꺼져버려."

그들은 차에 올랐다. 산 조반니 아 테두초로 돌아가는 내내 셋은 다른 일상적인 대화만 했다. 그러나 파스콸레는 엔초와 릴라를 집 앞에 내려주면서 진지하게 말했다.

"어쩔 수 없어. 너는 언제 어디서나 가장 뛰어난 사람이야."

그러고는 동네를 향해 차를 돌렸다. 한편 엔초는 잠든 젠나로를 품에 안고 우울한 말투로 물었다.

"왜 내게 아무 말도 하지 않은 거야? 공장에서 네게 손댄 자식이 있었어?"

둘 다 지칠 대로 지친 상태였기에 릴라는 엔초를 안심시키기로 했다.

"감히 누가 내게 손을 대겠어."

32

며칠 후부터 골치 아픈 일들이 차례로 터졌다. 릴라는 이른 아침에 공장에 도착했다. 산더미처럼 쌓인 일에 아침부터 이미 지쳐서 앞으로 닥칠 일은 상상조차 하지 못했다. 그날은 날씨가 몹시 추웠다. 며칠 전부터 잔기침을 했고 독감 기운이 있었다.

공장 입구에 앳된 두 청년이 있었다. 학교 수업을 빼먹고 온 학생들처럼 보였다. 그들 가운데 한 학생이 릴라에게 살갑게 인사하며 인쇄물을 내밀었다. 평소 같은 전단지 수준이 아니라 등사기로 인쇄한 꽤나 도톰한 팸플릿이었다.

릴라는 학생을 미심쩍게 바라보면서 인사에 답했다. 일전에 트리부날리 가에서 열린 모임에서 본 학생이었다. 릴라는 인쇄물을 코트 주머니에 넣고 수위 필리포에게 눈길 한 번 주지 않은 채 그의 앞을 지나쳤다.

"아침 인사 정도는 할 수 있잖아. 안 그래?"

필리포가 릴라의 등에 대고 외쳤다.

릴라는 평소처럼 맹렬히 일했다. 그때 릴라는 동물 뼈에서 살을 발라내는 작업장에서 일하고 있었다. 일에 열중하다보니 아침에 본 학생은 까맣게 잊었다. 점심시간이 되자 릴라는 도시락 통을 들고 햇볕을 쬐며 먹을 만한 곳을 찾아 뜰로 나왔다. 필리포는 릴라를 보자마자 수위실에서 나와 릴라에게 다가왔다.

필리포는 50줄에 들어선 사내였다. 작은 키에 뚱뚱하고 추잡스럽기 짝이 없었지만 이따금씩 남다른 감수성을 보이기도 했다. 특히 그즈음 여섯 번째 아들이 태어난 지 얼마 되지 않은 터라 평소보다 자주 감동하곤 했다. 그는 툭하면 주머니에서 지갑을 꺼내들고 아무에게나 아들 사진을 들이밀었다. 필리포가 다가오는 것을 본 릴라는 그가 자기에게도 아들 사진을 보여주려 한다고 생각했지만, 아니었다. 필리포는 재킷 주머니에서 인쇄물을 꺼내들고 릴라에게 거칠게 쏘아붙였다.

"이봐, 체룰로. 내 말 잘 들어. 만에 하나라도 여기 이 말도 안 되는 내용을 떠벌린 게 너라면 큰일날 줄 알아."

릴라는 차갑게 대꾸했다.

"대체 무슨 헛소리를 지껄이는 거야? 밥 좀 먹게 나를 내버려둬."

필리포는 바싹 약이 올라 팸플릿을 릴라의 얼굴에 내던지면서 쏘아붙였다.

"모른다고? 그럼 내용을 좀 읽어봐. 여기서 일하는 사람들은 지금까지 모두 서로를 아끼며 일해 왔어. 그러니 이런 쓰레기 같은 이야기를 퍼뜨리고 다닐 사람은 너같이 싸가지 없는 년밖에 없단 말이야. 내가 내 마음대로 적색 불을 켠다고? 내가 여자들을 더듬어? 나는 한 가정의 가장이라고! 내 말 잘 들어. 브루노 사장님이 나서지 않으면 나라도 하나님께 맹세코 네 면상을 박살내버릴 거야."

필리포는 그대로 수위실로 돌아갔다. 릴라는 차분히 식사를 끝마친 다음 팸플릿을 주워들었다.

'나폴리 및 인근 지역의 노동 환경 실태 조사.'

제목이 거창했다. 팸플릿을 넘겨보니 한 장 전체를 소카보 햄 공장의 실태를 다루는 데 할애하고 있었다. 트리부날리 가 모임에서 자신이 했던 말이 토씨 하나 틀리지 않고 그대로 적혀 있었다.

릴라는 아무렇지도 않은 양 인쇄물을 바닥에 버려두고 수위실 쪽은 바라보지 않고 공장에 들어가 다시 작업을 시작했다. 하지만 속으로는 미리 알려주지도 않고 자신을 곤경에 빠뜨린 사람들 때문에 울화통이 터질 지경이었다. 특히 자기가 무슨 성녀라도 되는 양 나대는 나디아에게 화가 났다. 얄밉도록 논리정연하지만 싸구려 감성으로 가득한 문체를 보아하니 그 글은 나디아의 작품임이 분명했다.

칼로 차가운 고기를 다듬고 있자니 악취 때문에 구역질이 났고 점점 더 울화가 났다. 주변 동료들의 적개심이 느껴졌다. 남자 여자 할 것 없이 모두 릴라에게 화가 나 있었다. 이들은 모두 오래전부터 서로 아는 사이였다. 모두가 피해자임을 알고도 묵인해왔기에 공장에서 첩자 노릇을 할 만한 사람은 릴라밖에 없다는 사실을 잘 알고 있었다. 릴라는 처음부터 고된 일을 할 수밖에 없다고 해서 비굴해질 필요까지는 없다는 태도를 보인 유일한 사람이었다.

그날 오후 브루노가 모습을 나타냈다. 그는 공장에 도착하자 사람을 보내 릴라를 사무실로 대령시켰다. 얼굴이 유난히 시뻘겠다. 손에 팸플릿을 들고 있었다.

"네 작품이야?"

"아니."

"사실대로 말해봐, 리나. 안 그래도 말썽꾼들 천지인데 이제 너까지 합세한 거야?"

"아니라고 했잖아."

"아니라고? 그래 하지만 여기에서 이 새빨간 거짓말을 지어낼 만한 사람은 너밖에 없어. 그만큼 뻔뻔한 인간도 너밖에 없고."

"사무직 직원이 그랬을 수도 있지."

"사무직 직원들이라면 더구나 가당치 않아."

"나 보고 뭘 어쩌라는 거야? 새가 지저귄다고 새한테도 화를 낼 셈이야?"

브루노는 콧방귀를 뀌었다. 정말 화가 난 것 같았다.

"난 네게 일자리를 주었어. 네가 노동조합에 가입했을 때도 눈감아줬지. 아버지라면 당장에 너를 내쳤을 텐데 말이야. 물론 일전에 숙성고에서 실수를 한 번 했었지. 하지만 바로 미안하다고 했잖아. 그 일로 너를 괴롭히지도 않았고. 그런데 대체 무슨 짓을 한 거야. 공장 평판을 엉망으로 만들고 내가 여공들을 숙성고로 불러낸다는 글을 써? 너 미쳤어? 내가 언제 여공들 몸에 손댔다는 거야? 네게 선행을 베푼 것이 후회된다."

"선행이라고? 죽어라 일하는 대가로 돈 몇 푼 던져주는 것이 선행이라고 생각해? 선행을 베푸는 건 나지 네가 아니야."

"이것 봐. 그 개자식들과 말하는 것도 똑같아졌어. 이제 이 글을 네가 썼다고 인정을 해보시지."

"나는 아무것도 쓰지 않았어."

브루노는 입술을 씰룩였다. 눈앞에 있는 팸플릿을 물끄러미 바라보았다. 릴라는 그가 망설이고 있다는 것을 깨달았다. 브루노는 결정을 내리지 못한 것이다. 더 강하게 나가 릴라를 위협하고 해고할지 아니면 태도를 누그러뜨려 릴라가 그런 일을 또다시 꾸미고 있는 것은 아닌지를 알아내야 할지 결정내리지 못하고 있었던 것이다.

먼저 결정을 내린 것은 릴라였다. 릴라는 조용히 말했다. 브루노에게 폭행당했던 기억이 아직도 생생히 느껴져 내키지는 않았지만 은근히 매혹적인 표정을 지으며 회유하는 투로 말했다.

"나를 믿어줘. 내겐 어린 아들이 있어. 정말 내가 한 일이 아니야."

브루노는 고개를 끄덕였지만 이내 불만스레 투덜거렸다.

"너 때문에 내가 뭘 해야 하는지 알아?"

"아니, 알고 싶지도 않아."

"그래도 알아둬. 만약 공장 밖에 있는 저 자식들이 네 친구들이라면 이렇게 전해. 한 번만 더 여기서 말썽을 피운다면 다시는 그런 생각을 못하도록 두들겨 패주겠다고 말이야. 너도 조심해. 줄을 너무 세게 잡아당기면 언젠가는 끊어지는 법이야."

그날의 수모는 그게 다가 아니었다. 퇴근길에 릴라가 공장을 나서려는데 적색 불이 켜졌다. 일상적인 일이었다. 수위라는 작자는 매일 기쁜 마음으로 서너 명의 희생자를 선택했다. 수줍은 처녀들은 눈을 밑으로 내리깔고 수위가 몸을 더듬는 것을 감내했고 산전수전 다 겪은 원숙한 여인들은 능숙하게 웃어 넘겼다.

"이봐, 필리포, 만지고 싶으면 만져. 하지만 빨리 끝내. 어서 가서 저녁 준비를 해야 한다고."

그날 필리포는 릴라만 붙잡았다. 기온이 낮은 데다 바람도 거센 날이었다. 필리포가 수위실 밖으로 나오자 릴라는 온몸을 바르르 떨며 말했다.

"내 몸에 손가락 하나라도 대면 맹세코 내 손으로 죽여버릴 거야. 아니면 네 놈 하나쯤 죽여줄 사람은 얼마든지 있으니 각오해."

필리포는 어두운 표정으로 수위실 옆에 있는 긴 테이블을 가리켰다.

"주머니를 하나씩 비워. 주머니에서 꺼낸 물건은 여기 테이블 위에 올려놓고."

주머니 속에 손을 넣자 갓 만든 신선한 소시지가 잡혔다. 돼지 장 속에 꾸역꾸역 눌러 넣은 물컹한 살코기의 촉감에 구역질이 났다. 릴라는 소시지를 주머니에서 꺼내며 웃음을 터뜨렸다.

"당신네들 모두 쓰레기야. 한 명도 빠짐없이 다 똑같아."

33

필리포는 릴라가 소시지를 훔쳤다면서 고소하겠다고 위협하며 난리 법석을 피웠다. 소시지 값을 월급에서 빼고 벌금을 물게 하겠다고 했다.

필리포와 릴라는 험한 욕설을 주고받았다. 브루노는 끝내 모습을 나타내지 않았다. 뜰에 차가 있는 것으로 보아 아직 공장에 있는 것이 분명한데도 내다보지 않았다. 순간 릴라는 상황이 악화될 것을 직감했다.

릴라는 평소보다 더 지쳐서 집으로 돌아왔다. 이웃집에서 더 놀고 싶다고 떼쓰는 젠나로와 한바탕 난리를 치르고 저녁 준비를 했다. 그날은 엔초에게 혼자 공부하라고 한 뒤 일찍 잠자리에 들었다. 이불을 덮었는데도 몸이 좀처럼 따뜻해지지 않아 일어나서 잠옷 위에 울 스웨터를 껴입었다. 다시 침대에 누우려는데 특별한 이유 없이 갑자기 심장이 목에서 뛰는 것 같은 느낌이 들었다. 얼마나 세차게 뛰는지 자기 심장이 아니라 다른 사람의 심장 같았다.

이미 익숙한 증상이었다. 그로부터 11년 후, 그러니까 1980년에 릴라 스스로 이른바 '경계의 해체'라고 정의 내린 바로 그 현상이 일어날 때마다 나타나는 증상이었다. 하지만 그날처럼 격렬했던 적은 없었다. 혼자 있을 때 그런 증상이 나타난 것도 처음이었다. 평소에는 이런저런 이유로 경계의 해체 현상을 유발하는 사람들이 항상 주변에 있었다.

릴라는 불현듯 자신이 혼자가 아니라는 사실을 깨닫고 경악했다. 혼란에 빠진 릴라의 머리에서 그날 만났던 사람들의 형상과 목소리가 빠져나와 공중에 떠다니기 시작했다. 위원회 소속의 두 청년과 수위, 직장 동료들, 숙성고에 있던 브루노, 나디아의 형상이 눈앞에 나타나 무성영화 배우들처럼 엄청나게 빠른 속도로 움직이고 있었다. 짧은 간격으로 번쩍이는 공장 탐색기의 적색 불과 자신을 위협하면서 손에서 소시지를 빼앗아 드는 필리포의 모습도 나타났다.

'상상이 만들어낸 허상일 뿐이야. 방에는 젠나로밖에 없는걸.'

젠나로는 릴라 침대 옆에 있는 작은 침대에서 고르게 숨쉬며 자고 있었다. 실제로 방에는 아무도 없었다. 아무런 소리도 들리지 않았다. 하지만 그렇게 생각을 해도 마음이 가라앉지 않았다. 오히려 두려움만 커져갔다.

거센 심장 박동 때문에 단단하게 맞물린 사물의 견고한 이음새마저 끊어질 것 같았다. 사방의 벽을 굳게 지탱하고 있던 힘이 느슨해지고 목에서 느껴지는 격렬한 박동에 침대가 흔들거리고 회벽에 금이 가고 두개골 윗부분이 떨어져나갈 것 같았다. 이대로 가다가는 젠나로마저 부서질 것 같았다. 그렇다. 젠나로는 셀룰로이드로 만든 인형처럼 망가져버릴 것이다. 격렬한 진동에 젠나로의 가슴과 배와 머리가 갈라져 장기가 고스란히 드러날 것이다.

'젠나로를 멀리해야겠어.'

릴라는 생각했다.

'내 곁에 가까이 두면 아이가 부서져버릴 거야.'

문득 자신이 멀리한 또 다른 아이가 떠올랐다. 뱃속에서 미처 형체를 갖추지 못하고 사라진 아이, 스테파노의 아이였다.

'내가 그 아이를 쫓아버렸어. 아니 적어도 피누차와 질리올라는 뒤에서 그렇게 수군댔었지. 사실인지도 몰라. 내가 일부러 그 아이를 밀어내버렸던 거야. 대체 왜 제대로 풀리는 일이 하나도 없을까? 왜 과거의 실패를 평생 짊어져야 하는 거지?'

거센 심장 박동은 도무지 누그러들 기색을 보이지 않았고 연기처럼 희미한 형상들은 시끄럽게 떠들어대며 릴라를 쫓아다녔다. 릴라는 다시 자리에서 일어나 침대 모서리에 걸터앉았다. 차가운 기름 같은 땀에 온몸이 흠뻑 젖어 있었다. 릴라는 맨발로 젠나로의 침대를 조심스레 밀었다. 젠나로와 거리를 두고 싶었지만 그렇다고 너무 멀리 떨어뜨리고 싶지는 않았다. 자기 곁에 너무 가까이 두면 젠나로가 부서질 것만 같아 두려웠고 너무 멀리 떨어뜨려 놓으면 젠나로를 잃어버릴 것 같아 두려웠다.

릴라는 가구와 벽에 몸을 기대 지탱하면서 살금살금 부엌으로 갔다. 가면서도 계속 뒤를 돌아보았다. 등 뒤에서 바닥이 무너져 내려 젠나로가 땅속으로 빨려 들어갈까봐 두려웠다. 수도꼭지에 입을 대고 물을 마신 다음 세수를 했다. 그때 갑자기 심장 박동이 멈췄다. 그 바람에 급브레이크를 밟은 것처럼 몸이 앞으로 쏠렸다.

'끝났구나.'

사물은 다시 원래 모습대로 돌아왔다. 릴라도 서서히 안정을 되찾았다. 땀으로 흠뻑 젖었던 몸이 말랐다. 그런데 이제는 몸이 덜덜 떨려왔다. 너무 피곤해 벽이 빙빙 도는 것 같았다. 정신을 잃을까봐 두려웠다.

'엔초에게 가야겠어.'

릴라는 생각했다.

'가서 몸을 따뜻하게 해야겠어. 지금 엔초의 침대 속으로 들어가 잠든 그의 등에 몸을 붙여야겠어. 나도 잠들 수 있게.'

하지만 릴라는 이내 생각을 바꿨다. 그날 자신이 브루노에게 예쁜 척 지어보였던 표정이 생각났다.

'나를 믿어줘. 내겐 어린 아들이 있어. 정말 내가 한 일이 아니야.'

릴라는 은근슬쩍 그에게 아양을 떨었다. 그를 유혹하는 것처럼 보였을 수도 있었으리라. 역겨웠지만 자동적으로 나오는 여자의 본능적인 행동이었다.

릴라는 자신의 행동이 수치스러웠다. 저장고에서 브루노에게 치욕을 당하고도 어떻게 그런 행동을 할 수 있었을까. 어떻게 그런 표정을 지을 수 있었을까. 전에도 사내들의 생각을 바꾸기 위해 압력을 가하거나 말 잘 듣는 애완동물을 다루듯 그들을 자신이 원하는 방향으로 유도했었다. 하지만 이제부터는 그렇게 하지 않을 것이다. 예전에는 이런저런 이유로 스테파노, 니노, 솔라라 형제 그리고 엔초에게도 그런 식으로 행동했다. 그때는 자기가 그런 태도를 취하고 있다는 사실을 깨닫지도 못했던 것 같다. 하지만 이제는 그러고 싶지 않았다. 이제는 혼자 힘으로 모든 난관을 헤쳐 나갈 것이다. 수위에게도, 직장 동료에게도, 위원회의 학생들에게도, 브루노에게도 혼자 힘으로 맞설 것이다. 모든 사물과 사람들과의 거듭되는 충돌에 지칠 대로 지쳐 무너져 내리면서도 도무지 포기할 줄 모르는 교만하기 짝이 없는 자기 자신과의 싸움도 혼자 감내할 것이다.

34

다음 날 아침 눈을 뜬 릴라는 몸에서 열이 났지만 아스피린 한 알을 집어 삼키고는 공장으로 향했다. 지난 밤 어둠이 채 가시지 않은 하늘의 어슴푸레한 빛이 나지막한 건물과 진흙투성이 잡초와 고물 더미를 비추고 있었다.

공장으로 가는 비포장도로에 이르러 물웅덩이를 둘러가면서 릴라는 두 명이었던 학생이 오늘은 네 명으로 늘어난 것을 보았다. 전날 공장에 왔던 두 명 외에도 비슷한 또래의 학생과 확실히 비만으로 보이는 스무 살쯤 된 덩치 큰 청년이 함께 있었다.

그들은 공장 외벽에 투쟁 참여를 촉구하는 내용의 포스터를 붙이고 있었다. 그새 몇몇은 비슷한 내용의 전단지를 배포하기 시작했다. 전날까지만 해도 호기심에서나 또는 예의상으로라도 팸플릿을 받아 들던 노동자가 꽤 많았는데 이날 아침에는 대부분 고개를 푹 숙이고 그들을 지나쳐가거나 전단지를 받더라도 바로 구겨서 땅에 버렸다.

그것도 정치 활동이랍시고 마치 공장 근무시간보다 더 엄격히 준수해야 할 정해진 시간표라도 있는 것처럼 학생들이 시간을 딱 맞춰 그곳에 나와 있는 것을 보자 릴라는 짜증이 났다. 마침 전날 릴라를 알아봤던 애송이가 전단지를 한 아름 품에 안고 상냥한 표정으로 자신을 향해 달려오자 릴라의 짜증은 분노로 변했다.

"잘 지냈나요, 동지?"

릴라는 학생의 인사를 무시했다. 목이 부은 데다 머리가 지끈거렸다. 학생은 릴라 뒤를 졸졸 쫓아오며 머뭇머뭇 말했다.

"나는 다리오라고 해요. 기억나지 않겠지만 얼마 전 트리부날리가에서 만났었죠."

"네가 누군지는 알고 있어."

릴라가 쏘아붙였다.

"하지만 너와 빌어먹을 네 친구들하고 얽히고 싶지 않아."

다리오는 할 말을 잃고 걸음을 늦추며 혼잣말처럼 중얼거렸다.

"전단지를 드릴까요?"

릴라는 그에게 더 험한 말을 하고 싶지 않아 아예 대꾸하지 않았다. 하지만 혼란스러워하는 그의 표정이 뇌리에 박혔다. 자기는 옳은 일을 하는데 왜 다른 사람들이 동의하지 않는지 도무지 이해할 수 없다는 듯한 표정이었다.

릴라는 자기가 그날 모임에서 그런 이야기를 한 이유와 자신이 한 이야기를 팸플릿에 쓴 것 때문에 화가 났다는 것을 학생에게 잘 설명해줄 걸 그랬다고 생각했다. 아직 침대에 누워 있거나 학교에 있어야 할 시각에 그 추운 곳에서 덜덜 떨면서 글을 잘 읽지도 못하는 사람들에게 글씨가 빽빽한 인쇄물을 나누어주는 일이 얼마나 멍청하고 쓸데없는 짓인지 설명해줬어야 했다고 생각했다.

사실 공장 사람들은 전단지를 애써 읽을 필요조차 없었다. 읽지 않아도 너무나 잘 아는 내용이니까. 그것은 그들의 일상이었다. 마음만 먹으면 그보다 더한 일도 이야기해줄 수 있었다. 이제껏 그 누구도 말하거나 쓰거나 읽어본 적이 없는 입에 담을 수 없는 이야기, 그들이 열등감을 갖는 진짜 이유를 숨기고 있는 이야기 말이다.

그렇지만 열도 나는 데다 모든 일에 넌덜머리가 난 릴라는 그 모든 것을 설명하기가 너무나 힘겨웠다. 그러는 사이에 공장 입구에 도착했는데 그쪽은 상황이 더 복잡했다.

필리포가 일행 중 가장 나이가 많아 보이는 뚱뚱한 학생에게 사투리로 고함을 지르며 화를 내고 있었다.

"이 나쁜 자식아! 그 선을 넘어오기만 해봐! 허가 없이 사유지에 들어온 것이니 바로 총알을 갈겨줄 테다!"

학생은 학생대로 잔뜩 흥분해서 필리포에게 맞섰다. 사납게 껄껄 웃어대며 그에게 욕설을 퍼부었다. 그는 필리포를 사장의 종놈이라고 불렀다. 그는 표준어로 소리 쳤다.

"어디 쏠 테면 쏴보시지. 실력을 좀 보여 달라고. 그리고 여기는 사유지가 아니야. 여기 있는 모든 것은 민중의 소유라고!"

릴라는 두 사람을 스쳐 지나갔다. 그런 허풍은 이젠 지긋지긋했다. 리노도 안토니오도 파스콸레도 엔초까지도 그런 식으로 엄포를 놓는 데 도사들이었다. 릴라는 필리포에게 정색을 하고 말했다.

"뭐해. 쏘라는데 그렇게 해주지 않고. 그렇게 입으로만 나불대면서 시간 낭비하지 말고 정말 쏘라고. 공부하거나 잠잘 시간에 여기까지 쫓아와서 사람들을 성가시게 하는 자식은 총을 맞아도 싸지."

필리포는 릴라를 바라보았다. 릴라의 말에 놀라서 입을 다물지 못했다. 정말로 그런 미친 짓을 하라는 건지 아니면 자기를 놀리는 건지 판단이 안 되는 눈치였다. 반면에 청년은 릴라의 말을 곧이곧대로 받아들였다. 분노에 찬 눈초리로 릴라를 바라보더니 릴라를 향해 외쳤다.

"어서 꺼져, 가서 사장 새끼 엉덩이에 입이나 맞추라고!"

학생은 이렇게 말하고 나서 고개를 절레절레 내저으며 뒤로 물러났다. 그러고는 공장 입구에서 얼마 떨어지지 않은 곳에서 다시 전단지를 나눠주기 시작했다.

릴라는 공장 뜰 쪽으로 걸음을 옮겼다. 아침 7시밖에 되지 않았는데 몸은 이미 녹초였다. 눈이 아렸다. 여덟 시간 동안의 작업이 영원히 끝나지 않을 것 같았다. 그러는 동안 뒤에서 급브레이크 밟는 소리와 사내들의 고함소리가 들려왔다. 릴라는 뒤를 돌아봤다. 자동차 두 대가 돌진해왔다. 한 대는 회색, 나머지 한 대는 파란색이었다. 먼저 도착한 차에서 내린 한 사내는 학생들이 방금 외벽에 붙여놓은 포스터를 찢기 시작했다. 골치 아프게 됐다고 릴라는 생각했다. 다른 사람들처럼 공장에 들어가 작업을 시작해야 한다는 사실을 알면서도 릴라는 자기도 모르게 공장 입구를 향해 되돌아갔다.

몇 걸음 가지 않아 회색 자동차 운전석에 앉아 있는 청년을 알아볼 수 있었다. 지노였다. 릴라는 자동차 문을 열고 내리는 지노를 바라보았다. 키가 크고 온몸이 근육질이었다. 지노는 몽둥이를 손에 들고 차에서 내렸다. 지노의 일행 중 몇몇은 포스터를 찢고 있었고 몇몇은 뭉그적거리며 차에서 내리고 있었다. 일고여덟은 되어 보였는데 하나같이 손에 쇠사슬이며 기다란 방망이 같은 것을 들고 있었다.

그들은 파시스트들로 대부분 고향 사람들이었다. 몇몇은 릴라와도 안면이 있었다. 그들은 스테파노의 아버지 돈 아킬레 같은 파시스트였다. 돈 아킬레뿐만이 아니었다. 사실 스테파노도 자기 아버지와 다르지 않았다. 솔라라 집안도 마찬가지였다. 그 집 사람들은 할아버지부터 손자까지 죄다 파시스트였다. 그들은 편의에 따라서 왕정복구주의자가 되기도 하고 기독교민주당원이 되기도 했다.

릴라는 어린 시절 그들이 벌이는 온갖 추잡한 짓을 상상하던 때부터 그들을 벗어날 수도 모든 것을 원점으로 되돌릴 수도 없다는 것을 깨달았을 때부터 그들을 혐오했다. 결국 과거와 현재의 연결고리는 한 번도 끊기지 않았다. 동네 사람들 대부분은 이들을 좋아했고 무슨 짓을 해도 다 받아주었다. 이들은 폭력이 필요한 곳이면 어디든 추악한 모습을 드러냈다.

학생들 가운데 가장 먼저 행동에 나선 것은 트리부날리 가의 모임에서 만난 다리오였다. 그는 포스터를 찢고 있는 사내들에게 항의하러 달려갔다. 손에는 여전히 전단지 한 묶음을 들고 있었다. 릴라는 생각했다.

'멍청이 같으니라고. 전단지 따위는 당장 내다버려.'

하지만 다리오는 그렇게 하지 않았다. 릴라는 다리오가 사내들을 향해 표준어로 외치는 것을 들었다.

"그만들 둬요. 이럴 권리가 없잖아요."

말해봤자 씨도 안 먹힐 소리였다. 다리오는 그러면서 도움을 구하는 눈초리로 자기 일행이 있는 쪽으로 몸을 돌렸다.

'싸울 줄 모르는구나. 절대 상대에게서 시선을 떼서는 안 되는데.'

고향에서 말싸움 따위는 필요 없었다. 겁을 주기 위해 눈을 부릅뜨고 고함을 치는 게 전부였다. 그런 다음 최대한 강하게 먼저 주먹을 날려야 했다. 일단 공격을 시작하면 절대로 멈춰서는 안 된다. 주변 사람들이 말릴 때까지 주먹을 휘둘러야 한다. 그나마도 주변 사람들이 말릴 만한 능력이라도 있어야 가능한 일이겠지만 말이다. 포스터를 찢던 사내 가운데 한 명도 우리 동네 싸움의 정석을 따랐다.

그는 밑도 끝도 없이 다리오의 얼굴에 주먹을 날렸다. 그 바람에 다리오는 쓰러졌다. 전단지는 그 광경에 흥분이라도 한 것처럼 정신없이 주변에 흩날렸다.

그때 땅에 쓰러지는 다리오를 목격한 뚱뚱한 학생이 맨손으로 그를 돕기 위해 달려갔다. 하지만 쇠사슬을 든 사내에게 가로막히고 말았다. 사내는 쇠사슬로 뚱뚱한 학생의 팔을 때렸고 뚱뚱한 학생은 분노하며 쇠사슬을 붙잡았다. 학생은 쇠사슬을 공격자에게서 빼앗으려고 세게 당기기 시작했다. 몇 초간은 그 상태로 서로 욕설을 퍼부으면서 대치했다. 바로 그때 지노가 학생 뒤로 다가가 몽둥이로 내리쳐 그를 쓰러뜨렸다.

릴라는 열이 나는 것도 피로감도 모두 잊고 뚜렷한 목적 없이 공장 문을 향해 뛰어갔다. 무슨 일이 벌어지는지 더 가까이에서 보고 싶어서인지 아니면 학생들을 돕기 위해서인지 그녀 자신도 알지 못했다. 어린 시절부터 싸움박질하는 장면을 보면 두려움보다는 분노심을 느끼던 본능에 따라 몸이 움직인 것일 수도 있었다.

하지만 미처 길에 들어서기도 전에 공장 밖에서 우르르 뛰어 들어오는 공장 사람들에게 휩쓸리지 않기 위해 한쪽으로 비켜서야 했다. 에도를 비롯한 몇몇 사람이 폭행을 막으려다 실패하고 도망쳐 들어오는 중이었다. 남자 여자 할 것 없이 모두 쇠막대기를 든 두 사내를 피해 달아나고 있었다. 이사라는 이름의 사무직 여직원은 달려오며 필리포에게 외쳤다.

"도와줘요! 뭐라도 좀 해봐요! 경찰이라도 불러달란 말이에요!"

에도는 손에서 피를 뚝뚝 흘리며 옆 사람이 다 들리게 혼잣말을 했다.

"도끼를 가져올 테니 두고 봐!"

릴라가 비포장도로에 들어섰을 때 파란색 차는 이미 떠나고 없었고 회색 차에는 지노가 올라타고 있었다. 지노는 순간 릴라를 알아보고 깜짝 놀라 동작을 멈췄다.

"리나, 네가 어떻게 여기에?"

지노는 일행들의 독촉에 자동차 시동을 걸고 차를 출발시키면서 창문을 내리고 소리쳤다.

"나쁜 년! 그렇게 귀부인 행세를 하더니 꼴좋게 됐다!"

35

그날 근무 시간 내내 릴라는 극도로 불안했지만 평소와 다름없이 경멸적이고 위협적인 태도 뒤로 불안감을 감추었다. 평온했던 공장에 긴장감이 감돌게 된 것이 릴라 탓이라는 데는 모두 동의하는 듯했다. 공장 사람들은 이런 생각을 굳이 숨기려 하지 않았다. 이들은 곧 두 부류로 나뉘었다. 소수의 사람들은 점심시간에 따로 모여 조금 더 의논해보자고 했다. 일이 이렇게 된 바에 릴라를 브루노에게 보내 조금이나마 급여를 올려달라고 요구해볼 심산이었다. 하지만 대다수는 릴라에게 말 한마디 건네지 않았다. 그들은 그렇지 않아도 힘겨운 공장 생활을 더 복잡하게 만들 생각이 없었다. 두 부류는 합의점에 이르지 못했다. 첫 번째 부류인 에도는 손에 입은 상처 때문에 신경이 날카로워져 두 번째 부류인 동료에게 말했다.

"손에 상처가 덧나서 잘라내게 되면 네 놈 집에 휘발유 통을 들고 찾아가 네 놈과 네 가족을 모두 태워 죽일 테니 각오하라고."

릴라는 양쪽을 모두 무시했다. 홀로 생각에 잠겨 고개를 푹 숙이고 평소와 다름없이 능률적으로 일했다. 수군거리는 소리와 욕설, 감기 기운을 참아냈다. 그러면서 속으로는 앞으로 일어날 일에 대해 골똘히 생각에 잠겼다. 열에 들뜬 머릿속에 온갖 생각이 떠올랐다.

'두들겨 맞은 학생들은 어떻게 되었을까. 어디로 도망간 걸까. 그 자식들 때문에 이게 무슨 봉변이란 말인가.'

지노는 틀림없이 자기를 이곳에서 봤다는 사실을 동네방네 소문내고 다닐 것이다. 미켈레에게도 일러바칠 것이다. 릴라는 브루노에게 매달릴 수밖에 없다는 사실이 비참했지만 어쩔 도리가 없었다. 일자리를 잃을까봐 두려웠다. 급여를 잃을까봐 두려웠다. 보잘것없는 급여일망정 그 덕분에 자기와 젠나로의 생계 때문이 아니라 순수한 마음으로 엔초를 좋아할 수 있었으니까.

문득 지난 밤 끔찍했던 경험이 생각났다. 대체 무슨 일이 일어난 걸까. 의사를 찾아가봐야 하나. 의사가 병에 걸렸다고 하면 직장과 아이는 어떻게 하지. 아니, 벌써부터 괜히 흥분하지 말자. 릴라는 정신을 가다듬어야겠다고 생각했다.

점심시간이 되자 너무나 걱정이 된 나머지 릴라는 자존심을 굽히고 브루노를 찾아가기로 마음먹었다. 릴라는 브루노에게 소시지에 얽힌 고약한 장난과 지노가 끌고 온 파시스트 일당 이야기를 들려줄 생각이었다. 자기는 그들과 아무런 관계가 없다고 말하려 했다.

브루노를 찾기 전에 릴라는 스스로를 경멸하면서도 화장실에 들어가 머리를 매만지고 입술에 립스틱을 조금 발랐다. 하지만 정작 사장실에 가자 비서가 적의에 찬 태도로 브루노는 출근하지 않았고 그 주 내내 오지 않을 것이라고 했다.

릴라는 다시 불안감에 사로잡혔다. 시간이 지날수록 신경이 날카로워졌다. 파스콸레에게 학생들이 다시는 공장에 오지 못하게 조치를 취해달라고 말해야겠다고 생각했다. 학생들이 오지 않으면 파시스트 일당도 오지 않을 테고 그러면 공장은 다시 예전 같은 일상으로 돌아갈 수 있을 테니 말이다.

하지만 대체 어디서 파스콸레를 찾는단 말인가. 릴라는 파스콸레가 일하는 공사 현장이 어디인지 몰랐다. 그렇다고 동네에 있는 파스콸레의 집까지 찾아가고 싶지는 않았다. 어머니나 아버지, 누구보다도 오빠와 마주치고 싶지 않았다. 리노와 싸우고 싶지 않았다.

지칠 대로 지친 릴라는 모든 불만사항을 종합해 나디아와 직접 담판 짓기로 마음먹었다. 릴라는 작업을 마친 후 집으로 달려가 엔초에게 식사 준비를 부탁한다는 쪽지를 남겨 놓았다. 그러고는 젠나로에게 코트를 입히고 모자를 씌워 꽁꽁 싸맨 다음 버스를 몇 번이나 갈아타고 비토리오 에마누엘레 가로 향했다.

파스텔 톤의 하늘에 구름 한 점 없었지만 늦은 오후의 햇빛은 벌써 희미해지고 있었다. 서슬 퍼런 공기에 강풍이 불어왔다. 릴라는 나디아의 집을 정확히 기억하고 있었다. 현관에서부터 모든 것이 세세히 기억났다. 과거의 수치심이 현재의 적개심에 불을 붙였다.

과거란 얼마나 부서지기 쉬운 것인가. 과거의 기억이 산사태처럼 무너져 내려 현재의 릴라를 덮쳐왔다. 수년 전 나와 함께 계단을 올라갔던 그 집, 릴라를 그토록 힘들게 한 파티가 열렸던 그 집에서 이제 니노의 옛 여자친구 나디아가 튀어 나와 릴라를 더 큰 고통에 빠뜨린 것이다. 그렇다고 잠자코 있을 릴라가 아니었다. 릴라는 젠나로를 끌고 언덕을 올라갔다. 릴라는 그 철부지 아가씨에게 이렇게 말해주고 싶었다.

'너와 그 잘난 네 친구들이 내 아이를 곤경에 빠뜨렸어. 이 모든 일이 네겐 그저 취미 생활일 뿐이겠지. 이 일 때문에 네가 심각한 곤경에 처할 일은 없겠지만 우린 달라. 내 아들과 나에겐 중요한 일이야. 그러니 당장 모든 일을 제대로 해결하지 않으면 네 잘난 면상을 박살내버릴 줄 알아.'

그렇다. 릴라는 나디아에게 그렇게 말할 심산이었다. 기침을 할 때마다 분노심은 커져만 갔다. 지금 당장 분통을 터뜨리고 싶어 견딜 수 없었다.

현관문은 열려 있었다. 릴라는 계단을 오르면서 파티에 초대받았던 날을 떠올렸다. 그날 우리 모습과 우리를 바래다주었던 스테파노와 우리가 입었던 옷이며 구두까지 생생히 기억났다. 파티에 오가는 길에 스테파노의 차에서 나누었던 대화도 토씨 하나 빠지지 않고 기억났다. 릴라가 초인종을 누르자 갈리아니 선생님이 직접 문을 열어주었다. 릴라의 기억에 남아 있던 모습 그대로였다. 선생님은 상냥했으며 집에서도 단정한 차림이었다.

그런 갈리아니 선생님 옆에 있으니 릴라는 몸에 밴 날고기 냄새 때문에, 가슴을 짓누르는 감기 때문에, 감정을 혼란스럽게 하는 열 때문에, 사투리로 찡찡대며 릴라의 성질을 돋우는 아이 때문에 자신이 더 볼품없게 느껴졌다.

릴라는 선생님에게 퉁명스럽게 물었다.

"나디아가 있나요?"

"아뇨. 외출했어요."

"언제 돌아오나요?"

"미안하지만 잘 모르겠어요. 십 분 후에 돌아올 수도 있고 한 시간

후에 돌아올 수도 있죠. 워낙 제멋대로인 아이라서요."

"오면 리나가 찾아왔다고 전해주실 수 있으세요?"

"급한 일인가요?"

"네."

"무슨 일인지 내게 말해주겠어요?"

갈리아니 선생님에게 무슨 말을 한단 말인가. 릴라는 움찔했다. 그때 자기도 모르게 갈리아니 선생님 뒤쪽으로 시선이 갔다. 문 너머로 언뜻 고풍스러운 가구와 샹들리에 모습이 눈에 들어왔다. 예전에 그녀를 매혹시켰던 책이 빽빽이 꽂힌 책장과 벽에 걸린 값비싼 액자가 보였다. 릴라는 생각했다.

'니노가 나 때문에 구렁텅이에 빠지기 전에 원했던 세계가 바로 이런 곳이었지. 이곳은 내가 아는 나폴리가 아니야. 나도 젠나로도 평생 이런 데서 살지 못할 거야. 그럴 바에는 차라리 망가져 버렸으면 좋겠어. 화염과 재가 도시를 뒤덮었으면 좋겠어. 용암이 언덕 꼭대기까지 덮쳐버렸으면 좋겠어.'

릴라는 생각을 떨쳐내고 대답했다.

"감사하지만 괜찮아요. 나디아와 직접 말해야 해요."

말을 마친 후 릴라는 갈리아니 선생님에게 인사를 하고 돌아가려 했다. 먼 길을 왔는데 별 소득이 없었다. 그러나 릴라는 갈리아니 선생님이 자신의 딸에 대해 은근히 적대적인 태도로 말하는 것이 마음에 들었다. 그래서 릴라는 갑자기 호들갑을 떨며 갈리아니 선생님에게 말했다.

"제가 몇 년 전에 여기 왔었다는 것을 아세요? 잔뜩 기대하고 파티에 왔었는데 정작 와서는 지겨워서 죽는 줄 알았어요. 집에 돌아갈 시간만 애타게 기다렸답니다."

36

갈리아니 선생님도 릴라가 왠지 마음에 들었던 것 같다. 자칫 버릇없어 보일 수 있는 릴라의 솔직한 태도 때문일 수도 있었다. 릴라가 나와 친구라는 이야기를 하자 갈리아니 선생님은 반가워하며 말했다.

"아, 엘레나 그레코 말이죠. 요샌 통 연락이 없었어요. 성공하더니 거만해진 거죠."

갈리아니 선생님은 릴라와 젠나로를 거실로 안내했다. 거실에는 선생님의 손자가 놀고 있었다. 갈리아니 선생님은 금발머리 아이에게 명령하듯 말했다.

"마르코, 친구에게 인사하렴."

릴라도 아들을 앞으로 밀며 말했다.

"젠나로, 어서 가서 마르코와 함께 놀렴."

릴라는 낡았지만 안락한 녹색 소파에 앉아 몇 년 전에 열렸던 파티 이야기를 계속했다. 선생님은 전혀 기억나지 않는다며 안타까워했지만 릴라는 모든 것을 세세히 기억하고 있었다. 릴라는 그날 저녁이 자신의 인생에서 가장 끔찍한 순간 중 하나였다고 했다. 있어서는 안 될 자리에 있는 것 같았고 하나도 이해할 수 없는 대화를 듣느라 힘들었다면서 자조적으로 말했다.

"저는 정말 무식했거든요."

릴라는 지나치게 밝은 목소리로 말했다.

"그리고 지금은 그때보다 더 무식해졌지요."

갈리아니 선생님은 릴라의 말에 귀를 기울였다. 릴라의 말투에서 느껴지는 진정성과 상대방을 당혹스럽게 만드는 말투, 뛰어난 표준어와 세련되게 절제된 냉소적 표현이 인상적이었던 것이다. 추측하건대, 갈리아니 선생님은 릴라에게서 경각심과 매력을 동시에 느꼈던 것 같다. 뭐라 정의할 수 없는 사이렌 같은 매력을 말이다. 릴라에게 매혹된 다른 모든 사람이 그랬던 것처럼 갈리아니 선생님도 릴라의 특별함을 감지한 것이다.

젠나로가 마르코의 뺨을 때리는 바람에 릴라와 갈리아니 선생님의 대화가 끊겼다. 젠나로는 마르코에게 사투리로 욕설을 퍼부으면서 녹색 장난감 자동차를 빼앗으려 했다. 릴라는 화를 내며 일어나 젠나로의 팔을 잡고 마르코를 때린 손을 몇 번이고 세게 때렸다. 갈리아니 선생님이 작은 소리로 말했다.

"놔둬요. 아이들인걸요."

릴라는 젠나로를 엄하게 나무라면서 장난감을 마르코에게 돌려주게 했다. 마르코는 울음을 터뜨렸지만 정작 젠나로는 눈물 한 방울 흘리지 않았다. 오히려 심술궂은 표정으로 마르코에게 장난감 자동차를 던져버렸다. 릴라는 젠나로의 머리를 또 한 번 세게 때렸다.

"그만 가볼게요."

릴라가 신경질적으로 말했다.

"아니에요. 조금 더 있다 가도록 해요."

릴라는 다시 자리에 앉았다.

"항상 저러지는 않아요."

"정말 잘생겼어요. 그렇지, 젠나로? 넌 착하고 잘생긴 아이지?"

"착한 아이와는 거리가 멀어요. 전혀 아니죠. 그래도 똑똑하긴 해요. 아직 어린데 알파벳을 다 익혔답니다. 대문자와 소문자를 다 쓸 줄 알아요. 젠나로, 선생님께 네가 얼마나 글자를 잘 읽을 수 있는지 보여주겠니?"

릴라는 크리스털로 만든 멋진 탁자에서 잡지책을 집어 들고는 젠나로에게 표지에 쓰여 있는 글자를 무작위로 가리켰다.

"읽어보렴, 젠나로, 어서."

젠나로가 싫다고 하자 릴라는 젠나로의 어깨를 툭 치면서 다시 위협했다.

"읽으라니까!"

그러자 젠나로는 억지로 글자를 힘겹게 읽어내기 시작했다.

"모-오-옥."

그러다 분노에 찬 시선으로 마르코가 들고 있는 장난감 자동차를 바라보더니 읽기를 멈췄다. 마르코는 자동차를 품에 꼭 안고서는 살짝 미소를 지으며 능숙하게 글자를 읽었다.

"목적지."

릴라는 기분이 상했다. 어두운 표정으로 갈리아니 선생님의 손자를 짜증스럽게 바라보았다.

"글자를 잘 읽네요."

"그만큼 내가 시간을 쏟기 때문이죠. 부모라는 사람들은 나돌아다니느라 정신이 없거든요."

"몇 살이죠?"

"이제 세 살하고도 육 개월이네요."

"더 커 보여요."

"네. 건강한 아이죠. 당신의 아이는 몇 살이죠?"

"이제 곧 다섯 살이에요."

릴라가 마지못해 대답했다.

갈리아니 선생님은 젠나로를 쓰다듬으면서 말했다.

"엄마가 어려운 단어를 골랐구나. 하지만 정말 잘했단다. 글자를 아주 잘 읽는구나."

그때 갑자기 시끌벅적한 소리와 함께 현관문이 열렸다 닫히더니 신발 끄는 소리, 남녀의 목소리가 들려왔다.

"아이들이 돌아왔나 보군요."

갈리아니 선생님은 이렇게 말하고는 나디아의 이름을 외쳤다. 하지만 처음 모습을 나타낸 사람은 나디아가 아니었다. 가녀린 몸매에 안색이 백지장처럼 창백하고 금발이 눈부신 젊은 여인이 다소 소란스럽게 거실에 등장했다. 눈동자가 너무 파래서 인공 눈처럼 보였다. 여인은 두 팔을 활짝 벌리고 마르코에게 외쳤다.

"엄마한테 뽀뽀해줄 사람?"

마르코는 엄마를 향해 달려갔다. 여인은 마르코를 껴안고 입맞춤을 퍼부었다. 그러는 동안 갈리아니 선생님의 장남 아르만도도 모습을 나타냈다. 릴라는 아르만도도 바로 알아볼 수 있었다. 릴라는 아르만도가 아내의 품에서 아들을 빼앗다시피 낚아채는 모습을 바라보았다.

"아빠한테도 뽀뽀 30번!"

아르만도가 외쳤다. 마르코는 아빠의 뺨에 입을 맞추며 한 번, 두 번, 세 번, 네 번 숫자를 세기 시작했다.

"나디아!"

갈리아니 선생님이 화난 목소리로 또다시 나디아를 불렀다.

"귀라도 먹은 거니? 손님이 기다리고 계시니 당장 이리 오렴!"

드디어 나디아가 모습을 드러냈다. 그 뒤를 따라 파스콸레도 모습을 나타냈다.

37

릴라의 분노가 다시 폭발했다. 파스콸레는 그동안 매일 퇴근 후에 이 집으로 쪼르르 달려왔던 것인가. 할아버지, 할머니, 아들, 손자, 며느리가 오순도순 살고 있는 이곳으로 말이다. 다정하면서 가방끈이 긴 사람들, 온종일 힘겹게 일하느라 행색이 지저분한 벽돌장이 파스콸레를 마치 가족처럼 맞아주는 아량이 넓은 사람들에게 말이다.

나디아는 감격하며 릴라를 껴안았다.

"여기까지 와주다니 얼마나 다행인지 몰라요."

나디아가 말했다.

"아이는 어머니에게 맡겨둬요. 우리끼리 이야기를 좀 해야 하니까요."

릴라는 거칠게 대답했다.

"그래요. 이야기를 해야 하고말고요. 그것도 지금 당장."

사실 릴라가 여기까지 온 이유도 할 말이 있어서가 아니었던가. 릴라가 시간이 없다고 재차 강조하자 파스콸레가 차로 집까지 바래다주겠다고 했다. 이렇게 해서 일동은 아이들을 할머니와 함께 거실에 남겨두고 나디아의 방으로 갔다. 아르만도와 금발의 젊은 여성도 함께였다. 그녀의 이름은 이사벨라였다.

나디아의 방은 꽤 넓었다. 방에는 작은 침대와 책상, 책으로 가득 찬 책장이 있었고, 릴라에게는 생소한 가수 브로마이드와 영화 포스터, 혁명을 위한 투쟁에 관한 문구가 쓰인 포스터 등이 있었다. 방에는 이미 다른 세 청년이 있었다. 두 청년과는 초면이었지만 나머지 한 명은 다리오였다. 다리오는 흠씬 두들겨 맞아서 상태가 좋지 않았다. 그는 나디아의 침대 위에 대자로 뻗어 있었다. 분홍색 누빔 이

불 위에 신발도 벗지 않은 채 누워 있었다. 셋 다 담배를 피우고 있어서 방 안에 담배 연기가 자욱했다. 릴라는 더 이상 참지 못하고 다리오의 인사에 대꾸조차 하지 않은 채 자신이 그들 때문에 곤란해졌다고 했다. 그들이 경솔하게 행동한 바람에 해고당할 위험에 처했고, 팸플릿 때문에 한바탕 난리가 났으니 다시는 공장에 오지 말라고 했다. 그들 때문에 파시스트 일당까지 출동했고 그래서 지금 공장 사람들은 공산당이건 파시스트건 양측 모두에게 화가 난 상태라고 했다. 릴라는 다리오를 향해 내뱉었다.

"그리고 너는 말이야, 다음부터 싸움을 할 줄 모르면 얌전히 집에나 처박혀 있어. 그날 하마터면 죽을 뻔했다는 거 알아?"

파스콸레는 두어 번 릴라의 말에 끼어들려다가 처참하게 무시당했다. 그 집에 있다는 이유만으로 릴라는 파스콸레를 배신자 취급했다. 파스콸레를 제외한 나머지 일동은 모두 침묵 속에서 릴라의 말에 귀를 기울였다.

릴라의 말이 끝난 후에야 아르만도가 입을 열었다. 아르만도는 갈리아니 선생님을 닮아 얼굴선이 섬세했고 눈썹이 새까맣고 뚜렷했다. 수염을 깎은 흔적이 푸르스름하게 광대뼈까지 올라와 있었다. 목소리는 굵직하고 따스했다. 아르만도는 먼저 릴라를 직접 만나 매우 반갑다고 했다. 릴라가 집회에서 발언했을 때 자신이 그 자리에 없었던 것이 아쉬웠다고 했다. 대신 릴라의 발언을 두고 자기들끼리 오랫동안 토론을 벌였고 매우 중요한 내용이라고 판단했기에 결국 들은 바를 모두 글로 옮기기로 했다는 것이었다.

"아무튼 걱정하지 말아요. 우리 모두 당신과 당신 동료들을 수단과 방법을 가리지 않고 도울 테니까요."

릴라는 콜록거렸다. 방 안에 가득 찬 연기 때문에 목 상태가 더 안 좋아졌다.

"적어도 알려주기는 했어야죠."

"맞아요. 하지만 시간이 없었어요."

"시간은 마음만 먹으면 낼 수 있는 법이에요."

"해야 할 일에 비해 우리는 손이 너무 부족해요."

"무슨 일을 하나요?"

"무슨 뜻이죠?"

"직업이 뭐냐고요."

"의사예요."

"당신 아버지처럼?"

"그래요."

"지금 이 순간 직장을 잃을 위험에 처했나요? 아들과 당장 길바닥에 나앉을 상황이냐고요."

아르만도는 못마땅한 표정으로 고개를 가로저으며 말했다.

"이건 누가 더 큰 위험에 처해 있는지를 가리는 시합이 아니에요, 리나."

파스콸레도 덧붙였다.

"아르만도는 벌써 두 번이나 체포됐었고 나도 고소만 여덟 번 당했어. 여기서 위험에 처한 정도를 두고 우열을 가릴 수는 없어."

"아, 그러셔?"

"그래요."

나디아가 말했다.

"우리는 모두 최전방에 있어요. 책임을 감수할 준비가 되어 있다고요."

릴라는 그곳이 자기 집이 아니라는 사실조차 잊고 소리를 질렀다.

"그러다가 내가 정말 해고당하면 여기서 살면 되겠네? 당신네들이 평생 책임지고 먹여 살려줄 테니 말이야."

나디아가 온화하게 말했다.

"당신이 원한다면 기꺼이."

이 세 마디만으로도 릴라는 나디아의 말이 빈말이 아니라는 것을 알 수 있었다. 그녀는 진심이었다. 브루노 소카보가 공장 직원 전체를 해고한다 해도 나디아는 나긋나긋한 목소리로 그 말도 안 되는 대답을 반복할 것이다.

나디아는 자기가 노동자들을 위해 일한다고 굳게 믿고 있었다. 그녀는 창문 너머로 바다가 보이는 책으로 가득한 자기 방에서 남의 직업을 두고 이래라저래라 하면서 대신 결정을 내렸다. 모든 문제의 정답을 알고 있는 것처럼 행동했다. 설령 그로 인해 상대방이 길바닥에 나앉는 일이 생기더라도 말이다. 나디아에게 하고 싶은 말이 혀끝에서 맴돌았다.

'위선자 같으니라고. 나도 마음만 먹으면 모든 것을 뒤엎을 수 있어. 너보다 훨씬 더 잘해낼 수 있다고. 그러니 그 가증스러운 목소리로 내게 이래라저래라 하지 마!'

릴라는 이렇게 쏘아붙이고 싶은 마음을 겨우 참았다. 릴라는 파스콸레에게 퉁명스레 내뱉었다.

"빨리 가봐야 해. 어떻게 할 거야? 여기에 있을 거야 아니면 나를 데려다줄 거야?"

침묵이 흘렀다. 파스콸레는 나디아를 흘끗 바라보더니 웅얼거렸다.

"데려다줄게."

릴라는 아무에게도 인사하지 않고 방을 나서려 했다. 나디아가 재빨리 뛰쳐나와 앞장섰다. 그러면서 릴라가 말한 환경에서 일하는 것은 도저히 용납할 수 없는 일이라고 했다. 투쟁의 불씨에 불을 붙이는 것이 얼마나 시급한지 모른다는 식으로 이야기했다.

"절대로 물러서지 말아요."

거실로 가기 전에 나디아가 다시 릴라를 격려했지만 릴라는 대꾸조차 하지 않았다.

갈리아니 선생님은 소파에서 인상을 찌푸린 채 책을 읽고 있었다. 책에서 시선을 뗀 후에도 자기 딸은 쳐다보지도 않고 릴라에게만 말했다. 쭈뼛쭈뼛 다가온 파스콸레도 아예 없는 사람 취급했다.

"가려고요?"

"네, 늦었어요. 서둘러, 젠나로. 자동차는 마르코에게 돌려주고 얼른 코트를 입자."

갈리아니 선생님은 뿌루퉁해 있는 손자를 향해 미소를 지어보이고는 말했다.

"마르코가 자동차를 젠나로에게 선물했어요."

릴라는 두 눈을 가늘게 떴다.

"감사드려요. 이 집 사람들은 모두 관대하군요."

갈리아니 선생님은 코트를 입히려고 젠나로와 옥신각신하는 릴라를 물끄러미 지켜보았다.

"뭐 하나 물어봐도 될까요?"

"말씀하세요."

"어떤 공부를 했죠?"

나디아가 발끈하며 끼어들었다.

"엄마, 리나는 그만 가봐야 해요."

릴라는 어린아이 같은 나디아의 목소리에서 처음으로 불안감을 느끼고 기분이 좋아졌다.

"나는 말 한마디 못하니?"

갈리아니 선생님도 딸 못지않은 신경질적인 말투로 나디아에게 쏘아붙였다. 그러고는 다시 한 번 릴라를 향해 상냥하게 물었다.

"어떤 공부를 했죠?"

"아무것도 공부하지 않았어요."

"말하는 것을 들어보면 그렇지 않은 것 같은데요. 아까 고함소리도 그렇고요."

"사실인걸요. 초등학교를 졸업한 게 전부예요."

"왜죠?"

"공부를 계속할 만한 재능이 없었으니까요."

"그걸 어떻게 알아요?"

"재능이 있는 건 엘레나였어요, 제가 아니라."

갈리아니 선생님은 고개를 가로저으며 말했다.

"공부를 계속했다면 엘레나만큼 잘했을 거예요."

"그걸 어떻게 아세요?"

"내 직업인걸요."

"선생님들은 그걸로 먹고사니까 공부가 중요하다고 하죠. 하지만 실은 공부는 아무짝에도 쓸모없어요. 공부한다고 사람이 더 나아지지도 않고요. 오히려 더 못돼질 뿐이죠."

"엘레나가 못되게 변했다는 뜻인가요?"

"아뇨, 엘레나는 아니에요."

"왜죠?"

릴라는 젠나로의 머리에 울 모자를 씌웠다.

"어린 시절 둘이 약속했거든요. 둘 중 못된 역할은 제가 맡기로요."

38

차에 오르자 릴라는 파스콸레에게 분통을 터뜨렸다.

"이제 저 사람들의 하인 노릇을 하기로 한 거야?"

파스콸레는 릴라가 실컷 화를 내도록 내버려두었다. 릴라가 불평불만을 쏟아낸 후에야 그는 정치 논리를 내세웠다.

파스콸레는 남부지역 노동자의 노예 같은 처지에 대해 이야기했다. 노동자들이 끊임없는 위협에 시달리는데도 노조의 활동이 미비하거나 경우에 따라서는 노조가 아예 공장에 진입도 하지 못하는 상태라고 했다. 그렇기 때문에 상황을 더 몰아붙여서라도 투쟁을 시작해야 한다고 했다.

"리나."

파스콸레는 진심 어린 어조로 말했다.

"너는 그 얼마 안 되는 푼돈을 잃을까봐 두려워하고 있어. 물론 그럴 수밖에 없지. 젠나로를 키워야 하니까. 하지만 나는 네가 진정한 동지라는 걸 알아. 너는 알고 있잖아. 우리 노동자들은 합법적인 수준의 임금을 받아본 적이 없어. 이곳은 무법 지대야. 우리는 인간 이하의 취급을 당하고 있다고. 그러니까 네 문제만으로도 충분히 골치 아프고 네가 하고 싶은 대로 할 테니 가만히 놔두라는 것은 모욕적인 발언이야. 우리는 모두 각자의 자리에서 최선을 다해야 해."

릴라는 피곤해서 기절할 지경이었다. 그나마 젠나로가 뒷좌석에서 오른손에 장난감 자동차를 꼭 쥔 채 잠이 들어 다행이었다. 파스콸레의 일장 연설이 파도처럼 일렁거렸다. 때때로 코르소 비토리오가의 아름다운 집과 갈리아니 선생님, 아르만도와 이사벨라 그리고 나디아 같은 신붓감을 찾으러 어디론가 떠나버린 니노의 모습이 스쳐 지나갔다. 마르코도 떠올랐다. 이제 겨우 세 살인데 젠나로보다 글자를 훨씬 잘 읽었다. 젠나로는 벌써 경쟁에서 뒤지고 있었다. 다른 아이들에 비해 뒤처지기 시작했지만 릴라는 어찌 할 수 없었다. 집 앞에 도착하자 릴라는 예의상으로라도 파스콸레에게 함께 올라가자고 권할 수밖에 없었다.

"엔초가 저녁으로 뭘 준비했는지 모르겠어. 엔초는 요리 실력이 형편없거든. 그냥 가는 게 좋을 수도 있어."

릴라는 파스콸레가 돌아가주기를 바라며 말했다.

"십 분만 있다 갈게."

파스콸레가 말했다.

릴라는 손끝을 파스콸레의 팔에 살짝 갖다대며 속삭였다.

"엔초에게는 아무 말도 하지 말아줘."

"무슨 말을 하지 말라는 거야?"

"파시스트 자식들이 공장을 습격했던 일 말이야. 엔초가 알면 오늘 밤 당장 지노를 찾아가 그 자식의 면상을 박살내려 들 거야."

"엔초를 좋아해?"

"상처주고 싶지 않을 뿐이야."

"아, 그래?"

"그렇다니까."

"엔초는 자기가 해야 할 일이 무엇인지 나나 너보다 더 잘 알고 있는 친구야."

"알아. 그래도 아무 말 말아줘."

파스콸레는 살짝 인상을 찌푸리기는 했지만 결국은 그렇게 하겠다고 하며 아직 일어나려 하지 않는 젠나로를 품에 안고 릴라의 뒤를 따라 계단을 올라갔다. 계단을 오르는 동안 릴라는 불만스레 투덜댔다.

“정말 엉망인 하루였어. 피곤해 죽을 것 같아. 너랑 네 친구들 때문에 엄청나게 곤란하게 됐어.”

릴라와 파스콸레는 엔초에게 나디아네 집에서 열린 모임에 참석하고 왔다고 둘러댔다. 파스콸레는 엔초가 다른 질문을 못 하도록 자정까지 쉬지 않고 지껄였다. 나폴리도 다른 곳과 마찬가지로 격동의 변환기를 맞이했다면서 아르만도에 대한 칭찬을 아끼지 않았다. 아르만도는 뛰어난 의사인데도 자기 개인의 미래를 돌보지 않고 돈 없는 이들을 위해 무료로 진료를 하고 나폴리 외곽지역의 아이들을 돌본다고 했다. 나디아와 이사벨라와 함께 유치원이나 보건소 등에서 수많은 활동을 하면서 인민을 위해 힘쓰고 있다고 했다. 파스콸레는 더 이상 혼자인 사람은 아무도 없으며 동지끼리 서로 돕는 가운데 나폴리는 전성기를 맞이했다고 했다.

파스콸레가 말했다.

“너희들도 이렇게 집구석에 처박혀 있으면 안 돼. 밖으로 나가야 해. 동지들과 더 많은 시간을 보내야 해.”

파스콸레는 자기는 공산당과는 끝이라고 선언했다. 더러운 일이 너무나 많다고 했다. 국가적으로나 국제적으로 너무나 많은 부분을 타협했다고 했으며 공산당의 암울한 분위기를 더 이상 견딜 수 없다고 했다.

파스콸레의 선언적인 말에 엔초는 발끈했다. 둘은 격렬한 토론을 벌였다. 꽤 오랫동안 ‘그래도 당은 당이다’ ‘아니다, 그렇지 않다’ ‘맞다. 그렇다’ ‘아니다’ ‘안정화를 위한 정책은 이제 필요 없다’ ‘당의 체계를 공격할 수는 있지만 그래도 당 자체를 인정하지 않을 수는 없다’ 따위의 대화를 주고받았다. 릴라는 이내 지루해졌다. 저녁을 먹는 내내 졸려서 징징대다 잠이 든 젠나로를 침대에 눕히러 방으로 들어가 다시 나오지 않았다.

하지만 릴라는 파스콸레가 돌아가고 집 안에서 엔초가 움직이는 기척이 멈춘 지 한참이 지나도록 잠들지 못했다. 열을 재어보니 38도였다. 불현듯 젠나로가 힘겹게 글자를 읽던 모습이 생각났다.

'목적지라. 기껏 고른 게 하필이면 그런 단어였다니.'

젠나로는 생전 처음 들어보는 단어였을 것이다. 릴라는 알파벳을 아는 것만으로는 부족하고 그 외에도 어려움이 많을 거라고 생각했다. 니노가 나디아와 아이를 낳았다면 그 아이는 젠나로와는 전혀 다른 삶을 살게 되었겠지. 순간 릴라는 자기 같은 사람은 엄마가 되지 않았어야 했다는 생각이 들었다.

'아이를 원한 것은 나였어. 스테파노의 아이를 갖는 것은 싫었지만 니노의 아이는 가지고 싶었어.'

릴라는 니노를 진심으로 사랑했다. 그를 간절히 원했었다. 그의 마음에 들기 바랐기에 그를 기쁘게 하기 위해서라면 뭐든지 했었다. 스테파노에게는 맞아 죽지 않기 위해서 혐오감을 억누르며 마지못해 해주던 짓도 니노를 위해서라면 기꺼이 했다.

하지만 남성이 여성의 몸에 들어올 때 응당 느껴야 할 쾌락을 릴라는 한 번도 느껴보지 못했다. 그것만은 확실했다. 스테파노와의 관계에서만이 아니었다. 니노와 사랑을 나눌 때도 마찬가지였다. 사내들은 자기 물건에 대한 애착과 자부심이 대단했다. 그들은 여자들이 자기 물건을 자신들보다 더 소중히 여길 거라고 굳게 믿었다. 젠나로마저 자그마한 고추를 가지고 손장난을 치곤 했다. 어찌나 손으로 조몰락대고 당겨대는지 가끔은 쳐다보기 민망했다. 릴라는 그러다 아이가 다칠까봐 두려웠다. 아이의 고추를 씻기거나 소변을 보게 하는 것도 익숙해지기 전에는 힘들었다.

그에 비해 엔초는 너무나도 점잖았다. 팬티 차림으로 집 안을 돌아다니는 법도 없었고 저질스러운 말을 하는 법도 없었다. 그렇기 때문에 릴라는 엔초에게 깊은 애정을 느끼고 있었다. 헌신적으로 자기 방에서 릴라를 기다려주는 그가 고마웠다. 엔초는 지금까지 릴라에게 한 번도 실수한 적이 없었다. 엔초의 빈틈없는 자기 통제력은 릴라에게 유일한 위안이 되었다.

불현듯 죄책감이 밀려왔다. 릴라에게 위안을 주는 일이 엔초에게는 고통일 것이다. 그날 일어난 사건들만으로도 충분히 버거운데 이제 엔초가 자기 때문에 괴로워한다는 사실까지 보태졌다. 하루 동안 일어난 모든 사건과 사람들과 나누었던 이야기가 한동안 어지럽게 머릿속을 맴돌았다. 사람들의 말투에서부터 단어 하나하나까지 다 생각났다.

내일 공장에 가면 어떻게 행동해야 할까. 변화에 대한 열망이 정말로 나폴리를 비롯한 전 세계적인 현상일까. 아니면 파스콸레와 나디아와 아르만도가 그저 자신들의 불안을 떨쳐내고 지루함에서 벗어나고 용기를 내기 위해 상상해낸 것일까. 헛된 망상의 노예로 전락할 각오를 하고 그들을 믿어야 하는 것일까. 아니면 차라리 브루노를 찾아가 곤경에서 벗어나기 위한 시도를 해봐야 하는 걸까. 브루노가 또 덮칠지도 모르는데 그를 달래야 할까. 필리포와 공장장들의 횡포에 굴복하면 사태가 나아질까. 도무지 해결책을 찾기가 힘들었다.

어렴풋이 잠들면서 릴라는 어린 시절 나와 세웠던 원칙을 생각했다. 살아남으려면 자신을 위협하는 이들을 위협하고 자신에게 겁주려는 사람에게 겁을 주어야 한다는 원칙이었다. 릴라와 젠나로가 살아남기 위해서도 그렇게 해야 한다.

릴라는 나디아와 브루노에게 상처를 주기로 마음먹었다. 릴라는 나디아가 말만 번지르르할 뿐 철딱서니 없는 부잣집 딸내미일 뿐이라는 걸 똑똑히 보여주고 다시는 브루노가 숙성고에서 햄 냄새와 여인의 체취를 맡으며 즐길 수 없게 해야겠다고 다짐하면서 잠이 들었다.

39

릴라는 땀에 흠뻑 젖은 채 다음 날 새벽 5시에 눈을 떴다. 다행히 열은 없었다. 공장 입구에 도착하니 학생들 대신 파시스트들이 진을 치고 있었다. 어제와 같은 차에 같은 사람들이었다. 그들은 구호를 외치면서 전단지를 배포하고 있었다. 릴라는 또 다른 폭력 사태가 일어날 것을 감지하고 고개를 푹 숙이고 두 손을 주머니에 넣은 채 걸어갔다. 난리가 나기 전에 공장에 들어갈 수 있기를 바랐다. 하지만 그때 지노가 릴라 앞에 모습을 나타냈다.

"아직 글은 읽을 수 있지?"

지노는 사투리로 말하며 릴라에게 전단지를 내밀었다. 릴라는 코트 주머니에 손을 넣은 채 쏘아붙였다.

"당연하지. 그러는 너는 언제 글을 배웠어?"

릴라는 지노를 지나치려 했지만 소용없었다. 지노는 릴라를 막아서며 코트 주머니에 전단지를 억지로 쑤셔 넣었다. 어찌나 우악스러운지 손톱으로 릴라의 손을 긁기까지 했다. 릴라는 차분하게 전단지를 구겼다.

"이 딴 건 화장실에서 뒤 닦는 데도 못 써먹겠다."

릴라는 전단지를 땅바닥에 던져버렸다.

"주워."

약국집 아들 지노는 릴라의 팔을 잡으면서 명령조로 말했다.

"당장 주워. 조심해. 어제 오후에 네 오입쟁이 남편에게 네 그 잘난 면상을 박살내도 좋다는 허락을 받았으니까."

릴라는 지노의 눈을 똑바로 바라보았다.

"내 면상을 박살낼 허락을 받겠다고 스테파노까지 찾아간 거야? 이 팔 당장 놓지 못해, 이 더러운 자식."

그때 에도가 다가왔다. 모른 척하고 지나갈 줄 알았던 그가 걸음을 멈추고 물었다.

"어이, 체룰로. 이 자식이 귀찮게 하나?"

지노가 에도의 얼굴에 주먹을 날리는 바람에 에도가 땅바닥에 나동그라졌다. 순식간에 일어난 일이었다. 릴라는 심장이 터질 것 같았다. 모든 것이 빠른 속도로 움직이기 시작했다. 릴라는 돌멩이를 다부지게 집어 들어 있는 힘을 다해 지노의 가슴을 내리쳤다. 시간이 멈춘 것처럼 그 순간이 길게 느껴졌다. 릴라가 지노에게 떠밀려 가로등에 몸이 부딪히고 에도가 바닥에서 일어나려고 버둥거리는 동안 또 다른 자동차가 도착했다. 릴라는 그 차를 바로 알아보았다. 파스콸레의 고물차였다. 릴라는 생각했다.

'아르만도는 내 말을 알아들었을 거야. 나디아도 마찬가지고. 교육을 받은 사람들이니까. 그런데 파스콸레는 참지 못하고 전쟁을 치를 작정으로 여기까지 온 거야.'

파스콸레를 포함해 장정 다섯 명이 차에서 내렸다. 공사장에서 일하는 인부들이었다. 이들은 울퉁불퉁한 곤봉으로 파시스트들을 맹렬하지만 절도 있게 내리치기 시작했다. 흥분한 것 같지도 않았다.

단 한 번씩 정확하게 가격함으로써 파시스트들을 한 명씩 쓰러뜨렸다.

릴라는 파스콸레가 지노를 노리고 있다는 사실을 곧바로 알아챘다. 마침 지노와 몇 걸음 떨어지지 않은 곳에 있던 릴라는 두 손으로 지노의 팔을 붙잡고 그를 향해 웃으며 말했다.

"어서 도망가는 게 좋을 거야. 그렇지 않으면 목숨을 부지하기 힘들걸?"

하지만 지노는 도망가지 않았다. 도리어 릴라를 밀쳐내고 파스콸레를 향해 몸을 날렸다. 그 틈을 타 릴라는 에도를 일으켜 세우려고 했다. 에도를 공장 뜰 쪽으로 잡아끌었지만 힘에 부쳤다. 가뜩이나 무거운데 피를 흘리면서도 쉴 새 없이 몸을 비틀며 욕설까지 퍼부어 댔다. 그는 파스콸레가 방망이로 지노를 내리쳐 쓰러뜨리는 모습을 보고서야 진정했다.

주변은 온통 아수라장이었다. 길가에 버려져 있던 오래된 물건의 잔해들이 총알처럼 사방으로 날아다녔다. 사람들은 침을 뱉었고 욕설도 난무했다. 파스콸레는 기절한 지노를 내버려두고 시멘트가 묻은 헐렁한 푸른색 바지에 러닝셔츠만 걸친 다른 사내와 공장 뜰 안으로 뛰어 들어갔다. 그리고 수위실에 방망이질을 퍼붓기 시작했다. 필리포는 수위실 문을 잠그고 그 안에서 공포에 떨고 있었다. 파스콸레와 그의 동료는 유리를 깨부수며 욕설을 내뱉었다. 그때 경찰차 사이렌 소리가 들려왔다. 릴라는 불안함 속에서도 또 한 번 폭력의 쾌감을 경험했다.

'그래. 나를 겁주려는 사람한테는 겁을 주어야 해. 다른 방법은 없어. 폭력은 폭력으로 맞서는 수밖에. 내 것을 빼앗기면 어떻게 해서든 다시 빼앗아야지. 당한 만큼 고스란히 되갚아주어야 해.'

경찰차의 사이렌 소리에 파스콸레와 그의 일행이 다시 차에 오르고 파시스트 일당도 지노를 부축해 차에 타는 동안 릴라는 심장이 태엽을 너무 꽉 감은 장난감이 된 것 같아 덜컥 겁이 났다. 어디라도 좋으니 당장 앉을 곳을 찾아야겠다고 생각했다. 공장 복도에 들어서자마자 릴라는 무너져 내렸다. 릴라는 벽에 몸을 기대고 진정하려 했다. 고기를 뼈에서 발라내는 작업장에서 일하는 거대한 몸집의 40대 여성 테레사가 에도를 돌봐주었다. 테레사는 피범벅이 된 에도의 얼굴을 닦아주며 릴라를 놀렸다.

"전에는 에도 귀를 뜯어내다시피 하더니 이제 와서 도와준 거야? 그냥 밖에 내버려뒀어야지."

"그가 나를 도와줘서 나도 도와준 것뿐이야."

테레사는 믿을 수 없다는 듯 에도를 바라보았다.

"당신이 저 여자를 도와줬다고?"

에도가 중얼거렸다.

"저 년 낯짝을 앰한 놈이 박살내는 꼴을 두고 볼 수 없었어. 박살을 내도 내 손으로 내고 싶었다고."

테레사가 말했다.

"필리포 자식 꼬락서니를 봤어? 바지에 오줌이라도 지릴 것 같던데."

"그래도 싸지."

에도가 중얼거렸다.

"수위실만 망가진 걸로 끝난 게 안타까울 정도야."

테레사는 릴라를 향해 심술궂게 물었다.

"저 공산당들은 네가 부른 거야? 사실대로 말해봐."

'이 여자는 그저 농담을 하는 걸까 아니면 조금 있다가 사장에게

쪼르르 달려가 내 말을 일러바칠 스파이일까?'

릴라는 생각했다.

"아니."

릴라가 대답했다.

"하지만 파시스트 자식들을 부른 게 누군지는 알지."

"누군데?"

"브루노 소카보."

40

파스콸레는 저녁이 되어서야 모습을 나타냈다. 그는 저녁식사 후에 우울한 얼굴로 릴라의 집에 찾아와 엔초에게 산 조반니 아 테두초에서 열리는 모임에 참석하러 가자고 했다. 잠깐 파스콸레와 단둘이 남았을 때 릴라가 말했다.

"오늘 아침에 크게 한 건 했더라?"

"필요한 일을 했을 뿐이야."

"네 친구들도 동의했어?"

"내 친구들이라니?"

"나디아와 그 애 오빠 말이야."

"당연하지."

"하지만 그 사람들은 집에 틀어박혀 꼼짝하지 않았잖아."

파스콸레가 툴툴거렸다.

"그 사람들이 집 안에서 꼼짝하지 않았다고 누가 그래?"

파스콸레는 기분이 좋지 않아 보였다. 기운이 다 빠진 것 같았다. 과격한 폭력 행위 때문인지 의욕이 싹 사라진 것 같았다. 게다가 그날따라 파스콸레는 평상시와는 달리 엔초한테만 모임에 함께 가자고 했다. 보통은 시간이 늦거나 날이 추워 릴라가 젠나로를 데리고 외출할 수 없는 상황에도 파스콸레는 항상 릴라에게 같이 가자고 권했다. 그래서 릴라는 남자들끼리 또 다른 전쟁을 치르러 가는 거라고 생각했다.

아니면 파스콸레가 자기에게 화가 나서 그러는 것일지도 모른다고 생각했다. 자기가 투쟁에 참여하기를 거부하는 바람에 나디아와 아르만도 앞에서 체면을 구겼을 테니까. 게다가 그날 아침 그의 원정에 대해 비난조로 말해서 분명 짜증이 났을 것이다.

릴라는 생각했다.

'자기가 지노를 그렇게 두들겨 팬 이유를 내가 몰라준다고 생각하는 거야. 왜 수위를 혼쭐내주려고 했는지 내가 몰라준다고 생각하는 거야. 착하든 못됐든 사내란 뭘 하든 다들 자기를 무슨 용을 죽인 성 조르주*라도 되는 것처럼 제단에 모시고 떠받들어주기를 바란다니까. 파스콸레는 내가 배은망덕하다고 생각하는 거야. 내가 당한 수모를 되갚아주기 위해 그 난리를 피웠으니 적어도 내가 자기한테 고맙다는 말 한마디 정도는 해주기를 원하는 거야.'

파스콸레와 엔초가 집을 나서자 릴라는 침대에 누워 파스콸레가 예전에 준 회사와 노조에 대한 팸플릿을 늦은 밤까지 읽었다. 팸플릿을 읽는 동안에는 무료한 일상일망정 현실감을 유지할 수 있었다.

릴라는 집 안에 흐르는 정적이 두려웠다. 졸음이 오는 것도 두려웠고 좀처럼 말을 듣지 않고 두근거리는 심장도 두려웠다. 형상들이 나타나 눈앞에서 흉측하게 일그러질 것만 같아 두려웠다. 매우

* 조르주 기사가 용에게 제물로 바쳐질 공주를 용과 싸워 구했다는 중세 전설의 주인공.

피곤했지만 릴라는 한참 동안 책을 읽었다. 언제나처럼 자기도 모르게 놀라운 집중력을 발휘해 짧은 시간에 많은 것을 알게 되었다. 릴라는 안정을 찾기 위해서 엔초가 돌아올 때까지 기다려보려고 했다. 하지만 엔초는 좀처럼 돌아오지 않았고 릴라는 젠나로의 고른 숨소리에 최면에 걸린 듯 잠이 들었다.

다음 날 아침 에도와 릴라와 같은 작업장에서 일하는 테레사는 릴라의 주변을 맴돌면서 수줍은 태도로 릴라에게 짐짓 다정하게 굴었다. 릴라는 릴라대로 이들을 굳이 밀어내지 않았을 뿐 아니라 다른 동료들에게도 상냥하게 대했다. 릴라는 투덜거리는 사람들에게 맞장구를 쳐주었고 화를 내는 사람들에게는 이해한다는 듯한 태도를 보였다. 또 사장의 횡포에 욕설을 퍼붓는 사람들에게는 동의를 표했다. 릴라는 그런 식으로 개개인의 불만을 이끌어내 현란한 말솜씨로 다양한 불만을 하나로 연결했다.

그 후 며칠 동안 릴라는 누구보다도 에도와 테레사를 중심으로 모인 소수의 무리가 마음껏 의견을 표출할 수 있도록 해주었다. 덕분에 점심시간마다 비밀집회가 열렸다. 릴라에게는 마음만 먹으면 직접 앞으로 나서지 않고도 다른 사람들의 입을 통해 여론을 형성할 수 있는 능력이 있었다. 그러다보니 릴라 주위에는 어느새 많은 사람이 몰려들었다. 이들은 자신들이 지금껏 입에 달고 살던 불평불만이 시급하게 해결해야 할 정당한 문제들이라는 이야기를 듣고 기뻐했다. 릴라는 고깃살을 제거하는 작업장과 고기 저장고와 고기를 거대한 물통에 담그는 작업장에서 일하는 사람들의 요구사항을 규합했다.

그러는 동안 어느 한 작업장의 문제점이 다른 작업장의 문제로 이어지며 결국 모든 문제가 궁극적으로는 거대한 착취 구조를 완성하고 있다는 사실을 깨닫고 릴라 스스로도 놀랐다. 릴라는 열악한 근무환경 때문에 발생한 모든 상해를 꼼꼼히 열거했다. 주로 손과 뼈와 폐에 손상을 입은 사람들이 많았다. 공장의 전체적인 근무환경이 조악하기 이를 데 없고 제품의 위생상태도 열악하기 짝이 없다는 사실을 입증하기 위한 증거도 충분히 모았다. 그들은 생산지도 명확하지 않고 상태도 좋지 않은 재료를 사용해야 할 때가 많았다.

릴라는 파스콸레와 만나 짧은 기간에 자신이 한 일을 말했다. 그때까지 심난한 표정으로 일관하던 파스콸레는 놀라서 입을 다물지 못했다. 얼굴빛이 환해졌다.

"난 네가 해낼 거라고 믿었어."

파스콸레는 지역 노조의 서기관 카포네라는 사람과 약속을 잡았다.

릴라는 예쁜 글씨로 자기가 쓴 글을 그대로 베껴서 카포네에게 내밀었다. 카포네는 그 글을 잘 살펴보더니 파스콸레가 그랬던 것처럼 기쁨을 감추지 못했다. 카포네가 릴라에게 한 말은 대략 이렇다.

"동지, 대체 어디 숨어 있다 지금에야 나타난 거요? 정말 대단한 일을 해냈소. 훌륭하오. 그렇게 애를 써도 아직 소카보 공장에는 들어가지 못했었는데. 거기서 일하는 사람들은 모조리 파시스트들이거든. 하지만 이제 동지가 있으니 모든 것이 달라질 거요."

"그럼 이제 어떻게 움직여야 하죠?"

릴라가 물었다.

"우선 위원회를 만드시오."

"위원회는 이미 만들어진 거나 마찬가지예요."

"아주 좋소. 그러면 여기 이 목록에 순서를 매겨 보시오."

"순서를 매기다니요?"

카포네가 파스콸레를 바라보았지만 그는 아무 말도 하지 않았다.

"당신들은 너무 많은 것을 한꺼번에 요구하고 있소. 어떤 요구 사항은 다른 곳에서는 한 번도 언급되지 않은 내용이오. 우선순위를 정해야 하오."

"우리 공장에서는 모든 것이 우선순위예요."

"알고 있소. 하지만 이것은 전략 문제요. 모든 것을 한꺼번에 얻어내려고 한다면 실패할 확률이 커요."

릴라는 눈을 실처럼 가늘게 떴다. 둘은 잠시 언쟁을 벌였다. 서기관 카포네와 이야기하다보니 위원회 구성원은 사장과 직접 협상할 수 없다는 사실도 밝혀졌다. 노조의 중재가 필요하다는 것이었다.

"하지만 저도 노조원이잖아요."

릴라가 발끈했다.

"물론 그렇지만 모든 일에는 적합한 방법과 시기가 있는 법이오."

둘은 다시 언쟁을 벌였다. 카포네가 말했다.

"우선은 내부적으로 논의를 시작해보도록 해요. 교대 문제라든가 휴가나 추가수당 문제로 말이오. 그러면 일이 자연스럽게 진행될 거요. 어찌됐든 동지 같은 사람이 있어서 정말 기쁘다오. 흔치 않은 일이거든. 우리 함께 잘 해봅시다. 식품 부문에 큰 발전을 이루어낼 수 있을 겁니다. 당신처럼 열성을 다하는 여성 동지를 찾기가 쉽지 않아요."

카포네는 이렇게 대화를 마무리하면서 바지 뒷주머니에서 지갑을 꺼내들고 릴라에게 물었다.

"혹시 비용을 위해 돈이 필요하오?"

"비용이라뇨?"

"팸플릿 제작비며 종잇값이며 이 모든 일을 하는 데 동지가 허비하는 시간에 대한 비용 말이오."

"됐어요."

카포네는 지갑을 주머니에 집어넣었다.

"절대로 용기를 잃고 사라지면 안 돼요, 리나. 우리 계속 연락합시다. 지금 당장 동지의 이름을 적어놔야겠소. 노조에 당신 이야기를 하고 싶어요. 당신을 충분히 활용해야 하니 말이오."

릴라는 불만이 가득 차 자리를 떴다.

"저 사람은 대체 뭐하는 사람이야?"

릴라가 파스콸레에게 쏘아붙였다. 파스콸레는 릴라를 진정시키며 카포네는 훌륭한 사람이라고 했다. 그의 말이 옳다며 전략과 전술이 필요하다는 사실을 이해해야 한다고 했다. 갑자기 파스콸레는 기뻐서 어쩔 줄을 몰라 했다. 감동해서 릴라를 껴안으려고 하다가 생각을 바꾸고 말했다.

"네 뜻대로 해, 리나. 절차 따위 엿이나 먹으라지. 나는 위원회 측에 알리도록 할게."

릴라는 기존 목록에서 우선적으로 요구해야 할 사항을 따로 고르지 않았다. 초고가 너무 길었기에 종이 한 장에 내용을 빽빽이 요약했을 뿐이었다. 릴라는 그렇게 준비한 종이를 에도에게 내밀었다. 회사 조직, 작업 속도, 전반적인 공장 환경 실태, 제품의 품질, 지속적으로 부상을 당하거나 병들 수밖에 없는 위험에 노출된 노동자들의 상황, 쥐꼬리만 한 급여와 임금 인상 문제 등에 관한 요구 사항이 나열된 목록이었다. 상황이 여기까지 진척되자 그들 중 누가 브루노에게 그 목록을 제출하러 갈지 결정해야 했다.

"당신이 가봐."

릴라가 에도에게 말했다.

"나는 쉽게 흥분하는 성격인데."

"그게 더 좋을 수도 있지."

"나는 적합한 사람이 아니야."

"내가 보기엔 아주 적합한 것 같은데."

"아니, 네가 가봐. 너는 노조에 가입까지 했잖아. 게다가 말도 조리 있게 잘하고. 너라면 브루노도 설득할 수 있을 거야."

41

릴라는 처음부터 자기가 브루노와 담판 짓게 될 것을 알고 있었다. 릴라는 잠시 생각을 정리할 시간을 가진 후 젠나로를 이웃집에 맡기고 파스콸레와 함께 트리부날리 가에서 열리는 위원회 모임에 갔다. 소카보 햄 공장 문제도 그날 모임을 소집한 이유 중 하나라고 했다. 모임에 참석한 사람은 모두 12명이었다. 이 중에는 나디아, 아르만도, 이사벨라와 파스콸레도 있었다. 릴라는 먼저 카포네에게 보여주었던 목록의 사본을 돌렸다. 초고에는 모든 요구사항이 더 상세히 서술되어 있었다. 나디아는 주의 깊게 글을 읽었다. 글을 다 읽은 후 나디아가 말했다.

"파스콸레가 옳았어요. 당신은 물러날 줄 모르는 사람이군요. 짧은 시간 안에 정말 놀라운 일을 해냈어요."

나디아는 글에서 다룬 정치 및 노조 문제 관련 내용뿐 아니라 문체에 대해서도 칭찬을 아끼지 않았다. 진심으로 감동한 것 같은 말투였다.

"정말 글을 잘 쓰는군요. 이런 주제를 이런 식으로 다룬 사람은 당신이 처음이에요."

말은 그렇게 하면서도 나디아는 릴라에게 브루노와 바로 담판을 지으려는 생각은 버리는 것이 좋다고 조언했다. 아르만도도 마찬가지였다.

"조금 더 세력을 키우고 조직이 강해질 때까지 기다려야 해요."

아르만도가 말했다.

"분위기가 무르익을 때까지 기다려야 해요. 이제 소카보의 작은 공장 안으로 한 발짝 들어섰고 그것만으로도 대단한 성과를 이룬 거예요. 경솔하게 움직여서 괜스레 일을 그르칠 수는 없죠."

다리오가 물었다.

"그럼 어떻게 해야 하죠?"

이 질문에 나디아는 다리오가 아닌 릴라를 바라보며 대답했다.

"사내 모임을 확장시켜보죠. 최대한 빨리 동료들과 함께 우리와 만나도록 해요. 조직을 더 공고히 하고 필요하다면 지금 우리에게 보여준 자료를 토대로 다른 팸플릿을 만들어보죠."

릴라는 참석자들이 갑자기 조심스러운 태도를 보이자 알 수 없는 만족감을 강하게 느꼈다. 왠지 시비를 걸고 싶어졌다. 릴라는 코웃음을 치며 말했다.

"당신네들은 내가 고작 당신네들 모임을 확장시키고 팸플릿이나 찍어내려고 내 일자리를 걸고 죽을 고생을 하고 다니는 줄 알아요?"

하지만 그들에게 한 방 먹였다는 쾌감을 즐기기도 전에 갑자기 릴라의 눈앞에 있던 나디아의 모습이 창틀이 느슨해진 창문의 유리처럼 바르르 떨리더니 와르르 쏟아져 내렸다. 뚜렷한 이유 없이 목이 메어왔다. 눈 깜빡임 같은 소소한 움직임을 포함해 회의장에 있던 모든 사람의 일거수일투족이 빨라지기 시작했다. 릴라는 두 눈을 감고 삐걱거리는 의자 등받이에 기댔다. 숨이 막히는 듯했다.

"무슨 일이죠?"

아르만도가 물었다.

파스콸레가 동요했다.

"너무 지친 거예요."

파스콸레가 말했다.

"왜 그래, 리나. 물 한 잔 줄까?"

다리오가 물을 가지러 달려가는 동안 아르만도는 릴라의 맥을 짚었고 파스콸레는 불안해하며 릴라에게 채근하듯 물었다.

"기분이 어때? 팔다리를 쭉 펴고 호흡을 해봐."

릴라는 괜찮다고 중얼거리면서 아르만도가 맥을 짚고 있는 자신의 손을 홱 잡아 뺐다. 자기를 잠시만 내버려두라고 했다.

다리오가 물컵을 가지고 돌아오자 겨우 목을 축이더니 독감 기운이 조금 있을 뿐 별일 아니라고 했다.

"열이 있나요?"

아르만도가 조용히 물었다.

"오늘은 없어요."

"감기나 호흡 곤란은?"

"조금은요. 심장이 목에서 뛰는 것 같아요."

"지금은 좀 괜찮아졌어요?"

"네."

"이쪽으로 와봐요."

릴라는 내키지 않았다. 그렇다고 아르만도의 말을 따르지 않기에는 불안한 마음이 너무 컸다. 릴라는 힘겹게 몸을 일으켜 아르만도의 뒤를 따랐다. 그러는 동안 아르만도는 벌써 금장 버클이 달린 검은색 가죽가방을 챙겨 들었다. 둘은 그때까지 릴라가 한 번도 보지 못했던 방으로 들어갔다. 공기가 서늘한 커다란 방 안에는 언뜻 보기에도 지저분한 낡은 매트리스가 깔린 간이침대 세 개와 흐릿한 거울이 달린 옷장과 서랍장이 있었다.

릴라는 너무 지쳐서 침대에 걸터앉았다. 임신했을 때 이후로 한 번도 진료를 받은 적이 없었다. 아르만도가 증상을 물어도 거의 대답하지 않았다. 가슴이 무겁다는 말을 하기는 했지만 그마저도 별것 아니라고 했다.

아르만도는 정적이 흐르는 가운데 릴라를 진찰했다. 릴라는 그 정적을 견딜 수 없었다. 냉혹한 정적이었다. 릴라는 저 냉정하고 깔끔한 남자는 자기에게 질문을 던지면서도 정작 자기의 대답은 전혀 믿지 않는다고 생각했다.

아르만도는 믿을 수 있는 것은 릴라의 몸밖에 없다는 태도로 의료도구와 자신의 실력을 총동원해 릴라를 진료했다. 아르만도는 릴라의 가슴에 청진기를 대기도 하고 몸을 만지기도 하면서 릴라를 진찰했다. 그러면서도 릴라의 가슴과 배와 목에 무슨 일이 일어나고 있는지에 대한 결정적인 말을 아꼈다. 릴라는 지금껏 너무나 익숙했던 자기 몸의 일부분이 지금 이 순간만큼은 미지의 영역처럼 낯설게 느껴졌다. 진료를 마친 아르만도가 릴라에게 물었다.

"잠은 푹 자나요?"

"그럼요."

"수면 시간이 얼마나 되죠?"

"상황에 따라 달라요."

"상황이라면?"

"머릿속이 얼마나 복잡하냐에 따라서 다르죠."

"식사량은 충분한가요?"

"먹고 싶을 때는 잘 먹어요."

"호흡하기가 힘들 때가 있나요?"

"아니요."

"가슴 통증은요?"

"가슴이 조금 무겁기는 하지만 심각하지는 않아요."

"식은땀은요?"

"안 흘려요."

"기절한 경험이 있나요? 아니면 기절할 것 같은 느낌이라도."

"아뇨."

"규칙적인가요?"

"뭐가요?"

"생리 말이에요."

"아뇨."

"마지막으로 생리한 것은 언제죠?"

"모르겠어요."

"생리 기간을 따로 체크하지 않나요?"

"그래야 하나요?"

"그러는 게 좋아요. 피임을 하고 있나요?"

"무슨 뜻이죠?"

"콘돔이나 코일 같은 것 말이에요. 경구용 피임약도 있고."

"피임약이라고요?"

"신약이에요. 피임약을 복용하면 임신을 피할 수 있죠."

"정말요?"

"그럼요. 남편은 콘돔을 사용하지 않나요?"

"난 남편이 없어요."

"당신을 떠난 건가요?"

"아뇨, 내가 그를 떠난 거죠."

"함께 있을 때는 콘돔을 사용했나요?"

"나는 콘돔이 어떻게 생겨먹었는지도 몰라요."

"정기적으로 성생활을 하고 있나요?"

"대체 왜 이런 이야기를 해야 하는 거죠?"

"원하지 않으면 그만할게요."

"그래요. 그만하죠."

아르만도는 의료도구를 가방에 집어넣은 다음 반쯤 내려앉은 의자에 걸터앉아 한숨을 내쉬었다.

"조금 쉬어야 해요, 리나. 몸을 너무 혹사시켰어요."

"무슨 뜻이죠?"

"영양부족에다 정서불안이에요. 자신을 너무 돌보지 않았어요."

"그리고요?"

"가래가 조금 있으니 시럽을 줄게요."

"그리고요?"

"몇 가지 검사를 더 받아봐야 해요. 간이 조금 부은 것 같아요."

"검사받을 시간이 어디 있어요. 약이나 처방해주세요."

아르만도는 불만스러운 표정으로 고개를 가로저었다.

"이봐요."

아르만도가 말했다.

"당신에게는 말을 빙빙 돌릴 필요가 없을 것 같군요. 심잡음 증상이 있어요."

"그게 뭔데요?"

"일종의 심장병인데 악성일 확률도 배제할 수 없어요."

릴라는 불안한 마음에 얼굴을 찌푸렸다.

"그게 무슨 의미죠? 죽는다는 건가요?"

아르만도는 미소를 지어보였다.

"아니요. 심장전문의에게 가서 검사만 받으면 돼요. 내일 병원에 오면 유능한 심장전문의를 소개해줄게요."

릴라는 다시 이마를 찌푸리더니 벌떡 일어나 아르만도에게 차갑게 쏘아붙였다.

"내일은 바빠요. 사장을 만나야죠."

42

릴라는 걱정스러워하는 파스콸레의 말투에 넌덜머리가 났다. 차로 릴라를 바래다주는 길에 파스콸레가 물었다.

"아르만도가 뭐래? 지금은 좀 어때?"

"난 괜찮아. 조금 잘 먹어야 한다고 했어."

"그것 봐. 내가 평소에 몸을 잘 돌보라고 했잖아."

릴라는 분통을 터뜨렸다.

"파스콸레! 너는 내 아버지도 오빠도 아니야! 넌 내게 아무도 아니라고! 그러니 나를 좀 내버려둬. 내 말 알아들었어?"

"나는 걱정도 못 해?"

"그래. 그리고 엔초 앞에서는 말도 행동도 조심해줘. 엔초에게 내가 몸이 안 좋다는 말을 하면 친구고 뭐고 다시는 널 보지 않을 테니 그렇게 알아. 사실 난 아프지 않아. 아까는 살짝 현기증이 났을 뿐이라고."

"한 이틀이라도 병가를 내. 브루노 소카보를 찾아갈 생각은 하지 말고. 카포네도 위원회 사람들도 모두 말렸잖아. 정치적으로 가장 적합한 시기를 기다려야지."

"그 따윈 엿이나 먹으라지. 너희들 때문에 곤란에 빠졌으니 이제는 내 마음대로 할 거야."

릴라가 파스콸레에게 끝까지 집에 들어오라고 하지 않자 파스콸레는 화가 난 채 돌아갔다. 집에 도착한 후 릴라는 젠나로와 한참을 놀아준 다음 저녁식사를 준비하고 엔초를 기다렸다.

하지만 엔초가 늦자 젠나로에게 저녁을 먼저 먹였다. 엔초가 여자를 만나느라 밤늦게까지 돌아오지 않는 그런 날인 것 같아 두려웠다. 그 와중에 젠나로가 물이 가득 든 컵을 엎지르자 이때까지 다정했던 태도를 버리고 젠나로가 다 큰 어른인 것처럼 사투리로 야단을 쳤다.

"도무지 잠시도 가만히 있지 않는구나. 빰이라도 맞아야 정신을 차리겠니? 대체 왜 이렇게 나를 힘들게 하는 거야?"

때마침 엔초가 돌아왔고 릴라는 그를 상냥하게 대하려고 애썼다. 둘은 함께 식사를 했지만 릴라는 음식을 삼키기가 힘들었다. 음식물이 가슴을 긁어내리는 것 같았다. 젠나로가 잠들자 둘은 곧 공부를 시작했다. 하지만 그날따라 엔초는 빨리 지쳤다. 몇 번이고 조심스레 잠자리에 들고 싶다는 기색을 릴라에게 내비쳤지만 소용없는 일이었다. 릴라는 늦게까지 엔초를 놓아주지 않았다. 혼자 방에 들어가면 아르만도에게 끝까지 숨겼던 증상이 다시 나타날까봐 두려웠던 것이다. 어둠 속에 홀로 남겨지면 그 모든 증상이 한꺼번에 나타나 목숨을 앗아갈까봐 두려웠다. 엔초가 조용히 릴라에게 물었다.

"왜 그러는 건지 말해줄래?"

"아무 일도 아니야."

"요즘 들어 파스콸레와 정신없이 나다니고 있잖아. 대체 무슨 일인데? 무슨 비밀이 있는 거야?"

"노조 일이야. 파스콸레 때문에 노조에 가입했고 그래서 해야 할 일이 생겼어."

엔초가 실망한 표정을 짓자 릴라가 물었다.

"왜 그래?"

"파스콸레에게 네가 공장에서 하고 있는 일에 대해 들었어. 파스콸레에게도 하고 위원회 측에도 한 말을 왜 나한테는 하지 않은 거야?"

릴라는 신경이 곤두서서 자리에서 일어나 화장실로 갔다. 파스콸레는 결국 참지 못한 것이다. 대체 엔초에게 어디까지 이야기를 한 걸까. 소카보 공장에 심으려는 노조 조직에 대한 이야기만 한 걸까 아니면 지노 이야기와 그날 위원회에서 릴라가 아팠던 이야기까지 한 것일까. 그새 입방정을 떨다니. 사내들의 우정은 여자들의 우정과는 다르다. 어디에도 적혀 있지는 않지만 그들 사이에는 결코 침범할 수 없는 불문율이 있다.

릴라는 물을 내리고 엔초에게 돌아와 입을 열었다.

"파스콸레는 스파이야."

"파스콸레는 내 친구야. 그러는 너는 내게 뭔데?"

릴라는 엔초의 말투에 마음이 아팠다. 갑작스레 마음이 무너져 내리는 것 같았다. 두 눈에 눈물이 가득 차올랐다. 약한 모습을 보이는 것이 창피해 애써 참아보려 했지만 소용없었다.

"더 이상 너를 곤란하게 하고 싶지 않아."

릴라는 흐느끼면서 말했다.

"네가 나를 내쫓을까봐 두려워."

릴라는 코를 풀고 속삭였다.

"같이 자도 돼?"

엔초는 믿을 수 없다는 듯한 눈초리로 릴라를 바라보았다.

"자다니, 어떻게?"

"네가 원하는 대로."

"너도 원하는 거야?"

릴라는 식탁 한가운데 놓인 물병에 시선을 고정시킨 채 중얼거렸다. 닭 머리가 달린 우스꽝스러운 물병이었는데 젠나로는 그 물병을 아주 좋아했다.

"네 곁에 머무를 수만 있게 해준다면 나는 다 좋아."

엔초는 불만스러운 듯 고개를 내저었다.

"넌 나를 원치 않는구나."

"아니야! 너를 원해. 단지 욕구가 생기지 않을 뿐이야."

"나에 대한 욕구가 없다는 거야?"

"무슨 말이야. 너를 너무나 사랑해. 매일 저녁 네가 나를 불러주기를 기다려. 네가 나를 안아주기를 기다려. 단지 그 이상을 원치 않을 뿐이야."

엔초의 얼굴이 창백해졌다. 잘생긴 얼굴이 참기 힘든 고통에 일그러졌다.

"내가 혐오스럽구나."

엔초가 말했다.

"아냐. 절대 아니야. 네가 원하는 대로 하자. 지금 당장. 나는 준비됐어."

엔초는 서글픈 미소를 지었다. 잠시 침묵이 흘렀다. 엔초는 릴라가 불안해하는 것을 차마 보지 못하고 나지막이 말했다.

"그만 자자."

"따로 따로?"

"아니, 내 침대로 와."

릴라는 안도하며 옷을 갈아입었다. 잠옷을 입고 추위에 몸을 떨며 엔초에게 갔다. 엔초는 이미 침대에 누워 있었다.

"여기에 누울까?"

"그래."

릴라는 미끄러지듯 이불 속으로 들어갔다. 엔초의 어깨에 머리를 기대고 한쪽 팔을 가슴에 올렸다. 엔초는 꼼짝도 하지 않았다. 릴라는 그의 몸이 뜨겁게 달아오르는 것을 느꼈다.

"발이 얼음장 같아."

릴라가 속삭였다.

"네 발 옆에 가까이 둬도 될까?"

"그럼."

"쓰다듬어 줄까?"

"아니, 가만히 내버려둬."

릴라의 몸에서 조금씩 냉기가 가셨다. 가슴의 고통도 사라져갔다. 목이 메지도 않았다. 릴라는 따스한 온기 속에 몸을 내맡겼다.

"그만 자도 될까?"

릴라는 피곤해서 정신이 혼미할 지경이었다.

"어서 자."

43

새벽녘에 릴라는 흠칫 놀라 잠에서 깼다. 그녀의 몸이 저절로 기상 시간을 기억한 것이다. 잠에서 깨자마자 온갖 근심이 물밀 듯 릴라를 덮쳤다. 병든 심장, 나이가 들수록 오히려 퇴보하는 것 같은 젠나로의 발달 상태, 동네에서 공장까지 쳐들어온 파시스트들, 뭐든 다 아는 척 나대는 나디아, 도무지 신뢰할 수 없는 파스콸레, 브루노에게 제출할 요구 사항을 적어놓은 목록까지 모든 골칫거리가 하나같이 생생하게 기억났다. 시간이 한참 지난 후에야 릴라는 자신이 엔초와 함께 잠들었다는 사실을 기억했다. 하지만 엔초는 이미 그 자리에 없었다. 급히 일어났지만 현관문 닫히는 소리만 들렸다.

'내가 잠들자마자 엔초는 침대에서 일어난 걸까. 밤새 한숨도 자지 않은 걸까. 내 방에서 젠나로와 잔 건가. 아니면 욕구를 묻어두고 나와 함께 잠든 걸까.'

확실한 것은 엔초가 홀로 식사를 한 다음 릴라와 젠나로를 위해 아침을 준비해두었다는 사실이다. 그는 머릿속이 복잡한 상태로 한마디 말도 없이 출근길에 나섰다.

릴라도 젠나로를 이웃에 맡긴 다음 공장으로 달려가야 했다.

"결정한 거야?"

에도가 퉁명스레 물었다.

"결정은 내가 하고 싶을 때 해."

릴라가 다시 예전처럼 쌀쌀맞게 쏘아붙였다.

"이제 위원회가 조직되었으니 우리에게도 상황을 알려줘야지."

"목록은 모두 돌려봤어?"

"응."

"다른 사람들은 뭐라고 해?"

"침묵하는 사람들은 동조하는 거야."

"아니야."

릴라가 말했다.

"침묵하는 사람들은 우리가 엿 먹어도 상관하지 않을 사람들이야."

카포네의 말이 옳았다. 나디아와 아르만도도 옳았다. 그들의 계획은 아직 취약했다. 억지로 단행하기에는 아직 무리였다. 릴라는 맹렬히 고기를 썰었다. 누구라도 걸리면 상처를 주고 싶었다. 자해라도 하고 싶은 심정이었다. 칼로 손을 찌르고 싶었다. 지금 당장 저 죽은 짐승의 고기가 아닌 살아 숨 쉬는 자신의 살덩이에 칼날을 찔러 넣고 싶었다. 고함을 지르고 싶었다. 모두에게 욕설을 퍼붓고 싶었다. 도무지 균형을 잡을 줄 모르는 자신을 자극한 대가를 그들에게 치르게 하고 싶었다.

'아, 리나 체룰로. 너는 정말 구제 불능이구나. 대체 왜 그 목록을 적은 거지? 착취당하고 싶지 않아서? 너 자신과 그곳에서 일하는 사람들의 근무 조건을 향상시키려고? 지금 투쟁을 시작하면 전 세계 프롤레타리아 승리의 행진에 합류라도 하게 될 것 같아? 이런 곳에서 일하고 있는 주제에? 저기 저 사람들을 데리고?

말도 안 되는 소리. 무엇이 되기 위한 행진인데? 앞으로도 계속 노동자의 신분을 유지하기 위해? 아침부터 저녁까지 죽어라 일만 하는 노동자의 손에 권력을 쥐어주기 위해?

말도 안 되는 소리. 쓰디쓴 노동의 노고를 감내하게 하려고 만들어낸 흰소리일 뿐이다. 끔찍한 실태를 너무나 잘 알고 있지 않나. 이 끔찍한 실태를 나아지게 한다는 것은 부질없는 짓이다. 완전히 해결하지 않으면 의미가 없다. 어린 시절부터 보아오지 않았나. 상황을 나아지게 한다는 것이 가능한 일인가? 우리는 더 나아질 수 있는 건가? 네 자신은 예전보다 나아졌어? 나디아나 이사벨라처럼 됐다고 생각해? 네 오빠가 아르만도 같은 사람이 되었어? 네 아들은 마르코처럼 되었어? 아니. 우리는 우리고 그들은 그들이야. 그런데도 너는 대체 왜 포기하지 않는 거야?

끊임없이 뭔가를 해보려는 통에 도무지 가만히 있지 못하는 머리 탓이야. 구두를 디자인하고 구두공장을 열기 위해 음모를 꾸미고 니노의 기사를 다시 쓰고 네 말대로 할 때까지 그를 몰아붙였어. 엔초와의 관계도 마찬가지야. 너는 취리히의 통신 교육 과정을 네 마음대로 이용하고 있어. 그리고 이제는 나디아가 혁명가라면 너는 그녀보다 더 뛰어난 존재라는 사실을 증명하고 싶은 거야.

맞아. 모든 악의 근원은 네 머리에 있어. 머리가 만족하지 못해 몸까지 병드는 거야. 이런 자신이 지긋지긋해. 모든 것이 넌덜머리가 나. 젠나로도 마찬가지야. 그 아이도 결국 잘 돼봤자 이런 곳에서 일하면서 고작 5리라 더 벌어보겠다고 사장 앞에서 설설 기겠지.

그렇다면? 그래, 리나 체룰로. 그렇다면 이제 책임을 지고 생각했던 바를 실행하자. 브루노 자식을 위협하는 거야. 숙성고에서 여공들을 따먹는 그 못된 버릇을 고쳐놓는 거야. 그 옛날 늑대같이 생긴 대학생에게 능력을 보여주는 거야. 이스키아 섬에서 보낸 그해 여름 브루노가 사주던 음료며 포리오 가에 있던 그의 별장, 니노와 함께 사랑을 나누었던 호사스러운 침대는 모두 여기에서 쥐어짜낸 돈에서 나온 것들이야. 몇 푼 안 되는 돈 때문에 이 더럽고 냄새나는 곳에서 일하며 흘리는 땀에서 나온 것이야.

지금 내가 뭘 자른 거지? 걸쭉한 누런 액체가 사방에 튀네. 역겨워라. 그래. 그래도 다행이야. 지구는 돌지만 돌다가 떨어지면 부서져 버릴 테니 말이야.'

점심시간이 가까워오자 릴라는 마음을 굳혔다. 릴라는 에도에게 말했다.

"가볼게."

하지만 릴라가 미처 앞치마를 벗기도 전에 사장 비서가 작업장에 나타나 릴라에게 말했다.

"소카보 사장님께서 급히 사무실에서 찾으세요."

릴라는 브루노의 스파이가 자기 계획을 일러바쳤다고 생각했다. 릴라는 작업을 멈추고 옷장에서 요구 사항을 적은 종이를 꺼내들고 계단을 올라 브루노가 있는 사무실 문을 두드린 다음 안으로 들어갔다. 브루노는 혼자가 아니었다. 미켈레 솔라라가 담배를 문 채 소파에 앉아 있었다.

44

릴라는 언젠가 미켈레가 자기 인생에 다시 등장할 것을 알고 있었다. 하지만 브루노의 사무실에 앉아 있는 미켈레의 모습은 어린 시절 어두컴컴한 집구석에서 모습을 드러내던 유령처럼 릴라를 두렵게 했다.

'대체 미켈레가 여기서 뭘 하고 있지? 어서 여기서 나가야겠어.'

릴라는 생각했다. 하지만 미켈레는 릴라를 보자 일어서서 두 팔을 활짝 벌렸다. 진심으로 감동한 것 같았다. 미켈레는 표준어로 말했다.

"리나, 널 다시 보게 되다니. 얼마나 기쁜지 몰라."

미켈레는 릴라를 껴안으려고 했다. 릴라가 혐오스러워하며 자기도 모르게 피하지만 않았다면 그는 정말 릴라를 껴안았을 것이다. 미켈레는 잠시 두 팔을 벌린 채 서 있다가 황망히 한 손으로 광대뼈와 목덜미를 쓰다듬고 한 손으로는 릴라를 가리키면서 브루노에게 말했다. 이번에는 가식적인 말투였다.

"세상에, 정말 믿을 수가 없구먼. 자네 정말로 카라치 부인을 이 햄 공장에 숨겨두고 있었던 건가?"

릴라가 브루노를 향해 퉁명스럽게 내뱉었다.

"잠시 후에 돌아올게."

"앉아."

브루노가 암울하게 말했다.

"서 있고 싶어."

"피곤할 테니 어서 앉으라니까."

릴라는 고개를 저으며 여전히 서 있었다. 미켈레가 브루노에게 이해한다는 미소를 지으며 말했다.

"원래 저런 여자니 포기해. 도무지 말을 듣지 않는다니까."

미켈레의 목소리가 전보다 강하게 느껴졌다. 발음 연습이라도 하는 것마냥 모든 단어의 끝을 힘주어 발음했다. 릴라는 힘을 아끼기 위해, 아니 어쩌면 미켈레의 말에 반박하고 싶은 마음에 생각을 바꿔 의자에 앉았다. 미켈레도 다시 자리에 앉았다. 그때부터 미켈레는 브루노의 존재를 무시하고 릴라만 바라보았다. 미켈레는 애정 어린 시선으로 릴라를 찬찬히 뜯어보더니 안타까워했다.

"손이 온통 상처투성이네. 정말 마음이 아파. 어렸을 때부터 손이 참 고왔는데."

미켈레는 릴라가 아직도 자기 직원인 것처럼 마르티리 광장의 구둣가게 소식을 들려주기 시작했다. 미켈레의 말만 들으면 업무상의 이유로 모인 자리인 것 같았다. 미켈레는 가게에 새로 선반을 놓고 조명도 달았다고 했다. 뜰 쪽으로 이어지는 화장실 문을 다시 없애버렸다는 이야기도 했다. 릴라는 그 문을 똑똑히 기억했다. 릴라는 사투리로 나지막이 미켈레에게 말했다.

"당신 가게에는 관심 없어."

"'우리' 가게지. 우리 둘이 함께 만들었잖아."

"당신과는 아무것도 함께 만들지 않았어."

미켈레는 동의하지 않는다는 표시로 온화하게 고개를 저으며 다시 한 번 미소를 지었다.

"자금을 투자한 사람은 머리와 손으로 일하는 사람과 똑같이 무엇이든 만들고 부서뜨릴 수 있는 거야. 돈만 있으면 풍경도 바꾸고 특정한 상황도 만들고 사람들의 삶까지도 좌지우지할 수 있어. 내 수표 한 장으로 얼마나 많은 사람이 행복해질 수도 있고 인생을 망칠 수도 있는지 알아?"

미켈레는 느긋하게 말을 이어나갔다. 친구들끼리 안부를 주고받는 것처럼 릴라에게 동네 소식을 전하는 것이 즐거운 것 같았다. 미켈레는 알폰소 소식부터 전했다. 알폰소는 구둣가게에서 일을 잘 하고 있고 지금은 가정을 꾸릴 만큼 돈을 많이 번다고 했다. 그런데도 좀처럼 결혼을 하지 않으려 한다고 했다. 불쌍한 마리사를 만년 여자친구 신세로 남겨두고 자기 마음대로 살고 싶어 한다는 것이었다. 미켈레는 고용주로서 직원의 안정된 삶을 위해 알폰소가 결혼하도록 용기를 북돋아주었다고 했다. 그러기 위해 알폰소의 피로연 비용까지 내주기로 했고 결국 올 6월에 알폰소는 마리사와 결혼식을 올릴 예정이라고 했다.

"이제 알겠어? 네가 계속 나를 위해 일을 해주었다면 알폰소가 아니라 네가 원하는 것은 뭐든 다 해줬을 거야. 넌 여왕처럼 살 수 있었을 텐데."

미켈레는 릴라가 대답할 틈도 없이 청동으로 만든 낡은 재떨이에 담뱃재를 털어 넣고는 자기도 6월에 결혼한다고 했다. 물론 상대는 평생 유일한 사랑 질리올라라고 했다.

"너를 초대할 수 없어서 안타까워."

미켈레는 탄식했다.

"네가 와주면 좋을 텐데. 하지만 네 남편을 곤란하게 할 수는 없잖아."

미켈레는 스테파노와 아다 부부 그리고 그들의 딸아이에 대한 이야기를 시작했다. 처음에는 스테파노 가족에 대해 좋은 이야기를 들려주더니 나중에는 스테파노의 두 가게가 예전만 못하다고 했다.

"아버지가 모아놓은 돈이 있을 때까지는 어떻게든 꾸려왔는데 지금은 사업이 거센 풍랑을 만난 격이야. 얼마 전부터는 배에 물이 들어오듯 가라앉고 있어. 얼마 버티지 못할 거야."

미켈레는 계속 말을 이어갔다.

"게다가 경쟁이 심해졌어. 여기저기에서 새로 가게를 열고 있거든. 마르첼로만 해도 이미 고인이 된 돈 카를로의 잡화점을 확장할 생각을 했어. 비누에서 전구, 모르타델라 햄에 디저트까지 모든 것을 파는 매장 말이야. 실제로 그렇게 했어. 요즘 장사가 아주 잘 돼. 가게 이름이 '만인을 위한 만물가게'야."

"그러니까 당신네 형제가 결국에는 스테파노까지 망하게 만들었다는 거네?"

"망하게 만들다니. 리나, 우리는 우리 일을 할 뿐이야. 아니, 도움이 필요한 친구들은 언제든지 기꺼이 도와준다고. 마르첼로가 상점에 누구를 고용한 줄 알아?"

"몰라."

"네 오빠 리노야."

"리노를 당신네들 점원으로 전락시킨 거야?"

"오빠를 버린 건 너야. 리노는 너희 부모님과 자기 아들을 부양해야 했어. 게다가 피누차도 있잖아. 피누차는 둘째를 임신했어. 그러니 어쩌겠어? 리노가 먼저 형에게 도움을 청했고 형은 그런 네 오빠를 도와준 것뿐이야. 기쁘지 않아?"

릴라는 차갑게 말했다.

"전혀 기쁘지 않아. 당신네들이 하는 일은 다 싫어."

미켈레는 불만스러운 표정을 짓더니 그제야 브루노의 존재를 기억했다.

"봤지? 내가 말한 대로잖아. 리나의 문제는 성격이 고약하다는 거야."

브루노는 민망한 듯 미소를 지으며 미켈레 편을 들었다.

"맞아."

"자네에게도 상처를 줬나?"

"조금."

"리나가 어렸을 때 제 몸집의 두 배가 넘는 우리 형 목에 단도를 들이댔던 것도 아나? 장난이 아니었어. 그 칼을 정말 사용할 기세였다고."

"정말이야?"

"그렇다니까. 리나는 용감해. 결단력이 있지."

릴라는 주먹을 꼭 쥐었다. 육체의 나약함이 느껴지는 것이 싫었다. 하지만 그러는 새 주변이 파도처럼 일렁였다. 주변 사람들과 사물의 형상이 팽창하고 있었다. 릴라는 미켈레가 재떨이에 담뱃불을 끄는 모습을 바라보았다. 담배꽁초를 누르는 데 지나치게 힘을 주고 있었다. 목소리만 느긋할 뿐 사실 미켈레도 불편한 것 같았다. 불편한 마음을 그런 식으로 분출하고 있는 것 같았다. 릴라는 담배꽁초를 누르는 미켈레의 손가락을 바라보았다. 손톱이 하얬다.

'언젠가 미켈레가 내게 자기 정부가 되어 달라고 했었지.'

릴라는 생각했다.

'하지만 미켈레가 진정으로 바라는 것은 그게 아니야. 더 많은 것을 원하는 거야. 성욕 이상의 무엇인가가 있어. 미켈레 자신도 설명할 수 없는 무엇인가가 말이야. 그 생각에 너무 집착한 나머지 미신이 되어버린 거야. 자신에게 필요한 어떤 특별한 힘이 내게 있다고 생각하는 것 같아. 그 힘을 원하는데 가질 수 없으니 괴로운 거야. 억지로 빼앗을 수 없는 것이니까. 그래, 아마 그 때문일 거야. 그게 아니면 벌써 나를 없애버렸겠지. 하지만 왜 하필이면 나지? 대체 내게서 뭘 본 걸까? 내 어떤 면이 필요한 걸까? 어쨌든 나는 여기 있으면 안 돼. 그의 눈에 띄는 곳에 있어서는 안 돼. 그의 말을 들어서도 안 돼. 그가 무엇을 보고 무엇을 원할지 두려워.'

릴라는 브루노에게 말했다.

"이것만 두고 그만 가볼게."

릴라는 일어서서 요구 사항이 적힌 목록을 내밀려고 했다. 시간이 지날수록 목록을 주는 것이 의미 없게 느껴졌지만 그래도 꼭 해야 할 일이었다. 릴라는 탁자 위에 놓인 재떨이 옆에 종이를 내려놓고 사무실에서 나가려다 미켈레의 목소리에 동작을 멈췄다. 이번에는 확실히 다정하고 달래는 듯한 목소리였다. 릴라가 도망치려는 것을 깨닫고 필사적으로 그녀를 유혹해 곁에 붙잡아두고 싶어 하는 것 같았다. 미켈레는 브루노에게 말했다.

"이것 봐. 정말 못됐다니까. 내 말이 아직 끝나지도 않았는데 종이 한 장을 들이밀더니 가야겠다지 않아? 그래도 좀 봐주게나. 성질이 못된 대신 다른 장점이 너무 많거든. 자네는 평범한 인부를 고용했다고 생각했겠지? 아니야. 여기 이 사모님께서는 그보다 훨씬 가치가 높아. 기회만 주면 똥을 금으로 바꿔놓을 사람이야. 이 판자촌 같은 공장을 상상할 수도 없는 수준으로 올려놓을 수 있다고. 왜인줄 알아? 리나는 다른 여자들뿐 아니라 사내들에게도 없는 머리를 가졌기 때문이야. 나는 리나가 어렸을 때부터 지켜봐서 아는데 확실해.

리나가 디자인한 구두는 아직도 나폴리뿐 아니라 다른 지역에서도 잘 팔리고 있어. 덕분에 돈을 쓸어 담고 있지. 마르티리 광장에 있는 가게를 수리할 때도 놀라운 창의력을 발휘해 가게를 키아이아 가와 포실리포와 보메로에 사는 부잣집 양반들이 애용하는 살롱처럼 만들어놓았지. 이게 다가 아니야. 아직도 할 수 있는 일이 너무 많아. 하지만 약간 미친 구석이 있어서 뭐든 제 맘대로 할 수 있다고 생각하지. 제멋대로 나타났다 사라지고 마음대로 고치고 망가뜨리지.

자네는 내가 리나를 해고했다고 생각해? 아니야. 어느 날부터 갑자기 아무렇지도 않게 가게에 나오지 않은 거야. 그렇게 사라져버린 거야. 리나는 잡았다 싶으면 도망가 버리지. 뱀장어 같다니까. 리나의 문제는 이거야. 머리가 상당히 좋은데도 할 수 있는 일과 할 수 없는 일을 구분하지 못한다는 거지. 그런데 그건 아직 진짜 남자를 못 만나서 그러는 거야. 진짜 남자라면 여자를 바로잡아야 하는 거야. 요리할 줄 모르면 배우게 하고 집이 지저분하면 청소하게 해야 해.

진짜 남자라면 여자에게 뭐든 하게 할 수 있어. 예를 들면 말이야, 내가 얼마 전에 휘파람을 불 줄 모르는 여자를 만났거든? 그런데 나와 함께 불같은 두 시간을 보낸 다음에 내가 그 여자한테 이제 휘파람을 불어보라고 하니까 글쎄 그 여자가 휘파람을 불지 뭐야. 정말 이야. 계집이란 제대로 가르칠 수 있으면 데리고 있고 그렇지 못하면 그냥 내버려두어야 해. 상처만 받게 될 테니까."

미켈레는 이 마지막 말이 절대적인 계명을 압축적으로 요약한 메시지라도 되는 것처럼 특별히 진지한 태도로 말했다. 하지만 말은 이렇게 하지만 정작 자신은 스스로가 만들어놓은 법칙을 지킬 수 없다는 사실을 깨달은 듯했다. 순간 미켈레의 표정과 목소리가 돌변했다. 릴라를 모욕하고 싶은 다급한 욕구를 느꼈던 것이다. 미켈레는 발끈하며 릴라를 향해 고개를 돌리더니 천박한 사투리로 말했다. 말을 이어갈수록 표현의 수위가 높아졌다.

"하지만 여기 이 년은 교육시키기 힘들어. 내쫓기도 쉽지 않고. 막상 생긴 것을 보면 별 볼일 없는데 말이야. 눈도 젖가슴도 엉덩이도 다 볼품없이 작은 데다 게다가 지금은 빗자루처럼 삐쩍 말랐잖아. 이런 계집을 데리고 뭘 할 수 있겠어? 물건이 제대로 서지도 않겠다. 그런데 말이야 잠시만, 아주 잠시만 바라보고 있으면 저 년과 하고 싶어서 견딜 수가 없다니까."

그 순간 릴라는 머리를 세게 얻어맞은 것 같은 충격을 느꼈다. 심장이 목에서 세차게 뛰는 정도가 아니라 머릿속에서 터져버린 것 같았다. 릴라는 미켈레 못지않은 험한 욕설을 퍼부으며 책상 위에 있는 청동으로 만든 재떨이를 집어 들고 미켈레에게 달려들었다. 담배꽁초며 담뱃재가 주변에 흩어졌다. 엄청나게 화가 난 것에 비해 릴라의 동작은 느리고 힘이 없었다.

"뭐하는 거야, 리나. 그만둬."

브루노의 목소리도 느리게 그녀를 스쳐 지나갔다. 아마도 그래서인지 미켈레는 손쉽게 릴라를 제압하고 재떨이를 빼앗았다. 미켈레는 화를 내며 말했다.

"네가 여태껏 브루노 밑에서 일한 줄 알아? 내가 여기에서 아무런 힘이 없을 줄 알았어? 아니. 여기 이 브루노 소카보 사장은 얼마 전부터 우리 어머니 장부에 이름이 올라가 있어. 마오쩌둥의 책보다 더 중요한 우리 어머니 장부에 말이야. 그러니 너도 브루노의 말을 따를 게 아니라 내 말을 따라야 해. 언제나 내 말만을 따라야 한다고. 지금까지는 하고 싶은 대로 하도록 내버려뒀지. 너랑 붙어먹은 그 빌어먹을 자식과 어디까지 도망가는지 한번 두고 보려고 했어. 하지만 지금부터는 내가 널 지켜보고 있다는 사실을 똑똑히 기억해둬. 내가 부르면 당장 달려와야 한다는 걸 기억하라고. 알아들었어?"

그제야 브루노는 신경질을 내면서 벌떡 일어나 외쳤다.

"그만둬, 도가 지나치잖아."

미켈레는 천천히 릴라의 손목을 놓아주었다. 그는 브루노를 향해 중얼거렸다. 어느새 말투는 표준어로 바뀌어 있었다.

"자네 말이 맞아. 미안하네. 하지만 여기 이 카라치 부인은 어떻게 해서든 사람 열 받게 해서 이성을 잃게 하는 데 선수라네."

릴라는 분노를 억누르고 손목을 조심스레 쓰다듬었다. 손끝으로 옷에 떨어진 담뱃재를 털어냈다. 그런 다음 요구 사항을 설명하면서 준비한 종이를 브루노에게 내밀었다. 릴라는 사무실 문 쪽으로 향하며 미켈레에게 말했다.

"그깟 휘파람 따위 나는 다섯 살 때부터 불 줄 알았어."

45

릴라가 얼굴이 하얗게 질린 채 아래층으로 돌아오자 에도가 어떻게 되었느냐고 물었다. 릴라는 대꾸하지 않고 그를 향해 비키라고 손짓하고는 화장실에 들어가 문을 닫았다. 금방이라도 브루노에게 다시 불려 나갈까봐 두려웠다. 미켈레가 지켜보는 데서 브루노와 또 한판 맞붙어야 할까봐 두려웠다. 그날따라 유난히 좋지 않은 몸 상태도 걱정스러웠다. 그런 몸 상태에 도무지 익숙해지지 않았다.

릴라는 화장실의 작은 창문으로 공장 앞뜰을 바라봤다. 훤칠한 키에 시원한 이마, 꼼꼼하게 수염을 깎은 잘생긴 미켈레가 짙은 색 바지 위에 검은색 가죽 재킷을 걸치고 공장 밖으로 걸어 나왔다. 그가 신경질적인 걸음으로 뜰을 가로질러 차를 타고 떠나는 모습을 보고 나서야 릴라는 안도의 한숨을 내쉬었다. 작업장으로 돌아온 릴라에게 에도가 다시 물었다.

"어떻게 됐어?"

"이제는 돌이킬 수 없어. 하지만 지금부터는 당신들이 알아서 해야 해."

"그게 무슨 말이야?"

릴라가 미처 대답하기도 전에 브루노의 비서가 가쁜 숨을 몰아쉬며 뛰어와 릴라에게 사장님께서 찾으신다고 전했다. 릴라는 아직 머리가 목에 붙어 있기는 하지만 벌써 잘리기라도 한 듯이 머리를 손으로 받치고 걸어가는 성녀처럼 브루노의 사무실로 향했다. 브루노는 릴라가 모습을 나타내자 윽박질렀다.

"이제 나보고 직원들 아침상까지 봐달라는 거야? 대체 이게 뭔 헛소리야, 리나? 네가 뭘 요구하고 있는 건지 알아? 거기 앉아서 이야기 좀 해봐. 어이가 없어서 정말."

릴라는 젠나로가 이해하기 싫어할 때 설명해주는 것처럼 브루노에게 자신들의 요구 사항을 하나하나 설명해주었다. 릴라는 브루노에게 자기가 준 종이에 적힌 내용을 심각하게 받아들이고 건의사항을 건설적인 방향으로 풀어나가는 게 좋을 것이라고 강조했다. 그렇지 않고 비이성적으로 행동하면 노동청에서 조사를 나올 거라고 했다. 대체 회사 사정이 어떻기에 솔라라 집안같이 위험한 사람들과 거래를 하게 된 거냐고도 물었다.

릴라의 말을 듣고만 있던 브루노가 순간 자제력을 잃었다. 그렇지 않아도 붉은 기가 있는 얼굴이 보라색으로 변하더니 두 눈에는 핏발이 섰다. 릴라를 향해 죽여버리겠다고 고함을 쳤다. 어차피 몇 명 되지도 않는 릴라의 빌어먹을 패거리에게 돈 몇 푼만 집어주면 상황이 끝날 거라고 했다. 노동청 조사과라면 자기 아버지가 워낙 오래전부터 돈을 갖다바치며 공을 들였기 때문에 조사를 나올 리가 만무하다고 고래고래 소리질렀다. 솔라라 형제가 마음먹고 나서면 릴라도 노조활동할 생각이 싹 사라지게 될 거라면서 볼멘소리로 외쳤다.

"나가! 당장 나가라고! 꺼져버려!"

릴라는 문 쪽으로 갔다. 문가에 이르러서야 걸음을 멈추고 브루노에게 말했다.

"나를 보는 것도 이게 마지막이야. 나는 오늘부로 그만둘 거야."

릴라의 말에 브루노는 정신이 번쩍 들었다. 얼굴에 긴장감이 감돌았다. 미켈레에게 릴라를 해고하지 않겠다고 약속했던 것이다. 브루노가 말했다.

"기분이 상하기라도 한 거야? 변덕을 부리고 싶은 거야? 대체 무슨 말을 그렇게 해? 이리 와. 이야기 좀 해보자고. 너를 해고할지 말지 결정하는 것은 나야. 이 나쁜 년아. 당장 이리 오지 못해?"

순간 이스키아 섬에서의 기억이 머릿속을 스쳐 지나갔다. 릴라는 나와 피누차와 같이 아침마다 니노와 포리오에 별장이 있는 예의 바르고 참을성 많은 그의 부잣집 친구가 도착하기를 기다리던 그때 그 시절을 생각했다. 릴라는 사무실을 나와 문을 닫았다. 온몸이 바들바들 떨리고 땀에 흠뻑 젖었다. 릴라는 작업장으로 돌아가지도 않고 에도와 테레사에게 인사도 하지 않은 채 그길로 필리포를 지나쳐 공장을 빠져나갔다. 필리포는 얼빠진 표정으로 릴라를 바라보다 이내 악을 썼다.

"이봐, 체룰로! 어디 가는 거야? 당장 돌아와!"

릴라는 못 들은 척 비포장도로를 다급히 지나 마리나 해변으로 가는 첫 번째 버스에 몸을 싣고 바다로 갔다. 릴라는 오랫동안 해변을 거닐었다. 차가운 바람이 불어왔다. 케이블카를 타고 보메로에 올라가 반비텔리 광장과 스카를라티 가, 치마로사 가를 거닐다 다시 케이블카를 타고 내려왔다. 한참이 지난 후에야 젠나로를 완전히 잊고 있었다는 사실을 깨달았다. 집에 도착하니 저녁 9시였다. 릴라는 불안해하며 꼬치꼬치 캐묻는 엔초와 파스콸레에게 나를 데리고 와달라고 부탁했다.

그렇게 우리는 한밤중에 산 조반니 아 테두초의 초라한 방에서 서로를 마주하게 되었다. 릴라가 나지막한 목소리로 이야기를 이어나가는 동안 젠나로는 잠이 들었고 엔초와 파스콸레는 부엌에서 하염없이 우리를 기다렸다.

나는 오래된 소설에 나오는 기사가 된 기분이었다. 빛나는 갑옷을 입고 세계 방방곡곡을 돌아다니며 수많은 업적을 이룬 후 길을 가다가 평생 한 번도 목초지를 벗어난 적이 없는 헐벗고 굶주린 목동이 놀랍도록 용맹하게 맨손으로 사나운 야수를 제압하고 길들이는 장면을 목격한 것 같았다.

46

나는 얌전히 릴라의 말을 경청하면서 그녀가 말을 하도록 내버려 두었다. 이야기를 하다 릴라가 가끔씩 갑작스러운 고통에 표정을 일그러뜨리거나 말을 멈추면 마음이 몹시 불편했다. 심한 죄책감도 들었다.

'나도 릴라 같은 일을 겪을 수 있었는데. 내가 그런 일을 당하지 않은 것은 릴라 덕분이기도 해.'

가끔은 릴라를 껴안아주고 싶기도 했다. 질문을 하거나 내 의견을 말하고 싶기도 했다. 하지만 나는 꾹 참고 릴라가 이야기를 마치는 동안 두세 번 정도만 끼어들었다.

그러나 릴라가 갈리아니 선생님과 선생님의 아이들에 대해 이야기할 때는 끼어들지 않을 수 없었다. 나는 선생님이 무슨 말을 했는지 릴라가 더 자세히 말해주기를 바랐다. 선생님이 정확하게 어떤 표현을 사용했는지 묻고 싶었다. 혹시 나디아와 아르만도의 입에서 내 이름이 나왔는지도 묻고 싶었다. 하지만 옹졸한 질문이라는 것을 깨닫고 질문하고 싶은 마음을 겨우 참았다. 사실 내게 그 정도의 호기심을 가질 수 있는 권리는 있었다. 애초에 내가 먼저 알았던 사람들이고 내가 어느 정도 중요하게 생각하는 사람들이었으니까. 하지만 나는 결국 이렇게만 말했다.

"피렌체로 떠나기 전에 갈리아니 선생님을 찾아가봐야겠어. 같이 가줄래?"

나는 덧붙였다.

"사실 이스키아 섬에서 돌아온 다음부터 선생님과의 관계가 조금 서먹해지기는 했어. 선생님은 나 때문에 니노가 나디아와 헤어졌다고 생각하셨거든."

릴라는 나를 투명인간 쳐다보듯 바라보았다. 나는 말을 이었다.

"갈리아니 집안사람들은 좋은 사람들이야. 조금 거만하기는 하지만. 어쨌든 심잡음 증상은 좀 더 알아봐야겠다."

그제야 릴라가 반응을 보였다.

"심잡음은 분명히 있어."

"그래. 그렇지만 아르만도가 심장전문의를 찾아가봐야 한다고 했잖아."

내가 말했다.

"아르만도는 심잡음이 들렸다고 했어."

릴라가 대답했다.

내가 가장 공감했던 릴라의 이야기는 릴라의 성적 경험에 대한 것이었다. 숙성고에서 일어난 일을 듣고 나는 하마터면 내 경험을 털어놓을 뻔했다.

'나도 토리노에서 늙은 학자가 나를 덮치려 했던 적이 있어. 밀라노에서는 베네수엘라 출신 화가가 만난 지 몇 시간밖에 되지 않았는데 내 방 침대 속으로 기어들어오려 했어. 내게 그의 부탁을 들어줄 의무라도 있는 것처럼 말이야.'

하지만 나는 그때도 참았다. 내 경험을 이야기하는 것이 무슨 소용이 있단 말인가. 게다가 내 경험이 정말 릴라에게 일어난 일과 비슷하다고 할 수 있을까.

이 마지막 의구심이 더욱 또렷해진 것은 릴라가 예전에 신혼 첫날밤에 겪었던 끔찍한 일을 말해주었을 때처럼 사건을 서술하는 데 그치지 않고 자기 성적 취향에 대한 이야기를 꺼냈을 때였다. 성에 대해 그런 대화를 나눈 것은 그때가 처음이었다. 우리가 태어나고 자라난 환경에서 사용하는 거친 언어는 상대방을 공격하거나 스스로를 방어하는 데는 유용했지만 은밀한 속마음을 털어놓는 데는 별 도움이 되지 않았다. 오히려 방해가 됐다. 그렇기 때문에 나는 릴라가 고향 동네에서 사용하는 잔혹한 언어로 사내와 성행위를 하면서 어린 시절 상상해왔던 즐거움은커녕 아무것도 느끼지 못했다고 했을 때, 스테파노나 니노와 관계를 맺고 나서는 성행위 자체가 성가시게 느껴진다고 했을 때, 그래서 이제는 엔초처럼 상냥한 사람과도 관계를 가질 수 없게 됐다고 했을 때 민망해하면서 그저 바닥만 바라보았다.

그뿐만이 아니었다. 릴라는 때로는 강제로, 때로는 호기심에, 때로는 열정에 이끌려 사내가 여자에게 요구할 만한 짓은 다 해봤다고 했다. 하지만 릴라는 니노의 아이를 원해 그의 아이를 임신했을 때조차도 사랑에 빠지면 응당 느낄 수 있다는 쾌락을 느낄 수 없었다고 한층 더 적나라하게 말했다.

릴라가 이토록 솔직하게 자기 마음을 고백하자 나도 가만히 있으면 안 될 것 같았다. 내가 그녀 가까이 있다는 것을 느끼게 해주고 싶었다. 릴라 못지않게 허심탄회하게 내 마음을 털어놓고 싶었다. 하지만 내 이야기를 들려주어야 한다는 생각에 마음만 점점 불편해졌다. 막상 말을 하려니 언어부터 고민이었다. 사투리를 쓰는 것은 왠지 천박하게 느껴졌다. 소설에는 나름대로 적나라한 장면을 썼으면서 막상 끈적끈적한 성경험에 대해 말하려니 표준어도 너무 고급스럽게 느껴졌다. 이런 고민에 빠져서 나는 릴라 역시 그런 고백을 하기가 쉽지 않았을 것이라는 사실을 놓치고 말았다. 나는 표현은 저급할지라도 말 한마디 한마디 뒤에 지친 표정과 떨리는 손이 감추어져 있다는 사실을 간과하고 릴라의 말을 짧게 끊고 말았다.

"나는 그렇지 않았어."

거짓말은 아니었지만 그렇다고 진실도 아니었다. 진실은 이보다 더 복잡해서 제대로 이야기를 하려면 훨씬 신중하게 표현해야 했다. 나는 안토니오와 연애하던 시절 서로의 몸을 맞비비는 것이 좋았다고, 안토니오가 내 몸을 만지는 느낌이 좋았다고 말했어야 했다. 지금도 그런 쾌락을 원한다고 말했어야 했다.

정작 남자가 내 몸에 들어왔을 때 실은 나도 실망했다고 말했어야 했다. 성행위를 하기에는 불편한 상황과 죄책감 때문에 첫 경험을 망쳐버렸다고 말했어야 했다. 들킬까봐 두려웠고 그러다보니 마음이 조급했었다고 말했어야 했다. 잘못해서 임신할까봐 두려웠다고 말했어야 했다.

나는 릴라에게 프랑코 이야기도 했어야 했다. 얼마 되지 않는 나의 성적 경험은 거의 다 프랑코와 함께했던 것이다. 프랑코는 내 몸에 들어오기 전후에 자신의 다리나 가슴에 살과 살을 맞대고 애무하게 해주었다. 그럴 때면 기분이 좋아져 삽입할 때도 쾌감을 느꼈다.

이야기를 마무리하기 전에 나는 릴라에게 이런 말도 했어야 했다.

'나는 지금 피에트로와 결혼을 앞두고 있어. 피에트로는 정말로 상냥한 사람이야. 그와 결혼하고 난 다음에는 편안한 마음으로 합법적인 부부행위를 하게 되겠지. 그렇게 되면 더 여유 있고 안정된 마음으로 성행위를 할 수 있을 거야. 그때가 되면 진정한 쾌락이 무엇인지 알 수 있게 되면 좋겠어.'

내 마음을 제대로 진솔하게 표현하려면 이 모든 이야기를 했어야 했다. 하지만 25년을 살아오면서 그토록 복잡한 주제에 대해 서로의 은밀한 속마음을 고백한 적은 한 번도 없었다. 릴라와 내가 각각 스테파노와 안토니오를 사귀던 시절 서로의 경험에 대해 살짝 언급하고 지나간 적이 있었을 뿐이었다. 그나마도 쑥스러워하면서 애매하게 암시만 하는 정도였다.

나는 릴라에게 도나토 사라토레나 프랑코에 관한 이야기를 언급한 적이 없었다. 그러다보니 순간 "나는 그렇지 않았어"라는 짧은 말로 내 느낌을 표현할 수밖에 없었고 릴라는 그 말을 '네가 정상이 아니어서 그런 거야' 정도로 받아들였을 것이다. 실제 내가 그렇게 말하자 릴라는 미심쩍은 눈초리로 나를 바라보면서 스스로를 방어하듯 말했다.

"책에 나와 있는 내용은 전혀 그렇지 않던데."

릴라도 내 책을 읽었던 것이다. 릴라의 말에 나도 덩달아 변명하듯 말했다.

"내가 대체 뭘 쓴 건지 이젠 나도 잘 모르겠어."

"지저분한 이야기를 쓴 거야."

릴라가 말했다.

"사내라면 듣고 싶어 하지 않고 여자라면 알고는 있지만 말하기 두려워하는 그런 내용 말이야. 그래놓고는 이제 와서 숨고 싶은 거야?"

릴라는 그런 식으로 말했다. 분명한 것은 릴라도 '지저분한 이야기'라는 표현을 썼다는 것이다. 그러니까 릴라도 일전에 질리올라가 그랬던 것처럼, 질리올라가 '불결하다'고 표현했던 외설적인 장면 이야기를 꺼낸 것이었다.

나는 릴라가 내 책에 대해 전체적으로 평가해주기를 기다렸지만 릴라는 그 이상 말이 없었다. 성에 대한 이야기로 화제를 되돌리기 위한 수단으로 내 책 이야기를 꺼냈을 뿐이었다. 릴라는 성행위가 성가시다는 표현을 고집스레 몇 번이나 반복했다.

"네 책에도 그런 내용이 있어. 네가 그런 이야기를 썼다는 것은 너도 그게 어떤 느낌인지 안다는 거야. 그러니 이제 와서 너는 그렇지 않았다고 해봤자 소용없어."

릴라가 외쳤다.

"그래, 아마 그럴지도 몰라. 하지만 잘 모르겠어."

내가 우물거렸다.

릴라는 괴로워하면서도 적나라하게 자신의 성적 경험을 다시 털어놓기 시작했다. 그녀는 성관계를 가지는 동안 흥분은 됐지만 만족감은 적었고 결국 혐오감만 남았을 뿐이라고 했다. 릴라의 말을 듣는 동안 나는 니노 생각이 났다. 종종 혼자서 고심했던 문제가 다시 머릿속에 떠올랐다.

릴라와 오랜 대화를 나눈 그날 밤이야말로 내가 니노와 다시 만났었다는 이야기를 할 가장 적합한 순간이 아니었을까. 니노에게는 아들이 또 생겼고 아이가 생겨도 전혀 돌보지 않는 사람이니 젠나로의 양육을 도와줄 것이라는 기대는 일찌감치 버리라고 말해줘야 하지 않을까. 릴라가 자기 속마음을 고백하는 김에 나도 밀라노에서 니노를 만났을 때 그가 릴라를 두고 섹스에도 문제가 있다는 불쾌한 말을 했다는 사실을 알려줘야 하지 않을까.

릴라가 한껏 흥분해서 털어놓는 속마음을 듣다보니, 내 책에 쓰인 '지저분한' 내용에 대한 해석을 듣다보니 궁극적으로는 니노의 말이 옳다는 생각이 들었다는 이야기도 해야 했을까. 니노가 하려고 했던 말도 지금 릴라 스스로 인정하고 있는 사실과 별반 다른 점이 없지 않은가. 니노는 결국 두 사람이 하나가 되는 그 순간마저도 릴라가 쾌락을 느끼지 못하고 남근 삽입을 일종의 의무로 받아들였다는 것을 눈치챘던 것이 아닐까.

'니노는 이 방면에 경험이 많지.'

나는 생각했다.

'수많은 여자와 관계를 맺었을 테니 여자가 성관계를 맺을 때 어떻게 행동해야 하는지 아는 거야. 반대로 어떤 것이 잘못된 태도인지도 알고 있을 테고.'

'섹스에도 문제가 있다'는 말은 분명 사내가 자기 몸에 들어오며 가하는 자극에 릴라가 쾌감을 느끼지 못했음을 뜻한다. 프랑코가 혼자서 이미 오르가슴을 느끼고 이제 막 달콤한 잠에 빠져들고 싶어 짜증을 내며 성가셔 하는데도 내가 그랬던 것처럼 릴라 역시 욕망을 잠재우기 위해 몸부림쳤을 것이다. 몸을 비비 꼬면서 자기 몸을 어루만지고 니노의 손을 자신의 성기에 가져다 댔을 것이다. 나는 마음이 점점 불편해졌다.

'내가 책에 쓴 것이 이런 걸까. 질리올라와 릴라가 내 책에서 읽어낸 것도 이런 걸까. 니노 역시 같은 것을 읽어냈기에 내게 그런 말을 한 걸까.'

나는 모든 상념을 떨쳐버리고 입에서 나오는 대로 내뱉었다.

"유감이야."

"뭐가?"

"네가 쾌감 없이 임신했었다는 사실이."

릴라는 발끈해서 비꼬듯 말했다.

"본인인 나는 오죽하겠어."

나는 동이 틀 무렵에야 릴라의 말을 가로막았다. 미켈레와 충돌했던 이야기를 막 마치고 난 다음이었다. 내가 말했다.

"이제 그만. 진정해. 열 좀 재보자."

체온을 재보니 열이 38.5도나 됐다.

나는 릴라를 꼭 껴안고 속삭였다.

"이제 내가 널 돌봐줄게. 네가 다시 괜찮아질 때까지 항상 곁에 있어줄게. 피렌체로 가게 되면 너와 젠나로도 데려갈 거야."

릴라는 힘차게 고개를 가로저었다. 그리고 그 기나긴 밤을 마무리하는 마지막 충격 선언을 했다. 엔초를 따라 산 조반니 아 테두초로 온 것은 실수였다면서 고향으로 돌아가고 싶다고 했다.

"우리 동네에?"

"그래."

"미쳤구나."

"몸이 조금 좋아지면 바로 돌아갈 거야."

나는 열 때문에 헛된 생각을 하게 된 것이라고 릴라를 나무랐다. 고향에 돌아가면 심신이 지쳐 나가떨어질 것이며 다시 돌아가는 것은 바보 같은 일이라고 했다.

"나만 해도 고향에서 떠나고 싶어 못 참겠는걸."

내가 외쳤다.

릴라는 예상치 못한 말을 했다.

"너는 강하잖아. 나는 그렇지 않아. 너는 고향에서 멀어질수록 네 자아를 되찾고 행복해하지. 하지만 나는 큰길 입구에 있는 터널만 지나도 두려워. 예전에 함께 바다를 향해 가는데 비가 왔었던 때를 기억해? 우리 중에 누가 계속 가려고 했고 누가 돌아가려고 했는지 기억해?"

"기억 안 나. 어찌됐든 동네에 돌아갈 생각일랑은 하지 마."

나는 릴라의 생각을 바꿔보려 했지만 부질없었다. 우리는 한참을 옥신각신했다.

"이제 그만 가봐."

릴라가 말했다.

"밖에서 기다리고 있는 저 두 사람과도 이야기 좀 해. 한참을 기다렸을 거야. 밤새 한숨도 못 잤을 텐데 이제 출근해야 할 거야."

"그 애들에게 뭐라고 하지?"

"네가 하고 싶은 대로 해."

나는 릴라의 이불을 잘 덮어주었다. 밤새 뒤척거린 젠나로도 잘 감싸주었다. 릴라가 잠들려는 것을 보고 나는 속삭였다.

"곧 돌아올게."

릴라가 말했다.

"약속 잊지 마."

"무슨 약속?"

"벌써 잊은 거야? 내게 무슨 일이 있으면 젠나로를 맡아주기로 했잖아."

"아무 일도 없을 거야."

내가 방을 나서려는데 릴라가 꾸벅 졸다가 흠칫 놀라며 중얼거렸다.

"내가 잠들 때까지 나를 지켜봐줘. 나를 항상 지켜봐줘. 나폴리를 떠나고 나서도 말이야. 네가 나를 지켜보고 있다는 걸 알면 나도 항상 안심이 될 거야."

47

나는 1969년 5월 17일 피렌체에서 결혼했다. 베네치아에서 사흘간의 짧은 신혼여행을 보낸 뒤 나는 기쁜 마음으로 결혼 생활을 시작했다. 그러기 전까지 나는 릴라를 위해 최선을 다했다. 사실 처음에는 독감이 나을 때까지만 릴라를 돌봐주려고 했다. 피렌체에 있는 신혼집 일로 바쁜 데다 책 때문에 소화해야 할 스케줄도 상당했다. 전화는 쉴 새 없이 울렸고 어머니도 끊임없이 툴툴거렸다. 온 동네에 전화번호를 뿌리고 다녔는데 어머니에게 걸려온 전화는 한 통도 없었다.

"집에 전화가 있어봤자 귀찮기만 하구나."

어머니가 말했다.

그 정도로 전화하는 사람들은 하나같이 나만 찾았다. 나는 다음 소설을 위해 메모를 게을리 하지 않으면서 정치와 문학에 대한 부족한 소양을 메우기 위해 무던히 애썼다. 하지만 릴라의 상태가 너무 좋지 않아 얼마 안 가서 내 일을 뒤로하고 릴라 일에 더 신경을 쓰기 시작했다.

어머니는 내가 릴라와 다시 만나기 시작했다는 것을 바로 눈치챘다. 어머니는 내가 릴라와 어울리는 것을 수치스럽게 여기고 길길이 날뛰었다. 우리 둘을 싸잡아 욕했다. 어머니는 여전히 내게 이래라 저래라 해도 된다고 생각했다. 절뚝거리는 걸음으로 내 뒤를 쫓아다니면서 잔소리를 퍼부었다. 가끔은 내가 나 자신을 다스리지 못하도록 내 몸속에라도 들어올 태세였다.

"대체 그 애와 무슨 공통점이 남아 있는 거냐?"

어머니는 도무지 포기하지 못하고 나를 질책했다.

"지금의 네 모습과 그 애 처지를 비교해보란 말이다. 추잡한 책을 쓴 것으로도 모자라 그 창녀 같은 계집과 계속 친구지간으로 지낸단 말이냐?"

나는 귀머거리처럼 행동했다. 나는 하루도 빠짐없이 릴라를 만났다. 잠든 릴라를 뒤로하고 밤새 부엌에서 우리를 기다려준 엔초와 파스콸레를 마주했던 그날 이후로 나는 릴라가 자기 삶을 재정비할 수 있도록 최선을 다했다.

그날 나는 엔초와 파스콸레에게 릴라가 아파서 더 이상 브루노의 공장에서 일할 수 없다고 했다. 릴라가 직장을 그만두었다고 했다. 엔초에게는 그다지 길게 설명할 필요가 없었다. 엔초는 이미 릴라가 더 이상 공장에서 일할 수 없다는 사실을 알고 있었다. 릴라가 곤경에 처했고 내면에 있는 무엇인가가 무너지고 있다는 것을 알고 있었다.

파스콸레는 차로 나를 집에 데려다주면서 못마땅해 했다. 이른 아침이라 도로에 차가 거의 없었다.

"상황을 너무 부풀릴 필요는 없어."

파스콸레가 말했다.

"물론 리나가 힘들게 산다는 것은 나도 알아. 하지만 착취당하는 노동자치고 그 정도 힘들지 않은 사람이 어디 있겠어?"

파스콸레는 소년 시절부터 그랬던 것처럼 으레 이탈리아 남부 농민 문제, 북부의 노동자 문제, 남아메리카 문제, 브라질 북동부 문제, 아프리카 문제, 미국 흑인 문제며 베트남 문제, 미 제국주의에 대해 늘어놓기 시작했다. 나는 파스콸레의 말을 대뜸 가로막고 말했다.

"파스콸레, 이대로 내버려두면 리나는 죽어."

파스콸레는 포기하지 않았다. 그는 내 말에 반박했다. 그렇다고 파스콸레가 릴라를 소중하게 생각하지 않는 것은 아니었다. 그만큼 소카보 공장의 투쟁을 중요하게 생각했기 때문이었다. 그 투쟁에서 릴라는 없어서는 안 될 존재라고 생각했기 때문이었다. 그리고 내심 릴라는 가만히 있는데 내가 독감 기운이 조금 있다고 그렇게 난리를 치는 거라고 생각하기 때문이었다. 그깟 미열에 호들갑을 떨어대는 프티부르주아 지식인 때문에 노동계급이 투쟁에서 패배할까봐 두려운 것이었다.

파스콸레는 이런 자신의 생각을 대놓고 털어놓지 못하고 말을 빙빙 돌렸다. 나는 그런 파스콸레의 태도를 눈치채고 내가 먼저 침착한 태도로 간단 명료하게 그가 이런 생각을 하고 있는 것이 아니냐고 되물었다. 내 말에 파스콸레는 신경이 한층 더 곤두서서 나를 현관에 내려준 후 말했다.

"지금은 가봐야 하지만 나중에 다시 이야기하자."

나는 릴라네 집에 돌아가자마자 엔초를 한쪽에 불러 앉혀놓고 말했다.

"리나를 정말 소중히 생각한다면 파스콸레를 리나에게서 멀리 떼어놓도록 해. 리나 앞에서 절대로 공장 이야기를 꺼내면 안 돼."

그즈음 나는 가방 속에 항상 책 한 권과 메모할 수 있는 작은 공책을 가지고 다녔다. 나는 버스로 이동할 때나 릴라가 잠든 때를 틈타 책을 읽곤 했다. 가끔 릴라는 잠에서 깨 그런 나를 물끄러미 바라보곤 했다. 내가 무슨 책을 읽는지 몰래 훔쳐보고 있던 것인지도 모른다. 하지만 한 번도 내게 책 제목을 물은 적은 없었다. 언젠가 업톤 여인숙 장면*을 읽어주려고 해봤지만 릴라는 지루하다는 듯 이내 눈을 감아버렸다.

며칠이 지나자 열은 내렸지만 기침은 여전했기에 나는 릴라에게 침대에 더 누워 있으라고 했다. 그동안 집안일은 내가 도맡았다. 나는 요리를 하고 젠나로도 돌봤다. 젠나로는 그새 많이 커서 예전에 비해 조금 사납고 변덕스러워진 것 같았다. 그래서인지 나는 젠나로

* 헨리 필딩의 소설 『톰 존스』에 나오는 장면.

에게서 니노의 다른 아들 미르코에게 느꼈던 것처럼 보는 이를 무장 해제시키는 매력을 느낄 수 없었다.

젠나로는 난폭하게 굴다가 가끔 갑작스레 풀이 죽을 때가 있었는데 그럴 때면 방바닥에서 그대로 잠들곤 했다. 나는 그런 젠나로의 모습에 마음이 애틋해졌고 그러다보니 아이에게 정이 들었다. 젠나로는 이런 내 감정을 알아채고 내 옆에 달라붙어 떨어지려 하지 않았다. 덕분에 나는 집안일을 할 수도 책을 읽을 수도 없었다.

한편 나는 릴라의 상황을 파악하기 위해 애썼다. 모아놓은 돈이 있는지 물으니 릴라는 없다고 했다. 내가 돈을 빌려주자 꼭 갚겠다고 수백 번 약속한 후에야 돈을 받았다. 브루노에게 받을 돈이 얼마인지 묻자 두 달 치 급여가 밀렸다고 했다. 퇴직금에 대해서는 아는 바가 없다고 했다. 엔초가 하는 일과 월급에 대해서도 잘 모르는 눈치였다. 취리히의 통신 교육 과정이 실제로 도움이 될 것 같은지 물어도 아는 바가 없다고 했다.

릴라는 기침이 멈추지 않았고 가슴이 아프다고 했다. 땀이 나고 목이 메고 이따금씩 심장이 미친 듯이 뛰었다. 나는 릴라의 모든 증상을 꼼꼼히 공책에 적어두었다. 제대로 진단을 받아봐야 한다고 릴라를 설득했다. 아르만도보다 꼼꼼하게 진찰해줄 의사를 찾아가봐야 한다고 했다. 릴라는 선뜻 그렇게 하겠다고 하지는 않았지만 싫다고 하지도 않았다.

어느 날 저녁 엔초가 집에 돌아오기 전 파스콸레가 잠시 릴라를 찾아왔다. 그는 정중하게 자신을 비롯한 위원회의 동지들과 소카보햄 공장에서 함께 일하던 동료 몇 명이 릴라의 상태를 알고 싶어 한다고 했다. 나는 다시 한 번 릴라의 상태가 좋지 않으며 아직은 휴식이 필요하다고 했다. 그런데도 파스콸레는 릴라를 보고 싶어 했다.

인사만 하고 가겠다고 했다. 나는 그를 부엌에 내버려두고 릴라에게 가서 파스콸레가 왔지만 만나지 않는 게 좋을 것 같다고 했다. 릴라는 '네가 원하는 대로 할게'라는 듯한 표정을 지었다. 언제나 명령을 내리고 하고픈 대로 해왔던 릴라가 순순히 내 말을 따르자 순간 감정이 북받쳐 올랐다.

48

나는 그날 저녁 집으로 돌아가자마자 피에트로와 오랫동안 통화했다. 피에트로에게 릴라의 문제를 하나하나 세세히 들려주었다. 내가 얼마나 릴라를 돕고 싶은지도 이야기했다. 피에트로는 인내심을 가지고 내 이야기를 들어주었다. 어느 순간 자기가 먼저 나서서 도와주고 싶어 하는 듯한 기색도 내비쳤다. 피사 출신의 젊은 그리스 언어학자 이야기를 꺼내면서 그도 엔초처럼 컴퓨터에 집착해 언어학계에 혁명을 일으킬 꿈에 부풀어 있다고 했다. 피에트로처럼 일밖에 모르는 사람이 나를 사랑하는 마음에 나에게 도움을 주려고 애쓰는 모습을 보자 나는 마음이 애틋해졌다.

"그 사람한테 연락 좀 해봐."

내가 부탁했다.

"엔초 이야기를 좀 해줘. 혹시 모르잖아. 나중에라도 일로 연결될 수도 있어."

피에트로는 그렇게 하겠다고 약속했다. 그는 지난날 마리아로사가 나폴리 출신의 젊은 변호사와 잠시 사귀었던 것을 기억해냈다. 그에게 연락해서 도움을 청할 수도 있을 것 같다고 했다.

"돕다니, 어떻게?"

"네 친구 돈을 되찾을 수 있도록 말이야."

나는 기쁜 마음에 소리쳤다.

"그럼 마리아로사에게 전화 좀 해줘."

"그래."

나는 다시 강조했다.

"약속만 하지 말고 꼭 전화해줘. 부탁이야."

피에트로는 잠시 침묵하다 말했다.

"방금 우리 어머니 같았어."

"어떤 면에서?"

"어머니가 어떤 일을 중요하게 생각할 때 쓰는 말투 같았어."

"우리는 너무 달라. 불행히도 말이야."

피에트로는 또다시 침묵했다.

"다행인 거지. 아무튼 어머니는 이런 일에 전문가야. 누구도 어머니를 따를 사람이 없어. 친구 이야기를 어머니께 들려드려. 분명 도와주실 거야."

나는 시어머니에게 전화를 걸었다. 처음에는 쑥스러웠지만 책을 출판했을 때나 피렌체에서 집을 구할 때 시어머니의 추진력을 기억하면서 민망한 마음을 떨쳐버렸다. 시어머니는 바쁘게 사는 것을 좋아했다. 필요한 것이 있으면 전화기를 들고 꼬리에 꼬리를 잇는 인맥을 활용해 일을 성사시켰다.

시어머니는 자신의 요구를 도저히 거부할 수 없게 부탁하는 법을 알고 있었다. 사상의 차이 정도는 능숙하게 극복할 줄 알았고 위계질서 따위는 개의치 않았다. 상대가 청소부건 하급 공무원이건 사업가건 학자건 장관이건 가리지 않고 접촉을 시도했다. 일단 연락이 닿으면 정중한 태도로 어느 정도 거리를 유지하면서 원하는 바를 부탁했다. 마치 자신이 부탁하는 상황이 아니라 자신이 그들의 부탁을 들어주는 것 같은 태도로 말이다.

나는 시어머니에게 릴라의 이야기를 세세히 해주었다. 시어머니는 호기심을 보이며 릴라의 사정에 공감하기도 하고 분개하기도 했다. 이야기를 마치자 시어머니가 말했다.

"생각을 좀 해보마."

"네."

"그전에 충고 한마디 할까?"

"그럼요."

"수줍어하지 말거라. 넌 이제 어엿한 작가야. 네 지위를 활용하도록 해. 한번 시험해봐. 비중 있는 사람답게 행동하란 말이다. 지금은 중요한 시기야. 모든 가치가 변하고 있지. 너도 이런 변화에 함께해야 해. 존재감을 드러내란 말이야. 돼먹지 않은 네 고향 사람들을 다루는 것부터 시작해봐. 그들을 궁지로 내몰란 말이다."

"하지만 어떻게요?"

"글을 써야지. 소카보나 그런 부류의 사람들이 놀라 자빠질 만한 글을 써야 해. 그렇게 하겠다고 약속해주겠니?"

"해볼게요."

시어머니는 내게 『우니타』지 편집장의 이름을 알려주었다.

49

피에트로와의 대화 그리고 무엇보다도 시어머니와 대화를 함으로써 그때까지 피하려 했던, 아니 정확히 말하면 억눌러왔던 감정이 되살아났다. 오랫동안 외면해왔던 감정의 씨앗이 드디어 뿌리를 내릴 수 있는 토양을 찾게 되었다. 그것은 결혼에 따른 사회적 신분 상승에 대한 나의 감정이었다. 물론 열심히 살아가는 내 모습을 기특하게 봐주기는 했지만 아마 나는 아이로타 집안사람들에게 아들을 위한 이상적인 며느리는 아니었을 것이다. 시어머니도 그랬겠지만 특히 시아버지가 될 아이로타 교수는 그런 생각이 더 강했을 것이다. 내 배경과 사투리 섞인 억양, 세련되지 못한 행동거지에서 피에트로의 부모님은 포용력의 한계를 느꼈을 것이다. 조금 더 확대 해석해보면 책 출판도 나를 그나마 다른 사람들에게 소개할 만한 사람으로 만들기 위해 급조한 계획일 수도 있다.

그런데도 아이로타 집안사람들은 나를 받아들였고 그것은 누구도 부정할 수 없는 사실이었다. 나는 그들의 허락하에 피에트로와 결혼을 앞두고 있었고 이로써 가족구성원을 보호하려는 성향이 강한 아이로타 집안의 일원이 될 것이다.

아이로타 집안은 견고한 성 같았다. 이제부터는 나도 이를 기반으로 위험을 감지하는 순간, 때로는 두려움 없이 전진할 수도 있고 때로는 피신할 곳도 생겼다. 이제 내가 새롭게 소속될 그 집안에 익숙해져야만 했다. 무엇보다도 아이로타 집안의 일원이 됐다는 사실을 인지하는 것이 중요했다.

나는 이제 성냥이 다 떨어질까봐 불안에 떠는 불쌍한 성냥팔이 소녀가 아니었다. 여분의 성냥이 충분히 생긴 것이다. 생각했던 것보다 내가 릴라를 위해 더 많은 것을 해줄 수 있다는 사실을 깨달았다.

나는 릴라에게 소카보 햄 공장에 대해서 쓴 글을 보여 달라고 했다. 릴라는 어디에 사용할 생각이냐고 묻지도 않고 내키지 않은 듯 내게 글을 내밀었다. 읽다보니 글에 점점 더 몰입이 되었다. 릴라는 공장에서 일어나고 있는 끔찍한 일을 더없이 세밀하고 사실적으로

써놓았다.

공장에 대한 묘사 속에 그곳에서 자행되는 추악한 악행이 눈에 보이는 듯했다. 나는 한동안 글을 넘겨보다가 나도 모르게 전화번호부에서 소카보 공장 번호를 찾아 전화를 걸었다. 목소리 톤을 적당하게 내리깔고 사뭇 거만하게 말했다.

"여보세요. 엘레나 그레코입니다."

나는 브루노를 바꿔달라고 했다. 전화를 받자 브루노는 다정한 목소리로 내게 반갑다고 했지만 나는 그에게 냉정하게 말했다.

브루노가 말했다.

"너 정말 성공했더라. 『로마』지에 네 사진이 실린 것을 봤어. 정말 잘됐어. 이스키아 섬에서 우리는 정말 즐거웠었지."

나는 브루노와 통화하게 되어 반갑기는 하지만 이스키아 섬에서 있었던 일은 이제 흘러간 추억일 뿐이라고 했다. 좋든 싫든 지금은 모두 변했고 브루노도 마찬가지인 것 같다고 했다. 얼마 전에 그에 대한 좋지 않은 이야기를 들었고 나로서는 그 소문이 사실이 아니기를 바란다고 했다.

브루노는 내가 무슨 말을 하는지 바로 알아채고 발끈했다. 그는 릴라를 욕했다. 배은망덕한 데다 자신을 곤란하게 만들었다고 했다. 나는 그의 말에 말투를 바꿨다. 나는 브루노보다는 릴라의 말을 믿는다고 했다.

"내 전화번호를 불러줄 테니 종이에 번호를 받아 적어. 알았어?"

내가 말했다.

"그럼 지금 당장 릴라에게 줄 돈을 한 푼도 빠짐없이 지급하라는 명령을 내려. 준비되면 내가 갈 테니 알려주고. 그렇지 않으면 네 얼굴도 곧 신문을 장식하게 될 거야."

나는 브루노가 반박할 틈을 주지 않고 전화를 끊었다. 내 자신이 자랑스러웠다. 나는 일말의 감정도 드러내지 않고 단호하게 요구사항을 전달했다. 간결한 표준어로 처음에는 예의 바르게, 나중에는 냉정하게 할 말을 다했다. 나는 피에트로가 옳았기를 바랐다. 나는 정말로 시어머니의 말투를 닮아가고 있나. 나도 모르게 시어머니처럼 세상을 살아가는 방식을 배우고 있는 건가.

나는 브루노에게 했던 협박을 실현시킬 만한 능력이 정말 내게 있는지 시험해보기로 했다. 나는 잔뜩 긴장해서 『우니타』지 편집장에게 전화를 걸었다. 브루노에게 전화했을 때와는 달리 몹시 흥분이 되었다. 내게 브루노는 여전히 그 옛날 치타라 해변에서 키스하려고 했던 지루한 청년일 뿐이었다. 그러니 긴장할 이유가 전혀 없었다. 전화벨이 울리는 동안 나는 엘리사를 향해 사투리로 뭔가를 외치는 어머니의 고함소리가 전화기 너머까지 들리지 않기를 바랐다.

"엘레나 그레코라고 해요."

내가 교환원에게 말했다. 용건을 미처 말하기도 전에 교환원이 외쳤다.

"소설가 엘레나 그레코 선생님 말인가요?"

교환원은 내 책을 읽었다며 나를 칭찬했다. 나는 고맙다고 했다. 기분이 좋아졌다. 내가 더 강해진 것 같았다. 굳이 말하지 않아도 되는데 나폴리 외곽에 있는 작은 공장에 관한 기사를 쓸 생각이라고 설명하고는 시어머니가 알려준 편집장의 이름을 댔다. 교환원은 다시 한 번 나를 칭찬하더니 이내 전문 교환원의 말투로 끊지 말고 기다려 달라고 했다.

잠시 후 목소리가 심하게 쉰 남자가 전화를 받았다. 그는 대체 언제부터 문학 애호가들이 노동 계약서며 교대 시간이며 초과 수당 같은 이야기를 쓰는 데 귀한 손을 잉크로 더럽히게 된 것이냐고 짓궂게 물었다. 나처럼 성공한 젊은 소설가는 보통 그런 지루하기 짝이 없는 주제는 멀리하는 것이 정상이라고 했다.

"그래, 어떤 분야죠?"

그가 내게 물었다.

"건축현장 노동자? 항만 노동자? 아니면 광부 문제?"

"햄을 제조하는 작은 공장 이야기예요."

내가 웅얼거렸다.

"특별할 것은 없어요."

편집장은 나를 계속 놀렸다.

"미안해할 필요 없어요. 그대로도 좋은 걸요. 우리 신문사가 반 페이지에 걸쳐 열렬히 칭찬한 작가 엘레나 그레코가 소시지 이야기를 쓰고 싶다는데 우리 같은 불쌍한 편집자들이 어떻게 관심 없다고 하겠어요? 그래, 30줄 정도면 충분한가요? 너무 짧은가? 그럼 뭐, 60줄로 하죠. 글을 다 쓰면 직접 가져다주겠어요 아니면 전화로 불러주겠어요?"

나는 당장 기사를 쓰기 시작했다. 릴라가 쓴 글을 60줄로 요약해 나만의 글로 풀어내야 했다. 릴라를 위해서라도 나는 글을 잘 쓰고 싶었다. 하지만 나는 신문기사를 써본 적이 한 번도 없었다. 기껏해야 열다섯 살 때 니노가 소개해준 잡지에 투고하기 위해 종교학 선생님과 충돌한 상황을 글로 옮겨본 정도인데 그나마도 결과가 좋지 않았다. 아마 그때의 기억 때문에 기사를 쓰는 일이 더 어렵게 느껴졌던 것 같았다. 아니면 냉소적인 편집장의 말투가 줄곧 귓가에 맴돌았기 때문일 수도 있었다.

전화를 끊기 전에 시어머니에게 안부를 전해달라던 편집장의 말이 특히나 신경 쓰였다. 나는 글을 완성하는 데 많은 시간을 할애했다. 글을 썼다 고치기를 끈질기게 반복했다. 하지만 글을 완성하고 나서도 왠지 흡족하지 않아 바로 신문사에 보내지 않았다. 먼저 릴라와 이야기를 해야겠다고 생각했다. 함께 결정해야 할 일이니 신문사에는 다음 날 가야겠다고 생각했다.

다음 날 나는 릴라를 찾아갔다. 릴라는 그날따라 특히 상태가 안 좋아 보였다. 릴라는 내가 없을 때면 사물에서 온갖 형상이 튀어나와 자신과 젠나로를 괴롭힌다고 했다. 내가 긴장하는 기색을 보이자 릴라는 장난스럽게 별일 아니라고, 내가 자기와 함께 더 있어주기를 바랄 뿐이라고 속삭였다.

우리는 오랫동안 이야기를 나누었다. 나는 릴라를 안심시키기 위해 애쓰면서도 기사는 보여주지 않았다. 혹시나 『우니타』지에서 내 글이 마음에 들지 않아 지면에 실어주지 않을지도 모른다는 생각에 선뜻 글을 보여주기가 망설여졌다. 글을 거부당하면 창피할 것 같았다.

그날 저녁 시어머니와 통화하며 낙천적인 기운을 전해 받고서야 비로소 내 글을 신문사에 보내야겠다고 마음먹었다. 시어머니는 시아버지와 마리아로사에게 내 이야기를 들려주고 불과 몇 시간 만에 자기 인맥을 총동원했다. 의료계 권위자에서부터 노조 문제에 정통한 사회학 교수진, 조금 멍청하기는 하지만 노동 문제를 훤히 꿰고 있는 사람 좋은 기독교민주당원과도 연락을 취했다. 그 결과 다음 날 당장 나폴리 최고의 심장전문의에게 진료가 예약됐고 소카보 공장은 즉시 노동청의 조사 대상이 됐다. 릴라의 급여와 퇴직금 문제는 일전에 피에트로가 언급했던 마리아로사의 친구와 연락을 하도록 조치가 됐다. 니콜라 아모레 광장에 사무실이 있는 사회주의 성향의 젊은 변호사도 릴라 사정을 이미 알고 있다고 했다. 심장전문의는 한 다리 건너 아는 지인으로 진료비 걱정은 하지 말라고 했다.

"만족하니?"

"네."

"기사는 어떻게 됐지?"

"다 썼어요."

"그래? 아직 못 썼을 거라고 생각했는데."

"아뇨. 다 끝냈어요. 내일 『우니타』지에 가져가려고요."

"잘했다. 나는 자꾸만 너를 과소평가하는 위험을 감수하려 한다니까?"

"그게 위험한가요?"

"상대방을 과소평가하는 것은 언제나 위험하지. 그건 그렇고, 불쌍한 우리 아들과는 어떻게 되어가니?"

50

그때부터 모든 일이 술술 풀렸다. 나는 무슨 일이든 물 흐르듯 매끄럽게 진행시켰다. 피에트로도 릴라를 위해 인맥을 가동했다. 피에트로의 동료 그리스 언어학자는 수다스럽기는 했지만 도움이 되는 사람인 것으로 드러났다. 그는 볼로냐에 있는 컴퓨터 분야의 진짜 실력자를 알고 있었다. 언어학과 컴퓨터를 결합한다는 그의 이론에 믿을 만한 이론적 바탕을 제공해준 사람이었다.

그리스 언어학자의 친구는 컴퓨터 방면에 자기 못지않게 정통한 나폴리에 살고 있는 지인의 전화번호를 알려주었다. 피에트로는 내게 동료의 지인의 지인인 나폴리 사람의 이름과 주소를 불러주었고 나는 피에트로에게 애정을 듬뿍 담아 고맙다고 했다. 억지로 기업가 정신을 발휘해줘서 고맙다고 다정스레 놀리면서 전화기에 대고 쪽 소리를 내며 키스까지 해주었다.

전화를 끊자마자 나는 릴라에게 달려갔다. 기침이 심했고 얼굴은 창백하고 긴장한 것 같았다. 지나치게 경계하는 눈빛이었다. 하지만 좋은 소식을 전한다는 생각에 나는 기분이 들떠 있었다. 나는 릴라의 몸을 흔들고 그녀를 껴안았다. 릴라의 두 손을 꼭 잡고 브루노와 통화한 이야기를 들려준 다음 내가 준비한 기사를 읽어주었다. 피에트로와 시어머니와 시누이가 열심히 사방팔방 손을 써준 덕분에 얻어낸 결과를 늘어놓았다.

릴라는 내 목소리가 아주 먼 곳에서 들리는 것처럼 내 말에 귀를 기울였다. 내가 머나먼 낯선 세계로 떠밀려가서 지금 릴라가 있는 곳에서는 내 말의 반도 못 알아듣겠다는 표정이었다. 게다가 내가 말하는 동안 젠나로는 잠시도 릴라를 가만히 두지 않고 자기랑 놀아 달라면서 매달렸다. 릴라는 그런 젠나로에게 무심히 맞장구쳐주고 있었다. 나는 그래도 기뻤다. 예전에 릴라는 돈이 마르지 않는 식료품점의 마법 서랍을 열어 내게 뭐든 다 사주었다. 나는 그중에서도 릴라가 교과서를 사준 일은 절대로 잊을 수 없다.

나는 이번에는 내 서랍을 열어 그때의 도움에 보답하고 싶었다. 릴라가 나처럼 자기도 안전하다고 느끼기를 바랐다.

"그럼 내일 나랑 진찰받으러 가는 거지?"

내가 물었다.

릴라는 내 말에 의외의 반응을 보였다. 릴라는 킥킥 웃으면서 말했다.

"나디아는 이런 식으로 문제를 해결하는 걸 싫어할 거야. 그 애 오빠도 마찬가지고.”

“이런 식이라니? 무슨 말이야?”

“아무것도 아니야.”

“릴라.”

내가 말했다.

“부탁이야. 나디아가 대체 무슨 상관이니? 나디아를 너무 중요하게 생각하지 마. 굳이 너까지 그러지 않아도 제 잘난 맛에 사는 사람이잖아. 아르만도도 마찬가지야. 예전부터 피상적인 사람이었어.”

나는 갈리아니 남매를 그렇게 평가하는 나 자신에게 놀랐다. 사실 나는 갈리아니 선생님의 아이들에 대해 잘 알지 못했다. 잠깐 동안 릴라가 나를 다른 사람처럼 바라보는 것이 느껴졌다. 기력이 약해진 틈을 타 눈앞에 나타난 유령을 바라보는 것 같은 표정이었다.

내 목적은 두 남매를 깎아 내리는 것이 아니었다. 나는 내심 릴라에게 아이로타 집안에 비하면 갈리아니 집안은 아무것도 아니라는 사실과 브루노 집안이나 깡패 같은 미켈레 집안은 그보다 더 하찮기 짝이 없다는 사실을 알려주고 싶었다.

나는 릴라에게 새로운 위계질서가 무엇인지 알려주고 싶었다. 내 말대로만 하면 걱정할 일이 하나도 없다는 것을 알려주고 싶었다. 하지만 이렇게 말하면서도 나는 자칫 잘난 척하는 것처럼 보일까봐 릴라의 한쪽 뺨을 쓰다듬으면서 갈리아니 남매의 활발한 사회활동에 나도 감동을 받았다고 했다. 나는 웃으면서 릴라에게 가볍게 말했다.

“그래도 나만 믿으면 돼.”

릴라가 중얼거렸다.

“그래. 의사한테 가보자.”

나는 멈추지 않고 고집스레 물었다.

"그럼 엔초 약속은 언제로 잡을까?"

"네 마음대로 해. 시간은 다섯 시 이후로 하고."

집에 돌아오자마자 나는 전화기에 매달렸다. 먼저 변호사에게 전화를 걸어 릴라의 상황을 자세히 알려주었다. 심장전문의와 약속을 확인하고 개발국에서 일하는 컴퓨터 전문가에게도 연락했다. 그는 취리히의 통신 교육 과정은 아무짝에도 쓸모가 없다고 했다. 그래도 몇 월 며칠 몇 시에 자기가 불러주는 주소로 엔초를 보내보라고 했다.

나는 연이어 『우니타』지에도 전화했다. 내 전화를 받은 편집장이 말했다.

"너무 편하게 생각하는 거 아니에요? 그래, 이제 그만 기사를 줄래요 아니면 크리스마스까지 기다릴까요?"

나는 소카보 공장에도 전화했다. 나는 비서에게 브루노에게서 아무런 소식도 못 들었으니 『우니타』지에 그의 공장에 대한 기사가 곧 나올 거라고 전해달라고 했다.

소카보 공장에 건 전화는 즉각적이고 거친 반응을 불러일으켰다. 전화를 끊은 지 2분도 채 지나지 않아 브루노에게서 전화가 걸려왔다. 지난번처럼 다정한 태도가 아니었다. 그는 나를 위협했다. 나는 브루노에게 곧 노동청에서 들이닥칠 것이라고 했다. 릴라 문제는 변호사에게 맡겼다고 통보했다. 릴라에 대한 애정과 나의 신념을 지키기 위해 불의에 맞서는 내가 자랑스러웠다. 파스콸레나 프랑코는 아직도 나를 가르치려고만 드는데도 말이다. 그날 저녁 나는 기세를 몰아붙여 『우니타』지를 찾았다.

나와 통화한 사람은 자그마한 키에 펭귄을 연상시키는 체형의 중년 남성이었다. 생기가 넘치는 작은 눈에는 언제나 호의적인 장난기가 배어 있었다. 그는 나에게 삐걱거리는 의자에 앉으라고 하고는 내 글을 세심하게 읽어나갔다. 다 읽자 책상 위에 내 글을 올려놓고 말했다.

"이게 60줄로 보여요? 내 눈에는 150줄은 되는 것 같네요."

나는 얼굴이 빨개졌다.

"몇 번이나 세어봤는데 60줄이에요."

"맞아요. 하지만 손으로 쓴 데다 글씨가 돋보기로 봐도 읽기 힘들 정도로 깨알 같잖아요. 그래도 글은 정말 훌륭해요, 소설가 동지. 어디서건 타자기를 찾아서 생략할 수 있는 부분은 빼고 다시 정리해 봐요."

"지금 당장이오?"

"아니면 언제하려고요? 신기만 하면 사람들이 관심을 보일 법한 이런 글은 오랜만이에요. 최후 심판의 날까지 나를 기다리게 할 셈이에요?"

51

그 시절 나는 기운이 넘쳤다. 나와 릴라는 다음 날 바로 심장전문의를 찾아갔다. 크리스피 가에 주거지 겸 스튜디오를 운영하는 유명한 대학교수이자 의사였다. 의사를 방문하기 전에 나는 외모에 특별히 신경을 썼다. 나폴리 사람이기는 했지만 시어머니와 관련이 있는 사람이었기 때문에 그에게 최대한 잘 보이고 싶었다. 나는 머리를 정성스레 빗고 시어머니가 선물한 옷을 입었다. 시어머니처럼 연한 향수를 뿌리고 가볍게 화장했다.

나는 의사가 시어머니와 전화를 하거나 우연히 마주칠 때 나에 대해 좋은 말을 해주기를 바랐다. 나와는 달리 릴라는 매일 집에서 보던 모습 그대로 나왔다. 외모에 전혀 신경 쓰지 않은 것 같았다.

우리는 커다란 대기실로 안내받았다. 벽에는 19세기 회화 작품들이 걸려 있었다. 흑인 하녀를 배경으로 소파에 앉아 있는 귀부인의 그림과 나이 든 부인의 초상화도 있었고 사냥하는 모습을 생생하게 묘사한 거대한 그림도 있었다. 대기실에는 우리 말고도 두 사람이 더 있었다. 한 남자와 한 여자 모두 지긋한 나이에 부유한 사람 특유의 깔끔하고 세련된 모습이었다. 우리는 침묵 속에서 차례를 기다렸다. 딱 한 번 릴라가 침묵을 깼다. 이미 오는 길에 내 외모에 대한 칭찬을 아끼지 않았던 릴라는 다시 나지막한 소리로 말했다.

"너 지금 저 액자에서 걸어 나온 사람처럼 보여. 너는 귀부인이고 나는 하녀 같아."

얼마 지나지 않아 간호사가 우리를 불렀다. 우리는 뚜렷한 이유 없이 대기실에서 기다리는 다른 환자들보다 먼저 진료실에 들어갔다. 그제야 릴라는 안절부절못하며 내게 함께 들어가 달라고 했다. 혼자서는 절대로 들어갈 수 없다면서 나를 앞세웠다. 누가 보면 진료를 받아야 할 사람이 나라고 생각했을 것이다.

의사는 60세쯤 되어 보이는 숱이 많은 회색 머리의 깡마른 남자였다. 그는 나를 친절하게 맞아주었고 나에 대해 이미 모든 것을 알고 있었다. 그는 릴라는 안중에도 없이 나하고만 10분가량 이야기를 나누었다. 자기 아들도 노르말레 대학을 나왔다며 나보다 6년 선배라고 했다. 자기 형도 작가라는 사실을 강조하며 꽤 알려지긴 했지만 나폴리에서만 유명하다고 했다. 아이로타 집안사람들을 아낌없이 칭찬했다. 유명한 물리학자인 내 시어머니의 사촌과 잘 아는 사이라고 했다. 의사가 내게 물었다.

"결혼식 날짜는요?"

"5월 17일이에요."

"17일이라고요? 17은 불운의 숫자인데요. 부탁이니 날짜를 바꾸도록 해요."

"그러기엔 너무 늦었는걸요."

우리가 이야기를 나누는 내내 릴라는 단 한마디도 하지 않았다. 의사에게는 전혀 관심을 보이지 않았다. 대신 내 행동과 말투 하나하나에 감탄하는 눈치였다. 릴라의 호기심 어린 시선이 느껴졌다.

의사는 나와 한참을 이야기하다 드디어 릴라에게 집중했다. 꽤 오랜 시간 동안 릴라에게 이런저런 질문을 했다. 릴라는 사투리 억양이 섞인 어설픈 표준어로 억지로 대답했다. 그래서 중간에 내가 끼어들어 릴라가 내게 말했던 증상을 이야기해주기도 하고 릴라가 자꾸만 별것 아닌 것처럼 축소하려는 증상의 심각성을 일깨워주기도 했다.

질문을 마친 후 의사는 릴라의 몸을 세밀하고 꼼꼼하게 진찰했는데 그러는 내내 릴라는 우리한테 고문이라도 당하는 것처럼 짜증이 잔뜩 난 표정을 지었다. 나는 엷은 파란색 속옷 아래 감춰진 릴라의 야윈 몸을 바라보았다. 낡아서 해진 속옷은 릴라의 몸에 비해 너무 커보였다. 긴 목이 힘겹게 머리를 받치고 있었고 피부는 조금만 더 당기면 찢어질 듯한 얇은 종이 같았다.

나는 종종 릴라의 왼쪽 엄지손가락이 반사적으로 미세한 경련을 일으키는 것을 알아챘다. 30분은 족히 지나고 나서야 의사는 릴라에게 옷을 입으라고 했다. 릴라는 그를 경계하듯 바라보면서 옷을 입었다. 겁에 질린 것 같았다. 의사는 책상에 앉더니 릴라는 정상이라고 했다. 심잡음 증세도 없다고 했다.

"부인의 심장은 정상이에요."

의사가 말했다. 하지만 릴라는 의사의 말에 아무런 반응을 보이지 않았고 전혀 기뻐하지도 않았다. 오히려 짜증이 난 것 같았다. 정상 판정을 받은 심장이 내 심장이라도 되는 것처럼 안도의 한숨을 내쉰 것은 릴라가 아니라 나였다. 의사가 눈살을 찌푸리면서 릴라의 건강 상태를 전반적으로 이야기하며 개선이 시급한 상태라고 했을 때 걱정스러운 표정을 지은 것도 나였다. 의사는 릴라의 무반응에 기분이 상했는지 릴라 대신 나만 바라보고 이야기했다. 의사가 말했다.

"문제는 기침이 아니에요. 부인은 감기에 걸렸어요. 약간의 독감 증세도 있었고요. 우선 기침 시럽을 드리지요."

의사는 진짜 문제는 다른 곳에 있다고 했다. 릴라가 신체 기능이 저하되어 탈진한 상태라면서 자기 몸을 더 잘 돌봐야 한다고 했다. 규칙적으로 식사를 하고 재활 치료를 받고 하루에 최소 여덟 시간은 자야 한다고 했다. 대부분의 증상은 기력을 찾으면 다 사라질 것이라고 했다. 마지막으로 그래도 신경과 진단은 한 번 받아보라고 했다.

이 말에 릴라는 크게 동요했다. 이마를 한껏 찌푸리고 몸을 앞으로 내밀면서 표준어로 말했다.

"그러니까 제 신경에 문제가 있다는 말씀인가요?"

의사는 놀라서 릴라를 바라보았다. 지금까지 진료했던 환자가 마법같이 사라지고 대신 다른 환자가 나타난 것 같은 표정이었다.

"그렇지 않아요. 오히려 그 반대죠. 그저 진단을 받아보면 좋겠다는 것뿐이에요."

"내가 하지 않아야 할 행동이나 말을 했나요?"

"아니에요. 너무 걱정하지 마세요. 신경과 진료는 부인의 상태를 더 정확하게 파악하기 위해 필요할 뿐이니까요."

"제 친척 중에 불행했던 사람이 있어요."

릴라가 말했다.

"제 어머니의 사촌인데 평생 불행했죠. 제가 어렸을 때 여름이 되면 그분은 창가에 서서 소리를 지르며 웃어댔어요. 가끔 길을 걷다 이상한 짓을 할 때도 있었죠. 하지만 그저 불행해서 그러는 거였어요. 한 번도 신경전문의에게 진단을 받은 적은 없었죠. 아니 한 번도 병원에 간 적이 없었어요."

"병원에 가보는 것이 좋았을 텐데요."

"신경 질환은 팔자 좋은 마나님들이나 걸리는 병이죠."

"당신 어머님의 사촌은 그런 사람이 아니었나요?"

"네."

"당신은요."

"저는 더하죠."

"당신은 불행한가요?"

"전 괜찮아요."

의사는 다시 내게 퉁명스럽게 말했다.

"절대적인 휴식이 필요해요. 규칙적으로 치료를 받게 하세요. 시골에 데리고 갈 수 있으면 더 좋을 거예요."

릴라는 웃음을 터뜨리며 다시 사투리로 말했다.

"여기 오기 전에 마지막으로 의사를 찾아갔을 때 그는 나를 바다로 보냈지요. 그 덕분에 곤란한 일을 많이 겪었어요."

의사는 릴라의 말을 못 들은 척하고 이해를 구하는 듯한 미소를 나를 향해 지어보였다. 자기 친구인 신경전문의 이름과 전화번호를 알려주고는 직접 그에게 전화를 걸어 최대한 빨리 진료를 봐달라고 부탁까지 해주었다. 하지만 릴라를 신경과로 데려가기란 쉬운 일이 아니었다. 릴라는 더 이상 시간을 허비하고 싶지 않다고 했다. 심장 전문의만으로도 충분히 짜증이 난 데다 젠나로도 돌봐야 했고 무엇보다도 우리 둘 다 쓸데없는 것에 돈을 낭비할 수는 없다고 했다. 나는 진료비는 무료라고 누차 릴라를 안심시켰고 결국 릴라는 내키지 않아 하면서도 고집을 굽혔다.

신경전문의는 키가 땅딸막한 활기찬 남자였다. 머리카락 한 올 없는 대머리였다. 그의 진료실은 톨레도 가에 있는 오래된 건물에 있었다. 대기실에는 과시용으로 가져다놓은 것처럼 하나같이 철학 서적만 있었다. 책은 흐트러짐 없이 가지런히 꽂혀 있었다.

신경전문의는 이야기하는 것을 좋아하는 것 같았다. 어찌나 말이 많던지 환자의 말보다 자기 이야기의 흐름에 더 신경을 쓰는 것 같았다. 릴라를 진찰하면서도 내게만 말했다. 릴라에게 질문을 하고 나서 릴라의 대답은 흘려듣고 내게 자기 의견을 제시하느라 정신이 없었다. 아무튼 그는 릴라의 신경은 릴라의 심근만큼이나 정상이라고 건성으로 말했다. 그러면서 여전히 나를 향해 말했다.

"하지만 내 동료의 말이 맞아요, 친애하는 그레코 선생. 친구분은 육체적으로 쇠약한 상태예요. 그러다보니 분노나 욕정이 이성을 잠식하는 거죠. 육체가 건강해지면 자연히 마음도 건강해질 거예요."

의사는 도저히 알아볼 수 없는 기호로 가득한 처방전을 쓰면서 약명과 복용량을 불러주고는 이런저런 충고를 해주었다. 그는 릴라에게 되도록 안정을 취하고 장시간 산책을 하라고 했다. 그러나 해변은 피하라고 했다. 바다보다는 카포디몬테나 카말돌리에 있는 숲으로 가는 것이 좋다고 했다. 독서를 하는 것도 몸에 좋지만 대신 저녁 시간은 피하라고 했다.

손을 쓰라는 충고도 했다. 한 번이라도 릴라의 손을 제대로 봤으면 릴라가 손을 쓰다 못해 혹사시켰다는 것을 바로 알 수 있었을 텐데 말이다. 그런데도 그가 고집스레 코바늘뜨기가 신경을 다스리는 데 아주 유용하다는 말을 한도 끝도 없이 늘어놓자 릴라는 안절부절못하고 의자에 앉아 있다가 의사의 말이 미처 끝나기도 전에 참지 못하고 그때까지 숨겨두었던 속마음을 털어놓았다.

"이왕 여기까지 왔으니 아이를 낳지 않게 하는 약도 주실 수 있나요?"

의사는 인상을 찌푸렸다. 아마 나도 그랬던 것 같다. 그곳에서 할 만한 질문은 아니었다.

"결혼은 하셨나요?"

"한때는요. 지금은 아니죠."

"지금은 아니라니요?"

"별거 중이에요."

"그래도 기혼이잖아요."

"글쎄요."

"자녀는 있나요?"

"아들이 하나 있어요."

"한 명은 적은데요."

"제겐 충분해요."

"부인 같은 경우에 임신은 오히려 도움이 될 수 있어요. 여성에게 임신만큼 좋은 약은 없죠."

"임신 때문에 망가진 여자들이 얼마나 많은데요. 약을 먹는 게 더 나아요."

"그 문제라면 산부인과를 찾아가봐야죠."

"선생님은 신경에 대해서만 알고 약에 대해서는 잘 모르시나 보죠?"

의사는 불편한 기색을 내비쳤다. 그는 이런저런 말을 조금 더 늘어놓다가 문턱에 서서 내게 폰테 디 타피아에 있는 클리닉 산부인과 의사의 주소와 전화번호를 알려주었다.

"이분을 찾아가봐요."

그는 마치 내가 피임약 이야기를 꺼낸 것처럼 말했다. 인사를 하고 병원을 나서려는데 출구에서 비서가 진료비를 요구했다. 나는 그제야 신경전문의는 꼬리에 꼬리를 물고 이어지는 시어머니의 인맥에 속하지 않는 사람이라는 것을 깨닫고 진료비를 계산했다.

길에 나서자 릴라는 고함을 지르다시피 언성을 높이며 분통을 터뜨렸다.

"저 멍청한 자식이 준 약은 한 알도 먹지 않을 테야. 먹든 안 먹든 머릿속이 엉망진창인 것은 마찬가지일 테니까. 굳이 먹어보지 않아도 알아."

"나는 그렇게 생각하지 않지만 네가 하고 싶은 대로 해."

내가 말했다. 그러자 릴라는 당황하며 말했다.

"너한테 화가 난 것이 아냐. 의사들 때문이야."

산부인과 의사를 찾아가보기로 한 것도 아니면서 어느새 우리는 폰테 디 타피아를 향해 걸어가고 있었다. 그저 다리나 좀 풀기 위해 길거리를 배회하고 있는 것처럼. 릴라는 잠시 가만히 있나 싶다가도 불쑥 짜증을 내며 신경전문의 말투를 흉내 냈다. 릴라가 짜증을 내는 모습이 내겐 오히려 릴라가 기력을 회복하고 있다는 신호처럼 느껴졌다. 나는 릴라에게 물었다.

"엔초와의 관계에는 진전이 있어?"

"항상 똑같지 뭐."

"그런데 피임약은 왜?"

"너는 피임약이 뭔지 알아?"

"응."

"복용해본 적도 있고?"

"아니. 하지만 결혼하면 복용할 거야."

"아이를 낳기 싫어?"

"낳고 싶어. 하지만 그전에 책을 한 권 더 내야 해."

"남편은 네가 바로 아이를 갖지 않으려는 것을 알아?"

"이제 말할 거야."

"그럼 우리 둘 다 의사에게 피임약을 받을까?"

"릴라. 피임약은 함부로 먹을 수 있는 사탕 같은 게 아냐. 엔초랑 특별한 계획이 없다면 그만둬."

릴라는 눈을 가늘게 뜨고 나를 바라보았다. 눈동자가 보일락 말락 할 정도로 가늘었다.

"지금이야 아무것도 안 하지만 나중에 어찌될지 모르지."

"정말?"

"그러면 안 될 것 같아?"

"아냐."

폰테 디 타피아에 도착해 우리는 공중전화를 찾아 의사에게 전화를 걸었다. 의사는 지금 시간이 된다면서 바로 만나주겠다고 했다. 진료실을 찾아가면서 나는 릴라가 엔초와 가까워져서 다행이라고 했고 릴라는 그런 나의 성원에 위안을 받은 것 같았다. 우리는 소녀 시절처럼 농담 반 진담 반조로 장난을 쳤다.

"네가 얼굴이 더 두꺼우니 네가 말해."

"아니야. 부잣집 마나님처럼 차려입은 네가 말해."

"나는 하나도 급하지 않아."

"그건 나도 마찬가지야."

"그럼 우린 지금 대체 뭐 하러 산부인과에 가고 있는 거야?"

우리는 가는 내내 이런 식으로 이야기를 주고받았다.

하얀색 가운을 입은 여의사는 현관에서 우리를 기다리고 있었다. 목소리가 우렁찬 붙임성 좋은 사람이었다. 우리를 바에 데려가 마치 오랜 친구들이라도 되는 것처럼 대해주었다. 의사는 사실 자기는 산부인과 전문의는 아니라고 몇 번이나 강조했지만 설명과 조언을 아끼지 않았다.

솔직히 나는 조금 지루해서 듣고만 있었지만 릴라는 솔직하게 질문하고 반대 의견을 제시하기도 하고 다시 새로운 질문을 하는가 하면 삐딱하지만 흥미로운 의견을 제시하기도 했다. 둘은 서로 잘 통했다. 상담이 끝날 때쯤 우리는 각자 처방전을 받았다. 여의사는 우리에게 피임약 복용법을 자세히 설명해주었다. 그런 상담이 다른 동료 의사들과 함께 시작한 봉사활동의 일환이라면서 진료비도 받지 않았다.

여의사는 그만 일하러 돌아가야 한다며 헤어질 때 악수 대신 우리 둘을 껴안아주었다. 길에 나서자 릴라가 진심으로 말했다.

"이제야 정말 좋은 사람을 만났네."

릴라는 기분이 몹시 좋아 보였다. 그런 릴라의 모습은 정말 오랜만이었다.

52

『우니타』지 편집장이 열광적인 반응을 보였음에도 내 기사는 좀처럼 실리지 않았다. 나는 불안했다. 이러다 기사가 아예 실리지 않을 것 같았다. 그러던 중 릴라와 신경전문의를 방문했던 바로 다음 날, 아침 일찍 신문 가판대에서 신문을 구입해 다급히 넘겨보다가 드디어 내 기사를 발견했다. 나는 내 글이 가위질당한 채 지역 소식란에나 실릴 줄 알았는데 일반 면에 전문이 실려 있었다.

신문에 인쇄된 내 이름을 보니 기다란 바늘에 찔린 것처럼 가슴이 찌르르했다. 피에트로가 기뻐하며 내게 전화했고 시어머니도 아주 좋아했다. 시어머니는 시아버지뿐 아니라 마리아로사도 기사를 마음에 들어 한다고 전했다. 이보다 더 놀라운 것은 출판사 사장, 수년 전부터 출판사와 협조 관계에 있는 두 저명인사 그리고 프랑코까지 내게 축하한다며 전화를 했다는 사실이다.

프랑코는 마리아로사에게 내 전화번호를 받았다고 했다. 그는 정중한 말투로 내게 기사를 보고 기뻤다고 했다. 내가 노동자 실태를 빈틈없이 조사한 좋은 본보기를 보여주었다면서 빠른 시일 내에 다시 만나 함께 이야기하고 싶다고 했다. 축하 전화가 빗발치자 나는 니노도 내 연락처를 수소문해 나에게 전화를 해오지 않을까 은근히 기대했다.

그런 일은 일어나지 않았고 나는 내심 속상했다. 연락이 없기는 파스콸레도 마찬가지였다. 그는 얼마 전부터 정치에 대한 혐오감 때문에 공산당 계열의 신문은 읽지 않고 있었기에 정말 내 글을 읽지 못했을 수도 있었다. 비록 니노와 파스콸레의 전화는 받지 못했지만 나는『우니타』지 편집장이 해준 말에 위안을 얻었다. 그는 내게 전화를 걸어 편집부에서 내 글을 정말 좋아한다고 전해주었다.

특유의 짓궂은 말투로 어서 빨리 타자기를 마련해 다른 좋은 글을 써보라고도 했다.

가장 통쾌했던 순간은 뭐니 뭐니 해도 브루노 소카보의 전화를 받았을 때였다. 브루노는 비서를 시켜 연락한 다음 전화를 넘겨받았다. 직접적으로 말하진 않았지만 기사 때문에 너무나 큰 충격을 받아 기운을 잃었는지 목소리가 울적하게 들렸다.

브루노는 과거 이스키아 섬에서 해변을 산책하며 함께 시간을 보냈던 아름다웠던 시절에 나를 진심으로 사랑했다고 했다. 그 후로 누구도 나처럼 깊이 사랑하지 못했다고 했다. 젊은 나이에 내가 벌써 나아가야 할 방향을 확실히 잡았다며 감탄해 마지않았다. 그는 아버지에게서 경영난에 허덕이는 회사를 물려받았다고 강조했다. 과거부터 내려오는 악행과 자기가 보기에도 비난받아 마땅한 환경을 그대로 물려받았을 뿐 자신에게는 아무런 죄가 없다고 했다. 기사를 언급하며 내 글을 읽고 많이 깨우쳤으며 곧 과거부터 내려온 수많은 과오를 고쳐나갈 생각이라고 했다.

릴라와의 사이에 있었던 오해 때문에 마음이 아프다면서 총무과에서 벌써 나의 변호사 측과 연락해 일을 바로잡는 중이라고 했다. 브루노는 조심스레 대화를 마무리했다.

"너도 솔라라 형제를 알고 있지? 그들은 요즘처럼 힘든 시기에 내가 공장의 이미지를 바꿀 수 있도록 도움을 주고 있어."

브루노가 덧붙였다.

"미켈레가 네게 애정 어린 안부를 전해달래."

나는 미켈레에게도 내 안부를 전해달라고 했다. 그가 좋은 마음으로 전화했다는 것을 충분히 이해했다고 한 뒤 전화를 끊었다. 말은 그렇게 했지만 나는 당장 마리아로사가 소개해준 변호사에게 전화를 걸어 통화 내용을 알려주었다. 변호사는 돈 문제가 이미 해결되었다는 사실을 확인해주었다.

며칠 후 나는 그 변호사 사무실을 찾아갔다. 나보다 나이가 별로 많아 보이지 않았다. 눈에 거슬릴 정도로 얇은 입술 빼고는 호감 가는 스타일이었다. 공들여 옷을 입은 태가 났다. 그는 나를 바에 데려가 커피를 대접했다. 그는 아이로타 교수를 존경했고 피에트로에 대해서도 좋게 기억하고 있었다. 그는 브루노가 릴라에게 지급한 돈을 내게 주면서 소매치기를 조심하라고 당부했다. 그가 공장을 방문했을 때 학생이며 노조원에 경찰까지 몰려드는 바람에 공장 앞이 몹시 혼란스러웠다고 했다. 노동청에서도 공장에 조사를 나왔다고 했다. 하지만 그는 그다지 만족스러워하는 것 같지 않았다. 작별인사를 할 때가 되어서야 문턱에 서서 내게 물었다.

"솔라라 집안을 아시나요?"

"고향 사람들이에요."

"브루노 소카보의 배후에 그들이 있다는 것도 알아요?"

"네."

"그런데 걱정되지 않나요?"

"무슨 뜻이죠?"

"어쩌면 당신은 어린 시절부터 그들을 알아왔고 나폴리를 떠나 공부하는 바람에 사태를 명확하게 파악하지 못하고 있는지도 몰라요."

"내겐 모든 게 명확한걸요."

"최근 몇 년 동안 솔라라 집안은 세력을 확장했어요. 이제 그들은 나폴리의 중요 인사들이에요."

"그래서요?"

그는 입술을 꾹 다물고 내게 손을 내밀었다.

"아무것도 아니에요. 돈을 받았으니 된 거죠. 마리아로사와 피에트로에게 안부를 전해줘요. 결혼식이 언제라고 했죠? 피렌체는 마음에 들어요?"

53

릴라에게 돈을 전해주자 릴라는 흡족한 표정으로 두 번이나 돈을 세어보더니 내가 빌려준 돈부터 바로 갚으려 했다. 잠시 후 엔초도 돌아왔다. 컴퓨터 전문가를 만나고 돌아오는 길이었다. 엔초가 무덤덤함의 대명사라는 것을 감안하면 그는 만족한 것 같았다. 사실 엔초라고 일부러 자기감정과 자기표현을 자제하는 것은 아닐 수도 있다. 의도와는 상관없이 자기도 어쩔 수 없을 수도 있다.

나와 릴라는 엔초에게서 정보를 빼내는 데 애를 먹었지만 마침내 상황 파악을 위한 어느 정도의 그림이 그려졌다. 엔초는 컴퓨터 전문가가 아주 친절했다고 했다. 처음에는 취리히 통신 교육 과정은 돈 낭비일 뿐이라고 했지만 얼마 안 있어 쓸모없는 교육 과정과는 별개로 엔초에게 가능성이 있다는 사실을 알았다.

그는 엔초에게 IBM 사가 이탈리아 비메르카테 공장에 최신형 컴퓨터를 설치할 예정이라는 소식을 알려주었다. IBM의 나폴리 지사는 컴퓨터 기사, 천공 조작원 겸 검공원, 프로그래머 겸 애널리스트를 시급하게 채용해야 한다는 것이었다. 회사에서 교육 프로그램을 시작하면 엔초에게 바로 연락을 주겠다면서 엔초의 신상정보를 꼼꼼하게 받아 적었다고 했다.

"진중한 사람인 것 같았어?"

릴라가 물었다.

엔초는 컴퓨터 전문가의 진중함을 증명하기 위해 나를 언급했다.

"레누의 약혼자에 대해서 잘 알고 있었어."

"무슨 말이야?"

"아주 중요한 사람의 아들이라고 했어."

릴라는 짜증스러운 표정을 지었다. 릴라 역시 피에트로가 그 만남을 주선했다는 사실을 알고 있었다. 아이로타라는 이름이 이 만남에 긍정적인 영향을 미쳤다는 사실도 알고 있었다. 하지만 엔초까지 이 사실에 신경 쓰는 것을 못마땅하게 생각하는 것 같았다. 나는 엔초도 내게 신세를 졌다는 사실을 릴라가 불편해하는 거라고 생각했다. 나와 릴라는 서로 신세를 져도 달라질 게 없었다. 상대방의 호의에 열등감을 느끼며 비굴하게 굴 필요도 없었다. 하지만 릴라는 엔초의 경우는 우리와 다르고 그런 빚을 지는 것이 엔초에게는 누가 될 수 있다고 생각하는 것 같았다.

나는 황급히 시아버지의 명성은 그다지 중요하지 않다고 했다. 컴퓨터 전문가는 처음부터 엔초가 실력이 없으면 도와줄 수 없다고 선을 그었다고 했다. 릴라는 조금 과할 정도로 내 말에 동의를 표하더니 힘주어 말했다.

"엔초는 실력이 정말 뛰어나."

"진짜 컴퓨터는 한 번도 본 적이 없는걸?"

엔초가 말했다.

"그게 뭐 어때서. 그런데도 네게 실력이 있다는 것을 그 사람도 알아챈 거야."

엔초는 잠시 생각에 잠겼다가 존경심을 담아 릴라를 바라보며 말했다. 순간 나는 질투심을 느꼈다.

"그 사람은 네가 나한테 시킨 연습문제를 보고 놀랐어."

"그래?"

"그래. 특히 다리미질을 하거나 못질을 하는 과정을 도식화하는 것을 보고 놀라는 것 같더라."

둘은 자기들끼리만 이해할 수 있는 농담을 하며 나를 소외시켰다. 사랑에 빠진 한 쌍의 커플처럼 보였다. 정말 행복해 보였다. 너무나 비밀스러운 나머지 자기들도 인지하지 못하는 둘만의 비밀을 간직하고 있는 것 같았다.

문득 어린 시절 고향 동네 뜰의 전경이 눈앞에 펼쳐졌다. 릴라와 엔초가 교장 선생님과 올리비에로 선생님이 지켜보는 앞에서 산수 문제를 풀며 경합을 벌이던 모습도 떠올랐다. 어떤 일에도 눈물을 보이는 일이 없었던 엔초가 돌팔매질을 하다 릴라에게 상처를 입혔을 때 절망하면서 어쩔 줄 몰라 하던 모습도 생각났다. 나는 속으로 생각했다.

'지금 릴라와 엔초가 이렇게 함께 있을 수 있는 것은 고향 동네가 가지고 있는 어떤 장점 덕분일 거야. 그렇다면 고향에 돌아가려는 릴라의 판단이 옳을지도 몰라.'

54

그날 이후 나는 '임대' 간판이 붙어 있는 건물을 유심히 살펴보면서 돌아다니기 시작했다. 그새 질리올라 스파뉴올로와 미켈레 솔라라의 청첩장이 도착했다. 청첩장은 우리 가족 앞이 아니라 내 앞으로 왔다. 몇 시간 후에 청첩장이 또 하나 배달됐다. 다름 아닌 마리사

사라토레와 알폰소 카라치의 청첩장이었다. 솔라라 집안과 카라치 집안 모두 나를 '친애하는 엘레나 그레코 선생'이라 칭하며 경의를 표했다. 나는 즉시 두 청첩장이 릴라를 고향으로 돌아가도록 부추기는 것이 과연 옳은 판단인지 확인할 수 있는 좋은 기회가 될 수 있겠다고 생각했다.

나는 미켈레, 알폰소, 질리올라, 마리사를 찾아가보기로 했다. 표면상으로는 이들의 결혼을 축하해주고 나는 곧 나폴리를 떠날 예정이라 결혼식에는 참석하지 못할 거라는 말을 하기 위해서였지만 진짜 목적은 솔라라 집안사람들과 카라치 집안사람들이 아직도 릴라를 괴롭힐 생각을 하는지 알아보기 위해서였다. 특히 알폰소는 스테파노가 아직도 릴라를 얼마나 원망하고 있는지 객관적으로 이야기해줄 수 있는 유일한 사람이었다.

비록 나는 미켈레를 끔찍하게 싫어하기는 했지만, 아니 바로 그렇기 때문에 그에게는 릴라의 건강문제에 대해 차분히 한마디 해주고 싶었다. 미켈레가 자기가 무슨 대단한 사람이라도 되는 양 거들먹거리며 여전히 나를 철부지 소녀 대하듯 놀리더라도, 만약 내 친구를 계속 괴롭히면 이제는 내게도 그의 인생과 사업을 곤란하게 할 정도의 힘이 있다는 것을 보여주고 싶었다.

나는 청첩장 두 개를 가방에 챙겨 넣었다. 어머니가 청첩장을 보고 부모님보다 내가 더 대우받는다고 생각하고 기분 나빠 할 상황은 피하고 싶었다. 나는 청첩장의 주인공들을 만나는 데 그날 하루를 오롯이 할애하기로 마음먹었다.

날씨가 좋지 않아 나는 우산을 챙겨들었다. 그래도 기분은 좋았다. 걸어가면서 이런저런 생각을 하고 싶었다. 우리 동네와 나폴리에 나름대로 작별인사를 하고 싶었다. 나는 근면 성실한 우등생답게 가장 어려운 과제부터 해치우기로 했다. 제일 먼저 미켈레를 만나기로 한 것이다.

주점에 가보았다. 미켈레나 질리올라의 모습은 보이지 않았다. 마르첼로도 마찬가지였다. 큰길가에 새로 생긴 잡화점에 가보라기에 나는 한가로이 동네를 배회하는 한량처럼 느긋하게 잡화점 쪽으로 발걸음을 돌렸다. 어린 시절 액상 비누나 잡다한 가정용품을 사러 들르곤 했던 돈 카를로의 깊고 어두운 동굴 같은 가게의 흔적은 어디에도 없었다. 새로 단장한 가게 앞에는 건물 4층에서부터 널따란 입구 바로 위까지 기다랗게 내려오는 거대한 간판이 달려 있었다. 간판에는 '만인을 위한 만물가게'라고 쓰여 있었다. 한낮인데 가게 안에 전등이 환하게 켜져 있었고 없는 것이 없었다. 가히 자본의 승리라 불릴 만했다.

가게에는 릴라의 오빠 리노가 있었다. 예전보다 몸이 많이 불었다. 리노는 내게 쌀쌀맞게 굴며 가게 안에서는 자기가 주인이라고 했다. 그리고 솔라라 형제는 어디 있는지 모른다고 했다. 미켈레를 찾는 거라면 집으로 찾아가보라고 퉁명스레 말하고는 바쁜 일이라도 있는 것처럼 등을 돌렸다.

나는 신시가지를 향해 다시 길을 나섰다. 솔라라 집안은 몇 년 전 동네 신시가지에 거대한 저택을 구입해서 다같이 살고 있었다. 현관문을 열어준 것은 형제의 어머니이자 고리대금업자인 마누엘라 부인이었다. 릴라의 결혼식 이후 마누엘라 부인을 본 것은 그때가 처음이었다.

문구멍을 통해 나를 관찰하는 마누엘라 부인의 시선을 느낄 수 있었다. 그녀는 한참 동안이나 나를 바라보다 문을 열고 현관에 모습을 드러냈다. 그녀의 몸의 일부는 집 안을 감싼 어둠에 싸여 있었고 일부는 층계참 커다란 창문을 통해 쏟아져 들어오는 햇빛 아래 바스라져 보였다. 못 보던 새 몸이 삐쩍 말라 있었다. 굵은 뼈에 살가죽이 딱 달라붙어 있는 느낌이었다. 한쪽 눈은 빛나는 반면 다른 한쪽 눈은 불 꺼진 전구마냥 흐릿해 보였다. 헐렁해 보이는 짙은 색상의 옷을 입고 있었는데 파티라도 여는 것처럼 귀걸이며 목걸이 같은 반짝이는 금붙이로 온몸을 감싸고 있었다. 부인은 나를 친절하게 대했다. 들어와서 커피를 마시고 가라고 했다.

미켈레는 집에 없었다. 나는 그제야 미켈레가 포실리포에 집을 또 한 채 장만했다는 사실을 알게 되었다. 결혼하면 그곳에서 살 거라고 했다. 질리올라와 함께 신혼집을 꾸미고 있는 중이라고 했다.

"그럼 동네를 떠나는 건가요?"

내가 물었다.

"그래."

"포실리포로요?"

"방이 무려 여섯 개나 된단다, 레누. 그중에서 세 개는 바다가 보여. 나는 보메로가 좋겠다고 했지만 미켈레가 고집을 부렸단다. 아침 공기도 좋고 빛도 잘 드는 집이야. 얼마나 좋은지 몰라."

나는 내심 놀랐다. 솔라라 집안사람이 사업의 본거지를 떠나다니 생각지도 못한 일이었다. 전리품을 감추어놓은 자신들의 소굴에서 멀어진다니 말이다. 그것도 솔라라 집안사람 중에서도 가장 영리하고 탐욕스러운 미켈레가 다른 곳으로 이사를 간다는 것이다. 바다와 베수비오 화산이 마주보이는 윗동네 포실리포로.

변호사의 말이 옳았다. 부와 권세에 대한 두 형제의 집착이 그새 더 심해진 것이다. 하지만 그 순간만큼은 미켈레가 이사를 간다는 사실에 나는 기분이 좋아졌다. 그가 동네를 떠난다니 기뻤다. 고향으로 돌아가려는 릴라에게 긍정적인 소식인 것 같았다.

55

나는 마누엘라 부인에게 미켈레의 집 주소를 물은 다음 작별인사를 하고 도시를 가로질렀다. 지하철로 메르젤리나까지 간 다음에 조금 걷다가 버스를 타고 포실리포로 향했다.

나는 궁금하기도 했다. 이제 여러 사람에게 존경을 받고 상류층 문화를 누리게 되자 뭐든 할 수 있는 합법적인 권한이 생긴 것 같았다. 어렸을 때부터 나는 동네 사람들을 탄압하면서 천박한 기쁨을 느끼고, 어떠한 범죄를 저질러도 처벌받지 않고, 교활한 미소를 지으며 겉으로만 법을 지키는 척하는 속임수를 쓰고, 낭비와 방탕을 자랑인 양 과시하는 솔라라 형제의 만행을 지켜봐왔다. 그렇기 때문에 나는 솔라라 형제가 상징하는 권력이 얼마나 요란하게 외형을 꾸미는지 두 눈으로 직접 확인하고 싶었다.

하지만 나는 이번에도 미켈레를 놓치고 말았다. 지은 지 얼마 되지 않은 건물 꼭대기 층에서 내가 마주한 사람은 미켈레가 아니라 질리올라였다. 질리올라는 적지 않은 놀라움과 그에 못지않은 적의를 보이며 나를 맞았다. 내가 질리올라네 전화기를 사용할 때까지만 해도 언제나 스파뉴올로네 식구들을 상냥하게 대하다가 우리 집에 전화기를 설치한 다음부터는 그들 가족이 통째로 내 인생에서 사라져버렸다는 것을 깨달았다.

그랬던 내가 금방이라도 비가 쏟아져 내릴 듯 흐린 날씨에 식사 시간에 맞춰 예고도 없이 불쑥 포실리포까지 찾아간 것이었다. 그것도 아직 엉망인 신혼집에 말이다. 순간 나 자신이 부끄러워졌다. 무례함을 용서받기 위해 나는 어색할 정도로 명랑하게 굴었다. 질리올라는 한동안 뾰로통해 있었다. 나를 경계하는 것 같기도 했지만 이내 자랑하고 싶은 마음이 못마땅함을 이기고 말았다.

질리올라는 내가 자기를 부러워하기를 바랐다. 내 입에서 자신이 우리 중 가장 행운아라는 말이 나오기를 바랐다. 그래서 내 반응을 관찰하고 내가 흥분하는 모습을 흡족하게 바라보면서 방을 하나하나 구경시켜주었다. 비싼 가구와 호화로운 샹들리에, 커다란 욕조 두 개, 거대한 온수기, 냉장고, 세탁기, 크기를 가늠할 수 없을 정도로 커다란 텔레비전을 보여주었다. 그리고 아쉽게도 아직 연결되지 않은 전화기가 무려 세 대나 있었다.

질리올라는 나를 테라스로 데려갔다. 말이 테라스지 꽃으로 가득한 공중 정원이었다. 날씨가 흐리지만 않았으면 형형색색의 아름다운 색채를 만끽할 수 있었을 것이었다.

“여기 좀 봐. 이런 바다를 본 적 있어? 이런 나폴리 풍경은 처음이지? 베수비오 화산과 저기 저 하늘은 또 어떻고. 우리 동네에서 이런 하늘을 본 적 있어?”

한 번도 없었다. 납빛 바다를 품은 만은 도가니의 테두리처럼 보였다. 쏟아질 듯 무거워 보이는 시꺼먼 구름덩이가 우리 눈앞까지 어지러이 휘몰아치며 밀려들었다. 멀리 바다와 구름 사이로 짙푸른 베수비오 화산의 그림자와 대비되는 기다란 상처 자국이 보였다. 그 상흔에서 눈부시게 찬연한 하얀 빛이 새어나왔다.

우리는 한동안 눈앞의 풍경을 바라보았다. 거센 바람에 옷이 몸에 착 달라 붙었다. 나는 나폴리의 아름다움에 최면 걸린 듯 도취되었다. 과거 갈리아니 선생님의 발코니에서도 그런 절경은 보지 못했다. 돈 있는 사람들은 마모된 도시를 떠나 기막히게 경관이 좋은 곳을 골라 그곳에 시멘트 건물을 올렸다. 미켈레는 그런 건물 중에서도 가히 기념비적이라 할 만한 집을 엄청난 가격에 구입한 것이었다.

"마음에 안 들어?"

"아니, 멋져."

"고향 동네의 리나네 집은 비교가 안 되지?"

"비교가 안 돼."

"지금은 리나가 아니라 아다가 살지만."

"응."

"여기야말로 상류층 사람들이 살 만한 곳이지."

"맞아."

"표정이 안 좋은데?"

"아냐. 네가 잘 되어서 기뻐."

"각자 좋은 일 한 가지는 있어야지. 너는 공부를 계속하고 책을 썼지만 내겐 이 집이 있어."

"그래."

"그렇게 생각하지 않는 것 같은데?"

"아냐. 네 말이 맞아."

"문패를 보면 이 건물에 사는 사람들은 죄다 엔지니어나 변호사나 유명한 교수님들이야. 전망이 이렇게나 좋은데 편리하기까지 하니 비쌀 수밖에 없지. 너도 남편이랑 절약하면 언젠가는 이런 집을 살 수 있을 거야."

"아닐걸."

"남편이 나폴리에서 살기 싫대?"

"여기에서 살 일은 절대 없을 거야."

"사람 일은 모르는 법이야. 절대로 일어나지 않을 일은 없어. 넌 행운아야. 피에트로의 목소리를 전화로 몇 번 들었어. 창문으로 지나가는 모습을 본 적도 있고. 좋은 사람이야. 미켈레와는 달라. 피에트로라면 네가 원하는 대로 뭐든 해줄 거야."

질리올라는 나를 다시 집 안으로 이끌어 같이 점심을 먹자고 했다. 프로슈토 햄과 프로볼로네 치즈 포장을 벗겨내고 빵을 썰었다.

"집이 아직 캠핑장 같아."

질리올라가 미안해했다.

"그래도 다음에 남편이랑 나폴리에 오면 꼭 놀러와. 내가 집을 어떻게 꾸몄는지 보여줄게."

질리올라는 두 눈을 반짝이면서 크게 떴다. 어떻게 해서든 내가 자신의 부유함에 대해 추호의 의심도 가지지 못하게 하려고 애쓰느라 흥분해 있었다. 그러다 내가 피에트로와 나폴리에 와서 자기들 부부를 방문한다는 생각이 가능성은 희박하지만 위험한 발상이라고 느꼈는지 잠시 딴생각에 빠졌다. 좋지 않은 생각을 했는지 질리올라가 다시 자랑을 시작했을 때는 이미 자기 말에 자신감을 잃고 조금씩 태도가 변했다.

"따지고 보면 나도 행운아야."

질리올라는 힘주어 말했지만 전혀 기뻐 보이지 않았다. 아니 자조적인 말투에 가까웠다. 질리올라는 친구들을 하나하나 열거하기 시작했다.

"카르멘은 기껏해야 큰길가 주유소 사장이랑 애인 사이고 피누차는 멍청한 리노 때문에 속이 타들어가고 있어. 아다는 스테파노의 창녀 노릇이나 하고 있지. 그런데 내게는 미켈레가 있어. 정말 다행이지 뭐야. 미켈레는 똑똑하고 잘생겼고 모두 그의 말에 복종하지.

그런 미켈레가 드디어 나랑 결혼하기로 마음먹은 거야. 미켈레가 사준 이 집을 좀 봐. 피로연은 또 얼마나 화려한지 몰라. 페르시아 왕이 소라야 왕비를 위해 준비했던 결혼식보다 더 화려한 결혼식이 될 거야. 내가 아직 어렸을 때 미켈레를 차지해서 다행이야. 우리 중에서 내가 가장 영리했던 거야."

질리올라는 말을 계속 이어갔지만 말투는 자조적으로 변했다. 자신의 영악함에 대해 자화자찬을 늘어놓다가 미켈레를 독점함으로써 얻게 된 부유함에 대해 이야기했고 급기야는 홀로 결혼을 준비하느라 외롭다는 말까지 나왔다.

"미켈레는 항상 내 곁에 없어."

질리올라가 말했다.

"나 혼자서 결혼하는 것 같아."

질리올라가 갑자기 내게 질문을 던졌다. 정말 내 의견을 알고 싶어 묻는 것 같았다.

"너는 나라는 사람이 존재하는 것 같니? 나를 좀 바라봐줘. 네 생각에 나는 존재하는 걸까?"

질리올라는 손바닥으로 탐스러운 가슴을 쳤다. 정말로 손이 몸을 통과하는 장면을 보여주고 싶어 하는 것 같았다. 미켈레 때문에 자신의 육체가 사라졌다는 것을 보여주고 싶어 하는 것 같았다. 미켈레는 질리올라가 아직 어린아이 티조차 벗지 못했을 때부터 그녀의 모든 것을 앗아가 버렸다. 미켈레는 질리올라의 육체를 범하고 망가뜨려 버렸다. 이제 겨우 스물다섯 살인데 그녀에게 너무 익숙해져서 이제는 눈길조차 주지 않고 여기저기 여자를 건드리고 다녔다.

"사람들이 아이는 몇 명이나 나을 생각이냐고 물으면 미켈레는 거만을 떨며 이렇게 말해. '질리올라한테 물어보세요. 자식이라면 나는 이미 많으니까요. 정확히 몇 명인지도 모르겠어요.' 미켈레가 그럴 때마다 나는 정말이지 치가 떨려. 네 남편도 레누와는 아이 셋을 낳을 계획이지만 다른 여자들과는 몇 명이나 낳을지 모른다는 말을 하니? 미켈레는 다른 사람들 앞에서 나를 발 닦는 수건만도 못하게 대해. 나는 그가 왜 그러는지 알아. 미켈레는 나를 사랑한 적이 없어. 믿을 만한 하녀가 필요해서 나와 결혼하는 거야. 사내들은 다 그러려고 결혼하는 거야. 미켈레는 내게 계속 면박을 줘. 내가 대체 무슨 쓸모가 있겠냐고. 할 줄 아는 것이 아무것도 없고 멍청한 데다 보는 눈도 없대. 이렇게 좋은 집은 나 같은 여자에게 아깝다면서 말이야. 내가 손을 대면 다 쓰레기가 된대."

질리올라는 울음을 터뜨렸다. 그녀는 흐느끼면서 말했다.

"미안해. 네가 쓴 책이 마음에 들어서 이런 말까지 하는 거야. 너는 고통이 어떤 건지 아니까."

"대체 왜 그런 말을 듣고 있는 거야?"

"그렇지 않으면 나랑 결혼해주지 않을 테니까."

"결혼하면 되갚아줘."

"어떻게? 미켈레는 나한테 신경도 안 써. 지금도 이렇게 얼굴 보기 힘든데 결혼한 다음에는 어떻게 되겠어?"

"난 너를 이해할 수 없어."

"그야 너는 내가 아니니까. 너라면 다른 사람을 사랑하는 남자랑 결혼할 수 있겠어? 그가 다른 사람을 사랑한다는 사실을 알면서도?"

나는 어리둥절해서 질리올라를 바라보았다.

"미켈레한테 애인이 있어?"

"애인이야 수도 없이 많지. 남자잖아. 발에 차이는 게 애인이야. 하지만 중요한 건 그게 아니야."

"그럼 뭐가 중요한데?"

"레누, 지금부터 내가 하는 말은 아무에게도 말하면 안 돼. 미켈레가 알면 난 죽은 목숨이야."

나는 그렇게 하겠다고 약속했고 그 약속을 지켰다. 지금 내가 이 글을 쓰는 것은 그녀가 이미 이 세상 사람이 아니기 때문이다. 질리올라가 말했다.

"미켈레는 리나를 사랑해. 내게 단 한 번도 주지 않았던 사랑을, 평생 그 누구에게도 주지 않을 순정을 리나에게 바치고 있어."

"말도 안 되는 소리."

"말도 안 된다고 하지 마, 레누. 그럴 거면 그만 돌아가줘. 미켈레는 진심이야. 리나가 그 빌어먹을 단도를 마르첼로의 목에 가져다 댄 그날부터 리나를 사랑했다고 했어. 내가 지어낸 이야기가 아니야. 미켈레가 직접 내게 이야기해준 거야."

그날 질리올라가 들려준 이야기는 내 마음을 깊이 흔들어놓았다. 질리올라는 얼마 전 바로 그 집에서 있었던 일을 들려주었다. 어느 날 저녁 미켈레가 술에 잔뜩 취해서 그동안 자기가 얼마나 많은 여자와 잠자리를 가졌는지 이야기하며 정확한 숫자까지 말했다고 했다. 그는 122명의 여자와 관계를 가졌다고 했다. 그중에는 돈을 주고 산 여자들도 있었다.

"너도 이들 중 한 명이야."

미켈레가 강조했다.

"물론 내게 큰 기쁨을 준 여자들 축에 끼지는 못하지만 말이야. 왠지 알아? 너는 바보 멍청이라서 그래. 그 짓거리를 하는데도 최소한의 지능은 필요하거든. 너는 오럴섹스도 제대로 못 해. 구제불능이야. 설명을 해줘도 소용이 없어. 도저히 해내지 못해. 하면서 역겨워하는 게 역력하게 보이거든."

미켈레는 그런 식으로 한참을 말했다. 말을 하면 할수록 표현이 저급해졌다. 사실 그 정도로 추잡한 표현은 평소의 미켈레를 생각하면 놀랄 일도 아니었다. 그러고 나더니 질리올라에게 그녀가 처한 상황을 똑 부러지게 설명해주었다.

미켈레가 질리올라와 결혼하는 것은 오직 질리올라의 아버지에 대한 존경심 때문이라고 했다. 미켈레는 나이 든 제빵사에게 정이 들었던 것이다. 또 남들에게 내보일 만한 집과 자식을 만들기 위해서라도 아내가 필요하기 때문이라고 했다. 그렇지만 착각은 말라고 했다. 그에게 질리올라는 아무것도 아니었다. 제단에서 언약을 할 신부가 될 만한 존재가 아니었다. 자신이 가장 사랑하는 여자도 아니었다. 그런 주제에 무슨 권리라도 있는 것처럼 착각해서 성질을 돋울 생각일랑은 꿈도 꾸지 말라고 했다.

가혹한 말이었다. 미켈레도 그렇게 느꼈는지 갑자기 감상적인 말투로 중얼거렸다. 미켈레는 자신에게 여자란 그저 가지고 놀기 좋게 구멍이 몇 개 뚫린 놀이기구 같은 존재일 뿐이라고 했다. 모든 여자가 다 그렇다고 했다. 한 명만 빼고. 미켈레가 사랑하고 존중하는 유일한 여자는 리나뿐이었다. 그렇다. 미켈레는 리나를 사랑한다고 했다. 영화 대사처럼 말이다. 질리올라가 흐느끼면서 말했다.

"미켈레는 리나라면 이 집을 어떻게 꾸며야 하는지 알았을 거라고 했어. 리나에게라면 즐거운 마음으로 쓸 돈을 줄 거라고 했어. 리나가 곁에 있어 주었다면 자기가 나폴리의 주요 인사가 될 수도 있었을 거라고 했어. 그는 내게 리나가 신부복 차림의 사진으로 어떤 작품을 만들어냈는지, 구둣가게를 어떻게 고쳤는지 기억하냐고 물었어. 나나 피누차나 다른 여자들은 대체 뭐냐고, 할 줄 아는 게 뭐냐고 물었어."

미켈레가 질리올라에게 한 말은 이뿐만이 아니었다. 미켈레는 질리올라에게 자기는 밤낮으로 릴라를 생각한다는 말도 했다. 일반적인 욕정은 아니었다. 릴라에 대한 미켈레의 욕망은 이때껏 그가 알고 있던 감정과는 달랐다.

사실 미켈레는 릴라를 원하는 것이 아니었다. 아니, 다른 여자들을 원하는 방식으로 릴라를 원하는 것이 아니었다고 하는 게 더 정확한 표현일 것이다. 미켈레는 릴라의 몸에 올라타 마음 내키는 대로 뒤집거나 다리를 벌리고 몸을 유린하고 짓밟고 철저히 망가뜨리려는 게 아니었다. 그저 한 번 취하고 잊어버리려고 릴라를 원하는 것이 아니었다.

미켈레는 온전히 있는 그대로의 릴라를 원했다. 상상력과 창의력이 풍부한 릴라 본연의 모습을 원했다. 릴라를 망가뜨리는 것을 원치 않았다. 릴라를 가능한 오래도록 간직하기를 원했다. 성적인 이유로 릴라를 원하는 것도 아니었다. 미켈레는 릴라를 섹스에 결부시켜 생각하는 것을 힘들어했다.

미켈레가 릴라를 원하는 이유는 그녀에게 키스하고 그녀를 쓰다듬어주고 싶기 때문이었다. 릴라가 자신을 어루만져주고 도와주기를 원하기 때문이었다. 자신을 올바른 방향으로 인도하고 때로는 명령을 내려주기를 원하기 때문이었다. 세월이 흐름에 따라 릴라의 모습이 어떻게 변해 가는지, 그녀가 어떤 모습으로 늙어 가는지 곁에서 지켜보고 싶기 때문이었다. 함께 생각하고 릴라에게서 영감을 받고 싶기 때문이었다.

"내 말 알아듣겠어? 미켈레는 그런 식으로 리나에 대해 이야기했어. 정작 그와 결혼을 앞둔 나에 대해서는 한 번도 그런 식으로 말한 적이 없는데. 그가 말했어. '마르첼로 형이나 병신 같은 스테파노나 엿같이 생겨먹은 엔초가 정말 리나를 이해했다고 생각해? 리나를 잃는다는 게 무슨 뜻인지 제대로 알고 있다고 생각해? 아니, 그 자식들에게는 그만한 머리가 없어. 리나가 어떤 존재인지 누구인지 정말로 아는 사람은 이 세상에 나밖에 없어. 나는 리나를 알아봤어. 리나가 그렇게 썩고 있는 것을 보면 안타까워 미칠 것만 같아.' 미켈레는 그렇게 한참을 주절거렸어. 그렇게 해서라도 분을 풀고 싶었던 거야.

나는 그가 잠들 때까지 아무 말 없이 그의 말을 듣고만 있었어. 잠든 그이를 보면서 생각했어. '지금 말하는 사람은 미켈레가 아니야. 다른 사람이야.' 나는 그 낯선 이가 가증스러워서 생각했어. '잠든 틈을 타 칼로 찔러버려야겠어. 저 남자를 죽여 버리고 나의 미켈레를 되찾아야지.' 그렇다고 리나가 미운 것은 아니야. 리나에게 나쁜 감정은 없어. 한때는 그랬지. 미켈레가 나를 마르티리 광장의 구둣가게에서 내쫓아 빵집 진열대로 되돌려 보냈을 때는 말이야. 그때는 기분이 엿 같았거든.

하지만 지금은 아니야. 리나 문제가 아니니까. 리나는 항상 미켈레를 멀리하고 싶어 했어. 그런 사람과 결혼하려는 나처럼 바보가 아니니까. 결코 미켈레를 받아들이지 않을 거야. 아니, 얼마 전부터는 오히려 리나가 좋아졌어. 가지고 싶은 건 뭐든 손에 넣는 미켈레인데 리나만은 절대로 손에 넣지 못할 테니까. 미켈레 눈에서 피눈물을 흘리게 할 사람이 적어도 한 명은 있어야지."

나는 질리올라의 말에 귀를 기울였다. 질리올라를 위로하려는 마음에 되도록 좋은 쪽으로 말을 해보기도 했다.

"그래도 너와 결혼한다는 것은 그가 뭐라고 하든 너를 소중하게 생각한다는 뜻이니 너무 마음 아파하지 마."

질리올라는 힘차게 고개를 가로저으며 손가락으로 뺨에 흐르는 눈물을 닦았다.

"너는 미켈레를 잘 몰라. 나처럼 미켈레를 잘 아는 사람은 없어."

내가 물었다.

"네 생각에는 미켈레가 이성을 잃고 리나를 해칠 수 있을 것 같아?"

"미켈레가? 리나를? 지금까지 미켈레가 어떻게 살아왔는지 몰라? 미켈레는 누구든 해칠 수 있어. 너도, 나도, 자기 아버지, 어머니, 형까지도. 리나의 아들이나 엔초처럼 리나가 소중하게 생각하는 사람들도 해칠 수 있지. 조금도 망설이지 않고 냉혹하게 말이야. 하지만 리나에게만은 절대로 손을 못 대. 리나에게는 아무 짓도 하지 않을 거야."

56

나는 그날의 탐방을 마무리하기로 마음먹고 메르젤리나까지 걸어 내려가 마르티리 광장으로 향했다. 광장에 도착했을 때는 잔뜩 찌푸린 어두컴컴한 하늘이 건물에 가까스로 걸쳐 있는 것처럼 보였다. 당장에라도 폭우가 몰아칠 것 같아 나는 세련되게 장식된 솔라라 구둣가게 안으로 뛰어들었다.

알폰소는 그새 더 멋있어진 것 같았다. 커다란 눈에 기다란 속눈썹, 입술은 그린 듯 선명했고 몸은 호리호리하면서도 단단해 보였다. 라틴어와 그리스어를 공부한 티를 내고 싶어서인지 인위적으로 표준어를 쓰는 것처럼 들렸다. 알폰소는 나를 보자 진심으로 기뻐했다. 힘겨웠던 고등학교 시절을 함께 보낸 덕에 우리 사이는 각별했다. 오랫동안 만나지 못했지만 전혀 어색하지 않았다.

우리는 바로 농담을 주고받았다. 자유롭게 학생 시절을 떠올리며 경쟁이라도 하듯 이야기를 쏟아냈다. 선생님들에 대해서도 이야기하고 내 책에 대해서도 이야기하고 우리들의 결혼에 대해서도 이야기했다. 당연히 내가 먼저 릴라 이야기를 꺼냈고 알폰소는 곤란해했다. 알폰소는 릴라에 대해 좋지 않은 이야기를 하고 싶지 않았지만 그렇다고 형과 아다를 험담하고 싶지도 않았던 것이다. 알폰소가 말했다.

"나는 애초에 그렇게 될 줄 알았어."

"왜?"

"예전에 내가 리나가 무섭다고 했던 거 기억나?"

"그럼."

"그 감정이 두려움이 아니라는 것을 나중에야 깨달았어."

"그럼 뭐였는데?"

"이질감과 친숙함. 리나는 가깝게 느껴지기도 하고 동시에 멀게 느껴지기도 하는 사람이었어."

"무슨 뜻이야?"

"정확하게 설명하기는 힘들어. 너와 나는 바로 친구가 됐지. 나는 너를 정말 좋아해. 하지만 리나를 좋아하기는 불가능하다고 느꼈어. 어딘가 무시무시한 면이 있어서 리나 앞에 서면 무릎을 꿇고 은밀한 속마음을 고백해야 할 것 같았어."

나는 짓궂게 말했다.

"멋지다. 종교적인 체험처럼 들려."

알폰소는 여전히 진지했다.

"아니. 그저 내가 리나보다 열등한 존재였다는 것을 인정하는 것뿐이야. 리나가 내 공부를 도와준 것은 좋았었지. 그때는 좋은 추억으로 남았어. 리나는 교과서를 읽으면 바로 이해해서 내게 간단명료하게 설명을 해주었어. 그때는 내가 만약 여자로 태어난다면 리나처럼 태어나고 싶다고 생각하곤 했어. 사실 아직도 가끔 그런 생각을 해. 실제로 우리 둘은 카라치 집안과 어울리지 않는 사람들이었어. 나도 리나도 더는 견딜 수 없었어. 그래서 나는 리나의 잘못을 대수롭지 않게 생각했어. 사실 나는 항상 리나 편이었어."

"스테파노는 아직도 리나에게 화가 나 있어?"

"모르겠어. 설사 형이 리나를 증오한다고 해도 요즘 곤란한 일이 너무 많아서 깨달을 틈도 없을 거야. 지금 형에게 리나는 안중에도 없어."

알폰소의 말은 솔직하게 들렸다. 무엇보다도 근거가 명확해 보였다. 나는 릴라 문제는 접어두고 마리사와 사라토레 집안사람들에 대해서 물었다. 니노에 대해서도 물었다. 알폰소는 애매하게 말했다. 특히 도나토 사라토레 때문에 내키지 않는 결혼식일지언정 니노를 초대조차 못했다고 했다.

"결혼을 하게 되어 기쁘지 않아?"

내가 은근슬쩍 알폰소를 떠보았다.

알폰소는 진열장 너머를 바라보았다. 천둥번개가 치고 있었지만 아직 비는 내리지 않았다. 알폰소가 말했다.

"나는 이대로가 좋아."

"마리사도 그랬어?"

"마리사는 아니지. 마리사는 불행했어."

"마리사를 평생 애인으로만 두고 싶었던 거야?"

"모르겠어."

"그래도 결국은 마리사를 행복하게 해주기로 한 거잖아."

"마리사가 미켈레를 찾아갔거든."

나는 흔들리는 시선으로 알폰소를 바라보았다.

"무슨 뜻이야?"

알폰소는 신경질적으로 웃었다.

"마리사가 미켈레를 찾아가서 우리 사이를 틀어지게 했어."

나는 등받이 없는 소파에 앉아 있었고 알폰소는 빛을 등지고 서 있었다. 영화에 나오는 투우사처럼 단단하고 팽팽한 몸매였다.

"무슨 말인지 잘 모르겠어. 마리사가 결혼하는 건 넌데 왜 미켈레에게 너와 결혼하게 해달라고 해?"

"내가 마리사와 결혼하는 것은 오직 미켈레의 심기를 건드리고 싶지 않아서야. 여기 일자리를 준 사람이 미켈레니까. 내 능력을 믿어주었으니까. 나는 미켈레가 좋아."

"너 미쳤구나."

"모두들 미켈레를 몰라서 그렇게 말하는 거야. 미켈레가 어떤 사람인지 아무도 몰라."

알폰소는 인상을 찌푸렸다. 눈물을 참아보려 애썼지만 소용이 없었다. 알폰소가 덧붙였다.

"마리사는 임신했어."

"아!"

알폰소가 결혼하는 진짜 이유는 마리사가 임신했기 때문이었다. 나는 알폰소의 손을 잡았다. 많이 민망했지만 어떻게 해서든 그를 안정시키려 했다. 알폰소는 힘겹게 안정을 되찾았다. 알폰소가 말했다.

"인생이란 정말 추한 거야, 레누."

"아니야. 마리사는 좋은 아내이자 훌륭한 엄마가 될 거야."

"마리사가 어떻게 되든 상관 안 해."

"이제 그만해. 너무 심하잖아."

알폰소는 나를 물끄러미 바라보았다. 내 반응을 이해하기 힘들어하는 눈치였다. 알폰소가 물었다.

"리나가 너한테까지 아무 말도 하지 않은 거야?"

"무엇을 말하지 않았다는 거야?"

알폰소는 어처구니없다는 듯 고개를 설레설레 흔들었다.

"내 말이 맞지? 리나도 정상은 아니야. 언젠가 내가 리나에게 비밀을 털어놓은 적이 있거든. 너무 두려워서 누구에게라도 내 감정을 드러내야만 했어. 나는 리나에게 내 비밀을 말했고 그때 리나는 내 말을 주의 깊게 들어주었어. 덕분에 나는 안정을 되찾았지. 그날 대화는 의미가 컸어. 리나는 귀가 아니라 리나만이 가지고 있는 특수한 신체 기관으로 내 말을 듣는 것 같았어. 덕분에 뭐든 말해도 될 것 같았어. 이야기를 마친 후에 제발 비밀을 지켜달라고, 나를 배신하지 말아달라고 부탁하지도 않았어. 다른 사람이었다면 부탁했었을 텐데. 그런데 네게도 말하지 않은 것을 보니 리나가 정말 내 이야기를 아무에게도 하지 않았을 거라는 확신이 드네. 형을 향한 증오가 극에 달하고 매일같이 얻어맞고 살던 그 힘든 때에도 말이야. 앙심 때문에라도 이야기할 수 있었을 텐데 끝까지 입을 다물었던 거야."

나는 알폰소의 말을 끊지 않았지만 속이 상하기는 했다. 어린 시절부터 친구였던 나를 두고 릴라에게만 속내를 다 털어놓았기 때문이다. 알폰소는 내 기분을 알아채고 나를 달래주려 했다. 그는 나를 꼭 껴안더니 내 귀에 대고 속삭였다.

"나는 게이야, 레누. 여자에게 끌리지 않아."

가게 밖으로 나서려는데 알폰소가 민망해 하면서 중얼거렸다.

"아마 너도 벌써 눈치챘었을 거야."

알폰소의 말에 마음만 더 상했다. 나는 그때까지 알폰소가 게이라고는 꿈에도 생각지 못했던 것이다.

57

끝내 비는 오지 않았지만 종일 어두웠던 하루가 그렇게 지나갔다. 그날 일어난 일 때문에 겉보기에는 회복기에 접어들었던 릴라와 나의 관계가 갑작스럽게 국면 전환을 맞게 됐다. 그날 이후 나는 릴라 일에 나서기를 그만두고 내 삶에 집중하고 싶은 욕구를 느꼈다. 사실 자각하지 못했을 뿐 그전에 일어난 이런저런 소소한 일로 조금씩 상처를 받고 있었던 것인지도 모른다. 이제 그런 일들이 쌓이고 싸여 표면에 나타나기 시작한 것이다.

그날의 탐방은 나름대로 유용했다. 하지만 집으로 돌아가는 동안 나는 불만으로 가득했다. 내가 알폰소와 가까운 사이라는 것을 알고 있으면서도 이토록 오랫동안 내게 입 한 번 벙끗하지 않은 릴라를 진정한 친구라 할 수 있을까. 릴라는 자신이 미켈레에게 절대적인 존재라는 사실을 정말 눈치채지 못한 것일까 아니면 나름의 이유 때문에 내게 숨기려 한 것일까. 따지고 보면 나는 나대로 얼마나 많은 일을 릴라에게 감추었던가.

기억 속 장소와 시간과 사람들로 머릿속이 뒤죽박죽된 상태에서 그날 하루를 보냈다. 귀신에게 홀린 것 같았던 마누엘라 부인, 어딘가 멍해 보였던 리노, 초등학교 시절의 질리올라, 중학교 시절의 질리올라, 솔라라 형제의 강인함에 매료된 질리올라, 밀레첸토에 넋이 나간 질리올라. 니노만큼 여자들에게 매혹적이지만 니노와는 달리 한 사람에게만 절대적인 열정을 바칠 수 있는 미켈레. 그리고 릴라가 있었다. 미켈레의 열정을 불러일으킨 릴라. 미켈레의 감정은 소유욕이나 촌스러운 허세나 복수심이나 릴라가 말했던 것처럼 추잡한 욕정과는 달랐다. 그것은 순정이라고도 열등감이라고도 표현할 수 없는 감정이었다. 사내들에게서 찾아보기 힘든 감정이었다. 사랑하는 여인을 무슨 수를 써서라도, 비록 그 수단이 잔혹할지라도 개의치 않고 최고의 여인으로 만들고야 말겠다는 그런 복합적인 감정이었다. 나 자신은 질리올라와 더 가깝다는 생각이 들었다. 질리올라가 왜 그다지도 비참해했는지 이해할 수 있었다.

그날 저녁 나는 릴라와 엔초를 만났다. 나는 릴라를 사랑하는 마음에, 릴라와 함께 살고 있는 남자를 보호하기 위해 나섰던 그날의 탐방에 대해서는 한마디도 언급하지 않았다. 나는 릴라가 젠나로에게 저녁을 먹이려고 부엌에 간 틈을 타 엔초에게 릴라가 고향에 돌아가고 싶어 한다고 말했다.

나는 엔초에게 내 의견을 숨기지 않기로 마음먹었다. 나는 엔초에게 고향 동네로 돌아가는 것이 별로 좋은 생각은 아닌 것 같지만 릴라를 안정시킬 수만 있다면, 아니 적어도 릴라 스스로 안정을 찾는 데 도움이 된다고 생각하는 일이라면 격려해주어야 한다고 했다. 그렇다고 릴라가 아픈 것은 아니었다. 릴라는 멀쩡했다. 균형만 다시 찾으면 될 뿐이었다.

나는 그동안 어느 정도 시간이 흘렀기 때문에 고향에서 생활하는 것이 산 조반니 아 테두초에서 생활하는 것보다 나쁠 게 없을 것 같다고 했다. 엔초는 어깨를 으쓱해 보였다.

"나는 반대할 이유가 없어. 아침에 조금 더 일찍 일어나고 저녁에 조금 더 늦게 들어오면 되니까."

"예전에 돈 카를로가 살던 집을 임대한다는 걸 봤어. 자식들은 이미 카세르타로 떠났고 돈 카를로의 미망인도 자식들을 따라가려나봐."

"임대료는 얼만데?"

나는 금액을 엔초에게 말해주었다. 고향 동네의 임대료는 산 조반니 아 테두초의 임대료보다 저렴했다.

"그 정도면 괜찮아."

엔초가 동의했다.

"그래도 골치 아픈 일이 생길 거라는 건 알지?"

"골치 아픈 일이라면 여기도 많아."

"성가신 일이 더 많아질 거야. 이런저런 요구사항도 늘어날 테고."

"그거야 부닥쳐봐야지."

"리나 곁에 있어줄 거지?"

"리나가 원할 때까지는."

우리는 릴라에게 돈 카를로의 집 이야기를 들려주러 부엌으로 갔다. 마침 릴라는 젠나로와 한바탕 전쟁을 치른 후였다. 이웃집에서 보내는 시간보다 엄마와 보내는 시간이 길어지자 젠나로는 어찌할 바를 몰라 했다. 예전보다 자유롭지 않고 익숙해진 습관을 포기해야 할 상황에 처하자 젠나로는 다섯 살이나 되었는데 음식을 떠먹여 달라면서 반항했다. 릴라가 젠나로에게 고함을 지르자 젠나로가 접시를 바닥에 던져 접시가 산산조각 나고 말았다. 우리가 부엌에 들어갔을 때는 릴라가 젠나로의 뺨을 때린 후였다. 릴라는 나를 향해 사납게 쏘아붙였다.

"젠나로에게 밥을 먹일 때 비행기 놀이를 해준 사람이 너야?"

"딱 한 번 그랬어."

"이제는 그러지 마."

"안 그럴게."

내가 말했다.

"그래. 다시는 그러지 마. 어차피 작가 노릇이나 하러 떠나버릴 거잖아. 나는 밥 먹일 때마다 아이와 비행기 놀이나 하면서 허비할 시간이 없단 말이야."

내가 바닥을 치우는 동안 릴라는 조금씩 안정을 되찾았다. 엔초는 릴라에게 자기는 고향에서 살아도 좋다고 했고 나는 울분을 억누르며 돈 카를로의 집이 임대로 나왔다는 이야기를 해주었다. 릴라는 젠나로를 달래면서 심드렁한 태도로 우리 이야기에 귀를 기울였다. 그러더니 릴라는 고향 동네로 이사 가고 싶어 한 사람이 엔초이고 내가 그런 엔초를 부추겼다는 투로 말했다.

"좋아. 너희들이 정 원한다면 그렇게 할게."

다음 날 우리는 모두 함께 집을 보러 갔다. 집 상태가 형편없었는데도 릴라는 좋아했다. 터널 근처 동네의 끄트머리에 있는 집의 위치를 마음에 들어 했다. 창문 너머로 카르멘 약혼자의 주유소가 보이는 것도 좋다고 했다.

엔초가 밤에 큰길가로 트럭이 다니는 소리와 화물 주차장의 기차 소리 때문에 시끄러울 것 같다는 점을 지적했지만 릴라는 어린 시절부터 익숙한 소리라면서 오히려 좋아했다. 둘은 돈 카를로의 미망인과 적당한 선에서 합의를 보았다. 그때부터 엔초는 퇴근 후 바로 산조반니 아 테두초로 가지 않고 고향 동네로 가서 집을 그나마 살 만한 곳으로 만들기 위한 작업을 시작했다.

5월이 되었다. 나는 결혼식이 얼마 남지 않아 피렌체와 나폴리를 정신없이 오가던 때였다. 하지만 릴라는 내 결혼 날짜는 안중에도 없이 자기 집을 재정비하기 위한 물건을 구입하는 데 나를 끌고 다녔다. 우리는 더블 침대와 젠나로를 위한 간이침대를 구입했다. 전화를 신청할 때도 같이 갔다. 길 가던 사람들은 그런 우리를 주시했다. 나에게만 인사하는 사람도 있고 우리 모두에게 인사를 건네는 사람도 있고 둘 다 본체만체 그냥 지나가는 사람도 있었다.

사람들이 어떻게 대하든 릴라는 마음이 편해 보였다. 한번은 길에서 아다와 마주쳤다. 아다는 혼자 길을 걷다 우리를 보자 정중하게 고개를 끄덕이더니 급한 일이 있는 것처럼 걸음을 재촉했다. 스테파노의 어머니와 마주친 적도 있었다. 나와 릴라가 인사를 건네자 아주머니는 얼굴을 홱 돌려버렸다. 스테파노와 마주친 적도 있었다. 그는 차를 타고 지나가다 우리를 보고 자기가 먼저 차를 세우더니 차에서 내려 릴라는 무시한 채 내게만 명랑하게 인사했다. 내 결혼에 대해 묻더니 얼마 전에 아다와 딸아이를 데리고 피렌체에 다녀왔는데 아주 좋은 곳이라고 했다. 그는 젠나로의 뺨을 쓰다듬더니 릴라에게 고개를 끄덕이고는 가던 길로 떠났다.

릴라의 아버지 페르난도 아저씨도 만났다. 아저씨는 그새 몹시 나이가 들어 있었다. 자세도 구부정했다. 초등학교 앞에 서 있는 아버지의 모습을 본 릴라는 그때만큼은 동요했다. 릴라는 젠나로에게 할아버지를 소개해주겠다고 했다. 나는 릴라를 막아보려 했지만 릴라는 기어코 젠나로를 데리고 제 아버지에게 다가갔다. 페르난도 아저씨는 릴라를 없는 사람 취급했다. 잠시 손자를 물끄러미 바라보더니 젠나로에게 또박또박 말한 후 자리를 떴다.

"네 어미를 보면 걸레 같은 계집이라고 말해주려무나."

많은 만남 가운데 그 당시에는 별로 중요하지 않게 느껴졌지만 결과적으로 가장 충격적이었던 만남은 따로 있었다. 그 일이 일어난 것은 릴라가 새집으로 완전히 이사하기 며칠 전이었다. 이사 갈 집에서 나서려던 참에 우리는 멜리나와 마주쳤다. 멜리나는 스테파노와 아다 사이에서 태어난 손녀 마리아의 손을 잡고 있었다. 평소처럼 넋이 반은 나가 있었지만 말끔한 옷차림에 과산화수소수로 머리를 금발로 염색하고 화장을 진하게 하고 있었다.

멜리나는 나는 알아봤지만 릴라는 알아보지 못했다. 아니 실은 처음부터 나하고만 이야기하기로 마음먹었던 것일 수도 있었다. 멜리나는 내가 아직 자기 아들 안토니오의 여자친구라고 생각하고 있는 것 같았다. 멜리나는 안토니오가 곧 독일에서 돌아올 거라며 편지에 항상 내 소식을 묻는다고 했다. 내가 멜리나의 옷과 머리 스타일을 칭찬하자 그녀는 매우 만족해했다. 하지만 내가 멜리나의 손녀를 칭찬하자 그보다 더 기뻐했다. 아이는 수줍어하며 할머니 치마에 찰싹 달라붙어 있었다.

멜리나는 불현듯 젠나로에게도 칭찬을 해야겠다는 생각이 들었는지 릴라를 향해 물었다.

"네 아들이니?"

말 한마디 건네지 않고 빤히 쳐다만 보다가 그제야 릴라가 누군지 기억난 것 같았다. 릴라가 자기 딸 아다에게 남편을 빼앗긴 여인이라는 사실을 기억하는 것 같았다.

멜리나는 자못 심각하게 말했다. 커다란 다크서클 속에서 두 눈이 퀭해 보였다.

"리나, 너 아주 못나졌구나. 몸이 쇠꼬챙이 같아. 그 모양이니 스테파노에게 버림받지. 사내들은 어느 정도 살집이 있는 여자를 더 좋아한단다. 아니면 도대체 어디에 손을 두어야 할지 몰라 떠나버리기 마련이야."

멜리나는 갑자기 고개를 홱 돌려서 젠나로를 바라보더니 마리아를 가리키며 외치듯 말했다.

"이 애가 네 동생이라는 거 아니? 서로 뽀뽀 한 번씩 해주렴. 어서. 정말 예쁜 아이들이로구나."

젠나로는 바로 마리아에게 뽀뽀를 해주었다. 마리아는 얌전히 뽀뽀를 받았다. 멜리나는 두 아이가 나란히 서 있는 것을 보고 탄성을 질렀다.

"둘 다 아빠를 닮았구나. 둘이 붕어빵 같아. 똑같이 생겼어."

멜리나는 급한 일이라도 있는 것처럼 손녀를 자기 쪽으로 끌어당겨 인사도 하지 않고 떠나가 버렸다.

릴라는 내내 입을 다물고 있었지만 나는 그녀가 격렬하게 동요하고 있다는 것을 느낄 수 있었다. 어린 시절 부드러운 비누를 먹으면서 큰길을 따라 걸어가던 멜리나의 모습을 보았을 때처럼 말이다. 멜리나와 아이가 시야에서 사라진 후, 릴라는 갑자기 흠칫하더니 신경질적으로 머리를 마구 헝클어뜨렸다. 릴라는 눈꺼풀을 바르르 떨며 말했다.

"결국에는 나도 저렇게 되겠지."

릴라는 머리를 다시 매만지며 속삭였다.

"지금 멜리나가 한 말 들었어?"

"응. 신경 쓰지 마. 넌 빼빼 마르지도 못생기지도 않았어."

"내가 빼빼 마르고 못생긴 게 뭐가 중요해. 둘이 닮았다고 한 말 말이야."

"닮았다니?"

"아이들이 닮았다는 말. 멜리나 말이 맞아. 둘 다 스테파노랑 똑같이 생겼어."

"말도 안 돼. 마리아는 그렇지만 젠나로는 달라."

릴라는 웃음을 터뜨렸다. 참 오랜만에 들어보는 릴라다운 못된 웃음소리였다. 릴라가 힘주어 말했다.

"둘이 완전히 붕어빵이야."

58

이제 정말 떠나야 할 때가 왔다. 그동안 릴라를 위해서 할 만큼은 했다. 이대로 가면 나마저도 젠나로의 진짜 친부가 누구인지, 멜리나가 얼마나 통찰력이 뛰어났는지 따위의 부질없는 생각에 빠져 헤어 나오지 못하게 될 것이다. 릴라가 머릿속으로 어떤 비밀스러운 생각을 하는지, 릴라가 어디까지 알고 있고 어디까지 모르고 어디까지 추측은 하지만 입을 열지 않은 것인지, 어디까지 그저 자기 마음 편하자고 믿는 척하는 것인지 생각하다보면 이 모든 상념이 거센 소용돌이가 되어 나를 뒤흔들어 놓을 것이다. 엔초가 아직 직장에서 돌아오지 않은 틈을 타서 우리는 그날 만남에 대해 이야기를 나누었다. 나는 상식적인 이야기로 대화를 풀어나갔다. 나는 여자라면 자기 자식의 아버지가 누군지 모를 수 없다고 했다.

"너는 항상 젠나로가 니노의 아이라고 생각했잖아. 아니, 니노의 아이이기 때문에 젠나로를 원했던 거잖아. 그런데 지금 와서 정신이 온전치도 않은 멜리나의 말 한마디에 너도 젠나로가 스테파노 아이라고 믿게 된 거야?"

내 말에 아랑곳하지 않고 릴라는 킥킥 웃으면서 말했다.

"바보 같으니라고. 어떻게 지금껏 모를 수가 있었지?"

릴라는 오히려 기뻐하는 것 같았다. 나는 그런 릴라를 도무지 이해할 수 없었다. 결국 나는 입을 다물었다. 그렇게 생각하는 것이 오히려 릴라에게 도움이 된다면 내버려두자. 하지만 그게 아니라 릴라의 상태가 여전히 불안정해서 그러는 거라고 해도 내가 더 이상 무엇을 할 수 있겠는가.

이 정도면 됐다. 그동안 프랑스와 스페인과 독일에서도 내 책의 판권을 구입했고 곧 각 나라의 언어로 번역될 예정이다. 캄파니아 지방 공장에서 일하는 여성 노동자 문제에 관한 내 기사가 『우니타』지에 두 번 더 실렸고 신문사 측도 내 글에 흡족해했다. 출판사는 출판사대로 어서 새 작품 집필에 착수하라고 재촉했다. 한마디로 내 일에만 신경 쓰기에도 버거울 정도였다. 나는 이미 릴라를 위해 최선을 다했다. 릴라에게 일어난 골치 아픈 일을 쫓아다니며 해결하느라 언제까지 내 시간을 허비할 수는 없는 노릇이었다.

그새 나는 시어머니의 조언에 따라 결혼식에 입을 크림색 정장을 밀라노에서 구입해두었다. 아주 세련된 디자인의 재킷과 짧은 스커트가 한 벌인 정장이었다. 나는 그 옷을 입으면서 릴라를 생각했다. 화려했던 릴라의 신부복과 재단사가 레티필로에 있는 가게 진열장에 내걸었던 릴라의 신부복 사진을 생각했다. 그때와 비교하니 릴라와 내가 얼마나 다른지 새삼 와닿았다.

릴라의 결혼식과 나의 결혼식. 우리는 이제 전혀 다른 세계에 속하게 되었다. 얼마 전 나는 릴라에게 성당에서 결혼식을 올리지 않을 생각이라고 했다. 전통적인 신부복도 입지 않을 것이라고 했다. 피에트로는 그나마 가까운 친척들을 초대하는 것도 마지못해 받아들였다고 했다.

"왜?"

그때 릴라가 내게 무심한 태도로 물었다.

"왜라니? 뭐가?"

"왜 성당에서 식을 올리지 않는 건데?"

"둘 다 신자가 아니니까."

"주님의 손가락인 성령은 어쩌고?"

릴라가 어린 시절 둘이 함께 썼던 짧은 기고문을 기억하면서 말했다.

"그땐 어렸었지."

"그래도 피로연이라도 해. 친구들도 초대하고."

"피에트로가 싫어해."

"나도 초대하지 않을 생각이야?"

"초대하면 정말 오려고?"

릴라는 고개를 가로저으며 웃음을 터뜨렸다.

"아니."

내 결혼에 대한 우리의 대화는 그게 끝이었다. 5월 초, 나폴리를 떠날 날이 얼마 남지 않았을 무렵 고향을 떠나기 전에 마지막으로 꼭 하고 싶은 일이 생겼다. 그런데 그 마지막 계획을 실행하는 과정에서, 물론 꼭 그 일 때문만은 아니었지만, 일이 불쾌한 방향으로 전개되었다.

나는 갈리아니 선생님을 찾아가기로 마음먹고 번호를 찾아 선생님에게 전화를 걸었다. 곧 결혼을 하게 되었다고 한 뒤 피렌체에서 신혼 생활을 하게 되었으니 떠나기 전에 인사차 들르고 싶다고 했다. 선생님은 놀라는 기색도 기뻐하는 기색도 없이 그저 예의 바르게 다음 날 오후 5시에 집으로 오라고 했다. 전화를 끊기 전에 선생님이 말했다.

"네 친구 리나를 데려와도 좋아. 그 애가 원한다면 말이야."

릴라는 갈리아니 선생님의 요청에 선뜻 응했다. 젠나로를 엔초에게 맡기고 나를 따라나섰다. 나는 화장을 하고 머리를 손질하고 시어머니에게 배운 취향대로 옷을 입었다.

나는 릴라도 부끄럽지 않을 정도로 꾸며주었다. 그 무렵 릴라에게 몸단장을 시키기란 여간 어려운 일이 아니었다. 릴라는 달콤한 빵이라도 가져가자고 했지만 나는 자리에 어울리지 않을 것 같다고 했다. 대신 서점에서 내 소설을 한 권 샀다. 나는 선생님이라면 당연히 내 책을 벌써 구입해 읽었을 것이라고 생각했지만 선생님을 위한 헌사를 써드리기 위해 책을 새로 샀다.

우리는 약속한 시간에 맞춰 집에 도착했다. 초인종을 눌러도 아무런 기척이 없었다. 초인종을 다시 누르자 나디아가 헐레벌떡 달려와 문을 열어주었다. 옷매무새가 헝클어진 데다 평소처럼 예의 바른 태도도 아니었다. 우리가 갑자기 나타나는 바람에 외모뿐 아니라 태도마저 흐트러진 것 같았다. 내가 선생님과 약속이 있다고 하자 나디아는 어머니는 집에 없다고 말하면서 우리를 거실로 안내해주고는 이내 자취를 감추었다.

우리는 아무 말도 하지 않고 거실에 앉아 있었다. 정적이 감도는 가운데 어색한 미소만 주고받았다. 5분쯤 지났을까. 드디어 복도에서 발소리가 들려왔다. 파스콸레였다. 머리가 약간 헝클어진 채였다. 릴라는 예상했다는 듯 담담했지만 나는 진심으로 놀라서 외쳤다.

"여기에 대체 어쩐 일이야?"

파스콸레는 괜히 심각하게 대꾸했다. 상냥함과는 거리가 먼 말투였다.

"그러는 너희야말로 여기서 뭘 하고 있어?"

파스콸레의 말에 처지가 바뀌어 오히려 내가 그 집에 온 이유를 설명해야 했다. 나는 고등학교 때 선생님과 약속이 있다고 했다.

파스콸레는 그러냐고 하고는 릴라에게 비꼬는 투로 물었다.

"이제 완전히 회복하셨나봐?"

"어느 정도 괜찮아졌어."

"다행이네."

나는 화가 나서 릴라를 대신해 대답했다. 릴라는 이제 겨우 회복세에 들어섰다고 했다. 그리고 어찌 됐든 브루노 소카보는 이번 일로 쓴맛을 톡톡히 봤다고 했다. 회사가 노동청의 조사를 받은 데다 릴라에게 줄 돈도 다 뱉어냈다고 했다.

"아, 그러셔?"

파스콸레가 입을 여는 순간 나디아가 다시 나타났다. 지금 당장이라도 외출할 수 있을 정도로 정돈된 모습이었다.

"들었어, 나디아? 친애하는 그레코 선생께서 소카보 씨에게 톡톡히 쓴맛을 보여주셨다네."

나는 외쳤다.

"내가 그랬다는 게 아니야."

"그레코 선생이 아니라면 전능하신 주님이 그러셨나보네."

나디아는 살짝 미소를 지었다. 거실을 가로지르더니 멀쩡히 소파에 빈자리가 있는데도 사랑스러운 태도로 파스콸레의 무릎 위에 앉았다. 나는 마음이 불편했다.

"난 그저 리나를 도와주고 싶었을 뿐이야."

파스콸레는 한쪽 팔로 나디아의 허리를 감싸 안더니 내 쪽으로 몸을 기울였다.

"좋아. 그럼 이탈리아는 말할 것도 없이 전 세계 어디에서든 공장이나 공사장에서 사장의 폭정으로 노동자들이 위험에 처하면 엘레나 그레코 선생을 부르면 되겠네. 그레코 선생이 수화기를 들고 잘난 친구들이나 노동청이나 천국에 있는 성자들에게 전화 한 통만 돌리면 만사 해결이겠어."

파스콸레가 나를 그런 식으로 대한 적은 한 번도 없었다. 어린 시절 파스콸레가 나보다 한참 어른 같아 보이던 때도, 자기가 무슨 정치 전문가라도 되는 것처럼 굴 때도 내게 그런 식으로 말한 적은 한 번도 없었다. 나는 기분이 상해 뭐라고 대꾸를 하려 했지만 마침 그때 나디아가 끼어들면서 나를 대화에서 소외시켰다. 나디아는 평소처럼 모기만 한 목소리로 조근조근 말했다. 나에게는 말할 가치도 없다는 투로 릴라를 향해 말했다.

"노동청 조사는 아무짝에도 쓸모없어요, 리나. 소카보 공장을 방문한 후 절차에 따라 서류를 작성하긴 했겠죠. 하지만 그게 다예요. 공장 사정은 여전해요. 그 과정에서 소리를 높인 사람은 노출되는 바람에 더 곤경에 처했고 입 다물고 있었던 사람은 그에 대한 보상으로 몇 푼 더 받았죠. 덕분에 우리는 고발당했고 파시스트 일당이 우리 집 문 앞까지 쫓아와 아르만도에게 린치를 가했어요."

나디아의 말이 미처 끝나기도 전에 파스콸레는 전보다 더 쌀쌀맞은 말투로 내게 언성을 높였다.

"대체 어쩌려고 그렇게 건방지게 굴었던 거야?"

파스콸레는 괴로워하며 말했다. 그는 진심으로 실망한 것 같았다.

"지금 국가적 상황이 어떤지 알기나 해? 계급투쟁이 뭔지 알기나 하냐고."

"부탁이니 소리는 지르지 마."

나디아가 파스콸레에게 말했다. 나디아는 다시 릴라를 향해 속삭이듯 말했다.

"동지를 버려서는 안 되죠."

릴라가 대답했다.

"어차피 결과는 똑같았을 거예요."

"무슨 말이죠?"

"전단지나 뿌리고 파시스트들과 몸싸움을 벌인다고 공장 일이 해결되지는 않는다는 뜻이에요."

"그럼 어떻게 해야 해결할 수 있는데요?"

릴라는 아무 말도 하지 않았다. 파스콸레가 이번에는 릴라를 향해 쏘아붙였다.

"마음씨 좋은 사장 친구들을 총동원하는 것이 문제의 해결책인 거야? 그까짓 돈 몇 푼 받으면 된 거야? 그렇게 동료들을 내팽개쳐도 되는 거냐고."

그제야 나는 분통을 터뜨렸다.

"그만두지 못해?"

나도 모르게 언성이 높아졌다.

"말투가 대체 왜 그래? 그런 게 아니야."

나는 뭐라도 설명을 해서 파스콸레의 입을 다물게 하고 싶었다. 하지만 머릿속이 텅 빈 것 같아 무슨 말을 해야 할지 알 수 없었다. 한 가지 생각이 혀끝을 맴돌았지만 악의적인 생각이었고 정치적인 관점에서도 쓸모없는 말이었다. 나는 파스콸레에게 양갓집 규수를 손에 넣고 나니 우쭐해져서 감히 내게 그런 식으로 말하는 거냐고 쏘아붙이고 싶었다. 하지만 릴라는 성가시다는 듯 나를 제지하더니 의외의 발언으로 나를 당황시켰다.

"레누, 그만해. 저들의 말이 옳아."

나는 너무나 속상했다. 저들의 말이 옳다니? 나는 릴라의 말에 이의를 제기하고 싶었다. 이제는 릴라와도 싸우고 싶은 마음이 생길 정도였다. 대체 그런 말을 한 저의가 무엇이란 말인가. 하지만 바로 그 순간 복도에서 갈리아니 선생님의 발소리가 들려왔다.

59

나는 선생님이 내가 소리 지르는 것을 듣지 못했기를 바랐다. 나디아가 파스콸레의 무릎에서 벌떡 일어나 소파에 앉기를 기다렸다. 둘 사이의 친밀감을 숨기려고 당황해하는 모습을 보고 싶었다. 릴라도 두 사람을 심술궂게 바라보고 있었다. 하지만 둘은 꿈쩍도 하지 않았다. 나디아는 한술 더 떠서 파스콸레의 무릎에서 떨어질까봐 두려운 듯 팔로 그의 목을 감싸 안았다. 나디아는 문턱에 막 모습을 드러낸 갈리아니 선생님에게 다음부터는 사람을 집에 불렀으면 불렀다고 미리 알려달라고 했다. 갈리아니 선생님은 대꾸조차 하지 않고 우리를 향해 차갑게 말했다.

"미안해. 내가 좀 늦었구나. 내 서재로 가자꾸나."

우리는 갈리아니 선생님을 뒤따라갔다. 파스콸레는 나디아에게서 몸을 떼며 갑작스레 우울한 말투로 말했다.

"우리도 그만 저쪽으로 가자."

갈리아니 선생님은 복도를 따라 우리를 안내하며 화난 말투로 중얼거렸다.

"저 상스러운 태도 때문에 정말 짜증이 나."

갈리아니 선생님은 우리를 오래된 책상과 수많은 책, 별다른 장식

없이 소박한 의자만 몇 개 있는 통풍이 잘 되는 방으로 데리고 갔다. 말투는 친절했지만 기분이 좋지 않은 것을 애써 참고 있다는 것을 알 수 있었다.

선생님은 나를 만나서 반갑고 릴라를 다시 만나게 되어 반갑다고 했다. 그러나 말 한마디 한마디에서, 단어와 단어 사이를 이으며 잠시 말을 멈추는 순간마다 선생님의 분노가 점점 치밀어오르는 것이 느껴져 나는 한시라도 빨리 자리를 뜨고 싶었다. 나는 그동안 연락드리지 못해서 죄송하다고 한 뒤 힘들었던 학업과 책 출판, 약혼부터 이제 얼마 남지 않은 결혼식까지 그동안 내게 일어난 수많은 일에 대해 숨이 살짝 가쁠 정도로 줄줄이 열거했다.

"식은 성당에서 올리니? 아니면 혼인신고만 할 예정이니?"

"혼인신고만 할 거예요."

"잘 생각했다."

선생님은 릴라를 대화에 끌어들이기 위해 릴라에게 물었다.

"당신은 성당에서 결혼했나요?"

"네."

"신자인가요?"

"아니요."

"그런데 왜 성당에서 식을 올렸죠?"

"다들 그렇게 하니까요."

"다들 그렇게 한다고 똑같이 할 필요는 없죠."

"그런 일이 한두 가지인가요."

"엘레나의 결혼식에는 참석할 예정인가요?"

"초대받지 못했는걸요."

나는 발끈해서 바로 대꾸했다.

"거짓말."

릴라가 킥킥댔다.

"정말이에요. 엘레나는 저를 부끄러워한답니다."

장난스러운 말투였지만 나는 상처를 받았다. 대체 무슨 생각이람? 아까는 나디아와 파스콸레 앞에서 내 말이 틀렸다고 하더니 지금은 왜 또다시 갈리아니 선생님 앞에서 그런 기분 나쁜 말을 하는 걸까.

"말도 안 되는 소리."

나는 이렇게 말하면서 마음을 가라앉히려고 가방에서 책을 꺼내 갈리아니 선생님에게 내밀었다.

"이 책을 드리고 싶었어요."

갈리아니 선생님은 잠시 책을 물끄러미 바라보았다. 바라보고는 있었지만 자기 생각에 빠져 책이 눈에 들어오지 않는 것 같았다. 선생님은 고맙지만 이미 가지고 있다면서 내게 책을 돌려주었다.

"그래, 남편 직업은 뭐지?"

"피렌체 대학에서 라틴 문학을 가르치고 있어요."

"나이가 너보다 한참 위인가 보지?"

"스물일곱이에요."

"그렇게 젊은데 벌써 교수로 임명됐어?"

"실력이 좋거든요."

"이름이 뭐지?"

"피에트로 아이로타라고 해요."

갈리아니 선생님은 나를 찬찬히 뜯어보았다. 학창 시절 내가 선생님의 질문에 미흡한 대답을 했을 때 나를 바라보던 시선이었다.

"구이도 아이로타랑 친척이니?"

"그분의 아들이에요."

선생님은 노골적으로 적의를 드러내며 웃음을 지었다.

"멋진 결혼이로구나."

"우리는 서로 좋아해요."

"벌써 다음 작품을 시작했니?"

"노력 중이에요."

"『우니타』지에도 글을 기고하더구나."

"고작 몇 번 정도인걸요."

"나는 그쪽과 관계를 끊었다. 관료주의적인 신문이야."

갈리아니 선생님은 다시 릴라에게 말을 걸었다. 어떻게 해서든 릴라에 대한 호감을 나타내고 싶어 하는 것 같았다.

"당신이 공장에서 한 일은 정말 대단해요."

릴라는 불편한 듯 인상을 찌푸렸다.

"전 아무것도 하지 않았어요."

"그렇지 않아요."

갈리아니 선생님은 자리에서 일어나 책상 위에 쌓여 있는 서류를 뒤져 종이 몇 장을 찾아냈다. 선생님은 마치 반박할 수 없는 증거라도 된다는 듯이 그 종이를 릴라에게 보여주었다.

"나디아가 자기 서류를 여기저기 내버려두고 다니는 덕분에 읽을 수 있었죠. 정말 신선하고 용기 있는 글이에요. 문체도 훌륭하고요. 이 말을 해주고 싶어서 꼭 한 번 다시 만나고 싶었어요."

선생님의 손에는 내가 처음으로 『우니타』지에 글을 기고했을 때 참고했던 릴라의 글이 들려 있었다.

60

그렇다. 이제는 정말 이 모든 상황에서 벗어날 때가 된 것이다. 나는 씁쓸한 기분으로 갈리아니 선생님 댁을 나섰다. 입 안이 바싹 말랐다. 선생님에게는 나를 그런 식으로 취급할 권리가 없다고 말할 용기를 끝내 내지 못했다.

선생님은 내 책에 대해서는 일언반구도 없었다. 이미 구입한 것으로 보아 분명 읽어보았을 텐데. 하다못해 대충 훑어보기라도 했을 텐데. 선생님께 헌사를 써드리려고 일부러 책을 가져왔는데 나에게 헌사를 부탁하지도 않았다. 게다가 선생님과 관계를 잘 마무리하고 싶기도 하고 마음이 약해지기도 해서 선생님 댁을 떠나기 전에 내가 먼저 헌사를 써드리겠다고 했을 때 선생님은 싫다 좋다 말도 없이 미소를 한번 짓더니 릴라와 대화를 이어나갔다.

무엇보다 내가 쓴 기사에 대해서도 한마디 언급이 없었다. 그나마 처음에 말을 꺼낸 것도 내 기사를 빌미로 『우니타』지를 깎아 내리기 위해서였다. 그러더니 릴라가 쓴 글을 꺼내들고 내 의견 따위는 하나도 중요하지 않은 것처럼 둘이서만 이야기하기 시작했다. 나는 아예 없는 사람 취급했다. 나는 갈리아니 선생님을 향해 소리치고 싶었다.

'그래요. 릴라는 정말 똑똑한 아이예요. 나는 평생 릴라의 재능을 인정했고 사랑했고 모든 면에서 영향을 받았죠. 하지만 나도 죽도록 노력해서 나름대로 똑똑해졌고 성공했어요. 이제는 어딜 가든 인정을 받아요. 나는 적어도 잘난 척만 할 줄 알았지 아무짝에도 쓸모없는 당신 딸 같은 사람은 아니에요.'

하지만 나는 입도 뻥끗 못하고 갈리아니 선생님과 릴라가 노동 문제와 공장 실태와 근무조건을 개선하기 위해 필요한 조치에 대해서 이야기하는 것을 듣고만 있었다.

층계참에 이르러서도 둘은 자기들끼리만 이야기를 계속했다. 마지막에 갈리아니 선생님은 내게는 건성으로 잘 가라고만 하고 릴라에게는 꼭 다시 연락하라고 당부하면서 릴라를 껴안았다. 갈리아니 선생님은 어느새 릴라에게 말까지 놓았다.

나는 비참했다. 게다가 파스콸레와 나디아가 다시 나타나지 않아 그들이 내게 퍼부었던 비난을 맞받아칠 기회마저 없었기 때문에 그 둘에 대한 분노도 마음속에 고스란히 남아 있었다.

대체 친구를 도운 것이 무슨 죄란 말인가. 나는 릴라를 돕기 위해 나 자신을 드러낸 것이 아닌가. 감히 어떻게 그런 내 행동을 비판할 수 있단 말인가.

계단을 내려와 현관을 지나 비토리오 에마누엘레 가에 릴라와 단 둘이 남게 되자 나는 당장에라도 릴라에게 소리치고 싶었다.

'정말 내가 너를 부끄럽게 여긴다고 생각하는 거야? 대체 생각이 있는 거야 없는 거야? 왜 파스콸레와 나디아 앞에서 그들의 말이 옳다고 한 거야? 넌 정말 배은망덕해. 네 곁에 있어주려고 할 수 있는 건 다했는데, 네게 도움이 되고 싶어 물불 가리지 않았는데 나를 그렇게 취급하다니. 너는 정말로 머리에 병이 든 거야.'

하지만 막상 밖으로 나가자 내가 미처 입을 열기도 전에 (사실 말해봤자 무엇이 달라졌겠는가) 릴라는 내 팔짱을 끼고 나 대신 갈리아니 선생님에 대한 험담을 늘어놓기 시작했다.

그 바람에 나는 내 앞에서 파스콸레와 나디아 편을 들고 내가 내 결혼식에 자신을 원치 않는다고 말한 릴라의 행동에 화낼 틈을 찾지 못했다. 지금 하는 행동만을 보고 있자니 그런 말을 한 것이 릴라가 아니라 전혀 다른 사람인 것 같았다. 자기 스스로도 잘 모르는 릴라가 또 하나 있는 것 같았다. 그런 릴라에게 이유를 물어봤자 소용없을 것 같았다.

"정말 형편없는 사람들이지 뭐야."

릴라가 갈리아니 선생님 가족을 공격하기 시작했다. 릴라는 아메데오 광장 전철역에 도착할 때까지 쉬지 않고 험담을 늘어놓았다.

"그 노인네는 너를 어쩜 그렇게 대한다니? 복수하고 싶었던 거야. 네가 책을 출판하고 신문에 기고까지 한다는 것을 받아들일 수 없었던 거야. 네가 좋은 집으로 시집가게 된 것도 그렇고. 무엇보다 그 누구보다 뛰어난 아이로 키우려던 나디아가, 자신의 평생 자랑거리가 되었어야 했던 나디아가 제대로 하는 일이 하나도 없는 데다 어머니가 보는 앞에서 벽돌장이에게 창녀 짓이나 해주고 있다는 사실을 도저히 받아들이지 못하는 거야. 그래. 용납할 수 없었던 거야. 그러니까 괜히 속상해하지 말고 잊어버려. 책은 또 왜 주고 왔어. 헌사를 써주겠다고 할 필요도 없었어. 헌사를 써주지 말았어야 했어. 저 집 사람들 모두 엉덩이를 걷어차여도 싼 사람들이야. 넌 너무 착한 게 문제야. 소위 인텔리라는 사람들 말이라면 깜빡 넘어가지. 그런 부류의 사람들만 제대로 사고할 수 있다고 생각하나봐. 하지만 그렇지 않아. 마음을 좀 편히 가져봐. 이제 그만 이곳을 떠나. 결혼을 하고 신혼여행을 떠나도록 해. 나를 위해서 이미 너무 많은 일을 했어. 이제 다음 작품도 쓰기 시작해야지. 난 네가 잘할 수 있을 거라고 믿어. 너를 사랑해."

릴라의 말을 듣고 있기가 힘에 겨웠다. 릴라와는 도무지 안정된 관계를 구축할 수가 없었다. 조금 안정기에 접어들었다 싶으면 릴라는 이내 이상한 생각을 해서 균형을 깨뜨렸다. 그러다보니 우리 사이에서 관계의 안정성은 언제나 일시적인 현상에 불과했다. 나는 릴라가 내게 정말로 사과하기 위해 그렇게 말하는 것인지, 들키고 싶지 않은 감정을 감추기 위해 거짓된 말을 하는 것인지 아니면 내게 영원히 결별을 선언하는 것인지 판단할 수 없었다.

분명한 것은 릴라가 본심을 감추고 있으며 내게 전혀 고마워하지 않는다는 사실이었다. 그동안 변화가 많았는데도 내가 여전히 릴라에게 열등감을 느끼고 있다는 사실이었다. 나는 평생 그 열등감에서 벗어나지 못할 것 같았다. 그 사실을 참을 수 없었다. 순간 나는 진심으로 심장전문의의 진단이 오진이기를 바랐다. 아르만도가 옳았기를 바랐다. 릴라가 정말로 병들어 죽어버렸으면 좋겠다고 생각했다. 그 바람을 억누를 수 없었다.

그날 이후 몇 년 동안 우리는 다시 만나지 못했다. 우리는 오랫동안 전화로만 소식을 주고받았고 서로의 눈을 바라보지 못한 채 음성의 조각들로만 존재했을 뿐이었다. 하지만 릴라가 죽어버렸으면 좋겠다는 욕망은 내 맘 한구석에 뿌리를 내려 내가 아무리 쫓아버리려 해도 사라지지 않았다.

61

피렌체로 떠나기 전날 밤 나는 좀처럼 잠을 이루지 못했다. 머릿속을 맴도는 수많은 괴로운 생각 중에서 특히 파스콸레가 한 말을 잊을 수 없었다. 파스콸레에게 비난받았던 생각을 하면 마음이 아려왔다. 처음에는 그의 말을 완전히 무시하려 했다. 하지만 지금은 그의 말이 부당하다는 생각과 릴라가 그의 편을 드는 것으로 보아 내가 잘못했을 수도 있겠다는 생각 사이에서 갈피를 잡을 수 없었다.

심란한 마음에 급기야 나는 평생 한 번도 하지 않은 일을 저질렀다. 새벽 4시에 일어나 동이 트기도 전에 혼자 집을 나선 것이다. 나는 몹시 우울했다. 뭔가 끔찍한 일이 일어났으면 좋겠다고 생각했다. 내 잘못된 행동과 못된 생각에 대해 벌 받기를 바랐다. 내게 나쁜 일이 생겨서 결과적으로 릴라도 벌 받게 되기를 바랐다. 하지만 나의 바람과는 달리 아무 일도 일어나지 않았다.

나는 인적 없는 길을 따라 홀로 걸었다. 사람이 많을 때보다 훨씬 안전한 것 같았다. 그새 하늘은 보랏빛으로 물들어갔다. 해변에 도착하니 아침 햇살에 테두리가 분홍빛으로 물든 구름이 드문드문 떠다니고 있었고 아직은 창백해 보이는 하늘 아래로는 바다가 잿빛 종이처럼 펼쳐져 있었다. 저 멀리 오보 성의 윤곽이 빛 때문에 둘로 선명하게 나뉘어 보였다. 베수비오 화산과 가까운 부분은 저 멀리 떠오르는 태양빛을 받아 황톳빛 윤곽이 찬란히 빛났고 메르겔리나나 포실리포와 가까운 부분은 아직도 어슴푸레 어둠에 잠겨 어두운 밤색 얼룩처럼 보였다.

해변을 따라 이어진 길에는 아무도 보이지 않았다. 바다는 고요했지만 강한 체취를 내뿜었다. 매일 아침 우리 동네가 아니라 저 멀리 해안 근처에 들어선 건물에서 눈을 뜰 수 있었다면 나폴리에 대한 내 감정이 지금과는 달라졌을까. 나는 무엇을 바라는가. 내 출생 성분을 바꾸기라도 하려는 건가. 나뿐만 아니라 다른 이들의 태생도 바꾸려는 건가. 빈곤과 탐욕 때문에 괴로워해본 적도 없고 원한과 분노를 알지도 못하는 시민들로 이 황량한 도시를 다시 채우고 싶은 건가. 태초에 이 땅에 거주하던 신처럼 이 황홀한 풍경을 있는 그대로 즐길 줄 아는 그런 사람들로 이 도시를 다시 채우고 싶은 건가. 내 안에 있는 악마를 만족시키고 악마에게 생명을 불어넣음으로써 행복해지기를 바라는 건가.

내가 사회주의를 실현하기 위해 대대로 투쟁해왔고 파스콸레나 릴라 같은 서민을 위해 애써온 아이로타 집안의 힘을 빌린 것은 사회의 위악을 바로잡는다는 거창한 목표를 달성하기 위해서가 아니었다. 나는 내가 사랑하는 사람을 도와주고 싶었을 뿐이었다. 그렇게 하지 않으면 죄책감이 들 것 같아서였다. 그런 내 판단이 잘못되었나. 곤경에 처한 릴라를 내버려두었어야 했을까. 이제부터는 절대로, 다시는 타인을 위해 애쓰지 않을 것이다.

다음 날 나는 결혼식을 위해 나폴리를 떠났다.

62

나는 내 결혼식날 기억이 전혀 없다. 사진은 그날의 추억을 되살리는 데 도움이 되기보다는 기억을 몇몇 장면으로 제한했다. 사진 속 피에트로의 표정은 멍했고 나는 화가 나 보였다. 어머니는 초점 밖으로 벗어나 있는데도 불만이 가득해 보였다. 아닐 수도 있다. 내 기억 속에서 사라진 것은 예식일 뿐 다른 기억까지 사라진 것은 아니다. 예를 들면 나는 결혼식 며칠 전에 피에트로와 벌였던 긴 언쟁을 똑똑히 기억하고 있다.

나는 피에트로에게 아이를 가지지 않기 위해 약을 복용할 생각이라고 했다. 우선 두 번째 책을 쓰는 일이 시급하기 때문이라고 했다. 나는 피에트로가 내 생각에 두말없이 동의해줄 것이라고 생각했다. 그런데 의외로 피에트로의 반응은 부정적이었다. 그는 먼저 법적인 문제를 들었다. 그는 피임약이 아직 정식으로 판매되고 있지 않다고 했다. 피임약이 건강을 해친다는 소문을 들었다고도 했다. 그는 섹스와 사랑과 임신에 대해 일장 연설을 늘어놓았다. 정말로 글을 쓰고 싶으면 어떤 환경에서든 글을 쓸 수 있고, 임신 중이어도 마찬가지라고 중얼거렸다.

나는 속이 상했다. 화가 났다. 나는 그의 반응이 성당에서 식을 올리기를 거부한 젊은 지식인답지 못하다고 생각했고 이런 생각을 여과 없이 그에게 말했다. 우리는 심하게 다퉜다. 결혼식 당일까지 화해하지 못하는 바람에 결혼식 내내 피에트로는 벙어리마냥 입을 꾹 다물고 있었다. 나 역시 싸늘한 태도로 일관했다.

결혼식에 관해 아직도 내 기억에 또렷이 남아 있는 일이 또 하나 있다. 예상치 못했던 결혼 피로연이었다. 처음에 우리는 시청에서 식을 올리고 가족들과 인사를 한 뒤 따로 피로연 없이 바로 집으로 돌아오기로 했었다. 이는 피에트로의 금욕적인 성향과 이제 더 이상 어머니의 세계에 속하지 않는다는 사실을 보여주려는 내 성향에 따라 내린 결정이었다. 하지만 우리의 행동방침은 시어머니의 은밀한 계획 때문에 실행에 차질을 빚게 되었다.

식을 마친 후 시어머니는 자기 친구 집에서 간단히 축배를 들자면서 우리를 이끌었다. 그날 나와 피에트로는 피렌체의 고풍스러운 저택에서 우리를 위해 준비된 파티의 주인공이 되었다. 아이로타 집안의 수많은 친척과 유명인사와 초특급 저명인사가 저녁까지 우리와 함께했다. 피에트로의 안색은 어두워졌고 나는 혼란스러웠다. 내 결혼식이기도 한데 왜 나는 부모님과 동생들밖에 초대할 수 없었는지 이해할 수 없었다. 나는 피에트로에게 물었다.

"결국은 이렇게 될 거라는 사실을 알고 있었어?"

"아니."

한동안 우리는 이 당황스러운 상황에 함께 대처하려 했다. 하지만 시어머니와 누나 마리아로사가 자신을 끌고 다니며 여기저기 소개시키려 하자 그는 이내 몸을 사렸다. 그는 처갓집 식구와 한쪽 구석에 자리 잡고 피로연이 진행되는 내내 처갓집 식구들하고만 이야기를 나누었다. 나는 처음에는 약간 불편한 마음으로 우리가 빠진 이 함정에 익숙해지려 했다. 그러다보니 어느새 유명한 정치인과 고명한 지식인과 젊은 혁명가들이 나와 내 책에 관심을 보이고 『우니타』지에 실린 내 기고문을 칭찬한다는 사실이 짜릿하게 느껴지기 시작했다. 이 중에는 유명한 시인과 소설가도 있었다.

시간은 빠르게 흘러갔다. 나는 갈수록 아이로타 집안의 세계에서 환영받고 있는 것처럼 느껴졌다. 시아버지까지 나를 자기 곁에 두고 상냥한 태도로 노동문제에 대한 내 견해를 물었다.

어느새 우리 주변에 사람들이 모여들었다. 이탈리아 전역에서 제기되고 있는 수많은 요구사항을 신문이며 잡지를 통해 공론화하는 것을 업으로 삼고 있는 사람들이었다. 그런 사람들 가운데 내가 있었다. 나는 파티의 주인공이자 대화의 중심이었다.

분위기가 무르익자 시아버지가 갑자기 『노동세계』에 실린 어떤 에세이를 칭찬하기 시작했다. 시아버지는 그 기고문이 이탈리아 민주주의의 문제점을 아주 명확하고 영리하게 지적한 글이라고 했다. 그 글에서는 이탈리아 국영방송국 「라이」 사와 주요 신문사, 학교, 대학교, 사법부가 지금처럼 지배계급의 이데올로기를 공고히 하는 데 조력한다면 조작된 투표 결과가 나올 수밖에 없고 결과적으로 노동계급을 위해 싸우는 정당들은 결코 정권을 잡을 만큼 득표하지 못할 것이라는 사실을 구체적인 수치로 증명해냈다고 했다. 시아버지의 말에 사람들은 고개를 끄덕이기도 하고 기사를 뒷받침하는 말을 인용하기도 하고 그런 종류의 다른 기사 이야기를 꺼내기도 했다.

마지막으로 아이로타 교수는 근엄한 목소리로 필자의 이름을 공개했다. 필자는 다름 아닌 조반니 사라토레였다.

나는 시아버지가 필자의 이름을 말하기도 전에 글쓴이가 니노일 것이라고 직감했다. 나는 너무나 기쁜 나머지 사람들에게 나와 니노는 아는 사이라고 했다. 시아버지와 주변 사람들에게 내 고향 친구가 얼마나 뛰어난 사람인지 알리고 싶은 마음에 시어머니까지 불렀다.

비록 직접 오지는 않았지만 니노는 내 결혼식에 그런 방식으로 참석했다. 니노 이야기를 하다 보니 자연스럽게 내 이야기도 꺼낼 수 있었다. 나는 내가 노동자 투쟁에 나서게 된 연유를 이야기했다. 정치와 경제 분야에 관한 정당과 좌파 국회의원들의 뒤처진 현실감각을 보완하기 위해 이들에게 올바른 정보를 제공해야 할 필요가 있다고 주장했다. 나는 그런 식으로 최근에 습득한 표현을 능숙하게 써 가면서 내 주장을 펼쳤다.

나는 나 스스로가 뛰어난 사람이 된 것 같아 기분이 점점 좋아졌다. 시부모님 곁에서 그들의 지인에게 인정받는 것이 좋았다. 피로연이 끝날 무렵 우리 집 식구들이 내게 수줍게 인사하고 나폴리행 첫 열차를 기다리기 위해 어딘가로 떠났을 즈음에는 피에트로에 대한 화도 누그러졌다. 갑자기 긴장을 풀고 나를 부드럽게 대하는 것을 보니 피에트로도 이런 내 감정의 변화를 눈치챘던 것 같다.

집으로 돌아가 현관문을 닫자마자 우리는 사랑을 나누었다. 처음에는 너무 좋았다. 하지만 그날 하루가 지나가기 전에 또 하나의 예기치 않은 일이 나를 기다리고 있었다. 내 첫 애인이었던 안토니오와의 사랑은 짧지만 강렬했다. 프랑코는 최대한 참다가 어느 순간에 숨을 헐떡이며 몸을 떼어내거나 콘돔을 사용할 때면 갑자기 동작을 멈췄다. 그럴 때면 그가 더 무거워지는 것 같았다. 그는 절정의 순간에 내 귓가에 웃음을 터뜨리며 나를 무겁게 짓누르곤 했다.

그런데 피에트로는 한참을 낑낑댔다. 내게는 그 순간이 영원히 끝나지 않을 것처럼 길게 느껴졌다. 그는 계산이라도 한 듯 일정한 리듬에 맞춰 거칠게 내 몸에 들어왔다. 단조롭게 계속되는 행위 때문에 초반에 느꼈던 쾌락은 점점 사라졌다. 배가 아팠다. 피에트로는 너무 오래 힘을 써서인지 아니면 고통스러워서인지 땀을 뻘뻘 흘렸다. 흠뻑 젖은 피에트로의 얼굴과 목을 바라보며 축축한 등을 만지려니 욕구가 싹 사라졌다.

피에트로는 그것도 모르고 내게서 그의 성기를 빼냈다가 힘주어 찔러 넣기를 반복했다. 일정한 리듬을 유지하면서 절대 멈추는 법이 없었다. 그러는 동안 나는 도무지 어떻게 행동해야 할지 몰랐다. 그를 쓰다듬기도 하고 사랑한다고 속삭이기도 하면서 제발 그가 동작을 멈추기를 바랐다. 피에트로가 녹초가 되어 포효하며 내 몸 위로 무너져 내렸을 때 비록 아프고 만족스럽지는 않았지만 나는 기뻤다.

피에트로는 잠깐 침대에 누웠다가 자리에서 일어나 화장실로 갔다. 나는 잠시 그를 기다리다 피곤해 곯아떨어지고 말았다. 한 시간쯤 후에 나는 흠칫 놀라 잠에서 깼다. 그제야 피에트로가 침대로 돌아오지 않았다는 사실을 깨달았다. 그는 서재 책상에 앉아 있었다.

"뭘 하고 있어?"

피에트로가 내게 미소를 보냈다.

"일해."

"이제 자러 가자."

"당신 먼저 자. 곧 갈게."

나는 분명 그날 임신했을 것이다.

63

임신했다는 사실을 알고 나는 불안감에 휩싸여 어머니에게 전화를 걸었다. 어머니와는 오래전부터 사사건건 부딪쳤지만 그 순간만큼은 어머니의 목소리가 듣고 싶었다.

실수였다. 어머니는 바로 잔소리를 해대기 시작했다. 당장 피렌체로 달려와 내 곁에 머무르겠다고 했다. 나를 돌보고 내게 조언을 해주겠다고 했다. 그게 아니면 나를 고향으로 데려가겠다고 했다. 친정에서 나를 돌보면서 어머니의 출산을 도왔던 나이 든 산파에게 나를 맡기고 싶어 했다.

나는 겨우 어머니를 진정시켰다. 시어머니의 친구인 산부인과 의사가 나를 돌봐주고 있다고 했다. 유명한 교수인 데다 출산도 그가 운영하는 병원에서 할 수 있게 해주었다고 했다. 어머니는 기분이 상해서 내게 쏘아붙였다.

"나보다 네 시어미가 더 좋은가 보구나."

어머니는 다시는 내게 전화하지 않았다.

정작 며칠 후 내게 전화를 걸어온 것은 릴라였다. 나폴리를 떠난 후 몇 번 통화를 하기는 했지만 언제나 짧은 통화였다. 통화료 때문이기도 했다. 릴라는 명랑한 데 비해 내 태도는 다소 냉랭했다. 릴라는 내 결혼 생활에 대해 짓궂게 물었고 나는 항상 진지하게 릴라의 건강 상태를 묻곤 했다. 하지만 그날은 평소와 달랐다.

"나한테 화났어?"

릴라가 물었다.

"아니. 화날 일이 뭐가 있겠어?"

"내게 아무 말도 해주지 않았잖아. 너희 어머니가 동네방네 네 임신 소식을 자랑하고 다니는 바람에 나까지 알게 된 거야."

"확실하게 안 지는 얼마 되지 않았어."

"피임약을 먹을 줄 알았는데."

순간 나는 부끄러운 생각이 들었다.

"응. 그런데 그러지 않기로 했어."

"왜?"

"나도 나이를 먹으니까."

"써야 한다고 했던 책은?"

"봐서."

"포기하면 안 돼."

"할 수 있는 만큼은 해볼 거야."

"최선을 다해야 해."

"되도록이면 그렇게 할게."

"나는 피임약을 먹고 있어."

"엔초랑 잘 되고 있나보네?"

"응. 하지만 다시는 임신하고 싶지 않아."

릴라는 입을 다물었고 나도 아무 말 하지 않았다. 잠시 후 릴라는 두 번에 걸친 자신의 임신에 대해 이야기하기 시작했다. 두 번 다 끔찍한 경험이었다고 했다. 그나마 두 번째 임신 사실을 알게 되었을 때는 니노의 아이라는 생각에 아파도 행복했었다고 했다. 하지만 행복하든 행복하지 않든 몸이 힘든 것은 마찬가지라고 했다. 변화를 거부하는 육체 때문에 너무나 고통스럽다고 했다.

릴라는 그런 식으로 들으면 들을수록 한없이 암울한 말만 늘어놓았다. 예전에 다 들었던 말이지만 그 순간처럼 나를 자신의 고통에 끌어들이려고 집착한 적은 없었다. 릴라는 내가 앞으로 겪을 상황에 대비하기를 바라는 것 같았다. 나와 내 미래를 몹시 걱정하고 있었다. 릴라가 말했다.

"임신이란 말이야, 타인의 생명이 네 배에 달라붙는 거야. 고통 끝에 겨우 뱃속에서 떼어냈다 싶을 테지만 그것은 세상 밖으로 나오는 순간 너를 더 구속할 거야. 태어나자마자 널 밧줄처럼 옭아맬 거야. 아이를 낳으면 너는 더 이상 네 인생의 주인이 아닌 거야."

릴라는 자신의 경험을 바탕으로 임신했을 때 내가 겪게 될 일을 기간별로 생생하게 묘사했다.

"스스로 자신의 고통을 만들어낸 느낌이야."

릴라가 외쳤다. 나는 릴라가 나와 자신을 분리해서 생각하지 못한다는 사실을 깨달았다. 릴라는 나의 임신이 자신의 임신과는 다를 수 있다는 사실과 자식에 대한 감정이 서로 다를 수 있다는 사실을 상상조차 하지 못하는 것 같았다. 당연히 나도 자신과 똑같은 어려움을 겪게 될 거라고 생각하는 것 같았다. 행여나 내가 어머니가 되는 것에 행복을 느끼기라도 한다면 배신당했다고 생각할 것 같았다.

릴라의 이야기를 계속 듣고 싶지 않아 수화기를 귀에서 멀리 떨어뜨렸다. 릴라의 말을 듣고 있자니 무서워졌다. 우리는 뜨뜻미지근하게 인사를 주고받았다.

"필요한 것이 있으면 알려줘."

릴라가 내게 말했다.

"그래."

"네가 나를 도와주었으니 나도 도움이 되고 싶어."

"그래."

하지만 릴라와의 통화는 내게 전혀 도움이 되지 않았다. 오히려 마음만 불안해졌다. 나는 낯선 도시에서 살고 있었다. 물론 피에트로 덕분에 벌써 도시를 속속들이 알게 되기는 했다. 정작 나폴리를 피렌체처럼 많이 둘러보지 못했다.

나는 아르노 강변을 몹시 사랑했다. 나는 강변을 따라 오랫동안 산책을 하곤 했다. 하지만 건축물의 전체적인 색감은 마음에 들지 않았다. 건물을 바라보고 있으면 왠지 모르게 기분이 가라앉았다.

피렌체 사람들의 짓궂은 말투에 적응하기도 쉽지 않았다. 건물 수위, 정육점 주인, 빵집 주인, 우체부 할 것 없이 모두 그런 말투를 썼기 때문에 어느새 나도 피렌체 사람들 특유의 조소하는 듯한 말투를 쓰게 되었고 말투 때문에 이유 없는 적개심만 생겨났다.

피로연에서는 한없이 친절했던 시부모님의 수많은 친구에게서는 그 이후로 연락 한 번 없었다. 피에트로는 피에트로대로 그들에게 연락할 생각이 전혀 없었다. 그런 상황에 임신까지 하니 나는 외로웠다. 마음이 약해졌다. 나는 완벽한 엄마가 되는 법에 관한 책을 몇 권 사서 언제나처럼 성실하게 엄마가 될 준비를 하기 시작했다.

그 후로 며칠이 지나고 몇 주가 지났지만 놀랍게도 임신이 전혀 힘들지 않았다. 오히려 몸이 더 가벼워지는 느낌이었다. 입덧도 거의 없었고 몸이 축 처지거나 기분이 가라앉지도 않았다. 무기력하지도 않았다.

임신 4개월 차에 나는 꽤 중요한 문학상을 수상했다. 덕분에 나의 명성이 더 높아진 데다 약간의 상금까지 타게 되었다. 그즈음 정치적인 분위기가 그런 종류의 상에 그다지 호의적이지는 않았지만 나는 직접 수상식에 참석하기로 했다. 그때는 뭐든 해도 될 것 같았다. 내 자신이 자랑스러웠다. 신체적으로나 지적으로나 완성되는 느낌이었다. 덕분에 수줍음이 사라지고 성격도 외향적으로 변했다. 그래서인지 수상 소감을 말할 때 말이 너무 길게 늘어지고 말았다. 나는 광활하게 펼쳐진 달의 백색 평원에 발을 내디딘 우주 비행사가 된 느낌이라고 수상 소감을 말했다.

이틀 후, 나는 자신감에 가득 차 릴라에게 전화를 걸어 수상 소식을 전했다. 나는 모든 일이 릴라의 예상대로 진행되고 있지는 않다는 사실을 그녀에게 알리고 싶었다. 모든 일이 잘 진행되고 있고 내가 만족하고 있다는 사실을 알려주고 싶었다. 너무 뿌듯해서 지난번에 릴라 때문에 속상했던 일은 그냥 지나갈 수 있을 것 같았다.

릴라는 벌써 내 수상 소식을 알고 있었다. 『일 마티노』지에서 우주 비행사 운운한 수상 소감을 읽은 것이었다. 짧게나마 내 수상 소식을 다룬 것은 나폴리의 지역 신문뿐이었다. 릴라는 내가 이야기할 틈도 주지 않고 나의 말을 맹렬히 비난했다.

"광활하게 펼쳐진 달의 백색 평원이라니."

릴라가 비아냥거렸다.

"말도 안 되는 이야기를 하느니 아예 입을 다무는 편이 낫다니까."

릴라는 달은 수억 개의 돌멩이 가운데 하나일 뿐이라고 했다. 달도 결국은 돌멩이에 지나지 않으니 골치 아픈 일투성이라도 꿋꿋이 땅에 발붙이고 살아가는 것이 가장 현명한 일이라고 했다.

나는 창자가 뒤틀리는 것 같은 아픔을 느꼈다. 대체 왜 릴라는 내게 계속 상처만 주는 걸까. 내가 행복해지는 걸 원치 않는 걸까. 아니면 아직 완전히 회복되지 않아서인가. 몸이 아파서 전보다 더 못되게 구는 걸까.

나는 릴라에게 한바탕 욕설을 퍼부으려다 겨우 참았다. 릴라는 그새 다정하게 자기 이야기를 시작했다. 내게 상처준 것을 깨닫지 못하거나 아니면 자기는 내게 상처줄 권리가 있다고 생각하는 것 같았다. 릴라는 자기 오빠와 어머니와 화해했다고 했다. 아버지와도 관계를 회복했다고 했다. 구두 상표권과 리노에게 지급해야 할 돈을 두고 미켈레와 한판 붙었다는 이야기도 했다. 릴라는 스테파노에게 연락해서 마리아만 돌보지 말고 적어도 경제적으로는 젠나로에게 아버지의 의무를 다할 것을 요구했다고 했다.

릴라는 자기 오빠와 솔라라 형제와 스테파노 이야기를 하는 내내 화를 냈다. 가끔은 천박한 표현을 썼다. 말을 마치기 전에 릴라는 정말로 내 의견을 알고 싶다는 투로 물었다.

"어때? 잘했지?"

나는 릴라에게 아무런 대답도 하지 않았다. 내가 중요한 상을 받았는데 릴라는 고작 우주 비행사에 대한 말만 언급했을 뿐이었다. 나는 일부러 릴라에게 상처를 주고 싶은 마음에 아직도 머리가 몸에서 떨어져 나가는 것처럼 느껴지는지 물었다. 릴라는 그렇지 않다고 했다. 자기는 괜찮다고 두어 번에 걸쳐 말했다. 릴라는 자조적으로 웃으면서 아직도 간혹 가구에서 사람이 나오는 모습이 흘깃 보일 때가 있다고 했다. 릴라는 내게 임신 상태에 대해 물었다.

"좋아. 아주 좋아. 이만큼 좋았던 적이 없었어."

그 무렵 나는 자주 여행을 했다. 이곳저곳에서 나를 초청했는데 책뿐만이 아니라 신문에 실린 기고문 때문이기도 했다. 그러다보니 나는 새로운 파업과 이에 대한 사주 측의 반응을 더 가까이에서 관찰하기 위해 많은 곳을 돌아봐야 했다. 그렇다고 전문 기고가가 되려고 무리하게 애를 쓴 것은 아니었다. 현장에 나가는 일이 마음에 들어서였다.

적어도 그렇게 하는 동안에는 내가 반항아나 반란가가 된 것 같았고 엄청나게 강해진 것 같았다. 평소의 온화함이 타고난 강한 성격을 감추기 위한 위장처럼 느껴졌다. 덕분에 나는 공장 앞에서 피켓을 들고 시위하는 노동자들과 합류해 노동자나 노조원과 직접 이야기를 나누기도 하고 경찰 사이를 유유히 빠져나가기도 했다. 아무것도 두렵지 않았다. 밀라노에 있는 농업은행이 폭파됐을 때 나는 그 도시 출판사에 있었는데도 긴장하지 않았고 불길한 예감이 들지도 않았다.

나는 멈출 수 없는 어떠한 기운의 일부분이 된 것 같았다. 천하무적이 된 것 같았다. 아무도 나와 내 아이를 해칠 수 없을 것 같았다. 나와 아직 세상에 나오지 않은 내 아들이 (물론 딸일 수도 있지만 피에트로는 아들을 원했다) 유일하게 영속적인 현실 같았다.

다른 모든 것은 그저 공기의 흐름이나 영상과 소리로 구성된 실체 없는 파도 같았다. 그것은 좋은 일이든 나쁜 일이든 내 글의 소재가 되었다. 어떤 일은 잔잔하게 흘러갔으며 어떤 일은 나의 마법 같은 글솜씨로 이야기나 기사, 강연의 소재로 쓰이기를 바라듯 거대한 파도처럼 나를 덮쳐왔다.

나는 글을 쓸 때면 주제에서 빗나가는 부분이 없도록 주의를 기울였다. 모든 개념이 아이로타 집안사람들과 출판사를 만족시키도록 노력했다. 어디선가 내 글을 읽고 있을 니노와 파스콸레도 신경썼다. 솔직히 말하면 나디아와 릴라도 의식했다. 나는 이들이 내 글을 읽고 이렇게 생각해주기를 바랐다.

'그래, 우리가 레누를 잘못 판단했어. 레누는 우리 편이야. 그 애가 쓴 글을 좀 봐.'

임신 기간은 내 인생에서 특별한 기간이었다. 놀랍게도 임신 기간에는 성욕도 강해졌다. 피에트로를 채근하는 것도 내 쪽이었다. 나는 그를 껴안고 그에게 키스했다. 하지만 피에트로는 키스에는 별 관심이 없고 바로 길고 고통스러운 행위로 돌입했다.

행위가 끝나면 피에트로는 자리에서 일어나 늦게까지 연구에 매달렸다. 한두 시간 잠을 자다 눈을 떠보면 피에트로는 곁에 없었다. 그러면 나도 불을 켜고 피곤해질 때까지 책을 읽었다. 그러다 다시 졸음이 쏟아지면 피에트로의 방으로 가서 그를 억지로 침대로 이끌었다. 피에트로는 순순히 내 말에 따랐지만 새벽이면 어김없이 일어났다. 잠을 두려워하는 것 같았다. 그에 비해 나는 다음 날 정오가 되도록 내리 잤다.

그 시절 딱 한 번 걱정스러운 일이 일어났다. 임신 7개월째에 접어들어 이미 배가 무겁게 느껴지기 시작했을 때였다. 누오보 피뇨네 공장을 방문했는데 마침 공장 입구에서 충돌이 일어나 나는 도망치기 시작했다. 그때 몸을 잘못 움직였는지 오른쪽 엉덩이가 찌릿하더니 뜨거운 쇠꼬챙이로 찌르는 것 같은 통증이 다리에 퍼졌다. 나는 절뚝이며 집에 돌아와 침대에 누웠다. 누워 있으니 통증이 사그라졌다. 하지만 그 후로도 가끔씩 허벅지부터 사타구니까지 통증이 느껴지곤 했다. 그럴 때마다 자세를 바꿔가며 적응해보려 했지만 지속적으로 다리를 절게 되자 두려움에 휩싸였다.

나는 임신 기간에 나를 돌봐주는 의사를 찾아갔다. 그는 모든 것이 정상이라면서 나를 안심시켰다. 뱃속에 있는 아이의 무게 때문에 경미한 좌골 신경통 증상을 보이는 것뿐이라고 했다.

"왜 그렇게 걱정한 거죠?"

의사가 다정하게 물었다.

"부인처럼 온화한 사람이 말이에요."

의사에게는 잘 모르겠다고 거짓말을 했지만 실은 그 이유를 잘 알고 있었다. 나는 내 어머니의 절뚝이는 걸음이 나를 찾아왔다고 생각했다. 그 걸음걸이가 내 몸에 자리 잡아 어머니처럼 영원히 절름

발이가 될까봐 두려웠던 것이다.

산부인과 의사가 안심시켜준 덕분에 나는 안정을 되찾았다. 통증은 얼마간 지속되다 이내 사라졌다. 피에트로는 내게 이제 정신 나간 짓은 그만하라고 했다.

"여기저기 돌아다니지 좀 마."

나는 그의 말을 듣기로 했다. 임신 후반기에는 하루 종일 책을 읽으면서 시간을 보냈다. 글도 거의 쓰지 않았다.

우리 딸은 1970년 2월 12일 새벽 5시 20분에 태어났다. 시어머니가 끈질기게 반대했음에도 우리는 아이를 아델레라고 부르기로 했다.

"불쌍한 것 같으니라고. 아델레라니. 정말 끔찍한 이름이야. 제발 다른 이름으로 부르려무나."

짧지만 지독했던 산통 끝에 나는 아이를 낳았다. 세상에 나온 아이를 보았을 때, 새까만 머리의 푸르스름한 생명체가 몸을 비틀며 힘차게 울음을 터뜨리는 모습을 보았을 때 나는 격렬한 육체적 쾌락을 느꼈다. 지금껏 그때 느꼈던 것과 같은 희열을 다시 경험해본 적이 없다.

우리는 아델레를 세례받게 하지 않았고 그 때문에 어머니는 전화로 내게 온갖 악담을 퍼부었다. 절대로 손녀를 보러 오지 않겠다고 맹세까지 했다. 나는 속이 상했지만 언젠가는 어머니도 마음을 가라앉힐 거라고 생각했다. 정말 손녀를 보러 오지 않더라도 어머니 손해일 뿐이었다.

자리에서 일어날 정도로 기력을 회복하자마자 나는 릴라에게 전화를 걸었다. 출산 소식을 전해주지 않았다고 내게 서운해 하지 않기를 바랐기 때문이다.

"정말 멋진 경험이었어."

내가 말했다.

"뭐가?"

"임신과 출산 말이야. 아델레는 정말 예쁘고 순한 아이야."

릴라가 내게 말했다.

"뭐, 말하기 나름이니까. 다들 자기 편한 대로 말하는 법이지."

64

그 무렵 내 마음은 시작을 찾을 수 없을 만큼 엉망진창으로 엉켜버린 실 뭉치 같았다. 오래되어 색이 바랜 실과 막 자아낸 새로운 실, 현란한 색상의 실과 무채색 실, 거의 보이지 않을 정도로 너무나 가는 실들이 엉망으로 뒤엉켜 있었다. 릴라의 예상에서 벗어났다고 안도하는 순간 나의 평온함도 끝이 났다.

아이 상태가 갑자기 안 좋아진 것이었다. 무심결에 실 뭉치를 잘못 건드려 뒤엉킨 부분 가운데 가장 오래된 부분이 표면으로 올라온 것 같았다. 병원에 있을 때까지만 해도 아이는 별다른 문제없이 젖을 잘 빨았다. 그런데 집에 돌아온 후부터는 뭐가 잘못되었는지 더 이상 나를 원하지 않았다. 겨우 몇 초쯤 젖을 빨다가도 화난 작은 짐승처럼 악을 써댔다.

나는 심신이 약해져 오래된 미신에 빠져들었다. 대체 무슨 일이 일어난 걸까. 내 젖꼭지가 너무 작아서 자꾸 놓치는 걸까. 내 몸에서 나오는 젖이 마음에 안 드는 걸까. 아니면 누군가 멀리서 아이가 엄마인 나를 미워하도록 사악한 주술이라도 건 걸까.

나는 갈보리 언덕을 오르는 심정으로 이 병원 저 병원을 돌아다니기 시작했다. 피에트로는 언제나 대학교 일로 바빴기 때문에 나 혼자 아이를 데리고 돌아다녀야 했다. 쓸데없이 부풀어 오른 젖가슴이 아파왔다. 젖가슴 안에 뜨거운 돌덩이가 들어 있는 것 같았다. 속이 곪아 들어가서 젖가슴을 잘라내야 할 것 같았다. 젖을 비우고 아이에게 먹일 정도의 젖을 젖병에 담기 위해 그리고 고통을 누그러뜨리기 위해 나는 유축기를 사용해야만 했다. 이 역시 무척 고통스러웠다. 나는 아이를 달랬다.

"자, 이제 좀 빨아봐. 착하지. 넌 정말 예쁜 아이야. 자그마한 입술도 눈도 너무 예쁘구나. 대체 왜 그러니."

부질없었다. 처음에는 마음이 아팠지만 분유와 모유를 병행하기로 했다가 나중에는 그마저도 포기했다. 분유만 먹이기 시작했는데 밤낮을 가리지 않고 손이 많이 갔다. 젖병과 고무 젖꼭지를 살균하는 과정이 귀찮기 짝이 없었다.

나는 아이에게 분유를 먹이기 전과 먹이고 난 후의 몸무게를 재는 데 목을 맸다. 아이가 설사할 때마다 죄책감에 시달렸다. 가끔 실비아가 생각날 때도 있었다. 밀라노에서 실비아는 대학생 모임이 격렬하게 열리는 가운데서도 니노의 아들 미르코에게 자연스럽게 젖을 물렸었다. 그런데 나는 왜 그럴 수 없단 말인가. 나는 남몰래 오랫동안 눈물을 흘리곤 했다.

며칠간은 아이가 안정을 되찾은 것 같아 마음이 가벼웠다. 드디어 다시 정상적인 생활을 할 수 있을 것 같았다. 하지만 휴전 기간은 일주일이 채 지나지 않아 끝나고 말았다. 처음 일 년 동안 아이는 좀처럼 잠을 자지 않았다. 그토록 작은 몸을 비틀어대면서 몇 시간 동안 쉬지 않고 힘차게 울어댔다. 참을 수 없을 정도로 끈질기게 울었다. 내가 아이를 품에 안고 집 안을 돌아다니면서 "넌 눈부시게 아름다운 엄마의 아이지. 이제 조용히 하렴. 이제 눈을 감고 잠을 자렴"이라고 속삭일 때만 겨우 울음을 그쳤다. 눈부시게 아름다운 내 아이는 도무지 잠을 자려고 하지 않았다. 제 아빠처럼 잠을 두려워하는 것 같았다.

대체 무슨 문제일까. 배앓이를 하나. 배가 고픈 건가. 모유 수유를 하지 않아 엄마한테 버림받을까봐 두려워하는 건가. 누가 사악한 마법이라도 걸었나. 아이 몸에 귀신이 들었나. 아니면 내 탓인가. 내 젖에 독이 든 걸까. 다리는 왜 이런 거지. 다리가 아픈 것은 그저 내 느낌 탓일까. 아니면 우리 어머니 탓이 아닐까. 평생 어머니를 닮지 않으려 했다고 어머니가 내게 벌을 주는 걸까. 아니면 다른 이유가 있는 걸까.

어느 날 밤 릴라에게 끔찍한 힘이 있다는 소문을 동네에 퍼뜨리고 다니던 질리올라의 말이 떠올랐다. 질리올라는 릴라가 사악한 주술로 화재를 일으키고 뱃속의 생명을 질식시켰다고 했다. 그런 생각을 하는 것 자체가 부끄러웠다. 정말이지 뭐라도 해야겠다고 생각했다. 어떻게 해서든 휴식을 취해야 했다.

나는 피에트로에게 아이를 맡겨보기도 했다. 피에트로는 밤늦게까지 공부하는 데 익숙해져 있어서인지 나보다 덜 피곤해 했다.

"나 정말 지쳤어. 두 시간 후에 깨워줘."

나는 그렇게 말하고 침대에 누워 기절하듯 잠들곤 했다.

하루는 아이가 절망적으로 우는 소리에 잠에서 깼다. 기다려 보았지만 아이는 좀처럼 울음을 멈추지 않았다. 나는 몸을 일으켰다. 피에트로가 자기 서재에 아기 요람을 가져다놓고 아이가 자지러지게 울건 말건 구부정한 자세로 책상에 앉아 있는 광경을 목격했다. 그는 귀머거리처럼 아무런 소리가 들리지 않는지 뭔가를 열심히 쓰고 있었다. 나는 최소한의 예의마저 던져버리고 어린 시절 쓰던 것보다 험한 고향 사투리로 욕설을 퍼붓기 시작했다.

"당신 정말 일 말고는 아무것도 눈에 들어오지 않는 거야? 당신 딸보다 이딴 게 더 중요한 거야?"

피에트로는 차갑고 냉정한 태도로 내게 요람을 가지고 방에서 나가달라고 했다. 영문 잡지에 보내야 할 중요한 기고문이 있는데 마감이 임박했다는 것이다. 그날 이후 나는 다시는 피에트로에게 도움을 청하지 않았다. 피에트로 쪽에서 먼저 도와주겠다고 해도 거절했다.

"됐어. 괜찮아. 바쁜 거 알아."

저녁식사를 마치면 피에트로는 불안한 태도로 쭈뼛쭈뼛 내 주위를 맴돌다 결국 서재로 들어가 밤늦도록 연구에 매진했다.

65

나는 모두에게 버림받은 것 같았지만 그럴 만하다고 생각했다. 딸아이를 편안하게 해주지 못했으니 말이다. 이를 꽉 물고 버텨보지만 갈수록 두려움은 커져만 갔다. 내 몸은 어머니로서의 역할을 거부했다. 다리 통증을 견뎌보려고 아무리 애써도 통증은 심해져만 갔다.

나는 여전히 고집스레 지쳐 쓰러질 때까지 모든 일을 혼자서 감당했다. 건물에 엘리베이터가 없어서 아이를 태운 유모차를 들고 계단을 오르내렸다. 장을 보고 물건으로 가득 찬 가방을 들고 집으로 돌아와 청소를 하고 요리를 했다. 내 나이 또래 여자들보다 빨리 늙고 못생겨지는 것 같았다. 고향 여자들처럼 되어가는 것 같았다.

언제나 그렇듯이 내가 깊은 절망에 빠져 있을 때면 어김없이 릴라에게 전화가 걸려왔다. 릴라의 목소리를 듣자 나도 모르게 악을 쓰고 싶었다.

'대체 내게 무슨 짓을 한 거야? 아무런 문제가 없었는데 갑자기 네 말대로 되고 있잖아. 아이는 아프고 나는 다리까지 절뚝이게 되었어. 어떻게 이런 일이 있을 수 있지? 더 이상은 못 견디겠어!'

악다구니를 지르고 싶은 마음을 겨우 참아내고 나는 조용히 말했다.

"나는 잘 있어. 아이가 조금 칭얼대기는 해. 잘 크지도 않고. 하지만 정말 예쁜 아이야. 나는 행복해."

나는 관심 있는 척하면서 엔초와 젠나로의 안부를 물었다. 스테파노와의 관계는 어떤지, 오빠와 다른 동네 사람들과는 어떻게 지내는지, 브루노나 미켈레와는 별다른 문제가 없었는지 물었다. 내 말에 릴라는 듣기 싫은 거친 사투리로 대답했다. 하지만 릴라의 말투에서 분노가 느껴지지는 않았다. 릴라는 브루노가 쓴맛을 봐야 한다고 했다. 미켈레로 말할 것 같으면 길에서라도 마주치면 면상에 침을 뱉어줄 것이라고 했다.

릴라는 이제 대놓고 젠나로가 스테파노의 아이라고 기정사실화했다. 릴라는 아이가 제 아비처럼 체격이 다부지다고 했다. 젠나로는 좋은 아이라고 내가 칭찬하자 릴라는 웃음을 터뜨리면서 그렇게 마음에 들면 엄마 노릇 잘하는 네가 데려가 키우라고 했다.

릴라의 말을 듣다보니 내가 어떤 상황에 처했는지 릴라가 귀신같이 알아채고 나를 비아냥거리는 것 같았다. 순간 릴라가 원망스러웠지만 나는 연기를 계속했다.

"데데 목소리 좀 들어봐. 정말 귀엽지? 피렌체는 너무 좋아. 나는 요즘 폴 배런의 책을 읽는데 꽤 흥미로워."

엔초가 IBM 교육 과정에 다니기 시작했다는 말을 들려주고 싶어서 릴라가 그만 연극을 끝내도록 종용할 때까지 나는 그런 식으로 계속 말했다.

엔초 이야기를 할 때만은 릴라의 말투에서 그에 대한 존경심이 느껴졌다. 릴라는 오랫동안 엔초 이야기를 한 다음에 피에트로에 대해 물었다.

"남편이랑은 잘 지내?"

"그럼."

"나도 엔초랑 잘 지내고 있어."

릴라와 통화를 한 다음이면 오래전 추억이 한동안 머릿속에 맴돌았다. 집 앞 뜰과 우리가 했던 위험한 장난들, 릴라가 창고 아래로 던져버렸던 내 인형, 돈 아킬레의 집에 인형을 찾으러 갔을 때 함께 올라갔던 어두운 계단, 릴라의 결혼식, 릴라가 관대함을 베풀었던 때와 못되게 굴었던 때. 그리고 내게서 니노를 빼앗았던 일까지.

나는 두려움에 떨며 생각했다. 릴라는 내 행운을 못 견디는 거라고. 나를 다시 자기 밑에 두고 싶은 거라고. 자기 일을 돕게 하고 싶은 거라고. 동네 사람들과의 처절한 전쟁에서 내 도움을 받고 싶은 거라고 생각했다. 하지만 이내 나는 그런 생각을 떨쳐버렸다.

'바보 같으니라고. 고작 이러려고 그렇게 공부를 한 거야?'

나는 모든 것이 제대로 돌아가고 있는 척 행동했다. 내게 자주 안부 전화를 걸어오는 동생 엘리사에게는 엄마 노릇을 하는 것이 너무 좋다고 했다. 큰길가에 있는 주유소 사장과의 결혼 소식을 전하기 위해 전화를 걸어온 카르멘에게는 정말 축하하며 행복하게 살라고 했다. 파스콸레에게도 안부를 전해달라는 말과 함께 그가 요즘 무슨 일을 하는지 물었다. 가끔 어머니가 전화를 할 때도 기분이 좋은 척

했다. 딱 한 번 참지 못하고 어머니에게 물었던 적이 있다.

"어머니 다리는 대체 어떻게 된 거예요? 왜 절뚝거리시게 된 거죠?"

"그게 너와 무슨 상관이란 말이냐? 네 할 일이나 하렴!"

어머니가 쏘아붙였다.

나는 몇 달 동안 나의 가장 어두운 부분을 억누르기 위해 무던히 애썼다. 무신론자인 주제에 나도 모르게 성모 마리아에게 기도하고는 수치스러워하기도 했다. 하지만 기도하기보다는 집에 아이와 같이 있다가 끔찍한 고함을 지를 때가 더 많았다. 특별한 의미가 있는 단어를 외치는 것이 아니라 숨결에 새어나오는 절망적인 소리를 내질렀다.

힘든 시기는 좀처럼 끝나지 않았다. 시간은 느릿느릿 힘겹게 흘러갔다. 밤이 되면 나는 다리를 절뚝이며 아이를 안고 집 안 복도를 맴돌았다. 의미 없는 단어의 나열일망정 아이에게 어떤 달콤한 말도 속삭이지 않았다.

나는 아이를 무시하고 내 생각만 했다. 언제나 책이나 잡지를 끼고 있었지만 거의 읽지 못했다. 낮에 아델레가 잠시 평화롭게 잠들면 그 틈에 신문에 기고할 기사를 써보기도 했다. 언제부턴가 별 생각 없이 아델레를 아데라는 애칭으로 부르다가 어느 날 피에트로에게서 아데라는 이름이 죽음의 신 하데스를 가리킨다는 말을 듣고 나서야 민망해하면서 아이를 데데라고 부르기 시작했다.

그때 내게는 『우니타』지를 위해서 공장 현장을 찾아 돌아다닐 시간도, 그렇게 하고 싶은 의지도 없었다. 글은 예전과 같은 생동감을 잃었고 형식적인 기교만 과시하려다보니 알맹이는 없고 현란한 수식만 남았다. 한번은 기사를 쓴 다음 편집부에 보내기 전에 피에트로에게 보여주었다.

"공허한 글이야."

피에트로가 평했다.

"어떤 면에서?"

"단어 나열에 지나지 않아."

나는 자존심이 상했다. 피에트로의 말에 상관하지 않고 편집부에 글을 보냈지만 기사는 실리지 않았다. 그날 이후 신문사는 불편한 기색을 내보이며 지면이 부족하다는 이유로 내 글을 거부하기 시작했다. 지방신문의 편집부도 전국지의 편집부도 마찬가지였다.

나는 괴로웠다. 진원지를 알 수 없는 심연에서 발생한 격렬한 진동 때문에 공적으로나 사적으로 그때까지 내가 완전히 성취했다고 생각했던 모든 것이 무너져 내리는 것 같았다. 나는 독서를 멈추지 않았지만 실은 책이나 잡지에 애써 눈만 붙이고 있을 뿐이었다. 글자만 볼 뿐 의미가 들어오지 않았다.

우연히 니노가 쓴 글을 두세 번 본 적도 있었다. 하지만 그의 글을 읽어도 전처럼 니노의 모습과 목소리와 사유를 상상하며 즐거워할 수 없었다. 물론 나는 니노의 성공이 기뻤다. 니노의 기고문이 실린다는 것은 그가 잘 지낸다는 것을 의미했으니까. 어디선가 누군가와 함께 자신의 삶을 살아가고 있음을 의미했으니까. 나는 니노의 이름을 물끄러미 바라보다 몇 줄 읽어 내려갔다. 하지만 하얀 종이에 검은색으로 인쇄된 그의 글을 읽다보면 왠지 모르게 현재 내 신세가 더 견딜 수 없어 끝까지 읽을 수 없었다.

나는 모든 일에 흥미를 잃고 외모에도 신경 쓰지 않게 되었다. 사실 외모를 가꿔봤자 볼 사람도 없었다. 그즈음 나는 피에트로 말고는 아무도 만나지 않았다. 겉보기에 피에트로는 나를 예의 바르게 대했지만 실은 그에게 나는 희미한 그림자에 지나지 않았다. 가끔은 피에트로의 처지에서 생각해보기도 했다. 그러면 그의 불만도 이해할 수 있을 것 같았다. 나와의 결혼은 학자로서 그의 인생에 누가 되었을 뿐이다. 게다가 지금은 영미권에서 그의 명망이 높아지고 있는 중요한 시기가 아닌가. 나는 피에트로가 대단하다고 생각했지만 은근히 약이 오르기도 했다. 그러다보니 원망하는 마음과 열등감을 가지고 그를 대하게 되었다.

'이제 그만.'

어느 날 나는 생각했다.

'『우니타』지는 포기하자. 다음 작품의 방향을 제대로 잡는 것만으로도 충분해. 방향만 잘 잡으면 그다음은 잘 풀릴 거야.'

하지만 책은 무슨 책이란 말인가. 그동안 나는 시어머니와 출판사에 다음 작품이 상당히 진전되었다고 했지만 거짓말이었다. 나는 기회만 있으면 정중한 목소리로 모두를 속였다. 내가 가진 것이라고는 마지못해 끄적거린 메모로 가득한 공책 몇 권뿐이었다. 정말 그게 다였다. 나는 낮이건 밤이건 데데가 잠만 들면 막간을 이용해 공책을 펼쳐보곤 했다. 하지만 제대로 읽을 틈도 없이 피로에 지쳐 언제나 스르르 잠이 들었다.

어느 날 늦은 오후였다. 학교에서 돌아온 피에트로는 그때까지 보아왔던 것 가운데 최악의 광경을 목격했다. 나는 부엌 식탁에 엎어져 잠들어 있었고 그 바람에 끼니를 거른 데데는 멀리 떨어진 침실에서 울부짖고 있었다. 아이 아빠는 반쯤 벌거벗은 채 요람에 방치된 데데를 발견했다. 데데가 젖병에 딱 달라붙어 게걸스럽게 우유를 먹는 동안 상심에 빠진 피에트로가 내게 말했다.

"도와줄 사람이 그렇게 없어?"

"내가 피렌체에 아는 사람이 없다는 걸 당신도 잘 알잖아."

"그럼 장모님께 와달라고 부탁해봐. 아니면 처제한테라도."

"싫어."

"그럼 나폴리에 사는 친구한테 연락해봐. 당신이 자기를 위해서 두 팔 걷어붙이고 나서줬는데 은혜는 갚겠지."

나는 발끈했다. 한순간이었지만 내 몸의 일부는 릴라가 벌써 집에 와 있는 것 같은 생생한 느낌을 받았다. 지금까지 내 안에 숨어 있던 릴라가 이제 데데의 몸속으로 미끄러져 들어간 것만 같았다. 언제나처럼 눈을 가늘게 뜨고 이마를 찌푸린 채.

나는 고개를 힘차게 내저었다. 그 장면을, 그런 일이 일어날 가능성을 머릿속에서 지워버렸다. 내가 대체 무슨 생각을 하는 거지?

결국 피에트로는 수화기를 들고 자기 어머니에게 전화를 걸었다. 내키지 않아 하면서 얼마 동안 우리 집에 와서 지내달라고 부탁했다.

66

시어머니에게 의지하는 순간 마음이 한결 가벼워졌다. 시어머니는 이번에도 당신이 내가 닮아야 할 이상형임을 증명했다. 우리 집에 온 지 며칠 되지 않아서 시어머니는 스무 살 남짓된 덩치 큰 처자를 찾아냈다. 클렐리아라는 이름의 마렘마 출신 아가씨였다. 시어머니는 클렐리아에게 일을 맡길 수 있도록 집안일을 잘 알려주었다. 장은 어떻게 봐야 하고 요리는 어떻게 해야 하는지 꼼꼼하게 일러주었다. 피에트로는 어머니가 자기와 의논도 하지 않고 클렐리아를 집안에 들이자 짜증을 냈다.

"집 안에 노예를 두고 싶지 않아요."

피에트로가 말했다.

시어머니는 침착하게 대꾸했다.

"노예라니. 멀쩡하게 월급을 받고 일하는 노동자야."

나는 시어머니의 존재에 힘을 얻어 마음껏 분통을 터뜨렸다.

"그럼 당신은 내가 노예 노릇을 했으면 좋겠어?"

"당신은 어머니로서 해야 할 일을 하는 거지 노예처럼 일하는 게 아니야."

"당신 빨래를 하고 다리미질을 하고 청소를 하고 당신을 위해 요리해. 더구나 딸을 낳아준 데다 힘들어 허덕이면서 그 애를 키우고 있잖아. 나는 정말 지쳤어."

"누가 그렇게 해달라고 했어? 내가 당신에게 뭘 요구한 적 있어?"

내겐 그런 식의 언쟁을 견딜 만한 힘이 없었지만 시어머니는 달랐다. 피에트로는 시어머니의 적수가 못 됐다. 시어머니의 사나운 공세에 결국 클렐리아는 남게 되었다.

클렐리아의 일을 해결한 다음 시어머니는 내게서 데데를 떨어뜨려 놓았다. 시어머니는 아이 침대를 내가 마련한 자기 방으로 옮겨 놓고 밤낮을 가리지 않고 꼼꼼하게 아이에게 젖병을 물렸다. 내가 다리를 저는 것을 보고는 의사인 자기 친구에게 나를 데리고 갔다. 의사는 내게 이런저런 주사를 처방해주었다. 시어머니는 매일 아침 저녁으로 주사기를 끓여 살균한 냄비와 용액이 든 유리병을 들고 나타나 유쾌하게 직접 내 엉덩이에 주사 바늘을 찔러 넣었다. 덕분에 다리는 금세 좋아졌다. 아픔이 사라지니 기분도 좋아지고 안정도 되찾았다.

시어머니는 여기에서 멈추지 않고 예의 바르지만 은근히 강압적으로 내가 외모에도 다시 신경 쓰도록 했다. 시어머니는 나를 미용실에 보내고 치과 치료도 다시 받게 했다. 무엇보다도 연극과 영화를 비롯해 자신이 번역하고 있거나 편집하고 있는 책에 대해 열성적으로 이야기해주었다. 시아버지나 다른 저명인사들이 다양한 잡지에 기고한 글에 대해서도 이야기했다.

시어머니는 그런 유명한 사람들을 친근하게 이름으로 불렀다. 극도로 전투적인 성향의 페미니즘 관련 소책자에 대해 말해준 사람도 시어머니가 처음이었다. 시어머니는 마리아로사가 그 출판물을 발행하는 여자들과 연관이 있다고 했다. 딸이 이들을 매우 존중하며 전폭적으로 지지한다고 했다. 하지만 정작 자신은 그렇지 않다고 했다. 시어머니는 특유의 비꼬는 말투로 이들이 여성문제를 잘못 이해하고 있다고 했다. 페미니즘을 계급투쟁과는 별개의 문제로 다룰 수 있다고 생각한다는 것이다.

"그래도 한번 읽어보렴."

시어머니는 내게 책을 읽어보라고 했다. 내게 그런 유의 책을 두어 권 내주며 마지막으로 아리송한 말을 했다.

"작가 노릇을 하려면 어느 것도 놓쳐서는 안 돼."

나는 그 책들을 한쪽 구석에 놓아두었다. 시어머니가 좋지 않게 평한 책을 읽는 데 시간을 허비하고 싶지 않기도 했지만 그보다는 그 이야기를 하는 동안 시어머니가 진심으로 원하는 것이 나와 의견을 교환하는 것이 아니라는 사실을 깨달았기 때문이었다. 시어머니는 자신의 계획에 따라 나를 무능한 어머니의 역할에서 탈피시키려 했다. 시어머니가 그토록 열심히 내게 말을 걸면서 시간을 허비하는 이유는 내가 그 이야기를 듣고 번뜩이는 영감을 받기를 원했기 때문이었다. 둔해진 머리와 멍해진 눈빛을 다시 반짝이게 하고 싶기 때문이었다. 시어머니는 내 이야기를 듣고 싶었던 것이 아니라 나를 구원하려 했던 것이다.

하지만 데데는 여전히 밤새 울어댔다. 나는 데데의 울음소리를 들으며 안절부절못했다. 데데는 시어머니의 긍정적인 영향을 무색하게 하는 불행한 기운을 발산했다. 그래서 전보다 시간적 여유가 생겼는데도 나는 여전히 글을 쓰지 못했다.

평소에는 자기 통제력이 강한 편인 피에트로도 어머니 앞에서는 자제심을 잃고 불손하다고 느껴질 정도로 함부로 행동했다. 퇴근하면 모자는 항상 서로 비아냥대며 충돌했다. 그 결과 모든 것이 파국으로 치닫고 있는 듯한 느낌이 커져만 갔다. 나는 이내 피에트로가 모든 문제의 근원을 으레 자기 어머니에게서 찾으려 한다는 사실을 깨달았다. 그는 사사건건 어머니를 걸고넘어졌다. 직장에서 일어나는 일까지도 그랬다.

나는 피에트로가 직장에서 피 말리는 고충을 겪고 있다는 사실을 전혀 몰랐다. 내가 직장 일이 어떠냐고 물을 때마다 피에트로는 항상 별 문제 없다고 대답하곤 했기 때문이었다. 그는 되도록 직장 문제에 나를 끌어들이지 않으려 했다. 하지만 어머니 앞에서는 그러한 의지가 무너졌다. 버림받은 아이처럼 어머니를 원망했다. 피에트로는 내게 숨겨왔던 모든 문제로 인한 스트레스를 어머니에게 쏟아부었다. 내가 그 자리에 있는데도 나를 없는 사람 취급했다. 자기 아내인 나를 벙어리 목격자로 취급했다.

나는 덕분에 많은 것을 알게 되기는 했다. 피에트로보다 나이가 많은 직장 동료들은 그의 뛰어난 경력과 이제 막 누리기 시작한 해외에서의 명성을 아이로타라는 이름 덕분에 거저 얻은 것으로 치부하고 그를 따돌렸다. 학생들은 학생들대로 피에트로가 쓸데없이 엄격하다고 생각했다. 그를 자신만의 세계에 틀어박혀 뭐든 다 아는 척하는 부르주아의 전형으로 취급했다. 격변하는 현실의 흐름에 전혀 부응하지 않고 자기 집 텃밭이나 돌보는 계급투쟁의 적으로 생각했다.

피에트로는 그답게 특별히 자신을 보호하려 하지도 상대방을 공격하려 하지도 않았다. 묵묵히 자신의 길을 갈 뿐이었다. 수준 높은 수업을 하면서 (적어도 이 부분에 대해서는 나는 추호의 의심도 없다) 누가 봐도 명확한 기준으로 학생들의 실력을 인정하거나 낙제시켰다.

"하지만 힘들어요."

어느 날 밤 피에트로는 어머니에게 불만 섞인 목소리로 고함을 질렀다. 그러다 이내 목소리를 낮추고 자신에게는 안정이 필요하며 학교 일이 힘들다고 했다. 많은 동료 교수가 학생들을 자신의 적으로 만들었다고 했다. 가끔 청년들이 무리 지어 수업 중인 강의실에 난입하는 바람에 수업을 중단해야 할 때도 있다고 했다. 얼마 전부터 벽에 자기를 욕하는 낙서까지 나타나기 시작했다고 했다.

나는 시어머니가 입을 열기 전에 참지 못하고 쏘아붙였다.

"당신이 반동분자 같은 태도를 조금만 바꿔도 그런 일은 겪지 않을 거야."

피에트로는 우리가 만난 후 처음으로 나에게 무례하게 대꾸했다.

"닥쳐! 언제나 뻔한 말만 할 줄 알지!"

나는 화장실에 들어가 문을 잠갔다. 불현듯 피에트로에 대해 아는 바가 거의 없다는 생각이 들었다. 나는 그에 대해 얼마나 알고 있지? 그는 온화한 사람이지만 완고할 정도로 결연한 면이 있었다. 노동자와 학생들 편이라고 했지만 가장 전통적인 교육 방식과 시험 방식을 고수했다. 무신론자이고 성당에서 식을 올리지 않았을 뿐 아니라 데데에게 세례도 받지 못하게 했으면서 피렌체 구시가지인 올트라르노의 가톨릭 공동체를 동경하고 종교 문제에 관한 지식도 풍부했다. 아이로타 집안의 일원이지만 그 이름에서 파생된 모든 특권과 편의를 견딜 수 없어 했다.

나는 마음을 진정시켰다. 피에트로에게 더 다가가야겠다고 생각했다. 그에게 내 애정을 느끼게 해주고 좀 더 많은 대화를 나눠야겠다고 생각했다. 그래도 내 남편이 아닌가. 하지만 그러기에는 날이 갈수록 시어머니의 존재가 방해가 됐다. 모자간에는 말로 표현할 수 없는 뭔가가 있었다. 피에트로는 어머니에게 예의 없이 함부로 굴었고 어머니는 어머니대로 피에트로를 구제불능의 저능아 취급했다.

어느덧 그렇게 매일 싸우는 것이 일상이 되었다. 피에트로는 자기 어머니랑 싸우다가 언제나 내 성질을 돋울 만한 말을 했고 그러면 나는 그를 공격했다. 결국 어느 날 시어머니가 저녁식사를 하다가 내 앞에서 피에트로에게 왜 침대에서 자지 않고 소파에서 자는지 묻기에 이르렀다.

"내일 당장 떠나시는 게 좋겠어요."

피에트로가 대답했다. 나는 피에트로가 소파에서 자는 이유를 알고 있었지만 끝내 아무 말도 하지 않았다. 피에트로가 소파에서 자는 것은 나를 위해서였다. 새벽 3시까지 공부하다 잠깐 눈을 붙일 때 나를 깨우지 않기 위해서였다. 다음 날 시어머니는 제노바로 돌아갔고 나는 다시 길을 잃었다.

67

우려했던 것과는 다르게 나와 데데는 몇 달 동안 선방했다. 데데는 첫돌 다음 날 걸음마를 시작했다. 피에트로가 데데 앞에 쭈그리고 앉아 아이를 어르며 다독이자 데데는 미소를 지으며 내게서 떨어져 나갔다. 데데는 두 팔을 벌리고 입을 벌린 채 불안한 걸음으로 제 아빠를 향해 걸어갔다. 마치 아빠의 품이 지난 일 년간 흘린 눈물의 행복한 종착지라도 되는 것처럼 말이다.

그때부터 데데는 밤에 평화를 되찾았고 덕분에 나도 그렇게 되었다. 데데가 클렐리아와 보내는 시간이 늘어나면서 불안감은 사라지고 조금이나마 나만의 시간을 가질 수 있었다. 하지만 부담스러운 일을 하고 싶지는 않았다. 오랫동안 병을 앓았던 사람처럼 그저 밖에서 바람을 쐬고 싶었다. 따뜻한 햇살과 다양한 색채를 즐기며 사람들로 가득 찬 길을 산책하고 가게 진열장을 구경하고 싶었다. 그동안 벌어놓은 돈이 수중에 꽤 많았기에 나는 나와 데데 그리고 피에트로를 위해 옷을 여러 벌 샀다. 가구며 장식품으로 집 안을 가득 채우며 생전 처음 돈을 물 쓰듯 썼다.

나는 아름다워지고 싶었다. 흥미로운 사람들과 만나서 대화를 나누고 싶었지만 친한 사람이 아무도 없었다. 피에트로는 집에 손님을 거의 초대하지 않았다.

나는 서서히 일 년 전 만족스러웠던 삶을 되찾고자 했다. 그새 전화벨이 울리는 빈도수가 줄었고 그나마도 나를 찾는 전화는 거의 없다는 사실을 깨달았다. 내 첫 소설에 대한 기억은 희미해져갔고 나에 대한 사람들의 관심도 사라지고 있었다. 기고만장했던 시절은 지나고 이제는 무엇을 해야 할지 도무지 갈피를 잡을 수 없었다.

가끔 한없이 우울했다. 현대소설을 읽기 시작했는데 그런 소설들에 비하면 내 소설이 시시하고 구닥다리 같아 종종 수치심을 느끼곤 했다. 나는 새 소설을 위해 그동안 적어두었던 메모를 한쪽에 밀어놓았다. 아무리 봐도 전 소설의 복사판처럼 느껴졌기 때문이다. 그보다는 격동적인 현대 사회사를 담은 무게감 있는 이야기를 구상하려고 애썼다.

나는 가끔 『우니타』지에 전화를 걸어 보기도 하고 기사를 써보려고도 했지만 얼마 지나지 않아서 편집부가 이제는 내 글을 좋아하지 않는다는 사실을 눈치챘다. 그새 내 기반을 잃은 것이다. 정보가 거의 없는 데다 상황을 직접 보고 글을 쓰기 위해 일일이 현장을 방문할 시간도 없었다. 나는 모호한 독자층을 대상으로 추상적인 잣대를 기준 삼아 공산당과 노조에 대한 혹독한 비판을 지지하는 글을 세련된 문체로 썼다. 다른 신문도 아닌 공산당이 운영하는 신문 『우니타』지에 말이다.

지금도 그때 왜 그리도 고집스레 그런 글을 쓰려 했는지 설명하기는 쉽지 않다. 정치활동도 거의 하지 않는 데다 성격도 온화한 편인 내가 왜 그리 극단적인 의견에 매료되었는지 알 수가 없다. 그만큼 불안해서 그랬던 것일 수도 있고 어떤 종류의 중재도 믿지 않는 내 성향 때문일 수도 있을 것이다.

나는 어린 시절부터 시청의 허점을 노려 교활하게 이득을 취하던 아버지의 사기성 짙은 술수와 중재 능력을 나도 모르게 연관짓곤 했다. 아니면 어린 시절 경험했던 극도의 빈곤을 잊지 않아야겠다는 의무감 때문일 수도 있었다. 모든 것을 뒤집어 엎으려는 피지배층 편에 서려는 성향 때문일 수도 있었다.

아니면 내가 그동안 성실하게 다뤄왔던 소소한 정책이나 요구 사항에 실은 그다지 관심이 없었던 것일 수도 있다. 나는 당시 내가 자주 사용했던 표현처럼 뭔가 엄청난 일이 일어나기를 바랐다. 내가 그 일을 경험하고 글을 쓸 수 있게 되기를 바랐다. 그것도 아니라면 비록 인정하고 싶지는 않았지만 내가 아직도 비이성적일 정도로 고집스레 모든 타협을 거부하는 릴라를 내 기준으로 삼고 있었던 것일 수도 있었다. 릴라와는 모든 면에서 달라진 지금에 와서도 릴라가 행동반경을 스스로 고향 동네에 국한시키지 않고 나와 같은 지위를 누릴 수 있었다면 릴라가 행동했을 법한 일을 하고 릴라가 했을 법한 말을 했던 것일 수도 있을 것이다.

나는 『우니타』지 구독을 중단했다. 대신 『투쟁은 영원히』와 『일 마니페스토』지를 읽기 시작했다. 『일 마니페스토』지에는 니노의 이름도 가끔 눈에 띄었다. 니노의 글은 언제나처럼 근거 자료가 풍성하고 독자를 설득하는 논리 구조도 치밀했다. 어린 시절 니노와 이야기를 나눌 때마다 느꼈던 것처럼 나도 니노처럼 일반적 진술을 정교하게 구성해서 한쪽으로 치우칠 여지가 없는 그런 글을 쓰고 싶었다.

그 시절 나는 내가 더는 니노를 열망하거나 사랑하지 않는다는 것을 깨달았다. 이제 니노는 내게 회환의 상징일 뿐이었다. 기회가 있었지만 이제는 이룰 수 없는 모든 것의 집약체였다. 우리는 같은 환경에서 태어났고 둘 다 뛰어난 성과를 거둬 그곳에서 벗어났다.

그런데 왜 나 혼자만 절망 속으로 가라앉고 있는 걸까. 결혼을 해서? 출산 때문에? 데데 때문에? 여자이기 때문에? 집안일을 하고 가족을 돌보고 아이 엉덩이에 묻은 똥이나 닦아주고 기저귀를 갈아주어야 하기 때문에?

니노의 기사를 접할 때마다 그 기사가 훌륭하면 훌륭할수록 나는 우울해졌다. 내 감정 상태에 대한 대가를 혹독히 치르는 상대는 사실상 나의 유일한 대화 상대인 피에트로였다. 나는 피에트로에게 화를 냈다. 내 인생에서 가장 끔찍한 순간에 나를 혼자 내버려두었다고 원망했다. 나를 잊어버리고 자기 경력만 생각한다고 화를 냈다. 인정하기 두려웠지만 그 시절 우리 관계는 하루하루 악화되어갔다.

나는 피에트로의 직장 생활에 문제가 있다는 사실을 알고 있었다. 하지만 그것만으로는 피에트로의 태도를 정당화할 수 없었다. 나는 그를 힘들게 하는 학생들과 별반 다르지 않은 정치적 태도를 취하며 오히려 그를 비난했다. 그럴 때마다 피에트로는 불편한 표정으로 내 말에 귀를 기울일 뿐 아무런 대꾸를 하지 않았다.

그즈음 나는 예전에 그가 내게 소리쳤던 말("닥쳐! 언제나 뻔한 말만 할 줄 알지!")이 일회적인 말실수가 아닌 것 같다고 생각했다. 나는 그가 나를 자기와 진지한 대화를 나눌 만한 수준이 안 된다고 생각한다고 의심했다. 그런 생각이 들면 화가 나고 우울해졌다. 원망스러운 마음이 커져만 갔다. 나는 내가 생각하기에도 모순된 생각 사이에서 방황했고 그렇기에 더욱 힘들었다. 쓸데없는 내용을 생략하고 골자만 말하자면 당시 내 심경은 이랬다.

어떤 이들에게는 학업이 한없이 힘든 과정이지만 (물론 이는 내 경우다) 어떤 이들에게는 놀이에 불과한 것은 (물론 이는 피에트로의 경우다) 불평등한 조건 때문이다. 하지만 그런 조건 속에서도 어찌됐든 공부를 해야 했고 나는 좋은, 아니 뛰어난 결과를 이루어냈다. 나는 내가 걸어온 길에 만족한다. 나는 내가 뛰어난 사람이라는 것을 보여주었다. 어떤 면에서는 우둔하다고까지 볼 수 있을 정도로 힘겨웠던 노력이 쓸모없었다고는 생각하지 않는다. 하지만 피에트로와 이야기할 때면 왠지 모르게 불평등한 조건의 부당함만 강조하게 되었다.

나는 피에트로에게 말하곤 했다.

"당신은 학생들이 다 똑같다고 생각하지만 그렇지 않아. 동등한 기회를 부여받지 못한 학생들에게 똑같은 성과를 요구하는 것 자체가 일종의 사디즘이라고."

그러던 어느 날 피에트로가 자기보다 최소 스무 살 이상 나이가 많은 동료 교수와 격렬한 언쟁을 벌인 이야기를 해주었다. 마리아로사의 지인인 그는 피에트로를 대학의 보수 세력에 대항하는 동지로 생각했던 것 같다.

나는 그때도 피에트로를 비난하고 말았다. 나이 많은 교수는 피에트로에게 학생들을 너무 엄하게 다루지 말라고 조언했다. 그러자 피에트로는 언제나처럼 예의 바르지만 직설적으로 자신은 학생들을 엄하게 대하는 것이 아니라 학생들에 대한 기대치가 높은 것뿐이라고 딱 잘라 말했다. 그러자 그 교수는 최소한 자기 시간을 할애해서 엉망인 대학가를 바꾸기 위해 노력하는 학생들에게만이라도 기대치를 좀 낮추라고 했다. 그 후 어떤 분위기에서 어떤 말이 오갔는지는 모르겠지만 상황이 꽤 심각해졌다. 언제나 사태를 과장하지 않으려는 성향이 있는 피에트로는 처음에 방어 차원에서 자기는 학생들을 태도에 따라 모두 공평하게 대한다고 대답했을 뿐이라고 했다.

하지만 곧 피에트로도 학생을 두 부류로 나누어 다르게 취급한다는 이유로 나이 든 동료 교수를 비난한 사실을 인정했다. 피에트로는 거친 학생들 앞에서는 찍소리도 못하면서 겁 많은 학생들에게는 그들이 굴욕적으로 느낄 정도로 잔혹하게 군다면서 그 교수를 비난했다. 그러자 교수는 기분이 상해서 그동안 피에트로가 강좌를 맡을 자격이 없는 얼간이라고 말하고 싶은 걸 참는 것은 (그 순간 결국 그렇게 말한 셈이지만) 피에트로의 누나 마리아로사 때문이라고 소리질렀다.

"조금 신중할 수 없어?"

"나는 신중해."

"그렇지 않은 것 같은데."

"그렇다고 의견을 말하지 않을 수는 없잖아."

"누가 아군이고 누가 적군인지는 알고 말해야지."

"내겐 적이 없어."

"친구도 없지."

이런저런 말끝에 나는 심한 말을 쏘아붙이고 말았다.

"당신이 그런 식으로 행동하니까 이곳에서 아무도 우리를 초대하지 않는 거야. 저녁식사나 음악회나 하다못해 야외에 피크닉을 가는 데도 초대받지 못하잖아. 당신 부모님의 친구분들에게조차 말이야."

68

피에트로는 분명 학교에서 고리타분한 사람 취급을 받고 있었다. 그는 다른 식구들처럼 활기찬 활동가가 아니었다. 그는 아이로타 집안의 실패작이었다. 문제는 나도 그런 평판에 공감한다는 사실이었다. 이 같은 사실은 우리의 결혼 생활과 부부 관계에 도움이 되지 못했다.

데데가 드디어 안정을 되찾고 밤에 규칙적으로 자기 시작하자 피에트로도 침대로 돌아왔다. 하지만 그가 내게 조금만 가까이 와도 나는 짜증이 났다. 또 임신할까봐 두려웠다. 내가 잠을 잘 수 있게 내버려두기를 바라면서 침묵 속에서 그를 멀리했다. 그저 등 돌리고 누우면 그만이었다. 그런데도 가끔은 그가 포기하지 않고 내 잠옷 위로 자신의 주요 부위를 지그시 누를 때도 있었다. 그럴 때면 나는 뒤꿈치로 피에트로의 다리를 살짝 찼다. '지금은 싫어. 졸려'라는 의미였다. 그러면 피에트로는 불만스레 내게서 몸을 떼어내고 침대에서 일어나 공부하러 가버렸다.

어느 날 저녁 우리는 또다시 클렐리아 문제를 두고 언쟁을 벌였다. 클렐리아에게 급여를 주는 날이면 집 안에 항상 미묘한 긴장감이 감돌았다. 하지만 그날만큼은 클렐리아 문제는 핑계거리에 불과했다. 피에트로가 먼저 우울하게 운을 뗐다.

"최근 우리 관계에 대해서 함께 생각해보고 대화를 나눌 때가 된 것 같아."

나도 그 말에 동의했다. 나는 피에트로의 지성과 예의 바른 태도를 정말 좋아한다고 했다. 데데가 너무나 사랑스럽다고도 했다. 하지만 아이는 더 낳고 싶지 않다고 했다. 사회에서 격리된 느낌을 참기 힘들며 다시 활동적으로 생활하고 싶다고 했다. 현모양처 노릇이나 하려고 어린 시절부터 그토록 힘들게 공부한 것이 아니라고 했다.

우리는 한참 동안 대화를 나눴다. 내 단호한 태도에도 피에트로는 예의를 잃지 않았다. 피에트로는 다시는 클렐리아 문제로 왈가왈부하지 않겠다고 했다. 그는 이렇게 결론을 내렸다. 우선 콘돔을 사용하기 시작하고 저녁식사에 친구를 초대하겠다고 했다. 피에트로에게는 친구가 없으니 친구라기보다는 지인이라고 해야겠지만 말이다. 날로 폭력적으로 변해가는 현 사태에 우려를 표하면서도 가끔 내가 데데를 데리고 정치 모임이나 집회에 참석해도 좋다고 했다.

새로운 생활 패턴은 내 삶을 개선하기는커녕 오히려 복잡하게 만들었다. 데데는 날이 갈수록 클렐리아에게 집착했다. 나와 함께 외출하면 지루해하면서 신경질을 부렸다. 내 귀나 머리카락, 코를 잡아당기며 울면서 클렐리아만 찾았다. 나는 내 딸이 나보다 마렘마 출신의 아가씨와 있는 것을 더 좋아한다고 확신했다. 모유 수유도 하지 않았고 인생의 첫해를 너무나 힘겹게 보냈기에 아기가 나를 어둠의 존재로 생각한다고 믿게 되었다. 아이가 나를 틈만 나면 자기를 야단을 치고 질투에 눈이 멀어 둘도 없는 놀이 동무이자 동화를 읽어주는 태양처럼 빛나는 유모를 학대하는 사악한 여인으로 여긴다고 믿게 되었다. 내가 기계적으로 콧물을 닦아주거나 입가에 묻은 음식물 찌꺼기를 닦아줄 때도 아이는 싫어하며 나를 밀어냈다. 내가 자기를 아프게 한다며 울었다.

피에트로의 콘돔 사용은 그의 감각을 더 둔감하게 만들었고 오르가슴에 도달하기까지 평소보다 시간이 더 걸렸다. 그는 관계를 맺으면서 힘들어했고 나도 덩달아 힘들었다. 가끔 뒤로 관계를 가지기도 했다. 그렇게 하면 그나마 고통이 덜한 것 같았기 때문이었다. 그가 격렬하게 내게 부딪혀 올 때마다 나는 피에트로의 손을 내 성기에 갖다 댔다. 그가 나를 어루만져 주기를 바라는 마음을 드러냈다. 하지만 피에트로는 두 가지 일을 동시에 진행하지 못했다. 그는 아무래도 첫 번째 동작을 좋아했기 때문에 두 번째 동작은 금세 잊어버렸다. 자기만 절정에 도달하면 그걸로 끝이었다. 나 역시 내 욕구를 충족시키려면 어디라도 좋으니 그의 신체 일부분이 필요하다는 사실을 전혀 깨닫지 못하는 것 같았다. 피에트로는 자기 혼자 즐기고 나서 내 머리를 쓰다듬으며 속삭이곤 했다.

"조금만 일하고 올게."

그가 떠나고 나면 고독이 위안처럼 느껴졌다.

가끔 시위대와 함께 행진을 하다 젊은 청년들에게 호기심이 생겨 이들을 관찰하기도 했다. 그들은 어떤 위험한 상황에도 대담하게 행동했다. 위협을 받을 때나 위협적인 태도를 취할 때도 항상 기운이 넘쳤다. 나는 그런 이들의 모습에 매료되었다. 그 뜨거운 열정에 이끌렸다.

하지만 내가 청년들을 둘러싸고 있는 생기발랄한 처녀들과 너무 다르다는 사실을 나는 잘 알고 있었다. 나는 그 아이들에 비해서 공부를 너무 많이 했으며 안경잡이인 데다 결혼도 했다. 날마다 시간에 쫓겼다. 그런 날이면 나는 불만스레 집으로 돌아가 피에트로에게 쌀쌀맞게 굴었다. 나이에 비해 내가 너무 늙어버린 것 같았다.

두어 번은 집회에 참석한 청년 가운데 피렌체에서 유명하고 인기 있는 청년이 내게 관심을 보이며 나를 이끄는 상상을 해보기도 했다. 어린 시절 부끄러워서 춤추지 않으려고 할 때 안토니오나 파스콸레가 억지로 내 팔을 잡아끌었을 때처럼. 물론 그런 일은 한 번도 일어나지 않았다.

정말 상황이 복잡해진 것은 피에트로가 집으로 초대한 그의 지인들 때문이었다. 나는 땀을 뻘뻘 흘리면서 저녁을 준비하고 대화를 잘 이끌어 나갈 줄 아는 아내 역할을 수행하면서도 불평하지 않았다. 집에 사람들을 초대하자고 피에트로에게 말한 것은 나였으니까. 하지만 나는 얼마 지나지 않아 그런 자리가 사람을 만나는 모임에서 끝나지 않는다는 것을 깨닫고 마음이 불편해졌다. 나는 내게 조금이라도 호감을 나타내는 모든 남자에게 끌렸다.

상대가 키가 크든 작든, 말랐든 뚱뚱하든, 잘생겼든 못생겼든, 나이 든 사람이든, 독신이든 유부남이든 상관없었다. 내 의견을 칭찬하거나 내 책에 대해 좋은 이야기를 하거나 내 지성에 감탄하기라도 하면 나는 호감을 담뿍 담은 눈빛으로 상대방을 바라보았다. 몇 마디 안 되는 말과 내 호의적인 눈빛만으로도 상대방은 금세 내가 자기한테 관심이 있다는 사실을 눈치챘다. 일단 그런 교감이 형성되면 그때까지 그리도 지겨워하던 상대방은 갑자기 활기를 되찾았다. 피에트로는 뒷전이고 나에게만 관심을 기울였다. 상대방은 점점 은근히 암시적인 말을 던졌고 대화를 하면서 점점 더 친밀하게 굴었다. 손끝으로 내 어깨나 손을 가볍게 어루만지기도 하고 내 눈을 지그시 바라보며 감상적인 이야기를 하기도 하고 일부러 무릎이나 신발을 부딪쳐 오기도 했다.

나는 적어도 그 순간만큼은 기분이 좋았다. 피에트로와 데데의 존재와 이에 따르는 지긋지긋한 의무감을 잊을 수 있었다. 나는 손님이 떠나가고 나면 지루한 일상으로 돌아가게 될까봐 두려웠다. 아무런 의미 없는 나태한 하루하루가 두려웠다. 온화한 성격 뒤에 숨겨둔 분노를 마주할까봐 두려웠다.

그러다보니 그런 자리가 있을 때마다 나는 더욱더 과장하게 되었다. 흥분한 나머지 목소리가 커지고 말도 너무 많아졌다. 최대한 맨살이 드러나 보이게 다리를 꼬았고 무심한 척 셔츠 앞단추를 풀었다. 내 쪽에서 먼저 상대방과의 신체적인 거리를 최대한 좁히려고 애썼다. 그런 식으로 타인과 가까워지면 그 순간 느꼈던 좋은 느낌이 내 몸에 남아 있어 그가 혼자서든 아니면 부인이나 여자친구와 함께 집을 떠난 후에도 조금이나마 덜 우울할 것 같았다. 지나치게 과장된 감정과 의견 표출 이면에 감추어진 공허함과 실패에 대한 불안감이 줄어들 것 같았다.

하지만 현실은 달랐다. 피에트로가 공부하는 동안 나 혼자 침대에 누우면 내 자신이 그저 바보같이 느껴질 뿐이었다. 나 자신이 경멸스러웠다. 그런데도 좀처럼 변할 수 없었다. 사내들은 내가 자기한테 마음이 있다고 생각하고 어떻게 해서든 나를 다시 만날 핑계거리를 만들어 다음 날 바로 전화를 걸어왔고 나는 그들의 제안을 어김없이 받아들였다. 하지만 약속장소에 도착하면 언제나 겁이 났다. 그들이 나보다 서른 살이나 더 많거나 아니면 유부남인데도 욕망을 감추지 않았다는 사실만으로도 그들에 대한 권위가 사라졌다. 그들은 내가 부여했던 구원자로서의 역할에 적합하지 않았다. 서로를 유혹하며 느꼈던 쾌락은 치욕스러운 실수에 불과했다. 나는 갈피를 잡지 못하고 자문하곤 했다.

'대체 왜 그런 식으로 행동한 거지? 대체 내게 무슨 일이 일어나고 있는 걸까? 이제부터 데데와 피에트로에게 더 신경을 써야겠어.'

그렇게 마음을 먹고도 기회만 있으면 똑같은 일을 반복했다. 어린 시절에도 그런 적이 없었는데 그 무렵 나는 백일몽을 꾸며 음악을 크게 들었다. 독서도 글쓰기도 그만두었다. 시간이 갈수록 나는 매사에 자기 절제가 강한 성향 때문에 당시 나와 환경이 비슷한 내 또래의 여성들이 대놓고 즐기던 일탈의 즐거움을 맛보지 못하는 것이 너무나 안타까웠다.

마리아로사만 해도 그랬다. 그녀는 가끔 연구 활동이나 정치적인 모임 때문에 피렌체에 들르곤 했다. 그녀는 언제나 우리 집에서 머물렀는데 그때마다 파트너가 바뀌었다. 가끔 여자친구들과 함께 올 때도 있었다.

마리아로사는 우리 집에서 마약을 했다. 자기 친구들과 우리 부부에게도 마약을 권하곤 했다. 그럴 때면 피에트로는 어두운 표정으로 자기 방으로 들어가 버렸지만 나는 그런 마리아로사에게 마음이 끌렸다. 내 몸이 어떤 반응을 보일지 몰라 마약을 하거나 환각제를 하지는 않았지만 밤늦도록 마리아로사를 비롯한 그녀의 일행과 오랫동안 이야기를 나누었다.

대화의 주제는 다양했다. 언제나 격렬한 토론이 벌어졌는데 그럴 때면 내가 그토록 힘들게 익힌 예의 바른 언어가 부적합하게 느껴졌다. 그런 자리에서 사용하기에는 지나치게 단정하고 깔끔한 언어였다.

나는 마리아로사의 말을 들으면서 그녀의 말투가 정말 많이 변했다고 생각했다. 제대로 된 교육을 못 받은 사람 같았다. 입이 무척이나 걸어졌다. 이제 피에트로의 누나는 나와 릴라가 어린 시절에 썼던 말투보다 더 험한 말투로 이야기하고 있었다.

'빌어먹을'이란 단어를 붙이지 않는 때가 없었다.

"내 빌어먹을 라이터는 어딨지? 내 빌어먹을 담배는 어디 있지?"

릴라도 평생 그런 식으로 말했다. 이제 나는 어떻게 해야 할까. 다시 릴라처럼 되어야 하나. 출발점으로 되돌아가야 하나. 이러려고 그토록 고생을 했었나.

나는 내 시누이를 바라보았다. 나는 마리아로사가 나와의 연대관계를 은근히 과시하며 피에트로나 자기가 집으로 데려오는 남자들을 면박 주는 것이 좋았다. 어느 날 저녁에는 갑작스레 말을 멈추고 그날 자기가 데리고 온 청년에게 말했다.

"이제 그만 섹스나 하러 가자."

'섹스를 하다.'

피에트로는 성적인 이야기를 할 때 사용할 수 있는 우리만의 은어를 만들었다. 교양 있는 집안에서 곱게 자란 사람의 머리에서 나올 법한 표현이었다. 나 역시 그 표현에 익숙해져서 어린 시절 배웠던 성에 관한 저급한 표현 대신 그 표현을 사용했다. 그런데 급변하는 시대에 발맞추려면 다시 천박한 용어를 사용해야 하는 건가?

'나 너와 섹스하고 싶어. 나를 이렇게 저렇게 다뤄줘.'

정말 이렇게까지 말해야 하나?

피에트로와는 상상도 할 수 없는 대화였다. 그에 비해 나와 교류하는 얼마 되지 않는 남자들은 모두 교육 수준이 높은 사람들이었는데도 기꺼이 하류층 흉내를 냈다. 천박한 여자 흉내를 내는 여자들에게 흥미를 느끼는 것 같았다. 정숙한 부인을 창녀처럼 다루는 것을 재미있어 했다.

처음에는 그들도 격식을 차리며 어느 정도의 자제력을 발휘했다. 하지만 그러면서도 더 이상 내숭 떨지 않고 점점 노골적으로 자신의 욕망을 드러낼 틈을 노렸다. 여성의 수줍음을 위선적인 어리석음으로 취급하는 자유부인 놀음을 시작하기를 바랐다.

솔직함과 신속함이야말로 해방된 여성이 갖추어야 할 미덕이었고 나는 어떻게 해서든 그런 변화에 적응하려 애썼다. 하지만 그런 기준에 적응하면 할수록 상대 남자에게 더 이끌렸다. 그중에서 두 번은 정말로 사랑에 빠진 것 같았다.

69

내가 처음 그런 감정을 느낀 상대는 아스티 출신의 그리스문학부 조교수였다. 나와 동갑이었는데 고향에 약혼녀가 있다고 어딘지 불만스러운 어조로 말했다. 고문서학 담당자의 남편도 있었다. 부인은 카타니아 태생이고 남편은 피렌체 태생이었는데 이들 사이에는 어린아이가 둘 있었다. 남편은 공대 출신으로 지금은 학교에서 공학을 가르치고 있다고 했다. 그의 이름은 마리오였다. 마리오는 정치에 관한 지식이 광범위했으며 꽤나 공신력 있는 사람이었다. 장발이었는데 여가 시간에는 록그룹에서 드럼을 친다고 했다. 나보다 일곱 살 연상이었다.

과정은 두 번 다 비슷했다. 피에트로가 그들을 저녁식사에 초대했고 나는 그들에게 꼬리를 쳤다. 나는 이들과 전화를 주고받고 함께 집회에 참석하기도 하고 산책도 많이 했다. 데데와 함께 가기도 했고 혼자일 때도 있었다. 영화관에 가기도 했다. 조교수의 경우에는 그가 너무 노골적인 태도를 보이자 내가 먼저 선을 그었다.

그에 비해 마리오는 시간이 갈수록 나를 점점 옥죄어 왔다. 어느 날 저녁 그는 자신의 차 안에서 내게 키스했다. 오랫동안 키스하며 브래지어 안에 손을 넣고 내 가슴을 쓰다듬었다. 나는 그를 힘겹게 밀어냈다. 다시는 그를 만나지 않겠다고 했다. 하지만 그는 내게 끈질기게 전화를 걸었다. 사실 나도 그가 그리웠기에 더 이상 그를 밀어낼 수 없었다. 마지막 만남에 내게 키스하고 몸을 더듬었기 때문에 그럴 권리가 생겼다고 생각했는지 다시 만나자 그는 우리가 마지막에 멈췄던 지점에서부터 진도를 나가려 했다. 그는 끈질기게 조르고 요구하고 강요했다. 내가 그를 자극하다가도 웃음을 터뜨리며 뒤로 물러서면 기분 나쁜 표정을 지었다. 자신이 받은 모욕감을 내게 되갚아주려고 했다.

어느 날 아침 데데를 데리고 그와 함께 산책을 한 적이 있었다. 내 기억에 그때 데데는 두 살이 조금 지났었던 것 같다. 그 무렵 데데는 자신이 너무나 좋아하는 인형에 폭 빠져 있었다. 데데는 인형에게 테스라는 이름을 지어주었다. 남자와 데이트하면서 나는 데데에게 거의 신경을 쓰지 않았다. 상대방과 말장난을 주고받는 데 정신이 팔려 데데는 까맣게 잊곤 했다. 마리오는 마리오대로 아이가 있건 없건 전혀 신경 쓰지 않았다. 그저 내 곁에 딱 달라붙어 있으려고만 했다. 말조심도 하지 않았다. 그는 장난스럽게 데데의 귀에 속삭이기도 했다.

“부탁이니 네 엄마에게 아저씨한테 착하게 굴라고 말 좀 해주겠니?”

시간은 눈 깜빡할 사이에 지나갔고 나는 마리오와 헤어져 데데와 함께 집으로 걸어가고 있었다. 그런데 몇 걸음 채 가지 않아 데데가 짓궂은 표정으로 내게 말했다.

“테스가 아빠한테 말해줄 비밀이 있다고 했어요.”

나는 심장이 그대로 멎는 것 같았다.

“테스가?”

“네.”

“테스가 아빠한테 무슨 말을 할까?”

“그거야 테스가 알지요.”

“좋은 이야기니 나쁜 이야기니?”

“나쁜 이야기예요.”

나는 데데를 위협했다.

“테스에게 아빠한테 그 이야기를 하면 네가 테스를 어두운 창고 안에 가둬버리겠다고 하렴.”

내 말에 데데는 울음을 터뜨렸다. 나는 집까지 데데를 안고 걸어야 했다. 평상시에는 나를 기쁘게 하려고 피곤한 척하지 않고 혼자 걸어가던 아이였는데 말이다.

데데는 나와 그 남자 사이에 자기 아빠가 참기 힘들어 할 뭔가가 있다는 것을 이해하고 있었다. 완전히 이해한 것은 아니더라도 그런 분위기 정도는 감지할 수 있었던 것이다.

나는 다시 한 번 마리오와의 밀회를 중단했다. 사실 그는 대단치 않은 사람이었다. 섹스에 중독된 부르주아일 뿐이었다. 하지만 불안감이 사라지지 않았다. 내면 깊은 곳에서 규율을 위반하고픈 충동이 커져만 갔다. 그 시절 세상 모든 사람처럼 나도 규칙을 깨뜨리고 싶었다. 한 번이라도 결혼이라는 틀에서 벗어나고 싶었다. 그렇게 못할 것은 또 뭐가 있단 말인가. 한 번이라도 사는 동안 배워온 모든 것에서, 내가 과거에 쓴 글과 앞으로 쓸 글에서, 내가 세상에 내놓은 아이에게서 벗어나고 싶었다.

그렇다. 결혼은 감옥이었다. 릴라는 용기가 있었기에 목숨을 걸고 감옥에서 도망쳐 나온 것이다. 그런데 나는 어떤가. 이다지도 내게 무관심하고 내 삶에 존재감이 없는 피에트로를 잃어 봤자 뭐가 달라지겠는가. 나는 손해 볼 것이 없었다. 그렇다면 망설일 이유가 뭐 있겠는가.

나는 마리오에게 전화를 걸었다. 나는 데데를 클렐리아에게 맡겨놓고 그의 사무실로 찾아갔다. 우리는 키스를 했다. 마리오는 내 젖가슴을 빨고 과거 안토니오가 저수지에서 그랬던 것처럼 내 허벅지 사이를 만졌다. 하지만 그가 바지를 내리고 팬티를 무릎까지 끌어내린 채 내 안에 들어오기 위해 내 목덜미를 붙잡는 순간 나는 싫다면서 그에게서 몸을 빼냈다. 나는 옷매무새를 정돈하고 도망치듯 자리를 떠났다.

나는 죄책감에 휩싸여 몹시 동요된 채 집으로 돌아왔다. 그날 나는 피에트로와 격정적인 사랑을 나누었다. 그토록 행위에 몰입했던 적은 없었다. 내가 먼저 나서서 콘돔을 사용하려는 피에트로를 막았다.

'걱정할 것 없어.'

나는 생각했다.

'곧 있으면 생리 주기인데. 별일 없겠지.'

하지만 별일이 있었다. 몇 주 후에 나는 또다시 임신했다는 것을 깨달았다.

70

피에트로 앞에서 낙태의 '낙'자도 꺼내지 못했다. 임신 소식에 그가 너무나 기뻐했기 때문이다. 나 역시 낙태가 두려웠다. 낙태라는 단어만 생각해도 속이 뒤틀렸다. 낙태 이야기는 나와 통화하면서 시어머니가 처음으로 꺼냈다.

"데데는 친구가 필요해요. 혼자서 자라는 것은 좋지 않아요. 남동생이나 여동생이 있으면 좋죠."

나는 주제를 다른 곳으로 돌렸다.

"책은 어떻게 하고?"

"벌써 진도가 많이 나갔어요."

나는 거짓말을 했다.

"내게도 보여주겠니?"

"그럼요."

"다들 기다리고 있단다."

"알아요."

나는 주눅이 들어서 깊게 생각할 새도 없이 피에트로는 물론 나 자신도 놀랄 만한 행동을 했다. 나는 어머니에게 전화를 걸어 둘째를 임신했다는 소식을 알리며 피렌체로 와서 한동안 함께 지낼 생각이 없는지 물었다. 어머니는 내게 올 수 없다고 중얼거렸다. 아버지와 동생들을 돌봐야 한다는 것이었다. 나는 어머니에게 악을 썼다.

"내가 다시는 책을 쓰지 못하면 다 어머니 때문이에요."

"그게 무슨 대수란 말이냐. 부잣집 사모님처럼 사는 것만으로도 충분하지 않니?"

어머니는 내게 쏘아붙이고 전화를 끊어버렸다. 하지만 5분 만에 엘리사에게서 전화가 왔다.

"집안일은 내가 알아서 할게."

엘리사가 말했다.

"어머니는 내일 출발하실 거야."

피에트로는 어머니를 모시러 역까지 차로 마중을 나갔다. 어머니는 이를 애정의 표시로 받아들이고 몹시 뿌듯해했다. 어머니가 도착하자마자 나는 어머니 면전에 대고 집에서 지켜야 할 규칙 목록을 읊었다.

"제 방이나 남편 방에 있는 물건의 위치를 바꾸지 마세요. 데데 응석을 받아주지 마세요. 저와 남편 사이에 끼어들려고 하지 마세요. 클렐리아와는 싸우지 말되 제대로 일하는지 감시해주세요. 저는 웬만한 일로는 방해해서는 안 되는 모르는 사람 취급해주세요. 손님이 오면 나오지 말고 부엌이나 어머니 방에 계세요."

말은 그렇게 했지만 마음속으로는 내가 줄줄이 언급한 규칙 따위는 어머니가 싹 무시할 거라고 체념하고 있었다. 그런데 우리가 어머니를 나폴리로 돌려보낼까봐 두려웠는지 어머니가 달라졌다. 며칠이 지나지 않아 어머니는 헌신적인 하녀처럼 하나에서 열까지 집안일을 돌보기 시작했다. 나나 피에트로를 전혀 성가시게 하지 않고 모든 문제를 효율적이고 똑 부러지게 해결했다.

어머니는 이따금 고향 집에 가곤 했다. 그럴 때마다 나는 혹시 일이 생겨서 어머니가 돌아오지 못할까봐 두려웠다. 하지만 어머니는 언제나 돌아왔다. 돌아와서는 카르멘은 임신했고 마리사는 득남했으며 질리올라와 미켈레 사이에서 둘째가 태어날 예정이라는 등의 동네 소식을 들려주었다. 괜한 충돌을 피하기 위해 릴라에 대해서는 입을 다물었다. 어머니는 우리 집을 수호해주는 보이지 않는 정령이 되어 식구들에게 깨끗하게 세탁해서 빳빳하게 다림질한 빨래를 준비해주고 어린 시절에 먹었던 것과 같은 맛있는 음식을 만들어주었다.

집 상태도 언제나 깨끗했다. 어머니는 집 안에 있는 물건이 조금만 흐트러져도 모든 것을 제자리에 정돈하는 데 광적으로 집착했다. 피에트로는 또다시 클렐리아를 집에서 내보내려 했고 어머니도 그에게 동조했다. 나는 분노했다. 하지만 피에트로에게 화를 내는 대신 어머니에게 성을 냈고 어머니는 아무 말 없이 방에 들어가 버렸다.

피에트로는 나를 책망하며 내가 어머니와 화해하도록 중간에서 최선을 다했다. 나는 얼마 지나지 않아 기꺼이 어머니와 화해했다. 피에트로는 어머니에게 각별했다. 그는 어머니가 아주 현명한 분이라고 했다. 저녁식사를 마친 다음에도 그는 종종 부엌에 남아 어머니와 이야기를 나누었다. 데데도 제 할머니를 따랐다. 나중에는 클렐리아가 나타나면 짜증을 낼 정도로 할머니에게 애정을 보였다. 나는 이제 모든 일이 해결되었으니 변명할 여지가 없다고 생각했다. 어떻게 해서든 책에 집중하기 위해 애썼다.

나는 예전에 써둔 메모를 다시 검토해보고 방향을 바꿔야겠다고 결단을 내렸다. 프랑코가 '하찮은 사랑 이야기'라고 정의 내렸던 그런 유의 이야기는 그만두고 광장에서의 집회, 잔인한 죽음, 경찰의 진압, 쿠데타에 대한 두려움 등을 담은 시대에 뒤처지지 않는 이야기를 쓰고 싶었다.

하지만 그런 주제로는 열 장 이상 글쓰기가 힘겨웠다. 그나마도 무기력하기 그지없는 글이었다. 대체 뭐가 부족했던 걸까. 확실히 설명하기는 힘들다. 나폴리일 수도 있었고 고향 동네일 수도 있었다. 『푸른 요정』에서 보았던 것과 같은 이미지나 열정이 부족해서일 수도 있었다. 방향성을 제시해주는 마음의 소리가 들리지 않아서일 수도 있었다.

나는 몇 시간이고 하는 일 없이 책상 앞에 앉아 있거나 소설을 뒤적였다. 소득 없이 앉아 있을망정 데데에게 붙잡힐까봐 방 밖으로 나가지는 않았다. 나는 정말 불행했다. 그렇게 앉아 있으면 복도에서 데데 소리와 클렐리아 목소리, 어머니의 절뚝이는 발소리가 들려왔다. 나는 치마를 걷어올리고 원치 않았던 행복을 온몸 구석구석에 퍼뜨리며 불러오는 배를 바라보았다. 두 번째 임신인데 이렇게 공허할 수가 없었다.

71

그즈음 나는 릴라에게 전화하기 시작했다. 전처럼 가끔이 아니라 거의 매일 전화하다시피 했다. 나는 그저 릴라의 그늘 아래 몸을 피하고 싶은 마음에 시외 통화료가 비싼데도 릴라에게 전화를 했다. 나는 그런 식으로라도 임신 기간이 흘러가기를 바랐다. 예전처럼 릴라의 영향을 받아 상상의 날개를 펼 수 있기를 바랐다. 물론 말실수를 하지 않으려고 주의했고 릴라도 내게 함부로 말하지 않기를 바랐다. 그때는 우리의 우정을 지키려면 입조심을 해야 한다는 사실을 확실히 깨달은 후였다.

이를테면 릴라가 먼 곳에서 내게 사악한 주술을 걸고 있다는 생각이 내 마음속 깊은 곳에 자리 잡고 있다고 말할 수는 없었다. 그곳에는 여전히 릴라가 병들어 죽어버렸으면 좋겠다는 생각도 자리 잡고 있다는 사실을 말할 수는 없었다. 릴라는 릴라대로 내게 그렇게 거칠고 모욕적인 언행을 하는 진짜 이유를 말하지 못할 것이다. 그래서 우리는 그저 아이들 이야기를 나누었다. 릴라는 젠나로가 초등학교에 입학해서 두각을 나타내고 있다고 했고 나는 데데가 벌써 글자를 읽을 줄 안다고 했다. 우리는 아이 자랑을 하는 평범한 엄마들처럼 그런 대화를 나누었다.

가끔은 글을 쓰려고 노력하고 있다는 이야기도 했지만 특별히 과장하지는 않았다.

"노력은 하고 있지만 쉽지 않아. 임신해서인지 몸이 약해진 것 같아."

이렇게 말하는 정도였다. 나는 아직도 미켈레가 릴라 주위를 맴돌면서 어떻게 해서든 그녀를 소유하고 속박하려 하는지 물었다. 가끔은 텔레비전이나 영화에 나오는 배우 중에서 좋아하는 배우가 있는지 묻기도 했다. 이를 핑계로 릴라 입에서 엔초 말고 다른 남자에게도 끌린다는 말이 나오기를 바랐기 때문이다. 그러면 나도 피에트로 말고 다른 남자를 원할 때가 있다는 말을 고백하고 싶었다. 하지만 릴라는 특히 이 마지막 주제에 대해서는 전혀 관심이 없었다. 영화배우 이야기를 꺼내면 릴라는 이렇게 말하곤 했다.

"그 사람이 누군데? 영화에서도 텔레비전에서도 본 적이 없어."

행여나 엔초 이름을 꺼내기만 하면 기다렸다는 듯이 도저히 이해할 수 없는 컴퓨터 전문 용어로 내 정신을 쏙 빼면서 엔초의 소식을 들려주기 시작했다.

그럴 때면 릴라는 열과 성을 다했다. 가끔은 나중에 이야기 소재로 쓸 수 있을 것 같아 릴라가 이야기하는 동안 메모를 해두기도 했다. 릴라는 엔초가 기어코 해냈다고 말했다. 그는 지금 나폴리에서 50킬로미터쯤 떨어진 소규모 세탁 공장에서 일한다고 했다. 회사에서 IBM 컴퓨터를 임대했기 때문에 엔초가 시스템 엔지니어로 근무하게 됐다는 것이다.

"시스템 엔지니어가 하는 일이 뭔지 알아? 수동으로 하는 작업 과정을 도식화해서 작업 공정도를 만드는 거야. 컴퓨터 본체는 3첩 장롱처럼 커다랗고 메모리는 8킬로바이트나 돼. 컴퓨터 본체가 있는 사무실이 얼마나 더운지 몰라. 너는 상상도 못 할 정도라니까. 컴퓨터는 난로보다 더 뜨거워. 땀을 뻘뻘 흘리고 악취를 참으면서 추상화 작업을 진행하는 거야."

릴라는 내게 페라이트자심에 대해 말했다. 페라이트자심이란 전기 케이블에 낀 고리들인데 이러한 고리 간에 생성된 장력에 의해서 회전횟수가 0이나 1로 정해지는 것이라고 했다. 고리 하나가 1비트를 나타내며 고리 8개가 1바이트, 곧 한 글자를 나타낸다고 했다.

릴라가 늘어놓는 장광설의 주인공은 오직 엔초였다. 엔초는 신처럼 컴퓨터 세계에 군림하며 거대한 에어컨 시설을 갖춘 커다란 방에서 컴퓨터 본체와 기계의 언어를 조종했다. 기계가 사람이 하는 것을 뭐든 할 수 있게 만드는 영웅이었다.

"내 말 이해했어?"

이따금씩 릴라가 물으면 나는 기어 들어가는 소리로 그렇다고 했지만 사실 릴라가 무슨 말을 하는지 도무지 이해할 수 없었다. 릴라는 내가 자기 말을 하나도 이해하지 못했다는 것을 알았고 내가 이를 부끄러워한다는 것도 눈치챘다.

시외 통화를 할 때마다 릴라의 기쁨은 커져만 갔다. 릴라는 엔초가 이제 한 달에 14만 8천 리라를 번다고 했다. 그렇다. 정확히 14만

8천 리라다. 이게 다 엔초의 실력이 뛰어나기 때문이라고 했다. 릴라는 엔초가 지금까지 자기가 만난 사람 중에서 가장 똑똑하다고 했다. 엔초는 너무나 실력이 뛰어나고 영리해서 얼마 지나지 않아 회사에서 꼭 필요한 존재가 됐고 덕분에 릴라까지 엔초 조수로 채용됐다는 것이다. 릴라가 다시 일을 시작했다니 이야말로 새로운 소식이었다. 게다가 이번에는 자기가 좋아하는 일이었다.

"말하자면 엔초는 총괄책임자인 거고 나는 부책임자인 거야, 레누. 나는 어머니나 가끔은 스테파노네에 젠나로를 맡기고 매일 아침 공장으로 출근해. 엔초와 함께 회사를 속속들이 파악하고 있어. 컴퓨터에 무엇을 입력해야 할지 이해하기 위해서 직접 직원들의 작업을 해보기도 해. 작업 과정을 점검하는 거야. 모든 작업을 말이야. 뭐, 송금이라든지 송장에 인지를 붙이는 일이라든지 수습사원들의 일지를 점검하는 일이라든지 출퇴근 카드를 확인하는 일 같은 거 말이야. 그러고는 모든 자료를 도식화해서 펀치카드에 구멍을 뚫는 거야. 그래 나는 이제 그런 일도 해. 나 말고도 다른 여직원이 셋 더 있어. 나는 8만 리라를 받고 있어. 14만 8천 리라에 8만 리라면 무려 22만 8천 리라야, 레누. 이제 우리는 부자야. 게다가 몇 달 후면 사정이 지금보다 더 좋아질 거야. 사장이 나도 실력이 있다는 것을 알아채고 교육을 받게 해주기로 했거든. 나 정말 잘됐지? 너도 기쁘지 않아?"

72

어느 날 저녁 릴라가 먼저 내게 전화를 걸어왔다. 지금 막 안 좋은 소식을 들었다고 했다. 언젠가 릴라가 말했던 다리오가 학교에서 나오던 길에 예수 광장에서 몰매를 맞아 죽었다는 것이다. 위원회 모임에서 만나 브루노네 공장 앞에서 전단지를 나누어주던 그 학생이었다.

릴라는 불안해하는 것 같았다. 릴라는 내게 고향 동네와 나폴리 시에 감도는 심상치 않은 분위기를 들려주었다. 날이 갈수록 폭력 사태가 심해진다고 했다. 폭력 뒤에는 지노가 이끄는 파시스트 일당이 있고 지노 배후에는 미켈레가 있다고 했다. 둘의 이름을 내뱉고 나니 릴라는 지난날의 혐오감이 되살아나 새삼 분노가 치밀어 오르는 듯했다. 들려준 이야기보다 말하지 않은 사연이 더 많은 것 같았다. 나는 생각했다.

'릴라는 다리오를 죽인 게 그들이라고 어떻게 저렇게 확신할 수 있지? 트리부날리 가에서 만났던 학생들과 아직 연락을 하고 있었던 걸까? 엔초와 컴퓨터에만 전념하고 있는 것은 아닌가보네.'

나는 상대방을 몰입시키는 릴라 특유의 화법에 귀를 기울였다. 릴라는 파시스트 원정에 대해 상세히 이야기해주었다. 그들은 초등학교 앞에 있는 본부에서부터 레티필로 지역, 시청 광장, 보메로까지 돌아다니면서 공산당원들을 쇠방망이로 두들겨 패거나 그들을 상대로 칼부림을 벌인다고 했다.

파스콸레도 이들에게 두 번이나 당해 앞니가 부러졌다고 했다. 엔초는 어느 날 저녁 집 앞에서 지노와 직접 맞붙기까지 했다.

릴라는 갑자기 말을 멈추더니 목소리 톤을 바꿨다.

"어렸을 때 우리 동네 분위기를 기억해? 지금은 그보다 더 심해졌어. 아니 똑같다고 해야 하나?"

릴라는 고리대금업자에 파시스트였던 시아버지 돈 아킬레 카라치 이야기를 꺼냈다. 공산당원이자 목수 일을 하던 주세페 펠루소 이야기도 꺼냈다. 그 둘이 우리가 보는 앞에서 혈전을 벌였던 일에 대해서 말했다. 그날 우리는 그 시절에 일어났던 일을 이야기하는 데 몰두했다. 내가 지난날에 일어났던 사건을 하나 생각해내면 릴라는 또 다른 사건을 이야기하는 식이었다. 그러다 무슨 일이든 눈앞에 벌어지듯 생생하게 묘사를 잘하는 릴라가 돈 아킬레 살해 장면을 읊기 시작했다. 어린 시절 하던 것처럼 약간의 현실에 수많은 상상을 덧붙였다.

릴라는 범인이 돈 아킬레의 목을 칼로 베는 장면과 피가 튀어 구리 냄비 위로 흘러내리는 장면을 이야기했다. 여전히 주세페 펠루소가 살인자일 확률은 없다고 했다. 이제 다 큰 어른이 된 릴라는 확신에 차 말했다.

"그때도 그렇고 지금도 그렇고 정의는 가장 쉬운 선택을 했어. 무조건 공산당 탓으로 돌리면 그만인 거지."

릴라는 외쳤다.

"파스콸레와 카르멘의 아버지가 정말 돈 아킬레를 죽인 것인지 어떻게 알아? 살인범이 여자가 아니라 남자인지 어떻게 알아?"

나는 릴라의 말에 빠져들어 어린 시절 함께 놀던 때처럼, 둘이 떨어져서는 못 살 것 같았던 그 시절처럼 릴라의 말에 서서히 흥분해서 말을 보탰다. 과거와 현재를 아울러 20년간 누구도 감히 입에 담지 못했던 진실에 함께 도달하고 있는 것 같았다.

"생각을 좀 해봐."

릴라가 말했다.

"돈 아킬레가 죽은 다음에 가장 큰 이익을 본 사람이 누구지? 누가 돈 아킬레가 장악하던 고리대금 업계를 물려받았지?"

맞다. 그게 누구였더라? 우리는 한목소리로 말했다.

"가장 큰 이익을 챙긴 것은 빨간 장부의 주인 마누엘라 솔라라야. 마르첼로와 미켈레의 어머니 말이야. 그녀가 돈 아킬레를 죽인 거야."

우리는 흥분해서 소리를 높였다가 이내 정신을 가다듬고 속삭였다. 내가 먼저 입을 열었고 그다음이 릴라였다.

"대체 무슨 헛소리람. 이제 그만하자. 우리는 아직 덜 컸나봐. 언제 철이 들까?"

73

오랜만에 릴라와 좋은 시간을 보낸 것 같았다. 최근에 그렇게 호흡이 잘 맞았던 적이 없었다. 말 그대로 전화선을 통해 서로의 흥분된 숨소리만 들었을 뿐이지만 말이다. 우리는 꽤 오랜 시간 얼굴을 보지 못했다. 릴라는 임신을 두 번이나 한 내 모습이 어떻게 변했는지 보지 못했고 나 역시 릴라가 여전히 창백하고 깡말랐는지 아니면 그새 외모가 변했는지 알지 못했다.

나는 몇 년 전부터 릴라의 목소리를 들으면 서서히 되살아나는 상상 속의 릴라와 이야기를 하고 있었다. 그렇기 때문에 돈 아킬레의 살인사건이 갑자기 새롭게 느껴졌던 것 같다. 나는 그 이야기가 소설의 소재가 될 수 있을 것 같았다.

전화를 끊고 난 다음 나는 우리가 나눈 대화를 정리하기 시작했다. 과거와 현재, 불쌍한 다리오의 죽음과 고리대금업자 돈 아킬레의 죽음 그리고 마누엘라 솔라라에 이르기까지 모든 이야기를 릴라의 말에 따라 재구성했다.

나는 좀처럼 잠이 오지 않았다. 오랫동안 고심했다. 생각하면 할

수록 대화한 내용이 소설로 확장할 수 있는 시작점이 될 수 있을 것 같은 확신이 들었다.

그 후 며칠 동안 나는 피렌체와 나폴리, 혼란스러운 현재와 먼 과거, 지금의 부유함과 지난날 내 출신에서 벗어나기 위해 쏟아부었던 부단한 노력, 모든 것을 잃어버리는 것에 대한 두려움과 예전으로 돌아가고픈 욕구를 한데 뒤섞었다. 계속 생각하다보니 정말로 소설을 쓸 수 있을 것 같았다.

나는 고민에 고민을 거듭한 끝에 지난 20년 동안 일어난 일을 하나로 잇는 폭력적인 줄거리의 이야기로 네모난 줄이 쳐진 공책 한 권을 힘겹게 채웠다. 가끔 릴라가 전화를 걸어와 내게 묻곤 했다.

"왜 요즘 전화가 없어? 몸이 안 좋은 거야?"

"나는 잘 있어. 작품을 시작했을 뿐이야."

"글을 쓸 때면 나는 안중에도 없나 보네."

"그렇지 않아. 단지 집중력을 잃을까봐 그래."

"내가 병들거나 네 도움이 필요하면 어떻게 해?"

"그럴 때면 나한테 전화를 걸면 되지."

"아니면 내가 전화할 때까지 소설만 붙잡고 있겠네?"

"그렇지."

"부럽다. 팔자도 좋아."

작업을 하면서도 출산 전에 작품을 끝내지 못할까봐 불안했다. 아이를 낳다가 죽어버릴까봐, 작품을 완성하지 못할까봐 두려웠다. 힘든 작업이었다. 아무것도 몰라서 오히려 맘 편했던 첫 소설 집필 과정과는 전혀 달랐다.

일단 이야기의 개요를 완성한 다음 스토리 전개 과정을 신중하게 다듬었다. 나는 생생한 글을 쓰고 싶었다. 새로운 글을 쓰고 싶었다.

철저한 계산을 뒤로 감춘 혼란스러운 글을 쓰고 싶었다.

나는 최선을 다했다. 나는 세심하게 두 번째 초안을 작성했다. 한 문장 한 문장을 썼다 지웠다 다시 쓰기를 반복했다. 데데를 임신했을 때 구입해둔 레테라 32 모델 타자기와 먹지의 도움으로 공책에 수기로 썼던 글이 3부의 도톰한 원고로 탄생했다. 무려 200페이지에 가까운 분량이었는데 오타 하나 없었다.

여름이어서 날씨가 몹시 무더웠고 배는 산만큼 불러 있었다. 얼마 전부터 다시 엉덩이가 아프기 시작했다. 괜찮은 듯싶다가도 다시 통증이 느껴지곤 했다. 덕분에 복도에서 어머니의 발소리가 들려오기만 해도 신경이 날카로워졌다.

나는 물끄러미 원고를 바라보았다. 내가 정말로 내 글을 두려워한다는 사실을 실감했다. 며칠 동안 나는 결정을 내리지 못했다. 피에트로에게 글을 보여주려니 마음이 불안했다. 시어머니에게 바로 보내는 것이 나을 것 같다고 생각했다.

피에트로는 이런 글에 대해 판단을 내리기에는 적합하지 않았다. 게다가 워낙 고집불통이어서 생활에 점점 어려움을 겪고 있었다. 언제나 신경이 잔뜩 곤두선 채 집에 돌아왔고 나와는 법률의 가치 같은 추상적인 대화만 하려 들었다. 그러니 노동자와 업주, 투쟁, 유혈이 낭자한 폭력, 카모라와 고리대금업자들이 등장하는 소설을 읽기에 심리적으로 적합한 상태가 아니었다. 게다가 내가 쓴 책이 아닌가. 자신의 내적 갈등을 내게 철저히 숨기려 하고 지난날 내가 어떤 사람이었으며 지금은 또 어떻게 변했는지 전혀 관심 없는 사람에게 이 책을 읽게 하는 것이 무슨 소용이겠는가. 기껏해야 단어 선택이나 맞춤법 사용에 꼬투리나 잡을 것이다. 그럼에도 내가 의견을 말해달라고 계속 고집을 부리면 의미를 알 수 없는 애매한 말만 하겠지. 나는 타자기로 친 원고를 시어머니에게 한 부 보내고 전화를 걸었다.

"끝냈어요."

"정말 기쁘구나. 내게 보내주겠니?"

"오늘 아침에 벌써 보내드렸어요."

"잘했다. 빨리 읽고 싶구나."

74

나는 기다렸다. 뱃속에서 발길질을 해대는 아이와 만나기를 기다리는 것보다 더 긴장되었다. 하루 이틀 손꼽아가며 5일을 애타게 기다렸지만 시어머니에게서는 연락이 없었다. 6일째가 되어서야 피에트로가 내게 책 이야기를 꺼냈다. 마침 저녁식사 시간이었는데 데데는 내 기분을 상하게 하지 않으려고 혼자 밥을 먹으려 애쓰고 있었고 어머니는 그런 손녀를 도와주고 싶은 마음을 참느라 힘들어서 어쩔 줄을 몰라 하고 있었다.

"작품을 끝냈다면서?"

"응."

"어머니께는 원고를 보냈으면서 왜 내게는 보여주지 않은 거야?"

"당신은 항상 바쁘니까 방해하고 싶지 않았어. 읽고 싶으면 내 책상 위에 한 부 더 있어."

피에트로는 아무런 말도 하지 않았다. 나는 잠시 기다렸다가 그에게 물었다.

"내가 어머님께 원고를 보내드렸다고 어머님이 그러셔?"

"어머니가 아니면 누가 내게 그런 말을 해주겠어."

"다 읽으셨대?"

"응."

"어떻다고 하셔?"

"어머니가 말씀해주시겠지. 어머니와 당신 일이잖아."

남편은 기분이 상한 것이었다. 저녁식사 후에 나는 내 책상에 놓아두었던 원고를 피에트로의 책상 위로 옮겨 두었다. 데데를 재우고 텔레비전을 보았지만 방송이 눈에 들어오지도 않고 귀에 들리지도 않았다. 나는 잠자리에 들고 말았다.

그날 밤 나는 한숨도 자지 못했다. 시어머니는 피에트로에게는 책 이야기를 했으면서 왜 내겐 아직 연락하지 않은 걸까. 다음 날, 그러니까 그날이 1973년 7월 30일이었는데, 나는 남편이 내 글을 읽기 시작했는지 확인하러 그의 방에 들어갔다. 원고는 그가 거의 밤새도록 읽은 것처럼 보이는 다른 책 아래 파묻혀 있었다. 한 장도 들춰보지 않은 것이 분명했다.

나는 신경질이 나서 클렐리아를 향해 데데를 잘 보라고 소리 질렀다. 내 어머니에게 모든 것을 맡겨두고 그렇게 손 놓고 있지 말라고 했다. 순간 말투가 모질었는데 어머니는 그런 내 행동을 자신에 대한 애정 표시라고 생각했는지 나를 안정시키려는 것처럼 내 배를 어루만지면서 물었다.

"그래. 여자아이면 뭐라고 부를 생각이니?"

나는 다른 데 정신이 팔린 데다 다리까지 아파 별 생각 없이 대답했다.

"엘사요."

어머니의 안색이 어두워졌다. 데데에게 피에트로 어머니의 이름을 지어주었으니 이번에도 여자아이가 태어나면 어머니의 이름을 지어주겠다는 말을 어머니가 속으로 기다리고 있었다는 사실을 나는 뒤늦게야 알았다. 나는 무성의한 변명을 늘어놓았다.

"어머니, 생각 좀 해보세요. 어머니 이름은 임마콜라타잖아요. 어린아이에게 그런 이름을 지어줄 수는 없어요. 전 싫다고요."

어머니가 투덜거렸다.

"왜? 내 이름보다 엘사가 더 예쁘다는 거냐?"

내가 대답했다.

"엘사는 엘리사의 애칭이잖아요. 동생 이름을 지어주는 것이니 어머니도 기뻐하셔야죠."

어머니는 그 후 내게 말 한마디 걸지 않았다.

정말이지 모든 것이 지긋지긋했다. 날씨는 날이 갈수록 무더워졌다. 온몸에서 땀이 뚝뚝 흘렀다. 몸이 무거워서 견딜 수가 없었다. 다리를 저는 것도 견딜 수가 없었다. 더 이상은 아무것도, 아무것도 견딜 수 없었다.

점심시간이 되기 조금 전에 드디어 시어머니에게서 전화가 왔다. 그날만큼은 말투가 평소처럼 냉소적이지 않았다. 시어머니는 천천히 사뭇 심각한 어조로 이야기를 이어나갔다. 말 한마디 한마디가 힘겹게 들렸다. 시어머니는 '그러나'나 '하지만' 같은 역접 접속사를 연이어 세심하게 사용하며 완곡한 표현으로 결국 글이 좋지 않다는 뜻을 전했다. 내가 방어하려 하자 내게 상처주지 않기 위해 에둘러 표현하기를 멈추고 내 글을 노골적으로 비판했다.

시어머니는 우선 주인공이 비호감이며 나머지 인물들도 피상적이라고 했다. 상황 설정이며 대화가 자연스럽지 못하다고 했다. 문체도 현대성을 지향하는 듯했지만 결과적으로는 혼란스럽기만 하다고 했다. 소설 전반에 지나치게 만연한 증오심도 독자에게 불쾌감을 준다고 했다. 스파게티 웨스턴*을 떠오르게 하는 조악한 결말은 내 지성과 문화적 소양과 재능에 어울리지 않는다고 했다.

나는 체념하고 한마디 대꾸도 없이 시어머니의 비판을 끝까지 들었다. 시어머니는 결론지었다.

"지난번 소설은 생동감이 넘치고 새로웠어. 그런데 이번 소설은 내용이 고리타분하고 어깨에 잔뜩 힘이 들어가 공허한 느낌이로구나."

"출판사에서는 호의적일 수도 있어요."

내가 말했다.

시어머니는 무뚝뚝하게 대답했다.

"정 보내고 싶으면 그렇게 하렴. 하지만 출판할 만한 책이 아니라고 판단할 게다."

나는 뭐라 말해야 할지 몰라 중얼거렸다.

"네. 생각해볼게요. 편히 지내세요."

시어머니는 바로 전화를 끊지 않았다. 갑자기 말투를 바꿔 다정하게 데데와 내 어머니에 대해 묻기 시작했다. 내 상태를 물으면서 마리아로사 때문에 골치라고 했다. 시어머니는 내게 물었다.

"왜 피에트로에게 소설을 보여주지 않았니?"

"모르겠어요."

"도움이 될 만한 충고를 해주었을 텐데."

"그렇지는 않았을걸요."

"그 애에 대한 존경심이 전혀 없는 거니?"

"전혀요."

* 정형화된 미국 서부영화의 틀을 깬 1960~70년대 이탈리아 서부영화.

시어머니와 통화를 마친 후 나는 내 방에 틀어박혀 절망에 빠졌다. 너무나도 수치스러워 도저히 참을 수 없었다. 나는 식사도 하는 둥 마는 둥하고 무더운데도 창문을 닫아둔 채 잠이 들었다.

오후 4시에 진통이 시작되었다. 나는 어머니에게 아무 말도 하지 않고 미리 준비해둔 가방을 챙겨 운전대를 잡았다. 가는 길에 둘째 아이와 함께 죽어버렸으면 좋겠다고 생각하면서 병원에 도착했다.

그런 내 바람과는 달리 나는 순산했다. 죽을 만큼 고통스러웠지만 몇 시간 만에 둘째 딸이 태어났다. 다음 날 아침 피에트로는 아이에게 장모님의 이름을 지어주어야 한다고 우겨댔다. 피에트로는 그것이 어머니에 대한 최소한의 예의라고 생각했다. 기분이 최악이었던 나는 전통을 따르는 게 지긋지긋하다며 아이 이름은 엘사로 결정했다고 못박았다.

병원에서 퇴원한 다음 집으로 돌아가서 나는 제일 먼저 릴라에게 전화를 걸었다. 나는 아이를 낳았다는 소식을 알리지도 않고 내 소설 원고를 보내도 되겠느냐고 물었다.

몇 초 동안 가벼운 한숨 소리만 들리다가 릴라가 말했다.

"출판되면 읽어볼게."

"나는 지금 당장 네 의견을 들어야겠어."

"책 한 장 들춰보지 않은 지 오래야, 레누. 난 이제 어떻게 책을 읽어야 하는지 몰라. 그럴 능력이 없다고."

"나 지금 네게 부탁하고 있는 거야."

"먼젓번 책은 바로 출판해놓고서는 이번에는 왜 안 된다는 거야?"

"그 책은 책으로 생각하지도 않았거든."

"읽어봤자 내 느낌 정도만 말해줄 수 있을 뿐이야."

"좋아. 그거면 돼."

75

릴라가 책을 다 읽기를 기다리는 동안 나폴리에 콜레라가 돈다는 소식이 들려왔다. 어머니는 과하다 싶을 정도로 심하게 동요했고 매사에 집중하지 못했다. 결국 내가 아끼는 수프 그릇을 깨고 나더니 그만 집에 돌아가 봐야겠다고 선언했다. 순간 나는 어머니가 결정을 내리는 데 콜레라가 주된 요인이기는 했지만 둘째에게 어머니의 이름을 지어주지 않은 것이 이에 못지않은 영향을 주었다는 사실을 깨달았다.

나는 어머니를 붙잡아보려 했지만 소용없었다. 어머니는 아직 몸도 완전히 풀지 못한 데다 다리도 불편한 나를 버렸다. 자기를 존중하지도 않고 고마움도 모르는 나를 위해 자신의 인생을 더는 희생할 필요가 없다고 생각하는 것 같았다. 그보다는 남편과 착한 자식들 곁에서 비브리오 균에 감염되어 죽는 쪽을 택하기로 한 것이다.

그런데도 문 밖을 나설 때까지 어머니는 내 요청에 따라 태연한 모습을 유지했다. 불평도 하지 않고 투덜거리지도 않고 나를 비난하지도 않았다. 역까지 차로 바래다주겠다는 피에트로의 제안을 기꺼이 받아들였다. 어머니는 사위가 자신을 좋아한다는 것을 알고 있었다. 그동안 어머니가 자제한 것도 나를 기쁘게 해주기 위해서가 아니라 피에트로 앞에서 체면을 구기고 싶지 않아서였을 것이다.

그런 어머니지만 데데와 헤어질 때만은 감정을 억누르지 못했다. 어머니는 층계참에 서서 애써 표준어로 물었다.

"할미가 가서 서운하니?"

할머니가 떠나는 것을 일종의 배신으로 받아들인 데데는 토라져서 서운하지 않다고 했다.

나는 어머니보다 나 자신에게 더 화가 났다. 자기 파괴적인 충동에 사로잡혀 어머니가 떠난 지 몇 시간 안 되어 클렐리아마저 해고하고 말았다. 피에트로는 놀라서 신경을 곤두세웠다. 나는 데데의 말투에서 나폴리 사투리도 모자라 마렘마 지역 억양까지 없애려고 고군분투하느라 지쳤다고 씩씩거리며 말했다. 내 집의 진정한 주인이자 내 아이들의 진정한 어머니가 되고 싶다고 했다. 말은 그렇게 했지만 실은 죄책감 때문에 그저 나 자신을 벌주고 싶었을 뿐이었다. 나는 두 아이와 집안일과 아픈 다리 때문에 나가떨어질 정도로 지칠 것이라고 생각하며 절망적인 쾌락에 몸을 맡겼다.

나는 엘사가 데데만큼 힘든 일 년을 내게 선사할 것을 믿어 의심치 않았다. 하지만 내가 갓난아이를 다루는 데 어느 정도 익숙해져서인지, 형편없는 어머니라는 사실을 체념하고 받아들여서인지, 그도 아니면 전처럼 모든 일을 완벽하게 해내야겠다는 조급한 마음에서 벗어나서인지 아이는 아무런 문제없이 내 품에 안겨 오랫동안 젖을 빨고 긴 잠을 잤다. 퇴원 초기엔 나도 잠을 잘 잘 수 있었다.

놀랍게도 피에트로가 집 청소도 하고, 장도 보고, 요리도 하고, 엘사도 씻겨주었다. 동생이 태어난 데다 할머니까지 떠나는 바람에 어리둥절해하는 데데도 잘 돌봐주었다. 어느새 다리 통증도 씻은 듯이 사라졌다. 모든 것이 전반적으로 평온해진 어느 늦은 오후 꾸벅꾸벅 졸고 있는 나를 남편이 깨웠다.

"당신 고향 친구한테서 전화가 왔어."

피에트로의 말에 나는 전화기를 향해 달려갔다.

릴라는 한참 동안 피에트로와 대화를 나눈 듯했다. 릴라는 빨리 피에트로를 만나보고 싶다고 했다. 나는 시큰둥하게 릴라의 말에 귀를 기울였다. 피에트로는 자기 부모님과 관련이 없는 사람들에게는 언제나 상냥했다. 릴라가 뭔가 과장된 것 같은 쾌활한 말투로 너무 오래 말을 끌자 나는 그녀에게 외치고 싶었다.

'내게 상처 줄 수 있는 기회를 충분히 주었으니 이제 이야기 좀 해봐. 13일 동안이나 원고를 가지고 있었으면 네 생각을 말해줘야지.'

나는 차마 이렇게 말하지는 못하고 릴라의 말을 퉁명스레 끊었다.

"그래서 원고는 읽은 거야 만 거야?"

릴라가 심각해졌다.

"읽었어."

"어땠어?"

"좋았어."

"좋다니, 어떻게? 흥미로웠어? 재미있었어? 아니면 지루했어?"

"흥미로웠어."

"얼마나? 많이 아니면 조금?"

"많이."

"어떤 면에서?"

"스토리가 흥미로웠어. 읽고 싶은 생각이 들게 만들더라."

"그리고?"

"그리고라니?"

나는 무뚝뚝하게 말했다.

"릴라, 나는 내가 쓴 글이 어떤지 꼭 알아야겠어. 내게 그런 말을 해줄 만한 사람은 너밖에 없어."

"말하고 있잖아."

"아니, 그렇지 않아. 지금 날 속이고 있잖아. 네가 이토록 대충 말하는 것을 한 번도 들어본 적이 없어."

긴 침묵이 흘렀다. 나는 전화기가 놓인 못생긴 탁자 옆에 다리를 꼬고 앉아 있는 릴라의 모습을 상상했다. 엔초와 함께 집에 돌아온 지 얼마 되지 않았을 것이다. 아마 젠나로는 조금 떨어진 곳에서 놀고 있을 것이다. 릴라가 말했다.

"난 이제 책을 제대로 못 읽는다고 했잖아."

"그게 문제가 아니야. 난 네 도움이 필요한데 너는 관심조차 없잖아."

또다시 정적이 흘렀다. 릴라는 뭔가 내가 알아듣지 못한 말을 중얼거렸다. 욕을 한 것 같았다. 릴라는 원망스러운 말투로 차갑게 말했다.

"우리는 서로 하는 일이 달라. 그런데 대체 내게 뭘 바라는 거야? 가방끈이 긴 것은 네 쪽이잖아. 글을 읽을 줄 아는 것은 너잖아."

릴라의 목소리가 갈라지며 악을 쓰다시피 외쳤다.

"다시는 이런 글을 쓰지 마, 레누! 이건 네가 아니야. 내가 읽은 그 어떤 글도 너를 닮지 않았어. 정말이지 형편없어. 형편없기 짝이 없는 글이야. 먼젓번 책도 마찬가지였어."

그랬다. 릴라는 속사포처럼 말을 쏟아부으면서도 동시에 목이 메는 듯했다. 가벼운 숨결에 흘러나오던 속삭임이 갑작스레 딱딱하게 굳어서 옴싹달싹 못하고 목에 걸린 것 같았다.

나는 속이 뒤틀리는 듯한 고통을 느꼈다. 명치 근처가 찌르르하더니 통증이 심해졌다. 릴라의 말 때문이 아니었다. 릴라가 내게 말하면서 보인 반응 때문이었다. 지금 릴라가 흐느끼는 건가. 나는 걱정이 되어 소리쳤다.

"릴라, 무슨 일이야. 진정해. 숨을 좀 쉬어 봐."

릴라는 좀처럼 안정을 되찾지 못했다. 릴라는 말 그대로 흐느끼고 있었다. 릴라의 흐느낌이 너무나 고통스럽게 들려서 '정말이지 형편없어. 형편없기 짝이 없는 글이야'라는 말 때문에 아픔을 느낄 틈도 없었다. 내 첫 번째 책을 실패작 취급한 것도 기분 나쁘지 않았다. 정말 많이 팔리고 내게 큰 성공을 안겨준 책이었지만 그때껏 릴라는 내 첫 책에 대해 말한 적이 한 번도 없었다.

내가 아팠던 것은 릴라의 울음 때문이었다. 나는 릴라의 울음에 대처할 준비가 되지 않았다. 릴라가 울음을 터뜨릴 것이라고는 전혀 예상하지 못했다. 차라리 평소와 같은 릴라의 모진 모습이 편하게 느껴졌을 것이다. 릴라다운 잔혹한 말투가 더 좋았을 것이다. 그런데 릴라는 계속해서 흐느껴 울었다. 흐느낌을 좀처럼 멈추지 못했다.

나는 당황했다.

'괜찮아.'

나는 생각했다.

'나는 형편없는 책을 두 권 쓴 것뿐이야. 하지만 그게 무슨 대수람. 지금 릴라가 느끼는 이 고통이 더 중요해.'

나는 릴라에게 말했다.

"릴라, 대체 왜 우는 거야. 울 사람은 네가 아니라 나야. 이제 진정해."

릴라가 악을 썼다.

"왜 네 글을 읽으라고 한 거야. 왜 내 생각을 말하게 한 거야. 혼자 간직했어야 했는데."

"아니야. 네가 이야기해줘서 기뻐. 정말이야."

내가 말했다. 나는 릴라가 진정하기를 바랐지만 릴라는 그러지 못하고 두서없는 문장을 쏟아냈다.

"다시는 내게 책을 읽으라고 하지 말아줘. 나는 그럴 만한 사람이 못 돼. 난 네가 항상 최고였으면 좋겠어. 나는 네가 이보다 훨씬 뛰어난 글을 쓸 수 있다고 확신해. 네가 더 잘하기를 원해. 그게 내 가장 큰 소망이야. 네가 뛰어나지 못하면 내 존재는 아무런 의미도 없으니까."

나는 속삭였다.

"걱정하지 마. 언제나 네 생각을 말해줘. 그래야만 정말 나를 돕는 거야. 어렸을 때부터 네가 항상 나를 도와줬잖아. 네가 없으면 나는 아무것도 할 수 없어."

릴라는 그제야 흐느낌을 멈추고 코를 훌쩍이면서 속삭였다.

"대체 왜 운 걸까? 난 정말 바보인가봐."

릴라가 웃음을 터뜨렸다.

"네 마음을 상하게 하고 싶지 않았어. 좋은 말만 해주려고 연습까지 해두었는데. 미리 써놓기까지 했다니까. 네게 잘 보이고 싶었어."

나는 릴라에게 그 글을 보내달라고 했다.

"내가 어떤 글을 써야 하는지 나보다 네가 더 잘 알고 있을 수도 있어."

우리는 책은 내버려두고 다른 이야기를 나누기 시작했다. 나는 릴라에게 엘사가 태어났다는 사실을 알렸고 우리는 피렌체와 나폴리와 콜레라 이야기를 했다.

"콜레라는 무슨."

릴라가 빈정댔다.

"콜레라 따위는 없어. 언제나처럼 모든 게 엉망진창일 뿐이야. 사람들은 비참하게 죽을까봐 겁이 난 것뿐이고. 실제 상황이라기보다는 두려움이 큰 거야. 실제로 죽는 사람들은 없어. 레몬을 처먹는 바람에 다들 변비에 걸렸을 뿐이지."

릴라는 쉴 새 없이 말을 쏟아냈다. 마음의 짐을 벗어버려서인지 기분이 한결 좋아진 것 같았다. 그에 비해 나는 어린 두 딸과 있는 듯 없는 듯한 남편과 망쳐버린 글 사이에서 진퇴양난의 상황에 빠진 것 같았다. 하지만 불안하지 않았다. 오히려 마음이 가벼워져서 내가 먼저 이번 글의 실패 요인에 대해 말을 꺼냈다.

내 생각은 대략 이랬다.

'이야기의 맥락이 끊긴 것 같은 느낌이야. 너에게서 흘러나오던 일종의 흐름 같은 것이, 내게 항상 긍정적인 영향을 주던 그 흐름이 멈춰버린 것 같아. 이젠 정말 혼자가 된 것 같아.'

하지만 나는 릴라에게 내 본심을 말하지 않았다. 대신 자조적인 말투로 그 글을 그토록 힘겹게 쓴 이유는 고향 동네와 관계를 마무리하고 싶은 욕망 때문이었다고 했다. 우리 동네가 지금 주변에서 일어나고 있는 거대한 변화의 물결을 상징하는 것처럼 느껴졌기 때문이라고 했다. 돈 아킬레와 솔라라 형제 어머니에 대해서 우리가 나눈 이야기가 영감이 되었다고 했다. 내 말에 릴라는 웃음을 터뜨렸다. 릴라는 사물의 추악한 민낯만으로는 소설을 쓸 수 없다고 했다.

"상상력이 더해지지 않으면 현실은 진짜 얼굴이 아니라 가면처럼 보일 뿐이거든."

76

그 후로 내게 무슨 일이 일어난 것인지는 잘 모르겠다. 릴라와 통화한 내용을 써내려가고 있는 이 순간에도 그날 릴라의 흐느낌이 내게 어떤 영향을 미쳤는지 설명하기는 쉽지 않다. 부조리한 행복을 경험한 느낌이었다. 나는 릴라의 울음으로 나를 향한 릴라의 애정과 내 능력에 대한 릴라의 믿음을 확인했고 덕분에 릴라가 내 글에 악평을 퍼부었던 사실을 잊을 수 있었다.

한참이 지난 다음에야 그날 흐느끼며 울음을 터뜨렸던 덕분에 릴라는 내게 이의를 제기할 기회도 주지 않고 내 글을 신랄하게 평할 수 있었고 내 원망을 피할 수 있었으며 무려 자신을 실망시키지 말라는 높은 목표를 설정할 수 있게 했다는 사실을 깨달았다. 그것은 다시 글을 쓰고자 하는 마음이 싹 사라질 만큼이나 어려운 목표였다. 다시 한 번 말하지만 그날 대화의 의미를 아무리 분석해봐도 오랜 세월이 지난 지금까지도 그 대화가 어떤 결과를 초래했는지 알 수 없다. 그때가 우리 우정사에서 최상의 순간이었는지 아니면 최악의 순간이었는지 판단이 서지 않는다. 확실한 것은 나의 무능력함을 인정하는 데 릴라가 예전보다 더 확실하게 거울 역할을 했다는 것이다. 내 실패를 담담히 받아들일 수 있는 계기가 됐다는 사실이다. 나는 릴라의 의견이 시어머니의 의견보다 훨씬 권위 있게 느껴졌다. 더 납득할 만하고 더 애정 어린 의견이라고 생각했다.

나는 며칠 후에 시어머니에게 전화를 걸었다.

"제게 그토록 솔직히 말씀해주셔서 감사해요. 어머님 말씀이 옳다는 것을 깨달았어요. 돌이켜 생각해보니 제 첫 작품에도 흠이 많았어요. 생각을 좀 해봐야 할 것 같아요. 제게 글재주가 없는지도 모른다는 생각이 들었어요. 아니면 그저 시간이 더 필요한 것일 수도 있겠지만요."

시어머니는 기다렸다는 듯이 내게 칭찬을 늘어놓았다. 나의 자기 성찰 능력을 높이 산다면서 나를 좋아하는 독자층이 형성되어 있고 그들은 지금도 내 다음 작품을 기다린다고 했다.

"그럼요."

내가 중얼거렸다. 통화를 마치자마자 나는 마지막 남은 원고 한 부를 서랍에 집어넣었다. 메모로 가득한 공책들도 치워버리고 평범한 일상생활에 집중했다. 쓸데없는 일에 그토록 오랜 기간 기력을 쏟았다는 사실에 짜증이 났다. 첫 작품뿐만 아니라 문학 작품을 위해서 글을 쓰는 행위 자체에 짜증이 났다. 매혹적인 이미지나 표현이 생각나면 마음이 불편해져서 이내 다른 일에 몰두하곤 했다.

나는 집안일과 두 딸아이와 피에트로를 돌보는 데 집중했다. 다시 클렐리아를 부르거나 그녀를 대신할 사람을 찾겠다는 생각을 하지 않았다. 나는 혼자 모든 일을 감당했다. 그렇게라도 해서 몸을 지치게 하고 싶었다. 하지만 상황을 견뎌내려고 특별히 애쓰지 않았고 후회가 되지도 않았다. 그런 생활이야말로 삶을 살아가는 올바른 방식이라는 사실을 갑자기 깨닫게 된 것 같았다. 마음속에서 나의 또 다른 자아가 이제부터 말도 안 되는 생각일랑은 그만두라고 속삭이는 것 같았다.

나는 엄격한 기준에 따라 집안일을 체계화하고 엘사와 데데를 돌보면서 의외의 기쁨을 맛보았다. 출산과 글쓰기에 대한 부담 외에 뭐라 정의 내릴 수 없는 좀더 은밀한 내면의 부담감을 떨쳐버린 것 같았다.

시간을 두고 지켜보니 엘사는 확실히 얌전한 아이였다. 엘사는 평온한 표정으로 오랫동안 목욕을 하고 젖을 빨고 잠을 잤다. 자다가도 빙긋 미소를 지었다. 이에 비해 데데는 특별히 신경을 요하는 아이였다. 데데는 제 동생을 싫어했다. 데데는 아침이면 놀란 표정으로 동생을 불에서 구해냈다느니 물에서 건져냈다느니 늑대에게서 구해냈다는 등의 이야기를 늘어놓았다. 게다가 갓난아이 흉내를 내면서 젖을 빨게 해달라고 조르거나 아기 울음을 흉내 냈다. 자신이 벌써 말도 꽤 잘하고 기본적인 일은 혼자서도 할 수 있는 네 살이 다 된 어린이라는 사실을 좀처럼 받아들이려 하지 않았다.

나는 데데에게 최대한 애정 표현을 많이 해주려고 했다. 똑똑한 데다 뭐든 잘한다고 칭찬해주었다. 내가 뭘 하든 데데의 도움이 필요하다는 생각을 심어주려 했다. 장을 볼 때도 음식을 할 때도 엘사를 돌볼 때도 데데의 도움이 필요하다고 느끼게 했다.

나는 행여 다시 임신할까봐 피임약을 복용하기 시작했다. 덕분에 살이 쪘다. 온몸이 붓는 느낌이었지만 감히 약을 중단하지는 못했다. 세 번째 임신만큼 두려운 것은 없었다.

이제는 내 몸이 어떻게 되든 상관없었다. 두 아이의 출산으로 인해 이제는 더 이상 젊지 않다는 사실을 공식적으로 인정받은 것 같았다. 나는 온종일 아이들을 씻기고 옷을 입고 벗기고 유모차에 태워서 장을 보고 요리를 했다. 하나는 팔에 안고 하나는 손을 잡거나 아니면 둘 다 팔에 안고 다녔다. 한 아이의 코딱지를 떼어주면서 다른 아이의 입을 닦아주었다. 고된 가사일 때문에 새겨진 피로의 흔적이 내가 성숙한 여인이 되었음을 입증해주는 것 같았다. 이제 고향에 있는 어머니처럼 되어가는 것이 위협이 아니라 순리처럼 느껴졌다. 이대로도 좋다고 나는 혼잣말을 했다.

오랜 반대 끝에 피임약 복용에 대해 자기 주장을 굽힌 피에트로는 그런 나를 걱정스레 관찰했다.

"당신 몸이 둥글둥글해지고 있어. 피부에 그 반점은 또 뭐야?"

피에트로는 나나 아이들이 아플까봐 두려워했다. 그는 의사라면 학을 뗐다. 나는 그를 안심시키려 했다. 그새 피에트로는 살이 많이 빠졌다. 눈은 갈수록 퀭해졌고 벌써 흰머리가 나기 시작했다. 무릎이 아프다고 했다가 오른쪽 허리가 아프다고 했다가 어깨가 아프다고 할 때도 있었다. 그런데도 진료를 받으려 하지 않았다.

나는 그런 피에트로를 끌고 억지로 병원에 갔다. 아이들까지 뒤에 달고 내가 직접 남편을 데리고 갔다. 하지만 피에트로는 건강했다. 안정제만 약간 복용하면 된다고 했다. 피에트로는 그 결과에 뛸 듯 기뻐했다. 모든 증상이 말끔히 사라졌다. 적어도 몇 시간 동안은 그랬다. 하지만 얼마 지나지 않아 안정제를 복용했는데도 몸이 다시 안 좋아졌다.

한번은 피에트로가 뉴스를 보는 동안 데데가 시끄럽게 하자 과할 정도로 세게 아이의 엉덩이를 때렸다. 아마도 칠레에서 쿠데타가 일어난 직후였던 것 같다. 그는 내가 피임약을 복용하기 시작하자 갑자기 성욕이 강해져서 예전보다 자주 성관계를 가졌다. 하지만 주로 아침이나 오후에만 섹스를 했다. 그는 밤에 오르가슴을 느끼고 나면 잠이 싹 달아나서 밤을 새우다시피 공부할 수밖에 없기 때문이라고 했다. 그렇게 밤을 새우다보니 만성 피로에 시달려 몸이 상한다는 것이었다.

사실 다 헛소리였다. 밤샘 공부는 피에트로의 습관으로 그에게 꼭 필요한 일이었다. 그런데도 나는 그가 원하는 대로 하자고 했다. 나는 아무래도 좋았으니까.

가끔은 나도 화가 났다. 피에트로에게 작은 도움도 받기 힘들었다. 여유가 있을 때 장을 봐준다든지 저녁식사 후에 설거지를 하는 것조차 기대할 수 없었다. 그러던 어느 날 저녁 나는 인내심을 잃었다. 그렇다고 피에트로에게 심한 말을 하지는 않았다. 그저 목소리를 높인 것뿐이었다.

그 일을 계기로 나는 중요한 사실을 알게 되었다. 피에트로는 내가 소리만 지르면 고집을 버리고 내 말에 복종했다. 조금만 냉정하게 대하면 간헐적인 고통도, 신경쇠약증에 걸린 것처럼 시도 때도 없이 내 몸을 취하려는 욕구도 사라지게 할 수 있었다.

하지만 나는 그렇게 하고 싶지 않았다. 피에트로를 그런 식으로 대하고 나면 언제나 괴로웠다. 그의 뇌에 고통스러운 자극을 준 것 같았다. 게다가 효과도 그리 오래가지 않았다. 내가 소리를 지르면 그는 한 발짝 뒤로 물러나 집 안을 정돈하고 맡은 임무를 진지하게 다하려 했다. 하지만 그것도 잠시일 뿐 정말로 피로에 지쳐 이내 나와 한 약속을 잊고 다시 자기 일에만 몰두하기 시작했다.

결국 나는 포기하고 피에트로를 웃게 하고 그에게 키스했다. 어차피 깨끗이 닦지도 않을 접시 몇 개가 뭐 그리 중요하단 말인가. 내게 돌아오는 것이라고는 '할 일이 태산인데 여기서 이렇게 시간 낭비나 하다니'라는 생각이 명확하게 드러나는 퉁퉁 부운 얼굴과 무심한 표정뿐이었다. 그러느니 피에트로를 편히 내버려두는 게 낫다고 생각했다. 최대한 충돌을 피하는 편이 좋았다.

피에트로를 예민하게 하지 않기 위해서 내 의견을 말하지 않는 법도 배웠다. 사실 내 생각을 그리 중요하게 생각하는 것 같지도 않았으니까. 예를 들어 정부의 석유 파동 대책이나 기독교민주당에 대한 공산당 측의 호의적인 태도에 대해 이야기할 때면 그는 내가 그저 자기 의견에 동조하는 청자의 역할만 수행하기를 바랐다. 행여나 내가 그의 의견에 반대하면 내 의견 따위는 대수롭지 않은 듯한 태도를 보이거나 자기 학생들을 대하는 투로 말하곤 했다.

"그건 당신이 교육을 잘못 받아서 하는 말이야. 당신은 민주주의와 국가, 법률, 각기 다른 이익단체들 간의 중재와 국가 간 균형의 중요성을 잘 몰라. 당신은 극단적인 상황을 더 좋아하지."

피에트로에게 나는 교양 있는 아내였다. 그러니 자기가 자신의 정치적 의견이나 연구, 불안감에 싸여 스스로를 갉아먹으며 집필 중인 책에 대해서 이야기할 때면 내가 자신에게 최대한 집중해주길 바랐다. 내게 말한다기보다는 자신의 생각을 정리하기 위해서 큰 소리로 혼잣말을 하는 것에 더 가까웠다.

정작 그의 어머니나 누나는 전혀 그런 스타일이 아니었는데도 피에트로는 그런 여성을 원했다. 분명한 것은 피에트로는 내가 자기 어머니나 누나를 닮는 것을 원치 않는다는 사실이다.

피에트로가 나약했던 그 시절 그의 말을 듣다보니 실은 그가 내 성공뿐만 아니라 내가 책을 출판했다는 사실 자체에 마음이 상했었다는 사실을 깨달았다. 그는 단 한 번도 두 번째 책에 대해 묻지 않았고 앞으로의 계획에 대해서도 묻지 않았다. 내가 더 이상 글을 쓴다는 말을 하지 않자 오히려 안도하는 것 같았다.

피에트로가 날이 갈수록 기대 이하의 모습을 보였는데도 나는 다른 남자들에게 끌리지는 않았다. 어쩌다 엔지니어인 마리오와 마주칠 때가 있었지만 나는 남자를 유혹하고 싶은 욕구가 사라졌다는 사실을 깨달았다. 오히려 이 남자 저 남자 가리지 않고 흥분했던 예전의 내가 약간은 꼴불견이었다는 생각이 들었다. 그 시기가 지나가서 다행이었다. 어떻게 해서든 집구석을 벗어나 도시에서 열리는 여러 공적인 자리에 참석해야 한다는 집착도 사라졌다. 토론회나 집회에 참석할 때면 언제나 아이들을 데리고 갔다. 그럴 때면 아이 용품으로 가득 찬 가방이 자랑스러웠다.

"그렇게 어린아이들을 데리고 오면 위험할 수 있어요."

누군가 조심스럽게 내 행동에 반대하면 오히려 뿌듯했다.

아이들에게 맑은 공기를 마시게 하고 햇볕을 쬐어주기 위해서 나는 날씨에 관계없이 매일 외출했다. 그때도 책은 꼭 챙겼다. 도무지 고칠 수 없는 습관처럼 나는 언제 어디서든 책을 읽었다. 하지만 나만의 세계를 구축해야겠다는 욕심은 없었다. 보통은 거리를 조금 거닐다 집에서 멀지 않은 곳에 있는 벤치에 자리를 잡았다. 나는 어려운 에세이집 책장을 넘기거나 신문을 읽다 소리를 지르곤 했다.

"데데, 너무 멀리 가면 안 돼. 엄마 옆에 있어야지."

그렇다. 결국 나는 이런 사람이었다. 이제는 현실을 받아들여야 했다. 하지만 릴라는 달랐다. 그녀의 삶이 어떻게 변하든 나와는 달랐다.

77

마침 그 무렵 마리아로사가 자신의 대학 동료 교수가 피에로 델라 프란체스카*의 작품 「임신한 성모」에 대해 쓴 책을 소개하기 위해 피렌체에 왔다. 피에트로는 행사에 꼭 참석하겠다고 맹세해놓고서 마지막 순간에 변명거리를 만들어 어디론가 숨어버렸다. 마리아로사는 직접 운전을 하고 왔는데 이번에는 혼자였다. 조금 지쳐보였지만 늘 그렇듯이 다정했고 데데와 엘사의 선물을 잔뜩 사왔다. 시어머니에게 얘기를 들었을 텐데 세상에 내놓기도 전에 유산된 내 책에 대해서는 일언반구의 언급도 없었다.

마리아로사는 유창한 언변으로 최근 다녀온 여행과 읽은 책에 대해 이야기를 늘어놓았다. 언제나처럼 열정적인 모습이었다. 여전히 활기차게 세계 각지에서 일어나고 있는 수많은 사건에 관심을 가졌

* 이탈리아의 화가.

다. 어떤 사실을 주장하다가도 지겨워지면 방금 전까지만 해도 별 생각 없이 무분별하게 부정적으로 말했던 사실을 두고 언제 그랬냐는 듯 상반된 주장을 펼치곤 했다.

그날 마리아로사는 자신의 대학 동료 교수의 책에 대해 설명함으로써 예술사학자들로 구성된 청중의 호응을 얻었다. 마리아로사가 대화의 주제를 갑자기 바꾸지만 않았다면 그날 저녁은 학구적인 분위기에서 무난하게 마무리되었을 것이다. 마리아로사는 이따금 저급한 표현을 섞어가며 말했다.

"아버지에게 아이를 만들어주어서는 안 돼요. 그 아버지가 하나님 아버지일 경우는 더더욱 그렇죠. 아이들의 인생은 아이들의 것이죠. 이제는 남성이 아닌 여성의 관점으로 연구할 때가 왔어요. 모든 규범 뒤에는 남근 중심 사상이 깔려 있어요. 거시기가 제대로 서지 않으면 쇠막대기와 경찰과 감옥과 군대와 강제수용소가 등장하는 거죠. 그런 탄압에 굴복하지 않고 혼란을 지속시키면 그때는 대학살이 일어나는 거예요."

여기저기서 항의하는 고함소리와 동조하는 외침이 들려왔다. 행사가 끝날 무렵 마리아로사 주변으로 꽤 많은 여성이 모여들었다. 마리아로사는 내게 명랑하게 손짓하며 나를 자기 곁으로 불렀다. 자신의 피렌체 친구들에게 자랑스럽게 데데와 엘사를 보여주고 나에 대해 아주 좋게 말해주었다. 그들 중 몇몇은 내 책을 기억하고 있었지만 나는 내가 쓴 책이 아닌 양 서둘러 주제를 바꿨다. 즐거운 저녁이었다. 소녀에서부터 꽤 나이 들어 보이는 중년 여성까지 다양한 사람으로 구성된 단체가 형성되었고 일주일에 한 번씩 그들 가운데 한 사람 집에 모여 우리 이야기를 하자는 말이 나왔다. '우리'라는 표현이 기억에 남았다.

마리아로사의 자극적인 발언과 행사에서 만난 마리아로사 친구들의 초대 덕분에 예전에 시어머니가 내게 준 여성문제에 관한 소책자들을 다시 꺼내보고 싶은 생각이 들었다. 책자는 책 무더기 아래 깔려 있었다. 나는 그 책자를 가방에 넣고 밖으로 나가 늦겨울 잿빛 하늘 아래에서 바깥공기를 마시면서 책자를 읽었다. 나는 호기심을 자극하는 제목에 이끌려 「헤겔에게 침을 뱉어라」라는 글부터 읽기 시작했다. 글을 읽는 동안 엘사는 유모차에서 곤히 잠들었고 앙증맞은 코트를 입고 목도리를 두르고 울 모자를 쓴 데데는 자기 인형과 낮은 소리로 이야기를 나누고 있었다.

글에 사용된 문장과 단어 하나하나에서 신선한 충격을 느꼈다. 뻔뻔스러울 정도로 자유로운 사고방식이 제일 인상적이었다. 나는 수많은 문장에 힘주어 줄을 긋고 느낌표로 표시하고 문단 옆에 세로로 획을 그었다.

헤겔에게 침을 뱉는 것은 남성 중심 문화에 침을 뱉는 것이다. 마르크스와 엥겔스와 레닌에게 침을 뱉는 행위다. 유물론적 역사관과 프로이트와 정신분석학과 남근 선망 사상에 침을 뱉는 것이며 결혼과 가족이라는 제도에 침을 뱉는 것이다. 나치즘과 스탈리니즘과 테러리즘에 침을 뱉는 것이다. 전쟁과 계급 간 투쟁과 무산계급 독재, 사회주의와 공산주의에 침을 뱉는 것이다. 평등이라는 이름의 함정과 모든 가부장적 문화의 징후와 제도적 형태에 침을 뱉는 것이다. 여성의 지성이 허비되는 것을 막고 사회에서 남성 중심적인 문화의 특성을 제거한다는 것을 의미한다.

가부장적인 문화에 동화되어서는 안 된다. 가장 먼저 모성이라는 개념을 없애야 한다. 그 누구에게도 아이를 낳아주어서는 안 된다.

주인-노예 변증법 따위는 집어치우자. 머릿속에서 열등감을 깡그리 없애야 한다. 여성의 자아를 되찾아야 한다. 여성은 남성의 안티테제가 아니다. 여성의 '다름'을 인정하고 새로운 단계로 나아가야 한다.

대학은 여성을 해방시키지 않는다. 오히려 여성 억압을 완성시키는 마지막 관문이다. 이는 현명하지 않은 일이다. 남성의 영역이 우주까지 확장되는 데 비해 지구상에서 여성의 삶은 아직 시작하지도 않았다. 여성은 지구의 또 다른 얼굴이다. 여성은 예측할 수 없는 주체다. 동시대, 지금 이 순간, 이곳에서부터 남성의 지배에서 벗어나야 한다.

글의 저자는 카를라 론치였다. 나는 생각했다.

'어떻게 여자가 이런 생각을 할 수 있지?'

그동안 나는 수많은 책을 읽는 데 노력을 기울였다. 하지만 지금껏 나는 그 힘든 과정을 견뎌냈을 뿐 책에서 습득한 지식을 제대로 사용한 적은 단 한 번도 없었다. 책에 쓰인 내용에 대해 한 번도 반문해본 적이 없다. 하지만 생각은 이렇게 하는 것이다. 비판적인 사유란 이런 것이다. 그렇게나 노력했지만 나는 제대로 생각할 줄도 모른다.

마리아로사도 마찬가지다. 마리아로사는 다독가인 데다 내용을 솜씨 좋게 재구성해 그럴싸하게 소개하는 능력은 뛰어나다. 하지만 그것뿐이다. 릴라는 다르다. 릴라에게는 타고난 재능이 있다. 공부만 계속했다면 릴라도 이 책의 저자처럼 생각할 수 있었을 것이다.

그 생각은 좀처럼 머리에서 떠나지 않았다. 그즈음 어떤 책을 읽어도 이런저런 생각 끝에 결국에는 릴라가 떠올랐다. 머릿속에 이상적인 여성상을 만들어냈는데 그 여성상은 약간의 차이를 제외하면 릴라에게서 내가 느껴왔던 것과 똑같은 열등감과 경외심을 불러일으켰다.

그뿐만이 아니었다. 책을 읽을 때도 나는 릴라를 생각했다. 릴라의 삶에서 단편적인 사건을 떠올리고 릴라가 공감했을 법한 문장과 싫어했을 법한 문장을 생각하면서 책을 읽었다. 그런 유의 책을 읽고 나면 책의 내용에 고무받아 자주 마리아로사의 친구들 모임에 합류했지만 막상 단체의 구성원들과 섞이는 것이 쉽지는 않았다. 데데는 끊임없이 집에 돌아가고 싶다고 징징댔고 엘사는 시도 때도 없이 기쁨의 환성을 질러댔다.

하지만 내가 힘들었던 것은 아이들 때문만은 아니었다. 그곳에 모인 여자들이 나와 크게 다를 바가 없어 내게 별 도움이 되지 않았기 때문이었다. 토론은 대부분 내가 이미 알고 있는 내용을 조악하게 요약하는 것에 지나지 않았고 그때마다 나는 지루함을 느꼈다.

나는 여성으로 태어나는 것이 어떤 의미를 가지는지 이미 잘 알고 있다고 생각했다. 그러니 구태여 여성으로서 자의식을 찾는 데 힘들게 시간을 허비할 생각이 없었다. 게다가 사회 계층과 연령에 상관없이 남자의 본성은 다 똑같다는 것을 증명하기 위해 모두가 듣는 앞에서 피에트로나 다른 남자들과의 관계에 대해 개인적인 이야기를 할 생각은 눈곱만큼도 없었다.

남성 중심적인 사회 분위기에 동화되기 위해서 의식을 남성화한다는 것이 어떠한 것인지 나처럼 잘 아는 사람은 없을 것이다. 평생을 그렇게 살아왔으니 말이다. 그뿐만 아니라 나는 그런 모임 때마다 생성되는 미묘한 긴장감이나 질투, 인정받기 위해서 일부러 권위주의적인 말투를 쓰거나 비굴하게 가녀린 목소리를 내는 데 전혀 관심이 없었다. 서로 똑똑한 척하느라 신경전을 벌이거나 그룹 리더 자리를 차지하느라 다투다가 울음을 터뜨리는 일 따위에는 흥미가 없었다. 그래도 신선한 면이 한 가지 있기는 했다. 물론 이 일로 나는 또다시 릴라를 생각했지만.

나는 여자들이 자칫 불쾌하게 느껴질 정도로 서로 솔직하게 이야기하고 대립하는 것이 좋았다. 상대방에게 동의를 표하다가 이야기가 가십거리로 흐르는 것은 싫었다. 그런 식의 대화법은 어린 시절부터 능숙했다. 그보다는 어떻게 해서든 본질적인 이야기를 하고 싶어 하는 갈급함이 좋았다. 나는 한 번도 그런 갈급함을 느껴본 적이 없었다. 아마도 타고난 성향 때문일 수도 있었다. 모임 중에 나는 그런 갈급함을 표출할 만한 말은 한마디도 하지 않았다.

하지만 나는 릴라와는 꼭 그렇게 하고 싶었다. 꼬일 대로 꼬인 우리의 복잡한 관계를 약간의 여지도 용납하지 않고 확실하게 되짚어보고 싶었다. 지금껏 침묵해온 것을 숨김없이 이야기하고 싶었다. 내 실패작에 대해 말하다 릴라가 예기치 않게 울음을 터뜨린 일부터 이야기를 풀어나가면 좋을 것 같았다.

그렇게 하고 싶은 욕구가 너무나 강해서 나는 아이들을 데리고 잠시 동안만이라도 나폴리에 다녀올 생각도 했다. 아니면 릴라에게 젠나로를 데리고 우리 집에 오라고 할까도 생각해보았다. 편지를 쓸 생각도 해보았다. 한번은 전화로 내 생각을 언급한 적이 있는데 결과는 대참사였다. 나는 릴라에게 그때 내가 읽고 있던 페미니즘 관련 서적과 참여하는 모임에 대한 이야기를 들려주었다. 릴라는 내 말에 귀를 기울이고 있다가 '클리토리스형 여성과 질형 여성' 같은 제목에 이르자 대놓고 웃음을 터뜨렸다. 릴라는 주저하지 않고 내게 온갖 추잡스러운 말을 했다.

"애, 대체 무슨 헛소리를 지껄이고 있는 거니? 쾌락이니 음부니 그게 다 뭔 소리래? 그런 것 말고도 골칫거리가 얼마나 많은지 알아? 너 정말 정신 나갔구나."

릴라는 내가 관심 있어 하는 주제를 말로 표현할 만한 능력이 자기에게는 없다는 것을 보여주려 했다. 릴라는 경멸스러운 말투로 결론지었다.

"일이라도 해. 시간 낭비하지 말고 의미 있는 일을 하란 말이야."

릴라는 화가 난 것이다. 나는 그런 이야기를 꺼내기에 적당한 순간이 아니었다고 생각하고 나중에 다시 이야기를 해봐야겠다고 생각했다. 하지만 적합한 때도 오지 않았고 그럴 용기도 없었다.

나는 먼저 내 자신을 이해해야겠다는 결론을 내렸다. 내 여성성을 탐구해야겠다고 생각했다. 그동안 나는 너무 과하게 애를 썼다. 남성의 능력을 가지기 위해 노력했다. 뭐든 다 알아야 한다고 생각했고 뭐든 다 해야만 한다고 생각했다.

나는 사실 정치나 투쟁에 아무런 관심이 없었다. 그저 남자들에게 잘 보이고 싶었을 뿐이었다. 남자들보다 수준이 떨어지지 않는다는 것을 보여주고 싶었을 뿐이었다. 하지만 그 수준의 기준은 또 무엇이란 말인가. 비이성적인 남성의 이성? 유행하는 표현을 외우려고 나는 얼마나 노력했던가. 다 부질없는 짓이었다. 내 사고 방식과 언어는 지금까지 내가 받은 교육에 의해 형성되었다. 남보다 뛰어나게 되려고 나는 나 자신과 어떤 비밀스런 협상을 맺었던가. 배우기 위해 그렇게 노력했는데 이제 와서 배운 것 가운데 무엇을 잊으려 애써야 하나. 게다가 나는 릴라와 닮고 싶은 마음에 스스로에 대한 잘못된 이미지를 가지고 살아왔다.

나는 자꾸만 내 자신을 릴라와 일치시키려 했다. 릴라에게서 분리

되려고 할 때마다 불구가 되는 것 같았다. 릴라가 없으면 생각조차 제대로 할 수 없었다. 릴라 없이는 내 생각에 확신이 생기지 않았고 어떠한 그림도 그려지지 않았다. 나는 릴라와 분리된 내 모습을 받아들여야 했다. 해답은 거기에 있었던 것이다. 내가 평범한 사람이라는 것을 받아들이는 것이다. 이제 나는 무엇을 해야 하나. 물론 다시 글을 쓸 수도 있다. 하지만 실은 나에게는 글쓰기에 대한 열정이 없는 것일 수도 있다. 그저 해야 하는 과제를 해온 것일지도 모른다. 그럼 글쓰기마저 그만두어야 하나. 뭐든 다른 일을 찾아야 하나. 어머니 말처럼 사모님 노릇이나 하면서 살아야 하나. 식구들만 돌보면서. 그도 아니면 가정과 아이들과 남편을 포함한 모든 것을 내팽겨쳐야 하나.

78

그 무렵 나는 마리아로사와 가까워졌다. 마리아로사에게 전화를 거는 횟수도 늘어났다. 피에트로는 내가 마리아로사와 자주 통화할수록 자기 누나를 폄하하기 시작했다. 그는 마리아로사가 경박하고 허울뿐이며 자신을 포함한 모든 사람에게 위험할 수 있는 성격이라고 했다. 어린 시절부터 사춘기 시절까지 자신을 잔혹하게 괴롭혔고 언제나 부모님의 골칫거리였다고 했다.

어느 날 저녁, 내가 마리아로사와 통화하고 있는데 피에트로가 방에서 나온 적이 있었다. 얼굴은 피로에 찌들었고 머리는 부스스했다. 그는 부엌을 한 바퀴 돌더니 주섬주섬 뭔가를 집어먹고 데데와 놀아주면서 우리가 나누는 대화를 훔쳐 들었다. 그러더니 난데없이 버럭 고함을 질렀다.

"저 멍청이는 저녁식사 시간인 것도 모르나보지?"

나는 마리아로사에게 사과를 하고 전화를 끊었다.

"저녁 준비는 다 돼 있어."

내가 말했다.

"지금 바로 먹을 수 있으니 그렇게 소리 지를 필요는 없어."

피에트로는 자기 누나가 지껄여대는 말도 안 되는 소리를 듣기 위해 비싼 시외 통화료를 내는 것은 바보 같은 짓이라고 중얼거렸다. 나는 아무런 대꾸도 하지 않고 식사를 준비했다. 피에트로는 내가 화났다는 것을 알아채고 불안한 목소리로 말했다.

"당신한테 화난 게 아니야. 마리아로사 때문이야."

말은 그렇게 했지만 바로 그날 저녁부터 피에트로는 내가 읽는 책을 들춰보기 시작했다. 그는 내가 밑줄을 그어 놓은 문장들을 들먹이며 비아냥댔다.

"이런 헛소리에 속지 마."

피에트로는 페미니즘 선언문이나 소책자에 쓰인 글의 논리적 허점을 내게 증명해 보이려고 했다.

어느 날 저녁 우리는 그 문제를 두고 심하게 다퉜다. 그 와중에 나는 흥분해서 심한 말을 하고 말았다.

"잘난 척은 혼자 다 하지만 지금 당신이 이 자리에 있는 것은 당신 부모님 덕분이야. 당신 누나와 다를 바가 하나도 없다고."

피에트로는 내 말에 예상치 못한 반응을 보였다. 내 빰을 때린 것이다. 그것도 데데가 보는 앞에서.

나는 피에트로보다 상황을 잘 받아넘겼다. 어렸을 때부터 빰을 맞은 일이 한두 번이 아니었으니까. 그런 나와는 달리 피에트로는 빰을 때리기는커녕 맞아본 일도 없었을 것이다. 나는 그의 표정에서 자기가 저지른 일에 대한 모멸감을 읽었다. 피에트로는 잠시 자기 딸을 바라보다 집을 나갔다. 나는 서서히 분노를 가라앉혔다. 바로 잠자리에 들지 않고 피에트로를 기다렸지만 그는 돌아오지 않았다. 걱정이 되었다. 무엇을 해야 할지 판단이 서지 않았다.

피에트로는 제대로 쉬지 못해 신경이 날카로웠던 걸까. 아니면 지금껏 수많은 책과 예의범절 교육 뒤에 본성을 숨기고 있었던 걸까. 나는 다시 한 번 내가 그를 잘 모른다는 사실을 깨달았다. 나는 아직도 피에트로의 행동을 예측할 수 없었다. 피에트로가 아르노 강에 뛰어들었는지, 피렌체 어디선가 술에 취해 널브러져 있는지 아니면 어머니 품에 안겨 징징대며 위로받기 위해 제노바로 떠났는지 알 수 없었다.

'이제 그만.'

나는 두려웠다.

지금까지 쌓아온 지식이나 책에서 읽은 내용이 내 삶에서 그다지 중요하지 않게 느껴졌다. 아이가 둘인 마당에 경솔한 태도는 금물이었다.

피에트로는 새벽 5시가 다 되어서야 집으로 돌아왔다. 그가 무사히 돌아온 것을 보니 너무나 안심이 되어 나는 그를 껴안고 입을 맞추었다. 피에트로가 중얼거렸다.

"당신은 나를 사랑하지 않아. 단 한 번도 나를 사랑한 적이 없어."

그는 덧붙였다.

"어찌 됐든 당신은 내게 과분해."

79

실은 피에트로는 이미 자신의 일상 구석구석에 침투해버린 혼란을 도무지 받아들일 수 없었다. 그는 자기 삶이 따로 설명이 필요 없는 규칙적인 일과에 따라 진행되기를 바랐다. 공부를 하고, 강의를 하고, 아이들과 놀아주고, 섹스를 하고, 매일 혼란스러운 이탈리아 사회문제를 민주주의 원칙에 따라서 해결하는 데 조금이나마 일조하기를 바랐다.

그런 그의 소망과는 달리 피에트로는 매일 대학에서 벌어지는 갈등에 시달렸다. 해외에서는 나날이 명성이 높아졌지만 동료 교수들은 그의 글을 평가절하했다. 그는 자신이 항상 무시당하고 위협받고 있다고 생각했다. 내 불안한 성격 때문에 (불안한 성격이라니. 나처럼 무던한 여자가 또 어디 있단 말인가) 우리 가정이 위험에 지속적으로 노출되어 있다고 생각했다.

어느 날 오후였다. 엘사가 혼자 놀고 있는 동안 나는 데데에게 글읽기 연습을 시키고 있었고 피에트로는 자기 방에 틀어박혀 있었다. 집 안에는 적막이 흘렀다. 나는 신경이 곤두선 채 생각에 잠겼다.

'피에트로는 집필에 열중할 수 있는 자기만의 요새 속에서 살고 싶어 하는 것 같아. 그곳에서 나는 집안일이나 하고 아이들이나 키워야 한다고 생각하는 것 같아.'

갑자기 초인종 소리가 들렸다. 달려가 문을 열자 놀랍게도 파스콸레와 나디아가 들이닥쳤다.

둘은 거대한 군용 배낭을 메고 있었다. 파스콸레는 숱이 많은 곱슬머리에 보기 흉한 모자를 눌러쓰고 있었다. 덥수룩하게 자란 수염도 머리 못지않게 풍성하고 곱슬했다. 나디아는 그새 더 마르고 피곤해 보였다. 눈이 더 커보였다. 두려움을 숨기려고 애쓰는 겁에 질린 어린아이 같았다.

둘은 카르멘에게 우리 집 주소를 물었다고 했다. 카르멘은 우리 어머니에게 우리 집 주소를 물었을 것이다. 둘 다 나에게 다정했다. 나도 마찬가지였다. 마치 서로 간의 갈등이나 의견 차이가 한 번도 없었던 것처럼 말이다. 둘은 이내 우리 집을 점령했다. 자기들 물건을 여기저기 어질러 놓았다. 파스콸레는 큰 소리로 쉴 새 없이 떠들어댔다. 거의 사투리만 썼다. 처음에는 두 사람의 갑작스러운 등장이 좋았다. 밋밋하고 단조로운 내 일상의 기분 좋은 균열처럼 느껴졌다. 하지만 나는 곧 피에트로가 이들을 못마땅하게 생각한다는 사실을 눈치챘다.

전화 한 통 없이 불쑥 들이닥쳐서 비정상적일 정도로 편하게 행동하는 것이 못마땅했던 것이다. 나디아는 신발을 벗고 소파에 누웠다. 파스콸레는 파스콸레대로 흉물스러운 모자를 벗지도 않고 마음대로 물건을 만지고 책을 들춰보았다. 묻지도 않고 냉장고에서 자기와 나디아가 마실 맥주를 꺼내 병째로 마시고는 우렁차게 트림을 해 데데를 웃게 했다.

둘은 얼마간 이곳저곳을 돌아보기로 했다고 했다. 뚜렷한 목적지를 밝히지 않고 그저 돌아본다고만 말했다. 언제 나폴리를 떠난 거냐고 물어도 애매하게 대답했다. 언제 돌아갈 거냐고 물어도 마찬가지로 애매한 대답만 남겼다.

"일은 어쩌고?"

내가 파스콸레에게 묻자 그는 웃음을 터뜨렸다.

"이제 그만뒀어. 그동안 일을 너무 많이 했잖아. 이제 나도 좀 쉬어야지."

파스콸레는 피에트로에게 자기 손을 내밀었다. 피에트로의 손을 보여 달라고 고집을 부리더니 그의 손바닥에 자기 손바닥을 비비면서 말했다.

"얼마나 다른지 느껴지나요?"

파스콸레는 『투쟁은 계속된다』라는 책을 집어 들어 첫 페이지를 오른손으로 쓰다듬었다. 거친 피부가 매끄러운 종이에 스치면서 나는 소리를 자랑스러워하며 새로운 놀이를 발명한 것처럼 기뻐했다. 파스콸레는 사뭇 위협적인 말투로 덧붙였다.

"이봐요, 교수양반. 이 거친 손이 아니었다면 의자도, 건물도, 자동차도, 아무것도 만들 수 없었을 거요. 당신도 마찬가지요. 당신도 태어나지 못했을 거요. 우리 노동자들이 일을 그만두면 모든 것이 멈출 거요. 하늘이 무너지고 흙이 하늘까지 튀고 나무들이 도시를 정복하고 아르노 강이 범람해 고급스러운 당신네들 집은 물에 잠기게 될 거요. 그리 되면 평생 땀 흘려 일해온 사람들만 살아남게 될 거고 당신네 부부는 당신들의 소중한 책과 함께 들개에게 물어 뜯기게 될 거란 말이오."

한없이 진지하고 열정적인 파스콸레다운 일장 연설이었다. 피에트로는 한마디 대꾸도 없이 가만히 귀를 기울였다. 나디아도 끼어들지 않았다. 나디아는 소파에 비스듬히 누워 심각한 표정으로 천장을 응시하고 있었다. 나디아는 평상시에도 파스콸레가 이야기할 때면 진지한 태도로 이야기를 경청할 뿐이었다. 나디아는 파스콸레와 피에트로의 대화에 거의 끼어들지 않았다. 그렇다고 나와 이야기를 하지도 않았다.

내가 커피를 준비하러 주방으로 가자 나디아가 내 뒤를 따라왔다. 내가 어디를 가든 엘사가 내 곁에 꼭 달라붙어 있는 것을 보고 진지하게 말했다.

"엄마를 많이 좋아하나보네."

"아직 어리니까."

"그럼 나중에 크면 너를 좋아하지 않게 될 거란 말이야?"

"그렇지는 않지. 아이가 커서도 나를 좋아했으면 좋겠어."

"우리 어머니는 항상 네 이야기만 했어. 수많은 학생 가운데 한 명일 뿐이었는데 가끔은 나보다 너를 더 딸처럼 생각하는 것 같았어."

"정말이야?"

"그래서 나는 네가 참 미웠어. 너 때문에 니노가 떠나기도 했고."

"니노는 나 때문에 너와 헤어진 것이 아니야."

"이제 와서 그게 무슨 상관이야. 지금은 니노 얼굴도 잘 기억나지 않는걸."

"나야말로 어렸을 때 너처럼 되고 싶었어."

"뭐 하러? 뭐든 다 가진 채 태어나는 게 신나는 일인 줄 알아?"

"적어도 힘은 덜 들겠지."

"아니야. 정확히 말하자면 없는 게 없어서 굳이 힘들여 노력해야 할 이유가 없는 거지. 자격도 없으면서 모든 것을 가졌다는 죄책감에 시달릴 뿐이야."

"실패해서 죄책감을 느끼는 것보다는 그게 더 나아."

"네 친구 리나가 그런 말을 했어?"

"아니."

나디아는 잔인한 표정을 지으며 갑자기 거칠게 고개를 쳐들었다. 나디아가 그런 표정을 지을 수 있으리라고는 한 번도 생각해보지 않았다. 나디아가 말했다.

"그래도 난 너보다는 리나가 더 마음에 들어. 둘 다 똑같이 밥맛

없는 데다 아무짝에도 쓸모없는 룸펜프롤레타리아의 표본이지만 적어도 리나는 너처럼 착한 척은 안 하잖아."

나디아는 놀라서 멍하게 서 있는 나를 혼자 남겨두고 주방에서 나갔다. 나디아가 파스콸레를 향해 외치는 소리가 들렸다.

"나는 샤워나 해야겠어. 꼬락서니를 보니 너도 좀 씻는 게 좋을 것 같아!"

둘은 함께 욕실에 들어갔다. 둘의 웃음소리가 욕실 밖까지 들려왔다. 때때로 나디아가 교태 섞인 비명을 지르자 데데가 몹시 불안해했다. 둘은 반나체로 욕실에서 나왔다. 머리는 흠뻑 젖어 있었고 기분이 좋아 보였다. 집 안에 자기들끼리만 있는 것처럼 서로 장난을 쳤다. 피에트로가 뭐라도 이야기를 붙여보려고 질문을 던져보았지만 반응이 영 신통치 않았다.

"둘이 언제부터 함께 있는 거죠?"

피에트로가 물었다.

"우리는 함께 있는 게 아니에요. 함께 있는 것은 당신네들이죠."

나디아가 쌀쌀맞게 대꾸했다. 상대방이 피상적인 태도를 보이면 더 집요하게 물고 늘어지는 피에트로가 끈질기게 물었다.

"그게 무슨 뜻이죠?"

"어차피 당신은 이해 못 해요."

나디아가 말했다. 나디아의 말에 피에트로가 이의를 제기했다.

"상대방이 이해를 못 하면 이해할 수 있도록 설명을 해주는 거예요."

파스콸레가 웃으며 끼어들었다.

"이봐요, 교수양반. 설명할 게 어디 있어요. 그냥 당신이 죽어서 모르는 셈 치쇼. 여긴 다 죽은 것이나 마찬가지니 말이오. 당신네들이

사는 방식도, 말하는 방식도, 민주적 좌파 지식인인 줄 아는 당신네들의 그 신념도 다 죽었단 말이오. 죽은 사람에게 대체 뭘 어떻게 설명하란 말이오?"

순간 긴장감이 감돌았다. 나는 아무 말도 하지 않았다. 나디아가 내게 퍼부었던 말이 지워지지 않았다. 감히 내 집에서 천연덕스럽게 그런 말을 지껄이다니.

둘의 존재를 견디기가 힘들어질 때쯤 드디어 그들은 떠났다. 느닷없이 들이닥쳤을 때처럼 떠날 때도 아무런 예고 없이 소지품을 챙겨 사라져버렸다. 파스콸레가 문을 나서며 갑자기 슬픈 목소리로 내게 인사했을 뿐이다.

"잘 있어, 아이로타 부인."

아이로타 부인이라. 어린 시절 고향 친구마저도 나를 안 좋게 생각하는 것인가. 파스콸레는 자신에게 나는 더 이상 레누가 아니라는 말을 하고 싶었던 것일까. 과거의 엘레나, 엘레나 그레코가 아니라는 것인가.

파스콸레가 그렇게 생각한다면 얼마나 많은 사람이 그렇게 생각하는 것일까. 사실 나조차도 그렇게 생각하고 있는 게 아닐까. 얼마 되지 않는 작가로서의 후광마저 사그라진 지금 나부터 먼저 거의 항상 피에트로의 성을 쓰고 있지 않은가.

나는 집을 다시 정돈했다. 특히 파스콸레와 나디아가 엉망으로 만들어놓은 욕실을 청소하느라 애를 먹었다. 피에트로가 말했다.

"다시는 저 둘을 집에 들이고 싶지 않아. 지식인에 대해 저딴 식으로 말하는 자식은 파시스트야. 자기는 그렇게 생각하지 않겠지만 말이야. 여자 쪽은 또 어떻고. 나는 저런 여자들을 잘 알아. 전형적으로 골빈 여자야."

80

피에트로의 말이 옳았음을 증명이라도 하듯 혼란의 징후는 가장 가까운 사람들에게도 나타나기 시작했다. 나는 마리아로사에게서 프랑코가 밀라노에서 파시스트들에게 린치를 당했다는 소식을 들었다. 상태가 심각하다고 했다. 한쪽 눈을 실명했다는 것이다. 나는 데데와 어린 엘사를 데리고 당장 밀라노로 향했다. 기차를 타고 가는 내내 아이들에게 음식을 먹이고 아이들과 놀아주었지만 내 마음속 또 다른 자아는 비통에 잠겨 있었다. 도대체 내 안에 자아가 몇 개나 있는지 알 수 없을 지경이었지만 이번 일로 오랜 세월 모습을 감추었던 나의 옛 자아가, 학생 투쟁의 최전방에 섰던 부유한 학생 프랑코 마리의 무식한 가난뱅이 여자친구가 다시 나타난 것이다.

밀라노 역에 도착하니 마리아로사가 마중 나와 있었다. 얼굴이 창백했고 긴장한 기색이 역력했다. 마리아로사는 우리를 집으로 데리고 갔다. 지난날 대학교 총회에 갔었을 때와는 달리 집은 텅 비어 있었고 그때보다 더 지저분했다. 데데가 혼자 놀고 엘사는 잠든 동안 마리아로사는 내게 전화로는 미처 다 들려주지 못했던 사건의 전말을 이야기해주었다.

사건은 닷새 전에 일어났다. 그날 프랑코는 급진주의 공산당들의 모임 '아방구아르디아 오페라이아' 집회에서 연설했다. 집회가 열린 소극장은 사람들로 꽉 차 있었다. 집회가 끝난 후 프랑코는 실비아와 함께 그녀의 집으로 향했다. 실비아는 『조르노』지 편집장과 사귀고 있었고 그의 집에서 동거 중이었다. 그 집이 마침 소극장에서 얼마 떨어지지 않은 곳에 있었기 때문에 프랑코는 그날 밤을 편집장의 고급 아파트에서 보내고 다음 날 피아첸차로 떠날 예정이었다.

현관 입구에 이르러 실비아가 가방에서 열쇠를 꺼내 든 순간 흰색 트럭 한 대가 접근하더니 파시스트들이 우르르 내렸다. 그들은 프랑코를 죽도록 두들겨 팼다. 함께 있던 실비아도 폭행과 강간을 당했다.

그날 우리는 와인을 엄청 마셨다. 어느 순간 마리아로사가 마약을 꺼냈다. 그날은 마약이라고 단수형으로 불렀지만 다른 날은 복수형을 썼다. 이번에는 나도 마약을 해보기로 마음먹었다. 와인을 그렇게나 많이 마셨는데도 마음 기댈 곳을 찾지 못했기 때문이었다. 마리아로사는 갈수록 격한 말을 쏟아내다가 어느 순간 입을 다물더니 울음을 터뜨렸다.

그녀의 눈물이 내게 사무치게 느껴졌는데도 아무런 위로의 말도 할 수 없었다. 눈물이 뺨을 타고 흘러내리는 소리가 들리는 것 같았다. 갑자기 마리아로사의 모습이 시야에서 사라졌다. 방도 사라졌다. 눈앞이 깜깜해지면서 나는 정신을 잃고 말았다.

정신을 차리고 난 다음 나는 몹시 민망해서 변명을 늘어놓았다. 피곤해서 그렇다고 했다. 그날 밤 나는 좀처럼 잠을 이루지 못했다. 지나친 규범 때문에 몸이 무거웠고 책이나 잡지에서 읽은 어휘에서 고뇌가 뚝뚝 흘러내리는 것 같았다. 알파벳의 조합이 무의미하게 느껴졌다. 나는 어린 두 딸이 나를 위로해주고 보호해줘야 할 의무가 있는 것처럼 데데와 엘사를 내 곁에 두었다.

다음 날 나는 데데와 엘사를 마리아로사에게 맡겨두고 병원을 찾았다. 프랑코는 흉측한 녹색 페인트로 칠해진 병실에 누워 있었다. 프랑코의 숨결에서 나는 냄새와 오줌냄새, 약냄새가 뒤섞인 고약한 악취가 병실에 진동했다. 프랑코는 퉁퉁 부어 있었지만 몸은 더 작아진 것 같았다. 지금도 새하얀 붕대와 군데군데 시퍼렇게 멍이 든 프랑코의 얼굴과 목이 선명하게 기억난다.

프랑코는 나를 보고도 하나도 반가워하지 않았다. 자기 모습을 부끄러워하는 것 같았다. 나만 혼자 주저리주저리 말을 늘어놓았다. 나는 그에게 아이들 이야기를 들려주었다. 몇 분쯤 시간이 흐르자 프랑코가 말했다.

"그만 가봐. 너를 보고 싶지 않아."

내가 남겠다고 고집을 피우자 프랑코가 신경질적으로 중얼거렸다.

"지금 이 모습은 내가 아니야. 어서 꺼져버려."

프랑코는 상태가 좋지 않았다. 그의 동료들에게서 프랑코가 재수술을 받아야 할지도 모른다는 말을 들었다.

집으로 돌아가자 마리아로사는 내가 충격받은 것을 눈치채고 아이들 뒤치다꺼리를 도와주었다. 데데가 잠들자 마리아로사는 내게도 잠자리에 들라고 했다. 마리아로사는 다음 날 내게 실비아를 보러 함께 가달라고 했다. 나는 거절하고 싶었다. 프랑코를 보는 것만으로도 충분히 힘들었다. 도와줄 게 아무것도 없는 데다 나를 보고 더 나약해지는 그의 모습을 보는 것이 힘들었다. 나는 마리아로사에게 밀라노 국립대학에서 봤던 모습 그대로 실비아를 기억하고 싶다고 했다.

"안 돼."

마리아로사는 고집을 부렸다.

"실비아는 우리가 지금 자신의 모습을 봐주기를 원해. 진심으로 말이야."

이렇게 해서 우리는 함께 실비아의 집을 찾아갔다.

세련된 옷차림을 한 부인이 문을 열어주었다. 눈부신 금발이 어깨까지 물결처럼 흘러내렸다. 실비아의 어머니였다. 미르코도 있었는데 그 아이도 금발이었다. 이제 대여섯 살 정도 된 것 같았다. 데데는 평소처럼 샐쭉하게 미르코에게 인형놀이를 하도록 강요했다. 데데는 아직도 낡아빠진 인형 테스를 어디든 데리고 다녔다.

실비아는 자고 있었지만 우리가 오면 깨워달라고 당부했다고 했다. 한참을 기다리고 나서야 실비아를 만날 수 있었다. 화장을 짙게 하고 길고 아름다운 녹색 드레스를 입고 있었다. 나는 실비아 얼굴에 든 멍과 상처자국, 불안한 걸음걸이에 그다지 큰 충격을 받지 않았다. 신혼여행에서 돌아온 릴라의 상태는 그보다 더 심각했었으니까.

내가 충격을 받은 것은 아무런 감정도 드러내지 않는 실비아의 눈빛이었다. 실비아의 공허한 눈빛은 때때로 웃음을 터뜨리며 파시스트들에게 당한 일을 열띤 어조로 늘어놓는 그녀의 태도와 전혀 어울리지 않았다.

실비아는 그날 일어난 일을 아직 듣지 못한 나만 바라보며 말했다. 잔혹한 내용의 동화를 구연하는 것 같았다. 실비아는 사람들이 찾아올 때마다 똑같은 이야기를 반복함으로써 두려움을 떨쳐내려는 것 같았다. 실비아의 어머니는 몇 번이고 실비아의 말을 중단하려고 했지만 실비아는 점점 더 노골적으로 짜증을 내며 어머니를 무시했다.

실비아의 목소리가 점점 높아졌다. 외설적인 말을 내뱉으며 끔찍한 복수를 예고했다. 그녀는 복수할 날이 얼마 남지 않았다고 했다. 그녀의 말을 듣던 나는 기어코 울음을 터뜨리고 말았고 그제야 실비아는 갑작스레 입을 다물었다.

그새 다른 사람들이 도착했다. 집안 지인들과 실비아의 친구들이었는데 모두 여자였다. 새로운 방문객의 등장에 실비아는 다시 이야기를 시작했고 나는 서둘러 엘사를 품에 꼭 껴안고 엘사에게 가볍게 입을 맞추며 한쪽 구석으로 몸을 피했다. 그러는 동안 지난날 스테파노가 릴라에게 저질렀던 만행과 실비아의 이야기를 들으면서 상상했던 장면이 함께 떠올랐다. 릴라와 실비아의 이야기가 공포에 질린 짐승의 울부짖음처럼 느껴졌다.

불현듯 나는 데데를 찾아 나섰다. 데데는 미르코와 함께 복도에서 인형을 가지고 소꿉놀이를 하고 있었다. 자기들은 엄마 아빠 역할을, 인형에게는 아이 역할을 시킨 듯했다. 그런데 평온한 일상이 아니라 부부싸움을 하는 장면을 연출하고 있었다.

나는 멈춰 서서 아이들이 노는 모습을 지켜보았다. 데데가 미르코에게 지침을 내리고 있었다.

"이제 내 뺨을 때려봐. 알았지?"

풋풋한 어린 생명체가 나이 든 생명체를 장난삼아 흉내 내고 있었다. 우리는 결국 모두 똑같이 사랑과 증오와 욕망과 폭력이라는 짐을 지고 무대에 오르는 그림자 인형일 뿐이었다. 나는 데데를 꼼꼼히 뜯어보았다. 피에트로와 많이 닮은 것 같았다. 그에 비해 미르코는 니노와 똑같았다.

81

얼마 지나지 않아 신문이나 뉴스에서나 나올 법한 일이 또다시 내게 일어났다. 쿠데타 모의, 경찰의 억압, 무장 세력, 무력 충돌, 부상, 살인, 폭탄 테러와 크고 작은 도시에서 일어나는 대참사로 얼룩진 지하세계의 전쟁에 나까지 휩싸이게 된 것이다.

어느 날 카르멘이 내게 전화를 걸어왔다. 몇 주 동안 파스콸레에게 연락이 없다며 몹시 불안해했다.

"혹시 오빠가 너네 집에 갔었어?"

"응. 하지만 벌써 두 달 전의 일인걸?"

"네 전화번호와 주소를 내게 물어봤었거든. 조언을 구해야 할 일이 있다고 했어. 정말 그랬어?"

"무슨 조언?"

"그야 나도 잘 모르지."

"아무것도 묻지 않았는데."

"그럼 무슨 말을 했어?"

"별말 안 했어. 건강해보였어. 기분도 좋아보였고."

카르멘은 사방에 파스콸레의 소식을 묻고 다녔다. 릴라와 엔초뿐 아니라 트리부날리 가에서 열리는 모임의 일원들에게도 파스콸레의 행방을 물어봤다. 마지막에는 나디아의 집에도 전화를 걸었다. 하지만 나디아의 어머니는 카르멘을 무례하게 대했고 아르만도는 나디아가 주소도 남기지 않고 이사를 가버렸다는 말만 했다.

"둘이 함께 살려고 떠난 거겠지."

"파스콸레가 그런 여자랑? 주소나 전화번호도 남기지 않고?"

우리는 한참 동안 머리를 맞대고 생각해보았다. 나는 카르멘에게 나디아가 파스콸레와의 관계 때문에 가족과 절연한 것일 수도 있다고 했다. 독일이나 영국이나 프랑스로 떠난 것일 수도 있다고 했다. 하지만 카르멘은 좀처럼 내 말을 믿으려 하지 않았다. 파스콸레는 가족에 대한 애정이 각별하다며 그런 식으로 사라질 오빠가 아니라고 했다.

카르멘은 예감이 좋지 않다고 했다. 동네는 하루하루가 전쟁이라고 했다. 공산당원들은 언제 공격당할지 몰라 항상 등 뒤를 살펴야 했다. 파시스트 일당이 자기 부부까지 찾아와 위협을 했다는 것이다. 그들은 파스콸레가 파시스트 본부와 솔라라 형제의 식료품점에 불을 질렀다고 했다. 처음 듣는 이야기에 나는 깜짝 놀랐다.

그동안 동네에 그런 일이 일어났단 말인가. 파시스트들은 파스콸레를 방화범이라고 생각한단 말인가. 그렇다. 이제 파스콸레는 요주의 인물이자 제거 대상 일순위였다. 카르멘이 말했다.

"지노가 오빠를 죽여버렸는지도 몰라."

"경찰서에는 가봤어?"

"응."

"뭐래?"

"오히려 나를 체포하려고 했어. 경찰은 파시스트 자식들보다 더 고약한 파시스트들이야."

나는 갈리아니 선생님에게 전화를 걸어보았다. 내 목소리를 들은 선생님이 비아냥거렸다.

"무슨 일이니? 이제는 서점에서도 신문에서도 네 이름이 보이지 않더구나. 벌써 은퇴했나보지?"

나는 아이가 둘이라 우선은 아이들을 돌보는 데 집중해야 한다고 했다. 나디아 소식을 묻자 선생님은 쌀쌀맞게 말했다.

"나디아도 이제 다 컸잖니. 독립해서 나가버렸단다."

내가 어디로 갔냐고 물으니 선생님은 그거야 나디아 일이지 자기가 상관할 바 아니라고 쏘아붙였다. 그럼 아르만도의 전화번호라도 알려달라는 부탁을 미처 끝내기도 전에 선생님은 인사도 없이 전화를 끊어버렸다.

나는 한참을 걸려 힘겹게 아르만도의 전화번호를 찾아냈다. 하지만 전화번호를 찾는 것보다 그와 통화하기가 더 어려웠다. 겨우 전화가 연결되자 아르만도는 내 연락을 반가워하는 것 같았다. 지나치게 친하게 굴며 자기 사생활을 늘어놓았다.

아르만도는 병원 일이 바쁘다고 했다. 결혼 생활은 이미 파탄났고 아내가 아이를 데리고 가버리는 바람에 아직 정신이 하나도 없고 쓸쓸하다고 했다. 나디아 소식을 묻자 말을 더듬거렸다. 아르만도는 조심스레 말했다.

"나디아와는 더 이상 연락하지 않아. 정치적 견해뿐 아니라 모든 일에서 생각 차이가 너무 커. 파스콸레와 함께 다니기 시작하고 나서는 이성을 잃었어."

"둘이 같이 사는 거야?"

내가 물었다.

"그렇다고 해두지."

아르만도가 말을 잘랐다. 아르만도는 너무 신상잡변만 늘어놨다고 생각했는지 주제를 바꿔 당시 정치판에 대해 신랄한 비판을 늘어놓기 시작했다. 브레시아의 폭탄 테러 대참사에 대해 이야기한 뒤 정당을 재정적으로 지원하다가도 상황이 안 좋아지면 당장 파시스트 편으로 돌아서 그들에게 뒷돈을 주는 기업가들을 비난했다.

나는 카르멘을 안심시키려고 카르멘에게 다시 전화를 걸었다. 나디아가 파스콸레와 같이 살기 위해 가족과 관계를 끊었으며 파스콸레는 충직한 강아지마냥 나디아 뒤를 졸졸 따라간 것이라고 했다.

"정말 그런 것 같아?"

카르멘이 물었다.

"분명해. 사랑에 빠졌는데 뭔들 못하겠어."

카르멘은 여전히 미심쩍어 했다. 나는 내 말이 맞다고 재차 말하며 파스콸레와 나디아가 우리 집에 들렀을 때 둘이 죽고 못 살더라 고 약간 부풀려서 말했다. 우리는 인사를 하고 전화를 끊었다. 그런데 6월 중순경에 카르멘이 불안해서 어찌할 바를 몰라 하며 내게 다시 전화를 걸어왔다. 지노가 살해당했다는 것이다. 그것도 대낮에 자기 약국 앞에서 말이다. 얼굴에 정면으로 총을 맞았다고 했다. 처음에는 카르멘이 그 소식을 내게 전하는 이유가 약국집 아들이 우리 유년 시절의 일부분을 차지했기 때문이라고 생각했다. 지노가 파시스트건 아니건 그의 죽음은 분명 내게 충격적인 사건일 것이라고 카르멘은 생각했을 것이다.

하지만 카르멘은 단지 지노의 끔찍한 죽음을 나와 공유하고 싶어서 전화한 것이 아니었다. 경찰들이 카르멘의 집에 들이닥쳐서 집안 구석구석을 샅샅이 뒤졌기 때문이었다. 주유소도 마찬가지였다. 그들은 파스콸레의 위치와 관련된 단서를 찾고 있었다. 카르멘은 과거 자기 아버지가 돈 아킬레를 살해한 범인으로 몰려 구속되었을 때보다 기분이 더 안 좋아졌다.

82

카르멘은 불안해서 어쩔 줄 몰라 했다. 또다시 박해를 받게 됐다는 생각에 울음을 터뜨렸다. 카르멘이 우는 동안 내 머릿속에는 지노 부모님의 약국이 있는 황량한 광장의 전경이 떠올랐다. 약국 안 모습이 눈앞에 선했다. 어린 시절 나는 사탕과 시럽의 달콤한 냄새, 다양한 색깔의 단지를 가지런히 올려놓은 마호가니 색 목재 가구 때문에 약국을 좋아했다. 무엇보다도 언제나 상냥했던 지노의 부모님이 좋았다. 두 분은 계산대 뒤에 구부정하게 앉아 있다가 발코니에서 얼굴을 내미는 것처럼 진열대 밖을 내다보곤 했다.

두 분은 총소리가 났을 때도 분명 그 자리에 있었을 것이다. 총소리에 화들짝 놀랐을 것이다. 두 눈을 크게 뜨고 아들이 피를 흘리며 문 앞에 쓰러지는 모습을 목격했을 수도 있다.

나는 릴라와 이야기하고 싶었다. 하지만 릴라는 시큰둥했다. 동네에서 일어나는 수많은 사건 가운데 하나일 뿐 그 이상도 그 이하도 아니라는 식이었다.

"경찰이 파스콸레 아니면 누구를 의심하겠어?"

릴라의 목소리는 즉시 나를 사로잡았고 나는 릴라의 말에 넘어갔다. 그럴 리 없겠지만 행여 지노를 죽인 것이 파스콸레라 해도 릴라는 파스콸레 편이라고 했다. 애당초 경찰은 벽돌장이이자 공산당인 우리 친구를 쫓아다닐 일이 아니라 온갖 악행을 일삼고 다닌 지노를 잡아들였어야 한다고 했다.

릴라는 갑자기 정말 중요한 이야기는 지금부터라는 듯 말투를 바꿔 내게 학교가 시작할 때까지 젠나로를 좀 맡아달라고 했다.

'젠나로를? 내가 어떻게? 데데와 엘사만으로도 이렇게 버거운데.'

나는 작은 소리로 물었다.

"왜?"

"일 때문에 그래."

"하지만 나는 곧 아이들을 데리고 해변으로 떠날 예정인데?"

"젠나로도 데리고 가면 되겠네."

"8월 말까지 비아레조에서 머무를 예정이야. 젠나로는 나를 잘 모르잖아. 엄마를 찾을 거야. 네가 함께 간다면 모를까 나 혼자서는 무리야."

"젠나로를 돌봐주겠다고 맹세했잖아."

"그야 네가 아플 때 그러겠다는 거지."

"내가 지금 아프지 않은지 어떻게 알아?"

"정말 아파?"

"아니."

"네 어머니나 스테파노한테 맡길 수는 없어?"

릴라는 잠시 침묵하다 예의 따위는 내팽개쳤다.

"그래서 부탁을 들어주겠다는 거야 못 들어주겠다는 거야?"

나는 즉시 승복했다.

"좋아. 데리고 와."

"엔초가 데려다줄 거야."

엔초는 구입한 지 얼마 되지 않은 새하얀 친퀘첸토를 타고 토요일 저녁에 도착했다. 창문 아래로 보이는 그의 모습과 아직 차 안에 있는 젠나로에게 무엇인가 말하는 사투리를 듣는 것만으로도 나폴리와 고향 동네의 모습이 눈앞에 펼쳐지는 듯했다.

엔초는 하나도 변하지 않았다. 여전히 체격은 다부졌고 절제된 동작으로 움직였다. 나는 껌 딱지처럼 내게 딱 달라붙어 있는 데데를 데리고 현관문을 열었다. 나는 한눈에 5년 전 멜리나가 했던 말이 틀리지 않았음을 깨달았다. 이제 열 살이 된 젠나로의 모습에서 니노와 릴라의 흔적은 눈 씻고 찾아봐도 보이지 않았다. 젠나로는 영락없는 스테파노의 복사판이었다.

젠나로가 스테파노의 아들이라는 사실을 확인하자 나는 뭐라 정의내릴 수 없는 모호한 감정을 느꼈다. 실망과 만족감이 뒤섞인 묘한 감정이었다. 꽤 오랫동안 젠나로를 데리고 있게 된 마당에 기왕이면 내 딸아이들과 함께 있을 아이가 니노의 아들이면 좋았겠다고 생각했다. 하지만 나는 니노가 릴라에게 아무것도 남기지 않았다는 사실에 만족하기로 했다.

83

엔초는 곧바로 나폴리로 돌아가려고 했지만 피에트로는 그를 정중하게 대하면서 그날 밤은 우리 집에서 자고 가라고 했다. 비록 나이 차이가 거의 여섯 살이나 났지만 나는 젠나로를 데데와 놀게 해보려고 애썼다. 적극적인 데데에 비해 젠나로는 고개를 힘껏 저으며 데데와 놀기를 거부했다.

나는 자기 소생이 아닌 아들을 세심하게 돌보는 엔초의 모습이 인상 깊었다. 엔초는 젠나로의 습관과 취향, 젠나로에게 필요한 것을 모두 알고 있었다. 젠나로가 졸려서 짜증을 내는데도 다정하게 잠자리에 들기 전에 소변을 보게 하고 이를 닦게 했다. 젠나로가 피로에 지쳐 쓰러지자 옷을 벗기고 조심스레 잠옷을 입혔다.

내가 설거지를 하고 식탁을 정리하는 동안 피에트로는 엔초와 이야기를 나누었다. 엔초와 피에트로는 부엌 식탁에 자리를 잡았다. 둘 사이에 공통점은 하나도 없었다. 둘은 처음에 정치 이야기를 나누기 시작했다. 하지만 피에트로가 공산당과 기독교민주당의 점진적인 화해모드를 긍정적으로 평가하자 엔초는 만약 그 전략이 성공을 거두었다면 베를링게르*는 노동계급 최악의 숙적에게 도움을 주는 결과를 초래했을 거라고 대꾸했다. 그 이후로는 둘 다 언쟁을 벌이게 될까봐 정치 이야기를 중단했다.

그러자 피에트로는 상냥하게 엔초의 직업에 대해서 물어보았다.

* 이탈리아 공산당 서기장.

엔초는 피에트로의 호기심이 진심으로 느껴졌는지 평소보다 말을 많이 했다. 엔초는 덤덤한 말투로 다소 지나치게 전문적이다 싶은 이야기를 들려주었다. IBM 사가 자기와 릴라를 지금보다 더 큰 공장으로 파견 보내기로 결정했다는 것이었다. 생산직 직원 300명에 사무직 직원이 40여 명에 달하는 놀라 시 인근에 있는 공장이었다. 파견 대가로 그들은 놀랄 만한 보수를 제안받았다. 엔초는 부장 직급과 한 달에 35만 리라를, 릴라는 그의 보조로 일하는 데 10만 리라를 제안받았다. 둘은 당연히 그 제안을 받아들였지만 대신 이에 상응하는 어마어마한 양의 일을 해야 한다고 했다.

"우리는 모델 10버전의 시스템 3을 운용할 거예요."

그 후 설명하는 내내 엔초가 말하는 문장의 주어는 '우리'였다.

"우리 밑으로 컴퓨터 기사 둘과 천공 조작원 겸 검공원이 다섯 명 있어요. 우리가 하는 일은 엄청난 양의 정보를 모아서 시스템 3에 입력하는 거죠. 그런 정보는 기계가 회계, 임금 지불, 송장 작성, 재고 관리, 영업사원 관리, 발주, 생산, 운송 같은 작업을 수행하게 하는 데 필요해요.

그러기 위해서 우리는 작은 카드를 사용하는데 그게 바로 천공카드라는 거예요. 천공카드에서 가장 중요한 것은 구멍이죠. 모든 노력을 구멍을 뚫는 데 쏟아야 해요. 이해하기 쉽게 송장을 발급하는 과정을 어떻게 프로그래밍 하는지 알려줄게요. 우선 종이 청구서가 있어야 해요. 청구서에는 재고 관리자가 상품과 상품을 전달받은 고객을 기입해 놓았겠죠. 고객에게는 코드가 부여되죠. 고객의 개인정보와 상품도 마찬가지고요.

일단 청구서를 받으면 천공 조작원들은 기계 앞에 앉아 카드 발급키를 눌러요. 그러면서 키를 입력해 청구서 번호와 고객코드, 개

인정보 코드, 제품 및 발주 수량 코드 등을 카드의 구멍으로 만드는 거예요. 그러니까 열 가지 제품에 대한 청구서가 1,000개씩이면 바늘구멍 같은 구멍 뚫린 천공카드가 만 개 필요하겠죠. 내 말 이해해요?"

그날 저녁, 시간은 그렇게 흘러갔다. 피에트로는 자기가 이해하고 있다는 것을 알리기 위해 고개를 끄덕이기도 하고 가끔 질문을 던지기도 했다.

"구멍이 중요하다면 구멍이 뚫리지 않은 공백은 중요하지 않은 건가요?"

나는 그저 반쯤 미소를 띤 채 설거지를 하고 접시를 반짝반짝 광냈다. 엔초는 예의 바른 학생처럼 자신의 말에 귀를 기울이는 대학교수와 대학 출신에다 책까지 출판했는데 지금은 자기 눈앞에서 부엌을 정리하고 있는 소꿉친구에게 우리가 전혀 모르는 생소한 분야를 설명해줄 수 있어서 기쁜 것 같았다.

사실 나는 곧 흥미를 잃었다. 엔초는 컴퓨터 기사가 천공 조작원이 만든 만 개의 천공카드를 받아서 '분류기'라 불리는 기계에 삽입한다고 했다. 그러면 분류기가 제품 코드에 따라 카드를 순서대로 정돈한다는 것이었다.

엔초는 리더기에 대해서도 말했다. 회사에는 리더기가 두 개 있는데 리더기는 사람이 아니라 천공카드에서 구멍 뚫린 부분과 구멍이 뚫리지 않은 부분의 정보를 읽도록 프로그래밍된 기계라고 했다. 그러고는 무슨 일이 일어나냐고? 솔직히 내 이해력은 여기에서 멈췄다. 나는 코드며 엄청난 양의 카드 뭉치와 구멍에 담긴 정보를 비교하고, 구멍을 유형에 따라 분류하고, 정보를 읽어내리고, 사칙연산을 하고, 이름과 주소와 총액을 인쇄하게 만드는 구멍 사이에서 길을 잃었다.

나는 생전 처음 들어보는 파일이라는 단어에서 혼란에 빠졌다. 엔초는 그 단어를 자주 사용했다. 이탈리아어로 줄을 뜻하는 '필라'라는 단어의 복수형 '필레'와 똑같았지만 '필레'라고 읽지 않고 파일이라고 읽었다. 게다가 '필레'라는 단어는 분명 여성 복수형인데 파일이라는 단어는 난데없이 남성 단수형으로 둔갑했다. 엔초는 계속해서 이런저런 파일 이야기를 늘어놓았다.

나는 릴라가 이제 그런 전문적인 용어와 기계들을 다루는 법과 작업 방식을 알고 있고 놀라에 있는 큰 공장에서 일하고 있다는 사실에 혼란스러웠다. 굳이 일하지 않아도 엔초가 받는 돈만으로 나보다 훨씬 부유하게 살 수 있었을 텐데.

"리나가 없으면 아무것도 해낼 수 없을 거예요."

나는 그런 말을 당당하게 하는 엔초의 모습도 혼란스러웠다. 엔초는 릴라에 대한 자신의 헌신적인 사랑을 그런 식으로 우리에게 표현했다. 자신이 사랑하는 여인의 특별함을 다른 사람들에게 들려주면서 스스로 그 사실을 다시 한 번 상기하는 것을 즐기는 것 같았다. 피에트로와는 달랐다.

나는 피에트로가 나를 칭찬하는 것을 한 번도 들어본 적이 없었다. 그에게 나는 그저 자기 딸자식들의 어머니일 뿐이었다. 피에트로는 내가 제대로 교육을 받았음에도 나에게 독립적으로 생각할 수 있는 능력이 없기를 바랐다. 내가 읽는 책, 나의 관심사, 나의 이야기를 무시함으로써 내게 굴욕감을 주었다. 그에게 사랑받기 위해서는 나 스스로 끊임없이 내 무능함을 증명해야만 할 것 같았다.

나는 한참이 지나서야 겨우 식탁에 앉을 수 있었다. 끝까지 둘 중 아무도 식탁을 차리고 치우는 것을 도와준다거나 설거지나 바닥청소를 도와준다고 나서지 않았기 때문에 나는 기분이 우울했다.

"사실 송장 한 장 작성하는 것은 별일 아니죠."

엔초가 설명을 이어갔다.

"간단한 서류일 뿐이니까요. 송장 한 장 정도 수기로 쓰는 게 뭐가 대수겠어요? 하루에 작성해야 할 송장이 열 장 정도라면 정말 별일 아니에요. 하지만 작성해야 할 송장이 1,000장이라면 어떨까요? 리더기는 1분에 200개의 카드를 읽을 수 있죠. 그러니 10분이면 2,000장을, 50분이면 만 장을 읽어요. 속도가 빠르다는 것은 컴퓨터의 엄청난 장점이에요. 특히 시간이 오래 걸리는 복잡한 작업을 수행하도록 프로그래밍될 경우에는 더 그렇죠. 나와 리나의 일이 바로 이런 거예요. 복잡한 작업을 할 수 있도록 시스템을 세팅하는 거죠. 프로그램을 개발하는 과정은 정말 재미있어요. 기계 작동 단계는 그보다 조금 덜하지만요. 카드가 끼거나 분류기에서 찢어질 때가 많거든요. 분류가 완료된 카드가 들어 있는 용기를 떨어뜨려 카드가 땅바닥에 쏟아질 때도 많아요. 그래도 괜찮아요. 지금 이대로도 충분히 멋진 일이니까요."

나는 그저 내가 그곳에 있다는 사실을 알리고 싶은 마음에 끼어들었다.

"그 사람은 실수는 안 해?"

"그 사람이라니?"

"컴퓨터 말이야."

"컴퓨터는 사람이 아니야, 레누. 내가 곧 컴퓨터나 마찬가지지. 컴퓨터가 실수를 하거나 문제를 일으키는 것은 곧 내가 실수를 하고 문제를 일으켰다는 뜻이야."

"그렇구나."

나는 이렇게 대답하고는 작은 소리로 말했다.

"나는 피곤해."

피에트로가 고개를 끄덕였다. 대화를 마무리하려는 것처럼 보였다. 그런데 그는 엔초에게 말했다.

"분명 흥미로운 이야기였어요. 하지만 설명에 따르면 컴퓨터라는 기계가 사람들의 일자리를 빼앗을 것 같군요. 수많은 직업이 사라질 거예요. 피아트 사만 봐도 지금 사람 대신 로봇이 땜질을 하고 있잖아요? 이런 식이면 많은 사람이 직장을 잃을 거예요."

엔초도 처음에는 피에트로의 말에 동조했다. 하지만 잠시 생각을 하다 결국 그가 권위를 인정하는 유일한 사람의 말을 빌려 대답했다.

"그래도 리나는 좋은 일이라고 생각해요. 수치스럽고 사람을 멍청하게 만드는 일은 없어지는 게 낫다는 거죠."

리나, 리나, 리나. 나는 지긋지긋해서 비아냥댔다.

"리나가 그렇게 뛰어나다면 왜 너한테는 35만 리라를 주는데 리나에게는 10만 리라만 주는 거야? 왜 너는 부장급인데 리나는 네 보조밖에 할 수 없는 거지?"

엔초는 다시 망설였다. 뭔가를 다급히 말하려다가 참기로 한 것 같았다. 그가 투덜거렸다.

"나보고 뭘 어쩌라는 거야? 그러니까 생산 시설의 사유화 제도를 폐지해야 하는 거야."

부엌에서는 잠시 동안 냉장고 돌아가는 소리만 들렸다. 피에트로가 자리에서 일어나며 말했다.

"그만 자러 가지."

84

엔초는 새벽 6시가 되기 전에 출발하겠다고 했지만 새벽 4시가 되자 벌써부터 일어나 움직이는 소리가 들렸다. 나는 자리에서 일어나 엔초에게 커피를 끓여주러 갔다. 조용한 집 안에서 둘만 마주하게 되자 컴퓨터 이야기는 하지 않았다. 피에트로를 의식해 억지로 표준어를 쓸 필요도 없었다. 우리는 편하게 사투리로 이야기를 나누었다.

나는 엔초에게 릴라와의 관계에 대해서 물었다. 엔초는 둘 사이에는 아무런 문제가 없지만 릴라가 잠시도 가만히 있지 못한다고 했다. 릴라는 직장 일 때문에 정신없이 뛰어다니다가 어머니나 아버지, 오빠와 옥신각신하기도 하고 젠나로의 학교 숙제를 도와준다는 핑계로 결국에는 리노의 아이들을 비롯해 집에 오는 아이들이란 아이들은 모두 도와준다고 했다. 자기 몸을 돌보지 않기 때문에 몹시 지쳐 있다고 했다. 자칫하면 예전처럼 쓰러질 정도로 피로한 상태라고 했다.

나는 업무상으로는 호흡이 딱 들어맞고 높은 급여를 받는 이들 커플의 관계가 한층 더 복잡한 단계로 접어들었다는 사실을 바로 눈치채고 은근히 엔초를 자극했다.

"이제는 상황을 좀 정리해야 할 때가 온 것 같아. 리나는 과로해서는 안 돼."

"나도 입이 닳도록 하는 말이야."

"게다가 스테파노와의 별거와 이혼 문제도 있잖아. 스테파노와 혼인 상태를 유지하는 것은 의미가 없어."

"리나는 그 문제에 대해서는 전혀 신경 쓸 생각이 없어."

"스테파노는?"

"심지어 스테파노는 지금이라도 이혼할 수 있다는 걸 몰라."

"아다는?"

"아다는 생활고에 시달리고 있어. 바퀴는 도는 법이야, 레누. 위에 있던 사람이 어느새 아래로 내려오기 마련이지. 이제 카라치 가는 무일푼이야. 솔라라 집안에 갚아야 할 빚밖에 없어. 아다는 더 늦기 전에 챙길 수 있는 것은 챙기려고 하고."

"그럼 너는 어때? 너는 리나와 결혼하고 싶지 않아?"

엔초는 진정 릴라와 결혼하고 싶어 했다. 결혼을 원치 않는 것은 릴라였다. 릴라는 이혼하는 데 시간을 낭비하고 싶지 않다고 했다는 것이다.

"내가 그 자식과 아직 혼인한 상태인 게 무슨 상관이야? 너랑 살고 너랑 함께 잠을 자는데. 중요한 것은 그거야."

그뿐만 아니라 엔초가 결혼 이야기를 꺼내면 릴라는 대놓고 코웃음을 친다는 것이었다.

"너와 내가? 우리가 결혼을? 대체 무슨 말이야. 우리는 지금 이대로가 좋잖아. 그러다 지겨워지면 각자 자기 길을 가면 그만이고."

엔초는 릴라가 다시 결혼할 생각이 전혀 없다고 했다. 게다가 신경을 온통 다른 일에 쏟고 있다고 했다.

"다른 일이라니?"

"그만두자."

"말해줘."

"네게 아무 말도 없었어?"

"무슨 이야기?"

"미켈레 솔라라 이야기 말이야."

엔초는 긴장한 태도로 지난 몇 년 동안 미켈레가 자기와 함께 일하자고 끈질기게 릴라를 조르고 있다고 짧게 설명했다. 보메로에 개업한 새 가게를 맡아달라고도 했고 회계와 세무 업무를 봐달라고도 했고 자기와 친구 사이인 기독교민주당 소속 거물급 의원의 비서실을 맡아달라고도 했다는 것이다. 릴라가 새로운 아이디어를 제공해주는 대가로 20만 리라의 급여를 제안하기까지 했다고도 했다. 말도 안 되는 생각을 머릿속에 떠오르는 대로 모두 말해주는 대가로 말이다.

미켈레는 포실리포에 살았지만 사업 본거지는 여전히 고향 동네에 있는 본가였다. 그 바람에 릴라는 어딜 가든 미켈레와 마주쳤다. 길에서도, 시장에서도, 가게에서도 마주쳤다. 미켈레는 릴라를 불러놓고 언제나 다정하게 젠나로와 장난을 치기도 했고 젠나로에게 선물을 사주기도 했다. 그러다가 갑작스럽게 진지한 태도로 돌변하곤 했다. 릴라가 자신의 제안을 계속해서 거부해도 참을성을 잃지 않았다. 미켈레는 릴라에게 인사를 건네면서 특유의 짓궂은 말투로 릴라를 향한 자신의 굳은 의지를 피력했다.

"나는 절대로 포기하지 않을 거야. 영원히 너를 기다릴 테니 원한다면 언제라도 불러. 당장 달려올 테니 말이야."

하지만 릴라가 IBM 사에서 일한다는 소식을 듣자 미켈레의 태도가 돌변했다. 미켈레는 그 소식에 정말 화가 나서 아는 인맥을 총동원해 엔초를 업계에서 쫓아냄으로써 릴라의 일자리까지 잃게 하려 했다. 하지만 미켈레는 아무런 소득을 얻지 못했다. IBM 사 측은 기술자가 절실히 필요했고 엔초와 릴라만큼 실력 있는 기술자가 드물었기 때문이었다. 릴라와 엔초는 일자리는 지킬 수 있었지만 대신 분위기는 험악해졌다.

어느 날 엔초는 지난날 지노를 따르던 파시스트 패거리들과 집 앞에서 맞닥뜨렸다. 엔초는 재빨리 현관 쪽으로 뛰어 들어가 현관문을 닫아 겨우 무사할 수 있었다.

그로부터 얼마 후 젠나로에게도 걱정스러운 일이 일어났다. 어느 날 릴라의 어머니 눈치아 아주머니는 평소처럼 손자를 데리러 학교에 갔다. 그런데 다른 학생들이 다 나올 때까지 젠나로가 보이지 않았다. 선생님은 조금 전만 해도 젠나로가 그곳에 있었다고 했고 학급 동무들은 방금 전까지 거기에 있다가 갑자기 사라졌다고 했다. 눈치아 아주머니는 너무 놀라 직장에 있는 릴라에게 전화를 걸었고 릴라는 그길로 달려와 젠나로를 찾아다니기 시작했다.

릴라는 공원 벤치에서 젠나로를 발견했다. 학교에서 입는 덧옷을 입고 리본을 맨 채 학교 가방을 들고 조용히 앉아 있었다. 대체 어디서 무엇을 했냐는 질문에 멍한 눈빛으로 웃음을 지어보일 뿐이었다. 릴라는 엔초를 폭행하려 하고 젠나로를 납치하려 한 미켈레를 당장 찾아가 그의 숨통을 끊어 놓으려고 했다. 엔초는 그런 릴라를 말렸다. 파시스트들이 좌익 인사라면 누구에게든 폭력을 행사하던 시기였고 미켈레가 엔초를 습격하라는 명령을 내렸다는 증거도 없었기 때문이었다. 젠나로는 단지 반항하고 싶은 마음에 자기 스스로 잠시 도망쳤다고 했다.

어쨌든 릴라가 안정을 되찾자 엔초는 혼자 미켈레를 만나러 갔다. 솔라라 주점에 가서 이야기를 꺼내자 미켈레는 눈 한 번 깜빡이지 않고 엔초의 말에 귀를 기울였다. 미켈레가 말했다.

"자네가 대체 무슨 헛소리를 지껄이는 건지 모르겠네. 나는 젠나로에게 정이 들었어. 그 아이의 몸에 손가락 하나라도 갖다 대는 놈이 있다면 죽은 목숨이라고. 하지만 지금껏 늘어놓은 한심한 소리

중에 그나마 한 가지는 사실이긴 하지. 그건 바로 리나가 뛰어나다는 거야. 그 똑똑한 머리를 썩이는 것이 아까워서 나도 몇 년 전부터 리나에게 나와 같이 일하자고 하고 있지 않나."

미켈레는 말을 이었다.

"혹시 내가 자꾸 리나에게 함께 일하자고 하는 게 기분 나쁜가? 뭐, 그래도 상관없지. 하지만 자네도 잘못하고 있는 거야. 리나를 정말 아낀다면 자기 능력을 발휘하도록 북돋아주어야지. 어디 이리 와서 이야기 좀 해보게나. 커피나 한 잔 들고 페이스트리라도 먹으면서 말이네. 자네와 릴라가 잘 다룬다는 컴퓨터라는 게 뭔지 좀 알려줘."

그게 다가 아니었다. 그 후 엔초와 미켈레는 우연히 두세 번 더 만났다. 미켈레는 갈수록 시스템 3에 지대한 관심을 보였다. 하루는 심술궂은 표정으로 IBM 사 측 사람에게 엔초와 릴라 중 누가 더 뛰어난지 물었다고 했다. 그 사람은 엔초도 분명 뛰어나지만 업계에서 가장 뛰어난 사람은 다름 아닌 릴라라고 했다는 것이다. 그 후 미켈레는 릴라와 길에서 마주쳤을 때 릴라를 불러 세우고 그녀에게 중대한 제안을 했다.

미켈레는 시스템 3을 임대해서 사업 전 분야에 사용하기로 결정했다면서 결론적으로 릴라에게 컴퓨터 관리에 대한 총책임을 일임하고 싶다고 했다. 그는 릴라에게 한 달에 40만 리라에 달하는 급여를 제안했다.

"이 이야기도 들려주지 않았던 거야?"

엔초가 내게 조심스럽게 물었다.

"응."

"너를 방해하고 싶지 않았던 거야. 네겐 네 인생이 있으니까. 어쨌든 미켈레의 제안은 릴라가 경력상 엄청나게 도약할 수 있는 기회이고 경제적으로는 우리 둘에게 큰 행운이기도 해. 둘이 함께 한 달에 75만 리라를 벌 수 있게 될 테니까. 이해가 돼?"

"리나는 뭐래?"

"9월까지 대답해주기로 했대."

"어떻게 할 것 같아?"

"나도 몰라. 리나 머릿속에서 일어나는 일을 누가 예측할 수 있겠어?"

"물론 그렇지. 그래도 네 생각엔 리나가 어떻게 해야 할 것 같아?"

"리나의 생각이 곧 내 생각이야."

"그 생각에 동의하지 않아도?"

"응."

나는 엔초를 차까지 바래다 주었다. 계단을 내려가면서 나는 엔초가 분명 모르고 있을 사실을 말해주어야겠다고 생각했다. 미켈레가 릴라에게 거미줄 같은 위험한 사랑의 감정을 품고 있다는 사실을 말이다. 미켈레의 사랑은 육체적 욕망도 아니고 릴라를 헌신적으로 섬기려는 마음도 아닌 위험한 감정이었다.

나는 엔초에게 그 말을 해주기로 마음먹었다. 나는 엔초를 아꼈다. 그가 미켈레를 오래전부터 자기 여자의 지적 능력을 손에 넣고 싶어 하는 카모라 정도로 과소평가하지 않기를 바랐다. 엔초가 운전석에 앉자 나는 그에게 말했다.

"미켈레가 리나를 빼앗으려 하면 어떻게 할 거야?"

엔초는 태연했다.

"그 자식을 죽여 버릴 테야. 하지만 미켈레는 그렇게 리나를 원하는 게 아니야. 이미 정부가 있거든. 모두들 그 사실을 알고 있고."

"그게 누군데?"

"마리사. 미켈레가 마리사를 또 임신시켰어."

순간 나는 이해가 되지 않았다.

"마리사 사라토레 말이야?"

"그래. 알폰소의 아내 마리사."

결혼 전 내 학창 시절 친구 알폰소와 나눴던 이야기가 생각났다. 그때도 알폰소는 자기 인생이 얼마나 복잡하게 꼬였는지 말하고 싶어 했는데 내가 뒤로 물러났었다. 알폰소가 털어놓은 고백의 표면적인 사실에 충격을 받아 본질을 놓친 것이다. 그때도 힘들어하는 그의 모습이 다소 혼란스러워 보이긴 했었다. 이유를 정확히 알려면 그와 다시 이야기를 나누었어야 했다. 아니 그렇게 했어도 그를 완벽하게 이해하지 못했을 것이다. 어쨌든 그 순간 진실은 고통스러운 불쾌감과 함께 내 가슴을 파고들었다. 나는 엔초에게 물었다.

"그럼 알폰소는?"

"알폰소는 전혀 상관 안 해. 모두들 알폰소가 게이래."

"누가 그래?"

"모두 다."

"모두라는 표현은 너무 애매하잖아. 그럼 어디 말해봐. 모두들 또 어떤 말을 하지?"

엔초는 불현듯 공범자 같은 눈빛으로 나를 짓궂게 바라보았다.

"많은 이야기가 오가지. 동네에는 가십거리가 끊이지 않잖아."

"어떤 가십거리?"

"과거 이야기가 다시 떠돌고 있어. 돈 아킬레를 죽인 사람이 솔라라 형제 어머니래."

엔초는 떠났다. 나는 그가 자신이 내뱉은 말도 같이 거두어가기를 바랐다. 하지만 엔초에게 들은 말은 좀처럼 잊히지 않았다. 나는 걱정도 되고 화도 났다. 그런 감정을 떨쳐버리기 위해 나는 릴라에게 전화를 걸었다. 나는 릴라에게 걱정이 뒤섞인 항의성 발언을 쏟아냈다.

"왜 내게 미켈레의 제안에 대해 아무런 이야기도 해주지 않았던 거야? 특히 그의 마지막 제안에 대해서 말이야. 왜 솔라라 형제 어머니에 대해 그런 소문을 퍼뜨린 거야? 그건 그저 우리끼리 재미삼아 지어낸 이야기일 뿐이었잖아. 왜 젠나로를 나한테 보낸 거야? 젠나로의 신변이 걱정되어 그런 거야? 사실대로 말해봐. 내게도 알 권리가 있어. 제발 단 한 번만이라도 내게 네 진심을 말해봐."

나는 릴라에게 섭섭한 마음을 토해냈다. 하지만 말하는 동안 마음속 깊은 곳에서는 거기에서 말을 멈추지 않고 전화로라도 그간의 우리 관계를 총체적으로 돌아보고 되짚어보고 서로에게 진심을 털어놓고 우리 관계를 완전히 파악하고 싶다는 과거의 욕망이 되살아났다.

나는 릴라를 자극해서 좀 더 은밀한 질문으로 이끌고 싶었다. 하지만 릴라는 짜증만 냈다. 기분이 좋지 않은지 꽤나 쌀쌀맞게 굴었다. 릴라는 내가 고향을 떠난 지 이미 오래되어 솔라라 형제나 스테파노나 마리사나 알폰소가 내 인생에서 사라진 지 오래며 그들은 내게 아무런 의미가 없다고 했다.

"휴가나 잘 다녀와."

릴라가 내 말을 싹둑 자르며 말했다.

"글도 좀 쓰고. 지식인 행세를 해야지. 너와 어울리기엔 우리 수준이 너무 낮아. 그러니 거리를 유지하도록 해. 그리고 명심해. 젠나로에게 일광욕을 시켜줘야 해. 햇볕을 쬐지 않으면 자기 아빠처럼 키가 자라지 않을 거야.”

비아냥대는 릴라의 목소리와 무례할 정도로 뭐든 하찮게 취급하는 말투는 엔초가 들려준 이야기를 별일 아닌 것처럼 만들었다. 그 바람에 그 무렵 내가 읽고 있던 책과 피렌체 여성들, 마리아로사에게 배운 용어들 그리고 나 스스로 해답을 찾으려 애쓰던 문제들을 릴라와 함께 논의할 기회도 사라져버렸다. 릴라에게 기본적인 개념만 알려주면 그 누구보다도 뛰어나게 문제를 풀어나갈 수 있었을 텐데 말이다.

‘그래, 됐어.’

나는 생각했다.

‘나는 내 일을, 너는 네 일을 하는 거야. 성장하고 싶지 않다면 그렇게 해. 내일모레면 이제 서른 살이 될 텐데 그렇게 동네 뜰에서 소꿉장난이나 하고 있으라고. 이제 나도 신경 쓰지 않을 테야. 나는 해변에나 가야겠어.’

그리고 나는 실제로 그렇게 했다.

85

피에트로는 나와 세 아이를 비아레조에 임대한 흉측한 집까지 차로 바래다주고 집필 작업을 끝내기 위해 피렌체로 돌아갔다.

‘나를 좀 봐.’

나는 생각했다.

‘이제 어엿한 피서객이 됐어. 세 아이를 데리고 피서 온 부잣집 마나님이 된 거야. 아이들이 가지고 놀 장난감도 많고 해변과 가장 가까운 자리에 내 전용 파라솔도 있어. 부드러운 수건과 풍성한 음식이 있고 비키니는 색깔별로 다섯 벌이나 되는 데다 박하향 담배도 있지. 햇볕 아래서 일광욕을 하면 내 머리는 더 눈부신 금발이 될 거야.'

나는 매일 저녁 피에트로와 릴라에게 전화를 걸었다. 피에트로는 내가 집에 없는 동안 누가 나를 찾았는지 알려주었다. 이제는 아득히 멀게만 느껴지는 작가 활동을 하던 시절부터 이어져 온 얼마 남지 않은 인맥이었다. 피에트로는 아주 가끔 자기 작업과 관련한 발상을 이야기해주기도 했다.

릴라에게 전화를 걸 때면 바로 젠나로를 바꿔줬다. 젠나로는 마지못해 엄마에게 그날 일어난 일 가운데 제 나름대로 중요하다고 생각하는 일을 이야기하고 저녁 인사를 했다.

나는 피에트로에게도 릴라에게도 거의 말을 하지 않았다. 특히 릴라는 이제 실체는 사라지고 목소리로만 존재하는 것처럼 느껴졌다. 하지만 나는 얼마 지나지 않아 꼭 그렇지는 않다는 사실을 깨달았다. 젠나로에게서 릴라의 모습을 찾을 수 있었기 때문이었다.

젠나로는 분명 스테파노를 많이 닮았다. 겉모습만 봐서는 릴라를 하나도 닮지 않은 것처럼 보였다. 하지만 젠나로의 몸짓이나 말투, 특정한 어휘 사용과 말버릇, 공격적인 성향이 어린 시절의 릴라와 똑같았다. 나는 가끔 아무런 생각 없이 멍하게 있다가 젠나로의 목소리를 듣고 흠칫하기도 했고 젠나로가 손짓을 해가며 데데에게 놀이를 설명해주는 모습에 매료되기도 했다.

자기 엄마와는 달리 젠나로에게는 엉큼한 면이 있었다. 릴라는 어렸을 때부터 자신의 못된 성질을 감추려 하지 않았다. 어떤 벌을 내려도 자신의 그런 성향을 감추지 않았다. 그에 비해 젠나로는 평소에는 얼핏 수줍음이 많아 보이는 가정교육을 잘 받은 아이 역할을 연기하다가 내가 등만 돌리면 데데를 못살게 굴었다. 데데의 인형을 숨기기도 하고 데데를 때리기도 했다. 내가 벌로 그날 밤은 엄마에게 저녁 인사를 못 하게 하겠다고 하면 금세 풀죽은 표정을 지었다.

사실 젠나로는 그런 벌을 대수롭게 여기지 않았다. 어차피 저녁마다 엄마에게 전화를 거는 것은 내가 시킨 일이니 그쯤은 건너뛰어도 서운할 리가 없었다. 그보다는 아이스크림을 사주지 않겠다는 위협이 훨씬 더 효과적이었다. 그러면 젠나로는 울음을 터뜨리고 흐느끼면서 나폴리로 돌아가고 싶다고 했다. 그 모습에 나는 금세 마음이 약해지곤 했다. 하지만 젠나로는 이에 만족하지 않고 몰래 데데에게 화풀이를 함으로써 내게 복수했다.

나는 데데가 젠나로를 무서워하고 싫어할 거라고 생각했다. 하지만 데데의 반응은 내 예상과는 전혀 달랐다. 시간이 지날수록 젠나로의 폭정에 반항하지 않았을 뿐 아니라 젠나로와 사랑에 빠졌다. 데데는 젠나로를 리노라고 부르거나 리누초라고 불렀다. 젠나로가 자기 친구들은 자신을 그렇게 부른다고 말해주었기 때문이다.

데데는 내가 아무리 불러도 젠나로 뒤만 졸졸 따라 다녔다. 아니, 자기가 먼저 파라솔에서 멀리 가서 놀자고 젠나로를 꼬드겼다. 그러다보니 나는 하루 종일 악을 써야 했다.

"어디 가니, 데데!"

"젠나로, 당장 이리 오지 못해?"

"엘사, 너는 또 뭐 하고 있니? 입에 모래를 넣지 마!"

"젠나로, 그만두지 못해?"

"데데, 당장 그만두지 않으면 가만 안 둘 줄 알아!"

부질없었다. 내가 아무리 고함을 쳐도 엘사는 아랑곳하지 않고 모래를 입에 집어넣었고 내가 바닷물로 엘사의 입을 헹궈주는 동안 데데와 젠나로는 어김없이 자취를 감췄다.

둘의 아지트는 해변에서 멀리 떨어지지 않은 곳에 있는 갈대밭이었다. 한번은 엘사를 데리고 둘이서 대체 뭘 하고 노는지 보려고 몰래 따라갔다. 둘은 수영복을 벗고 데데가 호기심에 가득 찬 표정으로 꼿꼿이 선 젠나로의 물건을 만지고 있었다. 나는 아이들에게서 멀지 않은 곳에 서서 어찌할 바를 몰랐다. 데데가 엎드린 자세로 자주 자위를 한다는 것은 나도 알고 있었다. 데데가 그러고 있는 장면을 꽤나 자주 목격한 적이 있었다.

나는 이미 꽤 많은 책을 읽어서 아이들의 성적 호기심에 대해 어느 정도 알고 있었다. 데데에게 남자와 여자 사이에서 무슨 일이 일어나는지 짧은 문장으로 설명되어 있는 예쁘게 채색된 그림책을 사준 적도 있었다. 그 책을 데데에게 읽어주었지만 데데는 전혀 관심을 보이지 않았었다. 나는 불편했지만 데데가 자위하는 것을 억지로 그만두게 하거나 야단치지 않았다. 오히려 피에트로가 그런 데데의 모습을 발견하고 아이를 놀라게 하지 않도록 주의를 기울였다. 피에트로가 그런 모습을 보면 당장 야단칠 것이 분명했으니 말이다.

하지만 이런 경우에는 어떻게 행동해야 한단 말인가. 둘이 그렇게 놀게 내버려두어야 하나. 뒤로 물러서 자리를 피해주어야 하나. 아니면 아무렇지도 않은 듯 다가가서 다른 곳으로 주의를 돌려야 하나. 그러다 데데보다 나이도 훨씬 많은 데다 공격적인 젠나로가 데데에게 억지로 뭘 시키거나 데데를 다치게 하면 어떡하지. 나이 차이도 위험한 요소가 아닌가.

순간 두 가지 일이 일어나 상황이 더 악화되었다. 먼저 엘사가 데데를 보고 환성을 지르면서 제 언니를 불렀다. 그와 동시에 나는 젠나로가 데데에게 사투리로 험한 말을 하는 것을 들었다. 어린 시절 동네 뜰에서 배웠던 저속한 말이었다.

나는 통제력을 잃고 말았다. 성욕이니 잠복기니 정신신경증이니 아동과 여성의 다형 도착증 따위의 이론은 집어치우고 나는 두 아이를, 특히 젠나로를 심하게 나무랐다. 젠나로의 팔을 붙잡고 갈대밭에서 질질 끌고 나왔다. 젠나로가 울음을 터뜨리자 데데는 겁도 없이 쌀쌀맞게 말했다.

"엄마, 나빠요."

나는 두 아이에게 아이스크림을 사주었다. 그날 이후 나는 그런 일이 다시는 일어나지 않도록 두 아이를 몰래 감시하기 시작했다. 거기다 데데가 나폴리 사투리의 험한 표현을 배우지 않도록 신경을 바짝 곤두세워야 했다.

그날 저녁 아이들이 자는 동안 나는 애써 기억을 되짚어 보았다. 나도 어렸을 때 또래 남자아이들과 동네 뜰에서 그런 장난을 했었나? 릴라도 그런 경험을 했을까?

우리는 서로 그런 이야기를 나눈 적이 한 번도 없었다. 물론 그때 우리 둘 다 험하디 험한 말을 하기는 했었다. 하지만 그것은 생존을 위해 필요한 욕설이었다. 추악한 어른들의 손을 피해 도망치면서 내뱉던 말이었다.

그 이상 뭔가 있었던가? 나는 불편한 마음을 참고 나와 릴라가 서로의 몸에 손을 댄 적이 있었는지 기억을 더듬어 보았다. 어렸을 때, 유년 시절에, 사춘기 때, 아니면 다 큰 다음에라도 릴라를 만져보고 싶은 욕망을 느꼈던가? 릴라도 내 몸을 만지고 싶다는 생각을 했었을까?

나는 한참 동안이나 이 문제를 두고 생각하다가 조용히 말했다.

"모르겠어. 알고 싶지도 않고."

물론 릴라의 육체를 동경했던 적은 있었다. 그 정도의 감정은 분명 느꼈었다. 하지만 우리의 관계가 육체적인 사이로 발전할 가능성은 전혀 없었다. 그러기엔 두려움이 너무 컸다. 그러다 발각되면 둘 다 맞아 죽었을 테니까.

어쨌든 그 일이 있은 후로 나는 되도록 젠나로를 공중전화 박스로 데리고 가지 않았다. 젠나로가 나와 있기 싫다면서 제 엄마에게 그날 일을 들려줄 것 같았기 때문이다. 그런 두려움 자체가 짜증스러웠다. 대체 내가 왜 이런 걱정을 해야 한단 말인가.

나는 그저 감정이 가라앉기를 기다렸다. 아이들에 대한 감시 수위도 서서히 낮아졌다. 하루 종일 두 아이만 쳐다보고 있을 수는 없는 노릇이니까. 나는 엘사에게 집중하면서 둘을 내버려두었다. 데데와 젠나로가 입술이 파랗게 질리고 손이 쭈글쭈글해질 때까지 물에서 나오지 않을 때만 해변에서 양손에 수건을 하나씩 들고 신경질적으로 고함을 쳤다.

8월은 그렇게 쏜살같이 흘러갔다. 나는 집에서 나와 장을 보고 아이들의 소지품으로 터질 듯한 가방을 들고 해변으로 갔다. 다시 집으로 돌아와서는 저녁을 준비하고 아이들에게 아이스크림을 하나씩 쥐어준 다음 피에트로와 릴라에게 전화를 했다. 때때로 다른 엄마들과 수다를 떨기도 했다. 모두 나보다 나이가 많았다. 엄마들이 내 아이들이 예쁘고 내 인내심도 대단하다고 칭찬해주면 기분이 좋아졌다. 그들의 대화 주제는 남편과 직장이었고 나도 내 남편 이야기를 했다.

"대학에서 라틴어 문학을 가르치고 있어요."

주말이면 예전에 이스키아 섬에 있을 때 스테파노와 리노가 그랬던 것처럼 피에트로가 왔다.

해변에서 사귄 아이 엄마들은 존경어린 눈빛으로 피에트로를 바라보았다. 대학교수라는 직함 덕분에 부스스한 머리 모양도 좋게 생각하는 것 같았다. 피에트로는 젠나로와 딸아이들과 함께 수영을 했다. 아이들과 가짜로 위험한 모험 놀이를 하면서 넷이 함께 너무 즐거워했다.

한참을 그렇게 놀다가 피에트로는 파라솔 아래서 다시 책에 열중했다. 가끔씩 잠을 거의 자지 못했다고 불평했다. 그는 종종 수면제 먹는 것을 잊어버리곤 했다. 아이들이 잠들면 피에트로는 삐거덕거리는 침대 소리 때문에 부엌에서 선 채로 내 몸을 취했다. 보편적인 생각과는 달리 이제 내게 결혼은 인류가 성교의 민낯을 적나라하게 드러내기 위해 만들어낸 제도처럼 느껴졌다.

86

처음 『코리에레 델라 세라』지에서 그 소식을 발견한 것은 피에트로였다. 어느 토요일 피에트로는 이탈리쿠스 사에서 있었던 파시스트 폭탄 테러에 관한 신문 기사 사이에서 나폴리 외각에 있는 작은 공장과 관련된 짤막한 기사를 찾아냈다. 폭탄 테러가 일어난 지 얼마 되지 않은 때라 신문에는 온통 이에 관한 소식뿐이었다.

"당신 친구가 일하던 공장이 소카보라고 하지 않았어?"

피에트로가 물었다.

"무슨 일인데?"

피에트로는 내게 신문을 건네주었다. 두 남자와 한 여자로 구성된 유격대가 나폴리 외곽에 있는 햄 공장을 습격했다는 기사가 있었다. 셋은 먼저 수위 필리포 카라의 다리에 총을 쏴 중상을 입힌 후 나폴리 출신의 젊은 기업인 사장 브루노 소카보를 찾아 그의 사무실까지 돌진했다고 했다. 그곳에서 그들은 브루노 소카보에게 총알을 네 발 발사했으며 그중에서 세 발은 가슴에, 한 발은 머리에 맞았다고 했다.

기사를 읽는 순간 브루노의 얼굴이 망가지는 장면이 눈앞에 보이는 듯했다. 새하얀 브루노의 치아가 얼굴과 함께 부서지는 모습이 그려졌다.

'하나님, 맙소사.'

나는 숨을 쉴 수 없었다. 아이들을 피에트로에게 맡기고 릴라에게 전화를 하러 달려 나갔다. 오랫동안 신호만 울릴 뿐 아무도 받지 않았다. 저녁에 다시 전화를 해봐도 마찬가지였다. 릴라는 다음 날이 되어서야 전화를 받았다. 내가 전화하자 릴라는 긴장하면서 물었다.

"무슨 일이야? 젠나로가 아픈 거야?"

나는 릴라를 안심시킨 다음 브루노 소식을 전했다. 릴라는 아무것도 몰랐다. 내가 이야기를 마칠 때까지 기다리다가 건조한 목소리로 속삭였다.

"정말 끔찍한 소식이로구나."

그게 다였다. 나는 릴라를 채근했다.

"누구한테든 전화해서 이야기를 좀 들어봐. 어디로 조문을 보내야 하는지도 알아보고."

릴라는 그쪽 사람들과 연락을 끊은 지 오래라고 했다.

"조문은 무슨."

릴라가 중얼거렸다.

"내버려둬."

나는 내버려두기로 했다. 하지만 다음 날 『마니페스토』지에서 조반니 사라토레, 그러니까 니노가 쓴 기사를 발견했다. 니노는 캄파니아 지방의 그 작은 공장에 대해서 많은 정보를 제공하면서 여러모로 뒤처진 그 지역에 존재하는 정치적 긴장감에 주의를 기울일 필요가 있다고 강조했다. 브루노와 그의 비극적인 최후를 애정을 가지고 다루었다.

그날 이후 나는 매일 신문에서 소카보 공장 소식을 찾아보았지만 부질없었다. 공장 관련 소식은 순식간에 지면에서 자취를 감추었다. 릴라도 더 이상 그 이야기를 하지 않으려 했다. 여전히 저녁마다 아이들과 함께 릴라에게 전화를 걸었지만 그때마다 릴라는 젠나로를 바꿔달라며 내 말을 잘랐다. 특히 니노 이름을 꺼내자 노골적으로 짜증을 냈다.

"뭐든 참견하지 않고는 못 견디는 버릇은 여전한가보네."

릴라는 투덜거렸다.

"브루노의 죽음은 정치랑 상관없어. 다른 이유가 있었을 거야. 여기서는 별일 아닌 일로도 죽임을 당하는 일이 다반사인걸! 간통이나 다른 범죄 행위 때문에 살해당할 수도 있고 재수가 없으면 눈길 한번 잘못 보냈다가 비명횡사할 수도 있어."

시간이 흐르는 동안 브루노는 나에게 단 하나의 이미지로만 남게 되었다. 내게 아이로타 집안을 들먹여가며 전화로 위협했던 공장 사장이 아니라 어린 시절 내게 키스하려다 매몰차게 거절당한 청년의 모습이었다.

87

나는 해변에 앉아 암울한 생각에 빠져들었다. 릴라는 언제나 계산

적이었다. 감상이나 감정을 쫓아버렸다. 나는 어떻게 해서든 내 감정에 솔직할 수 있는 방법을 찾으려 애쓰는 데 반해 릴라는 스스로에게조차 자기감정을 감추려 애쓰는 것 같았다. 내가 어떻게 해서든 릴라를 밝은 곳으로 이끌어 모든 것을 명확하게 밝히려는 내 욕망에 끌어들이려 하면 할수록 릴라는 자꾸만 그늘 속으로 몸을 숨기려 했다. 숲속 너머로 몸을 숨겨 나뭇가지로 얼굴을 가린 보름달 같았다.

나는 9월 초에 피렌체로 돌아갔다. 하지만 릴라에 대한 좋지 않은 생각은 흐려지기는커녕 갈수록 나를 강하게 사로잡았다. 피에트로에게 속내를 털어놓을 수도 없었다. 그는 나와 아이들이 돌아온 것을 전혀 달가워하지 않았다. 원고 마감이 늦은 데다 학기가 시작하기까지 얼마 남지 않았다는 생각에 걸핏하면 화를 냈다. 어느 날 저녁에는 식사를 하다가 데데와 젠나로가 별것 아닌 일로 싸우자 자리에서 벌떡 일어나 부엌문을 쾅 닫고 나가버렸다. 동작이 어찌나 거칠었던지 부엌문 유리가 산산조각나고 말았다.

나는 당장 릴라에게 전화를 걸어 거두절미하고 젠나로를 데려가 달라고 했다. 젠나로를 데리고 있은 지 벌써 한 달하고도 보름이 지났을 때였다.

"이번 달 말까지만 좀 데리고 있어주면 안 될까?"

"안 돼."

"여기는 상황이 좋지 않아."

"여기도 마찬가지야."

엔초는 한밤중에 나폴리에서 출발해 다음 날 오전에 도착했다. 피에트로는 아직 직장에 있을 때였다. 나는 젠나로의 가방을 미리 준비해두었다. 나는 엔초에게 아이들이 견디기 힘들 정도로 티격태격한다고 했다. 미안하지만 셋은 너무 많고 나로서는 감당하기 힘들다고 했다. 엔초는 내게 상황을 충분히 이해한다며 지금까지 해준 것만으로도 너무 고맙다고 했다. 엔초는 변명하듯 내게 말했다.

"너도 리나가 어떤지 잘 알잖아."

나는 아무런 대꾸도 하지 않았다. 젠나로가 떠난다는 소식에 데데가 울부짖기 때문이기도 했고 릴라가 어떤지 맘먹고 이야기하기 시작하면 나중에 후회하게 될 말까지 하게 될까봐 참아야겠다고 생각했기 때문이기도 했다.

그 무렵 내 머릿속에는 생각하기조차 두려운 생각이 자꾸만 떠올랐다. 일단 그 생각이 머릿속에서 문장의 형태를 갖추게 되면 마법처럼 현실이 될까봐 두려웠다. 하지만 머릿속을 맴도는 일련의 문장들을 좀처럼 지워낼 수 없었다. 그 문장들은 완벽하게 구성되어 내 머릿속에 자리 잡았다. 나는 내 상상이 두렵기도 했지만 다른 한편으로는 이에 매혹되었다. 끔찍하면서도 매력이 있었다. 오래전부터 별로 관련 없어 보이는 사건들 간의 연관성을 찾아내 이야기를 구성하는 훈련을 해왔지만 이번에는 상상력이 통제할 수 없을 지경에 이르렀다.

나는 지노와 브루노의 끔찍한 죽음을 연관지었다. (공장 수위 필리포는 목숨을 건졌다고 한다.) 나는 두 사건 모두 파스콸레와 관련이 있으며 나디아까지 연루되었을 수도 있다고 생각했다. 생각이 여기에 이르자 나는 흥분하기 시작했다. 나는 카르멘에게 전화를 걸어 다시 한 번 파스콸레의 소식을 묻고 싶었다. 그러나 카르멘네 전화가 도청당할 수도 있다는 생각에 마음을 바꿨다.

엔초가 젠나로를 데리러 왔을 때도 엔초와 이야기를 한번 해봐야겠다고 생각했다. 그가 어떤 반응을 보이는지 궁금했다. 하지만 그때도 나는 해서는 안 되는 말까지 하게 될까봐 입을 다물었다. 내 입에서 파스콸레와 나디아 배후에 있는 인물, 그러니까 릴라 이름이 나올까봐 두려웠다.

그렇다. 언제나 그렇듯 모든 이야기는 릴라에게로 귀결되었다. 말 대신 행동으로 보여주는 릴라. 이제는 완전히 고향 동네에 만연한 풍조에 동화되어 경찰도, 법도, 국가도 믿지 않고 어떤 문제는 총으로밖에 해결할 수 없다고 생각하는 릴라. 불평등의 끔찍함을 너무나 잘 알고 있는 릴라. 트리부날리 가의 모임에 참여하던 시절, 혁명 이론과 행동 강령에 과도할 정도로 뛰어난 지력을 발휘했던 릴라. 자신의 과거와 현재의 분노를 정치적인 목표로 승화할 줄 알았던 릴라. 사람들을 소설 속 등장인물처럼 조종할 수 있는 릴라. 과거부터 현재까지 가난과 폭정이라는 개인적인 경험을 파시스트와 기업가와 자본가에 대한 무력 투쟁과 결부시켜온 릴라.

지금에서야 나는 처음으로 인정한다. 그해 9월 나는 언제나 폭력의 당위성을 주창하던 파스콸레와 나디아만 의심했던 것이 아니었다. 나는 릴라가 직접 손에 피를 묻혔을 거라고 생각했다. 그런 나의 상상은 꽤 오랫동안 이어졌다.

나는 요리를 하거나 아이들을 돌보면서 릴라가 다른 두 사람과 함께 지노, 필리포, 브루노에게 총 쏘는 모습을 상상했다. 파스콸레와 나디아의 모습을 세밀한 장면에까지 대입시키기는 쉽지 않았다. 사실 파스콸레는 약간 허영기가 있을 뿐 본성은 착한 청년이지 않은가. 기껏해야 두들겨 패는 정도이지 살인까지 저지를 위인은 못 됐다.

나디아는 나디아대로 곱게 자란 아가씨로 못된 말로 상처를 주는 것 이상의 일은 할 수 있을 것 같지 않았다. 하지만 나는 릴라에 대해서는 추호의 의심도 없었다. 릴라라면 가장 효율적인 계획을 세웠을 것이다. 릴라라면 위험 요소를 최소화하고 두려움을 통제할 수 있을 것이다. 릴라라면 살인 충동에 추상적인 순수성을 부여할 수 있을 것이다. 릴라라면 상대방의 육체에서 인간성을 제거하고 아무런 망설임도 후회도 없이 살인을 감행하고 나서 옳은 일을 했다고 생각할 것이다.

파스콸레와 나디아와 함께 움직이는 릴라의 모습이 눈앞에 보이는 듯했다. 파스콸레와 나디아가 아니라 내가 모르는 다른 사람들일 수도 있다. 상상 속에서 다른 사람들의 모습은 그림자처럼 희미했다. 오직 릴라의 모습만이 뚜렷이 보였다. 셋은 차를 타고 동네 광장으로 가 약국 앞에서 속도를 줄이고 지노를 향해 총을 난사했다. 새하얀 가운을 입은 그 폭력배의 몸에 총알을 박아 넣었다. 그들이 쓰레기가 굴러다니고 먼지가 이는 도로를 지나 소카보 공장을 향하는 모습도 그려졌다.

그곳에서 파스콸레는 입구를 지나면서 필리포의 다리에 총을 쏘았다. 수위실 바닥에 피가 흥건히 고였고 필리포는 고함을 지르며 공포에 질린 눈으로 그들을 바라봤다. 공장 구조를 잘 알고 있는 릴라는 뜰을 지나 공장으로 들어가 계단을 올라 브루노의 사무실에 들이닥쳤다.

"안녕. 여긴 어쩐 일이야."

브루노가 릴라를 보고 반갑게 인사하는 바로 그 순간 릴라는 세 발의 총알을 브루노의 가슴에 그리고 마지막 한 발을 그의 얼굴을 향해 발사했다. 그것을 과격한 반파시스트 운동이라 부르든, 새로운 저항운동이라 부르든, 프롤레타리아의 정의 실현이라고 칭하든 릴라에게는 뻔한 일을 재탕하는 데 그치지 않고 모든 일을 비중 있게 만드는 본능이 있었다.

나는 릴라가 붉은 여단*이나 최전방 노선**이나 프롤레타리아 무장 조직*** 같은 데 가입하려고 그런 일을 벌였다고 상상했다. 나는 릴라가 파스콸레처럼 동네에서 자취를 감출 것이라고 생각했다. 그래서 내게 젠나로를 맡기려 했다고 생각했다. 말이 한 달이지 내게서 아이를 영영 찾아가지 않을 심산이었으며 나를 다시는 보지 않을 생각이었던 것이다. 릴라는 붉은 여단의 지도자 쿠르치오와 프란체스키니처럼 체포될 것이다. 아니면 경찰을 따돌리고 도망치는 데 성공할 수도 있다. 릴라는 상상력이 뛰어나고 용감무쌍하니까 불가능한 일도 아니었다. 릴라는 거사를 치른 후에 찬란한 승자의 모습으로 세상에 다시 나타날 것이다. 위대한 업적으로 찬양받는 혁명지도자의 모습으로 말이다. 그때가 되면 릴라는 내게 말할 것이다.

'너는 소설을 쓰고 싶다고 했지. 나는 살아 있는 사람들을 등장인물로 삼고 실제 피를 잉크삼아 현실을 소설로 만들어냈어.'

밤이 되면 수많은 상상이 실제로 일어났거나 지금 이 순간에도 일어나고 있는 것 같아 릴라가 걱정됐다. 혼란에 빠진 다른 수많은 사람처럼 릴라가 쫓기고 있는 모습이나 부상을 당한 모습이 눈앞에 아른거렸다. 나는 그런 릴라의 모습에 마음이 아팠지만 한편으로는 릴라가 부럽기도 했다.

어린 시절 릴라가 놀라운 일을 해낼 것이라고 생각했던 나의 굳은 믿음이 점점 확고해졌다. 나는 나폴리에서 도망쳐 나온 것을 후회했다. 릴라에게서 멀어진 것을 후회했다. 다시 릴라 곁으로 돌아가야 할 것만 같았다.

* 1970년에 결성된 이탈리아의 극좌파 테러 조직.
** 1976년에 결성된 이탈리아의 극좌파 테러 조직.
*** 1974년에 결성된 이탈리아 남부의 극좌파 테러 조직.

릴라에게 화가 나기도 했다. 릴라는 왜 내게 묻지도 않고 혼자 그런 선택을 한 걸까. 내가 그 정도 수준도 안 된다고 생각한 걸까. 나도 자본주의나 착취, 계급투쟁, 프롤레타리아 혁명의 필연성에 대해서 잘 알고 있는데. 릴라에게 도움을 줄 수 있는데. 릴라의 일에 참여할 수 있는데.

그렇게 생각하면 나 자신이 불행하게 느껴졌다. 나는 어머니이자 유부녀인 현재 나 자신의 상황에 불만이 가득 차 침대에 누워 괴로워했다. 죽을 때까지 부엌데기처럼 매일 똑같은 집안일을 하고 침대에서 부부의 의무를 수행하면서 시들어갈 거라는 생각에 괴로웠다.

아침이 오면 정신이 맑아져 두려운 마음이 앞섰다. 나는 치밀하게 주변 사람들의 증오심을 자극하다 점점 더 폭력적인 일에 연루되어 가는 변덕스러운 릴라의 모습을 상상했다. 릴라는 원래 과감한 면이 있었다. 한번 마음먹으면 정당한 이유를 가진 자 특유의 관대한 잔혹함으로 결연하게 일을 밀어붙였다. 이렇게까지 하는 목적이 대체 뭐란 말인가. 내전을 일으키고 싶은 건가. 고향 동네뿐 아니라 나폴리와 이탈리아 전역을 전쟁터로 만들려는 건가. 지중해의 중심에서 베트남전을 벌이기라도 할 작정인가. 영영 끝나지 않을 동서양 간의 잔인한 분쟁 한가운데로 우리를 내동댕이치려는 건가. 유럽뿐 아니라 전 세계까지 투쟁의 불씨를 확산시키고 싶은 건가. 승리하는 그날까지 영원히.

하지만 그런 승리가 무슨 의미가 있단 말인가. 도시는 파괴되어 불타오르고 길에는 시체가 넘쳐나고 노동계급의 대항 세력뿐 아니라 같은 진영 내에서도 처절한 분란이 일어날 것이다. 비록 모두 똑같이 프롤레타리아의 이름으로 프롤레타리아 독재라는 명분 아래 봉기하더라도 결국에는 각기 다른 지역에 살고 각기 다른 명분을 가진 혁명 세력 간에 분란이 일어날 것이다. 핵전쟁이 일어날지도 모른다.

나는 두려움에 떨며 두 눈을 감았다. 아이들과 아이들의 미래가 걱정됐다. 나는 머리에 떠오르는 대로 아무 말에나 매달렸다. 예측할 수 없는 주체로서의 여성, 가부장주의의 파괴적 논리, 생존을 위한 여성의 가치 그리고 연민. 릴라와 이야기를 해야겠다고 생각했다. 릴라는 나에게 지금 자기가 무슨 일을 하고 있는지 앞으로의 계획은 어떠한지 속속들이 이야기해주어야 한다. 그래야 나도 릴라와 공범이 될 것인지 결정할 수 있다.

하지만 나는 생각만 할 뿐 실제로 릴라에게 전화하지는 않았다. 릴라도 내게 전화하지 않았다. 나는 오랫동안 전화로만 서로 이야기를 나눈 것이 우리 관계에 도움이 되지는 않았다는 것을 깨달았다.

끈을 놓지는 않았지만 우리 관계는 갈수록 예전만 못했다. 우리는 서로에게 추상적인 존재가 되었다. 그렇기 때문에 나는 지금 릴라를 컴퓨터 전문가인 동시에 완강하고 인정사정없는 도시의 게릴라라는 두 가지 모습으로 상상할 수 있는 것이다.

릴라는 릴라대로 나를 전형적으로 성공한 지식인이자 머릿속에는 온통 아이들과 책 생각밖에 없고 학구적인 남편과 해박한 대화나 나누는 교양 있고 부유한 사모님이라는 두 가지 모습으로 생각하고 있을 것이다. 우리는 서로에 대한 실체감을 회복해야 했지만 너무나 멀어져 이제는 그럴 수가 없었다.

88

그런 상태로 9월이 가고 10월이 갔다. 그 무렵 나에게는 대화 상대가 없었다. 시어머니나 마리아로사와도 별 교류가 없었다. 시어머니는 언제나 바빴고 마리아로사는 프랑코를 집에 들인 후로는 내가 전화를 걸 때마다 반갑게 인사하며 프랑코에게 안부를 전해주겠다고는 했지만 이내 할 일이 많다면서 전화를 끊었다.

프랑코는 몸이 성하지 않았다. 혼자서는 생활하기 힘든 상태인 데다 우울증 때문에 완전히 다른 사람이 되었다.

말이 없기는 피에트로도 마찬가지였다. 날이 갈수록 피에트로는 책 바깥 세계를 버거워했다. 피에트로는 어느덧 혼란이 일상이 되어버린 대학으로 마지못해 향했다. 그는 자주 병가를 냈다. 연구를 위해서라고 했지만 책을 좀처럼 마무리하지 못했다. 병가를 내고 집에 있는 동안에도 연구를 위해 서재에 있는 일은 거의 없었다. 대신 수업을 빼먹은 것을 내게서뿐만 아니라 자기 자신에게 용서받기 위해서 엘사를 돌봐주고, 요리를 하고, 청소를 하고, 빨래를 하고, 다림질도 했다. 내가 가혹하게 몰아붙이면 억지로 학교에 갔지만 막상 그렇게 하고 나면 나도 후회가 됐다.

폭력이 내 주위 사람들에게까지 영향을 미치기 시작하자 나는 피에트로가 그런 일을 당할까봐 두려웠다. 피에트로는 아무리 위험한 상황에 처하더라도 자기 학생들이나 동료 교수 대부분이 하는 일을 이른바 허튼짓이라 정의 내리며 공개적으로 비난했다.

나는 그를 걱정했지만, 아니 그를 걱정했기 때문에 피에트로의 말에 동의하지 않았다. 나라도 피에트로를 비판해야 그가 마음을 고쳐먹고 반골 기질을 버리고 조금 더 유연해질 거라고 생각했기 때문이다.

그즈음 나는 피에트로를 종종 반골이라 부르곤 했다. 하지만 이런 내 태도 때문에 피에트로는 시간이 갈수록 내가 자신을 공격하는 학생들이나 자신을 음해하려 드는 동료 교수들과 별다를 바 없다고 생각하게 되었다.

그것은 사실이 아니었다. 내 마음은 이보다 훨씬 복잡했다. 나는 한편으로는 어떻게든 피에트로를 보호하고 싶었고 다른 한편으로는 릴라의 편에서 남몰래 내가 상상 속에서 릴라에게 부여한 일련의 임무를 함께 수행하고 싶었다. 가끔은 그런 생각이 너무 강해 릴라에게 전화를 걸어 피에트로와의 갈등에 대해서 말하고 싶었다. 릴라의 생각이 어떤지 듣고 조금씩 릴라의 속내도 털어놓게 하고 싶었다.

나는 그렇게 하지 않았다. 그런 진지한 이야기를 전화로 할 수는 없는 노릇이었으니까. 그러던 어느 날 저녁 릴라가 먼저 내게 전화를 걸어왔다. 기분이 한껏 들떠 있었다.

"좋은 소식이 있어."

"무슨 일인데?"

"나, 부장이 되었어."

"무슨 말이야?"

"미켈레가 임대한 IBM 데이터 프로세싱 부서의 장이 되었다고."

나는 믿을 수 없었다. 릴라에게 다시 말해보라고, 더 자세히 설명해달라고 했다.

릴라가 미켈레의 제안을 받아들였단 말인가. 그렇게 오랫동안 저버렸는데 이제 와서 마르티리 광장의 구둣가게에서 일하던 때처럼 다시 미켈레 밑으로 들어간 건가.

릴라는 들뜬 목소리로 그렇다고 했다. 상황을 설명하는 동안 기분이 점점 좋아지는 것 같았다. 릴라는 미켈레가 시스템 3을 임대해 아체라에 있는 구두 창고에 설치해놓고 컴퓨터 관리를 자신에게 맡겼다고 했다. 자기 밑으로 기술자와 천공 조작원들을 거느리게 된 데다 한 달 보수가 42만 5천 리라나 된다고 했다.

나는 기분이 상했다. 그동안 키워왔던 여전사의 모습이 순식간에 사라졌을 뿐만 아니라 내가 알고 있는 릴라가 정말 맞나 하는 생각까지 들었다.

"네가 그런 선택을 하리라고는 꿈에도 생각지 못했는데."

"그럼 어떻게 해야 했는데?"

"거부했어야지."

"왜?"

"솔라라 형제가 어떤 위인들인지는 너도 잘 알잖아."

"그래서 뭐? 이미 결정된 일이야. 게다가 미켈레 밑에 있었을 때가 그 빌어먹을 브루노 자식 밑에 있었을 때보다 그나마 나았다고."

"네 마음대로 해."

전화기 너머로 릴라가 한숨 쉬는 소리가 들렸다. 릴라가 말했다.

"네 말투가 마음에 들지 않아, 레누. 남자인 엔초보다 돈을 더 많이 받게 됐는데 대체 뭐가 잘못된 거지?"

"아무것도 아니야."

"혁명이니, 노동자니, 신세계니 따위의 얼토당토않은 사상 때문에 그래?"

"그만둬. 진심을 이야기하고 싶다면 네 말을 듣겠어. 그렇지 않다면 그만둬."

"너 그거 알아? 너는 언제나 '사실' '진심'이라는 말을 참 자주하지. 말할 때도 그렇고 글을 쓸 때도 그래. 아니면 '갑자기'라는 말도 참 자주해. 그런데 요즘 세상에 '진심'으로 이야기하는 사람이 얼마나 되며 '갑자기' 일어나는 일은 또 얼마나 돼? 세상일은 다 사기야.

사건은 꼬리에 꼬리를 물고 일어나는 법이야. 이런 것은 네가 나보다 잘 알잖아. 나는 이제 어떤 일도 '진심'으로 하지 않아. 그리고 모든 일에 주의를 기울여야 한다는 사실을 깨달았어. '갑작스러운' 일은 멍청이들에게나 일어나는 거라고."

"그래. 너 아주 잘났구나. 무슨 말을 하고 싶은 거야? 모든 것이 다 네 통제권 안에 있다는 거? 미켈레가 너를 이용하는 것이 아니라 네가 미켈레를 이용하는 거라고 말하고 싶은 거야? 그만두자. 이만 끊어. 안녕."

"아니. 하고 싶은 말을 해봐."

"하고 싶은 말 없어."

"네가 말하지 않으면 내가 말하지."

"그래, 어디 들어나 보자."

"나에게는 이렇게 비난하면서 네 동생한테는 아무 말도 안 할 셈이야?"

나는 어리둥절해서 물었다.

"지금 이 상황에 내 동생이 무슨 상관이야?"

"엘리사 소식을 모르는 거야?"

"무슨 소식?"

릴라가 악의에 찬 웃음을 터뜨렸다.

"네 어머님께 여쭤봐. 아버지나 네 남동생들한테 말이야."

89

릴라는 그 이상 내게 이야기를 해주려 하지 않았다. 나는 잔뜩 뿔이 나서 전화를 끊었다. 나는 불안감에 사로잡혀 친정에 전화를 걸었다. 어머니가 전화를 받았다.

"그래도 우리가 있다는 걸 가끔은 기억하나보구나."

어머니가 말했다.

"어머니, 엘리사에게 무슨 일이 있나요?"

"요즘 젊은 처자들에게 있을 법한 일이지."

"무슨 뜻이죠?"

"남자친구가 생겼어."

"약혼한 건가요?"

"그렇다고 해두자."

"누구랑요?"

어머니의 대답이 화살처럼 내 가슴에 날아와 꽂혔다.

"마르첼로 솔라라."

릴라는 내게 이 말을 하고 싶었던 것이다. 마르첼로라니. 사춘기 시절 동네 공식 미남이었던 마르첼로. 끈질기게 릴라를 따라다니다 절망의 늪에 빠졌던 마르첼로. 결국 릴라와 스테파노의 결혼으로 처절하게 짓밟혔던 그 마르첼로가 다른 사람도 아닌 내 동생 엘리사를 차지한 것이다. 우리 가족의 막내이자 착하디착한 내 동생. 내겐 아직도 동화 속에 나올 법한 완벽한 아이 같은 내 동생을 말이다. 그런 엘리사가 마르첼로를 받아들인 것이다. 부모님도 남동생들도 그 애를 지키기 위해서 손가락 하나 까딱하지 않은 것이다. 나를 포함한 우리 가족 모두 솔라라 집안과 친척이 될 판이었다.

"대체 언제부터요?"

내가 물었다.

"내가 어떻게 아니? 한 일 년 됐나?"

"그럼 두 분 다 허락하신 거예요?"

"그러는 너는 언제 우리 허락을 구한 적 있니? 네 맘대로 했잖니. 엘리사도 마찬가지다."

"피에트로는 마르첼로 솔라라가 아니잖아요."

"그래, 네 말이 맞다. 마르첼로는 절대 피에트로 같은 취급은 안 당하겠지."

순간 침묵이 흘렀다.

"제게 말씀 좀 해주지 그러셨어요. 의논이라도 하지 그러셨어요."

"왜? 너는 이곳을 이미 떠났는데. 우리 가족은 네가 책임질 테니 걱정 말라고 해놓고는 항상 네 일로만 바빴지. 네게 우린 아무것도 아니야."

나는 아이들을 데리고 당장 나폴리에 가기로 마음먹었다. 기차를 타려고 했는데 피에트로가 차로 데려다주겠다고 했다. 나를 배려한다는 핑계로 학교에 나가고 싶지 않은 것이었다.

나폴리의 교통 상황은 끔찍했다. 도가넬라에 도착하자마자 나폴리에 도착했다는 사실이 피부에 와 닿았다. 나폴리는 보이지 않는 법의 지배를 받는 곳이었다. 결혼해서 피렌체로 떠난 이래 나는 한 번도 고향을 찾지 않았다. 그러다보니 사람들의 고함을 참기 힘들었다. 운전자들이 끊임없이 울려대는 경적소리와 길을 잘 몰라 잠시 망설이거나 속도를 줄일 때마다 피에트로에게 쏟아지는 욕설 때문에 신경이 날카로워졌다.

카를로 3세 광장에 들어서기 전에 나는 피에트로에게 차를 잠시 길가에 대라고 말했다. 나는 운전석에 앉아 지난날 피에트로가 묵었던 호텔이 있는 피렌체 가까지 맹렬한 기세로 차를 몰았다. 가방을 방에 올려다놓고 두 아이와 내 옷매무새를 꼼꼼하게 살핀 다음 우리는 친정으로 향했다.

그때 나는 대체 무슨 생각이었던가? 대학교육을 받고 좋은 집안으로 시집 간 큰언니의 권위로 동생에게 명령이라도 내리려는 것이었을까. 억지로라도 파혼하게 만들려는 것이었을까. 어린 시절부터 마르첼로가 어떤 사람인지 잘 안다고, 내 팔목을 잡고 나를 억지로 자기 차에 밀어 넣으려다 어머니의 은팔찌를 망가뜨린 자식이라고, 천박한 데다 폭력적인 인간이니 내 말을 믿으라고 말하려던 것이었을까. 그렇다. 내 생각은 확고했다. 내 임무는 엘리사를 덫에서 구해내는 것이었다.

어머니는 피에트로를 다정스레 맞이했다. 아이들을 위한 선물도 준비해두었다.

"이건 우리 강아지 데데 것이고 이건 엘사 것이란다."

어머니가 차례대로 선물을 주자 아이들은 각자 자기 성격대로 기쁨을 표했다. 아버지는 감정에 복받쳐 목이 멨다. 그새 더 마르고 주눅 들어보였다. 나는 남동생들이 나타나기를 기다렸지만 둘 다 집에 없었다.

"그 애들은 일하느라 바쁘단다."

아버지가 무덤덤하게 말했다.

"무슨 일을 하는데요?"

"힘든 일을 하지."

어머니가 끼어들었다.

"어디서요?"

"마르첼로가 자리를 마련해주었다."

과거 솔라라 형제가 안토니오에게 일자리를 만들어주었던 일이 생각났다. 그들이 안토니오를 어떻게 망쳐놓았는지도 생각났다.

"무슨 일인데요?"

내가 물었다.

"집에 돈을 가져다주는데 무슨 일을 하든 무슨 상관이란 말이냐. 엘리사는 너와 다르다. 그 애는 가족들에게 애틋해."

어머니가 쏘아붙였다. 나는 어머니의 말을 못 들은 척했다.

"엘리사한테 제가 오늘 온다고 이야기 하셨어요? 엘리사는 지금 어디 있죠?"

아버지는 내 시선을 피했지만 어머니는 퉁명스레 말했다.

"자기 집에 있지."

나는 버럭 화를 냈다.

"엘리사가 여기 안 살아요?"

"그래."

"언제부터요?"

"두 달쯤 됐다. 마르첼로와 함께 신시가지에 좋은 아파트를 구했어."

어머니가 차갑게 말했다.

90

엘리사와 마르첼로는 그냥 사귀는 정도가 아니었다. 엘리사가 깜짝 파티를 준비하고 있으니 집에 있다가 나중에 다 함께 가자고 어머니가 말리는데도 나는 당장 엘리사를 만나기로 마음먹었다. 나는 어머니의 말을 무시하고 엘리사에게 전화를 걸었다. 엘리사는 내 전화에 기뻐하면서도 쑥스러워했다.

"기다려. 지금 바로 갈게."

나는 피에트로와 아이들을 부모님과 함께 남겨두고 엘리사 집으로 향했다.

그새 고향 동네는 더 쇠락한 것 같았다. 건물들은 낡아서 회벽이 떨어져 있었고 도로는 여기저기 구멍이 난 데다 지저분하기 짝이 없었다. 벽에는 부고를 알리는 안내문이 덕지덕지 붙어 있었다. 나는 그렇게 많은 부고문이 붙어 있는 풍경을 본 적이 없었다. 모두 마르첼로와 미켈레 형제의 조부 우고 솔라라의 부고문이었다. 날짜를 보니 최근 일이 아니었다. 죽은 지 최소 두 달은 된 것 같았다. 거창한 조문과 비통에 잠긴 성모 마리아의 얼굴과 고인의 이름은 벌써 색이 바래고 지저분해졌다. 그런데도 부고문들은 벽에 딱 붙어 있었다. 그 이후에 죽은 사람들은 우고 솔라라에 대한 예의를 갖추느라 아무에게도 자신의 죽음을 알리지 않고 세상에서 사라지기로 결정한 것 같았다.

스테파노의 식료품점 입구에도 그런 부고가 여러 개 붙어 있었다. 영업을 하고 있는데도 언뜻 보기에는 가게라기보다는 그냥 벽에 구멍이 뚫린 것처럼 보였다. 그만큼 어둡고 황량했다. 가게 안에서 하얀 가운을 입은 스테파노의 모습이 언뜻 보이는 듯하다가 이내 유령처럼 사라졌다.

나는 기찻길 쪽을 향해 오르막길을 올랐다. 가는 길에 예전에 새 식료품점이라고 부르던 스테파노의 두 번째 가게가 나왔다. 셔터가 비뚜름하게 내려져 있었다. 잔뜩 녹이 슨 데다 음란한 글과 그림 때문에 상태가 험했다. 그 일대는 동네에서 버려진 것처럼 보였다. 예전에는 새하얗던 건물이 지금은 모두 잿빛이 되었고 군데군데 회벽이 떨어져 벽돌이 드러나 있었다.

나는 예전에 릴라가 살던 건물 앞을 지나갔다. 그때 당시에도 부실했던 나무 중에 살아남은 나무가 거의 없었다. 깨진 현관문 유리

창에는 소포용 테이프가 붙어 있었다.

엘리사네 집은 그보다 훨씬 위쪽에 있었다. 그나마 보존이 잘 되고 부유해 보이는 곳이었다. 대머리에 얇은 콧수염을 기른 땅딸막한 수위가 얼굴을 내밀었다. 그는 적의를 드러내며 내 앞을 가로막고 누구를 찾아왔냐고 물었다. 나는 뭐라 대답해야 할지 몰라 웅얼거렸다.

"솔라라 씨요."

그는 즉시 공손한 태도를 취하며 길을 비켜주었다.

엘리베이터에 타고 나서야 문득 내가 시대에 역행하는 것 같은 느낌을 받았다. 밀라노나 피렌체에서라면 당연히 받아들였을 육체와 욕망에 대한 여성의 자율적 통제권과 혼전 동거 같은 일이 고향에서는 도저히 용납할 수 없는 것처럼 느껴졌다. 게다가 내 동생의 미래가 달린 일이라고 생각하니 좀처럼 마음이 안정되지 않았다.

엘리사가 마르첼로처럼 위험한 인간과 동거를 하다니. 그런데도 어머니는 만족한단 말인가. 내가 결혼할 때는 성당에서 식을 올리지 않는다는 이유만으로 펄펄 뛰었는데. 엔초와 동거한다는 이유로 릴라를 걸레 취급하고 스테파노의 정부가 됐다는 이유로 아다를 창녀라고 욕했는데. 그런 어머니가 어떻게 자신의 막내딸이 마르첼로 솔라라처럼 형편없는 인간과 결혼도 하지 않고 함께 잠자리에 드는 것을 용납할 수 있단 말인가. 엘리베이터를 타고 엘리사의 집을 향해 올라가는 동안 나는 그런 생각에 잠겼다. 분노가 치밀어 올랐다. 나는 그런 내 감정이 정당하다고 생각했다.

다른 한편 배울 만큼 배운 내 이성은 혼란스러워하고 있었다. 어떤 근거로 엘리사를 책망해야 할지 판단이 서지 않았다. 몇 년 전에 내가 엘리사와 같은 선택을 했다면 어머니가 내게 늘어놓았을 법한 이유를 대야 할까. 지금의 어머니보다 못한 수준으로 퇴보할지라도? 아니면 누구든 같이 동거해도 좋지만 마르첼로만은 안 된다고 말해 볼까. 그래야 하나? 하지만 여기가 피렌체나 밀라노였다면 나는 감히 다른 여자에게 사랑하는 사람을 포기하라는 말을 할 수 있을까.

엘리사가 문을 열자 나는 동생을 힘껏 껴안았다.

"아파, 언니."

어찌나 세게 껴안았는지 엘리사가 웃으면서 말했다.

나를 거실로 안내하는 엘리사의 모습에서 긴장감이 느껴졌다. 거실은 꽃무늬 소파며 금박을 입힌 등받이가 있는 의자들로 화려하게 장식되었다.

엘리사는 쉴 새 없이 내게 칭찬을 쏟아부으면서 자기 이야기는 하지 않았다.

"언니, 정말 좋아 보여. 귀걸이 정말 예쁘네. 목걸이도 그렇고. 옷도 너무 우아해 보여."

엘리사는 데데와 엘사를 빨리 만나고 싶어 했다. 나는 기쁜 마음으로 엘리사에게 아이들 이야기를 해주고 귀걸이를 빼 거울 앞에서 엘리사에게 해보게 한 다음 선물로 주었다. 어느새 엘리사의 표정이 밝아졌다. 엘리사는 웃으며 조그맣게 속삭였다.

"언니가 화낼까봐 두려웠어. 마르첼로와의 관계에 반대한다고 할까봐 말이야."

나는 한참 동안 엘리사를 물끄러미 바라보다 운을 뗐다.

"엘리사, 난 너희들 관계를 반대해. 너와 어머니와 아버지와 동생들에게 그 말을 하려고 먼 길을 온 거야."

엘리사의 표정이 변했다. 두 눈에 눈물이 차올랐다.

"언니 말을 들으니 마음이 아프잖아. 왜 반대하는 건데?"

"솔라라 집안사람들은 나쁜 사람들이야."

"마르첼로는 아니야."

엘리사는 마르첼로에 대해 설명하기 시작했다. 모든 것이 내가 엘사를 임신했을 때 시작됐다고 했다. 어머니가 나를 돌보러 떠나는 바람에 엘리사가 가족 모두를 돌보아야 했던 때였다. 하루는 솔라라 형제 가게에 장을 보러 갔는데 릴라의 오빠 리노가 필요한 물건을 적어주면 집까지 가져다주겠다고 했다는 것이다. 리노가 말하는 동안 그렇게 하라고 한 사람이 자기라는 것을 알리려는 듯 마르첼로가 멀리서 고개를 끄덕여 보였다고 했다.

그때부터 마르첼로는 엘리사 주변을 맴돌면서 엘리사에게 온갖 친절을 베풀었다. 처음에는 엘리사도 마르첼로가 나이가 너무 많아서 싫어했다. 하지만 시간이 갈수록 마르첼로는 점점 더 존재감을 드러냈다. 그는 언제나 예의 바르게 행동했다. 혐오스러운 솔라라 집안사람들을 연상시키는 말이나 행동을 한 적이 한 번도 없었다.

엘리사는 마르첼로가 정말 점잖은 사람이라고 했다. 그와 함께 있으면 안심이 된다고 했다. 강한 존재감과 강인함 때문에 키가 10미터는 되는 것처럼 느껴진다고 했다.

그뿐만이 아니었다. 마르첼로가 엘리사에게 관심이 있다는 사실이 알려지자마자 엘리사의 삶은 180도 바뀌었다. 동네 사람들뿐 아니라 동네 밖에서도 모두 엘리사를 여왕처럼 떠받들었고 엘리사를 중요한 사람처럼 대했다. 익숙지는 않았지만 근사한 느낌이었다.

"얼마 전까지만 해도 나는 아무도 아니었어. 그런데 지금은 하수구의 쥐새끼까지 내가 누군지 알아. 언니야 책도 쓰고 워낙 유명하니까 그런 데 익숙하겠지만 나는 아니었어. 나는 그 모든 게 정말 놀라웠어. 걱정할 게 아무것도 없다는 것은 감동 그 자체였어."

엘리사는 뭐든 마르첼로가 다 알아서 해주었다고 했다. 마르첼로는 엘리사의 욕망을 명령처럼 받아들이고 무조건 들어주었다. 그래서 시간이 갈수록 엘리사는 마르첼로를 깊이 사랑하게 됐고 결국은 그를 받아들이게 된 것이었다. 지금은 마르첼로가 하루만 눈앞에 나타나지 않거나 그의 목소리를 하루만 듣지 못해도 밤새 잠을 이루지 못하고 눈물을 흘린다고 했다.

엘리사는 자신에게 상상조차 할 수 없는 행운이 찾아왔다고 생각하고 있었다. 내게는 엘리사의 행복을 망가뜨릴 만한 힘이 없다는 것을 깨달았다. 엘리사는 내게 트집 잡힐 틈을 주지 않았다.

"마르첼로는 정말 능력 있어. 마르첼로는 책임감이 강해. 마르첼로는 잘생겼어. 마르첼로는 완벽해."

엘리사는 마르첼로가 다른 가족들과는 다르다는 사실을 강조하기 위해서 말 한마디 한마디에 신경썼다. 엘리사는 마르첼로 어머니나 위에 문제가 생겨 지금은 거의 집에서 운신 중인 아버지 그리고 얼마 전 세상을 떠난 조부에 대해 이야기하면서도 조심스럽게 이들에 대한 호감을 표했다. 미켈레까지 좋은 사람이라고 했다. 미켈레를 계속 만나다보니 사람들의 말과는 달리 아주 다정하다는 것이다.

"언니, 제발 내 말을 좀 믿어줘."

엘리사가 말했다.

"나는 태어나서 지금이 가장 행복해. 엄마도 내 편이야. 엄마가 어떤지 언니가 더 잘 알잖아. 아빠도 내 편이고, 잔니 오빠와 페페 오빠도 마찬가지야. 오빠들은 얼마 전까지만 해도 하루 종일 빈둥거리기만 했는데 지금은 마르첼로가 일을 시키고 있어. 보수도 참 좋아."

"상황이 그렇다면 결혼하지 그래."

내가 말했다.

"그럴 거야. 하지만 지금은 시기가 좋지 않아. 마르첼로는 해결해야 할 복잡한 일이 아주 많다고 했어. 게다가 조부상도 있었고. 가엾은 분이야. 나중에는 정신이 나가서 걷는 법도 잊어버리고 말하는 법도 잊어버리셨지. 주님께서 데려가심으로써 오히려 자유로워지신 거야. 하지만 이런저런 문제만 해결되면 바로 결혼할 테니 걱정하지 마. 따지고 보면 결혼하기 전에 함께 사는 게 어떤지 미리 경험해보는 것도 좋지 않겠어?"

엘리사의 입에서 나올 법한 말은 아니었다. 즐겨 읽는 만화책 같은 데서 배운 듯한 신세대 여성다운 말이었다. 막상 내가 그런 주제에 대해서 이야기를 한다면 어떻게 말했을지 생각해보니 별반 다를 게 없는 것 같았다. 엘리사의 표현이 조금 덜 세련된 정도의 차이랄까.

뭐라고 반박해야 하나. 대화를 시작할 때나 지금이나 알 수 없기는 마찬가지였다. 나는 그때도 이렇게 말해야 했을지도 모른다.

"경험해볼 게 뭐 있겠니, 엘리사. 내겐 빤히 보여. 마르첼로는 네 몸을 취하고 네 육체에 익숙해지면 너를 버릴 거야."

하지만 막상 입에 담기에는 너무 구닥다리 표현 같았다. 어머니도 그 정도로는 말을 못하지 않았던가. 그래서 나는 포기하기로 했다. 나는 집을 떠났고 엘리사는 남았다. 내가 나폴리에 있었다면 나는 어떻게 됐을까. 어떤 선택을 했을까. 생각해보면 나부터도 어린 시절 솔라라 형제를 좋아하지 않았나. 나폴리를 떠난 대신 나는 무엇을 얻었는가. 내 여동생의 신세를 망치지 않기 위한 현명한 조언조차 못하고 있지 않나.

엘리사는 예뻤다. 섬세한 얼굴이었다. 균형 잡힌 몸매에 목소리도 나긋나긋했다. 내가 기억하기로는 마르첼로는 키가 훤칠한 미남이었다. 남자답게 각진 얼굴에 혈색이 좋았고 온몸이 근육질이었다. 게다가 마르첼로는 오랫동안 열정을 다해 사랑을 할 줄 아는 사람이었다. 릴라와 사랑에 빠졌을 때 이를 증명하지 않았던가. 릴라 말고는 다른 애인이 있었던 것 같지도 않았다. 그러니 어쩌겠는가. 정신을 차리고 보니 나는 어느새 엘리사가 가져온 마르첼로가 사준 상자 속에 담긴 장신구를 구경하고 있었다. 엘리사의 장신구에 비하면 내가 선물한 귀걸이는 보잘것없었다.

"그래도 조심해."

내가 말했다.

"정신 바짝 차리고. 도움이 필요하면 내게 전화해."

내가 그만 자리에서 일어나려고 하자 엘리사가 웃으며 내 앞을 막아섰다.

"어디 가려고? 엄마가 말 안 해줬어? 모두들 저녁식사 하러 이리로 오고 있어. 음식을 잔뜩 준비했거든."

"모두라니? 그게 누군데?"

나는 짜증스레 말했다.

"말 그대로 모두 다 올 거야. 깜짝 파티를 준비했거든."

91

가장 먼저 아버지, 어머니, 두 아이와 피에트로가 도착했다. 데데와 엘사는 이모 엘리사한테도 선물을 받았다. 엘리사는 두 아이를 칭찬하느라 정신이 없었다.

"데데야, 어쩜 이렇게 귀엽니. 이모 뺨에 뽀뽀해주렴. 엘사야, 통통한 게 너무 예쁘구나. 이모에게 좀 와보렴. 너랑 나랑 이름이 같은 거 알고 있니?"

어머니는 고개를 푹 수그리고 내게 눈길 한 번 주지 않은 채 부엌으로 직행했다. 피에트로는 나를 따로 한쪽으로 부르려고 무던히도 애쓰고 있었다. 뭔가 심각한 일이 일어났지만 자기는 잘못이 없다고 선언하고 싶은 것 같았다. 하지만 아버지가 사위를 텔레비전 앞 소파에 끌어 앉혀놓고 볼륨을 한껏 높이는 바람에 피에트로는 끝내 내게 아무런 말도 하지 못했다.

얼마 지나지 않아 질리올라가 두 아이들과 함께 나타났다. 산만하기 짝이 없는 사내아이들이었는데 둘은 곧바로 데데와 편을 먹었다. 엘사는 불안해하며 내 곁으로 피신했다. 질리올라는 지금 미용실에서 손질하고 나온 것 같은 머리에 굽이 엄청나게 높은 구두를 신고 또각또각 걸어 다녔다. 귀와 목과 팔에 금붙이가 번쩍였다. 힘들어 보일 정도로 꼭 끼는 밝은 톤의 녹색 옷을 입고 있었는데 가슴이 깊게 파여 있었다. 두꺼운 화장이 벌써부터 번지기 시작했다. 질리올라는 나를 보자마자 밑도 끝도 없이 나에게 비아냥댔다.

"우리 모두 교수님 부부를 위해 한자리에 모였네. 잘 지냈어, 레누? 저 사람이 그 천재 교수양반이야? 세상에, 머리 스타일 한번 끝내주는구나."

피에트로는 자기 어깨에 팔을 두르고 있는 아버지에게서 겨우 벗어나 자리에서 일어나 수줍게 미소를 지었다. 시선이 본능적으로 질리올라의 거대한 가슴을 향했다. 질리올라는 내 남편의 시선을 느끼고 흡족해했다.

"일부러 일어나지 마세요."

질리올라가 피에트로에게 말했다.

"부끄러워서 몸 둘 바를 모르겠어요. 여기는 부인에게 인사하기 위해서 일어나는 그런 곳이 아니랍니다."

아버지는 다른 사람들이 피에트로를 빼앗아갈까봐 두렵기라도 한 듯 그를 끌어 앉힌 다음 텔레비전 소리가 시끄러운데도 아랑곳하지 않고 뭔가를 이야기하기 시작했다. 나는 질리올라에게 잘 지내는지 물었다. 눈빛과 목소리로 지난날 그녀가 내게 속마음을 털어놓았던 사실을 잊지 않았다는 것과 내가 그녀 편이라는 것을 표현하려 했다. 질리올라는 이런 내 태도가 마음에 들지 않았는지 나에게 쏘아붙였다.

"얘, 나는 잘 지내고 있어. 너도 잘 지내고 있고. 결론적으로 우리 모두 잘 지내고 있는 거지. 하지만 남편 때문에 억지로 여기까지 끌려오지 않고 집에 있을 수 있었다면 난 그 편이 더 좋았을 거야. 그건 알아줬으면 해."

내가 뭐라고 대꾸하기도 전에 또 초인종이 울렸다. 엘리사는 바람에 떠밀리듯 가볍게 문 쪽으로 달려갔다. 엘리사가 탄성을 지르는 소리가 들렸다.

"와주셔서 얼마나 기쁜지 몰라요, 어머니. 들어오세요."

엘리사는 예비 시어머니 마누엘라 부인의 손을 잡고 다시 모습을 나타냈다. 부인은 한껏 치장을 한 차림이었다. 붉은 톤으로 염색한 머리에 조화를 꽂고 있었다. 움푹 꺼진 눈두덩이 안에 비탄에 빠진 유령 같은 눈이 박혀 있었다. 마지막으로 봤을 때보다 더 말라보였다. 어찌나 말랐던지 뼈밖에 안 남은 것처럼 보였다. 부인의 뒤를 따라 미켈레도 들어왔다. 세련된 옷차림에 깔끔하게 면도한 모습이었다. 눈빛과 차분한 몸짓에서 차가운 강인함이 느껴졌다.

미켈레 다음으로 몸집이 거대한 사내가 나타났다. 순간 나는 그가 누군지 알아보지 못했다. 모든 면에서 스케일이 컸다. 키도 크고, 발도 컸다. 길고 두꺼운 다리는 다부져 보였고 한껏 부풀어 오른 배와 가슴통은 무겁고 단단한 재질로 만들어진 것 같았다. 머리도 거대해 보였다. 사내는 넓은 이마를 훤히 드러낸 채 길게 기른 갈색머리를 뒤로 넘기고 석탄처럼 까만 수염을 기르고 있었다. 그는 바로 마르첼로 솔라라였다. 엘리사가 존경과 감사를 담아 신에게 입술을 바치듯 경건하게 자신의 입술을 그에게 바치는 모습을 보고서야 나는 그가 마르첼로라는 사실을 깨달았다.

마르첼로는 고개를 숙여 엘리사에게 가볍게 입을 맞췄다. 그러는 동안 아버지는 자리에서 일어났다. 피에트로도 쭈뼛쭈뼛 덩달아 자리에서 일어났고 어머니는 부엌에서 절뚝이며 달려 나왔다. 나는 이내 마누엘라 부인의 존재가 그 자리를 특별하게 만들었다는 사실을 눈치챘다. 다들 부인이 이 자리에 함께해준 것을 자랑스럽게 생각하는 것 같았다. 엘리사는 흥분된 목소리로 내게 말했다.

"오늘 어머님께서 예순이 되시는 날이야."

"그렇구나."

내가 말했다. 놀랍게도 마르첼로는 들어오자마자 이미 서로 아는 사이인 것처럼 내 남편에게 친밀하게 말을 걸었다. 마르첼로는 피에트로를 향해 환하게 웃으며 소리쳤다.

"그래, 일은 잘 마무리됐소, 교수양반?"

마무리가 잘 됐냐니, 대체 무슨 소리일까? 피에트로는 마르첼로를 향해 애매한 미소를 짓고는 우울한 표정으로 나를 바라보며 고개를 저어보였다. 마치 자기는 최선을 다했다고 말하는 것 같았다. 나는 피에트로가 자세히 설명해주기를 바랐지만 그러는 동안 벌써 마르첼로는 피에트로에게 자기 어머니를 소개하기 시작했다.

"이쪽으로 오세요, 어머니. 이 친구가 레누의 남편이에요. 여기 피에트로 옆에 와서 앉으세요."

피에트로는 부인에게 엉거주춤 허리를 숙였고 나도 어쩔 수 없이 부인에게 인사했다. 마누엘라 부인이 말했다.

"너 정말 예뻐졌구나, 레누. 네 동생처럼 예뻐."

부인은 약간 불안한 기색을 보이며 물었다.

"여기 좀 덥지 않니? 너는 괜찮아?"

나는 아무런 말도 하지 않았다. 그새 데데가 나를 부르며 울먹였고 질리올라는 데데를 때린 자기 아들들을 사투리로 험하게 야단을 치고 있었다. 질리올라는 일행 가운데 유일하게 마누엘라 부인의 등장에 전혀 신경을 쓰지 않는 것 같았다.

나는 미켈레가 내게 인사도 하지 않고 조용히 나를 관찰하고 있다는 사실을 눈치채고 내가 먼저 그에게 힘차게 인사를 건넸다. 그러고는 데데와 제 언니가 아파하는 것을 보고 덩달아 울먹이는 엘사를 달랬다. 마르첼로가 내게 말했다.

"너희 가족을 우리 집에 손님으로 맞게 되어 얼마나 기쁜지 몰라. 내겐 큰 영광이야. 믿어줘."

마르첼로는 내게 직접 말하는 것이 버겁다는 듯 엘리사에게 말했다.

"내가 얼마나 기쁜지 당신이 좀 말해줘. 나는 당신 언니를 보면 긴장이 되어서 말이야."

내가 마르첼로를 안심시키기 위해서 뭔가를 웅얼거리는데 또 한 번 초인종이 울렸다.

이번에는 미켈레가 현관문을 열었다. 그는 심술궂은 표정으로 자리에 돌아왔다. 한 노인이 내 여행 가방들을 끌고 미켈레 뒤를 따라 들어왔다. 우리 호텔에 있어야 할 그 가방들이었다. 미켈레가 내 쪽을 가리키자 노인은 내 앞에 가방을 가져다 놓았다. 나를 즐겁게 해주기 위한 마술 공연의 일부 같았다.

"안 돼! 이러면 정말 안 돼. 이러면 나 정말 화낼 거야."

내가 소리쳤다. 하지만 엘리사는 나를 꼭 껴안고 내게 입을 맞추며 말했다.

"집이 이렇게 넓은데 어떻게 언니를 호텔에 묵게 해. 방도 많고 욕실도 두 개나 돼."

마르첼로도 덧붙였다.

"아무튼 나는 네 남편에게 먼저 허락을 구했어. 그렇게 하지 않았으면 감히 우리끼리 이렇게 할 생각은 못 했을 거야. 그렇죠. 교수님? 부탁이니 사모님께 말씀 좀 해줘요. 우리를 좀 도와달라고요."

나는 화가 나서 어쩔 줄 몰랐지만 그래도 미소를 잃지 않았다 .

"세상에. 이게 무슨 난리래. 고마워, 마르첼로. 정말 친절한 생각이었어. 하지만 우리는 여기에 머무를 수 없어."

나는 여행 가방들을 다시 호텔로 보내려 했지만 그러는 동안에 데데도 돌봐야 했다. 나는 데데에게 말했다.

"친구들이 어떻게 했는지 어디 좀 보자. 별일 아니네. 엄마가 뽀뽀해주면 다 나을 거야. 이제 저리 가서 놀렴. 엘사도 좀 챙기고."

나는 이미 마누엘레 부인의 덫에 걸려들어 꼼짝 못하고 앉아 있는 피에트로를 한쪽으로 불렀다.

"당신 이리 좀 와봐. 대체 마르첼로에게 무슨 말을 한 거야? 여기서 잘 수는 없어."

나는 신경이 날카로워져서인지 내 말투에서 나폴리 억양이 강해지는 걸 느꼈다. 어린 시절에 쓰던 어휘가 그대로 튀어 나왔다. 친정집 앞뜰에서부터 길과 터널까지 고향 동네의 모든 환경과 분위기가 내게 사투리를 쓰고 그곳에 맞는 행동을 하게끔 강요하고 있었다. 피렌체에서는 희미해져 가던 고향의 모든 것이 여기서는 살아 숨 쉬는 생생한 현실이었다.

초인종 소리가 또 들렸다. 엘리사가 문을 열러 갔다. 대체 올 사람이 누가 또 있을까. 얼마 지나지 않아 젠나로가 뛰어 들어왔다. 젠나로는 데데를 바라보았다. 데데도 믿을 수 없다는 표정으로 젠나로를 바라보고는 그 즉시 칭얼거림을 멈췄다. 둘은 예상치 못한 만남에 기뻐하며 서로를 물끄러미 바라보았다. 그 뒤로 엔초가 모습을 나타냈다. 엔초는 그날 모인 수많은 갈색머리 가운데 유일한 금발이었다. 머리는 환한 금발인데 안색은 어두웠다. 마지막으로 릴라가 등장했다.

92

한참을 오가던 공허한 대화와 거친 바다에 이는 파도를 따라 떠밀리듯 들려오던 목소리가 한순간 멈췄다. 릴라는 무릎까지 내려오는 파란색 원피스를 입고 있었다. 깡말랐지만 강단 있어 보였다. 그래서인지 굽 낮은 신발을 신고 있었는데도 평소보다 키가 커보였다. 입가와 눈가에는 주름이 깊게 파였지만 얼굴은 하얬고 이마와 광대뼈 주위 피부는 팽팽했다.

머리는 포니테일로 묶었는데 귓불이 거의 없는 귀 위로 새치가 보였다. 나를 보자마자 릴라는 눈을 가늘게 뜨고 미소를 지었다. 나는 너무 놀라서 미소에 응답하지도 릴라에게 인사를 하지도 못했다. 그때 우리는 둘 다 서른이었는데 릴라는 나보다 더 나이 들어 보였고 나보다 더 지쳐 보였다. 나는 적어도 내가 그 정도로 지쳐 보일 것이라고는 생각하지 않았다. 질리올라가 큰 소리로 외쳤다.

"드디어 또 다른 공주마마께서 등장하셨네. 아이들이 배고픈가봐. 더는 못 기다리겠어."

우리는 함께 저녁식사를 했다. 나는 불편한 장치에 갇힌 것 같은 기분이었다. 도무지 음식을 삼킬 수가 없었다. 가방을 생각할수록 분노가 치밀었다. 호텔에 도착하자마자 짐을 풀었는데 알지도 못하는 사람들이 나와 피에트로와 아이들 물건에 마음대로 손댔을 생각을 하니 화가 났다. 내 동생을 기쁘게 하기 위해서 동생이 마르첼로 솔라라와 함께 잠자리에 드는 그의 집에 머물러야 한다는 사실을 견딜 수가 없었다. 나는 못마땅한 마음에 우울한 기분으로 엘리사와 어머니를 관찰했다.

엘리사는 아슬아슬한 행복감에 정신이 빼앗겨 여주인 역할을 하며 쉴 새 없이 떠들어대고 있었다. 어머니도 기분이 좋은 것 같았다. 어찌나 기분이 좋은지 릴라의 접시에 다정하게 음식을 덜어줄 정도였다. 고개를 푹 수그린 채 음식을 먹는 엔초의 모습도 훔쳐보았다. 엔초는 거대한 가슴으로 그의 팔을 짓누르며 큰 소리로 자기에게 은근히 꼬리를 치는 질리올라 때문에 불편한 기색이 역력했다.

피에트로도 눈에 거슬렸다. 그는 아버지와 마르첼로와 마누엘라 부인의 공세에 정신없는 상황인데도 누구보다 릴라에게 집중하고 있었다. 릴라 역시 피에트로 앞에 앉아 나를 포함한 다른 사람들에게는 눈길조차 주지 않으면서 피에트로에게만은 관심을 보였다. 일부러 내 쪽은 쳐다보지 않는 것 같기도 했다.

아이들도 마찬가지로 나를 짜증나게 했다. 다섯 명의 어린 생명체들은 어느새 두 패로 나뉘었다. 얌전하고 순종적인 젠나로와 데데가 한편을 먹고 갈수록 꼴보기 싫어지는 질리올라의 두 아들이 한편을 먹었다. 질리올라의 아이들은 엄마가 다른 데 정신이 팔린 사이에 엄마의 잔에서 와인을 훔쳐 마셨다. 엘사는 그런 두 사내아이가 마음에 들었는지 자기한테 신경도 쓰지 않는 그들 곁을 맴돌았다.

이 연극의 연출자는 대체 누구인가. 각기 다른 목적을 갖고 있는 이 사람들을 도대체 누가 한자리에 모아놓은 걸까. 물론 표면적으로는 엘리사가 나선 것이지만 엘리사 뒤에 누가 있는 걸까. 마르첼로일 수도 있다. 하지만 마르첼로는 대부분 미켈레의 말을 따른다. 미켈레는 내 옆에 앉아서 속편하게 먹고 마시면서 자기 부인과 자식들은 눈에 보이지도 않는 듯 심술궂은 눈빛으로 릴라에게 이끌리는 듯한 내 남편을 쳐다보고 있었다.

미켈레는 대체 무엇을 보여주고 싶었던 걸까. 그곳이 솔라라 집안의 영토라는 사실을 보여주고 싶은 걸까. 아무리 도망쳐봤자 나도 결국에는 그곳에, 그들에게 속한다는 것을 보여주고 싶은 걸까. 마음만 먹으면 사람들의 감정과 말과 관습을 총동원해서 내게 뭐든 강요할 수 있다는 것을 보여주려는 걸까. 필요하다면 모든 것을 파괴할 수 있다는 것을 보여주려는 걸까. 자신은 필요에 따라 아름다운 것을 추하게 만들 수도 있고 추한 것을 아름답게 만들 수도 있다는 것을 보여주려는 걸까. 그날 저녁 처음으로 미켈레가 내게 말을 걸었다.

"우리 어머니 좀 봐. 누가 예순이라고 하겠어? 지금도 얼마나 아름다우신지 좀 봐. 정말 고우시지?"

미켈레는 모든 사람에게 자기 질문뿐 아니라 내 대답까지 잘 듣게 하려고 일부러 목소리를 높였다. 뭐라도 대답하지 않을 수 없는 상황으로 나를 몰아넣었다. 나는 피에트로 옆에 앉아 있는 미켈레의 어머니를 칭찬해주어야 했다. 친절하고 겉보기에는 악의 없고 다정해보이지만 조금 넋이 나간 것처럼 보이는 나이 든 여인을 칭찬해주어야 했다.

마누엘라 부인의 얼굴은 길고 깡말랐다. 코는 큼직했으며 숱이 얼마 없는 머리에는 우스꽝스러운 꽃을 꽂고 있었다. 하지만 그녀의 실체는 고리대금업자였다. 솔라라 집안은 마누엘라 부인 덕분에 부를 축적할 수 있었다. 동네 사람들뿐만 아니라 나폴리, 캄파니아에 사는 수많은 사람의 이름이 적힌 붉은 장부의 관리자이자 수호자였던 것이다.

릴라와 전화로 이야기하면서 만들어낸 상상과 내 소설 속에서 마누엘라 부인은 죄에 대한 대가를 치르지 않은 범죄자이자 잔혹하고 위험하기 짝이 없는 여자였다. 비록 출판조차 하지 못하고 무산된 소설이기는 했지만 나는 마누엘라 부인을 묘사하는 부분에 꽤나 많은 페이지를 할애했었다. 그녀는 고리대금업을 독점하기 위해 돈 아킬레를 살해하고 누구든 짓밟아버리고 모든 것을 차지하라고 아들들을 교육시킨 솔라라 형제의 어머니였다. 나는 지금 그런 여자를 두고 미켈레에게 이렇게 말해야 하는 것이다.

'그래, 어머니는 정말 아름다우셔. 정말이지 곱게 늙으셨지 뭐야. 축하해.'

곁눈질로 릴라를 쳐다보았다. 어느새 피에트로와 대화를 중단하고 내 입에서 무슨 말이 나오는지 기다리는 눈치였다. 부은 입술을 살짝 벌리고 눈을 가늘게 뜨고 이마를 한껏 찌푸린 채 나를 향해 몸을 돌리고 있었다.

비아냥거리는 표정이 역력했다. 불현듯 미켈레를 시켜서 나를 함정에 빠지게 한 것이 릴라가 아닌가 하는 생각이 들었다.

'어머니가 예순이 되셨다잖아. 네 제부의 어머니이자 네 여동생의 시어머니가 될 사람이 말이야. 네가 무슨 대답을 할지 어디 한번 들어볼까? 여전히 선생님이라도 되는 것처럼 똑똑한 척할 수 있는지 들어보자고.'

나는 마누엘라 부인을 향해서 말했다.

"축하드려요."

다른 말은 하지 않았다. 마르첼로가 나를 도와주려는 듯 곧바로 끼어들었다. 그는 감동한 듯 소리쳤다.

"고마워, 레누. 정말 고마워."

마르첼로는 자기 어머니를 쳐다보았다. 마누엘라 부인은 땀을 뻘뻘 흘리며 괴로운 표정을 짓고 있었다. 부인의 가녀린 목에는 붉은 반점들이 있었다.

"레누가 어머님께 축하드린대요."

피에트로도 자기 옆에 앉아 있는 부인에게 축하 인사를 했다.

"저도 축하드립니다, 부인."

질리올라와 릴라를 제외한 일행 모두 마누엘라 부인에게 경의를 표했다.

"앞으로도 만수무강하세요, 부인!"

"오래오래 사세요, 할머니."

아이들까지 소리 모아 합창했다. 마누엘라 부인은 쑥스러워하며 중얼거렸다.

"이미 충분히 늙었는걸."

마누엘라 부인은 연기를 내뿜는 베수비오 화산과 나폴리 만이 그려진 푸른색 부채를 가방에서 꺼내 처음에는 가볍게, 갈수록 힘차게 부채질을 했다.

미켈레는 내게 말을 시켜놓고도 내 남편의 축하 인사에 더 무게감을 두는 것 같았다. 그는 피에트로에게 말했다.

"정말 고맙소. 교수양반은 여기 출신이 아니니 우리 어머니가 얼마나 대단한 분이신지 잘 모를 거요."

미켈레는 사뭇 친밀한 말투로 말을 이었다.

"우리 가족은 좋은 사람들이오. 돌아가신 우리 조부님께서 (부디 고이 잠드시기를) 동네 구석에서 주점을 시작하셨지요. 땡전 한 푼 없이 말이오. 그런 가게를 우리 아버지가 넓혀서 나폴리에서 제일 유명한 제과점을 만들었지요. 우리 장인어른의 도움도 컸지요. 장인어른 스파뉴올로 씨는 정말 제빵계의 뛰어난 장인이오. 그렇지, 질리올라?"

미켈레가 말을 이었다.

"하지만 이 모든 것을 가능하게 한 사람은 우리 어머니지요. 그런데 최근 우리 가족을 시기하고 증오하는 사람들이 어머니에 대해서 끔찍한 소문을 퍼뜨렸죠. 하지만 우리는 관대한 사람들이오. 평생 사업을 하다 보니 참을성이 많아졌지요. 어차피 진실은 승리하기 마련이니 사람들이 뭐라 하든 상관 안 해요. 어머니는 현명하고 강인한 여인이오. 아무것도 하지 않겠다는 생각을 평생 한 번도 하시지 않은 분이라오. 어머니는 항상 열심히 일하셨소. 하지만 모두 가족을 위해서이지 당신 스스로를 위해서는 아무것도 하지 않으셨지요. 지금 우리가 누리고 있는 모든 것은 어머니께서 당신 자식들을 위해서 만들어낸 것이고 우리가 하는 모든 것은 어머니께서 우리를 위해 하신 일의 연장일 뿐이라오."

마누엘라 부인은 절제된 동작으로 부채질을 하면서 피에트로를 향해 큰 소리로 말했다.

"미켈레는 정말 사랑스런 아들이에요. 어렸을 때 크리스마스가 되면 식탁 위에 올라가 시를 완벽하게 낭송하곤 했지요. 유일한 단점이라면 말하기를 원체 좋아해서 일단 입을 열면 과장하는 경향이 있다는 거예요."

마르첼로가 끼어들었다.

"과장이라니요, 어머니. 다 사실인 걸요."

미켈레는 자기 어머니 칭찬을 한도 끝도 없이 늘어놓았다. 제 어머니가 아름답고 관대하다고 했다. 미켈레가 갑자기 나를 바라보며 말했다. 엄숙하게 느껴질 정도로 진지한 말투였다.

"이런 우리 어머니에 거의 필적할 만한 여인이 또 한 명 있지요."

'마누엘라 솔라라에 거의 필적할 만한 여인? 그런 여자가 또 한 명 있다고?'

나는 미심쩍은 눈초리로 미켈레를 바라보았다. 비록 '거의'라는 단서를 붙이기는 했지만 미켈레의 말은 그날 모임에서 할 만한 발언은 아니었다.

소란스럽던 식사 자리에 순간 정적이 흘렀다. 질리올라는 불안한 눈빛으로 남편 미켈레를 바라보았다. 취기와 속상함 때문에 눈빛이 흐릿했다. 어머니의 표정도 순간 변했다. 얼굴에 긴장감이 감돌았다. 미켈레가 말하는 여인이 엘리사이기를 바랐던 것 같다. 미켈레가 솔라라 집안의 가장 높은 자리를 물려받을 후계자로 당신의 딸을 공식적으로 인정해주기를 바랐던 것이다. 마누엘라 부인도 잠시 부채질을 멈추고 검지로 입술에 맺힌 땀을 닦았다. 부인은 아들이 가벼운 농담으로 마지막 발언을 뒤엎기를 기대하고 있었다.

하지만 뻔뻔함의 일인자인 미켈레는 자기 아내나 엔초는 말할 것도 없이 제 어머니마저 무시하고 릴라만을 바라보았다. 그러는 사이에 미켈레는 얼굴빛이 누렇게 뜨고 안절부절못했다. 자극적인 말로 어떻게 해서든 피에트로를 향한 릴라의 관심을 다른 곳으로 돌리고 싶어 하는 것 같았다. 미켈레는 말을 이었다.

"오늘 저녁 마르첼로 형의 집에 모두 모인 이유는 무엇보다 고명하신 우리 교수님 부부와 사랑스러운 두 따님을 합당한 방식으로 환영하기 위해서입니다. 존경해 마지않는 우리 어머님의 생신을 축하하기 위해서이기도 하죠. 세 번째로는 엘리사의 행복과 곧 있을 결혼을 축하하기 위해서입니다. 마지막으로는 한때나마 불가능하지 않을까 싶었던 협약이 체결된 것을 축하하는 건배를 들기 위해서입니다. 물론 여러분이 허락해주신다면 말이죠. 리나, 잠시 내 곁으로 와주겠어?"

'리나… 릴라라니…'

내가 바라보자 릴라는 잠시 내 눈빛을 되받아쳤다. 릴라는 마치 이렇게 말하는 듯했다.

'이제 게임의 규칙을 이해한 거야? 이제 기억이 나?'

나는 놀라서 어안이 벙벙했다. 엔초는 식탁보의 애매한 부분만 응시하고 있었다. 릴라는 고분고분한 태도로 자리에서 일어나 미켈레 옆에 섰다.

미켈레는 릴라의 몸에 손가락 하나 대지 않았다. 손을 잡거나 팔짱을 끼지도 않았다. 둘 사이에 날 선 칼날이 있어서 다가서면 베일까봐 조심하는 것 같았다. 대신 미켈레는 잠시 동안 내 어깨 위에 살짝 손을 가져다 대고는 다시 한 번 나를 바라보며 말했다.

"기분 나빠하지 마, 레누. 네가 뛰어난 것은 모두 다 아니까. 너는 놀라운 성공을 이루었지. 신문에도 나오고 말이야. 너는 어렸을 때부터 너를 알아온 우리 모두의 자랑거리야. 하지만 너도 리나를 아끼니 내가 이런 말을 해도 동의하고 기뻐해줄 거라 믿어."

미켈레는 주위를 돌아보며 말을 이었다.

"리나의 머릿속에는 살아 있는 무엇인가가 있어요. 다른 사람에게는 없는 것이죠. 그건 엄청나게 강해서 어디로 튀어 나갈지 알 수도 없고 멈출 수도 없어요. 의사들에게도 보이지 않죠. 내 생각에는 리나 자신도 자기가 무엇을 가지고 있는지 잘 모르는 것 같아요. 태어날 때부터 가지고 있었으면서 말이지요. 리나는 그 존재에 대해서 모르고 알고 싶어 하지도 않아요. 지금도 저 못된 표정을 좀 보세요. 리나의 머릿속에 있는 그것은 자기 마음에 들지 않으면 문제를 일으키지만 일단 마음을 먹으면 정말 놀라운 일을 해내죠. 나는 오래전부터 리나의 재능을 사고 싶었어요. 그래요, 말 그대로 사고 싶었어요. 나쁠 것도 없잖아요.. 진주나 다이아몬드를 사는 것처럼 사고 싶었던 거지요. 불행히도 지금까지는 그렇게 하지 못했어요. 그런데 이제 드디어 첫걸음을 내디뎠고 오늘 밤 그 작은 도약을 축하하고 싶군요. 나는 여기 체룰로 부인을 아체라에 세운 데이터 프로세싱 센터장으로 채용했어요. 엄청나게 현대적인 시설이죠. 레누, 너와 교수님이 관심 있다면 내일이라도 당장 보여줄게. 꼭 내일이 아니더라도 떠나기 전에 말이야. 어때, 리나?"

릴라는 역겨워 죽겠다는 표정을 짓고는 고개를 가로저으면서 마누엘라 부인을 바라보며 말했다.

"미켈레는 컴퓨터에 대해 아는 게 하나도 없어서 제가 뭔가 대단한 일을 한다고 생각하지만 사실은 별일 아니에요. 장거리 통신 교육 같은 것만 이수하면 저처럼 초등학교밖에 졸업하지 못한 사람도 할 수 있는 일이니까요."

그게 다였다. 내 예상과는 달리 릴라는 미켈레를 비웃지 않았다. 미켈레가 머릿속에서 살아 날뛰는 것 운운하며 릴라에 대한 끔찍한 이미지를 만들어내고, 진주니 다이아몬드니 하는 어처구니없는 이야기를 떠들어 댔는데도 말이다. 무엇보다도 릴라는 미켈레가 쏟아붓는 찬사를 굳이 마다하지 않았다. 릴라는 자신이 마치 천국에서 한자리를 차지하게 된 듯 우리가 자신을 위해 축배를 들도록 내버려두었다. 또 미켈레가 자신에게 많은 급여를 주기로 한 것을 정당화하기 위해 계속해서 칭찬을 늘어놓는 것도 내버려두었다. 그 와중에 자기보다 못한 사람들과 있을 때면 여유가 생기는 피에트로는 내게 묻지도 않고 아체라에 있는 센터를 꼭 방문해보고 싶다고 했다. 그는 자리에 돌아온 릴라에게 센터에 관한 정보를 묻기 시작했다.

시간만 충분하다면 니노에게 그랬던 것처럼 릴라가 내게서 남편을 빼앗아갈 수도 있을 것 같다는 생각이 불현듯 들었다. 질투는 나지 않았다. 만약 릴라가 그런 짓을 한다면 그저 우리 둘 사이에 더 깊은 흠을 내고 싶은 마음에서일 것이다. 피에트로는 릴라가 좋아할 타입이 아닌 데다 그 역시 나를 배신할 만한 사람은 못 됐으니까.

그보다 훨씬 더 복잡한 감정이 나를 사로잡았다. 그곳은 내가 태어나고 자란 고향이었다. 고향에서 나는 어린 시절부터 가장 뛰어났고 가장 크게 성공했다. 적어도 고향에서만큼은 그 누구도 반박할 수 없는 사실이었다. 그런데 미켈레는 고향에서, 그것도 내 가족이 보는 앞에서 내 몰락을 증명해 보이기로 마음먹고 일부러 준비한 것 같았다. 미켈레 때문에 나는 릴라 앞에서 빛이 바랬다. 미켈레는 어떻게든 릴라가 나보다 뛰어나다는 것을 증명하려고 했다. 내 입으로 내 친구는 누구와도 비교할 수 없는 능력을 가졌다고 공식적으로 인정함으로써 릴라가 나보다 뛰어나다는 사실을 시인하게 하려 했다. 릴라는 미켈레의 그런 짓을 자연스럽게 받아들였다. 아니, 그런 일이 일어나도록 미켈레를 도왔거나 처음부터 이 모든 것을 계획하고 준비한 것이 릴라인지도 모른다. 내가 작가로서 나름대로 성공을 거두었을 때 이런 일이 일어났다면 나도 별로 마음에 담아두지 않았을 것이다. 아니, 오히려 릴라를 위해 기뻐했을 것이다. 하지만 그 모든 것이 끝나버린 지금 나는 내가 상처를 받고 있다는 것을 깨달았다.

나는 어머니와 눈빛을 주고받았다. 어머니는 잔뜩 화가 나 있었다. 내 뺨을 때리고 싶은 마음을 참을 때 짓는 표정이었다. 평소처럼 온화한 표정으로 앉아만 있지 말고 내가 뭔가 반응하기를 바라는 눈치였다. 내 박학다식함을 과시하기를 바라는 것 같았다. 정말 어려운 내용을 아는 것은 아체라의 저 멍청한 계집이 아니라 바로 나라는 것을 보여주기를 바라는 것 같았다. 어머니는 눈빛으로 내게 침묵의 지령을 내렸지만 나는 끝내 입을 다물었다. 마누엘라 부인이 갑자기 참을 수 없다는 듯 주위를 둘러보며 말했다.

"더워 죽겠네. 너희들은 안 그러니?"

93

엘리사도 어머니처럼 내 명성이 훼손되는 것을 참을 수 없었던 것 같았다. 어머니는 끝내 입을 다물었지만 엘리사는 자기는 언제나 내 편이며 내가 항상 자랑스럽다는 것을 알리려는 듯 나를 향해 밝은 표정으로 다정하게 말했다.

"언니한테 줄 게 있어."

엘리사는 언제나처럼 명랑하고 자연스럽게 지금까지 하던 말과 전혀 상관없는 말을 꺼냈다.

"언니 비행기 타본 적 있어?"

내가 없다고 하자 엘리사는 정말이냐고 되물었고 나는 그렇다고 했다. 그 자리에 있는 사람 가운데 비행기를 타본 사람은 피에트로밖에 없었다. 그것도 꽤 여러 번 탔지만 피에트로는 이에 대해 대수롭지 않게 말했다. 반면 엘리사는 너무 놀라운 경험이라고 했다.

마르첼로도 마찬가지였다. 둘은 독일에 출장 겸 여행을 가면서 장기 비행을 해본 것이다. 엘리사는 비행기가 덜컹거리고 흔들리는 바람에 처음에는 조금 무서웠다고 했다. 머리에 구멍이 뚫릴 정도로 찬바람이 불었다고 했다. 그러다 창문을 통해 새하얀 구름층이 비행기 아래 깔리고 머리 위로는 새파란 하늘이 보였다고 했다.

그제야 엘리사는 구름 너머로는 언제나 맑은 하늘이 있으며 하늘 위에서 보면 땅은 청록색이 뒤섞인 오묘한 색이고 산 위를 지날 때면 산 위에 쌓인 눈이 눈부시게 빛난다는 사실을 알게 됐다고 했다. 엘리사가 내게 물었다.

"우리가 뒤셀도르프에서 누구를 만났는지 알아맞혀봐."

나는 정말이지 마음에 드는 일이 하나도 없어서 힘없이 중얼거렸다.

"나도 몰라 엘리사, 그냥 말해줘."

"안토니오를 봤어."

"아, 그래?"

"언니한테 꼭 안부 전해달래."

"안토니오는 잘 지내?"

"그럼. 언니한테 선물을 줬어."

엘리사가 내게 주려고 한 것은 바로 안토니오의 선물이었던 것이다. 엘리사는 자리에서 일어나 선물을 가지러 뛰어갔다. 마르첼로는 재밌다는 듯 나를 바라보았다. 피에트로가 물었다.

"안토니오가 누구지?"

"우리 회사 직원이죠."

마르첼로가 말했다.

"교수님 아내의 애인이기도 하고."

미켈레가 웃으며 말했다.

"세상이 참 많이 변했죠, 교수님? 요즘 여자들은 애인이 많아요. 게다가 여자들이 사내들보다 더 자랑하고 다니죠. 교수님은 애인이 몇 명이나 있었나요?"

피에트로가 진지하게 말했다.

"전 아무도 없었어요. 평생 제 아내만을 사랑했죠."

"거짓말."

미켈레가 재미있어하며 소리 질렀다.

"나는 몇 명이나 사귀었는지 귓속말로 알려줄게요."

미켈레는 자리에서 일어나 내 남편의 등 뒤로 가더니 뭔가를 속삭였다. 질리올라는 그런 미켈레의 모습을 혐오스러운 눈빛으로 바라보았다.

"믿을 수 없군요."

피에트로가 살짝 비꼬듯 말했다. 둘은 함께 웃었다.

그새 엘리사가 소포 포장지로 싼 물건을 내게 내밀었다.

"풀어봐."

"너는 뭔지 알아?"

내가 의아해하며 물었다.

"우리 둘 다 알고 있지."

마르첼로가 말했다.

"레누는 아마도 못 맞힐 거야."

나는 포장을 풀었다. 모두의 시선이 나를 향하고 있음을 느꼈다.

릴라는 곁눈질로 내 모습을 주의 깊게 바라보았다. 상자에서 뱀이라도 튀어나오기를 바라는 것 같았다. 정신 나간 멜리나의 아들이자 까막눈에 다름없는 솔라라 형제의 광폭한 하인이자 내 사춘기 시절 남자친구였던 안토니오가 근사하지도 감동적이지도 않고 과거와 별 연관도 없어 보이는 책 한 권을 보낸 것을 보고 모두 실망하는 것 같았다. 하지만 나는 책 표지를 보고 기뻐서 어찌할 바를 몰랐다. 얼굴빛이 변할 정도였다. 그 책은 그냥 책이 아니었다. 내 소설이었다. 6년 전에 이탈리아에서 출판됐던 내 책의 독일어 번역본이었던 것이다. 내가 쓴 글이 외국어로 번역되어 내 눈앞에서 춤을 추는 진경(그렇다. 내게는 진경 그 자체였다)을 목격한 것은 처음이었다.

"언니도 전혀 몰랐던 거야?"

엘리사가 덩달아 기뻐하며 물었다.

"전혀."

"기뻐?"

"응. 너무 기뻐."

엘리사는 사람들을 향해 자랑스럽게 말했다.

"언니가 쓴 책의 독일어 번역본이에요."

예기치 않은 반전으로 어머니 얼굴에 화색이 돌았다.

"레누가 얼마나 유명한지 알겠죠?"

질리올라가 내게서 책을 빼앗아들더니 책장을 넘기면서 조그만 소리로 감탄했다.

"알아볼 수 있는 글자라고는 엘레나 그레코밖에 없네."

릴라가 강압적으로 팔을 내밀며 책을 자기한테 달라는 표시를 했다. 릴라의 눈에 호기심이 보였다. 나를 담아 먼 곳까지 데려다준 미지의 언어를 읽고, 보고, 만지고 싶은 릴라의 욕망이 느껴졌다. 책에 대한 릴라의 갈급한 마음이 느껴졌다. 어린 시절부터 익숙한 릴라의 갈급함이 엿보이는 모습에 왠지 애틋한 마음이 들었다. 그런데 질리올라는 발끈하며 릴라에게 책을 빼앗기지 않으려고 팔을 뒤로 뺐다. 질리올라가 말했다.

"기다려. 지금은 내가 보고 있잖아. 설마 독일어까지 아는 것은 아니겠지?"

릴라는 손을 거두며 고개를 가로저었다. 질리올라가 외쳤다.

"그럼 내가 먼저 읽을 테니 재수 없게 굴지 마. 레누가 무슨 일을 해냈는지 더 잘 살펴보고 싶단 말이야."

질리올라는 정적이 흐르는 가운데 흡족한 표정으로 책장을 넘겨보았다. 여기저기 눈이 가는 대로 네다섯 줄 정도 되는 문장을 정말로 이해하면서 읽는 것처럼 천천히 책장을 넘겼다. 한참 지나서야 와인 때문에 혀가 꼬부라지는 소리로 내게 책을 내밀면서 말했다.

"잘했어, 레누. 정말 축하해. 책도 남편도 아이들도 다 성공했네. 우리만 아는 사람이 아니라 독일에서까지 유명인사가 됐네. 너는 그럴 만한 자격이 있어. 아무에게도 상처 입히지 않고 열심히 노력했으니까. 다른 사람의 남편에게 꼬리도 치지 않고 말이야. 고마워. 이제는 정말 가봐야겠어. 잘 자."

질리올라는 한숨을 내쉬며 힘겹게 자리에서 일어났다. 와인 때문에 몸이 더 무거워진 듯했다. 질리올라는 아이들을 향해 외쳤다.

"어서 서두르지 못해?"

아이들은 가기 싫어서 반항했다. 둘 가운데 나이가 많은 아이가 사투리로 뭔가 험한 말을 내뱉자 질리올라가 빰을 한 대 갈기고는 아이를 문 쪽으로 잡아끌었다. 미켈레는 미소를 띤 채 고개를 내저으며 투덜댔다.

"저 몹쓸 계집 때문에 이만저만 골치 아픈 게 아니야. 어떻게 해서든 꼭 기분을 잡쳐 놓는다니까?"

미켈레는 침착하게 말했다.

"여보, 기다려. 어딜 가려는 거야. 장인어른이 만들어주신 케이크만 먹고 가자고."

아이들은 즉시 아버지의 말에 힘을 얻어 어머니를 피해 식탁으로 돌아왔다. 하지만 질리올라는 아랑곳하지 않고 무거운 걸음으로 현관을 향해 걸어가며 성질을 부렸다.

"그럼 나 혼자라도 갈 테야. 몸이 좋지 않아."

미켈레가 꽥 고함을 쳤다. 당장에라도 주먹이 날아갈 판이었다.

"당장 자리로 돌아오지 못해!"

질리올라는 미켈레의 말에 다리가 마비된 듯 얼어붙었다. 엘리사가 자리에서 일어나 속삭였다.

"이리 와. 케이크 준비 좀 도와줘."

엘리사는 질리올라의 팔을 잡고 부엌으로 이끌었다. 나는 미켈레의 고함소리에 겁에 질린 데데에게 걱정하지 말라는 눈빛을 보내고 릴라에게 책을 내밀었다.

"한번 볼래?"

릴라는 관심 없다는 듯 고개를 내저었다.

94

"세상에 이게 웬 난리람."

아이들을 침대에 눕힌 다음 엘리사가 마련해준 방에 둘만 남게 되었을 때 피에트로가 말했다. 그는 이 모든 상황에 충격을 받았지만 은근히 재미있어 하는 것 같기도 했다. 피에트로는 그날 제일 황당했던 순간에 대해 농담을 하려 했지만 나는 그런 그를 맹렬히 공격했다. 우리는 목소리를 낮춰 다퉜다. 나는 피에트로를 비롯한 모든 사람에게 화가 나 있었다. 나 자신에게도 화가 났다. 혼란스러운 감정 속에 릴라가 병들어 죽어버렸으면 좋겠다는 욕망이 되살아났다.

릴라를 증오하기 때문이 아니었다. 세월이 흐를수록 릴라를 아끼는 마음은 커져만 갔다. 나는 평생 릴라를 증오하지 못할 것이다. 하지만 릴라가 날이 갈수록 상황을 회피하며 공허해지는 것을 참을 수 없었다. 나는 피에트로에게 말했다.

"대체 무슨 생각으로 다른 사람들이 우리 가방을 마음대로 옮기게 하고 억지로 자기들 집에 머무르게 하는 것을 허락한 거야?"

피에트로가 말했다.

"이 정도일 줄은 몰랐지."

"아니야."

내가 쏘아붙였다.

"당신이 평소에 내 말을 제대로 듣지 않아서 그래. 내가 어떤 환경에서 자랐는지 귀에 못이 박이도록 말해줬잖아."

우리는 한참을 티격태격했다. 피에트로는 어떻게 해서든 나를 진정시키려고 애썼지만 나는 피에트로에게 할 말 못 할 말을 가리지 않고 쏟아냈다.

나는 피에트로가 너무 소심해서 모두에게 이용당한 것이라고 말했다. 자기처럼 부유하게 자란 사람들에게만 자신의 의견을 주장할 수 있는 사람이라고 했다. 나는 이제 피에트로는 물론이고 그의 어머니도 믿을 수 없다고 했다. 어떻게 내 책이 독일에서 출판된 지 2년이 넘었는데 출판사 측에서는 내게 아무 말도 해주지 않을 수 있단 말인가. 내가 모르는 새 대체 몇 개국에 책이 출판됐는지 알 게 뭐란 말인가. 나는 그 일을 끝까지 파헤쳐야겠다며 한참 동안 피에트로를 달달 볶았다.

피에트로는 나를 진정시키려고 애썼다. 내일 아침 당장 자기 어머니와 출판사에 전화를 해보자고 했다. 그는 내가 태어나고 자라난 이른바 서민적인 환경에 호감을 나타냈다. 우리 어머니가 관대하고 현명한 분이라고 했다. 아버지, 엘리사, 질리올라, 엔초에 대해서도 호감을 표했다.

솔라라 형제 차례가 되자 말투가 바뀌었다. 피에트로는 마르첼로와 미켈레를 두고 사기꾼에다 교활한 악당에 말만 번지르르한 범죄자들이라고 했다. 피에트로는 릴라 이야기를 맨 마지막에 꺼냈다. 그는 조용히 말했다.

"나를 가장 당황하게 한 사람은 바로 리나야."

"말 안 해도 알아."

내가 비아냥댔다.

"저녁 내내 그 애 하고만 이야기를 하던데?"

피에트로는 힘차게 고개를 젓고는 놀랍게도 릴라야말로 그날 모인 사람 가운데 가장 형편없는 사람인 것 같다고 했다. 그는 릴라는 진정한 내 친구가 아니라고 했다. 릴라가 나를 싫어한다고 했다. 놀랍도록 똑똑하고 매력적인 것은 인정하지만 릴라는 그 지성을 잘못 사용하고 있다고 했다. 불화를 일으키고 삶에 증오심을 심어놓는 사악한 지성이라고 했다. 가장 참을 수 없는 것은 릴라의 매력이라고 했다. 주변 사람을 노예로 삼고 파멸로 이끄는 그런 유의 매력이라고 피에트로는 말했다.

처음에 나는 피에트로의 말에 반대하는 척하며 그의 말에 귀를 기울였다. 내심 피에트로의 말이 만족스러웠다. 이번만큼은 내가 틀린 것이었다. 릴라는 피에트로를 사로잡지 못했다. 모든 글의 이면에 내포된 숨은 의미를 찾아내는 데 익숙한 내 남편은 릴라의 단점을 쉽게 간파한 것이다. 하지만 만족감도 잠시일 뿐 나는 이내 피에트로의 말이 지나치다고 느꼈다. 피에트로가 말했다.

"어떻게 해서 당신들의 우정이 이렇게 오랫동안 지속될 수 있었는지 모르겠어. 관계를 깨뜨릴 만한 요인을 상당히 조심스레 감추고 있는 것이 분명해."

그가 덧붙였다.

"내가 당신 친구를 잘못 이해했든지 (안 지 얼마 되지 않았으니 그럴 수도 있겠지) 아니면 내가 당신을 전혀 이해하지 못했다는 뜻인데 만약 후자라면 정말 심각한 일이야."

피에트로는 정말 가혹한 말을 했다.

"리나와 미켈레라는 작자는 천생연분이야. 이미 애인 사이가 아니라면 언젠가는 그렇게 될 거야."

그 말에 나는 화를 냈다. 나는 더 이상 뭐든지 다 아는 척하는 부르주아 출신의 척척박사 같은 피에트로의 말투를 참을 수 없다고 내뱉었다. 잘 알지도 못하면서 다시는 내 친구에 대해 그런 식으로 말하지 말라고 했다. 하지만 그렇게 말하는 순간 나는 피에트로 자신도 인지하지 못했을 사실을 깨달았다. 릴라는 피에트로를 사로잡은 것이다. 그것도 아주 확실히. 피에트로는 릴라의 비범함을 너무나 잘 파악했기에 겁이 나서 릴라를 깎아 내릴 필요를 느낀 것이었다.

나는 피에트로가 자기 자신 때문에 릴라를 폄하한 것은 아니라고 생각한다. 그는 멀리 떨어져 있어도 언젠가는 릴라가 나를 자신에게서 앗아가 버릴까봐, 우리 가정을 파멸로 몰아넣을까봐 두려운 것이었다. 나를 지켜주려다 보니 말을 지나치게 하기도 하고 릴라의 이미지를 망치려고 진흙을 뿌리기도 한 것이었다. 혼란스러운 가운데 내가 릴라에게 환멸을 느껴 릴라를 내 인생에서 쫓아버리게 하려고 최선을 다하고 있었던 것이다. 나는 피에트로에게 잘 자라고 중얼거리고는 반대편으로 돌아누웠다.

95

다음 날 나는 새벽같이 일어나 짐을 싸기 시작했다. 빨리 피렌체로 돌아가고 싶었지만 그렇게 하지 못했다. 마르첼로가 자기 동생에게 우리를 아체라까지 데려다주기로 약속했다고 한 것이다. 내가 당장 떠나고 싶다는 눈치를 줬는데도 피에트로는 그들의 제안을 받아들였다. 우리는 결국 아이들을 엘리사에게 맡기고 거구의 마르첼로와 함께 차를 타고 신발 재고 창고로 갔다.

창고는 노란색으로 페인트칠을 한 낮고 긴 건물이었다. 가는 내내 나는 한마디도 하지 않았지만 피에트로는 마르첼로와 미켈레가 독일에서 무슨 사업을 하고 있는지 물었다. 마르첼로는 애매한 말로 얼버무렸다.

"이탈리아나 독일이나 어디든 다 똑같죠, 뭐. 이봐요 교수양반, 나는 공산당보다 더 공산당답고 혁명가보다 더 혁명가답다오. 뭐든 다 없애고 처음부터 다시 시작할 수만 있다면 나는 당장 맨 앞으로 달려갈 거요."

마르첼로는 내 동의를 구하듯 룸미러로 나를 바라보면서 말했다.

"하지만 가장 중요한 것은 사랑이죠."

목적지에 도착한 다음 마르첼로는 우리를 천장이 낮은 형광등이 있는 방으로 안내했다. 잉크 냄새와 먼지 냄새, 절연제를 덥히는 냄새가 구두 갑피와 광택제와 뒤섞여 강한 냄새가 나는 게 인상적이었다. 마르첼로가 말했다.

"미켈레가 임대한 물건은 여기 있어요."

나는 주변을 둘러보았다. 기계 근처에는 아무도 없었다. 시스템 3은 전혀 인상적이지 않았다. 벽에 기대어 놓은 볼품없는 가구 같았다. 금속판에 손잡이가 달려 있었고 빨간색 스위치와 나무로 만든 선반과 키보드로 구성되어 있었다.

"나는 봐도 도무지 뭔지 모르겠소."

마르첼로가 말했다.

"리나나 다룰 수 있는 물건이지요. 리나는 근무시간이 따로 정해져 있지 않아요. 언제나 여기저기 돌아다니죠."

피에트로는 금속판과 손잡이를 비롯한 기계를 구석구석 세심히 살폈다. 하지만 현대 기술에 실망하고 있음이 역력했다. 피에트로가 질문할 때마다 마르첼로의 대답은 한결같았다.

"동생 일이라 잘 몰라요. 나는 내 나름대로 생각할 일이 태산이라오."

릴라는 우리가 떠나려던 참에 나타났다. 철제 상자를 든 두 젊은 여직원을 거느리고 있었다. 뭔가 짜증나는 일이 있었는지 둘에게 잔소리를 하고 있었다. 우리를 보자마자 태도가 돌변해 상냥해졌지만 그래도 어딘가 억지스러웠다. 뇌의 일부분은 아직도 급하게 처리해야 할 일을 향해 맹렬한 기세로 나아가고 있는 것 같았다. 그는 마르첼로는 본체만체하고 피에트로에게 말을 걸었다. 시선은 피에트로를 향했지만 동시에 내게도 말하고 있었다.

릴라는 비꼬듯 말했다.

"이런 거 봐서 어디에 쓰려고요. 정 관심이 있다면 우리 서로 일을 바꿔보죠. 당신들은 여기서 일하고 나는 소설이니 미술이니 고대 유물 같은 것을 공부하는 거예요."

다시 한 번 릴라가 나보다 나이가 훨씬 많은 것처럼 느껴졌다. 외모뿐만이 아니었다. 행동과 목소리, 재미없고 살짝 따분해 보이는 태도가 그랬다. 릴라는 그런 태도로 시스템 시리즈의 기능을 비롯해 다른 기계의 기능뿐 아니라 자기카드, 테이프, 5인치 디스크 등에 대해 설명해주었다.

컴퓨터 분야의 새로운 기술에 대해서도 설명해주었다. 예를 들면 집에서 개인적으로도 쓸 수 있는 데스크톱 컴퓨터가 개발 중이라는 소식을 들려주었다. 그때의 릴라는 전화로 어린아이 같은 목소리로 새로운 직장에 대해 말하던 릴라가 아니었다. 컴퓨터 이야기를 할 때 보이던 엔초의 흥분된 태도와도 거리가 멀었다.

릴라는 사장이 시켜서 귀찮은 일을 어쩔 수 없이 해야 하는 능력이 뛰어난 직원처럼 행동했다. 물론 이 경우에 귀찮은 일이란 우리에게 사무실을 견학시키는 것이다. 내게 친밀하게 굴지도 않았고 피에트로와 농담을 하지도 않았다. 마지막에 릴라는 자기 뒤를 따르던 여직원들에게 내 남편에게 천공기가 어떻게 작동하는지 보여주라고 한 다음 나를 복도로 잡아끌었다.

"그래, 엘리사에게 축하 인사는 했어? 마르첼로의 집은 편했어? 그 늙은 마녀가 환갑을 맞아서 기뻐?"

나는 짜증스럽게 대답했다.

"동생이 원하는데 내가 어쩌겠어? 머리채라도 붙잡아야 했나?"

"그렇지? 하고 싶은 대로 뭐든 이루어지는 것은 동화 속에서나 일어나는 일이야. 현실에서는 할 수 있는 데까지 하는 수밖에 없는 거야."

"그렇지 않아. 누가 너한테 미켈레에게 이용당하라고 강요라도 했어?"

"내가 그를 이용하는 거야. 그가 나를 이용하는 게 아니고."

"그건 네 착각이야."

"두고 봐."

"대체 뭘 두고 보라는 거야? 그만둬."

"다시 한 번 말하는데 네가 그런 식으로 말하는 게 마음에 안 들어. 우리에 대해 아무것도 모르잖아. 잘 모르면 그냥 입 다물고 있어."

"나폴리에 살지 않으면 네게 할 말도 못 한다는 거야?"

"나폴리건 피렌체건 너는 어디에서도 아무것도 안 하고 있잖아."

"누가 그래?"

"사실이 그렇잖아."

"내가 무슨 일을 하는지는 내가 알아, 네가 아니라."

내가 바짝 신경을 곤두세우자 릴라도 이를 알아챘는지 나를 달래는 듯한 표정을 지었다.

"너 때문에 화가 나서 진심이 아닌 말까지 하게 되잖아. 여기를 떠난 것은 백번 잘한 일이야. 그건 그렇고 누가 돌아온 줄 알아?"

"누구?"

"니노."

릴라의 말에 내 가슴이 뜨거워졌다.

"어떻게 알았어?"

"마리사가 이야기해줬어. 나폴리 대학교수로 임명됐대."

"밀라노에서는 잘 안 됐나보지?"

릴라가 눈을 가늘게 떴다.

"타소 가에 사는 여자랑 결혼했는데 나폴리 은행 요직에 있는 사람의 딸이래. 거기서 일하는 사람치고 그 여자 집안과 친척 관계가 아닌 사람이 거의 없다나봐. 한 살된 아들도 있대."

내 마음이 아팠는지는 잘 모르겠지만 좀처럼 믿기 어려웠던 것은 확실하다.

"니노가 정말 결혼했다고?"

"그래."

나는 릴라가 무슨 생각을 하고 있는지 알고 싶어서 릴라를 물끄러미 바라보았다.

"다시 만날 생각이야?"

"아니. 하지만 우연이라도 다시 만나면 젠나로가 그 자식 아들이 아니라는 것은 말해주려고."

96

릴라는 그 후로도 이런저런 이야기를 두서없이 늘어놓았다.

"축하해, 레누. 잘생긴 데다 똑똑한 신랑을 두었더구나. 종교가 없다면서 말하는 것은 신실한 신자 같더라. 과거사는 물론이고 현대사에도 해박하고. 무엇보다도 나폴리에 대해 너무나 잘 알고 있어서 놀랐어. 여기 태생인데도 아무것도 모르는 내가 부끄러울 정도였다니까. 젠나로는 잘 크고 있어. 나보다는 주로 어머니가 돌봐주시지. 성적도 꽤 좋아. 엔초와도 잘 지내고 있어. 물론 각자 일하느라 바빠서 얼굴 볼 시간이 별로 없지만.

이에 비해 스테파노는 도끼로 제 발등을 찍었지 뭐야. 얼마 전에 경찰들이 가게 창고에서 장물을 발견했거든. 뭔지 정확히는 모르겠지만. 아무튼 그 바람에 체포까지 됐어. 지금은 풀려났지만 한동안 조심해야 해. 수중에는 돈 한 푼 없어. 오히려 내가 돈을 챙겨준다니까.

세상일이란 참 모를 일이야. 내가 여전히 카라치 부인이었으면 그와 함께 신세를 망쳤겠지. 지금쯤 그 집 식구들과 함께 길바닥에 나앉았을 거야. 그런데 나를 봐. 나는 라파엘라 체룰로이고 센터장으로서 미켈레 솔라라에게 한 달에 42만 리라를 받고 있어. 우리 어머니는 나를 여왕처럼 받들어 모시고 아버지도 모든 것을 용서해주셨어. 오빠는 내게 돈을 얻어낼 생각만 하고 피누차는 내가 너무 좋대. 조카들은 나를 고모라 부르면서 따르지.

하지만 일은 지루해. 처음에 기대했던 것과는 전혀 달라. 속도가 너무 느려서 많은 시간을 허비해. 빨리 새 기계가 도착했으면 좋겠어. 새 기계는 속도가 훨씬 빠르대. 아니야. 차라리 이대로가 좋을지도 몰라. 속도는 모든 것을 삼켜버리거든. 사진이 흔들릴 때처럼 말이야. 알폰소가 했던 말인데, 알폰소는 자기는 태어날 때부터 흔들리게 나왔다고 웃으면서 말했어. 그래서 윤곽이 모호하다고 말이야.

요즘 들어 알폰소는 내게 친한 척해. 나랑 친해지고 싶대. 복사지로 베낀 것처럼 나랑 똑같아지고 싶대. 자기가 여자라면 나처럼 되고 싶대. 그래서 내가 똑바로 말해줬어. '여자라니. 너는 사내야, 알폰소. 너는 내가 어떤지 몰라. 우리가 아무리 친해도, 네가 아무리 나를 관찰하고 훔쳐보고 흉내 내려 해도 너는 내가 정말 어떤 사람인지 끝까지 모를 거야'라고 말이야.

알폰소는 내 말에 재미있어하는 것 같았어. 알폰소는 '그럼 어떻게 해. 나는 지금 내 모습대로 살아가는 게 너무 괴로워'라고 했어.

알폰소는 예전부터 미켈레를 사랑했다는 거야. 그래. 맞아. 미켈레 솔라라 말이야. 미켈레가 나를 좋아하는 것처럼 자기도 좋아해주었으면 좋겠대. 내 말 무슨 말인지 알겠니? 사람들에게 무슨 일이 일어나는지 알겠어? 우리 몸에 든 게 너무 많아서 몸이 부풀어 오르다가 그만 터져버리는 거야.

나는 알폰소에게 말했어. '좋아. 그럼 우리 친구가 되자. 하지만 나처럼 진짜 여자가 되겠다는 생각일랑은 버려. 너는 기껏해야 너희 사내들의 고정관념에 부합하는 여자가 될 수 있을 뿐이니까. 아무리 나를 따라하고 내 모습과 완벽하게 똑같은 초상화를 그린다 해도 내 망할 자아는 내 것이고 네 망할 자아는 네 것이니 말이야'라고 말이야.

아! 레누. 대체 우리에게 무슨 일이 일어나고 있는 거지? 우리는 모두 동파된 수도관 같아. 도무지 만족하지 못하는 머리를 가진다는 것은 정말이지 끔찍한 일이야. 내가 신부복을 입고 찍었던 사진을 우리가 어떻게 했는지 기억나? 나는 지금도 그렇게 하고 싶어. 언젠가 내 몸마저 도식화되어버릴 날이 올 거야. 구멍 뚫린 컴퓨터용 카드가 되어서 나를 다시는 찾지 못할 날이 올 거야."

그게 다였다. 말을 마친 릴라는 깔깔대고 웃음을 터뜨렸다. 그날 복도에서 나눈 대화에서 나는 우리 사이에 더 이상 친밀감이란 존재하지 않는다는 사실을 확실히 깨달았다. 우리는 그저 구체적인 내용은 생략한 짤막한 소식이나 주고받고, 마음에 상처가 되는 말을 쏘아붙이고 나오는 대로 말을 내뱉을 뿐이었다. 이제 릴라는 더 이상 나에게만 속마음이나 중요한 일을 털어놓지 않았다. 릴라의 인생은 릴라의 것일 뿐이었다. 릴라는 누구와도 자기 삶을 공유하지 않으려는 것 같았다.

그러니 '파스콸레 소식은 들었어? 대체 지금 어디에 있는 거야? 브루노의 사망과 수위의 다리 부상에 너도 연루되어 있는 거야? 대체 무엇 때문에 미켈레의 제안을 받아들인 거야? 너에게 집착하는 미켈레에게서 대체 무엇을 얻어내려는 거야?'라고 묻는 것은 아무런 의미가 없을 것이었다.

릴라가 아무 말도 하지 않기로 마음먹은 이상 나는 머릿속에 맴도는 수많은 질문을 입 밖에 낼 수 없었다. 물어봤자 릴라는 이렇게 대답했을 것이다.

'너 미쳤어? 미켈레니 집착이니 브루노니 그게 다 무슨 소리야?'

이 글을 쓰고 있는 지금 이 순간까지도 릴라가 어디에 가서 무엇을 하고 누구를 만나고 어떤 계획을 세웠는지에 대해 쓰기에는 나에게 정보가 부족하다는 걸 알고 있다. 하지만 차를 타고 피렌체로 돌아오는 내내 나는 발전과 낙후가 혼재하는 나폴리에서 사는 릴라가 나보다 말할 거리가 훨씬 많다는 생각에서 벗어날 수 없었다. 뭔가 대단한 삶을 살고픈 생각에 나폴리를 떠남으로써 나는 얼마나 많은 걸 잃었는가. 나와는 달리 나폴리에 머문 릴라는 새로운 직장을 구하고 돈도 많이 버는 데다 남들은 도저히 예측할 수 없는 자기만의 계획에 따라 완벽하게 자유로운 삶을 살고 있다.

릴라는 자기 아들을 아낀다. 아이가 어렸을 때 아이를 돌보는 데 많은 시간을 바쳤고 지금도 아이에게 정성이다. 하지만 원하면 언제든 아이에게서조차 자유로워질 수 있을 것 같았다. 나처럼 자식 일로 불안해하지도 않는 것 같았다. 친정 식구들과 연을 끊었다가도 필요하면 항상 가족에 대한 의무와 책임을 다했다. 불행한 처지에 있는 스테파노를 도와주면서도 관계를 회복하지는 않았다. 솔라라 형제를 증오하면서도 그들에게 복종했다. 알폰소를 비꼬면서도 그와 친했다. 다시는 니노를 보고 싶지 않다고 했지만 실은 그렇지 않을 것이라는 것도 안다. 릴라는 분명 니노와 다시 만날 것이다.

릴라의 삶은 동적인 데 비해 나의 삶은 정적이다. 피에트로가 말없이 운전을 하고 아이들이 티격태격하는 동안 나는 한참을 릴라와 니노에 대해 생각했다. 둘 사이에 일어날 수 있는 일을 상상했다. 나는 릴라가 다시 니노를 차지할 것이라고 생각했다. 어떻게 해서든 다시 만나 언제나처럼 니노를 조종해 그의 아내와 아들에게서 멀어지게 할 것이다. 결국에는 상대를 알 수 없는 자신의 전쟁에 니노를 끌어들여 그의 아내와 이혼하게 만들 것이다.

돈을 빼앗을 만큼 빼앗은 다음에는 미켈레에게서도 빠져나올 것이고 엔초와도 헤어질 것이다. 결국에는 스테파노와도 이혼할 것이다. 그러고 나면 니노와 결혼할지도 모르겠다. 아닐 수도 있겠지만. 분명한 것은 둘이 자신들의 지능을 합할 거라는 사실이다. 그렇게 되면 둘이 함께 뭔가 대단한 존재가 되겠지.

무엇인가 되어야겠다는 생각은 어린 시절부터 나를 사로잡았지만 나는 그제야 처음으로 그 사실을 깨달았다. 나는 무엇인가 되기를 원했다. 그 무엇인가가 뭔지는 알지 못했지만 말이다.

물론 그동안 무엇인가가 되기는 했었다. 그것만은 확실하다. 뚜렷한 대상도, 진정한 열정도, 확실한 야망도 없이 말이다. 릴라는 중요한 사람이 되는데 나만 혼자 뒤처질까봐 무엇인가가 되고 싶었을 뿐이었다. 중요한 것은 뭐라도 되는 것이었으니까. 나는 무엇인가 되기를 바랐지만 릴라의 영향에서 벗어나지는 못했다.

이제 나는 다시 무엇인가가 되어야 한다. 이번에는 오직 나를 위해서 그렇게 되어야 한다. 릴라에게서 벗어나 성숙한 인격체로서 말이다.

97

나는 집에 도착하자마자 안토니오가 내게 보내준 독일어 번역본에 대해 묻기 위해 시어머니에게 전화를 걸었다. 시어머니는 깜짝 놀랐다. 시어머니는 책 출판에 대해 아무것도 모르고 있었다.

시어머니는 즉시 출판사와 연락을 취했다. 잠시 후 시어머니는 내 책이 독일뿐 아니라 프랑스와 스페인에서도 출판되었다는 소식을 전해주었다.

"저는 어떻게 해야 하나요?"

내가 물었다.

시어머니는 머뭇거렸다.

"그냥 기뻐하기만 하면 돼. 특별히 할 일은 없단다."

"물론 기쁘죠."

내가 중얼거렸다.

"하지만 실질적으로 무엇을 해야 할지 몰라서요. 해외에 나가 홍보 활동이라도 해야 하는 거 아닌가요?"

내가 조그만 목소리로 묻자 시어머니는 다정하게 말했다.

"아무것도 하지 않아도 된단다, 얘야. 불행히도 책은 어디에서도 잘 팔리지 않았거든."

나는 전화를 걸기 전보다 기분이 더 상했다. 나는 출판사에 전화해 번역이 제대로 된 것인지 꼬치꼬치 캐물었다. 아무도 내게 소설이 번역되었다는 소식을 알려주지 않았다면서 화를 냈다. 나는 급기야 졸린 듯한 목소리로 전화를 받는 출판사 여직원에게 이렇게 말하고 말았다.

"내 책이 독일어로 번역되어 출판되었다는 소식을 까막눈이나 다를 바 없는 친구를 통해서 들었다고요! 도대체 당신네들은 일을 제대로 할 줄 아는 건가요?"

그러나 나는 곧바로 사과했다. 내 자신이 너무나 바보같이 느껴졌다. 그날 이후 내 소설의 프랑스어 번역본과 스페인어 번역본 그리고 안토니오가 보내준 것과 달리 구겨지지 않고 상태가 멀끔한 독일어 번역본이 차례로 도착했다.

하나같이 보기 흉했다. 표지에는 검은색 옷을 입은 여인들과 축 처진 콧수염에 베레모를 쓴 남자들이 그려져 있고 배경에는 빨래가 널려 있었다. 나는 책장을 넘겨보았다. 피에트로에게도 보여주었다. 그러곤 다른 소설책들과 함께 책장에 꽂아두었다. 책들은 벙어리마냥 입을 앙 다물고 책장에 자리를 잡았다. 아무런 쓸모없는 종이 뭉치일 뿐이었다.

무력한 나날이 계속되었다. 하루하루가 불행했다. 나는 매일 엘리사에게 전화해 마르첼로가 여전히 다정한지, 결혼식은 올리기로 했는지 물었다. 돌림노래처럼 똑같은 걱정거리를 늘어놓는 나에게 엘리사는 쾌활하게 웃음을 터뜨리면서 자기가 얼마나 잘 지내는지 이야기해주었다. 차나 비행기를 타고 여행 다녀온 이야기도 들려주었고 남동생들이 경제적으로 점점 넉넉해지고 있다는 이야기도 들려주었다. 아버지와 어머니가 편안하게 잘 계신다는 이야기도 했다. 엘리사의 말을 듣다보니 가끔 엘리사가 부러웠다.

그 무렵 나는 항상 피곤한 데다 툭하면 화를 냈다. 엘사는 걸핏하면 아팠고 데데는 관심이 필요한 아이였다. 피에트로는 책을 마무리하지 못하고 방황하고 있었다. 나는 아무것도 아닌 일에도 신경질을 부리곤 했다. 걸핏하면 아이들을 야단치고 피에트로와 다퉜다.

결과적으로 셋 다 나를 두려워하게 되었다. 내가 아이들 방 앞을 지나가기만 해도 데데와 엘사는 놀이를 멈추고 내게 경계의 눈빛을 보냈다. 남편은 남편대로 집보다 학교 도서관에서 보내는 시간을 더 편하게 생각했다. 아침 일찍 나가서 저녁 늦게야 돌아오곤 했다.

피에트로는 그날 있었던 갈등과 투쟁의 흔적을 고스란히 안고 집으로 돌아왔다. 파시스트들이 닥치는 대로 칼부림을 벌이고 살인을 저지르던 시기였다. 공산당들도 이에 못지않았다. 경찰은 합법적으로 총을 쏠 수 있는 허가를 받았고 피렌체에서도 실제로 실탄을 사용했다. 외부 활동을 접은 지 오래인 나로서는 신문에서나 접할 수 있는 일이었다. 적어도 얼마 전부터 불안해하던 일이 실제로 일어나기 전까지는 말이다.

그러던 어느 날 피에트로는 끔찍한 사건의 주인공이 됐다. 신문에도 많이 회자될 만큼 심각한 사건이었다.

피에트로는 정치 투쟁에 열성인 유명한 가문의 학생에게 낙제점을 주었다. 피에트로에게 낙제점을 받은 학생은 다른 학생들이 보는 앞에서 피에트로에게 욕설을 퍼붓고 급기야는 그에게 총까지 겨누었다. 나는 그 이야기를 피에트로가 아닌 지인에게 들었다. 그것도 그 사람이 직접 목격한 것이 아니었다. 아무튼 지인의 말에 따르면 피에트로는 끝까지 침착하게 시험지에 학생의 점수를 쓴 뒤 학생에게 시험지를 돌려주며 말했다고 한다.

"쏘려면 지금 쏘든가 아니면 당장 그 무기를 내려놓는 게 좋을 걸세. 여기서 나가는 대로 나는 바로 자네를 고소할 생각이니 말이야."

학생은 한참을 피에트로의 얼굴에 총을 겨누고 있다가 결국에는 총을 주머니에 넣고 시험지를 집어 들고 도망치듯 강의실을 빠져나갔다. 잠시 후 피에트로는 정말 경찰서에 갔고 학생은 체포되었다. 사건은 거기에서 끝나지 않았다. 학생의 가족들은 피에트로가 아니라 피에트로의 아버지에게 고소를 취하해 달라고 부탁했고 아버지 아이로타 교수는 아들을 설득했다. 두 부자는 수차례에 걸쳐 통화를 오래 했는데 놀랍게도 참을성을 잃고 소리를 높이는 쪽은 언제나 피에트로의 아버지였다.

피에트로는 끝까지 굴하지 않았다. 보다 못한 나는 너무나 불안해서 그에게 물었다.

"당신 지금 무슨 일을 저지르고 있는지 알아?"

"나보고 뭘 어쩌라는 거야?"

"긴장을 좀 풀어."

"당신 말이 이해가 안 돼."

"이해가 안 되는 게 아니라 이해하고 싶지 않은 거겠지. 당신은 지금 대학 시절 우리가 제일 싫어했던 교수들처럼 행동하고 있다는 거 알아?"

"아닌 것 같은데."

"아니, 정말이지 그들과 똑같아. 당신은 우리가 멍청하기 짝이 없는 수업을 듣고 그보다도 더 멍청한 시험을 통과하려고 헉헉댔던 걸 기억해?"

"내 강의는 멍청하지 않아."

"그렇게 자신 있으면 학생들에게 물어보지 그래?"

"대답해줄 만한 능력이 있는 학생에게 물어봐야지."

"내가 당신 학생이었으면 내 의견을 물었을까?"

"나는 공부를 열심히 하는 학생들과는 사이가 좋아."

"당신 앞에서 알랑거리는 학생들을 좋아한다는 거야?"

"그러는 당신은 허풍쟁이들을 좋아해? 당신의 그 잘난 나폴리 친구처럼."

"그래."

"그러면서 정작 당신은 왜 그렇게 순종적이었는데?"

나는 혼란스러웠다.

"나는 가난했고 내가 그 정도 해낸 것만으로도 기적이라고 생각했으니까."

"내가 고소한 그 자식은 당신과 공통점이 하나도 없어."

"그건 당신도 마찬가지잖아."

"무슨 뜻이야?"

나는 대답하지 않았다. 신중한 마음에 직접적인 대답을 피했다. 하지만 곰곰이 생각하다보니 화가 치밀어 올라 또다시 고집불통인 피에트로를 비난하기 시작했다.

"어차피 낙제점을 주었는데 고소까지 할 필요가 뭐가 있어?"

그가 투덜댔다.

"그는 범죄를 저질렀어."

내가 말했다.

"그저 겁을 주려고 했던 것뿐이야. 아직 어리잖아."

피에트로가 냉정하게 말했다.

"그 총은 장난감이 아니라 진짜 무기야. 7년 전 로베차노 경찰서 훈련소에서 없어진 총이란 말이야."

내가 말했다.

"어찌됐든 그 학생은 총을 쏘지 않았잖아."

피에트로가 분통을 터뜨렸다.

"총은 장전되어 있었다고. 만약 쐈으면 어쩔 뻔했어?"

"안 쐈잖아!"

내가 고함을 치자 피에트로도 소리를 높였다.

"그러면 그 자식이 나를 쏠 때까지 기다렸다가 고소했어야 한다는 거야?"

나는 악을 썼다.

"소리 치지 마! 당신은 제정신이 아닌 것 같아."

피에트로가 대꾸했다.

"당신 정신이나 챙기지 그래."

나는 너무 흥분해서 말은 시비조로 나왔지만 상황이 너무 위험한 것 같고 그가 걱정이 되어 그러는 거라고 설명하려 했다. 그러나 소용없었다.

"나는 당신이 걱정돼."

내가 말했다.

"아이들도 걱정되고 나도 걱정돼."

하지만 피에트로는 나를 위로해주지 않았다. 그는 자기 방에 틀어박혀 다시 책과 씨름했다.

몇 주가 지난 다음에야 피에트로는 내게 그동안 사복 차림을 한 경찰이 두어 번 자기를 찾아와 몇몇 학생의 사진을 보여주며 정보를 물었다고 했다. 처음에 피에트로는 이들을 예의 바르게 맞이했지만 아무런 정보도 주지 않은 채 예의 바르게 돌려보냈다고 했다. 하지만 이들이 두 번째로 피에트로를 찾아왔을 때는 그들에게 이렇게 물었다.

"이 학생들이 범죄를 저질렀나요?"

"아직은 아니죠."

"범죄도 저지르지 않은 학생들인데 대체 내게 뭘 원하는 거죠?"

피에트로는 예의를 갖추어 최대한 노골적으로 경멸감을 드러내며 경찰들을 문까지 바래다주었다.

98

몇 달 동안 릴라는 한 번도 나를 찾지 않았다. 많이 바쁜 모양이었다. 나는 릴라가 필요했지만 내가 먼저 릴라에게 연락하지는 않았다. 공허한 마음을 달래기 위해 나는 마리아로사와 가깝게 지내려 했지만 이 또한 쉽지 않았다. 장애물이 한두 가지가 아니었다.

우선 그새 프랑코가 나의 시누이 집에 아예 눌러앉았다. 피에트로는 내가 자기 누나와 너무 가까워지는 것도 싫어했고 내 옛 남자친구를 만나는 것도 못마땅하게 생각했다. 내가 밀라노에 있는 마리아로사의 집에 하루 이상 머무르면 피에트로는 기분 나빠했다. 상상 속의 증상이 도지고 신경이 날카로워졌다.

프랑코도 내가 찾아가는 것을 그리 달가워하지 않았다. 아이들이 시끄럽게 재잘거리는 소리를 견딜 수 없어 했다. 그 무렵 프랑코는 정기적인 치료를 위해 병원을 방문할 때 빼고는 거의 집 밖으로 나가지 않았다. 그런 그가 우리가 갈 때면 가끔 아무 말 없이 집에서 사라져 마리아로사와 나를 긴장하게 만들었다.

마리아로사는 마리아로사대로 너무 바빴다. 그녀는 항상 여자들에게 둘러싸여 지냈다. 마리아로사의 집은 일종의 집회소 같았다. 여성 지식인에서부터 중산층 기혼녀, 폭력을 휘두르는 동거인을 피해 도망친 여성 노동자, 가출 소녀까지 가리지 않고 집에 들였다. 그러다보니 내게 신경 쓸 여유가 거의 없었다. 만인의 친구 같은 마리아로사의 태도를 보면 우리 관계가 과연 특별한가 싶기도 했다. 하지만 마리아로사의 집에 머무르다보면 며칠 동안이나마 공부하고 싶은 욕망이 되살아났다. 가끔은 다시 글을 쓰고 싶다는 생각이 들기도 했다. 내게 글을 쓸 수 있는 능력이 있는 것처럼 느껴졌다.

우리는 우리 자신에 대해서 많은 대화를 나누었다. 그런 모임이 있는 날이면 프랑코는 외출하거나 자기 방에 틀어박혀 아예 나오지 않았기 때문에 집 안에는 여자들밖에 없었다. 그런데도 여자란 무엇인지 이해하는 것은 여간 힘든 일이 아니었다. 여성의 모든 행동과 생각과 논의와 꿈을 깊이 파고들어가 보면 결국은 그 무엇도 우리 것이 아닌 것 같았다. 이렇게 심오한 통찰은 정신력이 가장 약한 여성들을 지치게 했다. 이들은 과도한 자아성찰을 견디지 못하고 여성해방을 달성하려면 그저 남성을 자신의 삶에서 내쫓기만 하면 된다고 주장하기에 이르렀다.

모든 것이 밀려오는 파도처럼 요동치는 불안정한 시기였다. 우리들 대부분은 평온하지만 무미건조한 일상으로 돌아가는 것이 두려워 극단적인 명제에 매달렸다. 파도의 물마루에 모여 두려움과 분노로 가득 차 발밑을 내려다보았다.

급진 좌익 단체 '로타 콘티누아'가 분리주의 여성운동 시위대를 공격하라는 지령을 내렸다는 사실을 알게 된 후 우리는 너무나 실망했다. 우리 가운데 가장 극성스러운 참가자 중에는 마리아로사의 집에 남자가 있었다는 사실을 알게 되자 격렬한 말싸움을 벌이고 마리아로사와 관계를 단절하는 사람도 생겼다. 마리아로사는 프랑코의 존재를 먼저 알리지도 않았지만 그렇다고 굳이 숨기려 하지도 않았다.

나는 그런 상황이 싫었다. 건설적인 자극을 받고 싶었지 갈등을 원한 것이 아니었다. 연구를 위한 가정을 세우고 싶은 것이지 독단적인 교리를 원하는 것이 아니었다. 적어도 나는 그렇게 생각했고 가끔 마리아로사에게 이런 내 의견을 이야기하기도 했다. 그럴 때면 마리아로사는 조용히 내 말에 귀를 기울이곤 했다.

한번은 노르말레 대학 시절 프랑코와의 관계에 대해 이야기한 적이 있다. 나는 마리아로사에게 그와의 관계가 내게 어떤 의미가 있었는지 들려주었다.

"나는 프랑코에게 감사한 마음이야. 그에게서 정말 많은 것을 배웠거든. 그래서 프랑코가 지금 나와 아이들을 냉정하게 대하는 게 더 마음이 아파."

나는 잠시 생각에 잠겼다가 말을 이었다.

"내 생각에는 남자가 여자를 가르치려 든다는 데 문제가 있는 것 같아. 그때 나는 아직 어렸기 때문에 나를 변화시키려는 프랑코의 욕망이 사실은 그가 나를 있는 그대로 좋아하지 않는다는 증거라는 것을 깨닫지 못했어. 그는 내가 다른 사람이기를 원했던 거야. 아니, 조금 더 정확하게 말하면 그는 단순히 여자를 원한 게 아니었어. 자기가 만약 여자라면 되고 싶은 가장 이상적인 모습의 여성을 원했던 거야. 프랑코에게 나는 자신을 여성으로 확장할 수 있는 가능성이었어. 여성성을 취해 제 것으로 만들 수 있는 기회였고 자신의 전지전능함을 증명할 수 있는 기회였던 거야. 자신이 남성으로서뿐 아니라 여성으로서도 완벽하다는 사실을 증명해주는 존재였던 거야. 지금은 내가 자신의 일부분이 아니라는 것을 인식하고 배신당했다고 생각하는 거야."

그때 나는 정확히 이런 말을 했고 마리아로사는 진심으로 관심을 보였다. 평소에 모든 사람에게 관심 있는 척하는 태도와는 달랐다.

"지금 한 이야기를 글로 한번 써봐."

마리아로사가 나를 격려했다. 마리아로사는 조금 감정이 북받친 것 같았다.

"나는 프랑코의 그런 면을 알지 못했어."

마리아로사가 말했다.

"차라리 잘된 것인지도 몰라. 과거의 프랑코였다면 나는 그를 사랑하지 못했을 거야. 과하게 똑똑해서 내게 이래라저래라 하는 남자들은 딱 질색이거든. 나는 내가 집에 데리고 와서 돌보고 있는 지금의 병들고 내성적인 남자가 좋아."

마리아로사는 다시 한 번 내게 당부했다.

"아무튼 지금 한 말은 꼭 글로 쓰도록 해."

나는 고개를 끄덕이고는 마리아로사의 칭찬에 기쁘기도 하고 쑥스럽기도 해서 다소 황망히 피에트로와의 관계에 대해 몇 마디 덧붙였다. 나는 그가 자꾸만 내게 자신의 관점을 강요하려 한다고 했다. 마리아로사가 웃음을 터뜨렸다. 진지했던 분위기가 변했다.

"프랑코와 피에트로를 비교하는 거야? 지금 농담해?"

마리아로사가 말했다.

"남성성을 유지하는 것도 버거워하는 아이인데 자신의 여성적인 감성을 네게 강요할 만한 힘이 어디 있어? 비밀 하나 알려줄까? 나는 네가 피에트로와 절대로 결혼하지 않을 줄 알았어. 결혼한다 해도 일 년이 못 되어 헤어질 거라고 생각했어. 아이가 생기지 않도록 조심할 거라고 생각했어. 아직도 둘이 함께 있는 것을 보면 기적 같아. 불쌍한 레누. 넌 정말 좋은 사람이야."

99

그렇다. 내 남편의 친누나가 우리의 결혼이 애당초 잘못된 선택이었다는 사실을 대놓고 내게 말하는 지경에 이른 것이다. 나는 웃어야 할지 울어야 할지 알 수 없었다. 마리아로사의 말은 불편한 내 결혼 생활에 대한 객관적이고 최종적인 판결문 같았다. 그렇다고 어떻게 할 도리도 없었다.

나는 성숙이란 결국 삶의 굴곡을 호들갑 떨지 않고 있는 그대로 받아들이는 법을 배우는 것이라고 생각하기로 마음먹었다. 일상적인 삶과 이론 사이에서 균형을 잡으며 길을 걸어가는 것이라고, 변화를 기다리며 자기 자신을 있는 그대로 바라보고 정확하게 파악하는 법을 배우는 것이라고 생각했다.

시간이 지날수록 나는 마음의 평화를 되찾았다. 데데는 이미 읽고 쓰기가 능숙한 상태에서 남들보다 조금 먼저 초등학교 입학했다. 엘사는 아침 내내 조용한 집에서 나를 독차지하게 되자 너무 기뻐했다. 남편은 대학가에서 가장 고리타분한 교수인데도 드디어 두 번째 저서의 집필을 마무리하고 있었다. 이번 책은 첫 번째 책보다 학술적으로 더 중요한 저서가 될 것 같았다.

나는 아이로타 부인이었다. 엘레나 아이로타. 나는 그동안 남편에게 순종해야 하는 생활 때문에 비탄에 잠겨 있었지만 이제는 시누이에게 고무되어, 그리고 나 스스로의 가치가 떨어지는 것을 막아보고자 남성에 의해 만들어지는 여성상을 주제로 고대사와 현대사를 넘나드는 연구를 남몰래 시작했다. 특별한 목적이 있었던 것은 아니었다. 그저 마리아로사와 시어머니, 지인들에게 뭔가를 하고 있다고 말할 수 있는 명분을 찾으려고 했을 뿐이었다.

나는 내 이론을 성경의 아담과 이브의 창조에서 시작해 대니얼 디포의 플랜더스, 플로베르의 보바리 부인, 톨스토이의 카레니나, 프랑스 유행잡지 『최신 유행』, 마르셀 뒤샹의 로즈 세라비뿐 아니라 그 이후의 시대까지 밀어붙여서 이 모든 것을 바탕으로 놀라운 사실을 밝혀냈다. 나는 서서히 만족감을 느꼈다. 어디에서든 남성에 의해

주조된 꼭두각시 같은 여성상의 흔적이 보였다.

진정 여성적인 것은 없었다. 조금이나마 뭔가 나타날 만하면 이것은 얼마 지나지 않아 바로 남성들이 여성을 만들기 위한 재료로 쓰였다.

피에트로는 직장에 가고 데데는 학교에 가고 엘사는 내 책상에서 얼마 떨어져 있지 않은 곳에서 놀고 있을 때면 그제야 나는 단어와 단어 사이에 함축된 의미를 파헤치며 살아 있음을 느꼈다. 가끔은 릴라와 내가 함께 중고등학교에 진학하고 대학교까지 졸업했으면 어땠을까 하는 상상에 빠지곤 했다. 둘이 어깨를 나란히 하고 찰떡궁합을 자랑하면서 학교에 다녔으면 어땠을까.

우리는 정말 완벽한 짝을 이룰 수 있었을 텐데. 서로의 지성을 합해 시너지 효과를 창출하고 각자 이해한 내용과 머릿속에 떠오른 아이디어를 공유하며 기뻐했을 텐데. 함께 글도 쓰고 공동저자로 이름을 알리고 서로의 존재에 힘을 얻고 그 누구도 감히 우리 둘만의 것을 흉내 내지 못하도록 함께 싸웠을 것이다.

여성의 고독은 슬픈 일이라고 나는 생각했다. 나름의 문화나 전통을 만들어낼 기회도 없이 그런 식으로 자기 인생에서 상대방을 쫓아내버리는 것은 아까운 일이라고 생각했다.

그럴 때면 생각이 중간에서 멈추는 것 같았다. 그 생각은 매력적이지만 결함이 많아서 당장 확인이 필요하고 더 발전시켜야 했다. 하지만 나는 그런 내 생각에 자신감도 믿음도 없었다. 그럴 때면 다시 릴라에게 전화해서 내 생각을 말하고 싶다는 욕망에 사로잡혔다.

'내 생각 좀 들어봐. 같이 이야기하자. 네 의견을 말해줘. 지난번 네가 해줬던 알폰소 이야기를 기억해?'

하지만 이제 우리가 그런 이야기를 나눌 기회는 영영 오지 않을 것이다. 우리는 십수 년 전부터 이미 그런 관계가 아니었다. 나는 혼자서도 만족하는 법을 배워야 했다.

그런 생각에 잠겨 있는 어느 날이었다. 열쇠로 문을 여는 소리가 들렸다. 평소와 마찬가지로 피에트로가 데데를 데리고 점심식사를 하러 집에 돌아온 것이었다. 나는 책과 공책을 덮었다. 데데는 벌써 거실로 뛰어들었고 엘사는 그런 언니를 반갑게 맞았다. 데데는 배가 많이 고플 것이다.

'엄마, 오늘 점심은 뭐예요?'

나는 데데가 이렇게 말할 거라는 걸 알고 있었다. 그런데 학교 가방을 미처 내려놓기도 전에 데데가 외쳤다.

"아빠 친구가 왔어요. 우리랑 함께 점심을 먹는대요."

나는 아직도 그날을 정확히 기억한다. 1976년 3월 9일이었다. 나는 기분이 가라앉은 채 자리에서 일어났다. 데데가 내 손을 잡고 복도 쪽으로 이끌었다. 모르는 사람이 집에 왔다는 언니의 말에 엘사는 벌써 조심스럽게 내 치마에 꼭 달라붙었다. 피에트로가 명랑하게 말했다.

"내가 누구를 데려왔는지 좀 봐."

100

니노였다. 그 옛날 서점에서 봤을 때 무성했던 수염을 깨끗하게 깎아서 얼굴이 멀끔했다. 그에 비해 아무렇게나 기른 머리는 덥수룩해 보였다. 그 외에는 학창 시절과 똑같았다. 여전히 키가 훤칠하고 몸은 말랐으며 눈빛은 영민해 보였다. 대충 아무거나 걸쳐 입은 것 같은 옷차림도 변함이 없었다.

니노는 나를 포옹하고는 무릎을 꿇고 아이들에게 다정하게 인사하고는 갑작스럽게 들이닥쳐서 미안하다고 사과했다. 나는 몇 마디 안 되는 의례적인 말만 했다.

"이리 와. 어서 여기 앉아. 피렌체에는 어쩐 일이야?"

머릿속에 와인을 쏟아부은 것 같았다. 눈앞에서 벌어지고 있는 일이 현실처럼 와 닿지 않았다. 니노가, 다른 사람도 아닌 니노가 우리 집에 와 있다니. 몸도 마음도 제대로 움직이지 않는 것 같았다. 어디까지가 상상이고 어디까지가 현실인지 구분이 되지 않았다. 어떤 것이 상상의 산물이고 어떤 것이 실체인지 알 수 없었다.

피에트로가 내게 어떻게 니노를 집까지 데려왔는지 설명했다.

"학교에서 만났는데, 내가 점심식사에 초대했어."

나는 웃으며 말했다.

"잘했어. 어차피 식사는 준비되어 있으니 괜찮아. 5인분이나 4인분이나 별 차이 없어. 식사를 준비하는 동안 말동무나 좀 해줘."

겉보기에는 내가 침착해 보였을지 모르겠지만 사실은 마음이 설렜다. 억지로 미소를 짓다보니 얼굴에 마비가 올 지경이었다. 대체 왜 니노는 여기에 온 것일까. 여기는 어디이고 그는 무엇을 하는 것일까.

"나 때문에 놀랐나보네."

피에트로는 약간 불안해하면서 말했다. 실수를 했을까봐 불안해할 때 짓는 표정이었다. 그러자 니노가 웃으며 말했다.

"나는 몇 번이고 네게 먼저 전화를 해보라고 했어. 정말이야. 그런데 이 친구가 그렇게 하지 않은 거라고."

니노에게 피에트로를 찾아가보라고 한 사람은 다름 아닌 시아버지였다. 니노는 로마에서 열린 사회당 모임에서 아이로타 교수를 만났는데 이런저런 이야기 끝에 자신이 피렌체에 가야 할 일이 있다고 이야기했더니 시아버지는 피에트로와 그가 집필 중인 책 이야기를 들려주면서 아들에게 급히 전해주어야 할 책이 있다고 했다는 것이다. 니노는 자신이 직접 책을 가져다주겠노라고 선뜻 나섰고 그렇게 해서 이렇게 우리 집에서 모두 함께 점심식사를 하게 된 것이라고 했다.

아이들은 경쟁하듯 니노의 관심을 끌려고 했고, 니노는 니노대로 두 아이를 즐겁게 해주기도 하고 피에트로의 말에 동의를 표하기도 하면서 나와는 이따금씩 진지한 태도로 말을 건넸다.

"세상에."

니노가 말했다.

"그동안 피렌체에 수없이 왔었는데 네가 여기에 살고 있을 줄은 꿈에도 생각 못 했어. 이렇게 예쁜 공주님들이 있는지도 몰랐고. 지금이라도 알게 되어 다행이야."

"밀라노에서도 강의하고 있어?"

나는 니노가 밀라노에 살지 않는다는 사실을 이미 알고 있었지만 시치미를 떼고 물었다.

"아니, 지금은 나폴리에서 강의하고 있어."

"무슨 과목을 가르쳐?"

니노가 불만스러운 표정을 지었다.

"지리학."

"지리학이라니?"

"도시지리학을 가르치고 있어."

"나폴리에는 왜 돌아가기로 한 거야?"

"어머니가 아프셔."

"이런, 유감이야. 어디가 안 좋으신데?"

"심장이 안 좋으셔."

"동생들은?"

"모두 잘 있어."

"아버지는?"

"여전하지 뭐. 세월이 흐르니 철이 좀 드신 것 같아. 최근에는 아버지와 다시 가까워졌어. 모든 사람이 그렇듯 아버지도 나름대로 단점과 장점이 있는 분이지."

니노는 피에트로에게 물었다.

"우리 모두 그동안 아버지와 가족들에게 참 많이 반항했지. 이제는 우리가 아버지가 되었는데 잘할 수 있을까?"

"나는 잘하고 있어."

피에트로는 약간 비아냥조로 대꾸했다.

"당연히 그렇겠지. 이렇게 멋진 여자와 결혼한 데다 완벽하고 예의 바르고 우아한 공주님들이 있는데 어떻게 안 그렇겠어. 옷이 정말 예쁘구나, 데데. 정말 잘 어울려. 엘사, 누가 그렇게 예쁜 별모양 핀을 선물해주었니?"

"엄마가요."

엘사가 말했다.

나는 서서히 흥분을 가라앉혔다. 시간이 본래의 리듬을 되찾고 나도 현실감을 되찾았다. 니노는 내 곁에 앉아 내가 준비한 파스타를 먹었다. 엘사를 위해서 세심하게 고기를 잘게 잘라주면서 자기 몫의 고기를 맛있게 먹었다. 록히드 마틴이 타나시 사와 구이 사에 뇌물을 갖다 바친 일을 욕하다가 음식이 맛있다며 칭찬을 하더니 피에트로와 함께 사회주의 대안에 대해 토론을 벌였다. 사과를 뱀 모양으로 길게 깎아 데데를 황홀하게 해주었다.

따뜻한 기운이 집 안을 감쌌다. 오랜만에 느끼는 기분이었다. 피에트로와 니노가 서로의 의견에 동의하며 호감을 표하는 모습을 바라보고 있으니 나는 마음이 흐뭇했다.

나는 조용히 일어나 식탁을 정리했다. 그러자 니노가 벌떡 일어나더니 자기가 식탁을 정리하겠다고 나섰다. 대신 아이들도 함께해야 한다고 했다.

"너는 앉아 있어."

니노의 말에 나는 편안히 앉아 니노가 데데와 엘사를 자연스럽게 집안일에 끌어들이는 모습을 바라보았다. 아이들은 매우 즐거워했다. 니노는 이따금 내게 그릇 놓을 자리를 물으면서 피에트로와 대화를 이어나갔다.

정말로 니노였다. 수많은 세월이 흘러 이제야 그가 내 눈앞에 나타난 것이다. 원치 않았지만 약지에 낀 결혼반지에 저절로 눈이 갔다. 문득 니노가 부모님 이야기는 하면서도 아내와 아들에 대해서는 아무 말도 하지 않았다는 것을 깨달았다. 니노가 그 여자를 사랑해서 결혼한 것이 아니라 필요해서 한 결혼일 수도 있고 어쩔 수 없이 한 결혼일 수도 있다는 생각이 들었다.

그때 니노가 아이들에게 자기 아들 알베르티노 이야기를 꺼내는 바람에 나는 온갖 추측을 멈추었다. 니노는 자기 아들을 동화 속에 나오는 주인공처럼 묘사했다. 때로는 재미있게 때로는 애틋한 말투로 이야기를 이어나갔다. 수건으로 손을 닦은 다음 지갑에서 사진을 꺼내 엘사부터 보여주기 시작해서 데데와 피에트로에게 차례로 보여주었다.

피에트로는 내게 사진을 건네주었다. 알베르티노는 정말 잘생긴 아이었다. 이제 갓 두 살이라고 했다. 사진 속에서 아이는 어딘지 뾰로통한 표정으로 엄마 품에 안겨 있었다. 나는 잠시 아이를 쳐다보고 나서 바로 엄마 쪽으로 시선을 옮겼다. 눈부시게 아름다운 여성이었다. 커다란 눈에 칠흑 같은 긴 머리. 기껏해야 스무 살 정도밖에 안 되어 보였다. 하얀 치아를 가지런히 드러내며 환하게 웃고 있었다. 사랑에 빠진 눈빛이었다. 나는 니노에게 사진을 돌려주며 말했다.

"커피 끓여줄게."

나만 홀로 부엌에 남겨둔 채 넷은 모두 거실로 자리를 옮겼다. 니노는 업무상 약속 때문에 커피를 한 잔 마시고 담배를 한 개비 겨우 피우고는 서둘러 일어났다. 서둘러 떠나서 미안하다고 거듭 사과했다.

"내일 돌아가야 해."

니노가 말했다.

"하지만 곧 돌아올 거야. 다음 주에도 올 일이 있거든."

피에트로는 돌아오면 꼭 연락을 달라고 몇 번이나 말했고 니노도 그러겠다고 했다. 니노는 아이들에게 애정을 담뿍 담아 인사하고 피에트로와 악수를 한 다음 내게는 고개를 한 번 끄덕이고는 모습을 감추었다. 그의 등 뒤로 현관문이 닫히는 순간 황량한 아파트가 버겁게 느껴졌다.

나는 피에트로가 니노 앞에서는 편하게 행동했지만 그래도 뭔가 단점을 찾아낼 줄 알고 그가 니노를 비판하기를 잠시 동안 기다렸다. 피에트로는 사람을 만난 다음에는 거의 항상 그랬기 때문이다. 그런데 이번에는 흡족해하며 말했다.

"드디어 함께 시간을 보낼 만한 사람을 만났군."

나는 왠지 모르게 피에트로의 말에 마음이 아팠다. 나는 텔레비전을 켰다. 그날은 오후 내내 아이들과 텔레비전 앞에 앉아 있었다.

101

나는 당장 다음 날부터 니노의 연락을 기다렸다. 전화가 울릴 때마다 화들짝 놀라곤 했다. 하지만 한 주가 다 가도록 니노에게서 연락이 없었다. 독한 감기를 앓는 듯한 느낌이었다. 매사에 의욕이 사라져 책 읽는 것도, 글 쓰는 것도 중단했다. 어리석은 기다림에 나 자신에게 화가 났다.

어느 날 오후 피에트로가 한껏 기분이 들떠 집에 돌아왔다. 니노가 학교에 들러 함께 시간을 보냈다는 것이다. 어떻게 해서든 저녁식사에 초대하려고 했지만 니노가 끝까지 사양했다고 했다.

"대신 내일 저녁 우리를 초대하고 싶대. 아이들도 함께 말이야. 음식 준비로 당신을 힘들게 하고 싶지 않대."

온몸에 피가 빠르게 흐르기 시작했다. 불현듯 피에트로가 애틋하게 느껴졌다. 아이들을 재우고 난 후 나는 피에트로를 껴안고 키스하며 사랑한다고 속삭였다. 그날 밤 나는 거의 잠을 이루지 못했다. 아니 그보다는 잠을 자는 동안에도 깨어 있는 것 같았다는 표현이 더 정확할 것 같다.

다음 날 데데가 학교에서 돌아오자마자 나는 아이들을 욕조에 집어넣고 말끔하게 씻겼다. 그런 다음 나도 몸단장을 했다. 행복에 젖어 오랫동안 목욕을 하고 제모를 하고 머리를 감은 다음 꼼꼼하게 말렸다. 옷이란 옷은 다 입어보았지만 마음에 쏙 드는 옷이 없어 신경이 날카로워졌다. 머리 모양도 도무지 마음에 들지 않았다. 데데와 엘사는 내 곁을 맴돌며 나를 흉내 내고 있었다. 둘은 거울 앞에서 포즈를 취하기도 하고 옷과 머리 모양이 마음에 들지 않는다고 툴툴대기도 하고 내 구두를 신고 질질 끌고 다니기도 했다.

나는 결국 포기하고 내 모습을 있는 그대로 받아들이기로 했다. 마지막 순간에 원피스를 더럽힌 엘사를 너무하다 싶을 정도로 심하게 야단친 후 나는 피에트로와 니노를 데리러 가기 위해 운전대 앞에 앉았다. 둘은 대학에서 먼저 만나고 있기로 했다.

나는 운전하는 내내 불안한 데다 자기들끼리 나름대로 지어낸 똥오줌에 관한 말장난을 주고받으면서 재잘대는 아이들을 야단치느라 정신이 없었다. 약속 장소에 가까워질수록 갑자기 다른 일이 생겨 니노가 나오지 않기를 바랐다. 이런 내 바람과는 달리 멀리서 피에트로와 니노의 모습이 보였다.

둘은 이야기를 나누고 있었다. 니노는 포용력 있는 태도로 이야기를 하고 있었다. 대화 상대를 위해 일부러 마련해둔 공간에 들어오라고 피에트로를 초대하는 것 같았다. 그에 비해서 피에트로는 언제나처럼 어딘지 어설퍼 보였다. 얼굴이 벌겋게 달아오른 채 혼자서만 비굴하게 웃고 있었다. 내가 도착했는데도 둘 다 나에게 별다른 관심을 보이지 않았다.

피에트로는 아이들과 함께 뒷좌석에 앉았고 니노는 맛있는 식당으로 가는 길을 알려주기 위해 내 옆에 앉았다. 니노는 데데와 엘사를 바라보면서 튀김을 기가 막히게 잘하는 식당이라고 했다. 니노가 그 집 튀김을 생생하게 설명하자 데데와 엘사는 흥분해 어쩔 줄 몰랐다. 나는 니노를 곁눈질하며 생각에 잠겼다.

'오래전 니노와 손잡고 함께 산책했던 적도 있었지. 내게 두 번 키스도 했었는데. 손가락이 어쩌면 저렇게 예쁠까.'

그런 니노가 그날 내게 한 말은 고작 이거였다.

"여기서 우회전해야 해. 한 번 더 우회전하고 사거리에서는 좌회전을 하면 돼."

니노는 나를 다정하게 쳐다보지도 않았고 예쁘다는 칭찬도 한마디 없었다.

식당에 도착하자 직원들은 우리를 반갑고도 예의 바르게 맞아주었다. 니노는 가게 주인과 직원들을 잘 알고 있었다. 나는 테이블 끝머리에서 두 딸 사이에 앉고 피에트로와 니노는 서로 마주 보고 앉았다. 둘은 대학교수 생활의 고충에 대해 이야기를 나누기 시작했다. 나는 말을 거의 하지 않고 데데와 엘사를 돌보는 데 열중했다. 아이들은 평소 식사 시간에 얌전했는데 그날만큼은 니노의 관심을 끌기 위해 말썽을 부리며 까르르 웃어댔다. 나는 마음이 불편했다.

'피에트로가 말을 너무 많이 하네. 좀처럼 말할 기회가 없어서 니노가 지루하겠어.'

나는 생각했다.

'피렌체에 산 지 7년이 다 됐는데 다음에 니노를 데리고 갈 만한 곳도 마땅치 않다니. 여기처럼 음식이 맛있고 들어오는 순간 우리를 알아봐주는 단골집 하나 없다니.'

나는 식당 주인이 우리 테이블에 특별히 신경 써주는 것이 좋았다. 식당 주인은 우리 쪽으로 자주 왔고 우리에게 원래 주문하려던 것과 다른 음식을 권하기도 했다.

"오늘 저녁에는 이 요리를 드리지 않을래요. 손님께도 손님이 초대하신 분들께도 이 요리는 어울리지 않아요."

기다리고 기다리던 튀김 요리가 등장하자 아이들은 물론 피에트로까지 탄성을 질렀다. 셋은 경쟁이라도 하듯 정신없이 튀김을 먹었다. 니노는 그제야 내게 말을 걸었다.

"왜 다음 책을 출판하지 않은 거야?"

식사 시간 이야깃거리로 가볍게 묻는 말은 아닌 것 같았다. 진심으로 관심이 있는 것 같았다. 나는 얼굴이 발그레해져서 아이들을 가리키며 말했다.

"다른 일을 했잖아."

"네 소설은 정말 훌륭했어."

"고마워."

"그냥 하는 말이 아니야. 넌 예전부터 글을 잘 썼잖아. 종교학 선생님과의 언쟁을 다뤘던 글을 기억해?"

"네 친구들이 그 글을 잡지에 싣지 않았었지."

"약간의 오해가 있었어."

"그때 나는 자신감을 잃었어."

"이런, 유감이야. 지금은 글을 쓰고 있어?"

"자투리 시간에만."

"소설이야?"

"나도 정확하게 뭔지 잘 모르겠어."

"주제가 뭔데?"

"남성에 의해 주조된 여성성."

"멋진데?"

"좀더 기다려 봐야지."

"서둘러. 네 책을 빨리 읽어보고 싶어."

남자들은 그런 책을 읽지 않을 것이라고 믿었던 내 생각과는 달리 니노는 놀랍게도 내가 공부하고 있는 여성문제 관련 서적을 잘 알고 있었다. 그뿐만이 아니었다. 니노는 내게 유용할 거라며 최근에 읽은 장 스타로벵스키의 저서를 알려주었다.

니노는 정말 박학다식했다. 어린 시절부터 언제나 그랬다. 그는 모든 일에 호기심을 가졌다. 니노가 장 자크 루소와 버나드 쇼 이야기를 꺼내기에 나도 끼어들어 내 의견을 말했다. 니노는 내 이야기에 주의 깊게 귀를 기울였다. 아이들이 튀김을 더 달라면서 나를 잡아당기는 바람에 내 신경이 날카로워지자 니노는 식당 주인에게 튀김을 한 접시 더 준비해 달라는 신호를 보냈다. 니노가 피에트로에게 말했다.

"엘레나에게 시간을 더 마련해줘야 해."

"지금도 하루 온종일 마음껏 시간을 쓰고 있는걸."

"농담이 아니야. 엘레나를 배려하지 않는 것은 인류 차원에서뿐만이 아니라 정치적인 차원에서도 죄악이야."

"죄악이라니?"

"지성을 허비하는 죄악이지. 육아와 가사에 온 힘을 쏟도록 강요함으로써 여성의 지성을 억압하는 사회는 도끼로 제 발등을 찍는 격이야. 다만 이를 깨닫지 못할 뿐이지."

나는 조용히 피에트로의 대답을 기다렸다. 피에트로는 비아냥댔다.

"엘레나는 얼마든지 마음대로 지성을 연마할 수 있어. 내 시간을 빼앗지만 않는다면 말이야."

"자네가 아니면 누구의 시간을 빼앗겠어?"

피에트로가 눈살을 찌푸렸다.

"해야겠다고 마음먹은 일이 절실하다면 그 어떤 어려움이 있더라도 끝내지 못할 이유가 없지."

피에트로의 말에 나는 상처를 받았다. 나는 가식적인 미소를 지으며 조용히 말했다.

"지금 내 남편은 내게 진정한 열정이 없다고 말하고 있는 거야."

순간 침묵이 흘렀다. 니노가 물었다.

"정말 그래?"

나는 니노에게 잘 모르겠다고 충동적으로 대답해버렸다. 아무것도 모른다고 했다. 나는 수치심과 분노심에 말하는 내내 두 눈에 눈물이 차오르는 것을 느꼈다. 나는 눈을 내리깔았다.

"이제 튀김은 그만들 먹어."

제대로 통제되지 않는 감정이 아이들을 향한 말에 묻어 나왔다. 니노가 나를 위해 나섰다. 그는 큰 소리로 말했다.

"아저씨는 하나만 더 먹을게. 엄마도, 아빠도 하나씩만 더 먹을 거야. 너희들은 두 개씩 더 먹자. 하지만 이게 마지막이란다."

니노는 식당 주인을 불러 짐짓 근엄하게 말했다.

"두 꼬마 숙녀 분과 함께 정확하게 30일 후에 올 테니 그때는 이 맛있는 튀김을 산더미처럼 주셔야 해요. 아셨죠?"

엘사가 물었다.

"한 달은 언제예요? 30일은 언제죠?"

그동안 가까스로 눈물을 참아낸 나도 니노를 바라보며 물었다.

"그래. 한 달은 언제고 30일은 언제지?"

우리는 아직 시간 관념이 명확하지 않은 엘사를 두고 농담을 주고받았다. 어른들보다 데데가 더 즐거워했다. 피에트로가 돈을 내려고 했지만 니노가 이미 계산을 마친 후였다. 피에트로는 니노를 책망하며 운전대 앞에 앉았고 나는 반쯤 잠이 든 아이들과 뒷좌석에 앉았다. 니노를 호텔로 데려다주는 내내 나는 두 남자가 조금 술에 취해 떠들어대는 대화를 조용히 듣고만 있었다. 호텔에 도착하자 피에트로는 행복에 겨워 말했다.

"우리 집에도 손님방이 있으니 괜한 데 돈 쓰지 말고 다음부터는 우리 집에서 묵도록 해. 사양하지 말고."

니노가 웃음을 터뜨렸다.

"엘레나에게 자기 시간이 필요하다고 한 지 한 시간도 채 지나지 않았는데 나까지 부담을 주라는 거야?"

나는 힘없이 말했다.

"네가 우리 집에 오면 나도 좋아. 데데와 엘사도 마찬가지고."

하지만 우리 둘만 남게 되자 나는 피에트로에게 말했다.

"다음에는 집에 손님을 초대하기 전에 나하고 의논 정도는 해줘."

피에트로는 다시 시동을 켜고 룸미러로 나를 바라보며 중얼거렸다.

"나는 당신이 좋아할 줄 알았지."

102

당연히 좋았다. 너무나 좋았다. 하지만 다른 한편으로는 내 몸이 달걀 껍데기 같아서 팔이나 이마나 배를 살짝 누르기만 해도 깨져버릴 것만 같았다. 그 바람에 나 자신에게조차 숨기고 있던 은밀한 속내가 모두 흘러나올 것만 같았다.

나는 매일 니노의 연락을 기다리며 시간을 허비하지 않기로 마음먹었다. 나는 글쓰기에 전념했다. 니노가 내 의뢰인이라고 생각하기로 했다. 그렇기 때문에 그가 돌아왔을 때 그에게 훌륭한 결과물을 보여주어야 한다고 생각했다. 나는 니노에게 이렇게 말하고 싶었다.

'네 말을 듣고 계속 연구했어. 여기 초안이 있으니 보고 네 생각을

말해줘.'

현명한 판단이었다. 30일이 후다닥 지나갔다. 나는 엘리사 일도 잊어버렸고 릴라 생각도 하지 않았으며 마리아로사에게 전화를 걸지도 않았다. 신문도 읽지 않고 텔레비전도 보지 않고 육아와 집안일도 소홀히 했다. 이탈리아를 비롯한 세계 전역에서 지속적으로 일어나는 체포며 충돌, 살인과 전쟁은 이제 멀리서 들려오는 메아리에 지나지 않았다. 팽팽한 긴장감 속에서 진행 중이던 선거 운동도 의식하지 못했다. 나는 최선을 다해 글쓰기에 전념했다. 나는 예전부터 고민해왔던 몇 가지 문제에 대한 해답을 찾기 위해 머리를 쥐어짰고 적어도 이것을 글로는 체계적으로 정리할 수 있게 된 것 같았다.

가끔은 피에트로에게 도움을 청하고 싶은 유혹도 있었다. 피에트로는 나보다 훨씬 뛰어났기 때문에 경솔하거나 논리가 빈약하거나 바보 같은 글을 쓰지 않게 해줄 수 있을 것이었다. 하지만 나는 그렇게 하지 않았다. 백과사전 같은 그의 지식 때문에 주눅 들고 싶지는 않았다. 그때 나는 특히 성경에 나오는 첫 번째 창조와 두 번째 창조에 집중했던 것으로 기억한다. 나는 이 두 사건을 순서대로 배치했다. 나는 첫 번째 창조인 아담의 창조를 신의 창조 행위의 종합체로, 두 번째 창조인 이브의 창조를 이보다 더 확장된 이야기로 간주했다. 나는 이를 바탕으로 꽤나 생생한 이야기를 만들어냈다. 글을 쓰면서도 내 글이 경솔하다고는 생각하지 않았다. 내 글의 요지는 대충 이러했다.

신은 인간, 즉 'Ish'*를 자신의 형상에 따라 창조하는데 이때 남성

* Ish(이쉬)는 히브리어로 남성을 뜻한다.

형과 여성형을 만들어낸다. 어떻게 만들었냐고? 신은 먼저 흙으로 'Ish'의 형태를 만든 다음 콧구멍으로 생명의 숨결을 불어넣었다. 그런 다음 가공되지 않은 원자재 상태가 아니라 이미 형상을 갖추고 생명을 얻은 남성을 재료로 Isha'h**, 즉 여성을 만든다. 신은 남성의 옆구리에서 여성을 취한 다음 즉시 살로 상처를 아물게 했다. 그렇기 때문에 Ish는 여성을 두고 이렇게 말할 수 있다.

"이는 다른 모든 창조물과는 달리 나와 다른 존재가 아니다. 그녀는 내 살의 살이며 내 뼈의 뼈다. 신께서 나로부터 만드신 것이다. 내게 생명을 불어넣어 주신 다음 그녀를 내 몸에서 뽑아내신 것이다. 나는 Ish이고 그녀는 Isah'h이다. 여자를 부르는 명칭에서부터 그녀가 신성한 영혼의 형상을 따라 창조되고 하나님의 말씀을 담고 있는 나에게서 유래한다는 것을 알 수 있다. 그러니 여자는 내 어근에 붙은 접미사일 뿐이며 오직 내 언어 속에서만 스스로를 표현할 수 있다."

나는 이렇게 지적으로 고무된 상태에서 기분 좋게 며칠을 보냈다. 내 유일한 목적은 시간에 맞춰 읽을 만한 글을 쓰는 것이었다. 가끔은 나 자신에게 놀라곤 했다. 니노에게 인정받으려는 욕망 때문에 글이 더 잘 써지는 것 같았다. 더 자유로워진 것 같았다.

하지만 한 달이 지나도록 니노에게 연락이 없었다. 처음에는 그 편이 오히려 좋았다. 시간이 더 생긴 덕분에 작업을 끝마칠 수 있었다. 그래도 여전히 연락이 없자 걱정이 되기 시작했다. 나는 피에트로에게 니노 소식을 물었다. 그제야 나는 둘이 학교에서는 자주 소식을 주고받는다는 사실을 알게 되었다. 피에트로는 며칠 전부터 니

** Isha'h(이샤)는 히브리어로 여성을 뜻한다.

노와 연락이 끊겼다고 했다.

"자주 연락했다고?"

나는 기분이 상했다.

"응."

"그런데 왜 내게는 말하지 않은 거야?"

"무슨 말?"

"자주 연락한다는 말 말이야."

"사무적인 통화일 뿐인걸?"

"그렇게 친하면 어디 전화나 좀 해봐. 언제 올 속셈인지 이야기를 들어보란 말이야."

"그렇게까지 할 필요가 있어?"

"당신이야 그럴 필요가 없겠지. 어차피 니노가 온다고 하면 준비해야 할 사람은 나니까. 그러니 준비할 시간 정도는 줬으면 좋겠어."

하지만 피에트로는 니노에게 전화를 걸지 않았다. 나는 니노가 아이들에게 다시 온다고 약속했으니 실망시키지 않을 것이라고 생각하기로 했다.

실제로 니노는 그렇게 했다. 약속했던 날짜에서 일주일쯤 지난 어느 날 저녁 니노는 우리 집에 전화를 걸었다. 그때 내가 전화를 받았는데 니노는 왠지 모르게 민망해 하는 것 같았다. 그는 예의상 몇 마디 늘어놓다가 피에트로가 있는지 물었다. 그러자 나도 민망해서 바로 피에트로를 바꿔주었다.

둘은 오랫동안 이야기를 나누었고 내 기분은 점점 나빠졌다. 나는 남편의 말투가 평소와는 다르다는 사실을 깨달았다. 소리가 너무 큰데다 지나치게 감탄사를 남발했고 자주 웃었다. 나는 그제야 니노와 만남으로써 피에트로가 안정감을 찾았다는 사실을 알게 되었다. 피에트로가 니노 덕분에 소외감도 불행도 잊고 기쁘게 일하게 됐다는 사실을 깨달았다.

나는 내 방에 들어가 문을 닫았다. 그곳에서 저녁식사를 기다리며 데데는 책을 읽었고 엘사는 혼자 놀고 있었다. 술 취한 것처럼 평소와는 다른 피에트로의 목소리가 내 방까지 들려왔다. 갑자기 말소리가 멈추더니 피에트로의 발소리가 들려왔다. 그는 방에 얼굴을 들이밀고 명랑한 목소리로 아이들에게 말했다.

"얘들아, 내일 저녁에 니노 삼촌과 튀김을 먹으러 가자꾸나."

데데와 엘사는 기쁨의 환성을 질렀고 나는 피에트로에게 물었다.

"여기서 묵겠대?"

"아니."

피에트로가 말했다.

"아내와 아이를 데려왔나봐. 함께 호텔에 있대."

103

그 말의 의미를 깨닫기까지 한참이 걸렸다. 나는 발끈했다.

"미리 알려줄 수도 있었잖아."

"마지막에 갑자기 결정했나봐."

"못된 자식 같으니라고."

"엘레나, 대체 왜 그래?"

니노가 아내와 함께 왔다니. 나는 그의 아내와 비교될까봐 두려웠다. 나는 나 자신을 너무나 잘 알고 있었다. 내 외모가 투박하다는 것을 알고는 있었지만 살면서 그리 큰 의미는 두지 않았다. 나는 닳고 닳아 도저히 신을 수 없을 때까지 신발 한 켤레로 버텼고 어머니가 만들어준 볼품없는 옷을 입고 자랐다. 특별한 날을 제외하고는 화장도 거의 하지 않았다.

몇 년 전부터 유행에 관심을 기울이기도 하고 시어머니의 영향을 받아 좋은 취향을 가지려고 노력하기 시작했다. 지금은 외모를 가꾸는 데 재미를 붙였지만 가끔은 몸단장 (그렇다. 나는 그런 표현을 썼다) 하는 행위 자체가 우스꽝스럽다고 느꼈다. 다른 사람들에게 좋은 인상을 주기 위해서가 아니라 특정한 남성을 위해 치장해야 할 때면 그런 느낌이 더 강했다. 얼마든지 다른 일을 할 수 있을 시간에 변장에 가까운 치장을 하는 데 그렇게 많은 시간과 노고를 들여야 한다니. 내게 어울리는 색상과 어울리지 않는 색상을 찾고 날씬해 보이는 옷과 뚱뚱해 보이는 옷을 구분하고 예뻐 보이는 머리 모양과 그렇지 않은 머리 모양을 찾는 과정에는 시간이 오래 걸렸고 값비싼 준비 과정도 필요했다. 남자들의 성욕을 자극하기 위해 잘 차려진 식탁이나 군침 도는 요리가 된 것 같은 기분이었다. 게다가 그렇게 준비를 하고도 아름다워 보이지 않을까봐 불안했다. 감정과 체취와 결함을 가진 육신의 천박함을 능숙하게 숨기지 못했을까봐 두려웠다.

그런데도 나는 몸단장을 했다. 최근에는 니노를 만났을 때 그랬다. 나는 니노에게 내가 다른 사람이 되었다는 것과 나만의 세련된 스타일을 구축했다는 것을 보여주고 싶었다. 이제는 릴라의 결혼식에 참석했던 어린 소녀도, 갈리아니 선생님이 초대한 파티에 참석했던 학생도, 그가 밀라노 서점에서 보았던 고작해야 책 한 권밖에 쓰지 않은 어설픈 소설가가 아니라는 것을 보여주고 싶었다.

하지만 이제는 그만두어야 한다. 니노가 아내를 데리고 오자 나는 화가 났다. 악의적인 행동 같았다. 나는 다른 여자와 미모를 겨루고 싶지 않았다. 게다가 남자의 시선 아래에서는 더욱 그랬다.

사진에서 본 아름다운 여성과 같은 공간에 있을 생각을 하니 나는 괴로웠다. 배가 아플 지경이었다. 태어날 때부터 외모 가꾸는 법을 익혔을 니노의 아내는 타소 가의 부유한 아가씨다운 교만한 태도로 틀림없이 나를 자세히 관찰하고 평가할 것이다. 저녁식사를 마치고 남편과 단둘이 남게 되면 잔혹할 정도로 꼬치꼬치 내 외모를 비판할 것이다.

나는 몇 시간 동안이나 망설이다가 변명거리를 만들어 피에트로와 아이들만 저녁식사 자리에 보내기로 마음먹었다. 하지만 다음 날 나는 참지 못하고 다시 나가기로 했다. 나는 옷을 입다 벗기를 반복하고 머리를 손질했다 헝클어뜨리기를 반복하며 피에트로를 못살게 굴었다. 나는 옷을 바꿔 입고 머리 모양을 바꿀 때마다 쉴 새 없이 그의 방을 들락거리며 긴장된 목소리로 물었다.

"나 어때?"

피에트로는 내게 무심한 시선을 한 번 던지고는 말했다.

"잘 어울려."

내가 물었다.

"차라리 파란색 원피스를 입을까?"

그러면 피에트로는 좋다고 했다.

파란색 원피스를 입어 보았지만 마음에 들지 않았다. 허리 부분이 너무 꽉 조였다. 나는 피에트로에게 돌아가 말했다.

"옷이 작은 것 같아."

피에트로는 인내심을 가지고 대꾸했다.

"응, 꽃 장식이 달린 녹색 옷이 당신한테 더 잘 어울리는 것 같아."

나는 꽃 장식이 달린 녹색 옷이 내게 더 잘 어울린다는 말 정도로 만족할 수 없었다. 나는 그 옷이 내게 완벽하기를 바랐다. 귀걸이도 머리도 구두도 다 완벽하기를 바랐다. 한마디로 피에트로는 내게 자신감을 주지 못했다. 시선만 나를 향했지 그는 내 모습을 제대로 봐주지 않았다.

나는 나대로 시간이 지날수록 내 모습이 마음에 들지 않았다. 가슴도 엉덩이도 너무 크고 허리도 두껍고 금발은 칙칙했으며 코도 너무 컸다. 나는 축복받지 못한 어머니의 몸을 물려받았다. 이러다 신경통이 도져서 다리까지 절뚝이면 완벽하겠지. 그런 나에 비해 니노의 아내는 어리고 아름다웠으며 부자였다. 그녀라면 사람들과 잘 어울릴 줄도 알 것이다. 나는 평생 해내지 못할 일이다. 나는 다시 아프다는 핑계를 대고 피에트로와 아이들만 보내야겠다는 생각을 수도 없이 했다.

하지만 결국 나는 약속 장소에 나갔다. 하얀 셔츠에 발랄한 꽃무늬 치마를 입고 액세서리는 어머니가 준 오래된 팔찌만 하나 차고 나갔다. 가방에 내가 쓴 글을 챙겨 넣었다. 나는 속으로 중얼거렸다.

'니노 아내도, 니노도 무슨 상관이람. 누가 뭐라든 아무 상관없어.'

104

내가 망설이는 바람에 우리 가족은 식당에 늦게 도착했다. 니노네 가족은 벌써 식탁에 앉아 있었다. 니노는 우리에게 자기 부인 엘레오노라를 소개했다. 그녀를 보는 순간 나는 기분이 나아졌다. 엘레오노라는 사진과 똑같았다. 얼굴도 예쁘고 까만 머리도 아름다웠다. 하지만 그다지 키가 큰 편이 아닌 나보다도 키가 더 작았고 통통한 편인 데 비해서는 가슴이 없었다. 타오르는 듯한 새빨간 원피스를 입고 있었는데 그렇게 안 어울릴 수 없었다. 과할 정도로 장신구를 치렁치렁 달고 있었다. 입을 열자마자 귀에 거슬리는 새된 목소리가 튀어 나왔다. 커다란 창문 너머로 해안이 내다보이는 집에서 카나스타 카드 놀이*나 하며 시간을 보내는 여인들에게서 교육받은 것처럼 나폴리 사투리가 심했다.

식사를 하면서 대화해보니 법대생인데도 무식하기 짝이 없었다. 엘레오노라는 매사에 부정적이었다. 자신이 시대의 흐름에 역행하고 있음을 자랑스럽게 여기는 것 같았다. 한마디로 버릇없고 천박한 부잣집 딸의 전형이었다. 계속해서 짜증스럽게 인상을 쓰는 바람에 그나마 고상한 얼굴선마저 망가졌다. 엘레오노라는 인상을 찌푸린 다음에는 '히히히' 하고 신경질적으로 웃음을 터뜨려 대화의 흐름을 끊었다. 웃느라 문장을 제대로 끝맺지도 못했다. 엘레오노라는 먼저 피렌체를 걸고 넘어졌다.

"나폴리보다 좋은 점이 대체 뭐죠?"

엘레오노라는 이 식당도 싫어했다.

"최악이에요."

그녀는 이 식당 주인도 못마땅해 했다.

"예의가 없어요."

피에트로가 무슨 말을 하든 "말도 안 되는 소리"라고 했고, 아이들에게는 "세상에, 너희들 말이 참 많구나. 조용히 좀 해줄래?"라고 말했다. 당연히 내게도 한마디하는 것을 잊지 않았다.

"왜 굳이 피사에서 공부한 거죠? 문학 쪽은 나폴리가 훨씬 좋은데 말이에요. 당신 소설 제목이 뭐라고요? 한 번도 들어본 적이 없어요.

* 두 벌의 카드로 두 팀이 하는 카드 놀이의 일종.

8년 전이면 내가 열네 살 때네요."

엘레오노라는 자기 아들과 니노에게만 다정하게 굴었다. 알베르티노는 항상 기분이 좋아보이는 통통하고 잘생긴 아이였다. 엘레오노라는 아들 칭찬을 멈추지 않았다. 남편에 대해서도 마찬가지였다. 엘레오노라는 니노보다 뛰어난 사람은 아무도 없다고 했다. 니노가 말할 때마다 동의를 표하며 그를 만지고 껴안고 키스했다.

이 철부지 소녀와 릴라와 하다 못해 실비아 사이에는 대체 어떤 공통점이 있는 걸까. 하나도 없는 것 같았다. 그런데 대체 왜 니노는 이 여자와 결혼한 걸까.

나는 저녁 내내 니노를 훔쳐보았다. 니노는 부인에게 상냥했다. 그녀가 포옹하고 키스하도록 내버려두고 말도 안 되는 무례한 말을 해도 다정하게 웃어주며 무심한 태도로 아들과 장난을 쳤다. 하지만 내 딸들에 대한 태도는 변하지 않았다. 니노는 데데와 엘사를 세심하게 배려하면서 피에트로와 명랑하게 토론을 하고 내게도 몇 마디 말을 건넸다.

나는 엘레오노라가 니노를 감당하지 못한다고 생각했다. 그렇게 생각하고 싶었다. 그녀는 격정적으로 살아가는 니노의 삶에서 작은 조각 가운데 하나일 뿐 그에게 어떤 영향도 미치지 못했다. 니노는 그녀에게 큰 의미를 두지 않고 제 갈 길을 가고 있을 뿐이었다.

나는 시간이 갈수록 점점 마음이 편해졌다. 특히 내 팔찌를 알아봤다는 뜻으로 니노가 내 손목에 잠시 손을 갖다 대며 살짝 쓰다듬었을 때는 더 그랬다. 피에트로에게 그동안 나를 위한 시간을 조금 마련해주었느냐고 놀리듯 묻고 나서 나에게 작업이 어떻게 되어가는지 물었을 때도 마찬가지였다.

"초안은 마무리했어."

내가 말했다.

니노가 진지한 표정으로 피에트로에게 물었다.

"자네도 읽었나?"

"아내는 자기 글을 내게 보여주지 않아."

"당신이 읽고 싶어 하지 않는 거지."

나는 피에트로에게 특별한 적의 없이 부부끼리 농담을 주고받는 것처럼 대꾸했다.

그때 엘레오노라가 불쑥 끼어들었다. 대화에서 소외되고 싶지 않았던 것이다.

"무슨 글인데요?"

엘레오노라가 물었다. 내가 대답을 하려는 순간 그녀는 변덕스럽게 전혀 다른 주제로 말을 돌렸다. 그녀는 호들갑을 떨며 내게 물었다.

"내일 니노가 일하는 동안 나는 쇼핑을 할 건데 같이 가줄래요?"

나는 가식적으로 상냥한 미소를 지었다. 내가 그러겠다고 하자 엘레오노라는 쇼핑 리스트를 상세히 읊었다. 식당에서 나온 다음에야 나는 겨우 니노 곁에 다가갈 수 있었다. 나는 그에게 속삭였다.

"글을 한 번 읽어봐줄 수 있어?"

니노는 진심으로 놀란 표정으로 나를 바라보았다.

"정말로 읽게 해주는 거야?"

"귀찮지 않으면 그렇게 해줬으면 해."

나는 내 글을 몰래 니노에게 건넸다. 피에트로나 엘레오노라나 아이들이 눈치챌까봐 심장이 두근거렸다.

105

그날 나는 한숨도 자지 못했다. 아침에 나는 마지못해 엘레오노라와 약속한 장소에 나가기로 했다. 우리는 그날 아침 10시 호텔 앞에서 만나기로 했다.

'엘레오노라에게 니노가 내 글을 읽기 시작했는지 묻는 바보 같은 짓일랑 말자.'

나는 다짐했다.

'니노는 할 일이 많으니 글을 읽기까지는 시간이 좀 걸릴 거야. 아예 생각을 안 하는 게 좋아. 못해도 일주일은 지나야 할 거야.'

그런데 아침 9시 정각, 내가 집을 나서려는 참에 전화벨이 울렸다. 니노였다.

"미안해."

니노가 말했다.

"하지만 도서관에 가야 하기 때문에 지금 통화하지 않으면 저녁까지 연락을 못 할 거야. 방해가 된 건 아니지?"

"전혀 아니야."

"네 글을 읽었어."

"벌써?"

"그래. 정말 훌륭한 글이야. 너는 분석 능력이 뛰어나고 감탄스러울 정도로 논리정연하고 입이 떡 벌어질 정도로 창의적이야. 하지만 내가 가장 부러운 것은 너의 뛰어난 서술 능력이야. 뭐라고 정의내리기 힘든 글이야. 에세이라고 해야 할지 소설이라고 해야 할지 모르겠어. 하지만 분명한 건 정말 뛰어난 글이라는 거야."

"단점일까?"

"뭐가?"

"분류하기 힘들다는 점 말이야."

"아니야. 그래서 더 특별한 거야."

"그대로 출판하는 게 좋을 것 같아?"

"확실해."

"고마워."

"내가 고맙지. 이제 그만 끊어야겠다. 엘레오노라를 이해해줘. 공격적인 것 같지만 사실은 수줍어서 그러는 거야. 우리는 내일 아침 나폴리로 돌아갈 예정이야. 하지만 선거가 끝나면 다시 돌아올 텐데 원한다면 그때 이야기하자."

"꼭 그러고 싶어. 그땐 우리 집에서 머물 거지?"

"방해가 되지 않겠어?"

"전혀 아니야."

"그럼 좋아."

니노는 바로 전화를 끊지 않았다. 전화기 너머로 그의 숨소리가 들려왔다.

"엘레나."

"응?"

"어렸을 때 리나는 우리를 압도했지."

나는 심한 불쾌감을 느꼈다.

"무슨 뜻이야?"

"너는 네 고유의 재능을 리나의 재능으로 생각했던 것 같아."

"너는?"

"나는 그보다 심하지. 네게서 본 것을 바보같이 리나에게서 봤다고 생각했으니까."

나는 잠시 아무 말도 하지 않았다. 니노는 왜 갑자기 전화로 릴라 이야기를 꺼낸 것일까. 대체 내게 무슨 말을 하고 있는 것일까. 단지 칭찬일 뿐인가. 아니면 소년 시절 자신이 진정 원했던 사람은 나였는데 이스키아 섬에서 나의 재능을 릴라의 것으로 착각하고 말았다는 것을 말하고 싶은 걸까.

나는 말했다.

"어서 돌아와."

106

나는 엘레오노라와 함께 세 아이를 데리고 이곳저곳을 돌아다녔다. 나는 너무 기분이 좋아서 설령 그녀가 나를 칼로 찔러도 아픔을 느끼지 못했을 것이다. 내가 기쁨에 겨워 상냥하게 대하자 엘레오노라의 적개심도 눈 녹듯 사라졌다. 그녀는 데데와 엘사가 예의 바르다며 칭찬을 아끼지 않았다. 나를 존경한다는 속마음도 털어놓았다. 니노에게 나에 대한 모든 이야기를 들었다고 했다. 니노는 엘레오노라에게 내가 어떤 공부를 했으며 작가로서 얼마나 큰 성공을 거두었는지 들려주었던 것이다.

"솔직히 조금 질투가 나기도 해요."

엘레오노라가 인정했다.

"당신이 뛰어나서가 아니에요. 어렸을 때부터 니노를 알아왔기 때문이에요. 나는 그러지 못했는데 말이에요. 나도 어릴 때 니노와 만났다면 얼마나 좋았을까요. 그가 열 살 때는 어땠는지, 열네 살 때는 어땠는지, 변성기 전 그의 목소리는 어땠는지, 어린 시절 그의 웃음소리는 어땠는지 알고 싶어요. 그래도 알베르티노가 있어서 정말 다행이에요. 제 아빠랑 똑같거든요."

나는 아이를 꼼꼼히 뜯어보았다. 하지만 니노와 별로 닮은 것 같지는 않았다. 나중에 아빠 모습이 나올 수도 있겠지만.

"나는 우리 아빠랑 닮았어요."

데데가 자랑스럽게 소리쳤다.

"나는 엄마를 더 닮았어요."

엘사가 덧붙였다. 실비아의 아들 미르코가 생각났다. 그 애는 태어날 때부터 니노와 똑같았었지. 마리아로사네 집에서 칭얼대는 미르코를 달래느라 아이를 품에 안았을 때 얼마나 기분이 좋았던가. 엄마가 되기 한참 전이었는데 그때 나는 아이에게서 무엇을 찾고자 했던 것일까. 젠나로의 친부가 스테파노라는 것을 아직 모르던 시절, 나는 그 애에게서 무엇을 찾으려 했었나. 데데와 엘사의 어머니가 된 지금 나는 알베르티노에게서 무엇을 찾으려는 것인가. 왜 이토록 자세히 아이를 관찰하고 있는 걸까.

니노는 가끔이라도 미르코를 떠올리는 것 같지 않았다. 젠나로를 궁금해 하지도 않았다. 남자들은 쾌락에 취해 별 생각 없이 씨를 뿌리고 다닌다. 오르가슴을 못 이기고 여성을 임신시킨다. 여성의 몸에 들어와 자신들의 환영을 고깃덩이 속에 숨겨놓은 분실물인 양 남겨두고 빠져나간다.

알베르티노는 니노의 의지에 따라 니노의 관심을 받으며 태어난 아이였을까. 아니면 그 아이 역시 니노의 애정 없이 그저 어머니라는 이름의 여자 품에만 안겨 있는 것일까. 나는 잡념을 떨쳐버리고 엘레오노라에게 아들이 아빠랑 붕어빵이라고 했다. 거짓말을 하고 나니 기분이 좋아졌다.

나는 엘레오노라에게 다정하고 애틋하게 니노의 초등학교 시절

이야기를 들려주었다. 올리비에로 선생님과 교장 선생님의 주도 하에 학생들이 경합을 치르던 이야기를 들려주었다. 고등학교 시절 이야기와 갈리아니 선생님 이야기 그리고 이스키아 섬에서 함께 방학을 보냈던 이야기도 해주었다. 엘레오노라가 어린애처럼 쉴 새 없이 그다음에는 어떻게 됐느냐고 묻는데도 나는 거기에서 말을 멈췄다.

수다를 떨수록 엘레오노라는 나를 점점 좋아하게 됐고 내게 애착을 보였다. 가게에 들어가 내가 마음에 들어 입어보거나 신어보았다가 사지 않으면 그것을 어느새 사두었다가 가게 밖에 나와 내게 선물했다. 데데와 엘사에게도 옷을 사주었다. 식당에서도 자기가 음식값을 계산하고 아이들과 함께 택시로 집까지 데려다주었다. 엘레오노라는 쇼핑백을 잔뜩 실은 그 택시를 타고 호텔로 돌아갔다. 나는 작별인사를 나눈 다음에도 아이들과 함께 차가 길모퉁이를 돌아 보이지 않을 때까지 뒤에서 손을 흔들었다. 나는 엘레오노라가 내 경험과는 너무나 동떨어진 내 고향의 또 다른 모습이라고 생각했다.

엘레오노라는 돈을 물 쓰듯 썼다. 니노의 돈일 리는 없었다. 조부 때부터 2대째 변호사 집안에다 어머니는 은행가 집안 출신이라고 했다. 나는 그들 중상층 계급의 부와 솔라라 집안사람들의 부에는 어떤 차이가 있는지 생각해보았다.

나는 돈이란 것이 고액 연봉과 거액의 수수료로 변하기 전에 얼마나 많은 뒷거래를 거치는지 생각했다. 밀수품을 나르거나 공원에 있는 나무의 가지를 자르거나 공사장에서 일하며 하루하루를 근근이 살아가는 고향의 젊은이들이 생각났다. 어린 시절부터 몇 푼 안 되는 돈으로 입에 풀칠을 하던 안토니오, 파스콸레, 엔초가 생각났다.

엔지니어, 건축가, 변호사, 은행가 같은 사람들은 우리와는 전혀 다른 사람들이었다. 그들의 돈도 비록 여러 단계를 거쳐 여과되기는 했지만 결국에는 솔라라 집안사람들의 돈과 다를 바 없이 불법적인 거래나 파괴 행위를 통해 얻은 것이다. 이 중에서 몇 푼 안 되는 돈은 우리 아버지의 팁이 되어 내 교육비에 보탬이 되기도 했을 것이다.

더러운 돈과 깨끗한 돈의 경계는 어디일까. 엘레오노라가 피렌체의 무더위 속에서 하루 종일 마음껏 뿌린 돈은 과연 얼마나 깨끗할까. 내가 선물로 받아 집으로 가져가는 이 물건들을 사기 위해 사용된 수표가 미켈레가 릴라의 임금을 지급하기 위해 사용하는 수표와 다를 게 뭐가 있단 말인가.

나는 아이들과 오후 내내 선물받은 옷을 입고 거울에 비춰보며 시간을 보냈다. 다 맵시 있고 화사한 고급 제품이었다. 그중에 40년대 스타일의 톤 다운된 적색 드레스가 있었는데 내게 특히 잘 어울렸다. 그 옷을 입은 내 모습을 니노에게도 보여주고 싶었다.

하지만 미처 다시 만날 새도 없이 니노네 가족은 나폴리로 돌아갔다. 예상과는 달리 시간이 멈춰버린 것 같은 느낌은 들지 않았다. 오히려 가볍게 흘러갔다. 니노는 돌아올 것이다. 확실했다. 그리고 나와 함께 내 글에 대해 이야기를 나눌 것이다. 불필요한 마찰을 피하기 위해서 나는 원고 한 부를 피에트로의 책상 위에 놓아두었다. 나는 작업을 잘 마쳤다는 확신을 가지고 마리아로사에게 전화를 걸었다.

나는 일전에 언급했던 잡문을 정리해보았다고 말했다. 마리아로사는 당장 글을 보내달라고 했다. 며칠 후 마리아로사는 흥분해서 내게 전화를 걸어왔다. 자기가 직접 프랑스어로 번역해 낭트에서 작은 출판사를 운영하는 친구에게 보내고 싶다고 했다. 나는 흔쾌히 허락했다. 그게 다가 아니었다. 몇 시간 뒤에 시어머니가 짐짓 서운한 목소리로 전화했다.

"언제부터 네가 쓴 글을 내가 아니라 마리아로사에게 먼저 보여주기 시작한 거니?"

"관심 없으실 줄 알았어요. 70페이지밖에 안 되는 데다 소설이 아니에요. 어떤 장르에 속하는지도 모르겠어요."

"뭘 썼는지 모른다는 것은 잘 썼다는 뜻이지. 어쨌든 내가 관심을 보일지 아닐지는 직접 결정하게 해주렴."

나는 별 생각 없이 시어머니에게도 원고를 한 부 보냈다.

원고를 보낸 바로 그날 정오에 놀랍게도 니노에게 전화가 왔다. 지금 막 도착했다며 역에서 전화를 건 것이다.

"30분이면 도착해. 가방만 놔두고 도서관에 가야 해."

"가기 전에 뭐라도 좀 먹지 않겠어?"

내가 자연스레 물었다. 긴 여정에 마침표를 찍는 느낌이었다. 나는 니노가 내 집에 와서 잠을 자고, 내가 식사를 준비하는 동안 내 집 욕실에서 샤워를 하는 것이 자연스럽게 느껴졌다. 피에트로가 대학에서 학생들에게 문제를 내는 동안 니노와 아이들과 함께 점심을 먹는 것이 자연스럽게 느껴졌다.

107

니노는 무려 열흘 동안 우리 집에 머물렀다. 그 기간에 일어난 일은 니노를 유혹하고 싶어 했던 지난날의 집착과는 전혀 관계가 없었다. 나는 니노와 농담을 주고받지도 않았고 아양을 떨지도 않았고 과할 정도로 챙겨주면서 다정하게 굴지도 않았다. 마리아로사를 흉내 내어 해방된 여성처럼 행동하지도 않았고 위험한 생각을 품지도 않았고 애틋한 표정으로 그의 시선을 끌려 하지도 않았다. 식탁이나 소파에 앉아 텔레비전을 볼 때 니노 옆에 앉으려 애쓰지도 않았고 헝클어진 차림으로 집 안을 돌아다니지도 않았다. 니노와 단둘이 남으려고 하지도 않았고 그의 팔꿈치에 내 팔꿈치를 스치거나 그의 팔에 내 팔이나 가슴을 스치거나 그의 다리에 내 다리를 스치려고 하지 않았다.

나는 언제나 수줍고 단정한 태도로 그와는 몇 마디 되지 않는 무미건조한 대화만 주고받을 뿐이었다. 그저 니노가 식사를 잘하고 아이들이 그를 너무 귀찮게 하지 않고 그가 편안하게 지낼 수 있도록 신경 쓸 뿐이었다.

꼭 그러려고 했던 것은 아니었다. 달리 어떻게 행동해야 할지 몰라서였다. 니노는 피에트로, 데데, 엘사와 항상 장난을 쳤다. 하지만 내게 말할 때만큼은 늘 진지했다. 예전부터 아는 사이가 아닌 것처럼 말을 가렸다.

나도 자연스레 그렇게 하게 됐다. 나는 니노가 우리 집에 있는 것이 너무나 기뻤지만 친밀한 말이나 행동을 원하지는 않았다. 오히려 그의 주변에만 머물며 직접적인 교류를 하지 않는 것이 더 편했다. 거미줄에 맺힌 빗방울이 된 것 같아 밑으로 떨어지지 않으려고 노력했다.

딱 한 번 긴 대화를 나눈 적이 있었다. 내 글에 대해서였다. 니노는 집에 도착하자마자 바로 글에 대해 이야기를 꺼냈다. 정확하고 날카로운 분석이었다. 그는 Ish와 Isha'h 이야기가 인상적이었다고 했다. 그가 내게 물었다.

"너는 성서에서 묘사하고 있는 여성이 남성과 다르지 않다고 생각하는 거야? 여성이 곧 남성이라고?"

나는 그렇다고 했다.

"이브는 아담을 벗어나서는 이브가 될 수도 없고, 이브가 될 수 있는 방법도 몰라. 아담을 떠나서는 이브가 될 원료 자체가 없는 거야. 이브의 선과 이브의 악은 모두 아담의 선과 악이야. 이브는 곧 여자 아담인 거야. 신의 솜씨가 너무나 완벽해서 이브 스스로는 자신이 누구인지 몰라. 온순한 외모에 자신만의 언어도 없지. 자신만의 영혼도, 논리도 없어서 쉽게 형태를 잃어."

"끔찍한 전제로군."

니노가 평했다. 나는 긴장해서 혹시 니노가 나를 놀리는 것은 아닌지 그의 표정을 곁눈질해 보았다. 니노는 나를 놀리는 것이 아니었다. 오히려 장난기를 싹 거두고 진심으로 나를 칭찬했다.

니노는 그와 유사한 주제를 다루는 책 가운데 내가 모르는 책의 제목을 알려주었다. 자기 생각으로는 내 원고를 지금 당장 출판해도 손색이 없을 것 같다고 누차 강조했다.

나는 별다른 만족감을 드러내지 않고 니노의 말을 들었다. 그가 말을 마친 뒤에 비로소 나는 마리아로사도 글을 마음에 들어 했다고 말했다. 니노는 마리아로사의 안부를 물었다. 학자로서 존경스러울 뿐 아니라 프랑코에 대한 그녀의 헌신을 높이 산다고 했다. 그러고는 니노는 바로 도서관으로 향했다.

그날 이후 니노는 아침이면 피에트로와 함께 나가서 저녁이면 피에트로보다 늦게 들어왔다. 다같이 외출하는 일은 아주 드물었다. 한 번은 니노가 아이들이 좋아할 만한 영화를 보러 모두 함께 나가자고 했다. 니노는 피에트로 옆에, 나는 피에트로와 아이들 사이에 자리를 잡았다. 니노가 웃음을 터뜨릴 때마다 나도 크게 웃고 있다는 것을 깨닫고는 아예 웃음을 멈췄다. 쉬는 시간에 니노가 데데와 엘사 그리고 우리 부부에게까지 아이스크림을 사주려 했을 때 나는 그를 가볍게 책망했다.

"고맙지만 나는 괜찮아."

니노는 아이스크림이 정말 맛있다며 후회할 거라고 장난스럽게 말하면서 내게 자기 아이스크림을 맛보게 해주었다. 나는 아이스크림을 조금 맛보았다.

그렇게 소소한 일과 함께 하루하루가 흘렀다. 어느 날 오후에는 니노와 함께 데데와 엘사를 데리고 산책을 나간 적도 있다. 우리는 거의 대화를 나누지 않았다. 니노는 주로 아이들의 말을 들어주는 편이었다. 그런데도 나는 그날 산책코스를 아직도 뚜렷이 기억한다. 지금도 함께 걸었던 길과 잠시 멈췄던 곳이며 길모퉁이 하나하나를 모두 기억한다.

몹시 무더운 날이었다. 길마다 사람들로 붐볐다. 니노는 쉴 새 없이 사람들과 인사를 나눴다. 어떤 사람들은 그의 성을 부르기도 했다. 산책하는 동안 니노에게 많은 사람을 소개받았다. 그때마다 니노는 부담스러울 정도로 나에 대한 칭찬을 아끼지 않았다.

나는 니노가 그렇게나 많이 알려졌다는 사실에 놀랐다. 그중에서 꽤나 유명한 역사학자는 데데와 엘사가 니노와 나의 딸인 줄 알고 아이들을 칭찬했다. 그 외에는 아무런 일도 일어나지 않았다. 니노와 피에트로의 관계가 알 수 없는 이유로 갑자기 변한 것 빼고는 말이다.

108

모든 것은 어느 날 저녁에 시작됐다. 피에트로는 식사를 하며 나폴리 출신 교수에게 존경심을 표했다. 당시 꽤 명망 있는 교수였다.

니노가 말했다.

"자네라면 그 얼간이를 좋아할 줄 알았어."

피에트로는 어찌할 바를 몰라 불안한 미소를 지었다. 니노는 오히려 수위를 높였다. 그는 피에트로가 사람의 겉모습에 속아 넘어간다고 놀려댔다.

다음 날 아침 또 다른 작은 사건이 일어났다. 이유는 잘 기억나지 않지만 아침식사를 하면서 니노가 예전에 종교학 선생님과 내가 성령 문제를 놓고 벌였던 언쟁에 대한 이야기를 꺼냈다. 피에트로는 모르는 이야기라며 듣고 싶다고 했다. 니노는 피에트로가 아니라 아이들에게 엄마가 어린 시절에 대단한 일을 해낸 것마냥 이야기를 들려주었다.

피에트로는 나를 칭찬했다.

"당신, 정말 용감했었네."

하지만 피에트로는 이내 데데에게 오순절 아침 열두 사도들에게 일어난 일을 설명하기 시작했다. 텔레비전에서 말도 안 되는 소리를 할 때 진실이 무엇인지 딸아이에게 설명해줄 때와 똑같은 말투였다. 그는 바람 같은 소리와 불꽃 같은 섬광과 함께 열두 사도들이 방언의 은사를 받았다고 했다. 피에트로는 나와 니노를 향해 열정적으로 열두 사도들이 받은 은사에 대해 이야기하며 『요엘서』의 한 구절을 읊었다.

"내가 내 영을 만민에게 부어주리니."

그는 성령이야말로 다수의 사람이 어떻게 공동체 속에서 서로를 대하고 조직화하는지 보여주는 결정적인 상징이라고 했다. 니노는 피에트로가 이야기하도록 내버려두었지만 비웃는 표정이 점점 얼굴에 드러났다. 피에트로가 말을 마치자 니노가 탄성을 질렀다.

"사실 자네가 사제의 기질을 숨기고 있다는 것을 알고 있었네."

니노는 나를 향해 비아냥거렸다.

"넌 피에트로의 아내야 아니면 사제관 가정부야?"

피에트로는 얼굴을 붉히며 어찌할 바를 몰랐다. 그는 언제나 성서 이야기를 좋아했기에 나는 그가 마음이 상했다는 것을 눈치챘다. 피에트로가 중얼거렸다.

"미안, 내가 시간을 너무 빼앗았네. 그만 일어나지."

뚜렷한 이유 없이 그런 식의 상황이 자주 연출되었다. 나와 니노의 관계에는 변화가 없었다. 우리는 여전히 서로 적당한 거리와 예의를 지키며 격식을 차렸다. 반면에 니노와 피에트로의 관계는 경계가 허물어졌다. 아침저녁으로 식사 시간마다 우리의 손님은 집주인을 놀리는 수위를 높였다. 자칫 모욕적으로 느껴질 정도였다. 하지만 입가에 미소를 띤 채 친근하게 놀려댔기 때문에 화를 내면 속 좁은 사람이 될까봐 피에트로는 화도 내지 못했다.

나는 그런 방식을 익히 알고 있었다. 동네에서 영악한 아이들이 둔한 아이들을 놀려 먹을 때 쓰는 수법이었다. 상대방을 실컷 놀려 먹고도 말 한마디 못하게 만드는 수법이었다.

피에트로는 화가 난다기보다는 혼란스러워하는 것 같았다. 그는 자기가 니노와 잘 맞는다고 생각했고 그를 좋아했다. 그래서 니노가 짓궂게 굴어도 별다른 반응을 보이지 않았다. 재미있다는 듯 고개를 내저을 뿐이었다. 가끔은 자기가 무슨 잘못이라도 했는지 고민하는 눈치였다. 피에트로는 니노와 전처럼 다정한 관계로 되돌아가기를 바랄 뿐이었다.

니노는 피에트로를 집요하게 괴롭혔다. 그는 나나 아이들 쪽을 바라보며 우리의 동의를 얻기 위해 피에트로를 더 짓궂게 놀렸다. 그러면 아이들은 재미있어하면서 동조했고 솔직히 나도 조금은 그랬다. 나는 생각했다.

'대체 니노가 왜 저러는 걸까? 피에트로가 기분 나빠하면 우리 관계가 안 좋아질 텐데.'

하지만 피에트로는 기분 나빠하지 않았다. 그저 이해하지 못할 뿐이었다. 대신 며칠 후부터 노이로제 증세가 도졌다. 얼굴이 다시 피곤해보였고 수년간 느껴온 중압감이 불안한 눈빛과 움푹 파인 이마에서 다시금 드러나기 시작했다. 나는 뭔가를 해야겠다고 생각했다. 최대한 빨리. 하지만 그렇게 생각하면서도 나는 아무런 조치도 취하지 않았다. 고매한 아이로타 집안의 일원이 설 자리를 잃고 혼란스러워하며 나와 같은 고향 동네에서 태어나 함께 학교를 다닌 나의 친구 니노 사라토레의 민첩하고 영리하고 잔혹한 공격에 무기력하게 대응하는 모습을 보고 경외심을 넘어 느껴지는 흥분을 (그렇다. 내 감정은 가히 흥분에 가까웠다) 가라앉히느라 힘겨웠다.

109

니노가 나폴리로 돌아가기 며칠 전 특히나 불쾌했던 사건이 두 건이나 일어났다. 어느 날 오후 나는 시어머니의 전화를 받았다. 시어머니는 내 글에 매우 만족했다. 당장 출판사에 원고를 보내라고 했다. 지금 준비하면 프랑스어판 출간에 맞출 수 있고 늦더라도 별 차이 없이 출간할 수 있을 거라고 했다. 저녁식사를 하면서 나는 무심히 이 소식을 알렸다. 니노는 나를 몹시 칭찬하며 아이들에게 말했다.

"너희 엄마는 정말 특별하단다."

니노는 피에트로에게 말했다.

"자네는 엘레나의 글을 읽어 보았나?"

"시간이 없어서 못 읽어 봤어."

"읽지 않는 게 좋을 거야."

"왜?"

"자네한테 어울리는 글이 아니거든."

"무슨 뜻이야?"

"글이 너무 지적이야."

"무슨 말을 하고 싶은 거야?"

"자네가 엘레나보다 똑똑하지 않다는 거지."

니노는 이렇게 말하고는 웃음을 터뜨렸다. 피에트로가 아무 말도 하지 않자 니노가 그를 자극했다.

"자네 기분 상한 거야?"

니노는 피에트로에게 모욕을 더 주기 위해서라도 그가 반응을 보이기를 바랐다. 하지만 피에트로는 자리에서 일어나며 말했다.

"미안하지만 할 일이 있어서."

내가 속삭였다.

"식사는 마저 하고 가."

피에트로는 대답하지 않았다. 그날 우리는 거실에서 식사를 하고 있었다. 거실은 꽤 넓었다. 나는 피에트로가 정말로 거실을 가로질러 서재로 들어가 버릴 거라고 생각했다. 하지만 피에트로는 그렇게 하는 대신 거실을 반쯤 돌아 소파에 앉아 텔레비전을 켜고 볼륨을 한껏 높였다. 참기 힘든 분위기였다. 며칠 만에 상황이 복잡해진 것이다. 나는 너무나 속상했다.

"소리 좀 줄여주겠어?"

내가 피에트로에게 말했다.

"싫어."

그는 단칼에 거절했다.

니노는 어이없다는 듯 웃음을 터뜨리더니 식사를 마친 후 식탁 정리를 도와주었다. 나는 부엌에서 니노에게 말했다.

"미안해. 일이 많은 데다 잠을 제대로 못 자서 그래."

니노는 분통을 터뜨렸다.

"대체 저런 사람을 어떻게 참아?"

나는 불안한 눈빛으로 문 쪽을 바라보았다. 텔레비전 소리가 큰 것이 차라리 다행이었다.

"나는 그를 사랑해."

내가 말했다. 니노가 설거지를 도와주겠다고 고집을 부리자 내가 말했다.

"부탁이니 저리 가. 안 그러면 내가 정말 곤란해져."

다른 사건은 이보다 더 심각했고 결정적이었다. 그 무렵 나는 내가 진정으로 원하는 것이 무엇인지 알 수 없었다. 한편으로는 그 시기를 빨리 마무리하고 일상적인 가정 생활로 돌아가고 싶었다. 출판에도 신경을 쓰고 싶었다. 그렇지만 아침마다 니노의 방에 들어가 어질러진 방과 침대를 정리하고 함께 저녁식사를 할 거라고 생각하면서 요리하는 게 즐거웠다. 이 모든 일이 곧 끝날 거라는 생각만 해도 괴로웠다.

오후가 되면 미칠 것 같을 때가 가끔 있었다. 아이들이 있는 데도 집이 텅 비어 있는 것 같았다. 나 자신이 공허하게 느껴졌다. 내가 쓴 글에도 전혀 관심이 생기지 않았다. 피상적인 글이라고 생각했다. 마리아로사와 시어머니, 프랑스 출판사와 이탈리아 출판사의 열광적인 반응에 좀처럼 믿음이 가지 않았다. 니노가 떠나면 아무것도 의미가 없을 거라고 생각했다.

내 삶이 견딜 수 없는 상실감과 함께 흘러가 버리고 있다는 생각에 힘들었다. 그날 피에트로가 평소보다 신경이 곤두서서 집으로 돌아왔을 때 나는 그런 상태였다. 우리는 함께 저녁식사를 하려고 피에트로를 기다리는 중이었다. 니노는 30분쯤 먼저 도착했지만 오자마자 아이들에게 붙잡혀 있었다. 나는 피에트로에게 다정하게 물었다.

"무슨 일이 있었던 거야?"

피에트로가 분통을 터뜨렸다.

"다시는 당신 고향 사람들을 우리 집에 끌어들이지 마!"

순간 나는 그대로 얼어붙었다. 피에트로가 니노를 두고 한 말이라고 생각했다. 데데와 엘사를 꽁무니에 매달고 우리 쪽으로 다가오던 니노도 그렇게 생각한 것 같았다. 니노는 한바탕 소란을 일으킬 것처럼 도발적인 미소를 띠고 피에트로를 바라보았다. 하지만 피에트로는 니노를 두고 한 말이 아니었다. 피에트로는 경멸이 가득한 목소리로 말을 이었다. 기본적인 원칙이 지켜지지 않는 상황에서 자기라도 이를 지켜야 한다는 확신이 있을 때 사용하는 말투였다.

"오늘 경찰들이 다시 나타나 내게 사진을 보여주면서 몇몇 이름을 열거했어."

나는 안도의 한숨을 내쉬었다. 나는 피에트로가 자신에게 총을 겨눈 학생에 대한 고소를 끝내 취하하지 않았다는 사실을 알고 있었다. 그럼으로써 수많은 학생 운동가와 상당수 교수진의 원성을 샀다. 게다가 피에트로를 자기들 정보원처럼 대하는 경찰들이 자꾸 찾아오는 바람에 그는 부담을 느끼고 있었다. 나는 피에트로가 그 일 때문에 화가 난 것이라고 생각하고는 차갑게 그의 말을 가로막았다.

"다 당신 탓이야. 그런 식으로 대응하는 게 아니었어. 내가 그랬잖아. 이제 경찰들을 피하기가 힘들 거야."

그때 니노가 끼어들어 피에트로를 비웃으며 물었다.

"대체 누구를 고소한 거야?"

피에트로는 니노에게 눈길조차 주지 않았다. 피에트로는 내게 화가 나 있었다. 나와 싸우고 싶었던 것이다. 피에트로가 말했다.

"나는 그때 해야 할 일을 했을 뿐이고 사실 오늘도 그랬어야 했어. 하지만 당신 때문에 입을 다물었어."

나는 그제야 문제가 경찰이 아니라 그들에게서 들은 소식 때문이라는 것을 깨달았다. 나는 말했다.

"내가 무슨 상관이야?"

피에트로의 목소리가 변했다.

"파스콸레와 나디아가 네 친구들 아냐?"

나는 멍하게 반문했다.

"파스콸레와 나디아?"

"경찰이 테러리스트들의 사진을 보여주었는데 그중에 그 둘의 얼굴도 있었어."

나는 아무런 반응을 보이지 않았다. 너무 놀라서 말이 나오지 않았다. 피에트로는 지금 내게 내 상상이 현실이었다는 사실을 확인시켜 준 것이다. 순간 파스콸레가 지노를 향해 총을 쏘고 필리포의 다리에 부상을 입히고 나디아가 (그렇다. 릴라가 아니라 나디아다) 공장 계단을 올라가 브루노 사무실에 노크를 하고 들어가 그의 얼굴에 총을 발사하는 장면이 눈앞에 펼쳐졌다. 끔찍했다. 그런데도 그 순간 피에트로의 말투는 부적절하게 느껴졌다. 니노가 보는 앞에서 나를 곤경에 빠뜨리기 위해 파스콸레와 나디아 소식을 이용하는 것 같았다. 싸울 의지가 없는 사람에게 시비를 거는 것 같았다. 니노도 이를 눈치챘는지 우리 대화에 끼어들어 피에트로를 놀리기 시작했다.

"자네 이제 경찰의 정보원 노릇까지 하는 건가? 그런 거야? 동료를 고발하는 건가? 자네 아버지는 이 일을 알고 있나? 어머니와 누나도?"

나는 힘없이 말했다.

"다들 이제 그만 저녁식사 하러 가자."

그리고 나는 니노의 말을 가볍게 넘기기 위해 정중히 말했다.

"그만둬. 정보원은 무슨."

나는 그가 가족 이야기로 계속 피에트로를 자극하는 것을 원치 않았다.

나는 다소 두서없이 얼마 전에 파스콸레가 우리 집에 들렀다는 이야기를 니노에게 해주었다. 니노가 기억할지는 모르겠지만 파스콸레는 고향 사람으로 원래는 착한 청년이라고 했다. 어쩌다보니 나디아와 사귀게 되었다는 말도 했다. 니노는 당연히 갈리아니 선생님의 딸 나디아를 기억하고 있었다. 니노가 웃음을 터뜨리는 바람에 나는 여기에서 말을 멈췄다. 니노가 외쳤다.

"나디아라고? 오, 하나님 맙소사. 나디아라니!"

니노는 아까보다 훨씬 더 노골적으로 비아냥대며 피에트로에게 말했다.

"자네나 둔하기 짝이 없는 경찰 나부랭이나 되니까 나디아 갈리아니가 무장투쟁단의 일원일 수 있다고 생각하는 거야. 말도 안 되는 소리. 나디아는 내가 아는 사람 중에서 가장 순하고 상냥한 사람이라고. 나디아가 테러리스트라고 생각할 정도면 우리나라도 망할 때가 된 거야. 이제 그만 저녁이나 먹지. 굳이 자네가 아니더라도 치안 유지는 잘 될 테니 말이야."

니노는 데데와 엘사를 부르며 식탁으로 향했다. 나는 피에트로가 우리를 따라 부엌으로 들어올 거라 생각하고 접시에 음식을 담기 시작했다.

하지만 피에트로는 끝내 식탁에 오지 않았다. 나는 그가 손을 씻으러 갔을 거라고 생각했다. 흥분을 가라앉히느라 늦게 오는 거라 생각하고 자리에 앉았다. 나는 불안했다. 니노와의 동거를 마무리하는 마당에 조용하고 평온한 저녁 시간을 보내기를 원했는데 아무리 기다려도 피에트로는 돌아오지 않았다. 아이들은 참지 못하고 음식을 먹기 시작했다. 니노마저 어쩔 줄 몰라 하는 눈치였다.

"어서 식사해."

내가 말했다.

"음식 식겠다."

"네가 먹어야 나도 먹을 거야."

나는 망설였다. 그 순간 나는 피에트로를 보러 가봐야 했을 것이다. 무엇을 하고 있는지, 흥분은 가라앉혔는지 확인해봐야 했을 것이다. 하지만 그렇게 하고 싶지 않았다. 나는 피에트로의 행동 때문에 짜증이 났다. 대체 뭐하러 경찰이 찾아온 이야기를 내게 한 걸까. 평소에는 자기 일을 혼자서만 간직하면서. 내게 아무런 이야기도 해주지 않으면서. 왜 하필 니노 앞에서 내게 그런 식으로 말한 걸까. 다시는 내 고향 사람들을 집에 들이지 말라니… 대체 뭐가 급해서 그 이야기를 모두가 듣는 자리에서 했단 말인가. 조금 기다릴 수도 있지 않았나. 나중에 침실에서 단둘이 있을 때 화풀이해도 좋았을 텐데. 그는 내가 못마땅했던 것이다. 그것이 바로 핵심이었다. 그는 내

저녁 시간을 망치고 싶었던 것이다. 내가 무엇을 하고 있고 무엇을 원하는지 전혀 상관하지 않았다.

나는 식사를 시작했다. 넷이 함께 파스타를 먹고 메인 음식을 먹고 미리 준비해둔 디저트까지 먹었다. 피에트로는 끝내 나타나지 않았다. 일이 이 지경에 이르자 나는 화가 머리끝까지 났다. 피에트로는 저녁 생각이 없는 건가. 좋아. 그렇다면 먹지 말라지. 배가 고프지 않은 거야. 아무에게도 간섭받지 않고 싶다고? 좋아. 어차피 집이 넓으니 피에트로만 없다면 긴장할 일도 없지 않은가. 우리 집에 단 한 번 나타났던 두 사람이 테러 용의자라는 사실이 진짜 문제가 아니라는 것은 확실했다. 문제는 피에트로였다. 그에게는 남자들 사이에 존재하는 기 싸움을 감당할 만한 민첩한 지성이 없었다. 그래서 그 고충을 내게 풀고 있는 것이다. 나는 피에트로도, 피에트로의 결핍도 나와는 상관없다고 생각했다.

"나중에 치울게."

나는 내 스스로에게 명령이라도 내리는 것처럼 큰 소리로 말했다. 혼란스러운 마음을 다잡고 싶었다. 나는 텔레비전을 켠 다음 니노와 아이들과 함께 소파에 앉았다. 길고 무기력한 시간이 흘렀다. 나는 니노가 불편해하면서도 조금은 이 상황을 즐기고 있다는 것을 눈치챘다.

"아빠 부르러 갈게."

자기 배를 채운 데데가 그제야 아빠를 챙겼다.

"한번 가보렴."

내가 말했다. 데데가 까치발로 돌아와서는 내 귀에 속삭였다.

"아빠는 침대에 누워서 자고 있어."

귓속말을 했는데도 니노는 데데의 말을 들었다. 그가 말했다.

"내일 떠날게."

"일은 다 마친 거야?"

"아니."

"그럼 더 있어."

"그럴 수는 없을 것 같아."

"피에트로는 좋은 사람이야."

"지금 그를 보호하려는 거야?"

보호하다니. 누구한테서 그를 보호한단 말인가. 나는 니노를 이해할 수 없었다. 이제는 니노에게도 화가 날 지경이었다.

110

텔레비전을 보다 잠이 든 아이들을 침대에 눕히고 돌아와 보니 니노가 없었다. 자기 방에 들어간 것이다. 나는 우울한 기분으로 식탁을 정리하고 설거지를 했다. 니노에게 더 머물러달라고 한 것은 바보 같은 일이었다. 니노가 떠나는 것이 나았다. 하지만 그가 떠나버린 집의 황량함을 어떻게 견딜 수 있단 말인가. 나는 니노가 언제가 됐든 꼭 돌아오겠다는 말 정도는 해주길 바랐다. 나는 니노가 다시 우리 집에서 잠을 자고 함께 아침을 먹고 저녁에도 같은 식탁에서 식사하기를 바랐다. 특유의 장난기 어린 목소리로 이런저런 이야기를 나누고 내가 생각을 정리할 때 내 이야기를 들어주기를 바랐다. 내 말을 존중해주고 나에게만은 평소 다른 사람들에게 하는 것처럼 비아냥대거나 조소를 보내지 않기를 바랐다. 그렇지만 나는 얼마 되지 않은 기간에 상황을 이토록 엉망으로 만들어 우리가 동거할 수 없게 된 것은 순전히 니노 때문이라는 것을 인정하지 않을 수 없었다.

피에트로는 니노에게 애착이 있었다. 니노와 함께 있는 것을 좋아하고 니노와의 우정을 소중히 여겼다. 그런 피에트로에게 니노는 왜 상처를 주고 능멸하고 그의 권위를 빼앗은 걸까.

나는 화장을 지우고 세수를 하고 잠옷으로 갈아입었다. 문단속을 하고 가스를 끄고 블라인드를 내리고 집 안의 불을 껐다. 아이들이 잘 자고 있는지 살펴보았다. 나는 피에트로가 싸움을 벌이려고 자는 척하면서 내가 오기만을 기다리고 있는 것이 아니기를 바랐다. 침대 머리맡을 보니 수면제가 있었다. 그는 수면제를 먹고 쓰러진 듯했다. 나는 순간 마음이 애틋해져서 그의 뺨에 입을 맞추었다. 정말이지 예측할 수 없는 사람이었다. 그는 너무나 똑똑하면서 멍청하고, 예민하면서 둔하고, 용감하면서 겁쟁이였다. 그 누구보다 교양이 있으면서 무식한 면이 있었고 예의 바르면서 무례했다. 피에트로는 아이로타 집안의 실패작이었다. 길을 걷다 발을 헛디딘 것이다. 확신에 차고 자신감 넘치는 니노라면 그가 더 나아지도록 도와줄 수 있지 않았을까.

나는 두 남자 사이에 싹텄던 우정이 왜 일방적인 적대감으로 바뀐 것인지 생각하기 시작했다. 이번에는 그 이유를 알 것 같았다. 니노는 내게 내 남편의 본모습을 보여주고 싶었던 것이다. 니노는 내가 피에트로를 지나치게 이상화해 감정적으로나 지적으로 그에게 순종하는 것이라고 확신했다. 그는 젊은 대학교수 이미지 뒤에 감추어져 있는 보잘것없는 실체를 내게 폭로하고 싶었던 것이다. 대학 졸업 논문부터 학문적으로 중요한 저서가 되었으며 이러한 그의 명성을 더욱 공고히 해줄 두 번째 책을 집필하는 데 오랜 시간 동안 몰두하고 있는 학자가 실은 허상에 불과하다는 것을 내게 말하고 싶었던 것이다.

'너는 별 볼일 없는 인간과 살고 있어. 아무런 가치가 없는 남자를 위해 딸을 둘이나 낳은 거야.'

니노는 마지막 며칠 동안 내 귀에 대고 이렇게 외치고 있었던 것이다. 니노는 피에트로를 깎아내림으로써 나를 해방시키려 했던 것이다. 피에트로를 파괴함으로써 내 자아를 되찾게 하려 했던 것이다. 하지만 그 과정에서 그가 원했든 원치 않았든 그는 자기 자신이 내게 피에트로의 이상적인 대안으로 각인되었다는 것을 알고 있을까.

이런 의문이 떠오르자 나는 화가 났다. 니노가 경솔했다. 겨우 균형을 잡고 있었는데 분란을 일으킨 것이다. 왜 내게 의논도 하지 않고 상황을 엉망으로 만들어놓은 걸까. 대체 내가 언제 자기보고 내 눈을 뜨게 해달라고 했던가. 언제 나를 구원해달라고 했나. 뭘 보고 그래야 한다고 생각했던 걸까.

내 부부생활과 어머니로서의 의무를 제멋대로 조종할 수 있을 거라고 생각한 걸까. 하지만 왜? 대체 그의 의도가 무엇일까.

'생각을 정리해야 할 사람은 내가 아니라 니노야.'

나는 생각했다. 그에게는 우리 우정이 중요치 않은 걸까. 얼마 안 있으면 방학이 시작된다. 나는 비아레조로 갈 것이고 니노는 카프리에 있는 처갓집에 갈 예정이라고 했다. 다시 만나려면 휴가가 끝날 때까지 기다려야 했다. 하지만 굳이 그럴 필요가 뭐가 있단 말인가. 이번 여름부터 그와 우리 가족 간의 관계를 더 돈독히 할 수 있지 않은가. 내가 엘레오노라에게 전화를 걸어 며칠 동안 비아레조에서 함께 지내자고 니노 가족을 초대할 수도 있었다. 이에 대한 응답으로 데데와 엘사, 피에트로와 함께 카프리로 초대받고 싶기도 했다. 그때까지 나는 한 번도 카프리를 방문한 적이 없었으니까. 그마저 힘들다면 니노와 나 둘이서만 편지를 쓰고 의견을 나누고 도움이 될 만한 책 제목을 교환하고 일에 대해 이야기하면 안 되는 건가.

나는 마음을 좀처럼 진정시키지 못했다. 니노가 틀렸다. 정말로 나를 소중히 생각한다면 모든 것을 원점으로 돌릴 필요가 있었다. 피에트로의 호감과 우정을 다시 얻어야만 했다. 남편이 원하는 것도 그것뿐이었다. 니노는 정말 그런 식으로 긴장감을 고조시키는 것이 나를 위한 일이라고 생각한 걸까. 아니다. 그와 이야기를 해야만 한다. 피에트로를 그런 식으로 취급하는 것은 바보 같은 일이라고 말해줘야 한다. 나는 일어나 침실을 나섰다. 나는 맨발로 복도를 가로질러 니노가 자고 있는 방문을 두드렸다. 잠시 기다렸다가 방으로 들어갔다. 방 안은 어두웠다.

"드디어 결심한 거야?"

니노의 목소리가 들렸다.

순간 나는 흠칫했다. 무엇을 결심했는지 묻는 거냐고 되묻지 않았다. 하지만 나는 니노의 말이 옳다는 것을 알았다. 나는 결심한 것이다. 나는 급히 잠옷을 벗고 푹푹 찌는 날씨인데도 니노 옆에 누웠다.

111

나는 새벽 4시경에야 내 방으로 돌아왔다. 피에트로는 흠칫 놀라 비몽사몽간에 무슨 일이냐고 속삭였다. 내가 단호하게 더 자라고 하자 그는 안정을 되찾았다. 나는 정신이 아뜩했다. 그날 밤 일어난 일에 행복했다. 하지만 아무리 애를 써봐도 그 일이 내가 처한 상황과 결부되지는 않았다. 피렌체에서, 그 집에서 나라는 존재가 살아가는 방식과 결부되지 않았다. 나와 니노 사이에 일어났던 모든 일은 고향 동네에서 일어나야 할 것 같았다. 그의 부모님이 이사를 갈 때 멜리나가 창문 밖으로 온갖 물건을 내던지며 괴로움에 못 이겨 비통하게 외쳤을 때처럼 말이다. 아니면 이스키아 섬에서 손잡고 산책했을 때나 밀라노의 서점에서 사나운 비평가에게서 그가 나를 지켜주었을 때처럼 여기 피렌체가 아닌 다른 곳에서 일어났어야 할 것 같았다.

그렇게 생각하자 내 책임감이 조금 무뎌졌다. 더 나아가 나 자신이 잘못이 없는 것처럼 느껴지기까지 했다. 니노를 사랑했고 결국은 니노와 사랑에 빠진 어린아이-소녀-여성은 릴라의 친구이자 피에트로의 아내이자 데데와 엘사의 어머니인 나와 아무런 관계가 없는 서로 다른 사람처럼 느껴졌다.

니노의 손길과 키스의 흔적이 온몸 구석구석에서 느껴졌다. 쾌락에 대한 집착이 좀처럼 사라지지 않았다. 나는 생각했다.

'날이 밝으려면 아직 멀었는데 내가 지금 여기서 뭘 하고 있는 거지? 다시 그에게 돌아가야겠어.'

그러다 잠이 들었다. 나는 깜짝 놀라 잠에서 깼다. 방이 환했다. 내가 대체 무슨 일을 저지른 거지. 다른 곳도 아닌 내 집에서 그런 바보 같은 짓을 저지르다니. 이제 피에트로가 일어날 것이다. 곧 아이들도 깰 것이다. 아침식사를 준비해야 한다. 니노는 우리에게 작별인사를 하고 나폴리에 있는 아내와 아들의 품으로 돌아갈 테고 나는 다시 예전의 나로 돌아가겠지.

나는 자리에서 일어나 오랫동안 샤워를 했다. 머리를 말리고 정성껏 화장을 하고 외출을 하는 사람처럼 화사한 옷을 입었다. 그렇다. 니노와 나는 지난밤 다시는 헤어지지 말자고 맹세했다. 어떻게 해서든 계속 사랑할 수 있는 방법을 찾아보자고 했다. 하지만 언제 어떻게 그럴 수 있단 말인가. 니노가 나를 다시 찾을 이유가 뭐가 있단 말인가. 우리 사이에 일어날 만한 일은 다 일어났는데 말이다. 그 이상 나가는 것은 골치 아플 뿐이다. 나는 그만두기로 마음먹고 정성들여 아침식사를 준비했다. 우리 집에 머무르던 시간과 우리 집과 평소에 사용하던 물건과 나에 대해 좋은 인상을 남기고 싶었다.

피에트로가 머리가 헝클어진 채 잠옷 차림으로 나타났다.

"어디 나가려는 거야?"

"아무 데도 안 가."

피에트로는 의아한 눈빛으로 나를 바라보았다. 일어나자마자 그렇게 단장을 한 적은 한 번도 없었으니까.

"오늘 예쁘네."

"당신 덕분에 예뻐 보이는 것은 아니지."

피에트로는 창가로 가서 밖을 바라보았다. 그가 중얼거렸다.

"어제 저녁에 너무 피곤했어."

"예의도 없었고."

"니노에게 미안하다고 사과할게."

"그전에 내게 사과해야지."

"미안해."

"니노는 오늘 떠날 거야."

그때 데데가 나타났다. 맨발이었다. 나는 데데의 슬리퍼를 가지러 가서 엘사도 깨웠다. 엘사는 언제나처럼 눈을 감은 채 내게 키스를 퍼부었다. 엘사의 몸에서 좋은 향이 났다. 살결이 너무나 보드라웠다.

'그래.'

나는 생각했다.

'정말로 일어났구나. 다행이야. 평생 그런 일이 일어나지 않을 수도 있었는데. 하지만 이제는 정신을 좀 차려야겠어. 마리아로사에게 전화를 걸어 프랑스에서 출판이 어떻게 진행되는지 알아보고 시어머니와도 이야기를 좀 나누어야지. 출판사도 직접 방문해 내 책에 대해 어떤 계획이 있는지 물어봐야겠어. 정말로 가능성이 있다고 생각하는지 아니면 그저 우리 시어머니를 기분 좋게 하려고 출판을 하려는 건지 알아봐야지.'

그때 복도에서 소리가 났다. 니노였다. 나는 니노의 인기척을 듣자 격한 감정에 사로잡혔다. 니노가 여기에 있다. 잠시 동안이지만 아직 나와 함께 있는 것이다.

"잠깐만, 바로 올게."

나는 엘사의 품에서 빠져나와 도망치듯 뛰쳐나갔다.

니노는 아직 잠이 덜 깬 표정으로 자기 방에서 나오고 있었다. 나는 그를 욕실 안으로 밀어 넣고 문을 닫았다. 우리는 키스했다. 나는 또다시 시간과 공간에 대한 감각을 잃고 말았다. 그를 향한 욕망에 나 스스로도 당황스러웠다. 나는 언제나 감정을 숨기는 데 익숙한 사람인데 말이다. 우리는 격렬하게 서로를 껴안았다. 한 번도 경험해보지 못한 감정이었다. 몸이 부딪쳐서 깨질 기세였다. 쾌락이란 이런 느낌이었던 것이다. 어디까지가 그의 몸이고 어디까지가 나의 몸인지 구별되지 않을 정도로 부서지고 뒤섞이는 것이다. 순간 피에트로가 나타났더라도 아이들이 얼굴을 들이밀었을지라도 우리를 알아보지 못했을 것이다. 나는 니노의 입에 속삭였다.

"조금만 더 머물러줘."

"안 돼."

"그렇다면 꼭 돌아와야 해. 그렇게 하겠다고 맹세해."

"맹세할게."

"전화해야 해."

"그래."

"나를 잊지 않겠다고 해줘. 나를 떠나지 않겠다고 해줘. 나를 사랑한다고 해줘."

"너를 사랑해."

"다시 한 번 말해줘."

"사랑해."

"거짓이 아니라고 맹세해."

"맹세할게."

112

약간 퉁명스런 말투이기는 했지만 피에트로가 더 머무르라고 권하고 데데가 울음을 터뜨리는데도 니노는 한 시간 후에 집을 떠났다. 피에트로는 세수를 하고 외출준비를 마친 후 다시 내 앞에 나타났다. 그는 눈을 내리깔고 말했다.

"경찰들에게는 파스콸레와 나디아가 우리 집에 왔었다고 말하지 않았어. 당신을 보호하려고 그런 것은 아니야. 의견 차이를 범죄로 간주하는 요즘 세태 때문이지."

나는 피에트로가 무슨 말을 하는지 바로 알아듣지 못했다. 파스콸레와 나디아는 까맣게 잊고 있었기에 가까스로 둘에 대한 기억을 떠올릴 수 있었다. 피에트로는 잠시 아무 말도 하지 않고 내 대답을 기다렸다. 아마도 내가 자기 의견에 동의하기를 바랐던 것 같다. 나와 화해한 다음에 또다시 시작된 하루의 무더운 날씨와 시험을 감내하고 싶었던 것이다. 이번만큼은 둘의 생각이 같다고 확인하고 싶었던 것이다.

하지만 나는 무심하게 고개를 끄덕였을 뿐이었다. 피에트로의 정치적 의견과 파스콸레와 나디아, 울리케 마인호프*의 죽음과 베트남에서의 사회주의 공화국 탄생이 무슨 상관이란 말인가. 공산당이 선거에서 승기를 잡든 말든 무슨 상관이란 말인가.

세상일은 내게서 멀어져 갔다. 내 자아가 내 안으로 꺼져 들어가는 것 같았다. 내가 머무를 수 있는 유일한 곳이자 유일하게 투쟁할 만한 가치가 있는 내 육신 속으로 한없이 꺼져 들어가는 느낌이었다. 내 이성과 혼란을 목격했던 피에트로가 등 뒤로 문을 닫고 자취를 감추자 나는 안도했다. 그의 시선을 견딜 수가 없었다. 내 입술이 키스로 얼얼하다는 것을 알아챌 것만 같았다. 지난밤 일 때문에 피곤하다는 것을 눈치챌 것만 같았다. 불에 덴 것처럼 민감하기 그지없는 내 몸 상태를 알아차릴 것만 같았다.

혼자 남게 되자 나는 다시는 니노를 보지도 못하고 연락도 할 수 없을 것이라고 또 한 번 확신했다. 이와 동시에 다른 생각이 나를 사로잡았다. 이제는 피에트로와 함께 살 수 없다는 생각이었다. 그와 같은 침대를 쓸 생각을 하니 끔찍했다. 그렇다면 이제 어떻게 해야 하나.

나는 피에트로와 헤어져야겠다고 생각했다. 아이들과 함께 그를 떠나야겠다고 생각했다. 그렇게 하려면 어떤 과정을 거쳐야 하는 걸까. 그냥 떠나기만 하면 되는 건가. 나는 별거나 이혼에 대해서 아는 바가 하나도 없었다. 어떤 수순을 밟아야 하는지, 혼자가 되기까지

* 1970년대 독일을 뒤흔들었던 테러 집단 '적군파'의 창설자.

얼마나 많은 시간을 보내야 하는지 전혀 몰랐다. 주변에 이혼 절차를 제대로 밟은 부부를 한 번도 본 적이 없었다. 아이들은 어떻게 되는 거지. 아이들을 다른 곳으로 데려갈 수 있는 걸까. 예를 들면 나폴리 같은? 꼭 나폴리여야 할 필요가 있을까. 아니면 밀라노가 어떨까.

피에트로와 헤어지면 언젠가는 직장을 찾아야 할 것이다. 힘든 시기라 경제 상황이 좋지 않으니 지금 내게는 출판사가 있는 밀라노가 가장 적합할 것이다. 하지만 데데와 엘사는 어떻게 하지. 아이들 아버지와는 관계를 어떻게 유지해야 하지. 그러면 피렌체에 남아야 하나.

아니, 절대로 그럴 수는 없다. 밀라노가 더 낫다. 아이들을 보고 싶으면 피에트로가 보러 오겠지. 그래. 그게 좋겠다. 그런 생각을 하면서도 머릿속에 자꾸만 나폴리가 생각났다. 고향 동네는 아니다. 고향에 돌아갈 일은 없다.

나는 내가 한 번도 살아보지 못한 나폴리 부촌에서 사는 상상을 해보았다. 니노가 살고 있는 집에서 얼마 떨어지지 않은 타소 가에 자리 잡는 상상을 해보았다. 그렇게 하면 매일 창문 너머로 니노가 대학에 출퇴근하는 모습을 지켜볼 수 있을 것이다. 길을 가다 그와 마주치고 매일 이야기를 나누는 상상을 해보았다. 그를 방해할 생각은 없었다. 가정에 문제를 일으킬 생각도 없었다. 오히려 엘레오노라와 더 친해질 생각이다. 그 정도 관계면 충분하다. 그렇다. 밀라노가 아니라 나폴리에 가는 것이다.

사실 피에트로와 헤어지고 나면 밀라노는 내가 살기에 그리 적합하지 않을 것이다. 마리아로사와 관계도 소원해질 것이다. 시어머니도 마찬가지다. 물론 모두 교양 있는 사람들이니 완전히 연락을 끊지는 않을 것이다. 그래도 피에트로의 어머니와 누나가 아닌가. 비록 그를 탐탁지 않아 하더라도 말이다.

피에트로의 아버지 아이로타 교수도 마찬가지일 것이다. 그렇다. 나는 예전처럼 아이로타 집안에 기대지 못할 것이다. 출판사도 마찬가지다. 내가 유일하게 도움을 받을 수 있는 사람은 니노밖에 없었다. 어디든 친한 사람이 많으니 내 직장 정도는 알아봐줄 수 있을 것이다. 내가 너무 달라붙어 있는 것을 니노나 니노의 아내가 성가시게 생각하지 않는다면 말이다. 니노에게 나는 나폴리에서 멀리 떨어진 피렌체에서 가족과 함께 사는 자유롭지 않은 유부녀일 뿐이다. 이렇게 급히 결혼 생활을 정리하고 그를 따라 그의 집에서 얼마 떨어져 있지 않은 곳에서 살게 되면 그는 나를 어떻게 생각할까.

니노는 나를 미쳤다고 할 것이다. 정신 나간 어리석은 여자 취급을 할 것이다. 나는 마리아로사의 친구들이 끔찍하게 여기는 남성의존적인 여성의 전형이 될 것이다. 그런 여자는 무엇보다도 니노에게 어울리지 않는다. 니노는 많은 여자를 사랑했고 관계를 맺으며 별생각 없이 씨를 뿌리고 다녔다. 결혼을 필수적인 관습이라고 생각하면서도 욕망을 참지 못했다. 그런 그에게 우습게 보일 수는 없다. 나는 가진 것이 없어도 많은 일을 해냈다. 그러니 니노 없이도 잘 해낼 수 있을 것이다. 나는 내 딸들과 함께 나의 길을 갈 것이다.

그때 전화벨이 울렸다. 나는 미친 듯이 달려가 전화를 받았다. 니노였다. 주변의 스피커 소리며 자동차 경적소리, 소음 때문에 목소리가 잘 들리지 않았다. 지금 막 나폴리에 도착해 역에서 전화를 거는 것이라고 했다.

"잠깐 인사만 하려고."

니노가 말했다.

"지금 어떤지 알고 싶었어."

"난 괜찮아."

내가 말했다.

"뭐하고 있어?"

"아이들이랑 식사하려고 해."

"피에트로도 있어?"

"아니."

"나랑 사랑을 나누는 게 좋았어?"

"응."

"많이?"

"아주 많이"

"동전이 모자라."

"그만 가봐. 안녕. 전화해줘서 고마워."

"다시 연락할게."

"네가 원한다면."

나는 내 자제력이 마음에 들었다. 적당한 거리감을 유지했다고 생각했다. 예의상 건 전화에 예의 바르게 대응했다고 생각했다. 하지만 세 시간 후에 니노에게서 다시 전화가 왔다. 이번에도 공중전화였다. 니노는 신경이 곤두서 있었다.

"왜 그렇게 차갑게 구는 거야?"

"나는 차갑게 굴지 않았어."

"오늘 아침 네가 사랑한다고 말해달래서 사랑한다고 했어. 그런 말을 하지 않는 게 내 원칙인데 말이야. 나는 아내한테도 사랑한다고 말한 적이 없어."

"기뻐."

"너는 나를 사랑해?"

"응."

"오늘 밤 그와 같이 잘 거야?"

"그가 아니라면 누구와 함께 자겠어?"

"참을 수 없을 것 같아."

"그러는 너는 네 아내와 함께 잘 거잖아."

"그건 달라."

"왜?"

"내게 엘레오노라는 아무런 의미가 없으니까."

"그럼 여기로 돌아와."

"어떻게 그래?"

"엘레오노라와 헤어지면 되지."

"그러고는?"

그 후로도 니노는 집요하게 계속 전화했다. 나는 전화벨이 울릴 때마나 너무 좋았다. 특히 기약 없이 인사를 한 다음에 30분도 채 지나지 않아 니노가 다시 전화를 걸어올 때는 더 그랬다. 가끔은 10분 만에 다시 전화를 걸기도 했다.

니노는 내게 집착하기 시작했다. 우리가 함께 사랑을 나눈 다음 피에트로와 잠자리를 가졌는지 묻곤 했다. 내가 그렇지 않다고 하면 내게 맹세하라고 했고 나는 그의 말에 따라 맹세했다. 그러면 나도 니노에게 아내와 관계를 맺었는지 물었고 그러면 그도 아니라고 외쳤다. 그러면 나도 니노에게 맹세하라고 했고 니노도 맹세했다.

맹세에 맹세가 뒤를 이었고 수많은 약속을 했다. 특히 니노는 자기와 통화할 수 있도록 내가 항상 집에 있을 것을 진지하게 약속하게 했다. 그는 내가 자기 전화만을 기다리고 있기를 바랐다. 어찌나 집착을 했는지 가끔 장을 보기 위해 집을 비울 때에도 빈 집에 전화벨이 울렸다. 내가 집에 들어와 아이들과 장바구니를 내팽개치고 현관문을 미처 닫지도 못한 채 뛰어가 전화를 받을 때까지 전화벨은 계속 울렸다.

전화를 받으면 수화기 저편에서 니노가 절망적인 목소리로 말했다.

"네가 다시는 전화를 받지 않을 줄 알았어."

그는 안심한 목소리로 덧붙였다.

"만약 네가 전화를 받지 않았다면 나는 영원히 전화기를 놓지 않았을 거야. 너 대신 전화기 소리를 사랑하게 되었을 거야. 순간 이 공허한 울림이 내게 남은 유일한 것처럼 느껴졌어."

니노는 나와 함께 사랑을 나눴던 밤을 세밀하게 회상했다.

"그거 기억나? 이거 기억나?"

니노는 나와 함께하고 싶은 일은 하나하나 열거했다. 섹스뿐만이 아니었다. 그는 나와 함께 산책을 하고 여행을 하고 영화관에 가고 식당에 가고 자기가 하고 있는 일에 대해서 이야기를 해주고 내 책의 출판 준비가 어떻게 되어 가는지 이야기를 듣고 싶어 했다. 니노의 말에 귀를 기울이다보면 나는 자제력을 잃고 그의 말에 무조건 좋다고 속삭였다.

"그래, 좋아. 네가 원하는 일이라면 뭐든지 좋아."

하루는 내가 외쳤다.

"나는 곧 휴가를 떠나. 일주일 후면 아이들과 피에트로와 함께 해변으로 갈 거야."

내가 귀양이라도 떠나는 것처럼 소식을 전하자 니노가 말했다.

"엘레오노라는 사흘 후에 카프리로 떠날 거야. 아내가 떠나면 바로 피렌체로 갈게. 단 한 시간이라도 말이야."

니노와 통화할 때면 엘사가 나를 물끄러미 바라보며 묻곤 했다.

"엄마, 대체 누구랑 그렇게 계속 이야기를 하는 거야? 이리 와서 나랑 놀아요."

어느 날 데데가 그런 엘사에게 말했다.

"엄마를 내버려둬. 지금 애인이랑 통화하는 거야."

113

니노는 밤새 차를 몰아 아침 9시경에 피렌체에 도착했다. 처음 전화를 걸었을 때 피에트로가 받자 니노는 바로 전화를 끊어버렸다. 다시 전화벨이 울리자 내가 먼저 전화를 받으려고 급히 뛰어갔다. 니노는 우리 집 밑에 주차를 해놨다고 말했다.

"내려와."

니노가 말했다.

"안 돼."

"지금 당장 내려오지 않으면 내가 올라갈 거야."

비아레조로 떠나기 며칠 전이라 피에트로도 이미 휴가가 시작된 후였다. 나는 해변에 가기 전에 급히 사야 할 것이 있다며 피에트로에게 아이들을 맡기고 니노에게 달려갔다.

니노를 다시 만난 것은 최악의 선택이었다. 우리는 그동안 욕망이 사그라들기는커녕 더 강하게 불타올랐다는 사실을 깨달았다. 욕망은 뻔뻔하게 온갖 요구를 쏟아냈다. 멀리 떨어져서 통화를 할 때면 짜릿한 상상 속에서 미래를 꿈꾸기도 했지만 다른 한편으로는 서로 이성을 지키면서 절제하기도 했고 두려워하기도 했다. 하지만 끔찍한 무더위에도 그 좁은 자동차 안에서 서로를 마주하는 순간 우리의 욕망에는 구체적인 형상이 부여되었다. 그날의 만남으로 인해 욕망은 불가피성이라는 제복을 입게 되었다. 파멸의 시대가 도래하기 위한 초석이 되었다. 우리의 욕망은 당시 불가능한 것을 가능한 것으로 만들려는 시대적 상황과 일맥상통한 면이 있었다.

"집에 가지 마."

"피에트로와 아이들은 어쩌고?"

"그러면 우리는 어쩌고?"

나폴리로 다시 떠나기 전 니노는 8월 한 달 내내 나를 보지 못하고 견딜 수 있을지 모르겠다고 했다. 우리는 비통하게 작별인사를 나누었다. 휴가 동안 머무를 비아레조의 숙소에는 전화가 없었기에 니노는 카프리 집 전화번호를 내게 알려주었다. 그는 내게 매일 전화할 것을 약속하게 했다.

"엘레오노라가 받으면 어떻게 해?"

"그냥 끊어버려."

"해변에 있을 수도 있잖아."

"난 할 일이 있어서 해변에는 거의 가지 않을 거야."

8월 15일 성모승천일 전후에 한 번이라도 만날 날짜를 정하기 위해서라도 우리는 전화를 해야 했다. 니노는 내게 어떤 핑계라도 만들어 피렌체로 돌아오라고 했다. 그러면 자기도 엘레오노라에게 거짓말을 하고 피렌체로 오겠다고 했다. 우리 집에서 만나 함께 저녁식사를 하고 함께 사랑을 나누자고 했다.

미친 짓이었다. 나는 그에게 키스하고 그를 쓰다듬고 깨물었다. 불행한 행복감에 사로잡혀 그와 마지못해 헤어졌다.

나는 손에 잡히는 대로 수건과 피에트로를 위한 수영복 두 벌, 엘사를 위한 모래통과 작은 삽, 데데를 위한 앙증맞은 파란 수영복을 샀다. 그 무렵 데데는 파란색을 좋아했다.

114

우리는 휴가를 떠났다. 휴가 내내 나는 아이들에게 거의 신경 쓰지 못했다. 나는 아이들을 피에트로에게 맡기고 틈만 나면 전화기를 찾아 헤맸다. 겨우 사랑한다는 말 한마디를 하기 위해 니노에게 전화를 걸곤 했다. 두어 번 엘레오노라가 전화를 받았는데 나는 그때마다 전화기를 내려놓았다. 하지만 그녀의 목소리를 듣기만 해도 화가 났다. 나는 엘레오노라가 밤낮으로 니노 옆에 붙어 있는 것이 옳지 않다고 생각했다. 그녀는 니노와 상관없는 사람이다. 우리와 관계없는 사람이다.

나는 엘레오노라에 대한 앙심 덕분에 두려움을 이겨낼 수 있었다. 피렌체에서 다시 만나기로 한 계획이 점점 더 가능할 것 같았다. 나는 피에트로에게 밀라노 출판사가 최선을 다하고 있는데도 이탈리아에서는 내년 1월쯤에나 출간할 수 있겠지만 프랑스에서는 올 10월 말로 출간일이 잡혔다고 했다. 실제로 그랬다. 그전에 급히 확인해야 할 사항이 몇 가지 있는데 그러기 위해서는 책이 두 권쯤 필요하다고 했다. 책을 가지러 집에 가야 할 것 같다고 했다.

"내가 가져다줄게."

피에트로가 선뜻 나섰다.

"아이들과 함께 있어줘. 그럴 시간이 거의 없잖아."

"나와는 달리 당신은 운전을 싫어하잖아."

"나를 좀 내버려둘 수 없어? 하루쯤 자유롭게 지내고 싶다고. 하다못해 가정부도 휴일이 있는데 나는 왜 쉴 수 없는 거야?"

나는 아침 일찍 차를 타고 피렌체로 출발했다. 새하얀 선 같은 구름이 푸른 하늘을 가로질렀고 창문을 통해 여름의 향기를 실은 시원한 바람이 불어왔다. 나는 두근거리는 가슴을 안고 텅 빈 집에 들어섰다. 나는 옷을 벗어 샤워를 하고 거울 앞에 섰다. 배와 가슴에 생긴 하얀 얼룩이 눈에 거슬렸다. 나는 마음에 들 때까지 이 옷 저 옷을 입었다 벗었다 다시 입기를 반복했다.

니노는 오후 3시쯤 도착했다. 아내에게 무슨 이야기를 지어냈는지 알 수 없었다. 우리는 저녁까지 사랑을 나누었다. 마음에 여유가 생기자 니노는 처음으로 내 몸을 헌신적으로 애무하고 칭송했다. 나는 그런 칭찬에 익숙지 않았다. 나도 그에 못지않게 니노를 만족시키고 싶어서 최선을 다했다. 어떻게 해서든 잠자리에서 능숙하게 보이고 싶었다. 하지만 막상 그가 무아지경에 빠져 행복해하는 모습을 보니 머릿속에서 뭔가가 어긋나는 느낌이 들었다.

'내겐 첫 경험인데 니노에게는 과거의 반복일 뿐이구나.'

니노는 여성을 사랑했다. 그에게 여성의 몸은 맹목적인 숭배의 대상이었다. 나디아나 실비아나 마리아로사나 니노의 아내 엘레오노라처럼 지금까지 니노를 스쳐간 다른 여자들이 생각난 것은 아니었다. 내 머릿속에 떠오른 것은 내가 너무나 잘 알고 있는 이야기였다. 나는 니노가 릴라와 저질렀던 정신나간 짓을 생각했다. 자기 자신을 파멸로 몰아넣을 뻔했던 그 시절의 광기를 생각했다. 릴라가 그의 열정을 얼마나 맹신했는지, 니노가 읽는 어려운 책이며 니노의 생각과 욕망에 얼마나 집착했는지 생각났다. 릴라는 그렇게 하면 자신도 발전해서 변화할 수 있을 거라고 생각했었다.

니노에게 버림받았을 때 릴라가 어떻게 무너져내렸는지도 기억났다. 니노는 그렇게 극단적인 방식으로 사랑할 수밖에 없는 것일까. 그런 극단적인 방식으로 자신을 사랑하도록 만들 수밖에 없는 것일까. 우리의 광적인 사랑은 다른 광적인 사랑의 재연에 지나지 않는 것이 아닐까. 지금 이토록 물불 가리지 않고 나를 탐하는 것도 지난날 릴라에게 했던 전례를 따르는 것에 지나지 않는 것은 아닐까. 피에트로와 나의 집까지 나를 따라온 것도 과거 스테파노와 릴라의 집에 숨어들었던 때와 상황이 비슷하지 않은가. 우리는 지금 사랑하는 것이 아니라 과거의 일을 반복하고 있는 것이 아닐까.

내가 주춤하자 니노가 물었다.

"왜 그래?"

"아무것도 아니야."

나는 그에게 무슨 말을 해야 할지 몰랐다. 설명할 수 있는 내용이 아니었다. 나는 니노를 꼭 껴안고 키스하면서 릴라를 향한 니노의 사랑을 머릿속에서 지우려 애썼다. 하지만 니노는 끈질기게 이유를 물었고 결국 나는 뭔가를 이야기해야만 했다. 비교적 근래에 머릿속에 맴돌던 생각이 떠올랐다.

'그래, 그 정도라면 이야기해도 되겠지.'

나는 짐짓 장난스러운 말투를 가장하며 니노에게 물었다.

"나도 리나처럼 섹스에 문제가 있나?"

순간 니노의 얼굴색이 변했다. 눈매와 얼굴이 전혀 다른 사람처럼 변했다. 낯설어 보이는 그의 얼굴에 겁이 났다. 그가 대답하기 전에 내가 먼저 서둘러 속삭였다.

"농담이야. 대답하기 싫으면 하지 않아도 돼."

"네 말의 의미를 모르겠어."

"네 말을 인용한 것뿐인걸."

"난 그런 말 한 적 없어."

"거짓말. 밀라노에서 내게 그랬잖아. 식당으로 가던 길에 말이야."
"아니야. 나는 리나 이야기는 하고 싶지 않아."
"왜?"
니노는 아무 말도 하지 않았다. 나는 화가 나서 등을 돌렸다. 니노가 내 등을 손가락으로 쓰다듬자 나는 그에게 차갑게 말했다.
"내버려둬."
잠시 우리는 아무 말도 하지 않고 그대로 자리에 누워 있었다.
니노는 다시 내 몸을 쓰다듬기 시작했다. 살포시 내 어깨에 입을 맞추었다. 그의 손길에 나는 마음이 풀렸다. 나는 생각했다.
'그래, 니노 말이 맞아. 다시는 릴라에 대해 묻지 말아야겠어.'
저녁이 되자 전화벨이 울렸다. 피에트로와 아이들이 틀림없었다. 나는 니노에게 조용히 하라는 표시를 하고 침대에서 일어나 전화를 받으러 달려갔다. 다정하고 안정적인 목소리를 연습했는데 나도 모르게 너무 낮은 목소리가 튀어나왔다. 속삭임에 가까운 부자연스러운 목소리였다. 내가 통화하는 소리를 듣고 니노가 나를 놀리거나 그를 화나게 하고 싶지 않아서 나도 모르게 소리를 낮춘 것이었다.
"왜 그렇게 속삭이는 거야?"
피에트로가 물었다.
"잘 있어?"
나는 바로 소리를 높였다. 하지만 이번에는 소리가 지나치게 컸다. 나는 피에트로에게는 최대한 다정하게 이야기하고 엘사에게는 반갑게 말을 건넸다. 데데에게는 아빠를 힘들게 하지 말고 잠자리에 들기 전에 양치질을 꼭 하라고 했다. 침대에 돌아가자 니노가 말했다.
"참 훌륭한 현모양처이셔라."

내가 말했다.

"그건 너도 마찬가지잖아."

나는 긴장감이 가라앉기를 기다렸다. 메아리처럼 맴도는 남편과 아이들 목소리가 사라지기를 기다렸다. 우리는 몹시 즐거워하며 함께 샤워를 했다. 새로운 경험이었다. 그의 몸을 씻겨주는 것이 좋았고 그가 내 몸을 씻겨주는 것도 좋았다.

그런 다음 나는 나갈 준비를 했다. 니노를 위해 다시 몸단장을 했다. 이번에는 그가 보는 앞에서 치장을 했다. 그렇게 하는 것이 하나도 불편하지 않았다. 그는 어울리는 옷을 고르기 위해 옷을 입어보고 화장을 하는 나의 모습을 홀린 듯 바라보았다. 이따금씩 그가 등 뒤로 다가와 목에 키스를 하고 옷의 파인 부분과 치마 속으로 손을 집어넣곤 했다. 그럴 때마다 나는 장난스러운 목소리로 니노에게 말했다.

"간지럼 태울 생각일랑은 꿈에도 하지 마. 화장을 망치면 다시 해야 한단 말이야. 옷 망가지지 않게 조심해. 나를 내버려둬."

나는 억지로 니노를 먼저 내보내면서 차에서 잠시 기다리라고 했다. 휴가 기간이어서 건물이 거의 비어 있었지만 그래도 우리가 함께 있는 모습을 누군가 볼까봐 두려웠다.

우리는 저녁식사를 하러 가서 음식을 많이 먹었다. 이야기도 많이 하고 술도 많이 마셨다. 돌아와서 다시 함께 침대에 누웠지만 잠을 자지는 않았다. 니노가 말했다.

"10월에 5일 동안 몽펠리에에 갈 예정이야. 학회가 있거든."

"좋겠다. 부인이랑 같이 가는 거야?"

"너와 함께 가고 싶어."

"불가능해."

"왜?"

"데데는 여섯 살이고 엘사는 세 살이야. 아이들을 돌봐야지."

우리는 현 상황을 두고 한참 동안 이야기를 나누었다. 처음으로 기혼자니 아이들이니 하는 말이 진지하게 나왔다. 우리는 절망하다 섹스하고 섹스하다 다시 절망했다. 결국 내가 말했다.

"우리 더 이상 만나서는 안 될 것 같아."

"그럴 수 있으면 그렇게 해. 난 그렇게 못 해."

"말도 안 돼. 우리가 안 지 수십 년이 됐는데 지금까지 나 없이도 잘만 살아왔잖아. 곧 나를 잊을 거야."

"매일 전화하겠다고 약속해줘."

"싫어. 이제 전화하지 않을래."

"그러면 난 미쳐버릴 거야."

"이렇게 네 생각만 하고 있다가는 나야말로 미쳐버릴 거야."

우리는 마조히즘에 가까운 쾌락을 느끼면서 우리가 막다른 골목에 내몰렸다는 사실을 이야기했다. 우리 앞을 가로막는 장애물을 열거하다 지쳐 결국 다투고 말았다.

니노는 신경이 잔뜩 곤두서서 새벽 6시에 길을 떠났고 나는 집을 정돈한 다음 한바탕 펑펑 울고 나서야 영원히 비아레조에 도착하지 않기를 바라며 차를 몰았다. 중간쯤 와서야 그날 여행의 명분이 될 만한 책을 한 권도 챙기지 않았다는 사실을 깨달았다. 나는 차라리 잘 됐다고 생각했다.

115

비아레조에 도착하자 엘사가 반갑게 맞아주었다. 엘사는 샐쭉하게 말했다.

"아빠는 재미없어요."

데데가 피에트로 편을 들었다. 큰아이는 동생이 너무 어리고 바보 같아서 무슨 놀이를 하든 망쳐버린다고 했다. 내 모습을 살피던 피에트로는 내 기분이 좋지 않다는 것을 알아차렸다.

"밤을 샌 것 같군."

"잠을 잘 못 잤어."

"책은 찾았어?"

"응."

"어디에 있는데?"

"집에 있지 어디에 있겠어. 확인해야 할 내용을 확인하고 그냥 두고 왔어."

"그런데 왜 화를 내는 거야?"

"당신이 화나게 하니까."

"어제저녁 다시 전화했었어. 엘사가 엄마한테 저녁인사를 하고 싶다고 해서. 그런데 전화를 안 받더라."

"너무 더워서 산책했어."

"혼자서?"

"혼자가 아니면 누구랑 했겠어?"

"데데가 당신한테 애인이 있다고 하던데?"

"데데는 당신을 너무 좋아해서 내 자리를 차지하지 못해 안달이 난 아이야."

"내가 미처 보지 못하고 듣지 못한 것을 보고 들은 것일 수도 있지."

"무슨 말을 하고 싶은 거야?"

"지금 내가 한 말 그대로야."

"여보, 우리 이야기 좀 해. 당신이 앓고 있는 수많은 병 가운데 이제 의처증까지 생긴 거야?"

"나는 질투하는 게 아니야."

"정말로 그랬으면 좋겠네. 그런 게 아니라면 내 말 똑똑히 들어. 지금 상황에 의처증까지는 너무 심해. 감당하기 힘들다고."

그 후로도 며칠 동안 그런 식의 마찰이 잦아졌다. 나는 피에트로를 멀리하면서 그에게 화를 냈다. 그러는 내 자신이 혐오스러웠지만 다른 한편으로는 분노가 치밀어 오르기도 했다.

'피에트로는 대체 내게 무엇을 원하는 걸까? 나는 뭘 해야 하나?'

나는 니노를 사랑했다. 평생을 그래왔다. 그런 니노를 어떻게 내 몸과 마음에서 지워낸단 말인가. 그것도 니노가 나를 원하는 바로 지금 이 순간에. 나는 어렸을 때부터 완벽한 자기 통제 시스템을 구축해왔다. 한 번도 내밀한 욕망에 휘둘린 적이 없었다. 어떻게 해서든 욕망을 밀어낼 방법을 찾아냈다.

'이제는 그러지 않을 거야.'

나는 혼자 되뇌었다.

'모든 것이 망가져도 상관없어. 차라리 내가 제일 먼저 망가져 버렸으면 좋겠어.'

그 무렵 나는 심하게 동요하고 있었다. 피렌체에서 내린 현명한 판단에 따라 나는 정말로 며칠 동안 니노에게 일절 전화하지 않았다. 그러다가 신중함 따위는 던져버리고 갑자기 하루에도 서너 번씩 전화를 걸기 시작했다. 데데가 공중전화 박스에서 몇 걸음 떨어지지 않은 곳에 있는데도 개의치 않았다. 나는 내리쬐는 태양 아래 찜통 같은 전화박스 안에서 니노와 의논했다. 스파이처럼 나를 훔쳐보는 데데의 시선을 견디다 못해 가끔은 땀에 흠뻑 젖은 채 전화박스 문을 홱 열어젖히고 데데에게 악을 썼다.

"거기에 말뚝처럼 서서 대체 뭘 하고 있는 거야? 동생을 돌보라고 했잖아!"

이제 내 온 신경은 몽펠리에에서 열리는 학회에 쏠려 있었다. 니노는 계속해서 나를 채근했다. 학회에 함께 가는 것이야말로 자신에 대한 내 사랑을 증명하는 것이라고 했다. 우리는 그러다 격렬하게 싸우기도 하고 상대방 없이는 살 수 없다고 맹세하기도 했다. 값비싼 시외 통화료를 내면서 불만을 토하기도 했고 우리의 욕망에 대해 열정적으로 말하기도 했다.

어느 날 오후 나는 지칠 대로 지쳐 결국 니노에게 말하고 말았다.

"너와 함께 몽펠리에에 갈 수 있는 방법은 하나밖에 없어."

"엄마, 그만 나와요. 지겨워 죽겠어요."

데데와 엘사가 전화박스 밖에서 재잘대고 있었다.

"그게 뭔데?"

"피에트로에게 모든 것을 털어놓는 거야."

긴 침묵이 흘렀다.

"너 정말 그럴 준비가 됐어?"

"응. 단 한 가지 조건이 있어. 너도 엘레오노라에게 말해야 해."

또다시 긴 침묵이 흘렀다. 니노가 나즈막이 말했다.

"엘레오노라와 아이에게 상처 주길 바라는 거야?"

"응. 나도 피에트로와 내 아이들에게 상처를 줄 테니까. 결단은 아픔을 수반하기 마련이야."

"알베르티노는 아직 어려."

"엘사도 그래. 데데도 견딜 수 없이 힘들어 할 테고."

"우선 몽펠리에에 다녀와서 생각해보자."

"나를 갖고 놀 생각은 하지 마."

"그럴 생각 없어."

"장난치는 게 아니라면 그에 걸맞은 행동을 해. 너는 네 아내에게 나는 내 남편에게 말하는 거야. 지금 당장. 오늘 밤에 말이야."

"조금만 더 시간을 줘. 간단한 일이 아니잖아."

"내겐 간단할 것 같아?"

니노는 머뭇거렸다. 내게 자신의 상황을 설명하려 했다. 그는 엘레오노라가 몹시 심약하다고 했다. 니노와 아이가 엘레오노라의 전부라고 했다. 어린 시절 두 번이나 자살을 시도한 적도 있다고 했다. 니노는 여기에서 멈추지 않았다. 나는 니노가 최대한 진솔하게 말하려고 애쓰고 있다는 것을 느낄 수 있었다. 그는 평소처럼 명확한 태도로 이혼은 아내와 아이에게 상처를 줄 뿐만 아니라 더 나아가 지금 그가 누리는 수많은 이권을 포기한다는 것을 의미한다고 차근차근 말했다.

"부유한 환경에서 사니까 그나마 나폴리에서 사는 것이 견딜 만한 거야."

니노가 말했다. 그뿐만 아니라 이혼을 하면 지금처럼 대학에서 자기가 하고 싶은 대로 할 수 있도록 해준 인맥을 잃을 것이라고 했다. 니노는 아무것도 숨기지 않기로 한 자신의 결심에 취한 듯 우리 시아버지 이야기로 대화를 마무리지었다.

"네 시아버지가 나를 신뢰하고 있다는 것을 잊지 마. 우리 관계를 밝히면 너나 나나 아이로타 집안사람들과 좋지 않게 끝날 거야."

이유는 모르지만 나는 니노의 마지막 말에 가장 큰 상처를 받았다.

"좋아."

내가 말했다.

"그럼 우리는 여기서 그만두자."

"기다려."

"지금까지 충분히 기다려 왔어. 더 빨리 결정을 내렸어야 했어."

"어떻게 할 셈이야?"

"결혼 생활이 무의미하다는 것을 인정하고 내 갈 길을 가야지."

"정말?"

"그래."

"그럼 나랑 몽펠리에에 갈 거야?"

"나는 내 갈 길을 가겠다고 했어. 네 길이 아니라. 너랑은 끝이야."

116

나는 전화를 끊고 눈물을 흘리며 전화박스에서 나왔다. 엘사가 물었다.

"엄마, 어디 다쳤어요?"

내가 말했다.

"아니야. 엄만 괜찮아. 할머니가 아프시대."

나는 흐느껴 울었다. 엘사와 데데가 그런 내 모습을 걱정스럽게 바라보았다.

나는 휴가의 마지막 날들을 눈물 속에서 보냈다. 나는 머리가 아프다거나 피곤하다거나 너무 덥다는 핑계로 피에트로에게 아이들을 맡겼다. 남편에게 아이들을 해변에 데려가게 하고 나는 그동안 침대에 누워 눈물로 베갯잇을 적셨다.

그렇게 지나치게 청승을 떠는 내 모습이 싫었다. 어렸을 때에도 그런 적이 한 번도 없었다. 나도 릴라도 눈물 따위는 흘리지 않도록 교육받았다. 눈물을 흘리는 일은 정말 예외적인 순간이었다. 그나마도 잠깐 눈물을 보이는 정도였다. 너무나도 수치스러운 일이라 생각했기에 우리는 울음을 억누르곤 했다. 그랬던 나인데 지금은 아리오스토의 서사시에 나오는 미친 오를란도*처럼 수도꼭지가 열린 양 쉴 새 없이 눈물이 흘러 내렸다. 피에트로와 아이들이 돌아올 즈음이면 나는 애써 눈물을 삼키고 수돗물에 세수를 하러 달려갔지만 그 순간마저도 수도꼭지에서 물이 한 방울씩 새는 것처럼 언제라도 눈에서 눈물이 흘러내릴 태세였다.

니노는 진심으로 나를 원하는 것이 아니었다. 잔뜩 폼만 잡았을 뿐 실은 나를 별로 사랑하지 않았던 것이다. 그저 나와 섹스를 하고 싶었을 뿐이었다. 다른 수많은 여자처럼 말이다. 나를 위해 아내와 관계를 완전히 끊으려는 계획은 애시당초 하지 않았던 것이다. 그는 아직도 릴라를 사랑하고 있는지도 모른다. 릴라를 알게 된 다른 많은 남자들처럼 평생 릴라만 사랑할 수도 있다. 아마도 그렇기 때문에 평생 엘레오노라와 헤어지지 않을 것이다.

릴라를 향한 사랑은 엘레오노라와의 결혼에 대한 보증 수표였다. 릴라를 사랑하는 한 니노는 가끔 다른 여자와 사랑에 빠지더라도, 그 순간만큼은 그 여자를 절실히 원한다 해도 절대로 엘레오노라와의 불안한 결혼을 위험에 빠뜨리지는 않을 것이다. 그중에서도 특히 나는 그들의 결혼을 위협할 가능성이 제일 낮았다. 이것이 내가 직면한 현실이었다. 나는 점심이나 저녁식사 도중에 뛰쳐나가 욕실에서 흐느껴 울곤 했다.

* 루도비코 아리오스토의 작품 『미친 오를란도』의 주인공으로 사랑에 좌절해 이성을 잃고 세상을 떠돈다.

내가 폭발하기 일보 직전이라는 것을 감지한 피에트로는 나를 조심스럽게 대했다. 사실 니노와 헤어진 후 바로 피에트로에게 모든 것을 고백할 생각이었다. 나는 그가 내 상황을 설명해주어야 할 남편이라기보다는 고해신부처럼 느껴졌다. 그에게 모든 것을 털어놓고 싶은 욕구를 느꼈다. 특히 저녁에 피에트로가 침대에서 내 곁으로 몸을 붙여올 때면 그에게 모든 일을 세세히 털어놓고 싶은 욕망에 사로잡혔다. 하지만 그때마다 나는 그를 밀어내며 속삭였다.

"싫어. 아이들이 깬단 말이야."

나는 매번 모든 것을 고백하기 바로 직전에 가까스로 참곤 했다. 이제 피에트로에게 니노 이야기를 할 필요가 없다고 생각했다. 사랑하는 니노에게 더 이상 전화도 하지 않고 그를 영원히 잃은 사실이 확실해진 마당에 굳이 피에트로에게 잔인하게 굴 필요는 없다고 생각했다. 그보다는 나는 더 이상 당신과 살 수 없다고 깔끔하게 내 견해를 밝히고 그와 관계를 정리하는 편이 더 나았다. 하지만 나는 그렇게 하지도 못했다. 어둠에 잠긴 방에서 결심을 실행에 옮기려다가도 불현듯 피에트로가 안쓰럽고 아이들의 미래가 걱정되어 남편의 어깨며 뺨을 어루만져주고는 어서 자라고 속삭이기만 했다.

상황이 바뀐 것은 휴가 마지막 날이었다. 자정이 다 된 시각이었고 데데와 엘사는 잠들어 있었다. 니노에게 전화를 걸지 않은 지 열흘이 넘었다. 다음 날 떠날 채비도 이미 끝난 상태였다. 나는 너무 슬퍼서 기운이 하나도 없었다. 피로와 무더위에 지쳐 있었다. 피에트로와 나는 아무 말 없이 발코니에 있는 긴 의자에 각각 누워 있었다. 습도가 너무 높아 몸이 한없이 축 처졌다. 머리카락과 옷이 눅눅했다. 바다 내음과 송진 냄새가 바람에 실려 왔다. 피에트로가 불쑥 물었다.

"어머님은 좀 어떠셔?"

"우리 엄마?"

"그래."

"잘 계셔."

"데데가 할머니가 아프다고 하던대."

"지금은 괜찮아지셨어."

"오늘 오후에 전화 드렸는데 건강하시다던대."

나는 대답하지 않았다. 피에트로는 정말이지 구제불능이었다. 내 눈에 벌써부터 눈물이 고였다. 오, 하나님. 모든 것이 지긋지긋했다. 피에트로가 침착하게 말을 이었다.

"당신은 내가 장님에 귀머거리인 줄 알지? 엘사를 낳기 전에 우리 집에 드나들던 그 멍청한 자식들에게 꼬리를 친 것도 모르는 줄 알았지?"

"당신이 무슨 말을 하는 건지 모르겠어."

"그럴 리 없어."

"아니, 몰라. 누구 이야기를 하는 거야? 수년 전에 우리 집에서 고작 몇 번 저녁식사를 같이한 사람들? 내가 그 사람들하고 시시덕댔다고? 미쳤어?"

피에트로는 혼자 생각에 잠겨 미소를 띤 채 고개를 저었다. 잠시 후 피에트로는 발코니의 철책에 시선을 고정시킨 채 내게 물었다.

"그 드럼 연주자한테 꼬리를 쳤던 거 아니야?"

나는 긴장했다. 피에트로는 도무지 뒤로 물러서려 하지 않았다. 포기하려 하지 않았다. 나는 코웃음을 쳤다.

"마리오 말이야?"

"그것 봐. 아직도 기억하잖아."

"당연히 기억하지. 기억하지 못할 이유가 없잖아. 결혼 생활 7년 동안 당신이 집에 데리고 온 사람 가운데 그나마도 흥미로운 사람이었는데."

"흥미롭다고 생각했어?"

"그래. 그래서 뭐? 대체 오늘 왜 이러는 거야?"

"알고 싶어. 나는 알면 안 되는 거야?"

"뭘 알고 싶은 건데? 내가 아는 건 당신도 이미 알고 있어. 그 사람을 마지막으로 본 지 적어도 4년이 넘었는데 이제 와서 내게 그런 말도 안 되는 소리를 하는 이유가 뭐야?"

피에트로는 철책에서 눈을 떼고 고개를 돌려 진지한 표정으로 나를 바라보았다.

"그럼 최근에 일어난 일에 대해 이야기 좀 해보자고. 당신, 니노와 무슨 사이야?"

117

예기치 않았던 만큼 충격적인 질문이었다. 피에트로는 나와 니노의 관계를 알고 싶어 했다. 그 질문을 듣자, 피에트로의 입에서 니노의 이름이 나오자 수도꼭지가 다시 열렸다. 눈물이 앞을 가렸다. 나는 우리가 밖에 있다는 사실을 잊고, 사람들이 하루종일 일광욕과 해수욕을 하다 지쳐 잠들어 있다는 사실도 잊어버린 채, 이성을 잃고 바락바락 악을 썼다.

"왜 내게 그런 질문을 한 거야? 당신 혼자서만 간직했어야지. 당신이 다 망쳐버린 거야. 이제는 어쩔 수 없게 돼버렸잖아. 당신만 입 다물고 있으면 되는 거였는데. 당신 때문에 이제 떠날 수밖에 없게 됐어. 떠나야만 한다고."

그때 피에트로가 어떤 감정이었는지 나는 모른다. 비록 명확한 이유는 몰랐지만 아마도 자기의 실수 때문에 우리 관계가 영원히 돌이킬 수 없게 되었음을 깨달았던 것 같았다. 아니면 갑자기 내가 야만적인 동물처럼 보였을 수도 있었다. 이성을 감싸고 있는 빈약한 포장을 찢어버리고 논리적인 행동범위를 벗어난 광폭한 여성의 가장 극단적인 형태를 내게서 본 것일 수도 있었다.

확실한 것은 난리법석을 부리는 내 모습을 그가 견디지 못했다는 사실이다. 그는 자리에서 벌떡 일어나 집 안으로 들어갔다. 나는 악을 쓰며 피에트로를 뒤쫓아 갔다. 할 말 못 할 말 가리지 않고 모든 것을 쏟아냈다. 나는 어린 시절부터 니노를 사랑했으며 니노가 내게 새로운 삶의 가능성을 깨닫게 해주었다고 했다. 결혼 후 나를 엄습해온 내면의 무기력증에 대해서도 말했다. 오랫동안 나를 외로움과 쓸쓸함 속에 방치해두었다고 피에트로를 탓했다. 그 때문에 내가 삶을 충만하게 향유하지 못했다고 했다.

진이 빠져 한쪽 구석에 주저앉고 나서야 내 앞에 서 있는 피에트로의 모습이 눈에 들어왔다. 뺨이 움푹 파였고 보랏빛 다크서클 속에 두 눈이 퀭했다. 허옇게 질린 입술에 햇볕에 그을린 피부는 말라붙은 진흙 같았다. 그제야 나는 그가 큰 충격을 받았다는 사실을 깨달았다. 그는 내가 자신의 질문을 인정할 것이라고 전혀 예상치 못했던 것이다.

'그래. 내가 드럼 연주자에게 꼬리를 쳤어'라는 대답이나 그보다 더 심하게 '그래. 나는 니노와 사랑하는 사이야'라고 대답할 것이라고는 상상조차 하지 못했던 것이다. 피에트로가 내게 그런 질문을 던진 것은 내게서 아니라는 대답을 듣고 싶어서였다. 그저 머릿속에 떠오른 의구심을 없애고 편안한 마음으로 잠자리에 들고 싶은 마음에 내게 그런 질문을 한 것이다.

나는 그런 피에트로를 영원히 빠져나올 수 없는 악몽 속에 가두고 말았다. 그는 꺼져 들어가는 목소리로 물었다. 지푸라기라도 잡는 심정인 듯했다.

"둘이 같이 잤어?"

나는 다시 그가 안쓰러웠다. 만약 그의 말을 인정하려고 결심했다면 나는 다시 그를 향해 소리쳤을 것이다.

'그래. 처음에는 당신이 잠들어 있을 때, 두 번째는 그의 자동차에서 그리고 세 번째는 우리 집 침대에서 사랑을 나눴어!'

그렇게 니노와 나누었던 사랑이 야기하는 희열을 느끼면서 나는 그와의 사랑을 하나하나 열거했을 것이다. 하지만 나는 고개를 가로저었다.

118

피렌체로 돌아온 후 피에트로와 나는 꼭 필요한 말 외에는 하지 않았다. 이따금씩 아이들이 볼 때만 다정스레 몇 마디 대화를 나누곤 했다. 지난날 데데가 좀처럼 잠을 자지 않았을 때처럼 피에트로는 서재에서 잤고 나는 침대에서 잤다.

나는 앞으로 어떻게 해야 할지 생각에 잠겼다. 릴라와 스테파노처럼 결혼 생활을 끝낼 수는 없었다. 그때만 해도 시대가 달랐고 둘은 법적인 절차를 거치지 않았다. 나는 민사법에 따라 이혼하고 싶었다. 법적 절차를 따르고 싶었다. 그 편이 시대적으로나 우리 상황에 적합했다. 하지만 실제로 어디서부터 시작해야 할지 몰라 결국 아무것도 하지 않았다.

게다가 피렌체로 돌아오자마자 마리아로사와 편집장에게서 연락이 왔다. 마리아로사는 프랑스 쪽 출판 준비가 순조롭게 진행되고 있다면서 곧 초안을 보내주겠다고 했다. 이에 비해 언제나 진지하고 꼼꼼한 밀라노의 편집장은 책의 몇몇 부분에 대해 질문을 던졌다.

둘의 전화를 받았을 때 나는 기뻤다. 다시 작업에 집중하려 했다. 하지만 잘 되지 않았다. 잘못 해석된 문장을 바로잡거나 논리적 근거가 빈약한 부분을 다듬는 일은 지금 내가 당면한 중요한 문제에 비해 하찮게 느껴졌다.

그러던 어느 날 아침 전화벨이 울렸다. 피에트로가 전화를 받았다.

"여보세요."

피에트로가 말했다.

"여보세요."

그가 다시 말하자 전화가 끊겼다. 가슴이 미친 듯이 뛰기 시작했다. 또 전화벨이 울리면 남편이 받기 전에 내가 먼저 받으려고 달려나갈 태세를 갖추고 있었지만 전화벨은 울리지 않았다. 몇 시간이 흘렀다. 나는 내 원고를 다시 훑어보면서 신경을 분산시켜보려고 했지만 좋은 생각이 아니었다. 아무리 읽어도 헛소리만 적어놓은 것 같았다. 나는 극도로 피곤해서 책상에 고개를 숙이고 잠이 들었다. 바로 그때 전화벨이 다시 울렸다. 이번에도 피에트로가 받았다.

"여보세요!"

피에트로가 버럭 고함을 치는 바람에 데데가 깜짝 놀랐다. 그는 전화기를 박살 낼 기세로 거칠게 수화기를 내려놓았다.

나도 남편도 전화를 건 사람이 니노라는 것을 알았다. 학회가 얼마 남지 않았으니 함께 가자고 조르기 위해 전화를 걸었을 것이다.

니노는 나를 다시금 자신의 육체적 욕구 속으로 끌어들이려는 것이었다. 우리 관계를 지속할 수 있는 유일한 방법은 지칠 때까지 타락한 행위와 쾌락을 즐기며 몰래 관계를 이어나가는 것뿐이라고 설득하려는 것이었다. 배신과 거짓만이 우리가 할 수 있는 유일한 선택이니 함께 떠나자고 하려는 것이었다.

니노의 말대로 결국 나는 생전 처음 비행기를 탈 것이다. 영화에서 본 것처럼 비행기가 이륙하는 동안 니노의 곁에 꼭 붙어 있을 것이다. 그렇게 하지 않을 이유가 없지 않은가. 몽펠리에 일정을 마치면 낭트에 가서 마리아로사의 친구를 만나 내 책에 대한 이야기를 나눌 것이다. 출판 관련 행사를 조율하고 그녀에게 니노를 소개할 것이다. 어디서나 빛을 발하는 그만의 아우라를 가진 내가 사랑하는 남자와 동행하는 것이다. 이렇게 생각하다보니 적의가 누그러졌다. 나는 정말로 그렇게 하고 싶은 유혹에 빠졌다.

다음 날 피에트로는 출근을 하고 나는 니노의 전화를 기다렸다. 아무리 기다려도 전화가 오지 않자 나는 비이성적인 충동에 사로잡혀 니노에게 전화를 걸었다. 전화벨이 오래 울렸다. 나는 몹시 불안했다. 니노의 목소리를 당장 듣고 싶다는 생각밖에 없었다. 그다음에는 어떻게 행동해야 할지 몰랐다. 그를 책망하면서 울음을 터뜨릴 수도 있고 이렇게 외칠 수도 있었다.

'좋아, 너와 함께 갈게. 너만 싫증 내지 않는다면 언제까지든 네 정부가 될 테야.'

그 순간만큼은 니노가 전화를 받기만을 바랐다.

하지만 전화를 받은 것은 엘레오노라였다. 상상 속의 니노에게 숨 쉴 틈도 없이 낯 뜨거운 말을 쏟아내기 직전에 나는 겨우 입을 다물었다. 나는 억지로 반가운 말투로 물었다.

"안녕하세요. 엘레나 그레코예요. 잘 지냈나요? 휴가는 잘 보냈어요? 알베르티노는요?"

엘레오노라는 아무 말 없이 내 말을 다 듣고 나더니 악을 썼다.

"엘레나 그레코라고? 이 걸레 같은 년. 비열한 창녀. 내 남편을 내버려둬! 다시는 전화할 생각하지 마! 한 번만 더 전화하면 신께 맹세코 네 년 면상을 박살내버릴 테니까. 네 년이 어디 사는지도 알고 있으니 정말로 그럴 거야."

엘레오노라는 전화를 끊어버렸다.

119

얼마 동안 전화기 옆에 있었는지 모르겠다. 가슴속에서 증오심이 끓어올랐다.

'그래, 기다리고 있을 테니 올 테면 와봐! 못된 년! 네 년이 타소 가건 필란지에리 가건 크리스피 가건 산타렐라건 그 어떤 잘난 동네에서 태어났든 나는 상관없어. 이 쓰레기 같은 년. 아무런 가치도 없는 주제에 나랑 한번 해보겠다는 거야? 하찮은 것 같으니라고.'

온화함 속에 가려 있던 나의 또 다른 자아가 내면 깊은 곳에서 튀어나왔다. 마음속으로 표준어와 유년 시절의 언어를 뒤섞어 외치며 싸울 태세를 갖추었다. 내 머릿속은 혼란 그 자체였다. 엘레오노라가 감히 우리 집 문 앞에 나타난다면 나는 그 여자의 면상에 침을 뱉어줄 터였다. 계단에서 밀어뜨리고 머리채를 붙잡고 거리로 끌고나가 든 것이라고는 똥밖에 없는 멍청한 대가리를 길바닥에 깨뜨려줄 것이다.

가슴이 먹먹하고 머리가 울렸다. 집 밖에서 공사를 하는 중이라 창문으로 무더위와 숨 가쁘게 돌아가는 드릴 소리가 먼지와 알 수 없는 기계 소음과 함께 흘러들었다. 데데는 다른 방에서 동생과 다투고 있었다.

"나 좀 그만 따라해. 네가 무슨 원숭이니? 남을 따라하는 것은 원숭이나 하는 짓이란 말이야."

나는 서서히 엘레오노라의 반응이 이해가 갔다. 니노가 자기 아내에게 우리 관계를 이야기한 것이다. 그래서 엘레오노라는 나를 사납게 공격했던 것이다. 순간 분노가 형언할 수 없는 기쁨으로 바뀌었다. 니노는 나를 원한다. 우리 관계를 아내에게 털어놓을 정도로. 나를 위해 결혼 생활에 종지부를 찍은 것이다. 수많은 혜택을 포기해야 한다는 사실을 잘 알면서도. 삶의 균형을 송두리째 흔들어 놓으면서도 내가 아닌 엘레오노라와 알베르티노에게 고통을 주는 쪽을 택한 것이다. 니노는 진심으로 나를 사랑하는 것이다. 나는 기쁨의 한숨을 내쉬었다. 그때 다시 전화벨이 울렸다. 나는 재빨리 전화를 받았다.

이번에는 니노였다. 니노의 목소리였다. 니노는 침착했다. 니노는 자기 결혼 생활이 끝났다고 했다. 이제 자유의 몸이라고 했다. 니노가 내게 물었다.

"피에트로에게는 말했어?"

"말하기 시작했어."

"아직 말하지 않은 거야?"

"그렇다고 할 수도 있고 아니라고 할 수도 있어."

"이제 와서 그만두려는 거야?"

"아니야."

"그럼 서둘러. 곧 떠나야 하니까."

니노는 벌써 내가 자기와 떠날 것이라고 확신하고 있었다. 호텔부터 항공권까지 모든 준비가 끝났다며 로마에서 만나자고 했다.

"아이들 문제가 있어."

내가 자신 없는 투로 조용히 말했다.

"어머님께 보내."

"그럴 수는 없어."

"그럼 데리고 와."

"정말이야?"

"응."

"아이들이랑 같이 가도 나를 데려가겠다는 거야?"

"당연하지."

"너 진심이구나."

내가 속삭였다.

"그래."

120

갑자기 천하무적이 된 것 같았다. 뭐든 할 수 있을 것 같았던 지난날처럼 말이다. 나는 행운아였다. 운명이 내게 등을 돌렸다고 생각했을 때조차 실은 내게 유리하게 움직이고 있었던 것이다. 물론 나는 그럴 만한 자격이 있었다. 나는 착실했고 기억력이 좋았고 끈기를 가지고 악착같이 노력했다. 나는 남자들이 완성해놓은 수단을 활용하는 법을 배웠고 무질서하게 뒤섞인 파편적인 지식에 논리적 일관성을 부여할 줄 알았고 다른 이의 호감을 사는 법도 알았다. 하지만 이 모든 미덕 중 가장 중요한 것은 역시 행운이었다. 나는 믿을 만한 친구처럼 행운이 내 곁을 지켜주는 것을 느낄 수 있었고 그것이 자랑스러웠다.

행운이 다시 내 편에 서자 자신감이 생겼다. 나는 스테파노 카라치나 아니면 그보다 끔찍한 미켈레 솔라라 같은 남자가 아니라 교양 있는 남자와 결혼했다. 충돌을 피할 수는 없을 것이다. 피에트로는 괴로워하겠지만 결국 합의점에 도달할 수 있을 것이다. 물론 결혼 생활을 끝내고 가정을 풍비박산 내는 것은 상처로 남을 것이다.

우리는 각각 다른 이유로 이 사실을 친척들에게 알리는 것을 원치 않았고 그렇기 때문에 분명 이혼 사실을 최대한 숨길 것이기 때문에 당장은 복잡한 상황에서 어떻게 움직여야 하는지 알고 있는 피에트로 집안사람의 도움을 받을 수도 없을 것이다.

그런데도 나는 비로소 안정감을 되찾았다. 우리는 둘 다 이성적인 성인이니 서로 얼굴을 마주 보고 대화하고 설명할 수 있을 것이다. 혼란스러운 가운데 단 한 가지는 절대로 포기할 수 없었다. 나는 몽펠리에로 가야만 했다.

나는 그날 밤 바로 피에트로에게 이야기했다. 니노가 내 정부라는 사실을 털어놓았다. 피에트로는 어떻게 해서든 그 사실을 부정하려 했다. 내가 사실이라고 하자 그는 끝내 울음을 터뜨렸다. 그는 분노하면서 공포에 질린 아이들이 보는 앞에서 협탁 유리 덮개를 들어 올리더니 벽을 향해 내던졌다. 아이들은 우리가 싸우는 소리에 잠에서 깨어 어리둥절한 상태로 거실 문턱에 서 있었다. 나도 충격을 받았지만 물러서지 않았다. 나는 우선 데데와 엘사를 침대에 다시 눕혔다. 아이들을 안심시키면서 잠들 때까지 기다렸다가 다시 남편과 마주했다.

그날 이후 일분일초가 고통이었다. 게다가 엘레오노라의 전화폭

격도 시작됐다. 그녀는 밤낮을 가리지 않고 전화를 걸어 내게 욕설을 퍼부었다. 사내구실도 제대로 하지 못했다면서 피에트로까지 모욕했다. 자기 친척을 총동원해서라도 우리 부부와 아이들을 짓밟아 주겠다고 했다. 눈물조차 흘리지 못하게 만들 것이라고 했다.

그래도 나는 낙담하지 않았다. 기분이 너무 고조되어 죄책감도 들지 않았다. 오히려 다른 사람들이 나 때문에 고통받고 내가 그들에게서 공격당하고 치욕을 겪는 것이 궁극적으로는 내게 유리하게 작용할 것이라고 생각했다. 힘겨운 과정을 겪으면서 드디어 내가 만족할 만한 그 무엇인가가 될 수 있을 거라고 생각했다. 논리적으로 설명할 수는 없지만 이 모든 일이 궁극적으로는 지금 고통받고 있는 사람들에게도 도움이 될 것이라고 생각했다. 엘레오노라는 결국 사랑을 이길 수 있는 것은 아무것도 없다는 사실을 깨달을 것이다. 떠나려는 사람에게 남아달라는 말이 무의미하다는 것을 알게 될 것이다. 피에트로는 이론상으로는 이 사실을 이미 알고 있으니 이를 받아들이고 지혜로 승화해 관용을 실행에 옮길 시간이 필요한 것뿐이었다.

아이들 문제만은 쉽지 않았다. 남편은 우리가 싸우는 이유를 아이들도 알아야 한다고 고집을 부렸다. 나는 반대했다.

"아직 어린아이들이야."

내가 말했다.

"그 애들이 뭘 이해하겠어."

피에트로는 내게 소리를 질렀다.

"당신이 떠나기로 했으니 당신이 직접 아이들에게 설명하든가 그럴 용기가 없으면 남도록 해. 당신 스스로 하려는 일에 자신감이 없다는 뜻이니까."

내가 말했다.

"먼저 변호사랑 이야기하자."

피에트로가 대답했다.

"변호사는 변호사대로 만나서 이야기할 때가 올 거야."

그는 나와 상의하지도 않고 큰 소리로 방에 있는 데데와 엘사를 불렀다. 아이들은 우리가 고함을 치기 시작하면 자기들 방으로 피했다. 그럴 때는 짝짜꿍이 잘 맞았다.

"엄마가 할 말이 있댄다."

피에트로가 먼저 운을 뗐다.

"거기 앉아서 들어보렴."

두 아이는 소파에 단정히 앉아서 대기했다.

나는 입을 열었다.

"엄마랑 아빠는 서로 좋아하지만 이제는 의견이 맞지 않아 헤어지기로 했단다."

"거짓말이야."

피에트로가 차분한 목소리로 끼어들었다.

"떠나기로 한 것은 너희 엄마야. 엄마 아빠가 서로 좋아한다는 것도 거짓말이야. 너희 엄마는 이제 아빠를 좋아하지 않아."

나는 흥분했다.

"얘들아, 그렇게 간단한 문제가 아니야. 함께 살지 않아도 계속 좋아할 수는 있단다."

피에트로가 다시 끼어들었다.

"그것도 거짓말이야. 좋아하면 가족을 이루고 함께 사는 거고 좋아하지 않으면 헤어지는 거야. 그러면 더 이상 한 가족이 아닌 거고. 그런 식으로 거짓말을 하면 아이들이 뭘 이해하겠어? 부탁이니 우리가 왜 헤어지는지 아이들에게 똑바로 설명해줘."

내가 말했다.

"나는 너희들을 버리는 것이 아니야. 너희들은 세상에서 가장 소중하단다. 엄마는 너희들 없이 살 수 없어. 아빠랑 문제가 있는 것뿐이야."

"어떤 문제?"

그가 나를 재촉했다.

"무슨 문제인지 똑똑히 말해."

나는 한숨을 내쉬며 중얼거렸다.

"엄마는 다른 사람을 좋아해. 그 사람과 살고 싶단다."

엘사는 내 말에 어떤 반응을 보여야 할지 몰라 제 언니를 훔쳐보았다. 데데가 무표정한 얼굴로 앉아 있자 엘사는 제 언니를 따라 했다. 침착함을 잃은 쪽은 남편이었다. 그가 소리 질렀다.

"이름! 그 사람의 이름을 말해! 왜, 싫어? 창피해? 그럼 내가 말해주지. 너희 엄마가 좋아하는 사람은 너희도 아는 사람이야. 니노 아저씨란다. 너희도 기억하지? 엄마는 그 사람과 살고 싶은 거야!"

피에트로가 울음을 터뜨렸고 엘사는 불안한 표정으로 중얼거렸다.

"나도 데려가줄 거죠, 엄마?"

내가 미처 대답할 틈도 없이 데데가 자리에서 일어나 방을 뛰쳐나가자 엘사도 제 언니를 따라 뛰어나갔다.

그날 밤 데데는 자다가 소리를 질렀다. 나는 깜짝 놀라 잠에서 깨어 데데에게 달려갔다. 데데는 여전히 자고 있었지만 오줌을 싸서 시트가 젖어 있었다. 나는 데데를 깨워 옷을 갈아입히고 침대 시트를 갈았다. 다시 침대에 눕히자 데데는 나와 같이 자고 싶다고 속삭였다. 나는 데데를 내 방으로 데리고 가서 내 곁에 눕혔다. 그날 밤 데데는 자다가 흠칫 놀라 잠에서 깨어나 내가 자기 곁에 있는지 확인하곤 했다.

121

출발할 날이 얼마 남지 않았는데 피에트로와의 관계는 좀처럼 나아지지 않았다. 피에트로와는 어떠한 합의도 볼 수 없었다. 몽펠리에로 떠나는 것조차 불가능해 보였다. 그는 이런 식이었다.

"당신이 가면 다시는 아이들을 못 보게 할 거야."

"아이들을 데려가면 나는 자살할 거야."

"당신이 떠나면 가출했다고 경찰에 신고할 거야."

"우리 넷이 여행을 하자. 빈으로 떠나는 거야."

"얘들아, 엄마는 너희들보다 니노 아저씨를 더 좋아한단다."

갈수록 피에트로를 견디기가 힘들었다. 안토니오와 헤어지려 했을 때 그가 얼마나 나를 힘들게 했는지 기억났다. 하지만 그때 안토니오는 멜리나의 불안한 머리를 물려받은 소년일 뿐이었다. 무엇보다 피에트로처럼 교육을 받지 못했다. 안토니오는 어린 시절부터 혼란 속에서 법칙을 찾아내는 법을 배우지 못했다.

'지금까지 제대로 교육받은 이성을 너무 맹신했나봐. 좋은 책을 읽는 것과 절제된 표현 능력, 정치적 성향을 너무 믿었던 거야. 버림받는다는 사실 앞에 사람은 모두 똑같아지는 것 같아. 논리적인 사람조차도 사랑받지 못한다는 사실을 견디기 힘들어하는 것은 마찬가지인가봐.'

피에트로도 어쩔 수 없었다. 그는 치명적으로 위험한 욕망에서 나를 보호하고 그럼으로써 남편 자리를 지키고 싶어 온갖 비열한 수단과 방법을 가리지 않았다. 성당에서 치르는 결혼식을 거부하고 이혼에 긍정적이었던 피에트로가 내적 갈등을 통제하지 못하고 마치 신 앞에서 결혼한 것처럼 우리 관계가 영원할 것을 강요하고 있는 것이었다.

내가 우리 결혼에 종지부를 찍으려 하자 처음에는 어떻게 해서든 나를 설득하려다가 마음대로 되지 않자 물건을 부수기 시작했다. 내가 꿈쩍도 하지 않자 자기 뺨을 때리더니 갑자기 노래를 부르기 시작했다.

피에트로의 행동이 지나치면 나는 화가 나서 그에게 욕설을 퍼부었다. 그러면 그는 갑자기 풀 죽은 강아지마냥 태도가 돌변해 내 곁으로 다가와 용서를 구했다. 나한테 화난 것이 아니라 자기 머리에 문제가 있는 것이라고 했다.

어느 날 밤 피에트로는 눈물을 흘리면서 자기 어머니가 항상 자기 아버지를 배신했다고 했다. 자기는 그 사실을 어렸을 때 알았다고 했다. 여섯 살이 되던 해 바다가 보이는 제노바의 널따란 거실에서 어머니가 푸른색 옷을 입은 거구의 사내와 키스하는 광경을 목격했다고 했다.

피에트로는 그 장면을 세세히 기억하고 있었다. 사내는 어두운 칼날처럼 보이는 커다란 콧수염을 기르고 있었다. 바지에 밝은색 얼룩이 묻어 있었는데 마치 100리라짜리 동전처럼 보였다고 했다. 그의 어머니는 한껏 휜 활처럼 사내의 품속에 안겨 있었다. 자칫하면 부러질 것만 같았다고 했다. 나는 조용히 그의 말에 귀를 기울였다. 나는 그를 위로하려 했다.

“진정해. 만들어낸 기억일 뿐이야. 굳이 내가 말해주지 않아도 사실이 아니라는 건 당신이 더 잘 알잖아."

피에트로는 자기 말이 옳다고 우겼다. 그때 어머니는 분홍색 여름 드레스를 입고 있었는데 어깨끈 하나가 햇볕에 보기 좋게 그을린 어깨 위로 흘러내렸다고 했다. 긴 손톱은 유리처럼 매끈했고 길게 땋은 머리가 뱀처럼 목 위에서 대롱거렸다고 했다.

"당신이 무슨 일을 저지른지 알아? 나를 어떤 끔찍한 상황에 밀어 넣은 건지 알겠어?"

결국 피에트로는 고함을 질렀다. 괴로움은 어느새 분노로 변했다. 나는 생각했다.

'나중에 데데도 이 일을 기억하겠지. 데데도 성인이 되면 피에트로처럼 내게 고함을 칠 거야.'

나는 피에트로가 이렇게 오랜 세월이 지난 지금에야 내게 자기 어머니 이야기를 하는 것은 내가 이런 생각을 하도록 유도하기 위해서라고 생각했다. 내게 상처를 주고 나를 붙잡아두기 위해서라는 생각에 나는 애써 상념을 떨쳐 버렸다.

나는 밤낮 할 것 없이 하루하루를 힘겹게 버텼다. 잠도 제대로 잘 수 없었다. 피에트로도 피에트로였지만 니노도 만만치 않았다. 내가 신경이 곤두선 채 불안한 목소리로 전화를 받으면 니노는 나를 위로해주기는커녕 자기도 예민해져서 내게 말했다.

"나는 괜찮을 거라고 생각하나본데 여기도 지옥 같기는 마찬가지야. 엘레오노라 때문에 불안해 죽겠어. 무슨 일을 저지를지 몰라 두려워 죽을 것 같아. 그러니 나는 곤란하지 않을 거라는 생각은 하지마. 내 상황이 더 힘들 수도 있어."

니노는 다시 외쳤다.

"하지만 둘이 함께라면 그 누구보다 강해질 수 있어. 우리가 함께

하는 건 운명이야. 내 말 알아들었어? 말해봐. 네 말을 듣고 싶어. 알아들었어?"

알아듣기는 했지만 니노의 말은 내게 별 도움이 되지 않았다. 나는 니노와의 대화보다는 그를 다시 만나 함께 프랑스행 비행기를 타고 떠나는 순간을 상상하면서 힘을 냈다. 그때까지 참아야 한다고 생각했다. 일단 다녀와서 생각하기로 했다. 지금은 이 고통스러운 상황이 멈추기만을 바랄 뿐이었다. 더 이상 견딜 수가 없었다. 어느 날 데데와 엘사가 보는 앞에서 벌인 격렬한 싸움이 극에 달했을 때 나는 피에트로에게 말했다.

"이제 그만해! 5일만 다녀올게. 딱 5일만. 돌아오면 그때 가서 어떻게 해야 할지 생각해보자. 어때?"

피에트로는 아이들에게 말했다.

"얘들아, 엄마가 5일만 있다 돌아오겠대. 너희는 엄마 말을 믿니?"

데데가 고개를 가로젓자 엘사도 언니를 따라 도리도리 고개를 저었다.

"이것 봐. 아이들도 안 믿잖아."

피에트로가 말했다.

"떠나면 다시는 돌아오지 않을 거라는 걸 우리는 다 알아."

아빠의 말이 신호라도 되는 양 데데와 엘사가 나를 향해 동시에 몸을 던졌다. 아이들은 내 다리를 하나씩 부둥켜안고 제발 떠나지 말라고 애원했다. 자기들과 함께 있어달라고 했다. 아이들 앞에서 나는 허물어지고 말았다. 나는 무릎을 꿇고 아이들의 허리를 껴안았다.

"내 새끼들. 알았어. 엄마는 안 떠날 거야."

내 말에 아이들은 안정을 되찾았다. 피에트로의 감정도 서서히 누그려졌다. 나는 내 방으로 들어갔다.

하나님 맙소사. 모든 것이 엉망이었다. 식구들도, 나도, 나를 둘러싼 모든 것도 마찬가지였다. 거짓말을 하지 않고는 휴전이 불가능했다. 학회가 열리기까지는 이틀밖에 남지 않았다. 나는 먼저 피에트로에게 장문의 편지를 썼다. 데데에게는 동생에게도 꼭 읽어줘야 한다는 당부와 함께 짤막한 편지를 남겼다. 여행 가방을 챙긴 다음 손님방 침대 밑에 숨겨두었다. 나는 있는 대로 장을 봐서 냉장고를 가득 채워놓았다. 피에트로가 좋아하는 음식만 골라서 점심과 저녁을 준비했다. 그는 고마워하면서 음식을 먹었다. 아이들도 안심했는지 둘이 다시 매사에 티격태격하기 시작했다.

122

떠날 날이 얼마 남지 않았는데 정작 니노에게서 연락이 없었다. 엘레오노라가 전화를 받지 않기를 기도하며 내가 전화를 했다. 가정부가 전화를 받기에 안도하며 사라토레 교수님과 통화하고 싶다고 하자 그녀는 적의에 찬 목소리로 단번에 사모님을 바꿔주겠다고 했다. 나는 전화기를 내려놓고 기다렸다. 내 전화 때문에 부부 싸움을 해 내가 니노를 찾았다는 사실을 그가 알게 되기를 바랐다.

10분 후에 전화벨이 울렸다. 나는 니노일 거라는 생각에 전화기 쪽으로 잽싸게 몸을 날렸다. 하지만 전화를 건 사람은 릴라였다.

서로 연락을 하지 않은 지 꽤 오래된 데다 그때는 릴라와 이야기하고 싶은 마음이 전혀 없었다. 릴라의 목소리를 듣자 짜증이 치밀어 올랐다. 그즈음 릴라의 이름이 구렁이처럼 내 머릿속을 스쳐 지나가기만 해도 혼란스럽고 기운이 빠졌다. 수다 떨기에 적합한 순간도 아니었다. 가뜩이나 연락이 힘든 상황에서 니노가 전화를 했는데 통화 중이면 어떻게 한단 말인가.

"내가 다시 전화하면 안 될까?"

내가 물었다.

"바빠?"

"조금."

릴라는 내 부탁을 무시했다. 늘 그랬듯이 아무런 부담 없이 제멋대로 내 삶에 들락날락해도 된다고 생각하는 것 같았다. 마치 우리는 아직도 한 몸이니 굳이 '안녕, 어떻게 지내? 방해가 되지는 않아?'라고 물을 필요가 없다는 투였다. 릴라는 지친 목소리로 안 좋은 소식이 있다고 했다. 솔라라 형제의 어머니가 살해됐다는 것이었다. 릴라는 한마디 한마디를 가려서 하는 것처럼 천천히 말했고 나는 릴라의 말에 끼어들지 않고 그녀의 말에 귀를 기울였다.

릴라의 말 뒤로 고리대금업자였던 부인의 형상이 길게 행렬을 이뤘다. 화려하게 차려입고 릴라와 스테파노의 결혼식 피로연 식탁에 앉아 있던 모습, 내가 미켈레를 찾아갔을 때 귀신에 홀린 듯 현관문을 열어주었을 때의 모습이 보였다. 유년 시절 상상 속에서 돈 아킬레의 목에 칼을 꽂던 부인의 어두운 그림자와 머리에 조화 한 송이를 꽂고 푸른색 부채로 부채질을 하면서 어리둥절한 표정으로 주변 사람들에게 덥지 않은지 되묻던 노파의 모습까지 마누엘라 부인의 예전 모습이 차례로 눈앞을 스쳐 지나갔다.

하지만 나는 아무런 감정도 느끼지 못했다. 릴라가 자기가 들은 소문을 언제나 그렇듯 생생하게 묘사하는 것을 들으면서도 아무런 느낌이 없었다. 릴라는 살인자들이 마누엘라 부인의 목을 칼로 땄다는 소문도 있고 부인이 총을 다섯 발이나 맞고 죽었다는 소문도 돈다고 말했다. 그중에서 네 발은 가슴에, 나머지 한 발은 목에 맞았다고 했다. 죽을 때까지 자기 집에서 질질 끌려 다니며 얻어맞았다는 소문도 있다고 했다. 살인청부업자들이 (그렇다. 릴라는 그렇게 말했다) 집에 들어오지도 않고 부인이 문을 살짝 여는 순간 총을 쐈다고 하는 사람들도 있다고 했다. 마누엘라 부인이 층계참에서 바닥에 얼굴을 처박고 고꾸라지는데도 남편은 텔레비전을 보느라 눈치채지 못했다는 것이다.

"확실한 것은 말이야."

릴라가 말했다.

"솔라라 형제가 미쳐버렸다는 거야. 범인을 찾는 데 혈안이 되어 있어. 누가 더 빨리 잡는지 경찰과 시합이라도 하는 것 같아. 모든 일을 중단하고 나폴리뿐 아니라 외지에서까지 사람을 불러들였어. 나도 오늘은 일하러 가지 않아. 여기 상황은 정말이지 끔찍해. 숨소리도 낼 수 없을 정도야."

릴라는 자기를 비롯해 자기 주변에서 일어나는 일에 중요성을 부여하는 데 일가견이 있었다. 고리대금업자 살인 사건과 충격에 빠진 그녀의 자식들, 복수혈전을 벌이기 위해 그들이 고용한 살인청부업자들, 이 난리법석에 휩싸여 정신줄을 놓지 않으려 애쓰는 릴라의 모습이 눈에 보이는 듯했다. 릴라는 마지막으로 내게 전화를 건 진짜 이유를 말했다.

"내일 젠나로를 네게 보낼게. 무리라는 거 알아. 너도 아이들에다 네 일까지 있으니 힘들겠지. 하지만 지금 이곳에 젠나로를 둘 수는 없어. 그렇게 하고 싶지도 않고. 학교를 며칠 빠져야겠지만 어쩔 수 없지 뭐. 젠나로는 네게 정이 들었으니 너희 집이라면 잘 지낼 거야. 너밖에 믿을 사람이 없어."

나는 잠시 릴라의 마지막 말을 되새겨 보았다. 나밖에 믿을 사람이 없다니. 웃음이 나왔다. 릴라는 이제 내가 믿을 만한 사람이 아니라는 걸 모르고 있었다. 릴라는 나를 변함없이 가장 평온하고 분별력 있는 사람으로 생각하고 있었다. 내가 온실의 화초처럼 편안한 삶을 살고 있을 거라고 믿는 릴라에게 나는 망설임 없이 말했다.

"나는 떠날 거야. 피에트로와 헤어질 거야."

"무슨 말이야?"

"내 결혼은 끝이야, 릴라. 니노를 다시 만났는데 우리도 모르게 어렸을 때부터 항상 사랑해왔다는 사실을 이제야 깨달았어. 그래서 떠나려고 해. 새 삶을 시작할 거야."

긴 침묵 후에 릴라가 물었다.

"농담이지?"

"아니."

릴라는 언제나 말끔하게 정리되어 있다고 생각했던 우리 집과 내 머릿속을 내가 엉망으로 만들고 있다는 사실을 믿지 못하는 것 같았다. 릴라는 기계적으로 피에트로를 들먹이며 내게 압력을 가하기 시작했다.

"피에트로는 정말 훌륭한 사람이야."

릴라가 말했다.

"성격도 좋은 데다 똑똑하기까지 해. 그런 사람을 버리다니 너 정말 제정신이 아니구나? 아이들 생각을 좀 해봐."

릴라는 니노에 대해서는 한마디도 언급하지 않았다. 내 말을 듣고도 니노의 이름만은 릴라의 뇌까지 전달되지 않고 고막쯤에 머무른 것 같았다. 나는 다시 니노의 이름을 거론하며 릴라의 기억을 일깨워주었다.

"아니야, 릴라. 나는 이제 피에트로와는 살 수 없어. 니노 없이는 못 살 것 같아. 무슨 일이 있어도 나는 그와 함께 떠날 거야."

내가 이와 유사한 말을 무슨 훈장이라도 되는 양 지껄이자 릴라가 악을 쓰기 시작했다.

"니노 때문에 너 자신을 버리겠다고? 그딴 자식 때문에 가정을 망가뜨리겠다고? 무슨 일이 일어날지 알아? 그 자식은 너를 이용하고 네 피를 쭉쭉 빨아 먹어 살고 싶은 마음이 싹 사라지게 만든 다음에 너를 버릴 거야. 이럴 거면 대체 왜 그렇게 공부를 많이 한 거야? 네가 내 몫까지 멋진 삶을 살아줄 거라고 상상했는데 다 소용없는 짓이었어. 내가 틀렸어. 너는 바보 멍청이야."

123

나는 불에 덴 것처럼 전화기를 내려놓았다. 릴라가 질투하는 거라고 생각했다. 나를 시기하는 거라고. 나를 증오하는 거라고. 그렇다. 그런 것이다.

얼마간의 시간이 흘렀지만 솔라라 형제 어머니 생각은 나지 않았다. 생명을 잃은 그녀의 형상이 기억 속에 희미해졌다. 그것보다 니노에게서 연락이 없는 것이 더 불안했다. 릴라에게 모든 것을 고백한 이 마당에 니노가 발을 빼는 것은 아닐까. 그럼 내 꼴은 뭐가 되는 거지. 아무런 소득 없이 신세를 망친 못난 모습으로 릴라 앞에 서는 상상을 잠시 했다.

순간 전화벨이 다시 울렸다. 두세 번 길게 울리는 동안 나는 자리에 앉아 전화기를 바라보았다. 수화기를 들면서 릴라에게 쏘아붙일 말을 준비해두었다.

'다시는 내 걱정하지 마. 너에게는 니노에 대한 어떤 권리도 없어. 실수를 해도 내가 할 테니 나를 내버려둬.'

릴라가 아니었다. 니노였다. 반가운 마음에 나는 니노에게 말할 틈도 주지 않고 파편적인 문장을 쏟아부었다. 나는 니노에게 피에트로와 아이들의 상태를 들려주며 침착하고 이성적으로 합의점에 도달하기가 불가능하다고 했다. 이미 짐은 다 싸두었고 그와 포옹할 순간만을 기다리고 있다고 했다.

니노도 아내와 격렬하게 싸운 일을 이야기했다. 마지막 몇 시간은 견딜 수 없이 힘들었다고 했다. 니노가 나지막이 말했다.

"너무 두렵지만 네가 없는 삶은 상상할 수 없어."

다음 날 피에트로가 출근한 사이 나는 이웃집에 몇 시간 동안만 데데와 엘사를 맡아달라고 부탁한 다음 부엌 탁자에 준비한 편지를 올려두고 집을 나섰다.

'과거의 삶을 송두리째 해체할 뭔가 엄청난 일이 벌어지고 있어. 나는 이미 그 과정에 들어선 거야.'

나는 로마에서 니노와 재회했다. 우리는 기차역에서 멀리 떨어지지 않은 호텔에서 만났다. 그를 꼭 껴안으며 나는 생각했다.

'민감하기 그지없는 육체에 평생 익숙해지지 않을 거야. 긴 골격도 짜릿한 살내음도 내겐 언제나 놀라움의 연속이야. 니노는 피에트로와 전혀 다른 개체야. 그와는 전혀 다른 기운을 발산해. 니노에게는 피에트로나 그와 함께 보낸 일상에는 없었던 뭔가 역동적인 면이 있어.'

다음 날 아침 나는 난생처음 비행기에 올랐다. 안전벨트 매는 법을 몰라 헤매는데 니노가 도와주었다. 엔진 소리가 점점 커지면서 비행기가 속력을 내기 시작하는 동안 니노의 손을 꼭 잡고 있으니 감정이 복받쳤다. 충격과 함께 비행기가 날아올랐다. 육지에서 멀어지며 집들이 평행육면체가 되고 도로는 가는 띠가 되고 들판은 초록빛 얼룩이 되고 바다는 포석이 촘촘히 박힌 길처럼 기울어지고 폭신한 구름이 산사태가 나서 절벽 아래로 떨어지는 바위처럼 무너져 내리는 모습을 보고 있으니 가슴이 벅차올랐다. 불안과 고통과 행복까지도 눈부신 비상과 하나가 되었다.

하늘 위에서 모든 것이 단순해진 것 같았다. 나는 크게 심호흡을 하고 쓸데없는 생각을 멈추려 했다. 가끔 니노에게 행복한지 물으면 그는 고개를 끄덕이고는 내게 키스했다. 드높은 창공에서 두 발을 디딜 수 있는 유일한 표면인 비행기 바닥이 심하게 흔들리는 것도 같았다.

성취감과 허무함이 공존하는 청춘의 끝자락에서 자아를 되돌아보다

• 옮긴이 김지우

문득 정신을 차리고 보니 인생길의 한가운데에서 밝은 길을 잃고 어두운 숲속을 헤매고 있었다는 단테의 말처럼 중년은 빛나는 청춘의 끝자락을 즐길 틈도 없이 어느덧 성큼 우리 앞으로 다가온다. 중년은 멀리 비쳐오는 한줄기 빛을 향해 한눈팔 틈 없이 정신없이 달려오다 막상 쏟아지는 햇볕 아래 서면 나아갈 방향을 잃고 방황하는 시기다. 많은 것을 이룬 것 같기도 하고 아무것도 이루지 못한 것 같기도 한 성취감과 허무함이 공존하는 시기다. 걸어온 길을 바탕으로 앞으로 나아가야 할 길에 대해 고민해야 할 나이다.

'나폴리 4부작' 제3권 『떠나간 자와 머무른 자』는 그런 중년기에 들어선 두 여인, 그중에서도 특히 레누의 이야기다. '나폴리 4부작' 제2권 『새로운 이름의 이야기』를 관통하는 정서가 두려움이었다면 제3권 『떠나간 자와 머무른 자』를 관통하는 정서는 불안감이다. 결혼에 대한 불안감, 임신과 출산에 대한 불안감, 작가로서의 성공에 대한 불안감, 성에 대한 불안감, 정체성에 대한 불안감, 살아온 삶과 살아갈 삶에 대한 불안감. 그러나 이런 불안감은 자아를 찾기 위해 끊임없이 고뇌하고 사유하는 레누에게 원동력이 된다.

엘레나 페란테의 '나폴리 4부작'의 세 번째 이야기는 제목 그대로 나폴리를 떠난 레누와 나폴리에 머무른 릴라의 이야기이자 유년기와 청년기를 지나 한층 더 성숙해지면서 고민이 많아지는 두 여인의 이야기다. 떠나간 자는 모험 끝에 영광스러운 승리를 쟁취하고 머무른 자는 뒤처져 퇴보하게 될까? 속단은 이르다. 레누는 첫 소설이 예상치 못하게 성공하면서 짧게나마 사회적 명망을 누리지만 결혼 후 그녀의 삶은 남편과 두 딸을 위주로 쳇바퀴 돌 듯 돌아간다. 이에 비해 릴라는 평생 나폴리를 떠나지 않는다. 릴라는 공장에서 핍박받는 노동자들의 인권을 위해 노동투쟁의 최전선에 선다. 낙후된 남부 이탈리아에서 컴퓨터라는 최첨단 기기를 유능하게 다루는 전문가가 되어 웬만한 남자보다 더 많은 급여를 받으며 자기 삶의 중심에 선다. 어린 시절 레누가 이스키아 섬에서 휴가를 보내면서 고향 동네에 남은 릴라가 오히려 자신보다 훨씬 역동적인 삶을 사는 것을 부러워했던 것처럼 성인이 된 지금도 레누는 릴라를 떠남으로써 놓친 수많은 경험을 안타까워한다.

제3권도 제2권처럼 드라마적 요소가 풍성하다. 여전히 레누와 릴라를 중심으로 사랑과 배신, 모략과 살인으로 점철된 크고 작은 수많은 사건이 일어난다. 얽히고설킨 관계 속에서 등장인물들은 만남과 이별을 반복한다. 고뇌하는 영혼의 소유자 레누는 릴라에 대한 복잡하기 이를 데 없는 감정 속에서 여전히 자신의 정체성을 찾고자 고군분투한다. 제1권과 제2권의 동어반복이 아니냐고? 그렇다고 할 수도 있다. 하지만 주인공들이 나이가 들어갈수록 내적인 사유의 깊이는 더해지고 사회적 함의를 포함한 외적인 이야기는 더 확장되는 느낌이다. 페란테는 다른 사람이 썼다면 뻔하게 느껴질 법도 한 이야기를 여전히 놀라운 필력과 강한 흡입력으로 펼쳐나간다.

'나폴리 4부작' 제2권 『새로운 이름의 이야기』에서 릴라는 카라치라는 이름과 그 이름이 수반하는 모든 혜택을 버리고 햄 공장에서 힘겹게 일하며 아들 젠나로와 생계를 연명한다. 레누는 노르말레 대학을 졸업한 후 첫 번째 소설을 출판한다. 명문가인 아이로타 집안의 장남 피에트로와 약혼하고 대학교수로 임명된 남편을 따라 나폴리를 떠나 피렌체에 자리 잡는다.

표면적으로 레누는 사회적 성공과 결혼으로 신분 상승이라는 목표를 달성했지만 한 남자의 아내이자 두 아이의 어머니라는 역할에 얽매여 엘레나 그레코라는 독립적인 인격체로서의 존재 의미를 찾지 못하고 갈등하고 방황한다. 레누의 이러한 갈등은 6, 70년대라는, 이탈리아 정치사에서 가장 격동적인 시기와 겹쳐져 더욱 증폭된다.

'나폴리 4부작' 제3권 『떠나간 자와 머무른 자』에서는 전보다 시대적인 배경이 훨씬 중요하게 작용한다. 그럴 수밖에 없는 것이 제3권의 시대적 배경은 68운동이 일어난 해부터 테러리즘의 시대인 1976년까지다. 60년대 후반 이탈리아의 학생과 지식인, 노동자들은 변화에 대한 갈망이라는 공통의 염원 아래 힘을 모은다. 이들은 기존 질서를 거부하고 새로운 것을 열망했고 진정한 사회변혁을 원했다. 그랬던 이들의 힘이 결집되어 하나의 사회변혁운동으로 나타난 것이 바로 68운동이다. 반전운동이나 히피문화, 여성해방 같은 새로운 사회현상들과 개념들이 사회운동 차원에서 펼쳐지게 된 것도 바로 이때부터다.

레누는 이 격변의 시기를, 가난한 집안에서 태어나 고된 노력 끝에 작은 성공을 맛보고 결혼을 통해 결정적으로 신분 상승하는 지식인으로서 맞이한다. 어느 정도 안정된 삶을 앞둔 데다 자기 욕망을 감추고 사는 데 익숙했던 레누는 사회 전반에 흐르는 변화의 기류에 두려움을 느끼면서도 한편으로는 강하게 이끌린다. 레누의 이 복잡한 감정은 책 관련 행사에 참여하기 위해 학생운동이 한참인 밀라노 대학을 방문했을 때의 상황에서 잘 드러난다.

> 나는 이질감을 느꼈다. 아무것도 소리 높여 요구할 자격도 없으면서 허락받지 않은 영역을 침범한 것처럼 느껴졌다. (…) 나는 어떤 면에서는 지나치게 교육을 많이 받았고 어떤 면에서는 너무 무지했다. 나 자신을 통제하는 데 너무 익숙해져 있었다. 다른 이들의 사상과 사건을 머릿속에 꾸역꾸역 집어넣느라 열정 없는 인생을 사는 데 너무 익숙해져 있었다. 게다가 결혼과 안정적인 삶이 너무 빨리 시작될 예정이었다. 한마디로 나는 그곳에서 이미 몰락해버린 기존의 질서 체계 속에 너무 깊이 자리 잡게 된 것이었다.
>
> 생각이 여기까지 미치자 나는 두려워졌다. 어서 이 자리를 떠나야겠다고 생각했다. 이들의 행동 하나 말 한마디가 지금까지 내가 쌓아온 노력에 대한 모독이었다. 하지만 마음과는 달리 나는 사람들로 꽉 찬 강의실 안으로 더 깊숙이 들어갔다.

나폴리 변두리 출신의 시청 수위 딸이라는 태생적 한계를 극복하기 위해 평생을 책에 파묻혀 지내면서 모든 사람에게 호감을 사기 위해 온순한 모습만을 보여온 레누가 이런 변화에 이끌리는 이유는 그런 변화의 현장에서야말로 자신의 정체성을 되찾고 살아 있음을 느꼈기 때문이다. 거센 변화의 기류에 레누는 억압해왔던 욕망이 폭발하는 것을 체험한다.

학생운동의 한가운데서 60년대 후반 사회적 변화에 직·간접적으로 동참한 레누와는 달리 릴라는 변두리 햄 공장의 부조리한 노동환경에 대항한다. 노동자로서 응당 겪어야 할 모욕감과 비굴함을 거부했다는 이유로 자신을 받아들이지 않았던 동료 노동자들을 이끌고 노동운동의 선봉에 선다. 노조가 발 들이지 못했던 공장에 노조를 설립하고 열악하기 짝이 없는 작업 환경을 개선하기 위해 악덕 자본가로 변해버린 브루노와 맞선다. 그렇다고 릴라가 어떤 대단한 명분이나 정의를 위해 자신을 희생한 것은 아니었다. 그저 고단한 삶이 그녀를 그 길로 이끌었을 뿐이다. 만족하지 못하고 미쳐 날뛰는 머릿속 괴물을 감당하지 못했을 뿐이다. 모자의 유일한 생계 수단을 지키고 싶었을 뿐이다. 그러나 언제나처럼 강인한 릴라는 혼돈 속에서 새로운 변화를 이끌어낸다.

소설 속에서 묘사된 대학의 모습이나 공장의 참혹한 실태에 맞서 일어나는 노동자의 모습은 7, 80년대 한국의 학생운동이나 노동운동과도 겹쳐진다. 옮긴이는 이미 '나폴리 4부작' 제2권 『새로운 이름의 이야기』에서 이 작품이 우정을 통해 역사의 진보를 이야기한 책이라는 감상을 밝힌 바 있다. 제2권까지는 이탈리아의 역사적 상황이 등장인물의 삶에 녹아들어 비교적 간접적으로 나타났다면 제3권에서는 좀더 직접적으로 소설의 전면에 드러나고 등장인물, 그 중에서도 특히 레누의 심리 상태에 큰 영향을 준다.

페란테는 이 격동의 이탈리아 현대사를 놀랍도록 날카롭고 생동감 있게 묘사하되 역사나 사회적 배경이 소설의 줄거리를 압도하게 하지 않고 인물을 인위적으로 만들지도 않는다. 페란테 소설의 등장인물은 정치·사회적 함의를 표현하기 위한 도구가 아니다. 그는 역사라는 거대한 강물보다는 그 강을 구성하는 물방울 하나하나에 더 집중한다. 그 작은 결정체가 담고 있는 내밀하고 은밀한 이야기에 집중함으로써 역사에 더 생생한 현실감을 부여한다.

6, 70년대라는 시대적 배경 중에서 페란테가 특별히 할애하는 부

분은 당시 대두되기 시작하던 젠더 문제다. 여성해방과 기존의 가톨릭 사회체제에 반하는 낙태와 동성애 문제는 당시 이탈리아 사회의 가장 뜨거운 한 주제였다. 여성들의 조직적인 활동과 투쟁은 전 유럽의 귀감이 되었다. 이후 유럽 사회운동의 전반적인 수준을 진전시키는 기폭제 역할을 한다. 릴라와 멀어진 데다 두 번째 작품을 집필하는 데 고전을 면치 못하고 결혼과 출산으로 아내와 어머니라는 새로운 역할에 정체성의 혼란을 겪은 레누는 이러한 사회적 기류에 이끌린다.

> 진원지를 알 수 없는 심연에서 발생한 격렬한 진동 때문에 공적으로나 사적으로 그때까지 내가 완전히 성취했다고 생각했던 모든 것이 무너져 내리는 것 같았다.

누군가의 아내가 된다는 것, 누군가의 어머니로 살아간다는 것은 어떤 의미인가. 자기 어머니와는 다른 삶을 살기 위해 그렇게나 힘써왔던 레누는 자신의 가치를 인정해주지 않는 무심한 남편 피에트로와 예기치 않게 태어난 두 딸을 돌보며 매일 똑같이 반복되는 무료한 삶에 질식할 것 같았다. 청년 시절 섬약하지만 사려 깊었던 피에트로는 결혼 후 모순적이고 가부장적인 인물이었음이 드러난다. 레누는 피에트로와의 첫날밤부터 철저하게 자기중심적인 그의 면모를 감지한다.

> 나는 피에트로가 나를 칭찬하는 것을 한 번도 들어본 적이 없었다. 그에게 나는 그저 자기 딸자식들의 어머니일 뿐이었다. 피에트로는 내가 제대로 교육을 받았음에도 나에게 독립적으로 생각할 수 있는 능력이 없

기를 바랐다. (…) 그에게 사랑받기 위해서는 나 스스로 끊임없이 내 무능함을 증명해야만 할 것 같았다.

성공한 작가이자 어린 나이에 교수가 된 능력 있는 대학교수의 아내이자 사랑스러운 두 아이의 어머니. 겉으로는 완벽해 보이는 삶이었지만 레누는 여성으로서 주체적인 삶을 살아가는 데 어려움을 느낀다. 급진적 정치인이자 페미니스트 운동을 주도하는 시누이 마리아로사의 영향으로 레누는 페미니즘 운동에 관심을 가지게 된다. 하지만 페미니즘을 주창하는 여성들의 모임은 레누가 평생을 남성 중심적 사회에서 살아오면서 가져온 본질적인 질문에 대답이 되지 않는다. 릴라와의 관계를 대신할 이상적 여성 공동체의 대안도 되지 못한다.

그런 유의 책을 읽고 나면 책의 내용에 고무받아 자주 마리아로사의 친구들 모임에 합류했지만 막상 단체의 구성원들과 섞이는 것이 쉽지는 않았다. (…) 그곳에 모인 여자들이 나와 크게 다를 바가 없어 내게 별 도움이 되지 않았기 때문이었다. 토론은 대부분 내가 이미 알고 있는 내용을 조악하게 요약하는 것에 지나지 않았고 그때마다 나는 지루함을 느꼈다.

(…) 남성 중심적인 사회 분위기에 동화되기 위해서 의식을 남성화한다는 것이 어떠한 것인지 나처럼 잘 아는 사람은 없을 것이다. 평생 그렇게 살아왔으니 말이다. 그뿐만 아니라 나는 그런 모임 때마다 생성되는 미묘한 긴장감이나 질투, 인정받기 위해서 일부러 권위주의적인 말투를 쓰거나 비굴하게 가녀린 목소리를 내는 데 전혀 관심이 없었다. 서로 똑똑한 척하느라 신경전을 벌이거나 그룹 리더 자리를 차지하느라 다투다

가 울음을 터뜨리는 일 따위에는 흥미가 없었다.

우리는 우리 자신에 대해서 많은 대화를 나누었다. (…) 여성의 모든 행동과 생각과 논의와 꿈을 깊이 파고들어가 보면 결국은 그 무엇도 우리 것이 아닌 것 같았다. 이렇게 심오한 통찰은 정신력이 가장 약한 여성들을 지치게 했다. 이들은 과도한 자아성찰을 견디지 못하고 여성해방을 달성하려면 그저 남성을 자신의 삶에서 내쫓기만 하면 된다고 주장하기에 이르렀다.

레누는 이런 모임에서 만족을 얻지 못하고 홀로 여성의 정체성에 대해 끊임없이 탐색한다. 페미니즘이 『떠나는 자와 머무른 자』의 가장 중요한 주제 가운데 하나인데도 지나치게 노골적이거나 부담스럽게 느껴지지 않는 것은 레누가 여성으로서의 정체성을 찾아가는 과정이 여성 평등이라는 정치적 구호의 공허한 외침처럼 느껴지지 않기 때문이다. 레누는 여성 인권을 쟁취해 사회정의를 실현하겠다는 거창한 정치적 명분을 위해서가 아니라 진정한 자아를 찾기 위해 페미니즘에 관심을 가진다. 그렇기 때문에 소설에 등장하는 급진적인 페미니스트들과는 달리 레누의 고민은 지극히 현실적이며 본질적이다. 그런 고민을 하면서도 레누는 이런 생각을 릴라와 나누지 못함을 안타까워한다. 릴라와 함께 학업을 계속하고 연구를 했으면 어땠을까 상상한다. 이상적인 여성 공동체를 완성하지 못했음을 아쉬워한다.

여성의 고독은 슬픈 일이라고 나는 생각했다. 나름의 문화나 전통을 만들어낼 기회도 없이 그런 식으로 자기 인생에서 상대방을 쫓아내버리는 것은 아까운 일이라고 생각했다.

자의 반 타의 반으로 홀로서기에 들어간 레누는 자신의 경험을 바탕으로 사유에 사유를 거듭해 남성 중심 사회의 기원을 신화적으로 해석한다. 창조의 순간부터 여성은 남성의 어근에 붙은 접미사일 뿐이기 때문에 여성은 오직 남성의 언어 속에서만 스스로를 표현할 수 있다는 레누의 글은 잔혹하지만 그만큼 남성 중심적인 역사가 수천 년의 세월을 거치는 동안 DNA화되었음을 의미한다. 그렇기 때문에 여성은 끊임없이 남성에 의해 주조될 수밖에 없으며 여성 스스로 진정한 여성성을 찾는 것은 거의 불가능하다는 잔혹한 진실을 페란테는 레누의 입을 빌려 이야기한다.

시대적 배경 외에도 레누가 정체성의 혼란을 겪게 되는 가장 큰 이유는 이 시기가 어찌 보면 레누와 릴라의 실질적인 '결별기'이기 때문이기도 하다.

제2권까지 소설을 이끌어나가는 중심에 릴라가 있었다면 제3권의 중심은 이제 화자인 레누에게로 옮겨온다. 레누가 피에트로와 결혼해 나폴리를 완전히 떠나게 됨으로써 이제 릴라와 레누의 삶은 완전히 궤도를 달리하게 된다. 제2권에서는 릴라의 일기장이 릴라와 레누의 물리적 거리를 좁혀주는 매개체 역할을 했지만 제3권에서는 그런 기능적 역할을 해줄 만한 장치가 없다.

아마도 이번이 릴라에 대해 자세히 쓸 수 있는 마지막 기회가 될 것이다. 그날 이후로 릴라는 내게서 멀어져갔고 그만큼 이야기를 쓰는 데 필요한 자료도 빈약해졌다. 그만큼 우리 둘의 삶이 전혀 다른 방향으로 전개되어 서로에게서 멀어졌기 때문이다.

레누는 이제 정말 릴라에게서 벗어나야 할 때가 왔음을 안다. 시간이 흐를수록 릴라와의 교류는 양적으로나 질적으로 예전만 못하다. 서로 생각에 생각을 더하며 상상의 날개를 펼치고 나름대로 세상 일이 돌아가는 이치를 찾아내던 빛나는 순간은 이제 다시 돌아오지 않는다. 레누는 릴라와의 관계를 회복하려고 끊임없이 시도하지만 어느 순간 더 이상 예전의 관계로 돌아갈 수 없음을 깨닫고 홀로 서기를 결심한다. 그렇지만 릴라가 없는 레누는 무엇이었던가. 레누에게는 이에 대한 정답이 없다. 이제는 정말 릴라에게서 벗어나야겠다고 다짐할 뿐이다.

무엇인가 되어야겠다는 생각은 어린 시절부터 나를 사로잡았지만 나는 그제야 처음으로 그 사실을 깨달았다. 나는 무엇인가 되기를 원했다. 그 무엇인가가 뭔지는 알지 못했지만 말이다.

물론 그동안 무엇인가가 되기는 했었다. 그것만은 확실하다. 뚜렷한 대상도, 진정한 열정도, 확실한 야망도 없이 말이다. 릴라는 중요한 사람이 되는데 나만 혼자 뒤처질까봐 무엇인가 되고 싶었을 뿐이었다. 중요한 것은 뭐라도 되는 것이었으니까. 나는 무엇인가 되기를 바랐지만 릴라의 영향에서 벗어나지는 못했다.

이제 나는 다시 무엇인가가 되어야 한다. 이번에는 오직 나를 위해서 그렇게 되어야 한다. 릴라에게서 벗어나 성숙한 인격체로서 말이다.

레누와 '분리'되는 것이 힘겨운 것은 릴라도 마찬가지다. 릴라는 레누에 비해 상대방에 대한 의존도가 낮아 보이지만 때에 따라 오히려 레누보다 더 심하게 둘의 관계에 집착을 보인다. 릴라는 자신과 레누가 한 영혼인 양 둘 사이의 경계선을 구분하지 못한다.

나는 릴라가 나와 자신을 분리해서 생각하지 못한다는 사실을 깨달았다. 릴라는 나의 임신이 자신의 임신과는 다를 수 있다는 사실과 자식에 대한 감정이 서로 다를 수 있다는 사실을 상상조차 하지 못하는 것 같았다. 당연히 나도 자신과 똑같은 어려움을 겪게 될 거라고 생각하는 것 같았다. 행여나 내가 어머니가 되는 것에 행복을 느끼기라도 한다면 배신당했다고 생각할 것 같았다.

비록 엉망으로 뒤엉킨 실타래처럼 복잡해지기는 했지만 근본적으로 어린 시절 초등학교 졸업 후 학업을 이어가지 못한 자신을 대신해 레누가 눈부신 친구가 되어주기를 바라는 릴라의 마음은 변치 않았다. 그런 릴라의 감정은 레누가 릴라의 기준에 한참 못 미치는 원고를 보여준 뒤 의견을 달라고 강요하는 장면에서 폭발적으로 표출된다. 겉치레로 레누의 글이 마음에 든다던 릴라는 어느 순간 참지 못하고 진심을 내뱉으며 오열한다.

"다시는 내게 책을 읽으라고 하지 말아줘. 나는 그럴 만한 사람이 못 돼. 난 네가 항상 최고였으면 좋겠어. 나는 네가 이보다 훨씬 뛰어난 글을 쓸 수 있다고 확신해. 네가 더 잘하기를 원해. 그게 내 가장 큰 소망이야. 네가 뛰어나지 못하면 내 존재는 아무런 의미도 없으니까."

그동안의 태도야 어찌되었든 그 순간 릴라는 보기 드물게 자신의 진심을 드러낸다. 레누가 평생 릴라의 영향 아래 살아왔고 이제 그 영향에서 벗어나기를 힘겨워하는 것처럼 릴라도 레누와의 결별이 힘겹다. 아니 어쩌면 레누보다 더 아프게 그 고통을 마음속 깊은 곳에 눌러 담아온 것이다.

문득 앞서 언급했던 레누의 글에 나오는 성서의 아담과 이브의 이야기가 떠오른다. 레누는 신께서 아담의 몸의 일부를 취해 이브를 창조했기 때문에 아담을 떠나서는 이브는 존재할 수도 없고 존재할 수 있는 방법도 모른다고 했다. 이브의 선과 악은 아담을 따른 것이므로 결국 이브는 여자 아담이라고 했다. 창세기를 남성에 대한 여성의 종속적인 관계의 기원에 대한 우화처럼 해석한 그 이야기에 레누와 릴라와의 관계가 묘하게 겹쳐진다. 레누는 릴라를 떠나서는 무엇이 될지도 자신이 무엇인지도 알지 못한다.

유년 시절 이래 레누의 모든 생각과 판단의 기준은 릴라다. 릴라 역시 진정한 자아 실현의 대상을 자신이 아닌 레누에게 둔다. 굳이 젠더의 구분을 두지 않고 순수하게 관계의 측면에서 볼 때 릴라는 레누의 아담일 수도 있고 레누는 릴라의 아담일 수도 있다. 동시에 릴라는 레누의 이브일 수도 있고 레누는 릴라의 이브일 수도 있다.

『떠나간 자와 머무른 자』 전반부터 이어지는 레누의 방황과 끊임없는 사유의 종착점은 니노다. 예기치 않게 레누의 인생에 다시 등장한 니노는 아이러니하게도 레누의 감정을 뿌리째 뒤흔들며 정체성에 대한 의구심을 종식시킨다.

레누는 니노와 사랑을 이룸으로써 진정한 자아를 찾은 것일까. 예전에 릴라가 그랬던 것처럼 레누는 니노에게서 구원자의 모습을 본 것일까. 시인이자 철도원이자 신문기자인 바람둥이 아버지의 피를 타고난 니노는 진정 레누의 구원자일까. 레누는 드디어 진정한 자아를 찾고 고뇌를 멈출 수 있을까. 우정의 굴레에서 벗어나 완전한 독립적 주체가 될 수 있을까. 릴라에게서 벗어난다는 것이 좋기만 한 것일까. 불안해하지 않고 발을 디딜 수 있는 단단한 표면을 발견할 수 있을까.

떠오르는 수많은 질문을 마음속에 간직한 채, 레누와 니노의 불안하지만 눈부신 비상과 함께 지난 반년을 함께 해온 『떠나간 자와 머무른 자』의 마지막 페이지를 덮는다. 생각해보면 『나의 눈부신 친구』를 번역하기 시작한 것이 대략 작년 이맘때였다. 이제 '나폴리 4부작' 중 제3권의 번역을 마쳤으니 꽤나 많은 길을 온 셈이다. 우리는 이미 이 소설의 결말을 알고 있다. 릴라가 사라지면서 시작되는 소설의 도입부가 이 긴 여정의 종착점이기 때문이다. '나폴리 4부작'의 마지막 이야기에서 우리는 그 과정에 무슨 일이 일어날지 알게 될 것이다.

릴라는 『새로운 이름의 이야기』에서 신부복을 입은 자신의 사진을 조각내고 『떠나간 자와 머무른 자』에서는 자기 몸이 언젠가는 도식화될 것이라고 선언한다. 구멍 뚫린 컴퓨터 카드가 되어 0과 1의 세계로 사라져버릴 것을 선언한 릴라는 또 어떤 파격적인 선택을 하게 될까. 니노를 위해 모든 것을 내던진 레누는 어떤 선택을 하게 될까. 도무지 현실에 안주하거나 만족할 줄 모르는 불완전한 두 영혼은 과연 서로의 관계에서 균형점을 찾게 될까.

무엇보다도 엘레나 페란테가 이 대서사시의 대단원을 어떻게 마무리할지 궁금하고 기대가 되지만 한편으로는 영원히 끝나지 않았으면 하는 이 이야기의 마지막이 얼마 남지 않았다는 생각에 벌써부터 아쉬움이 앞선다. 언젠가는 책의 마지막 페이지를 덮어야 한다는 생각에 제4권의 첫 페이지를 펼치기가 망설여진다.

2017년 봄

엘레나 페란테 Elena Ferrante

이탈리아 나폴리에서 출생한 작가로, 나폴리를 떠나 고전 문학을 전공하고 오랜 세월을 외국에서 보냈다는 사실 외에 알려진 바가 없다. '엘레나 페란테'라는 이름조차도 필명이다. 작품만이 작가를 보여준다고 주장하는 페란테는 어떤 미디어에도 모습을 드러내지 않고 서면으로만 인터뷰를 허락한다. 이탈리아에서는 여전히 작가의 정체와 관련된 여러 가지 소문이 떠돌지만 아직도 베일에 싸여 있다.

1992년 첫 작품 『성가신 사랑』을 출간해 이탈리아 평단을 놀라게 한 페란테는 2002년 『홀로서기』를 출간한다. 에세이집 『라 프란투말리아』(2003)와 소설 『어둠의 딸』(2006), 『밤의 바다』(2007)를 출간한 뒤 2011년 '페란테 열병'(#FerranteFever)을 일으킨 '나폴리 4부작' 제1권 『나의 눈부신 친구』를 출간한다. 이어서 『새로운 이름의 이야기』 『떠나간 자와 머무른 자』 『잃어버린 아이 이야기』까지 총 네 권을 출간해 세계의 베스트셀러 작가가 된다.

'나폴리 4부작'은 이탈리아와 영미권을 비롯해 프랑스, 스페인, 독일 등 총 43개국에서 번역 · 출간되고 있다. 2014년 '나폴리 4부작' 제2권으로 국제 IMPAC 더블린 문학상에 노미네이트되었고, 2015년에는 이탈리아에서 최고 권위를 자랑하는 문학상 스트레가상의 최종 후보로 선정되었다. 2016년에는 '나폴리 4부작'의 제4권으로 맨부커 인터내셔널상 최종 후보에 올랐으며, 『타임』지는 '세계에서 가장 영향력 있는 100인' 가운데 한 명으로 엘레나 페란테를 선정했다.

김지우 金志祐

이탈리아에서 어린 시절을 보냈고 한국외국어대학교 이탈리아어과를 졸업했다. 동 대학교 국제지역대학원에서 유럽연합지역학으로 석사학위를 받은 후 현재 이탈리아대사관에서 근무하고 있다. 주요 번역 작품으로는 엘레나 페란테의 '나폴리 4부작' 제1권 『나의 눈부신 친구』와 제2권 『새로운 이름의 이야기』, 헨델의 오페라 「리날도」, 베르디의 오페라 「맥베스」, 벨리니의 오페라 「노르마」, 모레티의 영화 「비앙카」, 안토니오니의 영화 「일식」 등이 있다.

나폴리 4부작 제3권
떠나간 자와 머무른 자

지은이 엘레나 페란테
옮긴이 김지우
펴낸이 김언호

펴낸곳 (주)도서출판 한길사
등록 1976년 12월 24일 제74호
주소 10881 경기도 파주시 광인사길 37
홈페이지 www.hangilsa.co.kr
전자우편 hangilsa@hangilsa.co.kr
전화 031-955-2000~3 **팩스** 031-955-2005

부사장 박관순 **총괄이사** 김서영 **관리이사** 곽명호
경영이사 김관영 **편집주간** 백은숙
편집 노유연 박홍민 배소현 임진영
마케팅 이영은 **관리** 이주환 문주상 이희문 원선아 이진아
디자인 창포 031-955-2097 **CTP출력 및 인쇄** 예림 **제본** 예림바인딩

제1판 제 1 쇄 2017년 5월 31일
제1판 제14쇄 2025년 1월 6일

값 17,000원
ISBN 978-89-356-7031-4 04880
ISBN 978-89-356-6974-5 (세트)

• 잘못 만들어진 책은 구입하신 서점에서 바꿔드립니다.
• 이 도서의 국립중앙도서관 출판시도서목록(CIP)은 서지정보유통지원시스템 홈페이지(seoji.nl.go.kr)와 국가자료공동목록시스템(www.nl.go.kr/kolisnet)에서 이용하실 수 있습니다.
(CIP제어번호: CIP2017011411)